CLARICE
na memória de outros

CLARICE
na
memória
de
outros

ORGANIZAÇÃO: Nádia Battella Gotlib

autêntica

Copyright © 2024 Nádia Battella Gotlib
Copyright desta edição © 2024 Autêntica Editora

Todos os direitos reservados pela Autêntica Editora Ltda. Nenhuma parte desta publicação poderá ser reproduzida, seja por meios mecânicos, eletrônicos, seja via cópia xerográfica, sem a autorização prévia da Editora.

Todos os esforços foram feitos no sentido de encontrar os detentores dos direitos autorais das obras que constam deste livro. Pedimos desculpas por eventuais omissões involuntárias e nos comprometemos a inserir os devidos créditos e corrigir possíveis falhas em edições subsequentes.

Este projeto não seria possível sem o apoio, o incentivo e as autorizações de Paulo Valente Gurgel e da Agencia Literaria Carmen Balcells. Agradecemos, ainda, aos demais autores e herdeiros de autores que cederam seus textos para este projeto e à Agência Riff, pela gentil mediação na cessão dos textos de seus representados.

EDITORAS RESPONSÁVEIS
Rejane Dias
Cecília Martins

REVISÃO
Aline Sobreira

DIAGRAMAÇÃO
Guilherme Fagundes

CAPA
Diogo Droschi
(Sobre fotos do Acervo Paulo Gurgel Valente e da Fundação Casa de Rui Barbosa, Rio de Janeiro/RJ, Coleção Plínio Doyle)

Dados Internacionais de Catalogação na Publicação (CIP)
(Câmara Brasileira do Livro, SP, Brasil)

Clarice na memória de outros / organização Nádia Battella Gotlib. -- Belo Horizonte: Autêntica, 2024.

ISBN 978-65-5928-361-3

1. Lispector, Clarice, 1920-1977 2. Memórias (Gênero literário) I. Gotlib, Nádia Battella.

23-182200   CDD-B869.803

Índice para catálogo sistemático:
1. Memórias : Literatura brasileira   B869.803

Eliane de Freitas Leite - Bibliotecária - CRB 8/8415

Belo Horizonte
Rua Carlos Turner, 420
Silveira . 31140-520
Belo Horizonte . MG
Tel.: (55 31) 3465 4500

São Paulo
Av. Paulista, 2.073 . Conjunto Nacional
Horsa I . Sala 309 . Bela Vista
01311-940 . São Paulo . SP
Tel.: (55 11) 3034 4468

www.grupoautentica.com.br
SAC: atendimentoleitor@grupoautentica.com.br

*Em memória de
Eneida Maria de Souza e Lucia Helena,
amigas queridas e leitoras lúcidas e sensíveis.*

11   Impressões do olhar
Ricardo Iannace

15   Modos de ver Clarice Lispector
Nádia Battella Gotlib

27   Agradecimentos

29   Ana Maria Machado
38   Anita Levy e Israel Averbuch
43   Antonio Callado
58   Antônio Carlos Villaça
61   Armindo Trevisan
64   Autran Dourado e
      Maria Lúcia Autran Dourado
87   Benedito Nunes
91   Boris Asrilhant
106   Bruna Lombardi
112   Caetano Veloso
115   Caio Fernando Abreu
117   Carlos Scliar
120   Chico Buarque
122   Dalma Nascimento
134   David Wainstok
138   Eliane Gurgel Valente e Marilu (Maria Lucy)
      Gurgel Valente (de Seixas Corrêa)
149   Fauzi Arap
167   Francisco de Assis Barbosa

170	Geraldo Holanda Cavalcanti
174	Gilda Murray
192	Hélio Pellegrino
197	Humberto Werneck
200	Ignácio de Loyola Brandão
207	Jaime Gerardo Vilaseca Calle
212	Jiro Takahashi
238	Joel Silveira
240	José Castello
257	José Mário Rodrigues
263	Júlio Rabin
276	Lauro Moreira
285	Lêdo Ivo
287	Lúcio Cardoso
290	Lygia Fagundes Telles
295	Mafalda Verissimo e Luis Fernando Verissimo
300	Marcílio Marques Moreira
318	Maria Bethânia
329	Maria Bonomi
344	Maria Telles Ribeiro e Edgard Telles Ribeiro
359	Marina Colasanti
368	Marly de Oliveira
372	Mary de Camargo Neves Lafer
375	Nélida Piñon
397	Nicole Algranti
404	Olga Borelli
436	Otto Lara Resende
439	Paulo Francis

443	Paulo Gurgel Valente
448	Paulo Mendes Campos
454	Pedro Paulo de Sena Madureira
459	Raimundo Carrero
463	Rubem Braga
466	Rubens Ricupero e Marisa P. Ricupero
470	Samuel Lispector, Rosa Lispector e Vera Choze
478	Sergio Fonta
481	Tônia Carrero
493	Vilma Arêas
497	Walmir Ayala

Impressões do olhar

As cinquenta e sete partes e os sessenta e cinco colaboradores aqui reunidos se manifestam com um mesmo propósito: recuperar a imagem de Clarice Lispector. As tintas e os traços que as vozes declarantes emprestam à composição do perfil da ficcionista são também generosos nas variáveis de construção: entrevista, depoimento, carta, crônica, poema.

Por meio desses gêneros, chegam-nos impressões de diferentes pessoas – daquelas que possuem laços sanguíneos com a autora (filho, primos, sobrinha-neta), senão, daquelas que integram o núcleo familiar (é o caso da concunhada), bem como de amigos, colegas e conhecidos (alguns mais próximos; outros, menos). Daí a pluralidade tonal. Daí o modo personalizado de plasmar os acenos testemunhais. Daí o mosaico sortido dos registros de escopo fundamentalmente memorial.

De fato, as vozes expositivas, ao longo das páginas deste livro, enquadram sua personagem em ângulos múltiplos. Os familiares reportam-se à árvore genealógica: alumiam, portanto, as histórias de viagem (ancestralidade, êxodo), e as lembranças que sinalizam as privações monetárias se ungem com sentimentos de afeto e saudades. Dessas vivências arquivadas emergem a criança, a adolescente e a adulta Clarice em gestos únicos, em relances furtivos. Ela ressurge em *flashes*, atravessando praças e ruas de Recife; ela expressa singularidade e talento precoce para a literatura (sempre a bela caçula, conectada com o pai e unida às irmãs). Nesse resgate, a velha Rússia e o nordeste brasileiro expandem-se afortunadamente em constelações culturais.

Nos relatos dos amigos repousam as recordações da mulher cujo comportamento atesta dissonância com protocolos, avessa a padrões, convencionalidades – a ignorar o cumprimento de etiquetas que possibilitam a aceitação social; entretanto, os íntimos jamais pouparam esforços para servi-la (Clarice oscila no humor e realiza ligações telefônicas em horários impróprios – ora se fecha para o mundo, ora exige a presença imediata dos poucos a quem confia a proximidade –, e isso a qualquer momento do dia). Determina que a conduzam de carro para algum restaurante; quando não, sem a mínima paciência, impõe urgência no retorno ao apartamento.

Há ocorrências que permitem analogia com certo cotidiano a rigor estampado em *A descoberta do mundo* (1984), mas sob outro ponto de vista, evidentemente. Isto é, com permuta de narrador; quer dizer: narradores (cúmplices) da sensibilidade, das preferências e idiossincrasias de Clarice (visitas e passeios aos finais de semana, ida a teatro, recepção relâmpago com coloração sinistra nas dependências do lar; aceite para participação, seguido de viagem com estada estranhíssima, em congresso na América Latina; referências a empregadas, Coca-Cola, cigarro e incêndio no dormitório; encomendas de trabalho; Ulisses, o cão). Conta-se sobre encontros nos quais se formam rodas de artistas e escritores; conta-se sobre uma gama *sui generis* de coisas, porém, a salvo raríssima exceção, não se conta sobre a autora externando seu intrincado, tenso e secreto processo de criação. Sem dúvida, tal assunto é quase silenciado.

Em meio a esse contexto (aliás, consideravelmente familiar ao leitor de Clarice) e aos expedientes de vida partilhados, ganha vulto a retórica fluida que constitui a matéria desta coletânea, graças a qual se reintegram fragmentos indeléveis, impedindo que resvalem ao esquecimento.

São majoritariamente inéditos. Um parêntese: ao lado destes textos que pela primeira vez se tornam públicos, estão os textos que no curso do tempo a tradição crítica da escritora trouxe à baila – todavia, neste volume, reaparecem integralmente e, melhor, na primeira pessoa do discurso, desgarrados (como de algum modo os conhecíamos) de produções ensaísticas que os apresentam a pretexto de citação ou alusão.

Ao conferir tal lugar e tal *status* a estes registros, Nádia Battella Gotlib divide conosco um esforço empreendido ao longo de quatro décadas, porque exatamente em 1983 ministrou sua primeira disciplina sobre Clarice Lispector como professora do Programa de Pós-Graduação em Literatura Brasileira na Faculdade de Filosofia, Letras e Ciência Humanas da Universidade de São Paulo. Conciliando o exercício docente com a pesquisa em fontes distintas a respeito da autora de *Perto do coração selvagem* (1943), nascia um projeto robusto, inteligentemente arquitetado, envolvendo e acolhendo jovens pesquisadores que assistiam a tudo isso com entusiasmo e admiração. O resultado culminou em livros de referência sobre os quais a minha geração se debruçou, como se debruça a de meus alunos e se debruçarão as gerações vindouras: *Clarice, uma vida que se conta* (Ática, 1995; Edusp, 2009 [7. ed. 2013]) e *Clarice fotobiografia* (Edusp; Imprensa Oficial, 2008 [3. ed. 2014]).

De natureza biográfica, exegética e iconográfica, a pesquisa exigiu algo além da argúcia interpretativa do construto estético, do levantamento e da análise de documentos – reclamou da estudiosa o contato direto com personalidades cujos olhos avistaram Clarice Lispector; e elas permitiram que suas falas – quer em estrutura de depoimento, quer em estrutura de entrevista – fossem transcritas. Mas não só: houve quem concedeu à Nádia uma fotografia, uma bilhete, uma anotação, os quais se materializam como peças complementares, visando à leitura da *persona* ucraniana e judia que fabulou em língua portuguesa, inquietou e impactou todos e todas que cruzaram seu caminho em Recife, Rio de Janeiro, Nápoles, Berna, Washington e terras italianas e territórios outros por onde passou.

Em suma, um alfabeto de A a W – ou seja, de Ana Maria Machado a Walmir Ayala – anima esta obra, reservando-nos incidentes tradutores do subterrâneo da autora que se inscreveu com uma pena porosa na orla do abismo e da redenção.

Ricardo Iannace
Professor do Programa de Pós-Graduação em Estudos
Comparados de Literaturas de Língua Portuguesa na
Universidade de São Paulo. Autor de *A leitora Clarice
Lispector* (Edusp, 2001) e *Retratos em Clarice Lispector:
literatura, pintura e fotografia* (Editora UFMG, 2009)

Modos de ver Clarice Lispector

A vida se vive no corpo; a outra, é um texto.
Serge Dubrovsky

Livro de recordações? De percepções? Registros de conversas? De situações, ora embaraçosas, ora envolvidas por um encanto inexplicável? Encontros que em certo momento atravessaram o destino de uma vida e se perpetuaram pela escrita?

Este livro registra, sim, tais experiências, aqui reunidas mediante uma coleção de vozes que se pronunciam em torno de um centro irradiador, Clarice Lispector. Os autores comparecem porque têm algo a dizer sobre a pessoa e escritora que viram uma ou mais vezes, ou com a qual conviveram, esporádica ou regularmente.

O critério de seleção obedece, pois, a uma única exigência: os autores dos textos aqui registrados tiveram algum contato pessoal com Clarice Lispector.

Cartas, fragmentos, entrevistas, contos, anotações, artigos em recortes de jornais, poemas, crônicas, foram todos eles arquivados, aguardando um momento propício para serem divulgados num conjunto que pudesse favorecer a leitura comparada e enriquecida pela diversidade de discursos dos respectivos autores.

Nesse grupo incluem-se pessoas que tiveram diferentes modos de relacionamento com a escritora. São familiares, amigos, colegas, admiradores, jornalistas, editores, pesquisadores, artistas plásticos, músicos, diplomatas, atores, escritores, críticos. E os textos não obedecem a um determinado padrão de gênero discursivo, pois se apresentam como depoimentos, testemunhos, entrevistas, ou, ainda, encorpados com vigor estético, surgem como poemas, crônicas, contos.

Aqui convivem, lado a lado, diferentes vertentes do gênero biográfico: do mais canônico, com datas, lugares, filiações parentais, numa perspectiva documental objetiva, embasada em dados históricos contextuais, por vezes filtrada por filigranas de emoções afetivas, até os textos movidos a energia ficcional, em que o factual se rende às instâncias criativas do autor e em que o gênero literário, em verso ou prosa, se mescla à história de vida.

Os escritos aqui selecionados não têm, absolutamente, no seu conjunto, efeito acumulativo, pois a sequência estabelecida não se justifica como mera colagem de detalhes, seja da ordem cronológica, genealógica, seja de outra ordem qualquer, pautada na ilusão naturalista da completude. São fragmentos autorais em que o leitor poderá encontrar "biografemas", no sentido que Roland Barthes confiou ao termo, isto é, "traços biográficos" ou marcas específicas de situações, cenas, gestos, atitudes, posturas que talvez tenham o poder de suscitar encantamento, tal como certas fotografias.

No todo, tais textos funcionam como uma encenação de fragmentos biográficos que, quando colados, se enredam mutuamente pelo jogo do diálogo intertextual.

Alguns, embora introduzidos como entrevistas, e na base da alternância entre perguntas e respostas, chegaram de pesquisadores ávidos apenas por uma informação ou outra que lhes possibilitasse abrir caminhos de leitura. O que se pretendia, então, era desenvolver nada mais que uma simples "conversa" para dali obter informações ligadas a tópicos do assunto determinado, nem sempre com a obrigatoriedade de uma pauta prévia elaborada segundo a técnica do jornalismo profissional.

Esse tom despretensioso, embora por vezes um tanto solto demais, acabou contribuindo para que a conversa fluísse naturalmente, mantendo pausas e hesitações em registro o mais fiel possível ao momento experimentado pelas pessoas aí envolvidas em diálogo.

Se, por um lado, uma parte dos dados que habitam estes textos selecionados e algumas imagens constituíram matéria de pesquisas anteriores, algumas publicadas, desenvolvidas por estudiosos presentes neste livro enquanto colaboradores, nesta publicação tais informações assumem uma nova configuração. Passam a assumir o protagonismo da ação narrativa. Compareçem como alicerces na construção de textos autônomos, publicados na íntegra, com marcas autorais distintivas, patentes tanto nos textos de teor eminentemente literário quanto nas respostas emitidas pelas pessoas entrevistadas ou mesmo na simples sequência de dados de caráter informativo. Até mesmo algumas das imagens que inseri, anteriormente publicadas em livros meus, assumem aqui uma nova função, agora atreladas aos textos que as acompanham.

Depoimentos são, portanto, de vária ordem e destinação. Uns nasceram de gravações em rolos de áudio, ou em fitas cassete, ou, recentemente, em áudios e vídeos digitalizados. Outros foram registrados em periódicos e ali ficaram, sem publicação posterior em forma de livros. Outros, ocupando ou não páginas de jornais, habitaram catálogos de exposições com ou sem publicação posterior. Há aqueles que, já na era digital, ganharam blogs e revistas digitais. E, na sua maioria, há os textos escritos especialmente para esta publicação.

Estabelece-se uma rede de diferentes histórias de vida – porque, em torno de Clarice Lispector, protagonista, se movimentam outras vidas, a partir de respectivos projetos profissionais, sentimentais, afetivos, em que amizade, estranhamento, curiosidade sobressaem por estilos distintos de ações e reações.

Dos bastidores, emergem narrativas que acenam a produções criativas de escritores, edições e mercado editorial, bem como à vida profissional de pesquisadores envolvidos em diferentes projetos de estudos, senão à crítica e à recepção, enfim, à história do contexto cultural em que esses encontros com Clarice aconteceram.

"Nem musa, nem medusa, nem romântica, nem realista, nem isto, nem aquilo. Nesta pauta de indecidibilidade, em que falta e presença se imiscuem, em que se estruturam e desestruturam os discursos da tradição e da renovação, transita a narrativa de Clarice Lispector." Essa aguda observação de Lucia Helena, no seu livro *Nem musa, nem medusa: itinerários da escrita em Clarice Lispector* (Niterói, Eduff, 1997, p. 113), não seria uma porta de entrada para a leitura de um outro trânsito, o da própria imagem da pessoa-escritora Clarice? Embora a seleção dos textos aqui presentes não tenha como critério a leitura crítica da obra da escritora, já tão volumosa e tão discutida por um público amplo, alguns deles talvez possam oferecer ao leitor uma possível vinculação com a obra da escritora, estimulando-o a construir, ele mesmo, esse laço, por meio de metáforas sintetizadoras desse laço, as chamadas "pontes metafóricas", tal como examinado em estudos de crítica biográfica desenvolvidos por Eneida Maria de Souza, entre eles, no seu livro *Crítica cult* (Belo Horizonte: Editora UFMG, 2002), isto é, como melhor compreensão da vida em estado de conformidade com a ficção, mas sem mecanismo de reduções simplistas, e sim mediante postura crítico-criativa.

Com efeito, espera-se que esta revisita a Clarice, graças a uma teia instigante de modos de ver, ao flagrar a pessoa e a escritora em sua complexidade e pujança perceptiva, possa colaborar para que a sua literatura, como repertório estético de qualidade, revigore ainda mais o debate de ideias, o aprimoramento da sensibilidade e a consolidação de valores humanísticos.

Não é, pois, apenas o factual biográfico da escritora o que importa; a atenção é também conferida ao movimento plural de recepções diante de uma pessoa e escritora, ou seja, interessa apreender a voz de cada um na sua peculiar construção de linguagem.

Em alguns casos, a seleção privilegia não apenas um, mas dois textos do autor, de modo a possibilitar o cotejo entre um deles, escrito, e outro, oral, em tom mais despojado, sob a forma de entrevista e conversa.

Cada texto vale por si, como engate num impulso de ação da memória que desencadeia a criação de Clarices.

Desse palco no qual memórias atuam em torno da ficcionista, emergem, independentemente da função que aí ocupam nesse intercâmbio, os autores que, ao construírem o seu ponto de vista em relação ao assunto Clarice Lispector, ganham voz e protagonismo nas histórias que contam.

Dessa forma, a história de Clarice torna-se também a história daqueles que contam essa história.

Cada um se revela ao revelar Clarice – a sua Clarice, as suas Clarices.

Sim: este livro pode ser considerado como um álbum de recordações. Não só pela natureza dos textos que reúne e pelas diferentes datas em que estes surgiram ao assim se transformarem em documentos históricos, mas também pelo modo como foi, aos poucos, construindo o seu lugar de ocupação nos caminhos de leituras atreladas a diversas pesquisas que se desenvolveram ao longo do tempo.

Trata-se, em parte, no que diz respeito ao corpo composto por entrevistas, de um mosaico de recordações coletivo, seleção que se viabilizou no território acadêmico, mas se estendeu para além desses limites, no diálogo direto com pessoas e situações ligadas à vida e à obra de Clarice Lispector.

André Luís Gomes entrevistou Fauzi Arap. Eu entrevistei Autran Dourado e Maria Lúcia Autran Dourado, além de Pedro Paulo de Sena Madureira, também entrevistado por Roberto Ventura. Arnaldo Franco Junior entrevistou Olga Borelli. Júlio Diniz entrevistou Maria Bethânia. E o diplomata Marcílio Marques Moreira foi entrevistado pelo seu sobrinho, João Camillo Penna. Outras "conversas" se desenvolveram em grupo. É o caso da que nos ofereceu Antonio Callado, a Aparecida Maria Nunes e a mim. É o caso também da entrevista feita com Tônia Carrero, por Ricardo Iannace e Valéria Franco Jacintho. E da entrevista de Jiro Takahashi por Ricardo Iannace, Aparecida Maria Nunes e Arnaldo Franco Junior.

Uma entrevista criativa e inusitada tem a imagem da mãe como protagonista: trata-se de diálogo fictício desenvolvido pelo filho de Clarice, Paulo Gurgel Valente.

Se textos suscitam nossa curiosidade, ao mesmo tempo nos enlevam pela carga de tensão entre as pessoas envolvidas. Como Ana Maria Machado conseguiu se desvencilhar de uma situação um tanto desconfortável provocada por Clarice? Como Nélida Piñon conseguiu criar uma amizade tão sólida e digna ao longo dos anos? Como José Castello reagiu diante de seus encontros sucessivos com a escritora? E quanto a Marina Colasanti, teria ela compreendido a amiga e comadre a ponto de aceitar suas excentricidades? E quais as lembranças salteadas de Vilma Arêas, amparadas em cenas tão particulares, em diferentes situações de vida? E como teria sido o tal Congresso de Bruxaria a que compareceu Clarice, segundo o olhar do jornalista Ignácio de Loyola

Brandão, que lá esteve presente? E como a jovem Bruna Lombardi conheceu Clarice Lispector?

Rubem Braga cronista nos oferece um retrato singular de Clarice, tal como foi vista por outro escritor, Manuel Bandeira. Eis um raro registro da beleza da Clarice jovem em passeio pelo Flamengo, no Rio de Janeiro. Essa moça, já casada, Rubem Braga conheceria mais tarde, na companhia de Joel Silveira, que nos traz aqui um breve relato sobre uma visita que ambos, Rubem Braga e Joel Silveira, fizeram a Clarice, quando residia na Itália. Curiosamente, esse mesmo fato pode ser visto com detalhes que se complementam: José Castello ouviu e registrou o caso que lhe foi relatado por Joel Silveira, relato que também chegou por telefone aos ouvidos de Maria de Lourdes Patrini.

Diferentes pontos de vista nos chegam também no relato que privilegia um mesmo episódio, o encontro literário que aconteceu na Pontifícia Universidade Católica do Rio de Janeiro, narrado por pessoas que lá se encontravam: Marina Colasanti, Nélida Piñon, Vilma Arêas. E ganham novas perspectivas de leitura as narrativas calcadas em episódios compartilhados pelo grupo de amigos formado por Clarice Lispector, Gilda Murray, Jaime Gerardo Vilaseca Calle e Olga Borelli.

Editores ocupam espaço neste livro. Jiro Takahashi, responsável pela primeira edição em maior escala de obras de Clarice, faz um minucioso relato da preparação e da execução do projeto. E Pedro Paulo de Sena Madureira, editor de obras póstumas de Clarice, completa esse quadro, atento a traços da personalidade da escritora, que se manifestam, inclusive, em situação de irritação diante de um crítico, segundo Clarice, equivocado.

Paulo Francis acompanhou Clarice nos tempos em que a contista e cronista colaborou na revista *Senhor*. Mas a amizade ultrapassou os espaços da redação, o que lhe permitiu relatar fatos de uma rotina compartilhada.

Há textos que se aproximam dos diários de bordo, descritos por pessoas que viajaram com Clarice. É o caso de depoimentos de Dalma Nascimento, que acompanhou Clarice de perto em Cali, na Colômbia, por ocasião de encontro de literatura latino-americana. Aí também compareceu Lygia Fagundes Telles, que, tempos depois, segundo conto-depoimento seu, relata como recebeu um estranho e inusitado sinal relacionado a Clarice.

O cotejo de visões torna-se possível também pelo relato integrado entre dois olhares: mãe e filho, mãe e filha.

O sensível registro lírico de uma amizade sincera surge nos versos de Maria Telles Ribeiro, que descreve a convivência com a amiga Clarice em locais da cidade de Berna. Curiosamente, estabelece-se um diálogo entre Maria e o filho, Edgard Telles Ribeiro, escritor e diplomata, que lê os poemas da mãe e narra, ele mesmo, com vigor literário, a história dessa amizade nos períodos de sua infância na Suíça.

Mafalda Verissimo nos remete a sua amizade com Clarice, que começou nos Estados Unidos e continuou nas décadas seguintes. Onde mesmo conheceu Clarice? É o que brevemente nos relata o filho de Mafalda e Erico Verissimo, o então rapaz Luis Fernando Verissimo.

Eliane Gurgel Valente, concunhada e amiga de Clarice, nos conta como foram seus encontros com a amiga, em diferentes épocas. E sua filha, Marilu (Maria Lucy) Gurgel Valente (de Seixas Corrêa), lê o depoimento da mãe, comenta essa história e constrói as suas próprias lembranças.

Os bastidores da amizade são descritos também pelo diretor e ator Fauzi Arap, que se detém não apenas na preparação da adaptação da peça baseada em obra da Clarice, mas também nas andanças com a escritora em reuniões secretas, esotéricas.

Tônia Carrero desvenda fatos e confessa reações diante da amiga, se esmerando em manter cuidadosa discrição.

Podemos acompanhar registros de amigos mais antigos, que conheceram a jovem jornalista Clarice quando trabalhavam juntos na Agência Nacional e em *A Noite*, como Antonio Callado, Lêdo Ivo, Lúcio Cardoso, Francisco de Assis Barbosa.

Ainda em meados dos anos 1940, Clarice conhece os mineiros do Rio, como Autran Dourado, que aqui rememora, com a esposa Maria Lúcia, esses tempos e outros.

Hélio Pellegrino, outro mineiro, nos conta como foi introduzido nas relações sociais com Clarice Lispector, como desenvolveu essa relação e qual foi seu último contato com a escritora. E Otto Lara Resende, que haveria de se transformar num dos seus admiradores mais próximos, comparece aqui com texto fundamental sobre a sua grande amiga.

Também o mineiro Paulo Mendes Campos marca presença com matéria jornalística a partir de entrevista que fez com Clarice, no apartamento da escritora, no Botafogo. Publicado no *Diário Carioca* em 25 junho de 1950, sem assinatura, o texto mantém objetividade ao desenhar o que talvez se constitua num importante documento histórico, como "itinerário" pioneiro da obra de Clarice Lispector. Por esse motivo, esse texto aqui se encontra, ainda que a leitura crítica da obra de Clarice não seja o critério de seleção aqui utilizado, exceção que vale também para o texto de Lúcio Cardoso, pioneiro, ao desvendar um perfil da escritora Clarice.

Sabe-se que Clarice teve grande paixão por Lúcio Cardoso, impedida pela homossexualidade, assumida, do amigo. Sabe-se também que entre Clarice e Paulo Mendes Campos teria havido um romance. Cometi a imprudência de lhe perguntar, ainda que não publicamente, durante encontro com escritores promovido pela IBM na Universidade de São Paulo, o que teria ele a dizer sobre Clarice Lispector. Silêncio. Nem mesmo uma palavra a respeito.

Amigos de vários lugares do Brasil aqui se reúnem. De Porto Alegre, Armindo Trevisan, que, por sinal, no seu depoimento nos traz Erico Verissimo. Também do Sul, nos chega texto de Caio Fernando Abreu. Do Nordeste, o jornalista José Mário Rodrigues nos conta como recebeu Clarice em Recife quando ela lá esteve para fazer uma conferência. E, de Recife, Raimundo Carrero nos conta como foi seu encontro com Clarice. Do Norte, o professor e crítico Benedito Nunes nos desvenda a história de sua convivência com a escritora em diferentes momentos, inclusive por ocasião da viagem de Clarice até Belém do Pará, quando jantou em sua casa. E a região central, Brasília, visitada por Clarice, é o cenário de episódios relatados pelo escritor Antônio Carlos Villaça e pelo diplomata Rubens Ricupero e sua esposa, Marisa P. Ricupero.

E há os lances de memória de familiares. Uma carta que me foi endereçada de Israel, por David Wainstok, relata cenas da infância de Clarice. Neste livro também comparecem fragmentos de uma história da ancestralidade e de tempos mais recentes, pelos primos de Clarice – Samuel Lispector, Rosa Lispector, Vera Choze. São falas breves, que registram *flashes*, fatos, situações, que têm o poder de, a partir de uma simples afirmação, traduzir, por exemplo, um simples e divertido episódio da rotina familiar no Brasil ou um contexto tenso da difícil condição imposta aos judeus na Europa. Outro primo, Boris Asrilhant, motivado por uma só imagem que guarda de Clarice, da Clarice adulta, e com base em dados que lhe foram legados por seus ancestrais, nos desenha um detalhado mapeamento da genealogia da família, comprovada em imagens, antigas e recentes, dos ramos familiares. Júlio Rabin registra as linhas do parentesco – seu avô paterno, Leivi Rabin, era irmão da avó materna de Clarice, Tcharna (Rabin) Krimgold – e nos traz o relato de encontros que teve com a prima.

Notas fragmentárias referentes à história familiar de Clarice não apenas encontram espaço aqui reservado, como também foram recebidas com a mesma atenção e o mesmo respeito destinados a demais textos. Nesse caso, incluo os fragmentos de memória contados por Anita Levy e Israel Averbuch, contemporâneos de Clarice que frequentaram o colégio judeu onde a escritora estudou, em Recife. E os da sua sobrinha-neta, Nicole Algranti, que conviveu com Clarice na infância e encontrou meios de cultivar sua presença através dos tempos.

As amizades criam redes de afeto que se fortalecem. É o que acontece com três personagens dessa história, amigos entre si e ligados a Clarice: Olga Borelli, que a acompanhou de perto, dando-lhe apoio durante seus últimos sete anos de vida; a bailarina Gilda Murray; e seu então marido, Jaime Gerardo Vilaseca Calle, que ganhou uma profissão graças a Clarice. Aqui estão os três, a comprovar tais laços duradouros.

Não tão criança quanto Edgard Telles Ribeiro e já com seus 14 anos, o filho de diplomata, também diplomata, Marcílio Marques Moreira remonta aos tempos em que ele, parentes e amigos viviam em Berna, próximos à família Gurgel Valente.

O então casal Marly de Oliveira e o diplomata Lauro Moreira também compõe esse elenco de amizades. Marly, sensível ao que a literatura de Clarice nos lega, surge como testemunha de momentos criativos e cruciais da autora de *A paixão segundo G.H.* Já Lauro nos apresenta detalhes de uma programação cultural sobre a escritora e nos conta como aconteceu um passeio com Clarice, no mínimo, turbulento.

O diplomata Geraldo Holanda Cavalcanti reporta-se a um jantar oferecido em casa de funcionário do Itamaraty, em Washington, a que ele e a escritora estiveram presentes. E nos brinda com uma foto inédita de Clarice tirada durante esse jantar.

Carlos Scliar fez o retrato de Clarice e nos conta como foi esse encontro em Cabo Frio e como se encontrou com a obra e a pessoa Clarice, em tempos anteriores.

A esse contato adicione-se outro, ainda ligado ao mundo pictórico: as linhas do destino se cruzam entre Clarice e Maria Bonomi, nos Estados Unidos, e permanecem sólidas, por longos anos, numa troca de experiências profundas no território da prática artística.

A crônica bem-humorada e tão bem escrita de Humberto Werneck transforma o que poderia ser – e foi – uma situação constrangedora em episódio divertido. E revelador. Acerta no alvo ao flagrar situação de mal-estar não raro experimentada por pessoas diante de Clarice. E acrescento: diante, também, de sua obra, convém lembrar.

Aliás, mal-estar também sentiu Chico Buarque ao comparecer a um estranho jantar no apartamento de Clarice.

E há os encontros de Caetano Veloso com Clarice, iniciados pela leitura de um conto publicado na revista *Senhor*, contos admirados também por sua irmã, Maria Bethânia, que posteriormente se aproximou de Clarice ao interpretar textos da escritora nos espetáculos musicais em que atuou, dirigidos por Fauzi Arap.

Entre os encontros inusitados, considere-se o com Sergio Fonta, convidado para um lanche na casa de Clarice, que lhe oferece um presente.

A moça Mary de Camargo Neves Lafer, que recebe de um amigo a incumbência de levar a Clarice uma carta, acaba passando uma tarde com a escritora.

E Walmir Ayala, comovido, registra suas lembranças de Clarice um mês após o seu falecimento.

Tardes, dias, meses, anos a fio, décadas, os tempos aqui se entrelaçam na criação de traduções do vivido: textos.

Não por acaso, reúnem-se neste livro autores que passam por uma comum experiência pautada entre convivência pessoal com a ficcionista e o seu respectivo registro, mediante uma dicção discursiva e criativa da memória.

Se os textos aqui não têm a pretensão de se constituir como tópicos de um repertório crítico, acabam por também assumir esse papel no âmbito da sua recepção. Ao admitir que se trata de um *caleidoscópio de textos*, lembranças diversas, filtradas por um território do imaginário, tendem a provocar reações no campo da leitura comparada por parte do leitor.

Fica, então, a pergunta: o que cada um destes discursos e todos eles em conjunto teriam a dizer a vocês, leitores, como fragmentos carregados de vestígios de teor biográfico e filtrados pela carga autobiográfica dos seus respectivos autores?

Nádia Battella Gotlib

Agradecimentos

Agradeço aos autores que gentilmente se dispuseram a ceder seus textos para esta publicação.

Agradeço a Paulo Gurgel Valente, responsável pela cessão dos direitos autorais, e às editoras que liberaram para esta edição os textos anteriormente publicados.

Agradeço aos entrevistadores que conduziram os encontros com as pessoas que mantiveram contato com Clarice Lispector e cederam os textos para publicação.

Agradeço às pessoas que me ajudaram e me apoiaram enquanto desenvolvia este trabalho: Amanda Caralp, André Luís Gomes, Aparecida Maria Nunes, Arnaldo Franco Junior, Luiz Fernando Carvalho, Maria de Lourdes Patrini. Em especial, a Ricardo Iannace, que acompanhou de perto o projeto deste livro em todas as suas fases de criação.

● Ana Maria Machado

Diante da solidão de Clarice[1]

> *Há 45 anos, num crepúsculo de novembro,*
> *a escritora pedia ajuda para ordenar o caos*
> *que daria origem à obra-prima* A hora da estrela.
> Revista *Serrote*[2]

> *Quando não estou escrevendo, eu simplesmente*
> *não sei como se escreve. E se não soasse infantil e falsa a*
> *pergunta das mais sinceras, eu escolheria um amigo*
> *escritor e lhe perguntaria: como é que se escreve?*
> Clarice Lispector. Como é que se escreve?[3]

Sei que este encontro aconteceu em 12 de novembro de 1975, porque houve uma data que serviu de marco: o aniversário de 60 anos de Roland Barthes. Daí ser possível fixar com exatidão a referência desta minha conversa com Clarice Lispector. É claro que eu já a conhecia desde antes, de alguma forma, ainda que superficialmente. Primeiro, como leitora, desde quando eu estava na faculdade, no início da década de 1960. Fascinada, lia as crônicas e os contos

---

[1] Artigo publicado originalmente em: *Serrote: uma revista de ensaios, artes visuais, ideias e literatura*, Instituto Moreira Salles, n. 35-36, nov. 2020.

[2] Transcrição de chamada do artigo criada pela redação da revista *Serrote*.

[3] *Jornal do Brasil*, 30 nov. 1968; LISPECTOR, Clarice. *Todas as crônicas*. Rio de Janeiro: Rocco, 2018. p. 172.

inquietantes que ela escrevia na sofisticadíssima revista *Senhor*, que então representava a vanguarda absoluta em qualidade de textos jornalísticos e literários e no primor e requinte de sua concepção gráfica, sob os cuidados de nomes como Bea Feitler, Carlos Scliar e Glauco Rodrigues. Depois me convertera em fiel leitora, tanto do que ela publicara em livros quanto da coluna que mantivera por um bom tempo no Caderno B do *Jornal do Brasil*, antes que eu começasse a trabalhar lá. Acho que dá para dizer que, mais que leitora, eu era fã da escritora.

Além disso, já falara com Clarice pessoalmente, embora com certeza ela não tivesse registrado esses encontros nem se lembrasse de mim. Tinha sido apresentada a ela e trocado algumas palavras com ela em alguns eventos. Lembro-me de um, em especial, em que até conversamos um pouquinho, ao pé de uma árvore, no ambiente quase bucólico e suburbano de uma vila de casas simples em Copacabana, numa noite de autógrafos de livros editados pela Editora do Autor, que mais tarde se chamaria Sabiá, obras de Vinicius de Moraes, Rubem Braga, Fernando Sabino, Paulo Mendes Campos e do então estreante Aguinaldo Silva, a essa altura um jovem promissor.

Mas a verdade é que, até esse dia de novembro de 1975, Clarice Lispector e eu nunca tínhamos conversado pra valer.

Daí meu espanto com o recado que encontrei à minha espera sobre a mesa na redação da Rádio Jornal do Brasil, quando cheguei de manhã para mais um dia de trabalho. Para ser exata, eram três ou quatro recados com pequenas variantes, na caligrafia dos diferentes colegas que atenderam aos sucessivos chamados. "URGENTE – LIGAR PARA CLARICE LISPECTOR ASSIM QUE CHEGAR." E um número de telefone.

Um pouco emocionada com a perspectiva de falar com ela, disquei o número ainda em pé, antes mesmo de me instalar à mesa. A voz rascante atendeu ao primeiro toque, como quem estivesse a postos, ansiosa, na expectativa daquele som. Explicou que precisava falar comigo imediatamente, sobre alguma coisa que eu tinha escrito e saíra no *Jornal do Brasil*. Mas tinha de ser em pessoa, nada de telefone. Então me pedia que eu fosse imediatamente encontrá-la em sua casa. Estava à minha espera.

Expliquei que acabara de chegar à rádio, tinha todo um dia de trabalho pela frente, não podia sair assim de imediato. Mas poderia passar lá por volta das sete da noite, quando saísse da redação.

— Não posso esperar até de noite, é muito urgente. Você não entendeu. Não pode dar um jeito de vir agora?

Foi quase constrangedor. Ela achou que era pouco caso de minha parte ou que eu não estava dando importância à sua necessidade premente. Eu expliquei que tinha um horário a cumprir, não podia dispor do meu tempo como quisesse. Não havia jeito de ela aceitar minha recusa. Finalmente, pareceu se render ao irremediável, e desligamos.

Logo em seguida, ligou de novo. Insistia, compulsiva:

— Não dá para esperar. Preciso que você venha logo.

Pausa. Depois emendou:

— Mas eu tive uma ideia.

E deu a sugestão:

— Não pode pedir a alguém para te substituir?

Não, não dava.

No decorrer do dia, ligou mais duas vezes, insistindo. Como criança que, em viagem de automóvel, fica a toda hora perguntando se falta muito para chegar ao destino. Evidentemente, estava aflita.

Fui ficando preocupada. E, afinal, tratava-se de Clarice Lispector, a grande escritora, em uma situação de emergência. Mas não era fácil sair. Eu era editora de jornalismo da rádio, então com a delicada responsabilidade diária de enfrentamento da censura, além da supervisão do trabalho de toda a equipe de repórteres e redatores, sucursais e correspondentes. Adiantei como pude o que eu tinha de fazer e resolvi falar com o superintendente da rádio. Dei a desculpa de um imprevisto pessoal, expliquei que já tinha providenciado para o chefe de redação me substituir no fechamento do longo noticiário das 18h30. E pedi para sair mais cedo.

Dessa forma, consegui sair da avenida Brasil, perto do Centro do Rio de Janeiro, por volta das cinco da tarde. Cerca de uma hora depois, chegava ao Leme. Com a luminosidade do verão, ainda estava claro. Em frente ao endereço que ela me passara, estacionei, fechei o carro, olhei para cima e vi que uma mulher estava à janela do andar correspondente. Acho que sétimo. De qualquer modo, bem alto.

De longe, eu não podia distinguir os traços, mas podia apostar que era Clarice.

Entrei no prédio, dirigi-me ao elevador. Ao atingir o andar, não precisei abrir a porta. No *hall*, Clarice Lispector já a abriu e a segurava para mim, dizendo algo assim, em tom de quem reclama:

– Como você demorou! Já estava achando que nem vinha...

Era toda expectativa.

Deixara a porta do apartamento escancarada. Entramos, me fez sinal para sentar em uma poltrona de frente para a janela, sentou-se no sofá, sobre as pernas cruzadas, e ordenou:

– Fale.

– De quê? – perguntei, um tanto assustada.

– De tudo. Quero saber tudo.

Continuei muda, perplexa, olhando para ela. Não fazia ideia do que pretendia de mim.

Vendo que eu não entendia, me passou o Caderno B daquela manhã, dobrado, com meu texto na capa. Vi que havia alguns parágrafos sublinhados, pontos de exclamação em alguns trechos e breves comentários escritos nas margens, numa caligrafia esparramada e espaçosa.

Mesmo sem saber o que ela queria, acabava de vislumbrar um possível assunto: Roland Barthes. Era o tema do meu texto publicado em página inteira naquela manhã, marcando os 60 anos de nascimento do crítico francês, com quem eu estudara alguns anos antes e sob cuja orientação preparara minha tese sobre Guimarães Rosa. A essa altura, ainda inédita, pois a primeira edição só viria a sair no ano seguinte.[4]

Comecei, então, a falar de Roland Barthes. De como ele era, como funcionara no papel de meu orientador, como desenvolvia suas aulas. Falei também um pouco sobre Guimarães Rosa, de minha hipótese de trabalho sobre a escrita dele. Nem cheguei a me estender muito, pois logo pude perceber que nada disso lhe interessava, em nada.

---

[4] O livro foi lançado pela Editora Imago, em 1976, sob o título *Recado do nome: leitura de Guimarães Rosa à luz do nome de seus personagens*, e hoje faz parte do catálogo da Companhia das Letras.

Por outro lado, notei uma brecha. Ela quis saber mais sobre meu trabalho com Barthes. De vez em quando, me interrompia com alguma pergunta. Assim, fui compreendendo que o que realmente a atraía era a ideia de que um livro pudesse ser todo feito de fragmentos – algo que eu mencionara de passagem em meu artigo, a propósito do então recentíssimo lançamento de *Roland Barthes par Roland Barthes*, na coleção Écrivains de Toujours, da Editions du Seuil.

Interessou-se também por outro ponto a que me referi: a questão que Barthes formulou e buscou desenvolver sobre "por onde começar?".

A partir desses dois temas, após uns 15 minutos em que ela falara muito pouco, a conversa engrenou com mais fluidez. Clarice começou a se manifestar, cada vez mais. Não me pareceu animada nem entusiasmada com o assunto, mas aflita, perturbada, quase angustiada e compulsiva. Acabou por me dizer, quase em tom de confidência, que estava havia um ano e meio escrevendo um livro, e agora achava que estava pronto. Ou quase. Mas tinha um problema: não sabia como ordená-lo.

Não entendi bem, mas logo ela passou a esmiuçar melhor.

Para começo de conversa, não sabia por onde começar o novo livro. E também não fazia ideia de como arrumá-lo depois que começasse. Mas estava convencida de que não faltava escrever mais nada, já tinha tudo pronto. Só que em fragmentos. Esse era o problema. Precisava montar o quebra-cabeça. Explicou que sabia que tinha uma protagonista e muitas reflexões sobre ela. Tinha também alguns diálogos entre essa protagonista e outros personagens. E as situações vividas. Tinha todas as partes, estava segura disso. Mas não tinha o todo, e isso a deixava numa situação de desespero total.

De manhã, quando lera meu artigo, imaginou que eu poderia socorrê-la, porque teve a sensação de que eu compreendia seus problemas, falava deles de uma forma com a qual se sentia plenamente identificada, próxima, confiante. E ela não estava mais aguentando continuar naquela situação. Queria então me pedir que a ajudasse a ordenar a obra.

Insistiu muito em dizer que não fazia ideia de como começaria e ficou muito surpresa quando eu argumentei de volta, garantindo que começar nunca foi problema para ela. Para dar um exemplo de sua segurança nessa área, mencionei que, afinal, ela até mesmo já começara um romance por uma vírgula.

Negou com veemência, dizendo que isso não acontecera, eu estava inventando, ela não faria uma coisa dessas, jamais. Insisti, ela continuou a negar. Era uma discussão ridícula, eu garantindo que ela escrevera algo de que não se lembrava e que se recusava a reconhecer.

Tive que lhe provar, pedindo que pegasse na estante um exemplar de *Uma aprendizagem ou o livro dos prazeres*. Abri na página inicial e mostrei: "estando tão ocupada, viera das compras de casa que a empregada fizera às pressas…".

Ficou em silêncio, com ar de espanto, parecendo realmente perplexa com a revelação. Viu que era verdade: ela já começara um romance por uma vírgula. Apenas admitiu que esquecera.

Depois, se levantou de novo, foi até a estante e guardou o livro. Mas pegou uma caixa em uma das prateleiras. Trouxe-a de volta ao sofá, abriu-a e começou a me mostrar papeizinhos diversos, com fragmentos escritos, e algumas páginas inteiras. Uma grande mistura. Havia de tudo. Trechos datilografados e manuscritos. Dos mais variados formatos e feitios, de papel de embrulhar pão a verso de nota fiscal. Alguns eram diálogos. Outros, coordenadas para uma cena. Outros, ainda, informações soltas, quase de almanaque, sobre animais, plantas, vultos históricos, estatísticas. Sem disfarçar um certo constrangimento, me disse que nunca lhe acontecera isso, era a primeira vez que estava pedindo socorro a alguém para escrever um livro.

Narrou um sonho comprido que tivera, em que o narrador de um dos fragmentos mais longos lhe aparecia e conversava com ela. Contou sua lembrança desse sonho e desse diálogo, pedindo-me que lhe explicasse seu significado. Quando, meio assustada, eu lhe disse que não era psicanalista e seria charlatanice me meter a dizer qualquer coisa a respeito, ficou quase agressiva, dizendo que, se eu tinha uma tese em semiologia, devia ser especialista em significados, mas meu comportamento era egoísta, porque não estava querendo colaborar.

Fiquei firme em minhas negativas no que se referia a interpretações do sonho ou à disposição para ajudar no texto. Mas continuamos conversando sobre o que sonhara e as coisas que o narrador lhe dissera então. Era um contexto belo e rico, intenso, cheio de vertentes que ela abria para si mesma e não via – pelo menos, ao que me parecia. Sua total ignorância, confessa, sobre os caminhos do inconsciente era comovedora e me deu a medida da grandeza de sua intuição, da força de sua percepção, capazes de criar uma obra de tamanha verdade psicológica.

Em algum ponto, tornei a lhe dizer que todas as soluções para seu livro teriam que vir dela mesma. Fiquei firme, por mais que ela insistisse. Eu não poderia jamais tocar naqueles fragmentos de sua obra para ajudar a ordená-los. O livro era só seu, de mais ninguém.

No momento em que compreendeu que minha decisão era inabalável, me olhou em silêncio, foi ficando com os olhos úmidos e começou a chorar. Sem dizer nada. Testemunhar aquela cena foi um momento muito aflitivo para mim. Depois de algum tempo, Clarice falou, como se concluísse:

– Então estou mais sozinha do que pensava. Faz mais de um ano que esperava que alguém pudesse me ajudar, tinha certeza de que um dia ia encontrar. Hoje de manhã te encontrei no que você escreveu no jornal. Achei que estava tudo resolvido. Eu sei que você pode me ajudar, se quiser. Mas você não quer. Prefere dizer não. Estou mais sozinha do que nunca. Agora vou ter de fazer por mim mesma.

Tentei sugerir uma fórmula intermediária, me oferecendo para vir outras vezes a sua casa conversar com ela. Podíamos falar de coisas variadas, inclusive do livro. Talvez trocar ideias a ajudasse, e ela então pudesse prosseguir. Mas reiterei que o livro era seu, e só ela poderia tocar nele.

Essa proposta não a satisfez. Não consegui perceber se minha sugestão a irritava ou a angustiava. Ela fazia longos silêncios, e eu não sabia como interromper a situação aflitiva que se criara. A essa altura já anoitecera, e ficamos algum tempo caladas, as duas na quase escuridão, antes que ela se desse conta e acendesse uma luz. Finalmente, consegui dizer que precisava ir embora.

Ao me levar até a porta, enquanto esperávamos o elevador, Clarice rompeu o silêncio:

– Você não pode mesmo me dar nada, a não ser a certeza de minha solidão?

Nem sei direito com que palavras tentei assegurar, mais uma vez, que podia dar amizade, mas não ajuda com o livro. A decepção que tivera comigo era evidente e aflitiva. Como se eu a estivesse abandonando de propósito.

Ao chegar em casa, com a sensação de estar saindo de um pesadelo ou de um estranho sonho, fiz logo algumas anotações do encontro, numa espécie de "ajuda-memória", como dizem os franceses. Usei minha experiência de repórter para tentar registrar da maneira mais fiel possível as frases que acabara de ouvir. Já começava a duvidar do turbilhão emocional em cuja órbita eu girara naquelas poucas horas.

Dois dias depois, Clarice me telefonou de novo. Calma, quase carinhosa, queria me agradecer. Disse que respeitava muito minha atitude e via que eu tinha razão. E que eu tinha sido corajosa em dizer não. Poucas pessoas teriam essa dignidade, garantiu. Guardei uma frase:

— Você me ajudou a enfrentar a verdade.

Nunca mais nos encontramos.

Menos de dois anos depois, poucos dias após sua morte, me chegou um dos primeiros exemplares do livro, recém-publicado, com sua dedicatória em letra trêmula. Lindo título, *A hora da estrela*. Uma obra-prima.

Li e reli. De vez em quando tive a sensação de encontrar algumas das passagens que tinha visto nos papéis soltos ou ouvido na sua leitura. Aos poucos, claramente fui me deparando com alguns dos fragmentos. Só que não eram mais fragmentos. Era uma obra fluente, perfeitamente estruturada, com tudo harmoniosamente disposto, acabado, reinventado. Até as informações soltas, do tipo almanaque, se haviam convertido em indícios indispensáveis sobre a protagonista, na reiteração de sua solidão, só quebrada por frases avulsas da Rádio Relógio, fundamentais para Macabéa encher o tempo de seu isolamento e ter assuntos variados para conversar com o namorado. Tudo perfeitamente contextualizado, bem amarrado. Perfeito, admirável, dava vontade de aplaudir de pé.

E eu nem ao menos podia conversar com ela sobre isso, confirmar como valera a pena ter confiança em sua força criativa. Chegando-me dessa maneira, com a marca de sua caligrafia, logo depois de sua morte, o texto era um testemunho da reinvenção e do emocionante poder artístico de Clarice.

Como afirma o narrador do livro, em um talvez possível fragmento que me assombra ao mesclar morte e escrita, e que nem lembro mais se vi na mão da autora, pulando de dentro da caixa na penumbra daquele fim de tarde, ou se apenas passou a constituir parte de uma obra-prima: "Escrevo por não ter nada a fazer no mundo: sobrei e não há lugar para mim na terra dos homens. Escrevo porque sou um desesperado e estou cansado, não suporto mais a rotina de me ser e se não fosse a sempre novidade que é escrever, eu me morreria simbolicamente todos os dias. Mas preparado estou para sair discretamente e pela saída da porta dos fundos".[5]

---

[5] LISPECTOR, Clarice. *A hora da estrela*. Rio de Janeiro: Livraria José Olympio Editora, 1977. p. 27.

● Anita Levy e Israel Averbuch[6]

Anita Levy

Eu estudei no Colégio Israelita na época em que Clarice também lá estudava.[7] O colégio antes funcionava no Cais José Mariano. Mais ou menos em 1923, ele já estava funcionando. Eu não era da mesma sala que Clarice. Ela era de uma classe mais adiantada que a minha. Mas às vezes tínhamos aula todos juntos.

Eu me lembro de uma cena muito interessante que vi, quando Clarice era menor, é uma lembrança que eu tenho dela. Ela era alta, magra. Estava falando com o professor dela de hebraico, Prof. Lazar, que era uma sumidade. Ele era algo mais! Não era um simples professor de ABC. Eu ia passando. E a Clarice insistia com ele, porque queria saber qual era a diferença entre homem e mulher. Insistia tanto para que ele lhe explicasse! Insistia mesmo. Porque ela já tinha uma cabeça diferente.

Por coincidência, morei na mesma casa que Clarice, na Praça Maciel Pinheiro. E morei na rua da Glória, n.º 346. E o Colégio era lá perto: rua da Glória, n.º 215, na mesma rua. O colégio funcionou também na rua D. Bosco, n.º 687, rua que também era chamada de

---

[6] Depoimentos de Anita Levy (em solteira, Anita Bushatsky) e Israel Averbuch concedidos a Nádia Battella Gotlib em 14 de julho de 1992, nas dependências do Colégio Israelita Moysés Chvarts, à rua José de Holanda, n.º 792, no bairro da Torre, em Recife. Mantive a alternância das falas entre os dois depoentes, obedecendo, assim, à sua ordem original durante o nosso encontro.

[7] Clarice estudou no então chamado Colégio Hebreu Ídiche Brasileiro (posteriormente chamado Colégio Israelita Moysés Chvarts), que, em 1930, funcionava na rua Visconde de Goiana, depois de estudar no Grupo Escolar João Barbalho, de 1927 a 1929.

Visconde de Goyanna. Estas ruas – rua da Matriz, rua da Boa Vista, rua da Glória, rua Visconde de Goiana, rua D. Bosco – ficam todas no Bairro da Boa Vista. Passando pela rua da Matriz da Boa Vista, a rua faz meia curva e segue. O prédio existe. Perto, funcionava o Grupo Escolar João Barbalho. Depois o Colégio Israelita passou a funcionar aqui, neste bairro da Torre, na rua José de Holanda, n.º 792.

Quando vinham as pessoas da Europa – vinham muitos da Polônia, da Rússia – aí no cartório mudavam as letras. Aqui tem z, s, mas não tem ts. Então usa-se o ts ou o tz. Então o nome da minha sogra era Tzarca em ídiche. E no cartório registraram Carca...

Naquela época, não sei quantos judeus havia. Hoje há mais ou menos quinhentas famílias.

Naquela época, fazia pouco tempo que a mãe dela tinha morrido, alguns meses apenas.[8] Ela ficou muito impressionada com a morte da mãe. E ia para o colégio. E falaram para ela que não se podia deixar na mesa uma tesoura aberta. E ela viu uma tesoura aberta na mesa, na casa dela. Então ela disse que foi por isso. Foi por isso que a mãe morreu. Porque alguém deixou uma tesoura aberta.

Morei na mesma casa, na Praça Maciel Pinheiro. Embaixo tinha uma venda, uma mercearia. O dono era o senhor Lucas. Anos depois, faço cursinho de Enfermagem, vou fazer estágio no Hospital João Evangelista. Quando eu entro, toda de uniforme, ele me disse: "Eu conheço você há mais de 30 anos". Era o filho do seu Lucas, dr. Antonio Lucas, médico.

Depois pedi para assistir a uma operação com ele. "Prepare-se para três desmaios", disse ele. Não havia ventilação nem ar refrigerado. A gente que abanava os médicos. Quando saímos, pediu para eu buscar um suco de laranja para ele bem gelado. E eu disse para ele: "Desmaiei, doutor?". Venci.

Nós morávamos no 1º andar. Eu tinha mais ou menos uns 8 anos. Viemos da rua da Imperatriz para a casa da Praça Maciel Pinheiro.

---

[8] Marieta Lispector, mãe de Clarice Lispector, faleceu em 21 de setembro de 1930, no Hospital Oswaldo Cruz, em Recife, aos 41 anos de idade. Sofreu degeneração do sistema neurológico, que lhe causou paralisia progressiva. No atestado de óbito, datado de 15 de maio de 1931, consta como causa da morte "tuberculose pulmonar". (Ver GOTLIB, Nádia Battella. *Clarice fotobiografia*. São Paulo: Edusp; Imprensa Oficial do Estado de São Paulo, 2008. p. 78, 500.)

Agora, uma brincadeira ídiche. Quando morava no 1º andar e embaixo tinha a mercearia, recebemos visitas. O povo ídiche toma chá no copo. E bem quente. Tinha de pegar guardanapo para pegar no copo. E mamãe trouxe um copo de chá para cada visita. Mas se esqueceu do açúcar. Meu pai percebeu isso e falou: "Mexe, embaixo tem açúcar!". Embaixo era na mercearia... Quando os velhos se encontram, sempre contam esse caso.

Meus pais se chamavam Moisés e Sara. Ele era comerciante. Mascate. Vendia coisas, como cortes de vestidos. Ia de porta em porta oferecendo. A mercadoria mais cara era vendida por encomenda.

Fiz estágio de enfermeira. Sou dona de casa. No colégio meu trabalho é o de controlar o dinheiro. Em agosto completo dois anos de trabalho aqui. No Senac fiz curso de arquivista. E fiz pesquisa de mercado.

Ai, que bom que estou falando de mim!

O nome do colégio hoje é Colégio Israelita Moysés Chvarts. O nome do colégio é esse desde mais ou menos 1954, 1955.

O professor de hebraico era Moysés Lazar. Foi professor de Clarice. Era matéria obrigatória. Quem dava ídiche era o Prof. Kalman Burstein. Ambos voltaram para Israel.

Estou vendo aqui nesta lista de colegas de Clarice o nome de Israel Schachinic. Ele mora em São Paulo. O irmão dele mora aqui: Isaac Schachinic.

Israel Averbuch[9]

A rua Visconde de Goiana é a rua que começa na rua D. Bosco, esquina da rua José de Alencar, e vai até o fim da rua da Glória. O pedaço entre rua José de Alencar e rua Manoel Borba era conhecido também como Visconde de Goyanna.[10]

Eu me lembro da dona Maria de Lourdes de Gusmão, que era a secretária do colégio: era bem magrinha.

---

[9] Israel Averbuch era secretário do Colégio Moysés Chvarts quando prestou este depoimento.

[10] Atualmente a rua Visconde de Goiana (antes Goyanna) existe em continuação à rua Joaquim de Brito até a rua da Glória, que começa na altura da Igreja de São Gonçalo.

O colégio teve um primeiro endereço na rua D. Bosco, em prédio alugado, junto ao prédio do antigo Colégio Oswaldo Cruz. Depois, na atual rua D. Bosco, n.º 687, onde hoje funciona um laboratório. Na década de 1960, começou a funcionar no fim da rua José de Alencar.

Antigamente, o bairro judeu era perto do porto. A primeira sinagoga da América Latina foi a de Recife. Funcionava na rua do Bom Jesus, n.º 215, na rua paralela ao Cais do Porto.[11]

Anita Levy

Havia muito teatro. Vinham casais de artistas e completavam com outros, daqui. Com 12 ou 13 anos eu já ia. Assisti, pessoalmente, a Yasha Heifetz. Papai podia comprar só duas entradas. Ele não levou mamãe e me levou. O violinista veio aqui mais ou menos em 1935. No número 21 funcionava uma loja de sapatos chamada Sapataria Guarany, do meu pai.

Ao lado havia uma livraria, Livraria Imperatriz, que pertencia a Jacob Berenstein e Salomão Berenstein. Hoje é de Simão, filho de Jacob.[12]

A mulher de Jacob chamava-se Raquel. Eles tinham três filhos: Rebeca, falecida em São Paulo; Suzana, que mora aqui em Recife; e Simão, que cuida da livraria.

A livraria já existia antes de eu estar no grupo. Eu era garotinha e a livraria já existia.

Meu irmão trabalhou na livraria. Depois ele teve editora. O nome dele é José Bushatsky. Tinha editora na rua Riachuelo, se não me engano, n.º 211, em São Paulo, chamada Livraria Jurídica José Bushatsky.

A livraria tinha muito movimento. Na livraria, aos domingos, trabalhavam os dois: Jacó, o dono, e José, o ajudante. Fazia muito calor. E eles – olhe que engraçado! –, eles trabalhavam de cueca...

---

[11] A rua do Bom Jesus era anteriormente chamada de rua das Cruzes, que, por sua vez, era antes chamada de rua dos Judeus.

[12] Trata-se da livraria que Clarice registrou no conto "Felicidade clandestina", publicado em volume de mesmo título, em 1971, em que conta a história das suas tentativas de conseguir que a filha do dono da livraria (Rebeca) lhe emprestasse o livro *Reinações de Narizinho*, de Monteiro Lobato.

Salomão teve um filho, Aminadav, e uma filha, que foram para Israel.

O meu pai e Jacó eram vizinhos e amigos.

E eu lia muito: lia Ardel, M. Delly, *O patinho feio*,[13] de uma coleção de livros bem pequeninos, que eu ia juntando.

Comecei a trabalhar com 12 anos de idade na sapataria do meu pai. De manhã, ia ao ginásio, no Colégio Oswaldo Cruz, estudava datilografia, corte e costura. Aprendi a fazer flores de papel e punha na vitrine da loja do meu pai.

Meu pai, que se chamava Moysés, veio da Ucrânia, de uma aldeia chamada Jurin. Em 1926, pegaram navio na França. Minha mãe, Sara, veio de uma aldeia chamada Tomalspol. O meu pai veio antes. O dinheiro não dava para todos. Um irmão dele estava nos Estados Unidos. E outro estava aqui. Esse tio veio uns anos antes. Tinha de ter a carta de chamada. Ele chamou meu pai.

---

[13] Tanto Henri Ardel, pseudônimo de Berthe Palmure Victorine Marie Abraham (1863-1938), quanto M. Delly, pseudônimo dos irmãos Frédéric Henri Petitjean de la Rosière (1870-1949) e Jeanne Marie Henriette Petitjean de la Rosière (1875-1947), tiveram suas obras publicadas no Brasil pela Coleção Biblioteca das Moças, da Companhia Editora Nacional, entre 1920 e 1960. A coleção teve ampla divulgação e foi sucesso de vendas. Já *O patinho feio*, do dinamarquês Hans Christian Andersen (1805-1875), publicado pela primeira vez em 1843, tornou-se uma das histórias infantis mais universalmente conhecidas.

● Antonio Callado

Entrevista[14]

Aparecida Maria Nunes: Você acompanhou o trabalho de Clarice Lispector ao longo do tempo. Como foi a saída de Clarice Lispector do *Jornal do Brasil*?

Antonio Callado: Tive um grande abalo com a demissão de Clarice Lispector do *Jornal do Brasil*, acho que foi uma coisa desagradável, foi um ato preconceituoso aquele. Chato! O grande homem! Alguns dizem que foi por causa de um judeu, porque ele, Alberto Dines, era o diretor, na época, do *Jornal do Brasil*, então houve qualquer coisa que fizeram contra ele e demitiram todos os judeus e pessoas ligadas a ele, e, como Clarice Lispector havia sido levada pelas mãos dele...

AMN: Uma versão diz então que foi por causa do Alberto Dines, pelo fato de ele ser judeu.

AC: Não acredito. Conheço Alberto Dines,[15] me dou muito bem com ele, gosto muito da mulher dele.[16] Nisso eu não acredito. Não. Acho dificílimo alguém ter descoberto que esse era o motivo, ser judeu.

---

[14] Entrevista concedida por Antonio Callado (1917-1997) em sua residência, no Rio de Janeiro, a Aparecida Maria Nunes e Nádia Battella Gotlib, em 31 de março de 1992. Edição revista por Nádia Battella Gotlib.

[15] Alberto Dines (1932-2018) convidou Clarice Lispector para escrever a coluna de sábado no *Jornal do Brasil*, convite que foi aceito pela escritora, que lá permaneceu de 19 de agosto de 1967 a 29 de dezembro de 1973.

[16] Alberto Dines foi casado durante 18 anos com Esther Rosaly Bloch, até 1975, e com ela teve quatro filhos. Em 1975, casou-se com Norma Couri, e essa relação durou 43 anos, até a morte dele, em 2018.

Clarice era uma mulher famosa, o nome dela fez status. E Manuel Bandeira fez um trabalho no *Jornal do Brasil*, tinha uma croniquinha agradável, alegre. Um jornal, quando vai fazer economias, às vezes corta coisas fundamentais, sem saber. Eu sou quase capaz de jurar que a demissão de Clarice foi uma bobagem dessas. Você acha que para o Walter Fontoura, então diretor do jornal, a coisa importante não era o dinheiro, a saúde financeira?[17] Uma pessoa como Clarice ou outro seriam "cortáveis" por esse tipo de ar de perseguição antissemita do *Jornal do Brasil*? Essa não, nunca vi nada parecido, sempre encontrei os judeus lá dentro. Graças a Deus, inclusive aqui no Brasil, não existe essa perseguição. Acho que é em parte por isso que a gente sabe que influência judia é um papo estranho. Tenho um amigo pintor, tão judeu quanto, ele não é nem daqui, não sabe nem como é que funciona essa coisa de perseguição. Aqui no Brasil não existe isso. Graças a Deus é uma coisa que eu não conheço, imagina, uma coisa antissemita... Mas a verdade é que ela foi demitida, e isso é uma coisa chata.[18]

AMN: Ela sentiu muito.

AC: Deve ter sentido mesmo. Em primeiro lugar, porque é uma humilhação; em segundo lugar, porque ela precisava do dinheiro. Naquele

---

[17] Walter Fontoura (1936-2017), que iniciou trabalho no *Jornal do Brasil* em 1966, foi, ao longo de sua carreira de jornalista, não somente colunista, como também editorialista, editor-chefe e diretor do jornal. Depois da demissão de Clarice Lispector, ainda em plena ditadura, montou no *Jornal do Brasil* equipe de alto nível de competência, constituída, entre outros, por Elio Gaspari e Dorrit Harazim. Posteriormente, entre 1985 e 1997, foi diretor da sucursal de *O Globo* em São Paulo.

[18] "A saída do Dines do *JB* se deveu principalmente à desobediência de cumprir as ordens da Censura imposta na ditadura, colocando informes sobre o péssimo tempo quando o sol cobria o Rio, mostrando aos censores instalados na redação uma matéria para ser aprovada e mandando descer outra para a oficina que seria a primeira página e, principalmente, pela gota d'água que foi a publicação, na capa do *Jornal do Brasil*, da notícia de página inteira do assassinato do Salvador Allende no Chile, quando a Censura ordenou 'nenhuma manchete nesta matéria'. Ele pagou o preço da liberdade. Talvez o fato de ser judeu estivesse lá no meio, quando o [Paulo] Maluf interferia no *Jornal* e foi, mais tarde, o algoz da sua censura na *Folha de S.Paulo*. Mas no *JB* o que pesou foi a liberdade do editor-chefe de um dos maiores jornais do Brasil" (Norma Couri, em depoimento a Nádia Battella Gotlib, em 22 de junho de 2022).

tempo já estava com tamanho prestígio como escritora que dificilmente ficaria abalada. Mas ficou. E sempre acontece, quando você gosta de fazer o trabalho num jornal e já está habituada com esse trabalho. Mas antes ela fez uma série de entrevistas com escritores na *Manchete*. Como é que se chamava essa série?

AMN: "Diálogos possíveis com Clarice Lispector".[19] Foi pouco depois de começar no *Jornal do Brasil*. E, depois, nos últimos dois anos de vida, 1976, 1977, iniciou colaboração na revista *Fatos & Fotos*, também do grupo Bloch.[20]

AC: Acho que foi para uma dessas revistas que ela me entrevistou.[21] Antes me telefonou: "Quero fazer uma entrevista com você". Eu disse: "Clarice, é uma honra". Claro que eu não sabia que ela iria me fazer esse pedido. Era uma notícia ótima: me entrevistar. Inclusive a gente se sentiu como se estivesse aqui em casa. Mais honra ainda porque eu fui à casa dela na Rua Gustavo Sampaio. Já tinha ido lá várias vezes, aliás. E fui outra vez para ser entrevistado.

AMN: E como a entrevista se desenvolveu?

AC: Eu fiquei cheio de cuidados. Que horas você quer que eu vá? Que roupa você quer que eu use? [*Risos.*] E marcamos encontro no

---

19 Clarice Lispector publicou entrevistas na seção "Diálogos possíveis com Clarice Lispector", da revista *Manchete*, de 11 de maio de 1968 a 4 de outubro de 1969. Entrevistas e demais matérias publicadas por Clarice Lispector em periódicos cariocas (reportagens, traduções, primeiros contos, crônicas publicadas em *A Época, Senhor, Mais, Fatos & Fotos*) foram mapeadas e analisadas pioneiramente por Aparecida Maria Nunes, e algumas delas estão publicadas em: NUNES, Aparecida Maria. *Clarice Lispector "jornalista"*. 1991. 2 v. Dissertação (Mestrado) – Universidade de São Paulo, São Paulo, 1991. Ver também: NUNES, Aparecida Maria. *As "páginas femininas" de Clarice Lispector*. 1997. Tese (Doutorado) – Universidade de São Paulo, São Paulo, 1997; NUNES, Aparecida Maria. *Clarice Lispector "jornalista": páginas femininas & outras páginas*. São Paulo: Senac, 2006.

20 Clarice Lispector publicou entrevistas na revista *Fatos & Fotos* de 2 de dezembro de 1976 a 17 de outubro de 1977; portanto, manteve a seção até dois meses antes de sua morte, ocorrida em 9 de dezembro de 1977.

21 Entrevista publicada em *Fatos & Fotos*, n. 806, 30 jan. 1977, e em: LISPECTOR, Clarice. *Entrevistas*. Rio de Janeiro: Rocco, 2007. p. 67-70.

apartamento dela. Quando cheguei, encontrei Clarice pronta para me receber. Pode ter sido na segunda fase de entrevistas dela.[22] Gostaria de saber onde está publicada essa entrevista. Eu queria ler o texto, inclusive para me lembrar melhor, mas não encontrei.

AMN: Eu tenho essa entrevista publicada e posso lhe enviar.

AC: Gostaria de ter uma cópia em xerox, não sei onde foi que eu guardei a minha. Mas essa entrevista foi subjetiva, uma conversa. Nós nos conhecíamos de tanto tempo que realmente cada um tinha os dados fundamentais sobre o outro. Mas a gente tinha que compor a entrevista de alguma forma, apresentar as conversas: perguntas sobre a guerra ou sobre as coisas de meu passado, com maiores detalhes. E ela estava ali, tocando nas teclas como uma datilógrafa. Então lhe disse: "Eu sei bater nessa máquina. Por que então você não me deixa sentar na máquina e fazer a sua entrevista?". E continuei: "Você me faz a pergunta, eu escrevo a pergunta e depois eu respondo a pergunta. Perfeito" [*risos*].

AMN: Eu tenho [a entrevista] e posso lhe enviar. Você então pegou a máquina de escrever.

AC: Eu sentei, peguei a máquina e disse: "Depois você vai ter que ler, não é? Pelo amor de Deus! Você tem que ler e ver o que está escrito". Ela concordou: "Pode deixar. Leio tudo". Clarice me disse coisas ótimas a meu respeito. Tinha uma conversa ótima. Ela me fazia perguntas, fazia a gente rir, e eu escrevia a máquina.

Nádia Battella Gotlib: Conversavam antes de você redigir?

AC: Sim. A gente conversou muito mais do que escreveu. Nós não nos víamos há muito tempo, eu tinha uma porção de assuntos para conversar com ela. Teve um momento no meio da conversa em que o assunto foi sobre o que ela escreveu, e ela escreveu muito. Eu queria uma impressão direta dela sobre esse assunto. E queria ter aquelas conversas

---

[22] Pode-se considerar como uma segunda fase a série de entrevistas publicadas em *Fatos & Fotos*, depois de uma primeira fase de entrevistas publicadas na revista *Manchete*.

sobre bruxas… Eu sabia que Clarice não acreditava em bruxaria, mas em certas bruxarias ela acreditava, sim. Então foi uma conversa muito engraçada. E foi a primeira vez que eu me entrevistei na vida… [*Risos.*] Eu me lembro até hoje. Achei muito engraçado.

NBG: Ela fez as perguntas todas?

AC: Sim. Como nos conhecíamos há tanto tempo, Clarice tinha ideia de muitas coisas a meu respeito. A gente conversou muito. E escrevemos alguma coisa também. Ah, eles fotografaram, tem essa! Apareceu um fotógrafo. Nós fomos até a praia, fomos dar umas voltas.

AMN: Depois dessa entrevista?

AC: Sim. Nós fizemos fotos para ilustrar a entrevista. Fomos até a praia, eu sentei num banco. Mas ela não quis ser fotografada. Clarice era vaidosa, ela não aceitava sair em fotos sem se enfeitar. Ela sabia que era uma mulher bonita e não gostava de aparecer se não estivesse bem-arrumada.

AMN: E a amizade foi cultivada ao longo do tempo?

AC: Eu convivi com Clarice praticamente durante a vida dela inteira. Mas nossa relação nunca chegou a um grau de intimidade. Nem chegou infelizmente a um grau epistolar. Porque carta é uma coisa muito reveladora! Muito! Nunca trocamos uma carta!

AMN: E quando exatamente conheceu Clarice?

AC: Quando eu a conheci, Clarice devia estar com seus 20 anos.[23] Eu tinha 17. Quer dizer, a diferença de idade era pouca, nós tínhamos uns três anos de diferença.

AMN: Você conheceu Clarice, então, no período em que ela trabalhava na Agência Nacional e no jornal *A Noite*?

AC: Eu não sabia que ela tinha trabalhado n'*A Noite*. Trabalhou?

---

[23] Havia pouca diferença de idade entre os dois: apenas três anos. E o contato entre eles acontece em 1941, quando Clarice tinha 20 anos de idade, pois completaria 21 anos em dezembro desse ano.

AMN: Trabalhou. Você a conheceu então no período da Agência Nacional. E como foi esse período? Porque dele não há registros.

AC: Quando nós nos aproximamos, Clarice trabalhava, sim, na Agência Nacional. E trabalhava muito, absorvia o trabalho que poderia ser feito por muita gente. Mas não fazia nada de especial lá, que eu saiba. Desde o começo do seu trabalho, era uma pessoa já altamente querida, lembrada e sabida. Sabia das coisas. E quem arranjou esse emprego para ela lá também não sei, não tenho ideia. O trabalho que ela fazia lá era um trabalho comum em agência, o de redação. Notícias corriam pelos estados. Eu imagino que, como toda reportagem da agência saía do autor, Clarice fazia reportagens. O presidente Vargas vai inaugurar não sei o quê, não sei onde. Você vai lá fazer a cobertura. Ela devia ir, olhar, anotar as pessoas presentes e redigir umas coisinhas depois. Eu não me lembro de Clarice ter publicado um único trabalho ou alguma coisa que você pudesse dizer: "Ah, é da Clarice Lispector!". E me lembro que outras pessoas infinitamente menos importantes que ela, naquele tempo, estavam fazendo coisas escritas. Até mais jovens do que ela. Ela era jovem, mas já tinha idade para estar mais conhecida… Eu tenho a impressão de que Clarice se lançou mesmo com a publicação do seu primeiro romance.[24]

AMN: Nesse período da Agência Nacional, vocês se encontravam, chegavam a conversar?

AC: Claro, encontrávamos. Não só na agência. A Agência Nacional ficava no Palácio Tiradentes, então nós estávamos a dois passos da livraria José Olympio, da Praça XV, da rua do Ouvidor, do Amarelinho, no centrozinho da cidade. Naquele tempo era fácil fazer uma refeição ligeira, almoçar barato. Tinha bastante opção. Se você quisesse escolher, você comia, comia e pagava 3 mil réis, ou sei lá o quê. A vida era intensa e completa nesse quadrilátero da cidade, quase como se você

---

[24] Antonio Callado desconhecia os contos que Clarice Lispector tinha começado a publicar na imprensa carioca a partir de 1940, como "Triunfo", na revista *Pan*, em 25 de maio de 1940, e "Eu e Jimmy", na revista *Vamos Lêr!*, em 10 de outubro de 1940.

tivesse uma amostra de Copacabana lá no centro. E, nesses centros, os encontros eram frequentes e fáceis. É quase impossível relembrar o que foi o centro da cidade naquela época, porque hoje é tão diferente! Ali havia à disposição todos os meios de vida boêmia, barata ou cara. Se você queria tomar um uísque, ia ao Lidador, ao Villarino – o famoso Villarino do Paulinho Mendes Campos, do Fernando Lobo, da boêmia mais alcoólatra na época.[25] Tudo isso, num pedacinho de cidade do Rio de Janeiro, muito pequeno e muito intenso.

AMN: E Clarice frequentava esses bares?

AC: Clarice não era frequentadora de bares, mas era frequentadora de lugares onde se podia comer alguma coisa e tomar um chope, tudo isso no centro do Rio. O Rio era uma cidade provinciana, se comparada com os dias de hoje, no sentido de que você tinha realmente um centro da cidade que lhe oferecia o necessário numa vida de trabalho, sem precisar se afastar dali, sem precisar ir para casa.

AMN: E vocês se encontravam apenas no centro da cidade?

AC: Eu sou incapaz de dizer onde é que Clarice morava nesses primeiros tempos de convivência. Eu me lembro de encontros sempre num apartamentinho que tinha o Lúcio Cardoso. Eu me lembro do apartamento por dentro: muito bonitinho, com quadros. O apartamento do Lúcio era agradável, um lugar bom de reunião, cheio de livros também, inclusive livros franceses, e esse era um lugar de encontro. Ali é que eu fui mais de uma vez e me lembro de Clarice ali dentro também. Mas sou incapaz de dizer o endereço exato. E não tenho ideia de onde é que Clarice morava nessa época. Vocês têm?

NBG: Ela morou primeiro na rua Lúcio de Mendonça, na Tijuca, com o pai e irmãs. Depois da morte do pai, em agosto de 1940, ela e a irmã Elisa foram morar na casa da irmã Tania, irmã do meio,

---

[25] Casa Villarino, inaugurado nos anos 1950, na avenida Calógeras, n.º 6, importante como local de encontro de músicos da bossa-nova e de demais artistas. Já o Bar do Lidador funcionava na rua da Assembleia, n.º 65.

que já estava casada, na rua Silveira Martins, no bairro do Catete, ao lado do Palácio.

AMN: Quando voltou dos Estados Unidos, já separada do marido, morou em dois endereços do Leme: um apartamento na rua General Ribeiro da Costa, n.º 2, e em seguida, a partir de 1965, mudou-se para um apartamento na rua Gustavo Sampaio, n.º 88.

AC: Esse na Rua Gustavo Sampaio foi muito presente na vida de Clarice. Quando estabeleci relações mais frequentes com Clarice, ela morava na Gustavo Sampaio, e foi lá que ela ficou até o fim da vida. Nunca saiu de lá. Um apartamentinho sem luxo, mas muito confortável. Tinha uma "sacadazinha", era um lugar muito agradável. Eu diria que foi esse o grande período criador da vida dela depois do período inicial.

AMN: Sobre que assunto você conversava com Clarice?

AC: Literatura era o assunto preferido nas nossas reuniões. Lúcio [Cardoso] era onipresente nessas reuniões, uma figura muito agradável, obcecado pela coisa literária. Queria comunicar a vocês [entrevistadoras] o que ele fazia, coisas muito incomuns, e tinha uma certa coragem, assim, de ideias, coisas na cabeça. E evidentemente tinha esse conflito que mais tarde a gente percebeu melhor, o conflito que, naquele tempo, ele escondia, pois era comum, naquele tempo, manter uma aparência.[26] Depois era um homem fino, de família boa, bem-educado e evidentemente católico apostólico romano. Eu me lembro do Lúcio, eu me lembro da Clarice e do José Condé.[27] Então foi exatamente em 1941, eu já estava no país, a Agência Nacional tinha sido criada naquele tempo, e teve uma presença muito forte do noticiário nacional, evidente, porque

---

[26] Refere-se à homossexualidade de Lúcio Cardoso.

[27] José Condé (1917-1971), pernambucano radicado em Petrópolis e no Rio de Janeiro, atuou como jornalista na Agência Nacional – logo depois de se formar em Direito, em Niterói, em 1939 – e no *Correio da Manhã*. Fundou, em 1949, o *Jornal de Letras*, com o irmão, Elísio Condé. A partir de 1945, escreveu vários romances e novelas, alguns centrados no registro da vida rural do agreste nordestino.

havia a concentração na mão do Estado, uma presença muito forte, exatamente nesse tempo, a partir de fins de 1937, e a Agência deve ser de 1938, 1939. Então foi nesse tempo que eu estive lá e conheci Clarice, foi exatamente por aí, 1939, 1940.

AMN: Tem ideia de quantos anos Clarice permaneceu na Agência Nacional?

AC: Também não sei, porque, quando eu saí, em 1941, eu já tinha passado rapidamente por lá, pois naquele tempo você fazia uma coisa aqui, outra ali. Sou incapaz de dizer se Clarice ainda fazia reportagem. Eu tenho impressão de que sim, que esse era o emprego dela. Eu era do *Correio da Manhã*. E esse trabalho [da Agência Nacional] me servia de bico, para ter mais salário, aquela coisa típica brasileira de jornalista que faz bicos aqui e ali. Eu tenho a impressão de que o único emprego de Clarice era esse, não sei de outro, não.

NBG: Na década de 1960 você voltou para o *Correio da Manhã*?

AC: Voltei em 1947 e fiquei no *Correio da Manhã* até pouco depois de 1960. Morreu o Costa Rego,[28] esse fato repercutiu na redação. Depois trabalhei para o presidente da [Enciclopédia] Barsa. Voltei para o *Correio da Manhã* por um breve período, porque briguei lá com a Dona Niomar.[29] Aí então começou a minha fase no *Jornal do Brasil*.

AMN: Nesse período, na década de 1960, Clarice fazia um trabalho para páginas femininas com pseudônimos. Você se recorda disso?

---

[28] O jornalista Pedro da Costa Rego (1889-1954) colaborou na *Gazeta de Notícias* e no *Correio da Manhã*, no Rio de Janeiro, e como político foi secretário da Agricultura, deputado estadual, federal, senador e governador do seu estado de origem, Alagoas. Atuou como delegado brasileiro, em 1952, junto à Organização das Nações Unidas, em Nova York.

[29] Niomar Moniz Sodré Bittencourt assumiu a presidência do *Correio da Manhã* após a morte de Paulo Bittencourt, em 1963, e permaneceu no cargo até janeiro de 1969, quando foi presa, em ato de perseguição política pela ditadura militar. Passou o cargo a Maurício Nunes Alencar. O jornal passou por outro grupo político e saiu de circulação em 7 de junho de 1974 (NUNES. *Clarice Lispector "jornalista": páginas femininas & outras páginas*, p. 202).

AC: Não, não me lembro. Quantas páginas?

AMN: São dezenas, em três periódicos para os quais ela trabalhou. Junto com o Rubem Braga e o Joel Silveira, isso na década de 1950, depois, na época de 1960, no *Correio da Manhã* e no *Diário da Noite*, com o Alberto Dines.

AC: Eu não me lembro dela no *Correio da Manhã*.

AMN: A coluna chamava-se "Feira de utilidades". Clarice escrevia usando o pseudônimo de Helen Palmer.

AC: Nunca soube disso. O Otto [Lara Resende] se lembra de tudo. Ele deve saber. Ele conhece a Clarice muitíssimo bem. Mas deve temer uma conversa e até se omitir a vocês. Há certas coisas que eu não contaria, mas coisas muito pequenas. Eu guardaria para mim muito pouco. Já o Otto deve saber um elefante de coisas sobre Clarice. Ela confiava muito nele, e as pessoas em geral confiam nele, porque ele é confiável. Se, no entanto, ele abrir as torneiras e sair contando tudo, deixaria de ser confiável. É por aí que ele talvez não vá contar.

AMN: Eu só queria esses dados de confirmação de datas, de períodos, dos jornais pelos quais ela passou.

AC: Isso ele pode fazer. Ele deve ter muito medo de uma conversa sobre Clarice como eu estou tendo com vocês. Muito. Então, se vocês mandarem para ele uma coisa escrita – meu caro Otto, gostaria de saber isso, isso, isso, isso –, ele provavelmente vai responder imediatamente. Ele é muito gentil. Mas no caso de Clarice eu tenho a impressão de que ele conhece mais Clarice do que qualquer pessoa, e ele não vai querer começar a falar de tudo que sabe.

AMN: Por que não falaria?

AC: Clarice morreu relativamente há pouco tempo. Algumas pessoas de seu convívio já morreram. Outras, que tiveram influência na vida dela, estão aí, sobreviveram. Não é ainda a hora de falar de certas coisas. E essas coisas que eu conheço muito por alto eu tenho certeza de que o Otto conhece por dentro. Clarice devia confiar muitíssimo nele, de maneira que ele deve saber mais do que qualquer outra pessoa sobre Clarice. Agora, coisas objetivas ainda você pode tentar e ele responderá, ele é muito amável, muito gentil, mas sobre Clarice eu duvido que ele dê uma entrevista. Não pense que ele não esteja querendo. É que ele foi muito, mas muito mesmo, amigo de Clarice. Dá a impressão de que Clarice deve ter desabafado com o Otto. Com ele e com o Hélio Pellegrino. Hélio Pellegrino era amicíssimo de Clarice, acompanhou muito Clarice durante essas crises todas. O que eu via assim um pouco de fora eles viam por dentro. O Hélio infelizmente já não está mais aqui para falar com vocês.[30]

AMN: A gente chegou a falar com o Hélio.

AC: Ah, você chegou?

AMN: Dois meses antes de ele falecer.[31]

AC: Que boa sorte! Em primeiro lugar, por ter estado com ele; em segundo lugar, porque ele era uma pessoa adorável, adorável! Ele devia também saber muito sobre Clarice, muito. Não sei também o quanto ele contou.

AMN: Ele falou bastante. Foi uma entrevista muito importante.

AC: Tinha grande atenção por Clarice, e Clarice por ele. Eles se entendiam muitíssimo bem. Se estivesse precisando, ele lhe dava assistência. Pessoa "mais boa" que eu já conheci na minha vida, pessoa adorável, fora dos padrões gerais da cultura. E, no caso de Clarice, eu sei que era difícil conviver, mas ele assistiu Clarice mesmo. Sabe dessas coisas todas de separação, essas coisas todas sobre a vida de Clarice? Otto deve conhecer também. Ele e o Hélio acho que foram as pessoas mais íntimas de Clarice. Porque conheceram tudo aquilo sem um distanciamento que o amigo não pode ter. Então, esses dois aí podiam fazer realmente o "romance verdadeiro" de Clarice Lispector. Porque, que a vida de Clarice foi interessante, foi.

---

[30] Hélio Pellegrino faleceu em 23 de março de 1988, aos 64 anos de idade.

[31] Aparecida Maria Nunes entrevistou Hélio Pellegrino em 28 de janeiro de 1988. Ver NUNES. *Clarice Lispector "jornalista"*, v. 2.

AMN: Como era o clima de trabalho no *Correio da Manhã*?

AC: O ambiente era muito bom, porque, apesar de o jornal ter uma estrutura industrial, diferentemente de outros daquele tempo, havia amizade e alegria dentro da redação. Assuntos ligados a literatura, artigos, tudo isso era feito num ambiente agradável e interessante. O convívio entre as pessoas não era frio nem distante. Era um jornal simpático pelo ambiente de trabalho. Agora, não sei se Clarice teve esse tipo de vivência no *Correio da Manhã*, pois ela trabalhou num *Correio da Manhã* real, mas escrevia no Leme e apenas mandava a matéria para o *Correio da Manhã*. Ela não tinha nenhuma proximidade com o ambiente da redação do jornal.

AMN: E no *Jornal do Brasil* você teve contato com ela?

AC: Não tive. Primeiro, porque evidentemente eu apenas lia as cópias das colunas de Clarice. E às vezes nos falávamos por telefone a respeito do que ela tinha feito, do que ela tinha dito. Nós tínhamos esse tipo assim de relacionamento – um pegava o telefone e falava com o outro: "Vamos nos encontrar, vamos conversar?". Mas nunca vi Clarice no *Jornal do Brasil*. Acho que ela nunca foi ao *Jornal do Brasil*. Pode ser que tenha até ido um dia, mas eu nunca estive com Clarice lá dentro, no *Jornal do Brasil*. E eu frequentei o jornal durante anos e anos. Ela não gostava desses ambientes não, tanto é que Clarice tinha relacionamento um pouco difícil, ela era um pouco, digamos, não era autossuficiência não, ao contrário, ela não sabia que tinha uma insuficiência daquilo que em inglês chamamos de *small talk*. Ela não sabia, por exemplo, conversar sobre o tempo, isso era acima das forças de Clarice Lispector.[32] Ela não conseguia. Acho que, se uma pessoa falasse com ela assim durante quinze minutos, ela ia de repente desfechar uma pergunta mortal qualquer.

AMN: Como fez algumas vezes!

AC: Não sei se ela frequentou a redação do *Jornal do Brasil*. É possível ter frequentado, ou não frequentou, ou então ia lá uma hora ou outra,

---

[32] No sentido de conversa fiada, sobre amenidades, jogar conversa fora.

misteriosa, talvez para entregar um artigo, para receber dinheiro, mas com a menor frequência possível. Ela era uma amiga muito franca, era amicíssima. Mas… uma vez que a pessoa passasse no vestibular… tinha de ter uma ideia real da pessoa, enxergar o que a pessoa era. Falar com uma pessoa só porque era da raça humana, essa coisa não era o tipo dela não, ela era naturalmente profunda e tinha horror a essa perda de tempo que é o bate-papo. Havia pessoas que achavam Clarice meio… Eu achava Clarice até engraçada, na sua estampa interessante de mulher fora do comum e com uma enorme impaciência de dizer bobagem, trivialidade.

AMN: Ela se preocupava com o leitor do jornal?

AC: O ato de escrever para jornal era uma coisa muito dela, as pessoas que entendessem o que achassem que deviam entender. Aliás, estava se separando cada vez mais da ideia de escrever como um ato de comunicação geral. Tinha a ideia de que um grupo de pessoas realmente entenderia aquilo que ela escrevia. Mas ela não estava preocupada com isso, com essa coisa de que escritor tem de pensar muito no seu mundo, qual é esse seu mundo. Acho que isso não passava em Clarice, acho que realmente ela tinha uma certa superioridade em relação a esse assunto.

AMN: Estava mais interessada em sobreviver financeiramente?

AC: Ela precisava de dinheiro para viver, mas não precisava de muito. A doença do filho levou o casal a momentos de dificuldade, acho que acabou com qualquer economia doméstica. Mas o ideal dela era aquilo que ela guardava direitinho lá na rua Gustavo Sampaio, dinheiro suficiente para viver a vidazinha dela. Também não queria e nunca deu a impressão de querer grandes coisas, de ter grandes êxitos no sentido de satisfazer essa vaidade, a vaidade de todos nós. Ela não estava muito interessada nisso. Havia um obstáculo que ela tinha que atravessar, todo mundo tem, então ela atravessava da maneira a mais agradável possível, mas achava que ia ter um lado de fardo. Eu tinha que chegar nela em determinado ponto e disfarçar esse fardo. Era um pouco uma coisa dela, digamos assim, permanente, era um momento de reflexão, pensava no destino do homem. Eu diria que era um pouco nosso, e da Clarice, essa atitude de pessoa pouco presente assim no mundo, no mundo cotidiano. Ele tinha muita importância para ela, tinha muito tempo para retificar isso. Ela dizia o que estava acontecendo dentro dela e ia levando assim com uma certa, não digo ansiedade, mas com a ideia de morrer, porque, para ela, parece que tinha um lado animador, ao certo, estava cumprindo um tempo.

Fui muito amigo dela durante muitos anos, mas nunca tivemos um grau assim maior de intimidade, esse tipo de intimidade que ela teve com duas pessoas: o Otto [Lara Resende] e o [Rubem] Braga. O Braga tinha uma relação deliciosa com ela, mas cada um para o seu lado, o Braga muito preocupado com os passarinhos, com o dia a dia, e Clarice preocupada com o acidente,[33] mas se entendiam muito bem. Mas o Otto, ele deve ser o resumo histórico de Clarice. Esse um dia, se quiser, poderá escrever uma biografia de Clarice, cinquenta anos depois.

O dia em que Clarice desapareceu[34]

Clarice era uma estrangeira. Não porque nasceu na Ucrânia. Criada desde menininha no Brasil, era tão brasileira quanto não importa quem. Clarice era estrangeira na Terra. Dava a impressão de andar no mundo como quem desembarca de noitinha numa cidade desconhecida onde há uma greve geral de transportes. Mesmo quando estava contente ela própria, numa reunião qualquer, havia sempre, nela, um afastamento. Acho que a conversa que mantinha consigo mesma era intensa demais.

Sempre achei, e disse mesmo a Clarice, que ela era a pessoa mais naturalmente enigmática que eu tinha conhecido. Depois li num livro

---

[33] Clarice sofreu acidente grave na madrugada do dia 14 de setembro de 1966. Enquanto dormia, um cigarro aceso provocou incêndio no seu apartamento, na madrugada de 14 de setembro de 1966, causando queimaduras tão sérias que a levaram ao coma por alguns dias, e ela por pouco não precisou amputar a mão direita. O tratamento foi doloroso e incluiu algumas cirurgias plásticas sob os cuidados do dr. Ivo Pitanguy.

[34] Texto de Antonio Callado originalmente publicado em: PERTO de Clarice: homenagem a Clarice Lispector. Rio de Janeiro: Casa de Cultura Laura Alvim, 1987. [s.p.]. Catálogo de exposição, 23-29 nov. 1987.

dela, póstumo, *Um sopro de vida*: "Sou complicada? Não, eu sou simples como Bach". A leitura desse livro, *Um sopro de vida*, me perturbou bastante, por ter sido o primeiro livro dela que dizia, no lugar do *copyright*: "*by* Espólio Clarice Lispector". Clarice ali dizia da vida: "Viver me deixa tão nervosa. Tão à beira de". E da morte: "Na hora de minha morte o que é que eu faço? Me ensinem como é que se morre. Eu não sei".

A última surpresa que Clarice me fez foi com seu enterro. No Cemitério Israelita do Caju. Nunca, mas nunca tinha me passado pela cabeça que Clarice fosse judia. Eu achava, isso sim, que ela pudesse um dia cair em crise religiosa e até se fizesse freira. Eu podia imaginar o Hélio Pellegrino me informando: "Clarice entrou para as clarissas". Mas o funeral israelita me deixou perplexo. Usei o barrete que me deram, fiquei na capela, mas de certa forma não me convenci. Fui para casa achando que Clarice teria concordado com as exéquias por seguirem um rito antigo, confiável. Mas não estava ali. Tinha desaparecido.

● Antônio Carlos Villaça[35]

Eu gostaria de ter assistido, há uns quinze anos, em Paris, às longas conversas entre San Tiago Dantas e Clarice Lispector.[36] O intérprete de Cervantes se deixou fascinar pela profundidade a um tempo lírica e crispada da autora de *Perto do coração selvagem*. Amanhã é o centenário da morte de José de Alencar, e hoje, 11 de dezembro, é o nonagésimo

---

[35] Depoimento concedido a João Carlos Horta, em 25 de dezembro de 1977, inédito, com exceção apenas da penúltima frase deste trecho, que foi inserida no curta-metragem *Perto de Clarice*, lançado em 1982. (Transcrição de rolo de áudio. Acervo de Heloísa Buarque de Hollanda.)

[36] Antônio Carlos Villaça refere-se, creio eu, ao encontro ocorrido em janeiro de 1947 e relatado por Clarice Lispector tanto em belíssima crônica quanto em carta a suas irmãs. Nesse caso, haveria uma distância de trinta anos – e não de quinze anos – entre o depoimento de Antônio Carlos Villaça, datado de 11 de dezembro de 1977, e o encontro que aconteceu em Paris, em janeiro de 1947. Na crônica intitulada "San Tiago", Clarice Lispector narra esse seu encontro com San Tiago Dantas ocorrido em Paris, na companhia de amigos, numa noite de janeiro de 1947, quando resolvem percorrer os *night-clubs* da cidade, até o amanhecer. Diz a cronista: "Mas acontece que em noite longa bebe-se. E eu não sei beber. Se bebo, ou me dá sono ou choro um pouco. Mas se continuo a beber, começo a ficar brilhante, a dizer coisas. E não sei o que é pior. Nessa noite aconteceram ambas" (*Jornal do Brasil*, 6 jan. 1968; LISPECTOR, Clarice. *A descoberta do mundo*. Rio de Janeiro: Artenova, 1984. p. 75-77). A noitada lhe provoca no dia seguinte uma tremenda ressaca, enquanto recebia flores, muitas flores, do San Tiago. Esse memorável encontro é assunto de carta a suas irmãs, enviada de Paris, no mês de janeiro (LISPECTOR, Clarice. Carta a Elisa Lispector e Tania Kaufmann. *In*: BORELLI, Olga. *Clarice Lispector: esboço para um possível retrato*. Rio de Janeiro: Nova Fronteira, 1981. p. 133; LISPECTOR, Clarice. *Correspondências*. Organização de Teresa Montero. Rio de Janeiro: Rocco, 2002. p. 115). Tal como acontece em suas crônicas sobre Lúcio Cardoso, que se desdobram em outras, registrando encontros vários com o amigo ao longo da vida, Clarice relata, nessa mesma crônica, de 6 de janeiro de 1968, os vários encontros que teve com San Tiago Dantas depois dessa experiência em Paris.

quarto aniversário de Tristão de Athayde.[37] Creio que nós podemos dizer a Clarice, como Alencar, n'*O guarani*, "Tu viverás", "tu viverás".

Minhas últimas lembranças de Clarice

Participei da comissão julgadora dos grandes prêmios de Brasília em abril de 1976. A comissão era constituída de Hélio Pólvora, Odylo Costa Filho, Dirce Cortes Riedel, Roberto Alvim Correia e outros escritores. E, por sugestão de Hélio Pólvora, nós concedemos, por unanimidade, o Grande Prêmio de Conjunto de Obra, 90 mil cruzeiros, da Fundação Cultural de Brasília, a Clarice Lispector.

Ela concordou em voar até Brasília, só impôs uma condição: que ela fosse com sua acompanhante. E assim ela foi. Estava muito bem-vestida, muito bonita, coberta de joias – eu fiquei muito impressionado com as joias dela –, e assisti então à cerimônia, no Palácio do Buriti, em que ela recebeu o Grande Prêmio, que foi o maior prêmio recebido oficialmente na sua vida.

E fez um discurso de improviso, completamente caótico, anárquico: disse que não era uma escritora profissional, que era uma amadora, que estava ali trêmula, como se fosse uma menina, uma amadora, que ela se sentia frágil diante da literatura, diante do destino, que aquele prêmio a confirmava em si mesma, e que ela se sentia extremamente perturbada com o prêmio. Foi um pequeno discurso dito com uma grande emoção, ela estava realmente trêmula, profundamente tocada pelo prêmio.

No dia seguinte, eu devia partir para o Rio, de manhã cedo. Então tomei um táxi sozinho na porta do Hotel Nacional e, como havia ainda algum tempo, pedi ao chofer para me levar ao Santuário Dom Bosco. Ouvia falar que existia em Brasília um santuário, chamado Santuário

---

[37] Quanto ao centenário de morte de José de Alencar, nada a acrescentar, já que aconteceu em 12 de dezembro de 1977, tal como anuncia Antônio Carlos Villaça. Quanto à observação sobre a data de nascimento de Tristão de Athayde, convém considerar que 11 de dezembro de 1977 consistiria no seu nonagésimo quarto aniversário (já que nasceu em 11 de dezembro de 1883), e não no seu octogenário quarto, tal como menciona na gravação. Fiz a alteração. (N.O.)

Dom Bosco, e havia também uma Ermida. Então eu queria conhecer o Santuário e, depois, a Ermida, mais longe. Então fui de táxi, saltei lá, assisti a um pedacinho da missa e tomei de novo o táxi. Quando eu ia entrando no táxi, uma voz forte, poderosa, estranha, me chamou. Era Clarice, descendo de um outro táxi, pois ela tinha tido a mesma ideia. "Eu quero ir ao Santuário Dom Bosco, onde é, Villaça?" "É aqui, Clarice. É aqui. Eu não entro com você porque estou na hora do meu avião." E ela me deu um beijo, com grande fervor, e entrou, iluminada, no Santuário Dom Bosco. Essa é uma das visões que eu guardo de Clarice, entrando no santuário.

A outra lembrança que eu tenho dela, recente, é a da nossa viagem a Porto Alegre. Nós fomos juntos de avião, Nélida [Piñon], Clarice, Lygia Fagundes Telles, eu e outros escritores, ao Encontro de Escritores em Porto Alegre, em outubro de 1976. Clarice estava assim muito angustiada, mas foi conosco e ficamos no mesmo hotel, na rua da Praia. E ela se revelou uma pessoa extremamente fraternal. Acordava às quatro e meia da manhã e se punha na portaria do hotel, vestida como se fosse sair, olhando a rua. Então nós chegávamos às oito, oito e meia, nove horas, para tomar café, e ela dizia: "Estou aqui desde as quatro e meia da manhã". E sempre aquela sensibilidade crispada e lírica. Ela era realmente a profundidade e a originalidade. Ela era como ninguém, não se parecia com ninguém. Como disse muito bem Tristão de Athayde, ela escrevia de uma forma pessoal, ninguém escrevia como ela, ela não escrevia como ninguém.

● Armindo Trevisan[38]

Conheci Clarice Lispector quando voltei de Roma, em 1963, e a procurei no Rio de Janeiro, levando uma carta de apresentação escrita por Murilo Mendes, que eu conhecera em Roma.

Enquanto estudava na Suíça, de 1958 a 1963, em Friburgo, onde desenvolvi pesquisa e defendi tese sobre Bergson, ia com certa frequência a Roma, onde tinha um primo que fazia tese lá.[39] Fiquei amigo do Murilo Mendes. Escrevi até um artigo intitulado "Conselhos literários de Murilo Mendes", publicado pela revista *Vozes*, quando Gilberto Mansur era diretor da revista.[40]

Clarice Lispector me recebeu bem. Houve simpatia mútua.

Enviei-lhe um livro de poemas meu, *A surpresa de ser*, ainda em originais que seriam publicados em livro em 1967. Clarice respondeu-me por telegrama: "Livro belíssimo. Clarice Lispector".

Li *Perto do coração selvagem* em 1963. Levei um choque.

Depois comecei a ler outros livros dela. Passei a ler tudo dela. Fiquei impressionadíssimo!

Não consegui ler até ao fim *A paixão segundo G.H.*

Mas de *Perto do coração selvagem*, *O lustre*, *A cidade sitiada* gostei.

---

[38] Depoimento concedido a Nádia Battella Gotlib em Porto Alegre, em 11 de novembro de 2003. Armindo Trevisan (Santa Maria, 1933) é poeta, ensaísta, crítico de arte e tradutor de várias línguas, bem como é autor de várias obras no campo da poesia e crítica de arte.

[39] TREVISAN, Armindo. *Essai sur le problème de la création chez Bergson.* Fribourg, 1963. (Foram editados 200 exemplares pelo próprio autor, apresentados à universidade para obter o título de doutor.)

[40] TREVISAN, Armindo. Poética: conselhos literários de Murilo Mendes. *Revista de Cultura Vozes*, Petrópolis, v. 89, n. 1, p. 108-111, jan.-fev. 1995.

Reencontrei Clarice Lispector várias vezes no Rio de Janeiro, entre 1963 e 1970. Mostrava-lhe meus poemas inéditos para ela os apreciar.[41]

Algum tempo depois, Clarice veio a Porto Alegre.

Como o indivíduo que promoveu a sua vinda não era muito confiável, a pedido dela eu a acompanhei durante todo o tempo.

Ela visitou o Erico. Também fui lá com ela à residência do escritor.

Deu entrevista na TV.

Houve um almoço no restaurante Napoléon, perto da rua Otávio Rocha.

Nessa ocasião, o fotógrafo, creio que se chamava Bortolucci, nos fotografou e me ofereceu as fotos, que na ocasião não comprei. Mais tarde, solicitei dele as fotos. Ele me disse que tinha de procurar os negativos. Não conseguiu localizar as fotos. Parece que saíram numa revistinha chamada *Programa*, de meu amigo Ayres Cerutti.

Não me lembro de ter visto Clarice quando ela veio a Porto Alegre em 1976.

No dia em que Clarice Lispector morreu, fiquei muito triste e até passei mal.

Conheci bastante bem o Erico Verissimo. Tenho até um depoimento sobre ele intitulado "Erico Verissimo, um grande homem". A certa altura perguntei ao escritor:

– Quem você considera gênios na literatura brasileira?

– Eu acho que há dois gênios na literatura brasileira: Clarice Lispector e Guimarães Rosa.

– Eu acrescentaria mais um: o Graciliano Ramos – disse eu.

Em correspondência que mantivemos entre 1964 a 1970, Erico fez os seguintes comentários em relação a Clarice Lispector. Eis trechos de carta que me foi enviada por ele em 5 de março de 1965.

---

[41] Numa de suas crônicas, depois de citar trecho de carta que lhe fora enviada pelo padre Armindo, "carta em que sua humildade cristã de novo se revela", Clarice assim termina o texto: "É preciso que você reze por mim. Ando desnorteada, sem compreender o que me acontece e sobretudo o que não me acontece" (LISPECTOR, Clarice. Dor de museu. *Jornal do Brasil*, 16 nov. 1968; LISPECTOR, Clarice. *A descoberta do mundo*. Rio de Janeiro: Artenova, 1984. p. 224).

[...] o serrano que há em mim não pode deixar de pensar que a inteligência, quando em grau excessivo, é uma espécie de doença que nos impede de aceitar o mundo. Então eu bendigo uma certa e saudável dose de burrice à Sancho Pança com que fui "dotado", e que me faz aceitar tão bem a vida – sem conformismo, é claro, mas com uma certa paciência franciscana. Creio que São Francisco não era muito inteligente.

[...] eu gostaria que ela (Clarice) fosse menos aguda para bem da sua própria literatura. Ela trespassa as personagens com a violenta luz de sua inteligência. Acaba deixando as personagens como criaturas transfixadas, anuladas, destruídas. O romancista precisa às vezes usar também as patas para escrever (Exemplos: Tolstói, Dickens, Balzac, Stendhal...).

Acho que entre os escritores brasileiros de prosa ela e o Guimarães Rosa são os únicos que têm lampejos de verdadeiro gênio. Mas o romance não exige gênio. Nem mesmo uma inteligência super aguda. Exige uma capacidade de empatia, de sair fora de si mesmo, de meter-se na pele dos outros (embora esses outros possam não ser da nossa família espiritual) e depende também de uma espécie de aceitação (que é feita metade de revolta) da vida. Estarei fazendo um paradoxo? Quando eu digo aceitação, eu me refiro a uma atitude que pode ser traduzida assim: Bom, esse mundo aí está, existe. Não fui eu quem o fez ou quem o tornou complicado. Se eu o aceito passivamente, caio em depressão. Se me revolto com fúria contra ele, transformo-me numa espécie de niilista e vivo em permanente atitude de agressão. Que fazer? É nessa hora que entra a capacidade de ser um pouco "burro", de ter um tiquinho de *sense of humour* e empregá-lo na interpretação do mundo.[42]

---

[42] Esses trechos da correspondência foram publicados em: TREVISAN, Armindo. Erico Verissimo, um grande homem. *Nova Renascença: Revista Trimestral de Cultura*, Porto: Associação Cultural Nova Renascença, v. 15, n. 57-58, p. 282, 20 jul. 1995.

Autran Dourado e
Maria Lúcia Autran Dourado[43]

Nádia Battella Gotlib: Como vocês conheceram Clarice?

Autran Dourado: Então eu falo primeiro. Depois Lúcia complementa, porque eu conheci Clarice muito antes da Lúcia. Quem me mostrou Clarice foi o Lúcio Cardoso, que era muito amigo dela. Eu tenho dúvida se foi antes ou depois de eu me casar, porque a memória não está me ajudando, mas foi por volta de meados da década de 1940.[44]

NBG: Pensei que você tinha conhecido Clarice mais tarde.

AD: Ela me impressionou demais, porque era uma mulher muito bonita. E não só porque era uma mulher belíssima. Tinha uma coisa fantástica: se ela estava numa sala, imediatamente atraía todo mundo! Atraía os olhares todos para ela, pois tinha uma espécie de magnetismo. Era uma beleza estranha. O Lúcio Cardoso foi um dos que ajudaram a criar o mito Clarice Lispector. O Lúcio era um mistificador constante. O Lúcio era homossexual e cheio de invenções: inventava coisas, passava trote, criava... Então, ele foi um dos que colaboraram para inventar o mito Clarice Lispector, que ela passou a adotar. Sim, ela também

---

[43] Entrevista de Autran Dourado e Maria Lúcia Autran Dourado concedida a Nádia Battella Gotlib em Belo Horizonte, em 21 de abril de 1995.

[44] [Waldomiro Freitas] Autran Dourado (Patos de Minas, 1926-Rio de Janeiro, 2012) casou-se com Maria Lúcia Barroca de Campos Christo em 1949. Talvez tenha conhecido Clarice Lispector em 1946, porque, em 1944, Clarice permaneceu apenas poucos dias no Rio de Janeiro, no mês de julho, depois de passar seis meses em Belém e antes de iniciar sua viagem para a Europa, no dia 19 de julho. A escritora voltou da Itália para o Brasil em fevereiro de 1946 para uma temporada que se estendeu até abril desse ano.

colaborou, dizendo, por exemplo, como tinha escrito *Perto do coração selvagem*. E contou certa vez como era aquela maneira de ir escrevendo aos pedacinhos. Depois mostrou ao Lúcio Cardoso: "Tá pronto?". E ela então juntou tudo e deu o *Perto do coração selvagem*. Na primeira vez que ela me contou essa história, eu disse para ela: "Clarice, eu não acredito em nada disso. O seu livro *Perto do coração selvagem* é um dos seus livros mais bem compostos, mais bem estruturados". Não sei se você concorda com essa minha ideia.

NBG: Concordo.

AD: Ela *mentia* em todos os sentidos, quer dizer, criou uma *persona* literária e humana. E tinha aquela vaidade de dizer que começou a escrever o *Perto do coração selvagem* com 16 ou 17 anos. Mas não era verdade, ela escondia a idade, diminuía muitos anos. Não eram poucos, não.[45] E não era uma escritora *naïve*, uma escritora inspirada, como ela gostava de parecer. Tanto isso é verdade que certa vez veio conversar comigo sobre inspiração. "Oh, Clarice, não tem esse negócio de inspiração não, oh, meu Deus! Você sabe disso. Quando você está escrevendo um romance, não tem essa coisa de inspiração, tem que trabalhar todo dia no romance." Mas ela criou esse mito de escritora que acreditava na inspiração. Ora, a Clarice Lispector fingia muito. Para criar a *persona* literária dela e a *persona* humana, ela inventou uma série de coisas.

Maria Lúcia Autran Dourado: Ela era muito impressionável.

AD: Era sim. Vivia aquilo, era natural nela e criou uma segunda natureza, isso que é importante. Criou uma outra natureza. E eu discutia muito com ela sobre uma tese de que ela gostava muito: ela costumava dizer que não conhecia nada. Mas não é verdade. A Clarice tinha conhecimento – podia até não ser muito extenso –, mas tinha conhecimento de filosofia, literatura grega, tanto que uma das epígrafes

---

[45] Clarice Lispector nasceu em 10 de dezembro de 1920, não em 1925, como afirmou em certas ocasiões, inclusive em entrevista que concedeu a Renard Perez (PEREZ, Renard. *Escritores brasileiros contemporâneos*. 2. ed. rev. e atual. Rio de Janeiro: Civilização Brasileira, 1971. p. 67-76).

dela, eu acho que no romance *A cidade sitiada*, é de Píndaro. "No céu, aprender é ver; Na terra, é lembrar-se." Que é uma beleza! Essa epígrafe tem muito a ver com o livro dela.

Ela ficou muito impressionada e muito grata a mim pelo artigo que eu escrevi sobre o livro *A cidade sitiada*, porque esse livro estava sendo malhado. Após *Perto do coração selvagem* e o brilhantismo de *O lustre*, saiu essa história mítica. E eu escrevi um artigo – eu me lembro até como se fosse hoje, poderia até procurar no meu arquivo, tirar uma cópia e mandar para você –, o artigo chamado "Os mitos de São Geraldo".[46] São Geraldo é a cidade sitiada, que ela transforma em animais. Os personagens dão coice... Eu achei aquilo muito positivo, era a primeira vez no romance moderno que aparecia um romance mítico, nos diversos sentidos da palavra. E eu ressaltei isso e o uso que ela fez da epígrafe. Esse livro foi muito malhado e ainda continua sendo desprezado pela crítica. E eu defendo muito esse livro. Tanto que, se eu achar o artigo, gostaria de te mandar.

NBG: Sim. Eu gostaria de ler, sim.

AD: O Fernando Sabino diz o contrário, mas o Fernando não tem o conhecimento da técnica romanesca. Ele tem uma série de cartas da Clarice, não sei se você teve acesso a essas cartas. Ele costuma às vezes querer cobrar direitos autorais. O Fernando é muito objetivo, muito materialista.

NBG: Algumas estão depositadas na Fundação Casa de Rui Barbosa e eu pude ler.

AD: Ele doou para a Fundação Casa de Rui Barbosa?

---

[46] DOURADO, Autran. Os mitos de São Geraldo. Texto datiloscrito sobre *A cidade sitiada*, de Clarice Lispector, datado de novembro de 1949, em que Autran Dourado discorre sobre os tempos da narrativa, a divisão de personagens em vários "eus", as imagens surpreendentes da cidade e seus habitantes pautadas em alicerces mitológicos. O autor e crítico constata a supremacia estética desse romance em relação aos dois anteriores e já indaga sobre as dificuldades de superação do nível de qualidade narrativa aí atingida pela escritora. (Texto datiloscrito. Acervo de Escritores Mineiros da Universidade Federal de Minas Gerais.)

NBG: Não sei se doou, mas estão lá depositadas. São as cartas dele para Clarice. Agora, as que estão com ele eu não pude consultar. Ele está pensando em publicar, e ele e o filho de Clarice providenciam a questão dos direitos autorais.[47]

AD: O Fernando acha que conhece o romance mais do que eu. E não conhece, não. Em matéria de romance eu tenho uma teoria e o Fernando não tem nenhuma teoria na cabeça. Ele assumiu muito esse papel, não sei se também nessas cartas dele para Clarice que estão no Museu de Literatura Brasileira da Fundação Casa de Rui Barbosa. O que é uma grande pretensão, uma bobagem. Comigo a Clarice discutiu muito questões objetivas e técnicas. Técnicas narrativas. Eu defendo a tese contrária a tudo que todo mundo diz: ela pode passar a mentira para todo mundo, a moeda falsa, para mim ela não passou, não; eu não deixei. Não deixei várias vezes, de jeito algum. Uma vez, na casa de Paulo Mendes Campos; outra, quando Marco Aurélio Matos[48] e eu fomos à casa dela, aliás, ela já era casada com Maury. O Paulo [Mendes Campos] deu um jantar para ela e Maury, convidando a mim e ao Marco Aurélio. Quando eu conheci a Clarice, eu ainda morava em Minas, mas ia muito para o Rio de Janeiro.[49] Antes da campanha. Porque a campanha de Juscelino [Kubitschek] foi em 1954.[50]

---

[47] Esse livro seria publicado seis anos depois: SABINO, Fernando; LISPECTOR, Clarice. *Cartas perto do coração*. Rio de Janeiro: Record, 2001.

[48] Marco Aurélio Matos, pessoa muito culta, falava várias línguas e fazia parte do grupo de amigos de Autran Dourado, que muito o admirava e o procurava para consultá-lo sobre diversos assuntos.

[49] Autran Dourado morou em Belo Horizonte de 1940 a 1954, quando então se mudou para o Rio de Janeiro.

[50] Autran Dourado refere-se a campanhas políticas de Juscelino Kubitschek de Oliveira para o governo do estado de Minas Gerais (1951-1955) e também para a presidência da República (1956-1961), em que atuou como secretário de Imprensa. Ofélia, filha de Autran Dourado, afirma: "Meus pais se casaram em 1949. Papai trabalhava como taquígrafo na Assembleia Legislativa. Passou num concurso e foi convidado para trabalhar com o Juscelino, quando ele era governador de Minas Gerais. No último ano do mandato, Juscelino desincompatibilizou-se e veio para o Rio. Vários amigos mineiros já estavam aqui: o Otto [Lara Resende], Fernando Sabino, Sábato [Magaldi], Amilcar de Castro, Marco Aurélio [Matos], Hélio Pellegrino, Wilson Figueiredo. Otávio Mello Alvarenga e Jacques do Prado

NBG: Há duas coisas que eu queria muito saber. Uma delas se refere a questões técnicas. Então ela discutia com você?

AD: Sim. Como escrever, que tipo de monólogo, essas coisas todas, sobre a montagem. Eu disse para ela que foi uma coisa muito importante o sistema de montagem narrativa de *Perto do coração selvagem*. São capítulos intercalados na parte referente à infância. E na segunda parte são mais contínuos. Sobre isso eu conversava com ela, e ela gostou muito de eu ter dito.

NBG: E nessa época você morava em Minas?

AD: Sim, morava aqui em Belo Horizonte, mas ia muito para o Rio. Aí eu procurei a Clarice.[51] A Clarice também fez muito essa coisa de – como se diz? – de política ausente. Ela participava à sua maneira. Eu me lembro de que, durante a ditadura, logo após a morte do aluno Edson Luís, eu não gosto dessas coisas, mas eu me vi obrigado a ir ao Palácio Guanabara, e a Clarice estava lá também. E eu até fiquei conversando com ela: "Oh, Clarice, que coisa, nós aqui". E ela disse: "Nós temos de nos manifestar também". Quer dizer, não era uma absenteísta política.

Mas ela conseguiu passar uma moeda falsa dela... Ela conseguiu, e isso ninguém vai desfazer. Talvez o seu livro possa desfazer, com essa minha modesta colaboração, possa desfazer esse mito que a Clarice criou de si, o de ser uma "*persona*", uma personagem. No final, ela estava já criando coisas de bruxas. Ela foi ao famoso congresso.[52]

Brandão vieram depois. Em 1954, seis meses depois, a mamãe veio, mesmo sem saber quem ganharia a eleição, com três filhos e sem conhecer ninguém aqui. Venderam a casa em Belo Horizonte e pegaram um empréstimo no banco" (Ofélia Autran Dourado, em depoimento a Nádia Battella Gotlib, em 27 de julho de 2021, por e-mail).

[51] Clarice Lispector, que desde 1944 morava em Nápoles, volta ao Brasil, onde permanece de fevereiro a abril de 1946, quando então volta para a Europa e passa a residir em Berna, na Suíça.

[52] Refere-se ao I Congresso Mundial de Bruxaria, em Bogotá, na Colômbia, em agosto de 1975, de que participa com seu conto "O ovo e a galinha", lido no dia 26, durante o evento.

MLAD: Ela era mística também?

AD: Ela era muito mística, muito mística. Mas eu tinha algumas noções de quiromancia, leitura de mão. Sabia o elementar: o Monte de Vênus, o Monte de Marte, uma linha da cabeça, a linha do destino, a linha da vida. Essa coisa elementar: os vários montes na mão, os montes da arte, os sinais do monte da arte... E, como eu conhecia a Clarice, conhecia os livros dela muito bem, ela me pediu para eu ler a mão dela. E eu li a mão dela, ela ficou impressionadíssima, e tudo era mentira minha, porém eu estava brincando com ela. Eu conhecia Clarice pessoalmente, conhecia a literatura dela muito bem, portanto conhecia bastante a sua alma. E pude fantasiar olhando a mão, era uma mão realmente bastante característica. E eu me lembro também de que uma vez ela – não me lembro de onde foi isso –, após o incêndio, ela ajudou a criar outro mito, o de que ela teria se queimado toda porque ela queria apagar o fogo e não deixar pegar fogo nos originais dela. O mito do Camões, nadando com os livros debaixo do braço... Mas ela se queimou porque tomava muito comprimido para dormir e, ao fumar deitada na cama, dormiu, e o cigarro caiu. Resolveu bater nas chamas para apagar o fogo e se queimou.[53]

A primeira vez que vi Clarice, depois que ela fez a primeira operação plástica, eu olhei a mão, fiquei conversando com ela, e ela me disse, de uma maneira até agressiva, na casa do Otto Lara Resende: "Olha pra minha mão, diga, diga que ela está horrível! Diga que eu sou um monstro, diga!". Eu disse: "Clarice, está horrível mesmo sua mão. Agora vamos conversar sobre outro assunto!". Conversamos sobre outro assunto. Mas depois, no final da vida, ela – a Lúcia pode confirmar –, ela passou a ir muito lá em casa. Mas ia, fazia lanche cedo, porque, a certa altura, oito horas da noite, ela estava morrendo de sono.

MLAD: A Clarice tinha um horário especial de dormir naquele tempo. Porque ela dormia às seis horas da tarde, acordava às duas.

AD: É. Um dia eu perguntei a ela: "Mas como é que você aguenta acordar tão cedo?". "Ah, é muito bom. Eu escrevo e não tem nenhuma

---

[53] Ver nota 33, p. 56.

empregada para me perguntar o que é que vai fazer para o almoço. Então eu acho isso muito bom." E ela se levantava de madrugada, ia à praia, tomava banho, porque naquele tempo a gente podia andar facilmente no Rio, não havia nenhum perigo.

MLAD: Um dia a Olga [Borelli] telefonou para mim e disse: "Você fala com o Autran se vocês podem vir aqui, que a Clarice está esperando por vocês". Era um sábado, acho que às seis horas da tarde. Fomos para lá, encontrei a Clarice com uma vela acesa na mesa. E ela conversou muito. Conversou muito sobre literatura, sobre os livros dela.

AD: Numa das vezes em que ela foi em casa, escreveu num dos livros dela, não me lembro em qual: "Autran, este livro não presta".[54]

NBG: Esse livro deve estar na sua casa, não é?

AD: Está guardado. A Lúcia vai achar.

NBG: Eu queria que você me mandasse cópia dessa dedicatória. Ela escreveu outras dedicatórias para você também, não?

AD: Sim, sim.

NBG: Pode enviar para mim?

MLAD: Sim, claro. Ela começou depois a ir a nossa casa, lembra, Autran? Então ela ia a nossa casa, meu filho era adolescente.[55] Principalmente aos

---

[54] Eis a dedicatória: "Autran, este livro não presta. Só admiro 'À procura de uma dignidade', 'Seco estudo de cavalos' e 'A partida do trem'. Sua e de Lúcia, Clarice". Trata-se do livro de contos *Onde estivestes de noite* (Rio de Janeiro: José Álvaro Editor, 1974), numa primeira edição ainda com erro no título – um ponto de interrogação –, que seria excluído em edição seguinte.

[55] Henrique Autran Dourado (1953), músico, irmão de Lúcio Autran Dourado (1957), escritor, autor de livros de poesia, além de ensaios e colaboração em diversos periódicos. Henrique e Lúcio são irmãos de Inês Autran Dourado (1949) e Ofélia Autran Dourado (1951). Lúcio Autran recorda-se de episódio de sua infância: "Certo dia, papai chegou em casa com um grande envelope e me disse: 'Filho, estes são os originais de um livro que uma amiga do papai escreveu para crianças. Ela gostaria, antes de publicar, de saber a sua opinião'. Peguei aquele calhamaço, que talvez nem fosse tão calhamaço assim, mas que minhas pequenas mãos de criança sentiram ser, e me dediquei à sua leitura, orgulhoso e muito cioso da tarefa que me fora incumbida pela

sábados. Era mais prático ela ir a nossa casa aos sábados. E começou a gostar muito do ambiente. Meu filho, que hoje é músico, nesse tempo estava começando a iniciação musical em música popular e juntava uma garotada enorme no quarto. Eu tinha mandado fazer um revestimento só por causa dos vizinhos, e tocavam lá piano, bateria; uma loucura. E ela achava muita graça naquilo. Ficava atenta, achava aquilo ótimo.

Numa dessas visitas ela teve uma conversa muito longa e muito engraçada sobre a paixão dela pelo Paulo Mendes Campos.

AD: Ela queria que eu providenciasse um encontro dela com o Paulo Mendes Campos.

NBG: Isso foi quando? Década de 1970?

AD: No fim da vida dela. Nos últimos meses. Ela queria que eu arranjasse um encontro dela com o Paulo. Eu me dava muito bem com Paulo, era amigo de Paulo. De modo que eu não ia me meter, não, de jeito algum. Não queria me meter.

MLAD: Numa dessas noites, ela levou aquele quadro.

AD: É, ela levou um quadro…

MLAD: Um quadro horrível!

AD: Ela foi lá em casa e viu os meus quadros. Eu disse para ela: "Olha, Clarice, eu nunca comprei quadros". Naquela época eu não tinha comprado nenhum quadro. Mas tinha um quadro do Guignard.

---

tal da 'moça'. Alguns dias depois, do alto da minha empáfia (minha mãe adorava essa palavra), disse ao meu pai: 'Pronto, já li', e devolvi o envelope como havia recebido, claro que um tanto amarrotado pelos meus 'cuidados' de menino. Meu pai sorriu e me perguntou se eu gostaria de relatar para a autora minhas abalizadas impressões. Claro que sim, ora, afinal, perdera meu precioso tempo, o largo tempo das crianças. Papai ligou e me pôs em contato com ela. Apontei o que mais me chamara a atenção, destaquei alguns trechos dos quais havia gostado muito e, suprema empáfia, os que me não me pareceram 'tão bons', sugerindo algumas mudanças. Enfim, um severo crítico cheio de opiniões. São lembranças que guardo com muito carinho, orgulho (e algum constrangimento). O nome do livro? *A mulher que matou os peixes*. O nome da 'moça'? Clarice Lispector" (Lúcio Autran, em depoimento a Nádia Battella Gotlib, em 27 de julho de 2021, por e-mail).

MLAD: Outro do Dacosta.

AD: É, do Milton Dacosta. E da Maria Leontina. Era o pessoal que me dava. Aí ela disse: "Ah, não, eu também quero. Eu quero te dar um quadro, também quero. Ah, eu também quero". E disse que escrevia por inveja…

MLAD: É por isso que ela disse que escrevia. Se você perguntasse para ela: "Como você consegue escrever? Eu acho que deve ser fabuloso você ter vontade de escrever". Ela respondia: "Não, quando eu leio uma coisa muito boa, eu falo assim: 'Eu também quero'".

AD: Eu também quero. Era uma coisa de que ela gostava mais – eu também quero –, mas feito menina. "Eu também quero um." Menino fala assim, não é? Você dá a um irmão um doce…

MLAD: Daí ele fala: "Também quero".

AD: E o outro menino vê e diz: "Eu também quero". E ela me disse: "Eu também quero, também quero te dar um quadro". E ela escreveu nesse quadro. Na frente do quadro, escreveu: "Autran, você que como eu conhece o desespero". Aí fez um sinal para eu virar e continuou escrevendo atrás do quadro: "você que conhece o desespero", e completava mais ou menos assim: "tenha paciência que eu também já passei por isso mas passa".[56]

AD: Certa vez nós fomos ao lançamento do livro dela, livro de contos, *Laços de família*, na Livraria Eldorado.[57] Aí nós estávamos lá, o Lúcio [Cardoso] estava também. E fomos depois para…

---

[56] Na frente dessa tela que dá de presente ao Autran Dourado, Clarice Lispector escreve, embaixo: "Olhe o que está atrás". Atrás da tela, escreve: "Rio, 7 de maio de 1976. / Clarice Lispector. / Sua e de Lúcia, / Clarice.". Um pouco abaixo, completa: "Você que já conheceu, como eu, o desespero. / Mas é um erro, tudo vai dar certo. / Clarice.". Clarice Lispector, [sem título], 7 maio 1976. Óleo sobre madeira, 39,5 cm x 30,4 cm. Acervo pessoal de Autran Dourado, posteriormente Acervo pessoal de Nélida Piñon (IANNACE, Ricardo. *Retratos em Clarice Lispector: literatura, pintura e fotografia*. Belo Horizonte: Editora UFMG, 2009. p. 22).

[57] O livro foi lançado em 29 de julho de 1960, na Livraria Eldorado, localizada na Avenida Nossa Senhora de Copacabana, no Rio de Janeiro, dois dias após haver

MLAD: Foi na Avenida Atlântica. Um desfile de escola de samba. Escola vencedora. E ela estava linda naquele dia, estava muito bonita e...

AD: ...não tinha havido o incêndio ainda.

MLAD: Minhas filhas eram adolescentes, e foi naquela década, anos 1960, que todo mundo andava com aqueles olhos muito pintados, delineados, pintados com rímel. Eu nunca soube fazer aquilo. E a Clarice viu aquelas mulheres todas pintadas e falou para mim: "Sabe qual o maior desejo da minha vida?".

AD: Ela tinha uma língua presa.

MLAD: Eu achava que o maior desejo da vida dela devia ser ganhar um Prêmio Nobel, ganhar algum prêmio fabuloso. Mas não. Ela disse: "É saber pintar os olhos. Fiquei horas em frente ao espelho e não consegui. Eu fiquei horas antes de vir para cá, manchei tudo e vim sem pintar o olho". Ela era muito vaidosa. E muito bonita mesmo, muito bonita.

AD: Ah, era uma mulher linda. Ela era de uma beleza diferente, exótica, muito marcante. E, numa dessas vezes em que ela foi lá em casa, ia fazer um lanche, mas o sono começou, por causa de um remédio que ela tomou.

MLAD: Ia com a Olga [Borelli].[58]

AD: E aí ela tomou o remédio. O certo é que eram sete e meia, não é, Lúcia?

MLAD: E ela pediu: "Autran. Me leva para casa, porque eu preciso ir embora, estou com muito sono". No carro ela começou a tirar o colar... E falou: "Já vou começando a me preparar para dormir".

AD: Eu tinha uma Kombi.

---

sido lançado em São Paulo, na Livraria Francisco Alves, na avenida Líbero Badaró, no Centro da capital.

[58] Olga Borelli acompanhou o trabalho de Clarice Lispector de dezembro de 1970 até a morte da escritora, em dezembro de 1977, datilografando-lhe os textos, já que Clarice passou a ter dificuldades de escrever à mão e à máquina por causa das sequelas causadas por incêndio em seu apartamento, ocorrido na madrugada de 14 de setembro de 1966.

MLAD: Ela começou a tirar a pulseira, estava toda cheia de colares...

AD: Ela começou a tirar tudo, tirar a meia, tirar a roupa, aí eu disse: "Você vai ficar nua. Pelo amor de Deus, isso vai dar um escândalo desgraçado!".

MLAD: E ela dizia: "Assim, quando chegar em casa, é só escovar os dentes e deitar". Tinha um sono louco. A Olga ficava acalmando: "Clarice, espera aí, ao chegar em casa eu te ajudo". Mas ela: "Não, vou chegar em casa e é só escovar os dentes e deitar, eu estou morta de sono". Era um sono, coitada! Ela já estaria doente? Ela estava muito deprimida.

NBG: Foi durante 1977? No ano em que ela morreu?

MLAD: Foi.

AD: Aí nessa época ela estava sem condições, não tinha dinheiro, não tinha nada. Aí a mulher – é até mineira –, como é o nome dela?

MLAD: Nascimento e Silva.

AD: Vilma, a mulher do Nascimento e Silva, que era ministro da Previdência.[59]

MLAD: Era amiga de Nélida, não é?

AD: É, por intermédio da Nélida, a Vilma arranjou para ela ficar no Hospital da Lagoa, pela Previdência. Foi lá que ela morreu.[60] Aí, na morte dela, as irmãs assumiram o fato de ela ser judia.

MLAD: E ela não era.

AD: Ela não era. Ela não só não praticava como não se fazia de judia, não é? Mas, quando houve o enterro, ou foi ainda do hospital, me telefonaram dizendo que Clarice tinha morrido.

---

[59] Vilma Nascimento e Silva era esposa de Luís Gonzaga do Nascimento e Silva (1915-2003), então ministro da Previdência Social, cargo que ocupou de 1974 a 1979, durante o governo de Ernesto Geisel.

[60] Da Casa de Saúde São Sebastião, no Catete, é transferida para o Hospital da Lagoa, do Instituto Nacional de Previdência Social (INPS), onde veio a falecer, em 9 de dezembro de 1977.

MLAD: Nós fomos para lá.

AD: Nós fomos correndo para lá. Aí eu tentei chegar perto do caixão, a irmã não deixou.

MLAD: A família tomou conta. Levaram para o Cemitério do Caju, o cemitério israelita.

AD: E não deixaram chegar perto do corpo.[61]

MLAD: E fizeram todo o ritual judaico.

AD: E o cantor.

MLAD: Sim, o cantor,[62] tudo soleníssimo, soleníssimo. Não abriram o caixão, ninguém viu o corpo, houve cerimonial.

AD: O Callado, que estava do meu lado nesse dia, me disse: "Autran, que coisa impressionante, eu não sabia que Clarice era judia!". Era brincadeira do Callado? Mas ela não manifestava mesmo.

MLAD: Ela não tinha religião, ela não manifestava ter religião.

AD: Não manifestava. E, para o judeu, é difícil não manifestar.

MLAD: O [Moacyr] Scliar, por exemplo, ele tem uma literatura calcada na defesa dele como judeu, não é? E outro, como é que se chama? O Samuel Rawet.[63]

AD: Outra coisa estranha, diferente, é que, depois de sua morte, o elemento responsável pela boa divulgação na Europa da sua obra traduzida é o feminismo. E ela não era feminista. Eu sou escritor, e sei disso, a pessoa às vezes quer me justificar porque assume, por exemplo, uma postura de homossexual. Eu não sou homossexual. Mas eu concordo que é uma história natural. Agora, a Olga ajudou também a criar isso, porque a

---

[61] No ritual judaico o corpo nunca é exposto, o caixão não é aberto.

[62] O ritual fúnebre, de acordo com os costumes judaicos, contou com a participação do cantor Joseph Aronsohn. O fotógrafo e cineasta João Carlos Horta registrou o ritual no documentário de 12 minutos intitulado *Perto de Clarice* (Embrafilme, 1982).

[63] Samuel Rawet (1929-1974), escritor que residia em Brasília, escreveu romances com acentuada marca da cultura judaica.

Olga, ela foi freira, não é? Ela resolveu entrar na vida da Clarice, tomar conta da Clarice. E a Clarice precisava de uma cuidadora na história.[64] Ela tinha o Pedro, que era esquizofrênico, que estava internado. O Paulo, com a vida dele lá. Eu não sei como teria sido a Clarice...

MLAD: Isso foi muito estimulado também pela família, de certa maneira. Não digo que a família objetivamente tenha feito isso, que interessava a eles separar a Olga, mas separou.[65] A Olga não teve interferência nunca mais. Depois da morte de Clarice, a Olga foi assim afastada.

AD: Refugiou-se. No livrinho que a Olga ia publicar sobre a Clarice, a família interferiu mesmo.[66]

MLAD: A organização dos judeus, eles são muito fortes. Ela nunca se manifestou em favor de alguma religião e a parte religiosa dela aconteceu quando ela caiu naquele misticismo que ela teve na Colômbia, que a *Veja* criticou muito.[67]

---

[64] Clarice precisou cercar-se de pessoas que a ajudavam nas tarefas diárias. Após o incêndio ocorrido no seu apartamento, contou com a ajuda da enfermeira profissional Sileia Marchi, por causa das queimaduras. Após se aposentar como enfermeira, Sileia continuou a acompanhar Clarice como governanta, prestando serviços variados, como administrar remédios e cuidar de telefonemas. Olga Borelli passou a auxiliar Clarice a partir de final de dezembro de 1970, colaborando na organização da agenda, na programação e realização de viagens. Ajudou também Clarice a reunir os fragmentos que acabaram por compor, entre outros, o romance *A hora da estrela* (1977), atividade que se estendeu depois da morte de Clarice, ao organizar também o volume *Um sopro de vida*, publicado em 1978. (Ver neste livro a parte "Olga Borelli", p. 404.)

[65] Olga Borelli mudou-se para São Paulo e foi morar com a mãe e uma irmã, Helena Margarida Borelli de Almeida Lima. Passou a trabalhar com teatro no Departamento de Artes Cênicas da Escola de Comunicação e Artes da USP. Essa mudança de rumo na vida da Olga, ao viver afastada do Rio de Janeiro, pode ter sido interpretada por Autran Dourado como um afastamento da família de Clarice Lispector, hipótese que é contestada pela família de Clarice.

[66] O livro de Olga Borelli, com textos de Clarice e da própria Olga Borelli, foi publicado, ainda que com grandes cortes: BORELLI, Olga. *Clarice Lispector: esboço para um possível retrato*. Rio de Janeiro: Nova Fronteira, 1981.
Segundo dados que me foram passados por herdeiros de Clarice, a família revisou o livro e sugeriu modificações a pedido de Olga Borelli

[67] Refere-se ao fato de Clarice Lispector haver participado do I Congresso Mundial de Bruxaria, em Bogotá, na Colômbia, de 24 a 28 de agosto de 1975.

AD: O que tem muita importância na obra dela são aqueles diálogos da personagem Macabéa com a cartomante, em *A hora da estrela*. Eu sou um escritor, eu penso muito nisso. Por exemplo, nunca fui de colher material, mas, para escrever um conto, "Mr. Moon", que é a história de um pastor protestante, eu frequentei várias igrejas protestantes, e eu não quero nada com protestante.[68] Mas frequentei para saber como era, como funcionava tudo. Não é colher material naturalisticamente, não, mas para saber como é. Ela então talvez estivesse acumulando material para usar, e usou mesmo em *A hora da estrela*, que é belíssimo. Achei muito importante quando, no final da vida, o que ela tinha que dizer, e disse, é aquilo que a cartomante fala para a Macabéa quando vai procurar a cartomante e a cartomante lhe aconselha a se relacionar com uma mulher. Se apaixone, minha filha. Arranje uma mulher, os homens são brutos, arranje uma mulher, as mulheres são mais delicadas.

MLAD: Também tem muito a ver com o que ela estava vivendo, numa fase de conflito muito grande com os homens. Porque ela brigava com todos os escritores. Fazia tempo que ela não tinha contato com esse povo que ela conhecia. Mas tinha conflitos assim, telefonava, brigava, discutia, tudo isso era o princípio da doença dela.

AD: Tem um caso muito engraçado que eu vou te contar, é o seguinte. O Nelson Rodrigues fazia aquela exploração toda do Otto Lara Resende. O Otto, de certa maneira, concordava com aquela coisa horrível. O Otto virou personagem do Nelson Rodrigues.

MLAD: *Bonitinha, mas Ordinária ou Otto Lara Resende...*

AD: Nelson Rodrigues, em tudo quanto era crônica dele de jornal que escrevia, sem ter para quê nem por quê, metia o Otto no meio. Então, eu conversando com o Otto, na casa do Otto, eu, Otto e Nelson Rodrigues, nós conversando, eu disse para o Otto: "Que maravilha é o livro *Uma aprendizagem...*

NBG: *Uma aprendizagem ou O livro dos prazeres?*

---

[68] DOURADO, Autran. Mr. Moon. *In: Armas & corações*. Rio de Janeiro; São Paulo: Difel, 1978. p. 63-113.

AD: Não, não é. É outro. É aquele em que uma mulher come a barata.

NBG: *A paixão segundo G.H.*

AD: *A paixão segundo G.H.* Inclusive ela me disse que escreveria sempre como ela escreve, não "judiamente", mas com deus, ela falou, com deus, e com letra minúscula, preste bem atenção. Então, eu conversando com o Otto, disse: "Que coisa impressionante! Que coisa impressionante a Clarice, mas que pureza, ela não está escrevendo mais sobre nada, sobre coisa alguma, que coisa maravilhosa! Mas ao mesmo tempo isso é muito perigoso, está chegando a um ponto tal...". Mas aí, quando o Nelson ouviu falar na mulher que comia barata, ele já perguntou para mim: "Ah, por que come a barata mesmo?". Eu disse: "Come, ué". E ponto. Na primeira crônica, ele começou a falar de *A paixão segundo G.H.*, da mulher que come barata; na outra crônica, ele aprontava, dizia que ela tinha comido a lesma, a porcaria da barata e tudo. Aí a Clarice me telefonou e disse: "Autran, você é amigo de Nelson?". Eu disse: "Olha, não posso me considerar amigo do Nelson. Eu me dou muito bem com o Nelson, mas amigo mesmo de Nelson é o Otto, o Otto Lara Resende e o Hélio Pellegrino". Ah, pois é, eu quero acabar com isso. Você me aconselha o quê?". "Eu aconselho você a não cair na do Otto Lara Resende e do Hélio Pellegrino e telefonar diretamente para o Nelson Rodrigues. Manda ele parar com isso. Senão daqui a pouco isso continua. Ele vai dizer: 'O Otto me falou...', pois ele põe na boca no Otto coisas sobre você. E você não tem como parar essa loucura do Nelson Rodrigues." E ela fez o que eu mandei, ela fez o que eu disse que ela fizesse. Ela telefonou para o Nelson. E o Nelson me telefonou depois: "Autran, você deu meu telefone para Clarice, a mulher que come barata e tal". Porque ele disse que quem comia a barata não era a personagem, era a Clarice que comia a barata. "E imagine que ela me telefonou me ameaçando, que coisa incrível, que neurótica, não é? O Otto finge que não gosta, mas gosta muito de aparecer na minha coluna. E ela me ameaçou!" Então eu falei: "Oh, Nelson, você vai parar mesmo. Ela não quer e você não vai fazer esse desrespeito. E você está fazendo uma coisa desonesta, quem come barata é a personagem no *A paixão segundo G.H.* Não é Clarice Lispector". Aí ele parou, parou de mencionar o negócio de Clarice. Ela não queria brincadeira com ele, não. Essa coisa de Nelson com Otto, ela não admitia aquilo.

NBG: E deu certo.

AD: Deu certo. Parou. É interessante você dar uma olhada nessas crônicas do Nelson. E para você é fácil, não é difícil, porque as crônicas estão todas sendo republicadas agora, não é? Você verifica a data da publicação de *A paixão segundo G.H.*, que é um livro muito importante dela, mas é um livro em que ela já está no máximo... Eu falei: "Oh, Clarice, mais um passinho, minha filha, e você açucara". E açucarava mesmo, quer dizer, o escrever é feito mulher medir o ponto de doce, não é? Tem que tirar o ponto, passou do ponto, açucara, não é? E ela estava fazendo já negócio puro, puríssimo. Eu falei: "Oh, Clarice, você está fazendo ouro de 24 quilates... e isso é perigoso". Aí ela tomou outro rumo, tomou esse outro rumo que foi fazer uma coisa participante, participante da miséria, que é *A hora da estrela*. Então você vê o tipo de discussão que eu tinha com ela, e como ela aceitava esse tipo de discussão. Eu acho que talvez seu livro possa contribuir para restabelecer uma ideia dela, não do mito, mas da mulher, não é? Da escritora mulher. Você está habilitada, você conhece literatura, você se formou em Literatura, não foi? Então você conhece letras, conhece bem e, pesquisando a vida dela agora, como você está pesquisando, eu acho positivo restabelecer a figura humana.

MLAD: Essa ideia de forçarem a homossexualidade dela...

NBG: Sobretudo na França.

MLAD: Na França? Na época em que fomos à Alemanha, lá estavam fazendo muitas leituras de Clarice. E só mulheres.

AD: Feministas.

MLAD: É, feministas, todas.

AD: Essas feministas colaboraram para a difusão da obra de Clarice, já era um bom papel, difundir a literatura de Clarice.

NBG: Voltando à questão do Otto Lara Resende. Quando você conheceu a Clarice, nos anos 1940, ela já conhecia os mineiros?

AD: Já, já conhecia. O Otto ainda morava aqui, em Belo Horizonte. O Otto foi depois para o Rio.

NBG: E o Paulo Mendes Campos?

AD: O Paulo? O Paulo foi o primeiro a ir; não, foi o segundo… O Fernando [Sabino] foi o que casou com a filha do Benedito [Valladares], não é? Ele devia ter uns 18 anos na época.

MLAD: O Sábato [Magaldi] também foi para o Rio e teve ligação com Clarice. O Sábato foi bem cedo para o Rio. O Sábato foi bem antes de todos.

NBG: Sobre essa paixão pelo Paulo [Mendes Campos], é engraçado, as pessoas não falam diretamente. Parece que ela gostou muito dele.

MLAD: Ela falou, falou textualmente lá em casa!

AD: Ela disse: "Ele era a grande paixão da minha vida".

NBG: Em que época foi isso?

AD: Depois do incêndio, depois do incêndio.

MLAD: Quando ela falou isso – ela falou, pessoalmente, um dia, numa conversa, de paixão, de amor, não sei o quê: "pois a grande paixão da minha vida foi o Paulo Mendes Campos". Então ela falou: "Autran, eu vim a sua casa porque eu queria muito te pedir…". Ah, ela já estava doente, não é? Estava doente, estava visivelmente doente.

NBG: E Clarice deve ter se aproximado dele desde quando ela voltou dos Estados Unidos, desde quando ela se separou do marido.

AD: É, eu acho que sim. Não, eu acho que foi a seguir. Houve um almoço, um jantar que o Paulinho deu para Clarice, Maury e Marco Aurélio [Mattos], na rua não sei quê, lá em Ipanema. Espera, espera… Muito antes…

NBG: Isso foi quando, Autran?

AD: Isso foi na década de 1950.[69] Eu sei o seguinte… O Paulinho morava na Rua Nascimento e Silva, aquela rua em Ipanema.

NBG: Ela foi em 1952 para os Estados Unidos e só voltou em 1959, já separada.

---

[69] Paulo Mendes Campos fez o prefácio à edição francesa de *Perto do coração selvagem*, publicada em 1954 pela editora Plon, em Paris. (Ver, neste livro, a parte "Paulo Mendes Campos" na p. 448.)

AD: Já separada. Foi antes da separação. Foi antes da separação. Porque o Paulinho deu o jantar para ela e para o marido, eu me lembro disso, ela e o marido.

MLAD: E ela era aquela beleza toda, ela estava com salto, muito elegante, e Paulinho tão pequenininho, não é?

AD: Mas o Paulinho não era bonito, eu não sei o que as mulheres viam nele.

NBG: Eu conheci o Paulo, tentei conversar com ele sobre Clarice. Mas ele se recusou a falar sobre Clarice.

AD: Uma vez surpreendi os dois ali no La Mole, que era um restaurante, ele estava com ela, escondidos, eu entrei para comer no restaurante e eles estavam lá. Aí o Paulo olhou para mim e eu não tive outro jeito senão ir até a mesa, cumprimentei e me afastei.

MLAD: Quando eu conheci a Clarice... A primeira vez que eu me aproximei da Clarice foi através – ele falava muito nela –, foi através do livro dela *A cidade sitiada*. E *Perto do coração selvagem*, que você me deu. Foi um dos primeiros livros que ele me deu.

AD: Dei para ela ler, tinha a maior admiração por esses livros.

MLAD: Já era entusiasmadíssimo, né? Quantos anos você tinha, uns 19?

NBG: Nossa, com quantos anos vocês se conheceram?

MLAD: Ele tinha 19 anos, eu tinha uns 17 para 18. Ele tinha 23 anos quando se casou, e eu, 20. Foi a primeira vez que eu tive conhecimento da literatura de Clarice. Eu estava entrando na Faculdade de Letras e tomei conhecimento de Clarice através dele.

AD: Eu fazia questão de dar para a Lúcia os livros de que eu gostava, para que ela lesse. Ela leu *Perto do coração selvagem*, *O lustre*. E *A cidade sitiada* você leu, não?

MLAD: Li. Na verdade eu li todos. Foi o primeiro contato que eu tive assim com ela, com Clarice. Eu só conheci a Clarice pessoalmente na casa do Otto, depois que eu me mudei para o Rio e quando havia aquelas reuniões na casa dele. E a Clarice foi a algumas.

NBG: E houve alguma relação sentimental dela com o Hélio Pellegrino?

AD: Não sei, acho que não.

MLAD: O Hélio era um sedutor.

AD: Sedutor permanente.

MLAD: Ele era muito envolvente, o Hélio.

AD: A casa do Hélio ela não frequentava, não. Ela frequentava muito a casa do Otto. Era um salão.

NBG: Você sabe o que aconteceu com o Otto? Ele teve contato com uma aluna minha, Aparecida Maria Nunes, que fez um levantamento do que a Clarice escreveu nos jornais e agora está fazendo um estudo das páginas femininas. São centenas de páginas femininas que a Clarice escreveu. E é interessante perceber como muitos contos começaram a se formar nessas crônicas. É como se fossem embriões de vários textos que depois ela elaborou ficcionalmente. Eu tinha uma lista de coisas que eu queria saber pelo Otto. Conversei com ele apenas uma vez pelo telefone. E marcamos um encontro para dali a um mês e meio. Mas ele faleceu um mês antes de nosso encontro marcado.

AD: O Otto sabia muito sobre Clarice.

MLAD: Porque ele tinha longas conversas com ela pelo telefone.

AD: O Otto tinha mania de usar saca-rolha. Qualquer pessoa ele escarafunchava, botava a pessoa à vontade, puxava conversa. E ela frequentou muito o salão do Otto.

NBG: E, além da casa do Otto, tinha também a do Hélio.

AD: Você quer que eu faça um levantamento para ver o que é que eu acho em casa sobre Clarice?

NBG: Eu vou querer, se possível, a dedicatória do livro e o seu artigo sobre *A cidade sitiada*, e o texto que está na frente e atrás do quadro pintado por Clarice.

MLAD: Ela morreu com 54 anos, não é?

NBG: Foi com 57 anos. Com 56 anos, mas um dia antes de completar os 57 anos.

AD: Tem que esclarecer o quanto ela cortava na idade, não é?

NBG: É. Nasceu em 1920, não 1925. É curioso, porque tudo na vida dela parece que colabora para embaralhar os dados. Até a certidão de nascimento tem duas traduções, tem duas versões. E o tradutor é o mesmo. E é tradução de um original que não apareceu.[70] Parece que a vida foi embaralhando os dados biográficos da Clarice, e ela, por sua vez, colaborou para não desembaralhar. Então isso dificulta um pouco.

AD: Muito!

MLAD: É a personalidade dela.

NBG: É assim a personalidade dela. Não adianta você optar por uma versão. O importante é mostrar essa diversidade. E acho importante essa questão que você levantou, Autran, a questão da construção – ela inventando a si mesma.

AD: Uma *persona* humana e literária, é isso, ela criou duas faces. Isso é a obra dela. O poeta é um fingidor, mas não é só o poeta. Qualquer escritor é um fingidor. Qualquer criador é um fingidor. E ela criou uma outra, isso é muito interessante.

MLAD: É como você falou: ela foi vivendo tanto a arte dela, a ficção dela, que embaralhou, misturou tudo.

NBG: Esse é um dos "fios da história" da escritora Clarice: esse contato cada vez mais íntimo com sua própria ficção.

MLAD: E também começou a fazer livro infantil. Quantas vezes ela levou um livro lá em casa, eu tenho até com dedicatória. Minha neta tem uma dedicatória dela, daquele livro de peixes.[71]

AD: Da primeira vez foi *O lustre*.

---

[70] A certidão original de nascimento de Clarice Lispector, em ucraniano, apareceria mais tarde, quando recebi dos herdeiros de Elisa Lispector – Márcia Algranti e Nicole Algranti – documentos referentes aos ascendentes de Clarice Lispector. (Ver GOTLIB, Nádia Battella. *Clarice fotobiografia*. São Paulo: Edusp; Imprensa Oficial do Estado de São Paulo, 2007. p. 37.)

[71] Trata-se de Joana, nascida em 10 de dezembro de 1974 (LISPECTOR, Clarice. *A mulher que matou os peixes*. Rio de Janeiro: Sabiá, 1968).

MLAD: Ah, é. Tem o livro dos peixinhos.

AD: Não o dos peixinhos, outro que eu não sei qual é. O Fernando [Sabino] me disse: "Tome isto aqui. Você tem um menino que possa ler?". Então eu dei para meu filho e ele leu e gostou muito. E ela fez algumas dedicatórias.

MLAD: A história do coelho.

NBG: Seria *O mistério do coelho pensante*?[72]

MLAD: É. É engraçadinho.

AD: Sobre o Otto, eu me lembro de uma das frases dele. O Otto era um frasista. Os problemas de Clarice com o filho estavam começando, e no meio daquelas manifestações todas...[73]

NBG: Ele começou a manifestar isso mais tarde ou desde criança?

AD: Não sei. Eu sou ruim para dar informações, porque eu não tenho noção do tempo.

MLAD: Nessa época, ele ficava uma parte no hospital, e depois passou a ficar lá cada vez mais.

AD: Ele ficava com ela. E o Otto disse: "Você, Clarice, não pode reclamar, porque você tocava violino nos nervos do seu filho".

NBG: É uma história triste.

AD: O Otto é um perverso. E ela ficou calada. Aceitou essa loucura do Otto, perverso. Aceitou. Calada. Quieta. Porque o Otto era um homem risonho, ria, brincava e tal, mas tinha mesmo uma dose de perversidade.

MLAD: Uma veinha...

---

[72] LISPECTOR, Clarice. *O mistério do coelho pensante*: *uma estória policial para crianças*. Rio de Janeiro: José Álvaro Editor, 1967.

[73] Refere-se ao filho mais velho de Clarice, Pedro Gurgel Valente (10 de setembro de 1948), que sofria de esquizofrenia e, depois de morar com a mãe e, em seguida, com o pai, passou a viver numa clínica, no Rio de Janeiro; faleceu em 7 de maio de 2018.

AD: É. Já não estávamos tão unidos. Eu estava levando a minha vida, que é aquela vida que eu escolhi, que eu fiz, de escritor, não é? E o Otto passou a frequentar bares, festas, recepções, e eu não tinha nada a ver com isso. Mas uma vez, na casa do Wilson Figueiredo,[74] ele disse: "Ontem eu vi você na televisão, você deve evitar ir à televisão, você é péssimo na televisão. É horrível".

MLAD: Foi o Wilson?

AD: Não, foi o Otto, Lúcia. Aí eu me encontrei com o tal que tinha aparecido na televisão. E falei: "O Otto está dizendo maldade sobre você. Você apenas está falando um pouco depressa, eu vi sua entrevista na televisão. Você está falando um pouquinho depressa demais e abaixando a cabeça. Corrija esses dois defeitos...".

NBG: Eu me lembro de sua ida à USP, por volta dos anos 1970, quando o professor Alfredo Bosi fez uma apresentação de sua obra ao público presente, antes da sua conferência, aliás, muito bem recebida e admirada pelos alunos e professores da Universidade. E muito obrigada a você e a Lucia por esta entrevista.

■ Capa da primeira edição de *Onde estivestes de noite*, de 1974, que foi tirada de circulação por registrar um erro: o ponto de interrogação no final do título. (Acervo pessoal de Autran Dourado e Maria Lúcia Autran Dourado.)

---

[74] Wilson Figueiredo, grande amigo de Autran Dourado, nasceu em 1924, no Espírito Santo, morou em Minas Gerais e se fixou no Rio de Janeiro, onde trabalhou no *Jornal do Brasil* por mais de 40 anos e, entre outras atividades, teve papel importante na reforma do jornal ocorrida a partir de 1957.

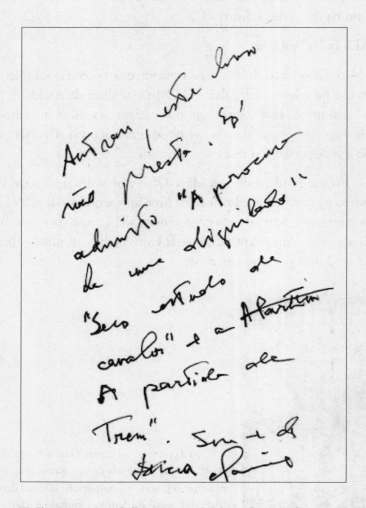

■ Clarice Lispector dedica um exemplar do seu livro *Onde estivestes de noite* a Autran Dourado. (Acervo pessoal de Autran Dourado e Maria Lúcia Autran Dourado.)

● **Benedito Nunes**

Conheci Clarice Lispector, antes de conhecer a escritora e a pessoa, por outro nome: "Dona Clarice", que é como a chamava, sempre que a ela se referia, o professor Francisco Paulo Mendes, seu amigo de primeira viagem. Encontraram-se em Belém, no início da década de 1940, acho que em 1944, ela com o marido, Amaury Gurgel Valente, então a serviço do Itamarati, hóspedes do Central Hotel. Viam-se frequentemente no Café Central, um verdadeiro café, que dava para a rua, e onde, muito mais tarde, juntei-me ao grupo que ali se reunia, liderado pelo referido professor. Em 1944, ainda tinha 14 anos, e Clarice Lispector, que acabara de publicar *Perto do coração selvagem*, começara a escrever *O lustre*, a sair em 1946. Foi somente nesse ano que comecei a ouvir o "Dona Clarice", recordação da romancista, bela mulher, nos fins de tarde ou à noite resplandecendo na *terrasse* do Café Central, ao lado dos amigos de Francisco Paulo Mendes, que depois foram meus, Ruy Barata e Cléo Bernardo, ambos já falecidos.

O professor revelou-lhe Sartre, me diria, mais tarde, "Dona Clarice". E a ele dirigiria o súplice recado de *Um sopro de vida*: "Cadê o desaparecido Francisco Paulo Mendes? Morreu? Me abandonou, achou que eu era muito importante".[75] Antes da Clarice real e da Clarice ficcionista, conheci a mítica, dona estelar de memorável brilho no passado do grupo.

---

[75] LISPECTOR, Clarice. *Um sopro de vida (pulsações)*. Rio de Janeiro: Nova Fronteira, 1978. p. 145. Eis o trecho: "Hoje, entrando em casa, dei um profundíssimo suspiro como se tivesse chegado de longa e difícil jornada. Pessoas desaparecidas. Onde estão? Quando alguém souber delas telefone para a Rádio Tupi. Cadê o desaparecido Francisco Paulo Mendes? Morreu? Me abandonou, achou que era muito importante…".

Comecei a ler a ficcionista pelos contos de *Laços de família*. Mas foi em 1964, com *A paixão segundo G.H.*, que os laços da sedução literária e filosófica a ela me amarraram. Dois anos depois, escreveria sobre essa obra uma série de cinco artigos, publicada no Suplemento literário de *O Estado de São Paulo* e que incluiria, em 1970, em *O dorso do tigre*, sob o título geral de "O mundo imaginário de Clarice Lispector", abreviado para *O mundo de Clarice Lispector*, na coletânea de 1966 que o precedeu, editada em Manaus, por iniciativa de Arthur Cezar Ferreira Reis. O fervor da sedução levou-me a aceitar convite de Nelly Novaes Coelho para participar da coleção Escritores de Hoje, de sua editora Quíron, com um volume dedicado à escritora. Então, para escrever *Leitura de Clarice Lispector* (1973), voltei de *Laços de família* a *Perto do coração selvagem*, percorri *O lustre*, *A cidade sitiada*, *A maçã no escuro*, *A legião estrangeira* e o último, até aquele momento, *Uma aprendizagem ou O livro dos prazeres*.[76] (Mais tarde reveria e passaria a limpo esse livro, que se tornou *O drama da linguagem* (1995), acrescentando-lhe capítulos sobre *Água viva*, *A hora da estrela* e *Um sopro de vida*).

"Ele vai me considerar uma existencialista?", teria ela, receosa e desgostosa, perguntado sobre minhas intenções à Nelly, quando esta lhe anunciou o *Leitura*. A preocupação da escritora era justificável. Nos cinco artigos da série, havia exagerado a dose da náusea sartriana, corrigida na publicação seguinte à custa da acentuação sobre a tendência mística em G.H.

Tinha conhecido antes a Clarice real numa visita à casa dela, no Rio, pelas mãos de Francisco Paulo Mendes, quase uma visita de cerimônia. Depois, encontrei-a novamente, dessa vez no casamento de sua amiga Eliane Zagury. Não me lembro de termos conversado nessa ocasião.

---

[76] Reações de Clarice Lispector aos escritos de Benedito Nunes sobre sua obra encontram-se examinados em: GOTLIB, Nádia Battella. Perto de Clarice: o leitor Benedito Nunes. *In*: LIMA, Luiz Costa; PINHEIRO, Victor Sales (org.). *O pensamento poético: a obra de Benedito Nunes*. Belém: Universidade do Amazonas, 2009. p. 119-136. Publicação em comemoração aos 80 anos de Benedito Nunes.

A primeira conversa deu-se em Brasília, até onde eu fora, nos fins do período Geisel, para participar do Congresso de Crítica Literária, ali realizado, em 1974. Era tarde da noite, já tinha me deitado, quando ela, que tinha vindo a Brasília por outro motivo, hospedada no mesmo hotel, telefonou para o meu quarto. Estava angustiada, com problemas de consciência. Deveria entrevistar o ministro Ney Braga? Repugnava-lhe aproximar-se dessa gente do governo militar. Mas como poderia agir diferentemente, se era jornalista e precisava ganhar a vida?[77] Tinha sido recentemente demitida do *Jornal do Brasil* e preparava o livro de entrevistas *De corpo inteiro*.[78]

Ainda não se completara um ano depois disso, quando ela escreveu para Francisco Paulo Mendes, àquela época ainda em atividade como professor de Literatura Portuguesa, pedindo ao amigo que conseguisse da Universidade Federal do Pará a ventura de poder voltar a Belém. Pagaria a viagem e a estadia com uma conferência; dispunha-se, também, a conversar com os estudantes do curso de Letras. Clóvis Malcher, o reitor de então, mandou-lhe passagem e hospedou-a. Ouvimo-la na leitura hesitante de seu conhecido e belo texto sobre o sentido vanguardeiro da sondagem do real pelo aprofundado uso da língua portuguesa, já lido em Austin ("Literatura de vanguarda no Brasil", 1963) e em muitos outros centros universitários.[79] Esteve no campus, enfrentou grandes e buliçosas plateias.

Veio aqui em casa para um jantarzinho, convidados os antigos amigos dela e meus. Confessou que estava se sentindo bem entre nós.

---

[77] LISPECTOR, Clarice. *De corpo inteiro: entrevistas*. Rio de Janeiro: Artenova, 1975. p. 194-199.

[78] Em *De corpo inteiro*, Clarice Lispector inclui também entrevista que fez com Benedito Nunes e aí faz observação arguta sobre esse seu leitor: "recentemente estive em Belém do Pará e agora sim, gostamos um do outro. Fiquei surpreendida quando ele me disse que sofreu muito ao escrever sobre mim. Minha opinião é que ele sofreu porque é mais artista que crítico: ele me viveu e se viveu nesse livro. O livro não elogia, só interpreta profundamente" (LISPECTOR. *De corpo inteiro: entrevistas*, p. 177).

[79] A conferência intitulada "Clarice Lispector, Literatura de vanguarda no Brasil" encontra-se publicada em: LISPECTOR, Clarice. *Outros escritos*. Organização de Teresa Montero e Lícia Manzo. Rio de Janeiro: Rocco, 2005. p. 95-111.

O retorno a Belém teria sido o seu tempo reencontrado. A partir de então, surgiu entre nós uma afetuosa relação, extensiva a minha mulher.[80] Depois que regressou, telefonava frequentemente e, sem falta, no período natalino, uma ou outra vez angustiada com o que fazer e com o que pensar, porque não raro pendia de um "se", de uma eventual e dilacerante interrogação.

Em 1977, passava por São Paulo, voltando de Campinas (lecionara na Unicamp durante o segundo semestre), quando me inteirei de sua morte. Não haveria telefonema no Natal desse ano.

Belém, março de 1998.[81]

---

[80] Maria Sylvia Nunes (1930-2020), professora emérita da Universidade Federal do Pará, aí lecionou Estética durante 30 anos e fundou, com o professor Benedito Nunes, a Escola de Teatro e Dança da Universidade Federal do Pará.

[81] Este depoimento me foi oferecido pelo professor Benedito Nunes em Belém, com sua assinatura, em março de 1998. Foi posteriormente publicado em: NUNES, Benedito. *Dois ensaios e duas lembranças*. Belém: Secretaria Executiva de Cultura do Pará (Secult); Universidade do Amazonas (UNAMA), 2000. p. 44-48.

● Boris Asrilhant[82]

Ao Departamento de Assuntos Externos da Região de Tula
Cidadão da Vila de Chechélnik da Comarca de Tula
Asrilhant, Boris

DECLARAÇÃO

Cheguei a meu limite extremo e não tenho mais meios de me sustentar devido à falta de qualificações; ao mesmo tempo recebi do Brasil de meu parente Joseph (José) Rabin a declaração de que, ao chegar a seu encontro, ele me ajudará a me empregar. Esse documento encontra-se no escritório da Transportadora Marítima da URSS (Sovtorgflot). Essa é a razão da viagem. Tudo que eu tinha, roupas de verão e móveis, já foi vendido para poder pagar pelos passaportes e passagens da agência da Sovtorgflot, a passagem deve ser de Vinnytsia ao Brasil. Lá, até conseguir trabalho, serei sustentado por meu parente.

Com relação ao câmbio de Sovznaks[83] por moeda estrangeira no Banco Nacional da URSS, não os terei, já que eu contava com a venda de roupas de inverno e roupas de cama e esperava já ter viajado a essa altura, mas, em vista da chegada próxima do frio, e, além disso, porque tenho um menino pequeno, sou obrigado a levar comigo todas as roupas de inverno e de cama.

---

[82] Depoimento enviado a Nádia Battella Gotlib em 14 de março de 2020.

[83] Notas promissórias do governo soviético criadas em 1919 e que funcionavam como moeda, visto que o comunismo supostamente havia abolido o dinheiro. (N.A.)

Por tudo o que vem acima relatado, peço humildemente agilizar a entrega de passaportes para mim e minha família.

Peticionário: Boris Asrilhant
13/11/1928

Esse documento, assinado pelo meu avô e traduzido do ucraniano para o português pela minha amiga de infância Vita Ichlevici,[84] me chegou às mãos por meio do Arquivo Central de Vinnytsia (Ucrânia).

Assim era a situação dos judeus na antiga União Soviética. Essa situação desesperadora trouxe minha família paterna ao Brasil em dezembro de 1929, cerca de um ano após a data dessa carta, escrita por um ser humano considerado de segunda classe e apátrida, e enviada à burocracia soviética, carta que me remete aos dias de hoje, quando histórias como essa ainda se repetem.

O navio veio em águas turbulentas, trazendo na terceira classe aquela pequena família. Ouviram o bater das ondas no casco e o burburinho das festas na primeira classe; viram o horizonte longínquo; e, na parada em Dakar, assustados, viram homens negros e fortes que, mergulhando de forma circense, traziam, entre os dentes, as moedas atiradas ao mar pelos embarcados.

Minha avó Chona (Anita, em português) nasceu em 1898, filha mais nova do casal Isaac Krimgold e Tcharna (Tania, em português) Rabin Krimgold. Tinha um irmão, Joel, e três irmãs, Zisel (Zina, em português), Mania ou Mariam (Marieta, em português) e Sara. Minha avó Chona foi internada em um orfanato durante um período da infância devido à morte de sua mãe, ocasião em que sofreu, de acordo com seus relatos, preconceito e assédio por suas origens judaicas. Ela nunca se esqueceu desse trauma.

Minha avó Chona (Anita) era, pois, tia de Clarice Lispector.
E meus bisavós maternos eram os avós maternos de Clarice.

---

[84] Agradeço a Vita Ichlevici, doutora em Educação pela Universidade de São Paulo, pela tradução deste e de outros documentos, além das fotos da época da emigração da minha família paterna da Ucrânia para o Brasil. (N.A.)

Remontar à história de minha família é, pois, remontar à história da família de Clarice Lispector.

Pobreza e antissemitismo estrutural e corrosivo que se materializava pelos *pogroms* que invadiam as aldeias judaicas (*shtetls*) e pela falta de possibilidades de ação imposta pelo governo traziam à mente dos judeus soviéticos apenas uma esperança: emigrar para a América, que incluía os Estados Unidos da América como principal destino, além de Argentina, Brasil e demais países, nessa ordem de preferência. A América da liberdade e das oportunidades!

Zina, a irmã mais velha da minha avó, e seu noivo, José Rabin, seu primo de primeiro grau por parte materna, eram extremamente apaixonados e estavam planejando se casar. "Ela era bem alta; ele, mais baixo do que ela", contava meu pai em seus depoimentos diários a mim sobre a história da nossa família. "Minha mãe era a irmã mais parecida de rosto com a tia Zina, só era bem mais baixa", complementava meu pai.

Em 1904, durante a guerra russo-japonesa, os jovens judeus que não fossem os filhos mais velhos, apesar de não terem direitos, eram obrigados a se alistar no exército soviético, e entre eles estava José. Eram dias, semanas, dentro de um trem pela Transiberiana até chegar a Vladivostok. "Os soldados russos já chegavam exaustos no campo de batalha", contava meu pai em seus relatos, e aqueles "homens de baixa estatura e de olhos puxados atiravam sem piedade, e as baixas russas foram enormes". Essa guerra trouxe uma grande derrota para a Rússia czarista, o que pode ter colaborado para o declínio da popularidade dos czares e a erupção da Revolução Comunista de 1917.

"Fuja daqui, José!" foi o que José Rabin ouviu de outros judeus que estavam no trem e que tinham informações do que acontecia aos soldados russos na chegada à frente de batalha. José aproveitou uma chance e desertou – ou, como se falava à época, "roubou a divisa" – em uma das estações.

Possivelmente, após um período de trabalho, José comprou uma passagem de navio para a América. Em Recife, trabalhou como estivador do cais do porto, de modo a juntar dinheiro e trazer sua noiva, Zina, para se casarem. "Espere um pouco, minha querida Zissel, em breve nos encontraremos e nos casaremos aqui no Brasil", deveria ser o possível conteúdo das cartas de José. Certo dia, um alemão, que trabalhava com José e entendia o ídiche (língua usada notadamente pelos judeus da Europa Oriental e falada por José), comentou: "José, vá para Maceió, lá é uma cidade menor que Recife, você terá mais oportunidades e poderá ficar rico!". José teria ficado curioso com a ideia. Com isso, poderia juntar dinheiro mais rápido e finalmente trazer a sua amada.

Maceió, de acordo com relatos do meu pai, assim foi chamada quando os judeus, que se estabeleceram com os holandeses em Recife, em meados do século XVII, ficaram tão deslumbrados com a beleza natural do lugar que a chamaram de "*Maasé Iod*" (Proeza de D'us).[85] Os nativos tinham dificuldade de falar "*Maasé Iod*" e consolidaram os dois nomes em um só – Maceió. Esse foi o destino de José.

Em Savran, Zina, que esperava há um longo tempo o chamado de José, estava doente, entregue à cama, desiludida, e o rabino local já havia coberto Zina com uma mortalha, pois havia perdido a esperança em sua recuperação. Zina estava morrendo de tristeza e saudades do seu amado. Mas uma carta, a carta salvadora, chegou, fez Zina levantar-se da cama totalmente recuperada, e um sorriso brotou em seu rosto pálido e doentio. Isaac, que possivelmente estava viúvo àquela época, levaria a filha até Maceió e a casaria com José, para em seguida voltar à Ucrânia.

Meu pai relatou também que, em Maceió, José trabalhou em uma feira com um português. Ao perceber que as grandes barras de sabão para lavar roupas eram vendidas por um valor muito baixo, e tendo conhecimento de essências, José propôs uma sociedade – ele entrava com a ideia, e o português, com o capital. As barras seriam cortadas em pequenos pedaços, que, misturados a essências variadas, seriam embrulhados em papel fino, e cada sabonete seria vendido por um valor muito superior ao de cada barra. Assim deu origem à primeira fábrica de sabonetes do Nordeste – a fábrica Pirâmide. José ganhou bastante dinheiro e com isso ascendeu socialmente como um dos homens mais ricos de Maceió. De acordo com relatos do meu pai, "a família Rabin

---

[85] "D-us", ou "D'us", é uma forma usada por alguns judeus de língua portuguesa para se referir a Deus sem escrever seu nome completo, em respeito ao terceiro dos 10 Mandamentos, segundo o qual o nome de Deus não é "nomeável", não deve ser "nomeado".

morava em um lindo palacete na parte alta de Maceió e apenas José e o prefeito da cidade possuíam telefones em casa".

José iniciou o processo de trazer o primo Joel e as primas Mania, Sara e Anita, um a um, da Ucrânia. Para cada família, José precisaria enviar uma carta de chamada informando que ele iria patrociná-la em sua chegada ao Brasil, além do dinheiro para a emissão dos passaportes e vistos de saída.

A primeira chamada foi para Mania (Marieta, em português) Krimgold Lispector, seu marido, Pinchas (Pedro, em português), e suas filhas, Lea (Elisa, em português) e Tania; a primeira, nascida em Savran; a segunda, em Teplik. Mania estava grávida, e a família vivia em Savran, terra dos Rabin-Krimgold. Antes de sair da Ucrânia, despediu-se do irmão Joel e das duas irmãs: Sara e, por último, Anita, minha avó.

Anita, ao se casar com meu avô, Baruch (Boris, em português) Asrilhant, mudou-se para a cidade do marido, Chechélnik, uma cidade muito próxima a Savran. A família Lispector foi até Chechélnik no final de 1920 para se despedir da irmã mais nova de Mania, e lá nasceria Chaia (Clarice, em português). Os únicos primos nascidos em Chechélnik eram meu pai, Isaac, e Clarice, sendo que ela aí nasceu por acaso. O nascimento de Chaia, ainda na Ucrânia, pode ter postergado a viagem dos Lispector, cuja chegada a Maceió teria ocorrido no início de 1922.

Na época, eram duas as Clarices da família. Uma, filha de Marieta (Clarice Lispector) e outra, filha de Sara (Clarice Chut), e uma terceira, filha de Joel (Clarice Krimgold), nasceria no Brasil. Minha avó Anita teve uma filha que morreu ainda pequena, por isso a neta mais velha veio a se chamar Clarisse. A neta de Clarice Krimgold também se chama Clarice, o que mantém o nome se perpetuando na árvore da família. Zina teve uma filha, mas a chamou de Sarita, nome comum entre os Rabins, ramo de família do seu marido, José. Além disso, havia duas Tania, uma, filha de Joel e outra, de Marieta, possivelmente como uma das traduções do nome da mãe, Tcharna. Meu pai contava que sua avó Tcharna era de fato chamada Chaia, por isso o nome Chaia (em português, Clarice) foi dado a três netas de Tcharna em homenagem a ela. Porém, há quem diga na família que Chaia era a mãe de Tcharna, que cuidou dos netos depois do falecimento de Tcharna. Esse é um mistério que, infelizmente, não podemos mais desvendar.

Quanto aos filhos homens, dois se chamavam Isaac: meu pai, filho de Anita; e Isaac, filho de Sara, em homenagem a Isaac, o avô materno, marido de Tcharna. Isaac, meu bisavô materno (e, portanto, avô materno de Clarice Lispector) se casou com Tcharna em segundas núpcias, pois inicialmente não pôde se casar com ela, por ter sido considerado pelo sogro, de acordo com relatos do meu pai, "um homem muito moderno e pouco religioso para a época". Isaac era apaixonado por Tcharna e, ao enviuvar da primeira esposa e já com filhos criados do primeiro casamento, casou-se finalmente com Tcharna. Isaac, que era dono de um armazém, era conhecido no [shtetl] como um homem de liderança e presença marcante. Meu pai relatou que, em uma das invasões de cossacos para matar e violentar judeus, algumas crianças foram feitas reféns, e Isaac, um líder local, se entregou em troca da libertação das crianças e foi assassinado pelos cossacos. Isso deve ter ocorrido entre 1913 e 1915. Nessa época, possivelmente Tcharna já havia falecido.

Chechélnik, segundo meu pai, era uma cidade pequena, próxima à fronteira da Bessarábia (hoje Moldávia), aonde chegava uma estrada de ferro de "bitola estreita" que seria um ramal à esquerda da estrada de ferro de "bitola larga" (a bitola russa tinha tamanho maior do que a bitola das demais estradas europeias), ramo principal que ligava a Odessa, ao sul, e a Kiev, ao norte. Um lugar esquecido no mapa, repleto de judeus assustados, perseguidos, pobres e sem esperança. "Para os judeus, um inferno na terra", dizia meu pai.

Depois dos Lispector, seria a vez de Joel Krimgold, sua esposa, Bertha, e seus quatro filhos, Jacob, Anita, Sonia e Tania, viajarem para o Brasil. Eles foram para Maceió, possivelmente em 1924 ou 1925, e em seguida se mudariam para Recife, onde nasceria a filha mais nova, também Clarice. Não há relatos da razão da mudança de Joel e família para Recife, talvez tenha sido a de buscar melhores oportunidades numa cidade maior e mais desenvolvida.

Em seguida, viriam Sara (Krimgold) Chut, seu marido, Marcos, e seus dois filhos, Clarice e Isaac. Entretanto, Sara falece antes da partida para o Brasil. Marcos conta a José o ocorrido e afirma que, por essa razão, não se sentia à vontade em vir para o Brasil. "Você é meu concunhado e pai dos meus sobrinhos; vocês virão para o Brasil", disse

José. Os Chuts desembarcariam em Maceió provavelmente em 1927 ou 1928.

A última a vir para o Brasil foi Anita (Krimgold) Asrilhant, minha avó, com sua família. Conta-se que o passaporte de Sara havia sido emitido, mas, por ela ter falecido antes de embarcar para o Brasil, Anita teria utilizado o passaporte de Sara de modo a reduzir os custos de José ou mesmo agilizar a saída da Ucrânia. Porém, de acordo com todos os documentos que recebi do Arquivo Central de Vinnytsia, o nome da minha avó Anita aparece em todos os documentos, o que parece contrariar a possibilidade de ela ter vindo ao Brasil com o passaporte de Sara. Talvez não tenham cobrado pela emissão do seu passaporte, utilizando o valor pago pelo passaporte de Sara, mas isso seria apenas uma conjectura.

A partida dos Asrilhants aconteceu no final de 1929, depois de cerca de longos e desgastantes 18 meses de inúmeros e insistentes pedidos de saída feitos pelo meu avô aos burocratas soviéticos, iniciados em agosto de 1928. Fechava-se, assim, um ciclo de quase uma década para José trazer os seus primos e cunhados, os irmãos Krimgold, para o Brasil. Os irmãos Krimgold iriam, finalmente, se juntar novamente no Brasil.

Entretanto, os meus avós paternos, Jacob e Chaia Asrilhant, ficariam em Chechélnik, pois Chaia não queria se mudar para um "lugar longínquo, cheio de perigos e animais selvagens", de acordo com relatos de meu pai. Meu avô Boris nunca mais encontrou seus pais, perdendo totalmente o contato em 1936. Até 1935, os pacotes com alimentos e vestimentas eram enviados por meu avô diretamente para Chechélnik. Em 1935, com a Intentona Comunista no Brasil, os pacotes eram enviados primeiramente aos Estados Unidos para, então, seguirem à Ucrânia, pois os Estados Unidos ainda mantinham relações diplomáticas com a União Soviética. Em 1936, foi enviado o último pacote de Boris aos seus pais, quando o governo comunista o devolveu, alegando que "não precisaria da ajuda dos capitalistas", mesmo depois de a Ucrânia ter passado pela maior crise de alimentos de sua história, chamada de a Grande Fome ou Holodomor, entre 1932 e 1933.

A causa da morte de Jacob e Chaia nunca foi descoberta, o que gerou uma tristeza profunda e irreversível em meu avô. Anos depois tentei descobrir o destino dos meus bisavôs, por meio da Cruz Vermelha, do Museu do Holocausto (Yad Vashem) de Jerusalém e do

Arquivo Central de Vinnytsia, infelizmente sem sucesso. Em 2006, com o falecimento do meu pai, contatei em Israel a família Asrilhant (lá se escreve Azrilhant) e pude entender um pouco melhor a história da família do meu avô paterno. Para mim, não fazia sentido que os pais de meu avô Boris, filho único deles, não quisessem emigrar com ele, ainda mais com a situação extremamente difícil dos judeus na União Soviética. Uma das suposições de minha prima, Rony Weiss, que mora em Israel, é que os meus bisavôs já estavam próximos dos 60 anos, idade avançada à época, e tinham parentes próximos morando em Chechélnik, o que trazia conforto e alento a eles.

Meu avô Boris veio junto com a minha avó, que por sua vez se reuniria aos seus irmãos. Por essa razão, encontrar a família Asrilhant em Israel, em 2010, foi uma alegria inenarrável. Meu pai me pedia sempre que, por onde eu viajasse, eu procurasse pelos Asrilhant, pois era uma maneira de ele resgatar, de alguma forma, os vínculos perdidos por meu avô com os seus pais. Infelizmente, nem meu avô, tampouco meu pai, puderam realizar seus sonhos, mas eu pude, e esse momento foi um grande marco afetivo para mim. Um resgate de três gerações.

Quando Anita e a família chegaram a Maceió, em final de 1929, estavam lá apenas as famílias de Zina e Sara, pois as famílias de Joel e Marieta já haviam se mudado para Recife. Há indícios de que José Rabin e Pedro Lispector (este, pai de Clarice) tiveram diferenças relacionadas à fábrica Pirâmide e por essa razão Pedro, Marieta e as filhas – Elisa, Tania e Clarice – se mudaram para Recife. Com os irmãos Krimgold separados entre Maceió e Recife, foi inevitável que aos poucos os laços entre as duas partes fossem se atenuando.

Meus avós viajavam a Recife para visitar as famílias de Joel e Marieta, bem como as famílias dos primos, os irmãos de José Rabin, além de fazer compras para a venda de armarinho – miudezas destinadas sobretudo ao trabalho de costura e bordados –, em casa comercial que abriram em Maceió.

Em uma dessas viagens, contou meu pai, Clarice Lispector declamou uma poesia em ídiche, e meu avô Boris, um homem culto e profundo leitor da Torá, ficara muito impressionado com a fluência e a grande inteligência da menina. Não há registro de uma data, mas suponho que tenha sido no início dos anos 1930 ou 1931, quando Clarice tinha por volta de 9 ou 10 anos, já que meus avós haviam chegado ao Brasil no final de 1929.

Em Recife, a família Lispector morava na rua Conde de Boa Vista, no Centro da cidade. Durante a longa enfermidade de Marieta, Elisa ajudava a mãe a criar as irmãs. Com a morte de Marieta, Elisa se tornou a "mãe" das irmãs mais novas. A prima Dora (Rabin) Wainstok, irmã de José Rabin, morava próxima dos Lispector e dava um grande suporte à criação das filhas de Marieta. A partir de 1928, com a chegada em Recife da família de Salomão Lispector, irmão de Pedro, Elisa passou a ter também o suporte dos tios na educação das irmãs.

Entre as décadas de 1930 e 1940, Zina, José e a filha, Sarita, se mudam para São Paulo, depois de venderem a fábrica Pirâmide, e lá Sarita se casa. O filho, Henrique, se casa no Rio de Janeiro.

Elisa, Tania e Clarice Lispector se mudam com o pai, Pedro, para o Rio de Janeiro, onde Tania e Clarice se casam.

Joel Krimgold e a família ficam em Recife. Seu filho, Jacob, sofreu perseguição durante o Governo Vargas, tendo sido preso. Anita se casou e mais tarde emigrou para Israel. Tania faleceu ainda jovem, e as irmãs Sonia e Clarice se casaram e se estabeleceram em Recife.

Marcos Chut se muda com os filhos, Clarice e Isaac, para o Rio de Janeiro, casa-se novamente e tem dois filhos, Eliahu e Shoshana. Clarice Chut, ainda jovem, emigra para o Canadá, onde se casa. Isaac se casa no Rio de Janeiro.

Meus avós Boris e Anita mudam-se para o Rio de Janeiro, onde meu pai já se encontrava estudando Direito e lá se casa. Antes de se mudarem, meus avós venderam as sete casas, inclusive a loja que tinham na rua do Sol (hoje, rua João Pessoa), no Centro de Maceió.

Os irmãos Krimgold e seus descendentes teriam, assim, sua segunda separação, dispersando-se entre Recife, São Paulo e Rio de Janeiro. Apesar das separações, os filhos dos cinco irmãos Krimgold nunca perderam contato. Existia entre eles um laço invisível, que os ligava justamente pelas dificuldades e pela história que haviam compartilhado, muitas vezes, de forma silenciosa.

Lembro-me, durante minha infância, de brincar com os netos de Henrique Rabin, filho de José e Zina (Krimgold) Rabin, e fui aluno de uma das filhas de Henrique.

Elisa Lispector visitava com frequência minha avó Anita e, apesar de algumas pequenas discussões por serem mulheres de personalidade muito forte, havia uma boa conexão entre elas. Meu pai comentava que Pedro Lispector chamava a filha Tania carinhosamente de *meyn schvartsale* ("minha pretinha", em português), pois Tania era a única filha de cabelos pretos, já que Elisa e Clarice tinham os cabelos aloirados.

A única vez que vi Clarice Lispector foi no Bar Mitzvá *do filho mais velho de Isaac Chut, na sinagoga do Centro Israelita Brasileiro em Copacabana, possivelmente em 1972. Clarice costumava ser convidada, mas dificilmente ia aos eventos dos primos.*

Isaac Chut, por sua vez, tinha pouca diferença de idade com o meu pai, e ambos estudaram na mesma escola em Maceió, o Colégio Marista São José, e por essa razão era o primo mais próximo.

Recordo-me de quando Clarice Chut veio do Canadá e nos visitou, na década de 1990, em nosso apartamento no Flamengo, Rio de Janeiro. Minha irmã visitou Recife em 1968 e foi calorosamente recebida por Clarice Krimgold Ludmer e sua família. Fui a Recife em 1986 com meu pai e lá visitamos Sonia, a única filha de Joel viva à época, na Praia da Boa Viagem. Parecia que meu pai e Sonia nunca haviam se distanciado, conversando longamente sobre suas famílias e as memórias dos antepassados.

Quando fui a Israel, em 1982, visitei, no Kibutz Bror Chail, as filhas de Anita Krimgold, que já era falecida. Lembro-me de minha avó Anita contando, consternada, que sua sobrinha Anita havia ficado cega de uma das vistas devido à catarata.

Além disso, os primos por parte de José Rabin, que vieram para o Rio de Janeiro, também mantiveram contato, especialmente os filhos de Dora Rabin (Wainstok, de casada). Dora, por ser a única filha mulher, era muito próxima das primas, especialmente de Marieta, pois ambas eram vizinhas em Recife. Meu pai mantinha contato com os filhos de Dora e Israel: David, Jacob, Jonas, Cecília e Anatólio. Lembro-me de

Anatólio visitando meu pai na sua loja do Catete e de ambos fumando juntos e tomando um cafezinho no bar ao lado. Naquela época, fumar era muito comum e até glamoroso.

Cecília Wainstok Lipka, última prima viva de toda uma geração, tinha a memória prodigiosa e guardava muitas fotos da família. Faleceu recentemente, no final de 2019. Dentre essas fotos havia uma que registrava o casamento de Sara e Marcos Chut, possivelmente em Savran, que eu suponho ter sido tirada entre 1917 e 1918.

Nessa foto, com anotações manuscritas de Cecília, encontram-se Sara e Marcos, os noivos, sentados entre os convidados e levemente deslocados para o lado esquerdo da foto. Ao lado de Sara estão Marieta e Pedro, com as filhas Elisa e Tania. Na última fila está minha avó Anita, possivelmente ainda solteira. Do lado direito estão Joel, Bertha e os filhos, Jacob, Anita, Tania e Sonia. Ao centro, estão a prima Dora, irmã de José Rabin, e seu marido, Israel Wainstok, que provavelmente vieram de outra cidade para o casamento e por essa razão pode ter sido dada a eles uma posição de destaque no centro da foto. Dora e Israel não trouxeram os filhos.

Na frente de Anita e do lado esquerdo de Joel, estão Leivi Rabin, irmão de Tcharna, mãe da noiva, com sua esposa, Feiga: esses eram os pais de Dora e dos seus seis irmãos Rabin (Pedro, Samuel, Abraão, Jorge, José e Jacob). Nessa época, Isaac e Tcharna Krimgold já haviam falecido.

Do lado superior esquerdo, estão dois irmãos da minha avó do primeiro casamento de Isaac, com suas esposas e seus filhos. Meu pai dizia que eles haviam emigrado para os Estados Unidos e por essa razão foi perdido o contato com eles. O único fato de que ele tinha conhecimento é que eles haviam trabalhado na fábrica Singer e que um deles, ao se recusar a participar de uma greve, foi morto por um dos trabalhadores.

Essa foto se tornou, para mim, um símbolo de união, resistência e empoderamento da família. Em 2015, tomei a decisão de refazer aquela foto com os netos (e alguns bisnetos) nas mesmas posições dos seus antepassados. Comecei a convidar os primos e a receptividade foi enorme. Pareceu-me que reacendia uma vontade de reunir a família e resgatar a história. Como José e Zina Rabin já estavam no Brasil, eles não participaram da foto original, mas os seus netos e bisnetos vieram para a nova foto. Afinal, José Rabin foi, sem dúvida, o grande responsável por estarmos todos no Brasil. Além disso, vieram duas netas de Samuel, um dos irmãos de Dora e José. Foi um dia de grande emoção, de resgate e abertura de um novo ciclo. Além dos primos do Rio de Janeiro, vieram primos de São Paulo, Brasília e Recife.

Essa foto registrava o fato de que os primos continuavam unidos pela história e, mais do que nunca, conectados afetivamente e com muita vontade de manter os laços iniciados na Ucrânia. Uma foto que se instituía como imagem de uma nova etapa que se iniciava e que, sem dúvida, traria muita alegria aos nossos antepassados. Esses antepassados que agradeciam sempre ter chegado ao Brasil, como comentava frequentemente meu pai, pois aqui puderam constituir família, trabalhar, puderam ser livres para professar a fé e os costumes judaicos e, acima de tudo, ser felizes.

A grandiosidade da escritora Clarice Lispector, minha prima, permitiu que eu tivesse essa oportunidade de relembrar os dramas e as vicissitudes vividos por meus/nossos antepassados a partir dos relatos feitos a mim por meu pai, Isaac, quase todas as noites durante minha infância e adolescência. Sinto-me profundamente feliz ao deixar aqui gravada uma parte dessa história.

Boris Asrilhant, março de 2020.

■ Sara Krimgold e Marcos Chut, os noivos, cercados por familiares que compareceram à cerimônia do casamento (c. 1919). (Acervo pessoal de Boris Asrilhant.)

■ Reunião de descendentes da família Lispector, Krimgold e Rabin, no hotel Everest, no Rio de Janeiro, em 2014. (Acervo pessoal de Boris Asrilhant.)

Descendentes de Samuel e Rosa Rabin
1- Sonia Bocherer (filha de Anita Rabin, neta de Samuel e Rosa Rabin)
2- Zin Goldenstein (filha de Sarita Rabin, neta de Samuel e Rosa Rabin)

Descendentes de José Rabin e Zinha (Krimgold) Rabin
3- Bia Francis Rajsfus (filha de Luciana, neta de Lena e bisneta de Henrique Rabin)
4- Luciana Harburger Rajsfus (filha de Lena, neta de Henrique Rabin)
5- Bettina Harburger (filha de Lena, neta de Henrique Rabin)

6- Bernardo Harburger Cohen Hallale (filho de Bettina, bisneto de Henrique Rabin)

7- Lena Priscila Harburger (filha de Henrique Rabin)

8- Astrid Harburger Arbeitman (filha de Lena, neta de Henrique Rabin)

9- Zilá Goldstein Troper (filha de Sarita Rabin Goldstein, neta de José e Zinha Krimgold Rabin)

Descendentes de Joel Krimgold e Berta Krimgold

10- Eduardo Ludmer (filho de Gilson Ludmer, neto de Clarice Ludmer, bisneto de Joel Krimgold)

11- Roberto Ludmer (filho de Clarice Ludmer, neto de Joel Krimgold)

16- Gilson Ludmer (filho de Clarice Ludmer, neto de Joel Krimgold)

Descendente de Pedro Lispector e Marieta (Krimgold) Lispector

12- Paulo Gurgel Valente (filho de Clarice Lispector e Maury Gurgel Valente, neto de Pedro e Marieta Lispector)

Descendentes de Marcos Chut e Sara (Krimgold) Chut

13- Marcos Chut (filho de Isaac Chut, neto de Marcos Chut)

14- José Guilherme Chut (filho de Isaac Chut, neto de Marcos Chut)

Descendente de Boris Asrilhant e Anita (Krimgold) Asrilhant

15- Boris Asrilhant (filho de Isaac Asrilhant, neto de Anita Krimgold e Boris Asrilhant)

Descendentes de Dora Rabin e Israel Wainstok

17- Becy Wainstok (viúva de Anatolio Wainstok, um dos cinco filhos de Dora e Israel Wainstok)

18- Leonardo Wainstok (filho de Jonas Wainstok, neto de Dora Rabin)

19- Gisele Wainstok (filha de Jonas Wainstok)

20- Tamara Wainstok de Almeida (filha de David Wainstok, neta de Dora Rabin)

21- Dora Wainstok Passy (filha de Jacob Wainstok)

22- Cecilia Wainstok Lipka (filha de Dora Rabin Wainstok)

23- Diana Figer (filha de Jacob Wainstok, neta de Dora Rabin)

24- Roberto Wainstok (filho de Jonas Wainstok, neto de Dora Rabin)

25- Leonardo (Leo) Wainstok (filho de Jacob Wainstok, neto de Dora Rabin)

26- Pedro Lipka (filho de Cecilia Wainstok Lipka, neto de Dora Rabin Wainstok)

Fila da frente (da esquerda para a direita)

27- Jorge Wainstok (filho de Anatolio Wainstok)

28- Vivian Figer (filha de Diana, neta de Jacob Wainstok)

29- Renata Passy Berman (filha de Dora, neta de Jacob Wainstok)

30- Luiz Figer (filho de Diana Figer)

31- Joana Zilberman (filha de Vivian, neta de Diana, bisneta de Jacob Wainstok)

Para entender o parentesco:
Todos são descendentes de
- Isaac Krimgold e Tcharna (Rabin) Krimgold;
- Leivi Rabin (irmão de Tcharna Rabin) e sua primeira esposa, Sara.

Isaac Krimgold teve, num primeiro casamento, o filho *Joel Krimgold*, que se casou com Bertha Krimgold.
E, num segundo casamento, com *Tcharna Rabin Krimgold*, teve quatro filhas:

1- *Marieta* (que se casou com *Pedro Lispector*); filhas: *Elisa, Tania* e *Clarice.*
2- Zina (que se casou com o primo José Rabin, um dos sete filhos de Leivi Rabin) teve dois filhos: Sarita e Henrique.
3- Sara (que se casou com Marcos Chut) faleceu na Ucrânia; filhos: Isaac e Clarice.
4- Ana ou Anita (que se casou com Boris Asrilhant); filho: Isaac Asrilhant.

Leivi Rabin e *Sara* tiveram sete filhos:
Pedro, Samuel, Abraão, Jorge, José, Dora e Jacó.
Filhos de Pedro e Sara Rabin: Ângelo e Sarita.
Filhos de Samuel e Rosa Rabin: Jonas, Sarita e Anita.
Filhos de Abraão e Reveca Rabin: Moisés, Sarita e Ester (Teca).
Filhos de Jorge e Rosa Rabin: Júlio.
Filhos de Dora Rabin e Israel Wainstok: David, Jacó, Jonas, Cecília, Anatolio.
Filhos de José e Zina (Krimgold) Rabin: Henrique e Sarita.
Filho de Jacó e Rosita: Jonas.

● **Bruna Lombardi**[86]

Conheci Clarice Lispector por ocasião de um congresso de literatura realizado em Porto Alegre, no Rio Grande do Sul.[87] Fui convidada a participar desse congresso porque tinha publicado meu primeiro livro, *No ritmo dessa festa*.[88]

Comecei a escrever muito cedo, sem saber que isso me levaria a conhecer de perto meus maiores ídolos. Desde os onze anos eu lia muito e nem sabia quem eram os escritores atrás daquelas páginas que me fascinavam. Tinha uma vaga ideia de que fosse uma coisa de outro século. O que acontecia era o seguinte: meus pais me davam os livros e eu lia. E escrevia fervorosamente.

Quando lancei meu primeiro livro, tinha uns vinte e poucos anos. Antes disso, tinha publicado poemas em diversas revistas literárias. Lembro que uma vez recebi um cheque de 400 dólares da Universidade de Nova York por texto meu publicado por eles. Guardo até hoje a revista. Pena que não pude guardar o cheque, bem que eu queria emoldurar, mas precisava do dinheiro. Foi assim que descobri que existia uma profissão que nos permitia ganhar dinheiro escrevendo.

Devo ao apoio de amigos, como Adovaldo Fernandes Sampaio e Carlito Maia, o início da minha carreira. Eles enviaram meu manuscrito

---

[86] Depoimento concedido e enviado a Nádia Battella Gotlib em 25 de março de 2021.

[87] A Feira do Livro de Porto Alegre aconteceu de 25 de outubro a 15 de novembro de 1976.

[88] Trata-se do livro de poemas *No ritmo dessa festa*, publicado em 1976, pela Edições Símbolo, quando a autora tinha seus 24 anos de idade. A Editora Sextante reuniu, em 2017, três de seus livros – *No ritmo dessa festa*, *Gaia* e *O perigo do dragão* – num só volume, intitulado *Poesia reunida*, e publicou também o volume *Clímax* nesse mesmo ano.

para a editora e para o Chico Buarque, que na época era meu ídolo de adolescência. A editora aceitou publicar depois da aprovação de um júri, que, aliás, achava que eram poemas de um homem. E o Chico fez o prefácio sem me conhecer. Esse prefácio foi um marco na minha vida.

E assim entrei num mundo novo e impressionante. Comecei a conhecer escritores e jornalistas e tive um lançamento muito festejado.

Grandes talentos que eu admirava, como Ferreira Gullar, Henfil, Luis Fernando Verissimo e outros, escreveram na contracapa do meu livro.

Foi nesse período que aconteceu um dos maiores encontros literários do país, a Feira do Livro de Porto Alegre. Muitos escritores, de várias partes do Brasil, para lá se dirigiram. E para minha grande surpresa, eu também fui convidada.

Eu mal podia acreditar no que estava me acontecendo.

Já no avião conheci boa parte da literatura brasileira contemporânea.[89] Desse mítico encontro participavam autores que eu lia e admirava muito, como Luis Fernando Verissimo, Clarice Lispector, Rubem Fonseca, Lygia Fagundes Telles, entre tantos outros. E, naturalmente, Mario Quintana, que se tornaria meu grande amigo da vida inteira. Perto desses gigantes eu era considerada a "mascote" da turma.

Paralelamente à Feira do Livro, aconteceu um importante e seríssimo Encontro de Escritores. Ali foram discutidas grandes questões. Era um momento político terrível. Estávamos vivendo debaixo da censura de uma ditadura e havia muita tensão, medo e opressão. Eu visitava presos políticos tentando atenuar e relatar o que estavam passando, mas tudo era muito perigoso para todos.

Durante a semana que passamos em Porto Alegre, fazíamos reuniões diárias na Cooperativa dos Jornalistas, debatendo e revendo tópicos importantes para a liberdade e a cultura do país.

---

[89] Em sua coluna do *Jornal do Brasil* de 24 de outubro, às vésperas do início da Feira, Zózimo Barrozo do Amaral anuncia a partida de um "charter da cultura" nesse mesmo dia 24, saindo do Rio de Janeiro "em direção ao sul", e cita alguns escritores desse grupo, como J. J. Veiga, Fernando Sabino, Paulo Mendes Campos e Carlos Eduardo Novaes, além de João Antonio, Nélida Piñon e Clarice Lispector, e de "um punhado de autores mineiros e paulistas".

Disso resultou a adesão a um manifesto, assinado por todos nós, que teve grande alcance político e midiático.[90]

Pude então conhecer melhor Clarice Lispector e nos aproximamos. Para mim, ela era uma entidade, e eu era uma fã, pois tinha lido todos os seus livros desde a adolescência. Era minha "ídola" e passou a conversar comigo como uma amiga, apesar da enorme diferença de idade, e me fazia sentir seu afeto. Eu a reverenciava por vários motivos, ela carregava o mesmo mistério do seu trabalho e tinha um carisma incrível. Era uma mulher imensa, dessas pessoas maiores que a vida.

Era muito bonita, apesar de algumas limitações físicas. Fiquei sabendo que tinha tido um acidente, um incêndio no apartamento quando ela adormeceu com um cigarro aceso. Tinha cicatrizes e certa dificuldade de movimento. Mas nada disso tirava a sua beleza. O rosto de desenho forte, marcante, as maçãs do rosto salientes. Tinha um brilho intenso. E um olhar tão profundo! Parecia que olhava dentro da gente.

Tudo nela me impressionou, sobretudo sua generosidade. Quando nos despedimos em Porto Alegre, me convidou para ir ao seu apartamento no Rio de Janeiro. E, é claro, eu fui.

Minha lembrança é a de um apartamento na penumbra. Com reflexos de luz e sombras na parede. Tudo calmo, menos eu, que exultava da felicidade que surgia dessa troca, dessa amizade.

---

[90] O manifesto dos escritores, contra a ditadura militar e a favor da liberdade de expressão, nasceu de uma conversa entre Luiz Fernando Emediato, então com 24 anos, e Jefferson Ribeiro Andrade, nos seus 28 anos, que redigiram o texto num guardanapo do bar Pelicano, em Belo Horizonte, após o livro *Zero*, de Ignácio de Loyola Brandão, ter sido censurado. O texto, já datilografado, foi levado a Fábio Lucas, Murilo Rubião, Rubem Fonseca e muitos outros intelectuais e escritores; chegou à Feira do Livro de Porto Alegre para receber assinaturas de escritores que lá estavam. Posteriormente, quando foi levado por uma comissão de escritores ao ministro Armando Falcão, contava com mais de mil assinaturas (EMEDIATO, Luiz Fernando. História de um manifesto. *In*: *A grande ilusão*. São Paulo: Jardim dos Livros, 2021. p. 186-190. Depoimento concedido a Nádia Battella Gotlib em 31 de março de 2021).

Conversávamos sobre assuntos banais e sobre literatura. Clarice tomava café preto forte. Eu a acompanhava. E tinha muitos questionamentos, era inquieta, cheia de perguntas. Acho que gostava disso – de perguntar, de saber, de perscrutar. Curiosa de tudo. Lembro que falamos disso, dessa profunda curiosidade que nos movia, essa inquietação, uma indagação que não sossegava dentro da gente. Acho que a gente se reconheceu nisso. E na leitura. Li trechos dos livros dela e tive a coragem de mostrar umas poesias minhas ainda inéditas, lembro que ali mesmo ela leu. E falou de um verso sobre parte de uma maçã mordida.[91] Mas a emoção foi tanta que nem me lembro de muita coisa que gostaria de lembrar.

Ela, Clarice, tinha uma aura iluminada e, ao mesmo tempo, havia nela brechas de um lugar inatingível. Talvez um lugar dolorido, essa dor que o ser humano carrega e o escritor usa como matéria de trabalho.

Lembro-me do que me falou sobre ser uma mulher escritora no Brasil e foi bem pragmática, me mostrou um cheque que recebera de seus direitos autorais. Era um cheque de 16... seriam cruzeiros? Uma quantia ínfima. E me disse: "Bruna, você precisa ter outra profissão. Todos nós temos". E acrescentou: "Não dá para viver disso que a gente faz".

Ela pronunciava "Bruna" com um erre arrastado, numa voz forte, e sempre aquele olhar penetrante!

Ali ficou claro que eu nunca ia conseguir viver de literatura. Foi, para mim, um aviso ou um toque bem claro de que eu não poderia viver como escritora.

Clarice era uma mulher poderosa e extraordinariamente sábia. Um raro ser humano. Era uma mulher que impressionava. Era muito

---

[91] Trata-se do poema "Maga", publicado no volume *O perigo do dragão* (1984) e no *Poesias reunidas* (2017): "Bonita como o pecado / como a parte da maçã / mordida / suco que escorre / a melhor parte / a escondida / forte como o mistério / secreta como a jura / mantida / pacto de sangue entre irmãos / fúria contida / fonte de toda energia / vibrante como a mais extraordinária folia / bonita como uma pátria / vista de um quarto de hotel estrangeiro / doce como um gemido de amor no travesseiro / feroz, selvagem, arisca / como toda fera / às vezes até cruel / brusca chegada de uma primavera em minha vida / minha maldita querida meu mel".

observadora e atenta, e eu a via com grande encantamento. Provavelmente foi a sua curiosidade que a aproximou de mim. E eu agradeço à vida por esses momentos preciosos. Um raro ser humano que dava a impressão de viver de sensações e intuições, como se as palavras não lhe fossem suficientes para traduzir as suas descobertas do mundo. Nem agora são para que eu possa agradecer esses momentos preciosos.

No ano seguinte, ela se foi para sempre.

■ Escritores reunidos em Porto Alegre durante a 22ª Feira do Livro, para discutir e assinar manifesto contra a censura. Na foto (da esq. para a dir.): Caio Fernando Abreu, Fernando Morais, Jorge Escosteguy, Nélida Piñon, Clarice Lispector, João Antonio. Demais pessoas (homem à esquerda e mulher e homem de costas) não foram identificadas. (Acervo pessoal de Bruna Lombardi. Reprodução.)

Manifesto contra a ditadura assinado por escritores durante encontro realizado em Porto Alegre e entregue em Brasília, com mais de mil assinaturas, ao ministro Armando Falcão, que, aliás, não recebeu pessoalmente os escritores. (Acervo pessoal de Bruna Lombardi.)

● Caetano Veloso

O primeiro contato com um texto de Clarice teve um enorme impacto sobre mim. Era o conto "A imitação da rosa", e eu ainda morava em Santo Amaro. Fiquei com medo. Senti muita alegria por encontrar um estilo novo, moderno – eu estava procurando ou esperando alguma coisa que eu ia chamar de "moderno", que eu já chamava de "moderno" –, mas essa alegria estética (eu chegava mesmo a rir) era acompanhada da experiência de crescente intimidade com o mundo sensível que as palavras evocavam, insinuavam, deixavam dar-se. Uma jovem senhora voltava a enlouquecer à visão de um arranjo de rosas-meninas. E voltar a enlouquecer era uma desgraça para quem com tanta aplicação conseguira curar-se e reencontrar-se com sua felicidade cotidiana: mas era também – e sobretudo – um instante em que a mulher era irresistivelmente reconquistada pela graça, por uma grandeza que anulava os valores da rotina a que ela mal recomeçara a se apegar. De modo que quem lia o conto ia querendo agarrar-se com aquela mulher às nuances da normalidade e, ao mesmo tempo, entregar-se com ela à indizível luminosidade da loucura. Era uma epifania típica dos contos de Clarice, que eu iria reencontrar inúmeras vezes nos anos que se seguiram àquele 1959. Agradeço a Rodrigo, meu irmão, sempre tão bom, por esse encontro. Ele me deu uma assinatura da revista *Senhor*, na qual eu li esse e outros textos de Clarice ("Os desastres de Sofia", talvez "O crime do professor de matemática" e "Os laços de família", com certeza "A legião estrangeira",[92] além de pequenas notas e até alguma crítica). Depois ele

---

[92] O conto "Os laços de família", o único dentre esses quatro mencionados por Caetano Veloso que não foi publicado na revista *Senhor*, ganhou publicação na primeira coletânea de contos de Clarice Lispector, intitulada *Alguns contos*, em 1952, e foi incluído no volume *Laços de família*, publicado em 1960, portanto, durante o segundo ano de publicação da revista *Senhor*.

me deu os livros que continham esses e outros contos novos. E, por fim, os romances – que não se pareciam nada com romances: *A maçã no escuro* (que me decepcionou consideravelmente) e *A paixão segundo G.H.* (que nunca me pareceu perfeito como os contos perfeitos, mas que me assombrou mais do que os mais assombrosos contos). Nunca li *Perto do coração selvagem*, seu primeiro livro e por tantos considerado o melhor. Mas li o estranho livro de estórias "eróticas" e as novelas *A hora da estrela* e *Água viva*. Recentemente, meu filho Moreno, de 19 anos, leu para mim, com lágrimas nos olhos, longos trechos de *Uma aprendizagem ou O livro dos prazeres*. Em todos esses reencontros, sempre o fluxo da vida aflorando por entre as palavras, às vezes com intensidade assustadora: frequentemente me vêm à cabeça o tom, o ritmo, o sentimento do texto sobre "Mineirinho". Ler Clarice era como conhecer uma pessoa. Em 1966, quando cheguei ao Rio para morar e tentar trabalhar, o José Wilker me deu o telefone dela. Uma noite, na presença de Torquato Neto e Ana, então sua mulher, decidi ligar. Clarice atendeu imediatamente, como se estivesse esperando a chamada. Não demonstrou nenhuma estranheza e falou comigo como se já nos conhecêssemos e tivéssemos estado conversando habitualmente todas as noites. Voltei a ligar para ela muitas vezes. Eram conversas muito diretas ("estou danada da vida, minha máquina de escrever quebrou" – com aqueles erres hebreus), e o telefone era atendido sempre prontamente. Um dia ela me disse que vira minha fotografia na capa da revista *Realidade* – eu entre os outros novíssimos da música popular. Um ano depois, eu já morando em São Paulo, voei para o Rio só para participar de uma grande reunião de artistas e intelectuais que, tendo Hélio Pellegrino como porta-voz, queriam exigir do governador do estado da Guanabara, o Dr. Negrão de Lima, uma atitude nítida com relação ao assassinato, pela polícia, de um garoto chamado Edson Luís, estudante, no restaurante universitário apelidado de Calabouço. Eu estava no meio de uma quase multidão que lotava a sala de espera do palácio quando senti um tapinha no ombro e ouvi a voz inconfundível: "Rapaz, eu sou Clarice Lispector". Fiquei muito tímido e nunca mais nos falamos. Tornei a vê-la num show da Bethânia, de quem ela se aproximou no fim da vida. Mas não pareceu que tivéssemos tido nenhum contato antes. Nas vezes em que nos falamos ao telefone, eu disse a ela que a admirava muito. Mas isso não expressava um milésimo da minha verdadeira admiração e nada dizia sobre o meu amor. O nosso encontro pessoal teve afinal um gosto de desencontro, e quantas vezes eu já lamentei ter deixado a impressão de que meus telefonemas tinham sido uma irresponsabilidade. Ou ficado com a impressão de que eu a decepcionara com o prosaísmo da minha timidez, da minha cara, da minha música. O que nunca mudou foi o sentimento que a leitura de seus textos provoca em mim. Às vezes pego para ler "Amor", "Os desastres de Sofia", "A legião estrangeira" ou mesmo "Uma galinha", que nos anos 1960 eu sabia de cor como se lesse uma canção, e eles permanecem perfeitos momentos da literatura brasileira moderna, perfeitos momentos da vida nas palavras, perfeitos momentos.

Outubro de 1992.[93]

Nota

Segundo informação que me foi passada por Nádia Battella Gotlib, o conto "A imitação da rosa" foi publicado na revista *Senhor* em 1960, portanto não está certo eu dizer que o li em 1959. Devo tê-lo lido em 1960, embora tenha ganhado a assinatura da revista *Senhor* no ano anterior. Como eu tinha me mudado para Salvador, mas voltava a Santo Amaro nas férias, posso ter lido o conto em minha cidade natal, onde ainda morava quando conheci a revista.

Julho de 2020.[94]

---

[93] O texto, datado de outubro de 1992, foi publicado em: RODRIGUES, Ilse; MANZO, Lícia (org.). *A paixão segundo Clarice Lispector*. Rio de Janeiro: Centro Cultural Banco do Brasil, 1992. [s.p.]. Catálogo de exposição, 25 nov.-20 dez. 1992.

[94] A nota, datada de julho de 2020 me foi enviada por Caetano Veloso no dia 25 de julho de 2020, com a recomendação de que fosse registrada logo após o texto aqui publicado.

● Caio Fernando Abreu

Porto Alegre, 29.12.1970[95]

Hildinha, a carta para você já estava escrita, mas aconteceu agora de noite um negócio tão genial que vou escrever mais um pouco. Depois que escrevi para você fui ler o jornal de hoje: havia uma notícia dizendo que Clarice Lispector estaria autografando seus livros numa televisão, à noite. Jantei e saí ventando. Cheguei lá timidíssimo, lógico. Vi uma mulher linda e estranhíssima num canto, toda de preto, com um clima de tristeza e santidade ao mesmo tempo, absolutamente incrível. Era ela. Me aproximei, dei os livros para ela autografar e entreguei o meu *Inventário*.[96] Ia saindo quando um dos escritores vagamente bichona que paparicava em torno dela inventou de me conhecer e apresentar. Ela sorriu novamente e eu fiquei por ali olhando. De repente fiquei supernervoso e saí para o corredor. Ia indo embora quando (veja que GLÓRIA) ela saiu na porta e me chamou: "Fica comigo". Fiquei. Conversamos um pouco. De repente ela me olhou e disse que me achava muito bonito, parecido com Cristo. Tive 33 orgasmos consecutivos. Depois falamos sobre Nélida (que está nos States) e você. Falei que havia recebido teu livro hoje, e ela disse que tinha muita vontade de

---

[95] Carta de Caio Fernando Abreu a Hilda Hilst, em: ABREU, Caio Fernando. *Cartas*. Organização de Ítalo Moriconi. Rio de Janeiro: Aeroplano, 2002. p. 414-415. Caio Fernando Abreu tinha apenas 22 anos em dezembro de 1970. No dia 30 de dezembro de 1970, Clarice Lispector visita o *Correio do Povo* e aparece em foto ao lado de, entre outros, Mario Quintana e Armindo Trevisan. (Ver GOTLIB, Nádia Battella. *Clarice fotobiografia*. São Paulo: Edusp; Imprensa Oficial do Estado de São Paulo, 2007. p. 391.)

[96] ABREU, Caio Fernando. *Inventário do irremediável*. Porto Alegre: Movimento, 1970.

ler, porque a Nélida havia falado entusiasticamente sobre "Lázaro".[97] Aí, como eu tinha aquele outro exemplar que você me mandou na bolsa, resolvi dar a ela. Disse que vai ler com carinho. Por fim me deu o endereço e o telefone dela no Rio, pedindo que eu a procurasse agora quando for. Saí de lá meio bobo com tudo, ainda estou numa espécie de transe, acho que nem vou conseguir dormir. Ela é demais estranha. Sua mão direita está toda queimada, ficaram apenas dois pedaços do médio e do indicador, os outros não têm unhas. Uma coisa dolorosa. Tem manchas de queimadura por todo o corpo, menos no rosto, onde fez plástica. Perdeu todo o cabelo no incêndio: usa uma peruca de um loiro escuro. Ela é exatamente como os seus livros: transmite uma sensação estranha, de uma sabedoria e uma amargura impressionantes. É lenta e quase não fala. Tem olhos hipnóticos, quase diabólicos. E a gente sente que ela não espera mais nada de nada nem de ninguém, que está absolutamente sozinha e numa altura tal que ninguém jamais conseguiria alcançá-la. Muita gente deve achá-la antipaticíssima, mas eu achei linda, profunda, estranha, perigosa. É impossível sentir-se à vontade perto dela, não porque sua presença seja desagradável, mas porque a gente pressente que ela está sempre sabendo exatamente o que se passa ao seu redor. Talvez eu esteja fantasiando, sei lá. Mas a impressão foi fortíssima, nunca ninguém tinha me perturbado tanto. Acho que mesmo que ela não fosse Clarice Lispector eu sentiria a mesma coisa. Por incrível que pareça, voltei de lá com febre e taquicardia. Vê que estranho. Sinto que as coisas vão mudar radicalmente para mim – teu livro e Clarice Lispector num mesmo dia são, fora de dúvida, um presságio.

Fico por aqui, já é muito tarde. Um grande beijo do teu

Caio

---

[97] HILST, Hilda. Lázaro. *In*: *Fluxo-floema*. São Paulo: Perspectiva, 1970. p. 85-109.

● Carlos Scliar

Conheci Clarice[98]

Conheci Clarice lendo seu primeiro livro, *Perto do coração selvagem*. Embarcando para a Itália, em 1944, como soldado da FEB [Força Expedicionária Brasileira], trazia comigo esse livro e, apesar do clima excepcional em que eu viajava, sem crer em retorno, mais a minha condição de sulista, envolvido, fascinado e convencido de que a literatura dos escritores do Norte era minha verdadeira redescoberta do Brasil, fui seduzido por uma autora que abria outra vertente na literatura brasileira. O livro me ficou como um marco.

Fui reencontrando Clarice através de seus livros. A partir de 1959, na revista *Senhor*, ela passou a conviver conosco, no permanente interesse da nossa equipe. Em torno dela havia unanimidade. Creio que a revista teve papel importante numa espécie de relançamento, de redescoberta de Clarice para uma importante faixa de público. Não lembro quem, naquela época – estávamos todo um grupo de amigos juntos –, disse que Clarice e eu éramos aparentados, ela e meu pai tendo nascido na Ucrânia. Lembro que fiquei um tanto espantado, talvez eu até já soubesse sua origem, mas isso para mim nada significava; sentia que meu parentesco com ela se fazia em esferas mais misteriosas. Às vezes, em nossos contatos, eu a sentia como se fosse um ser de outra galáxia, tão incrível me pareciam sua sensibilidade e percepção.

---

[98] Publicado anteriormente em: PERTO de Clarice: homenagem a Clarice Lispector. Rio de Janeiro: Casa de Cultura Laura Alvim, 1987. [s.p.]. Catálogo de exposição, 23-29 nov. 1987.

Lembro, por ocasião de manifestações políticas públicas de que participamos no final da década de 1960, sua presença significando, além de sua total solidariedade, também uma espécie de guardiã, com cuidados especiais, buscando com o olhar todos os amigos próximos ou mais afastados. Era mais do que uma amiga, me parecia uma mãe judia protetora, generosa, preocupada.

Quando me telefonou cobrando uma velha promessa de seu retrato, tantas vezes marcado e por ela transferido, pelas mais diversas razões, tive um certo medo, talvez premonição, pela maneira como agora me cobrava, como se precisasse cumprir algo que urgia; eu tentava serená-la, deixando ao seu critério a data, a que quisesse. Curioso como agora, ao tentar passar para o papel essas minhas lembranças, me volta aquela sensação estranha que acompanhou aquele telefonema. Posando para mim, em Cabo Frio, Clarice mergulhava em profundos desligamentos, voltava a tempo de me apaziguar e transformava o ambiente em algo denso que sobrevivia numa espécie de aura que ainda permanece.

■ Retrato de Clarice Lispector por Carlos Scliar, 1972. Guache sobre papel. 36,5 x 27 cm. (Instituto Cultural Carlos Scliar.)

● Chico Buarque[99]

Eu me lembro muito bem do meu primeiro encontro com a Clarice. Foi no Antônio's, um restaurante e bar aqui no Rio, em 1966, 1967, não lembro exatamente em que ano. Mas a entrada dela no Antônio's foi algo inusitado. As pessoas não esperavam ver a Clarice lá, nem eu nem outras pessoas que estavam comigo, porque o Antônio's era isso, era quase um antro da boêmia, bebia-se muito, e a Clarice surgiu lá como um ser exótico, porque tinha mesmo um ar exótico, era muito bonita e tinha os traços quase orientais, maçãs de rosto muito salientes. E era muito reclusa, não saía quase de casa. Então foi surpreendente! Eu me lembro dela entrando no bar e do impacto que isso causou em mim e nas pessoas que estavam em volta e que conheciam Clarice melhor do que eu, que conheciam a Clarice há mais tempo, como o Vinicius [de Moraes].

Eu me lembro de, alguns dias depois, a gente ainda comentar: "Poxa, a Clarice veio, a Clarice veio…". E as pessoas que não estavam lá: "Poxa, como é que não vi? A Clarice veio, a Clarice veio…".

Na época, ela escrevia para a revista *Manchete*. Geralmente escrevia crônicas sobre isto e aquilo, mas às vezes fazia umas entrevistas, fazia isso por telefone. E comigo ela fez acho que mais de uma entrevista.[100]

---

[99] Este depoimento de Chico Buarque de Hollanda foi divulgado em 13 de junho de 2021 pelo canal do YouTube Inspiração Literária e pode ser acessado pelo seguinte link: bit.ly/44gQfld.

[100] A entrevista feita por Clarice Lispector com Francisco Buarque de Hollanda (Chico Buarque) foi publicada na revista *Manchete*, n. 856, em 14 de setembro de 1968, com o título de "Chico Buarque ou Xico Buark". E em: LISPECTOR, Clarice. *De corpo inteiro: entrevistas*. Rio de Janeiro: Artenova, 1975. p. 65-70; e LISPECTOR, Clarice. *Entrevistas*. Rio de Janeiro: Rocco, 2007. p. 99-104.

Às vezes era o pretexto para a gente se ver. E comecei a ir à casa dela. Era estranho também ver Clarice na casa dela, porque a Clarice tinha mania de encarar você e fazia perguntas diretas. Ela era desconcertante. Então às vezes acontecia de eu ir à casa dela e ela dizer coisas, perguntar coisas, depois ela sumia, me deixava sozinho na sala. Eu não entendia muito aquela mulher. Tinha assim uma espécie de afeição quase maternal, eu penso que ela me considerava um garoto desamparado, perdido ali naquele bar. Eu tinha realmente 22 anos e inspirei nela alguma coisa, algum sentimento maternal talvez, imagino que sim.

E a literatura da Clarice eu fui conhecer mesmo e fui me apaixonar pela escritora mais tarde, não sei se feliz ou infelizmente, porque talvez isso aumentasse o meu pânico, já que eu ficava realmente um pouco assustado na presença dela.

E engraçado que Clarice tinha esse poder de intimidar as pessoas, e isso não acontecia só comigo, um garoto desamparado. Eu me lembro de que certa vez, num jantar, ela me convidou para um jantar na casa dela. E eu pedi amparo ao Vinicius de Moraes, que tinha tido uma queda por ela. Perguntei a Clarice se podia levar dois amigos. Eu estava no Antônio's, para variar, e esses dois amigos eram o Vinicius de Moraes e o Carlinhos de Oliveira. Aí ela falou: "Pode trazer sim, mas eu já vou avisando que aqui não tem bebida, na minha casa não tem bebida". Então a gente tratou de beber antes tudo o que podíamos para ir jantar na casa de Clarice. E ficamos lá os quatro conversando, e a conversa não fluía muito. Aí eu percebi que não era só eu, o próprio Vinicius ficava um pouco intimidado diante dela, e o Carlinhos também. O efeito do uísque foi passando, e nós ali conversando banalidades, não lembro o quê, mas nada de especial, e o tempo passando, o tempo passando… até que chegou uma hora que – era meia-noite e tal – ela fez menção assim de que já era tarde, menção de se retirar, se recolher. E nós: "Então, boa noite, vamos embora…". Não houve jantar. Ela convidou para o jantar que não houve. Acho que ela esqueceu… Não sei.

● Dalma Nascimento

Minha convivência com Clarice

Clarice Lispector, a feiticeira na vida e na escrita

Literariamente, já conhecia Clarice desde suas primeiras obras, capturada pelo vigor de seus personagens, sobretudo, por Lóri, a Loreley, heroína de *Uma aprendizagem ou O livro dos prazeres*. As obras de Clarice já frequentavam as aulas que eu ministrava e o meu imaginário. Em 1970, procurei seu nome na lista telefônica e liguei para ela. Um "alô" meio rouco atendeu. Num único fôlego, passei a falar, sem parar, sobre seus livros. Ela, em eloquente silêncio, ouvia-me. Por fim, naquela voz arrastada, lenta, a alongar os "erres", convidou-me a visitá-la no dia seguinte, cedo.

De manhã lá fui eu, ansiosa, tomar a barca, o único transporte àquela época entre Niterói e o Rio. Diáfana, Clarice me abriu, de manso, suas portas existenciais e seu apartamento na Rua Gustavo Sampaio, no Leme. Um espaço diferente se desvelou então para mim. À minha frente, estava uma mulher sem idade, de olhos enigmáticos, curiosos, que me contemplavam e espiavam o mundo. Já eram anúncios de um despertar afetivo que se foi aprofundando em cada encontro nosso.

Eu viera do bulício da rua, das buzinas com gente apressada na condução cheia. Porém, lá, com Clarice, o cheiro de mar era paz de manhã clara. Algo primitivo palpitava em sua sala, paradoxalmente requintada. Parecia que as coisas, impregnadas dela, falavam nas cortinas, nas cadeiras vazias, nos quadros que me davam boas-vindas. Era a atmosfera de "Clarice sendo", em vigorosa liberdade, num universo estranho, no qual seu cachorro, Ulisses, fumava cigarros. Ante minha perplexidade, logo esclareceu que ele não participava do mundo cão.

Encontrava-me, então, diante daquela Clarice que heroicamente se arriscava na existência, com mística paixão. Da Clarice que tentava aproximar-se da essência das coisas pela Arte. Da Clarice que transitava nos livros e na vida, pelas perigosas fronteiras da iniciação, em busca da "palavra-topázio", como se expressou em *Água viva*.

Passou a me mostrar objetos, papéis, esboços e o novo livro em processo de conclusão: *Onde estivestes de noite?*.[101] Se as palavras conseguissem narrar plenamente aquele universo, talvez ele ficasse rotulado de fantástico-estranho. Mas não estávamos na ficção, apenas no território inclassificável de Clarice, porque só seu, tão diverso dos demais.

E, desde esse dia, entre nós, a amizade germinou. Frequentes eram nossos encontros. Por várias vezes, levei alunos à sua casa. Todos se enredavam pela magia daquela feiticeira, que participaria, no ano seguinte, do Congresso de Bruxaria na Colômbia, em Bogotá. Entusiasmada, contou-me pormenores e anunciou que iria à Colômbia, à cidade de Cali, no então próximo mês de agosto, para o IV Congresso Internacional da Nova Literatura Latino-Americana.

Estávamos em 1974. Além de eu lecionar em duas universidades – ainda não tinha dedicação exclusiva na Universidade Federal do Rio de Janeiro (UFRJ) –, era também correspondente do suplemento literário JBr Cultura do *Jornal de Brasília*. Para minha surpresa, o jornal me designou para cobrir o tal evento literário na Colômbia, onde luminosos escritores das Américas discutiriam os caminhos da nova literatura latino-americana.

Viajei no avião com Clarice e nos hospedamos no mesmo hotel da comitiva: o Intercontinental de Cali. Já no aeroporto, Clarice pediu-me para guardar seu passaporte e dólares. Contudo, sem antes solenemente

---

[101] *Onde estivestes de noite?* foi o título da primeira edição, com o ponto de interrogação. Nas republicações, essa notação gráfica foi suprimida. Mantive, contudo, aqui, o título original da obra. (Esta nota e as demais que se seguem são da autora deste depoimento, Dalma Nascimento.)

eu lhe prometer que não leria, em hipótese alguma, seu documento de identidade. Cumpri o pacto. E até hoje ignoro sua data natalícia.

O avião fez conexão em São Paulo. Lygia Fagundes Telles integrou o grupo dos brasileiros, do qual também participava Walmir Ayala, vindo, porém, em outro voo. A viagem foi tumultuada e longa. Um tornado, exatamente naquele dia, varreu os ares, desviando a nossa rota. Voamos horas incontidas. Lygia e, sobretudo eu, encolhidas nas poltronas, rezávamos nas turbulências. Terríveis, turbilhonantes, mesmo.

Cada sacolejo de meter medo. Objetos voavam, e aeromoças, equilibristas dançarinas, acalmavam os passageiros. Porém, Clarice, gloriosa, extasiava-se com o espetáculo da Natureza em fúria. Talvez se sentisse "perto do coração selvagem", em "água viva" ou desfrutando de mais "uma aprendizagem de prazeres". Por fim, terra à vista.[102]

Com a maga das palavras: Clarice

Clarice, muito celebrada, a todos envolveu com sua aura de rainha. Misteriosa e mística, ela pontificou entre os escritores internacionais presentes durante aquela semana de pulsantes acontecimentos político-sociais. O encontro visava a intercâmbios literários sobre os novos caminhos da literatura das Américas. O evento, com tantos nomes internacionais – entre eles, Mario Vargas Llosa –, estava politicamente efervescente. O Brasil encontrava-se em tempos de ditadura, e grande parte da América Latina, em situação semelhante.

Agitadas e concorridíssimas foram, portanto, as sessões no amplo e majestoso auditório da Universidade de Cali.[103] Estudantes prestigiavam, de forma inflamada, oradores com mensagens libertárias. Jornais estrangeiros em frenéticas coberturas espocavam *flashes*. Incandescentes debates se estendiam. E, por vezes, só terminavam altas horas da noite,

---

[102] Uma versão deste texto foi publicada no *Jornal de Brasília*, em 23 de outubro de 1974; no Canadá, na revista literária *La Parole Métèque*, no outono de 1989; e no meu livro *Antígonas da modernidade: performances femininas na vida real ou na ficção literária*. Rio de Janeiro: Tempo Brasileiro, 2013.

[103] O IV Congresso da Nova Narrativa Hispano-Americana aconteceu na Universidad del Valle, em Cali, Colômbia, de 14 a 17 de agosto de 1974.

nas reuniões, não programadas, no hotel. Candentes questões discutiam-se também, desde cedo, no café da manhã, nas mesas do almoço e do jantar, no balcão do bar, nos corredores e no *lobby* do Intercontinental. Enfim, um clima meio revolucionário pairava no ar. Vinha mascarado nos tons da literatura fantástica, do *real maravilloso americano*, segundo Alejo Carpentier, com que os escritores da inovadora literatura latino-americana passavam, nas entrelinhas, suas mensagens.

Apesar da turbulência política, Clarice e Lygia foram as grandes damas da semana. Convidada de honra, Clarice recebeu até um quarto especial. Dividi o apartamento do luxuoso hotel com Lygia. Autora também muito festejada em Cali com o romance de tons políticos *As meninas*, sucesso na Latina América. O Congresso e Lygia abriram-me horizontes de percepção. Estávamos, repito, em 1974. Eu, já às portas do doutorado, acabara de defender no mestrado uma leitura de *Vidas secas*, de Graciliano Ramos, com pressupostos de Heidegger. Não tremam, era época de ditadura. Assim, em Cali vislumbrei novas visões do mundo. Não raro, com Lygia, entrava pela madrugada conversando sobre os temas centrais das reuniões. Pude então, de perto, aquilatar-lhe a largueza do intelecto, além da imensa dimensão humana de que ela é dotada.

Mas Clarice tornou-se o ícone celebrado pelos universitários de Cali. Múltiplos foram os momentos em que a indomável maga lá me fascinou com gestos simples, mas luminosos, de intensa grandeza. Certa feita, ao andarmos pelas ruas para comprar seus indefectíveis cigarros, seu rosto, de repente, se transmutou de forma estranha e dura. E ela ficou muda. Era uma estátua, tão parada estava a meditar. Sem nada dizer-me, percebi o recado na eloquência do silêncio. Diante das disparidades sociais, Clarice fora tocada pelos violentos contrastes econômicos daquela cidade.

Depois, qual caudaloso rio fluindo e refluindo em direção ao mar, veio-lhe o gesto de universal fraternidade. Trouxe um garoto de rua, esfarrapado e sujo, com feições de índio, para almoçar conosco junto à majestosa piscina do hotel de tantas estrelas do Intercontinental de Cali. E ela, com total indiferença ao escândalo que causara desde a portaria, "não estava nem aí", como se diz popularmente hoje. Fitava os companheiros de mesa e os demais vizinhos, surpresos com seu ato, com aquele seu olhar distante e mágico. Imersa em sortilégios, vislumbrava o mais além, no aquém daquele ato humanitário, para ela, tão banal. Assim era Clarice, sempre um canto de aleluia, continuamente em tempo de renovação, "apesar de".

Numa noite, ficamos em polvorosa. Ela sumira. Ninguém a vira à tardinha. Afastara-se de mim. Afinal, eu era sua fiel escudeira, a guardiã de seus documentos e dólares. Anoiteceu. O jantar foi servido no imponente salão, e nada de Clarice. Lygia e eu, preocupadas. Sem darmos alarme, Antonio Di Benedetto, o grande romancista de *Zama*, e outros escritores argentinos perceberam nossa inquietação. Solidários, uniram-se a nós duas.

Vasculhamos, de carro, a cidade já deserta, tendo o cuidado de despistar jornalistas e fotógrafos de plantão, a farejarem notícias, à porta do hotel. Um grupo dos argentinos permaneceu no salão ao lado do telefone, simulando discutir literatura àquela hora. Viramos Cali pelo avesso, e nada. Tensos e desolados regressamos. Já aos anúncios de raiar o dia, Lygia e eu nos recostamos no sofá do salão do *lobby*.

Eis que, num passe de mágica, com as luzes já fortes da manhã, Clarice desponta bela e fagueira à nossa frente. Seus olhos incandesciam em resplendor. Clarice, "onde estivestes de noite?". Com a ingenuidade da criança travessa, ela fora rezar na Igreja da Matriz. O recolhimento e a grande paz embriagaram-na de unção. Em êxtase, deixou-se ficar num cantinho escuro, introvertida, a falar com Deus. Instante epifânico! Fecharam a igreja sem a perceberem lá dentro. Quando viu, estava sozinha aos pés do Criador. O jeito foi reclinar a fronte e dormir por lá mesmo. Ah! Tão feiticeira era Clarice que ninguém ousou reclamar que passara a noite a procurá-la.

Naquela semana, muitas coisas ocorreram. Algumas do arco da velha. Só mesmo Clarice com seu dom de liberdade para viver experiências bem estranhas e diferentes do mais comum dos mortais.

A deusa de vermelho na Colômbia

Desde a chegada a Cali, ainda no aeroporto, Clarice marcou sua diferença. Desceu do voo com requintado chapéu e longo casacão de esplendoroso vermelho, de fino talho. Porte heráldico e longilíneo de rainha. Rosto misterioso, enigmático e ainda belo. Já era Clarice, com seu jeito feiticeiro, contrastando com o ambiente do congresso.

O encontro internacional em Cali visava a discutir os rumos da nova narrativa latino-americana. Entretanto, o lado político imperou. Talvez por isso Clarice tenha ficado meio reclusa, imersa em seu rico mundo interior. Parecia não partilhar dos incandescentes debates sobre o *boom* dos escritores latino-americanos, movimento iniciado décadas antes pelos artistas da América Latina. Dali surgiu uma nova tipologia literária – não tão nova assim – que, em 1974, ano do congresso, estava na crista da onda.

Eram ficções com outro tipo de realismo, em que o fantástico, o estranho, o mágico e o maravilhoso – gêneros literários de tempos primordiais – ganharam, na escrita dos autores latino-americanos, traços rejuvenescidos, mesclados a temas políticos e sociais da "realidade" das Américas. Tais criações – a princípio nomeadas de realismo mágico, depois de realismo maravilhoso americano – expandiram-se, na década de 1970, com conceitos ainda flutuantes.

Por isso, no calor das coisas, não só literárias como também políticas, houve o congresso de Cali, em 1974, a fim de se delimitarem parâmetros. Alguns dos próceres dessa linha programática estavam lá, à exceção de Gabriel García Márquez. Entre os presentes, Mario Vargas Llosa, com sua já avantajada produção, e Juan Rulfo, com *Pedro Páramo*, eram muito celebrados. Até o tradutor de Guimarães Rosa para o alemão, Günter Lorenz, compareceu.

Clarice parecia um tanto decepcionada com os caminhos e fundamentos das reuniões, enquanto Lygia participava ativamente dos debates. Seu livro *As meninas*, embora sem o clima do real maravilhoso americano, já se tornara sensação entre os jovens pelas passagens políticas. Mais introspectiva, Clarice apresentava uma linha diferente das discutidas em Cali. O fantástico dos contos de *Onde estivestes de noite*, à época recém-publicado, tomou rumos mais psicológicos, existenciais e ontológicos.

Não se pretende aqui dissecar os textos literários, tampouco mergulhar em problemas conceituais do congresso, já por mim feitos em periódicos e livros. É bem provável que debates teóricos e críticos tenham cansado Clarice, a ponto de ela manifestar sua reação no dia específico de sua fala. Ou de sua não fala. É o que agora lhes vou contar.

Cada delegação teve seu dia para apresentar-se no luxuoso auditório universitário. Na data do Brasil, de manhã, Walmir Ayala e Lygia discorreram sobre suas obras. A grande expectativa era a palestra de Clarice, à tarde.

De repente, talvez meia hora antes ou pouco mais, em pleno final do almoço, Clarice comunicou-nos que não iria mais participar, e pronto! Dona de si e de sua liberdade, nossos esforços foram vãos. Lygia – qual outro jeito? – prontificou-se a conversar com o público e inventar uma desculpa. Fiquei no hotel com Clarice. Súbito, mudou de ideia. Igualmente impossível demovê-la. Rápido vestiu o longo e exuberante casaco vermelho, cor da paixão, com que, dias antes, chegara a Cali. Só não colocou o chapéu. Era uma deusa flamejante a fulgurar beleza.

Partimos. Ao entrarmos, ainda de longe, Lygia, no palco, divisou Clarice. Sua fisionomia se abriu. Pressurosa, pôs-se a explicar que a diva melhorara e acabava de chegar. Mas parou perplexa. De fato, seria cômico, se não fosse sério. Clarice, imponente, pisava o majestoso tapete também vermelho do salão. E subiu ao palco. Acomodou-se na cadeira vaga. E, como não estivesse ali, "na *via crucis* do corpo", mas "perto do coração selvagem", em "água viva", na "paixão segundo Ela mesma", parecia viver em plenitude "uma aprendizagem" ou ler "o livro dos prazeres".

Esfíngica. Bela. Sumamente bela! Sem nada proferir, com olhar distante em êxtase epifânico! Exatamente como dias antes se portara quando levara o garotinho de rua a almoçar no Intercontinental de Cali. Haveria nos dois episódios um mudo recado de protesto ao ambiente do congresso? Sei lá... tantos foram os mistérios de Clarice! Ela era tão dona dos dons do encantamento que todos – apesar de calada – foram contaminados pelo eloquente vigor de seu silêncio.

Mais uma lembrança da surpreendente Clarice Lispector

Recordo-me de que, num domingo, à tardinha, visitei-a logo depois do Dia da Mães. Conversamos sobre livros e fatos do mundo. Eu acabara de ganhar um singelo colar de um dos meus filhos, ainda meninote. Presentinho do Dia das Mães comprado por ele, sem experiência para distinguir o belo do *kitsch*. Contudo, era vistoso, isso era. Imitava joia. Chamava atenção. O conjunto harmonizava-se: pedras beges e marrons presas numa correntinha dourada.

Ao vê-lo em meu pescoço, Clarice ficou fascinada. Lançou seu misterioso olhar e elogiou. Repetiu o elogio e, de repente, pediu-me de presente. Impossível dizer-lhe sim. Afinal, meu garoto, com carinho, comprara-o economizando a mesadinha. Mas, sem mesmo me dar tempo de arranjar um pretexto, ela, sôfrega gazela, correu a seu quarto. De lá retornou etérea, teatral, esvoaçante, com um corte de fazenda, ainda sem feitio, modelando-lhe o corpo alto e esguio.

E, com aquela voz peculiar, enrolando de forma encantatória os erres, e com seu distante olhar de paisagem, ficou repetindo: colar, calor, colar, calor... Pausava os erres como se estivesse falando com alguém, esquecida totalmente de mim, ali bem perto. O efeito foi tão mágico que, sem mesmo entender, eu fui abrindo o fecho do enfeite e... o colar, com o calor do meu afeto, foi sendo incorporado ao seu peito. Completou-se aquela cena estranha, mas vivida com a maior naturalidade. Voltei para casa sem o colar, que, sem titubeios, lhe dei de presente. Tempos depois, numa revista do Rio, vejo sua foto com o tal colar, adornando-lhe a majestosa presença.

Quem poderia resistir aos sortilégios de Clarice? Misteriosa e mística, aquele ato era uma maneira de ela ter – pareceu-me – a energia dos amigos impregnada nos objetos de seu uso pessoal. Porque as coisas, os artefatos, os utensílios, como pensavam antigos povos e algumas seitas de agora ainda afirmam, ficam impregnados das vibrações das pessoas que anteriormente os usaram.

A também grande ficcionista Nélida Piñon, na crônica "Cada bibelô tem uma alma", de seu livro *Até amanhã, outra vez*, personifica os objetos e narra que eles, dotados de alma, preservam em si a memória de seu dono. Nélida – aliás, uma das maiores amigas de Clarice a ponto de ter assistido à sua morte – penetra nos interstícios do "ser" dos bibelôs e revela que, quando os seus donos partem, deixam marcas tatuadas nos antigos pertences. Assim, cada bibelô guarda a biografia do proprietário.

Diante das grandes afinidades eletivas entre Clarice e Nélida, percebe-se que ambas partilhavam do mesmo pensamento: os objetos absorvem as vibrações de quem os possuiu. Por isso, Clarice, sensível e mística, quis o calor do colar.

Hoje, em busca de uma foto para ilustrar estas lembranças, não consigo, entre várias imagens dela com colares, encontrar aquele colar que fora objeto deste registro. Em nevoeiro de lembranças, minha memória flutua. Não me permite reconhecer. Porém, diante de tantos retratos, um me atraiu: Seria este? Mas o Ulisses, presente na fotografia, seu amado e fiel cãozinho "que fumava cigarros", esse eu identifico.

"Leio você para a vida"

Clarice me concedeu uma entrevista em 1974.[104] Observe a densidade das respostas, o seu jeito introspectivo de manifestar-se, sintetizando ideias na serena consciência de que "menos é mais". Em algumas respostas, existe certo hermetismo para leitores menos acostumados ao ser tão especial de Clarice. Mas os que a leem com amor, penetrando em seus meandros, perceberão a profundidade das asserções, já presente na primeira resposta dessa entrevista.

Dalma Nascimento: Que é ser Clarice?

Clarice Lispector: Viver cada instante na fruição do momento. É como se estivesse em estado de graça, na clara/escura plenitude de meu silêncio.

DN: Uma obra de arte é para ser sentida ou analisada?

CL: Sentida, sobretudo.

DN: Então, as análises feitas pela crítica literária são dispensáveis?

CL: Mas análises também são sentidas. É um conascer do próprio crítico para a grandeza da obra.

DN: A tecnologia atua no escritor? Se verdade, de que maneira? E a obra literária se sente prejudicada pela era tecnológica?

---

[104] Entrevista publicada no "Suplemento Literário" do *Jornal de Brasília*, em 23 de junho de 1974, antecipada por texto sobre a vida e obra da escritora. A matéria foi republicada em francês na revista *La Parole Métèque*, n. 11, em Montréal, no Canadá, no outono de 1989, edição toda dedicada a Clarice. Na década seguinte, em meio a outras informações, a entrevista foi mais uma vez republicada no jornal carioca *Tribuna da Imprensa*, caderno "Tribuna Bis", em 25 de maio de 1995, quando resenhei o livro da professora Nádia Battella Gotlib *Clarice, uma vida que se conta*, lançado em abril daquele ano.

CL: O ideal seria não atuar. A tecnologia minimiza a potencialidade do próprio criar. Massifica tanto a sua humanidade...

DN: "Os limites do meu mundo são os limites da minha linguagem." Você disse isso em algum lugar, Clarice. Isso se incorporou em nós. E como você tenta romper os limites? Como é ampliar o mundo?

CL: Deixando a si próprio nascer o que vem.

DN: Seu romance pode ser considerado como "novo romance" ("*le nouveau roman*")?

CL: Não cabe a mim responder.

DN: Em que obra você se sente mais realizada?

CL: Em nenhuma. A realização é sempre a obra futura. Realizar-se é estagnar. Se eu já tivesse me realizado, pararia, e assim me desclassificaria, perderia a minha dimensão, a minha humanidade.

DN: Seu conceito de ser se aproxima de Fernando Pessoa? Porque nos dois nós sentimos uma busca existencial...

CL: Há identidades, sim, creio. Eu não leio Fernando Pessoa. Porque, se lesse, não mais escreveria. Iria me encontrar tanto com ele que não precisaria escrever nada mais.

DN: Nunca leu, também, Heidegger [*faz questão de frisar*]. Mas seus livros, sobre a mesinha da sala, falam-nos também por ela [*observa uma das presentes*].

CL: Talvez estejamos na consciência do mesmo processo, do mesmo tempo, não sei [*afirma Clarice, olhando, vagamente, o espaço, como se quisesse possuí-lo em respostas*].

DN: Você permitiria que seus textos figurassem no vestibular?

CL: Permitiria, por que não?! Inclusive, um texto meu sobre Brasília já figurou no vestibular antes de ser unificado.

DN: Gostaria de saber os três maiores elogios que recebeu.

CL: O primeiro, de uma moça. Quando lhe perguntei: "Por que gosta do que escrevo?". "Porque, quando a gente lê você, parece que a gente é que está escrevendo."

O segundo, de uma menininha. A avó leu para a garota, que ainda não sabia ler, um dos meus livros infantis: *O mistério do coelho pensante*. Depois, perguntou se a menina havia gostado, e esta respondeu: "Deus me livre se não tivesse gostado".

O terceiro foi na casa de Pedro Bloch, onde encontrei Guimarães Rosa. Ele me disse de cor pedaços de um dos meus livros. Reconheci, vagamente, e perguntei se fui eu que tinha escrito aquilo e como é que ele sabia de cor. E a resposta veio de manso: "Não leio você para a Literatura. Leio você para a Vida".

Assim, nós também, "guimarãesrosando" a resposta do grande mestre e autor de *Grande sertão: veredas*, lemos você, sedutora Clarice, para a Vida!

En el muelle internacional del aeropuerto de Palmaseca, aparecen las escritoras brasileñas, Ligia Fagundes Téllez, Clarince Linspector y Dalma B. Portugal Do Nacimiento. Con ellas Gustavo Alvarez Gardeazábal, presidente honorario del Congreso de Narrativa Hispanoamericana que se inicia mañana en Cali. (Foto OCCIDENTE de Gerberto Arias).

■ Da esq. para a dir.: Lygia Fagundes Telles, Gustavo Alvarez Gardeazábal (presidente honorário do Congreso de Narrativa Hispanoamericana), Clarice Lispector, Dalma B. Portugal do Nascimento. No Aeroporto Internacional de Palmaseca, em Cali, segurando nas mãos os passaportes. (Foto do periódico *Occidente*, por Gerberto Arias.)

● David Wainstok

Prezada Nádia Battella Gotlib

[...] Ela ainda era muito menina, quando eu, já adolescente, me embandava para jovens da minha idade. Eu tinha maior aproximação com a Tania, da mesma idade que a minha. Contudo, Clarice chamava muita atenção, mostrava-se criatura excepcional de criança; era diferente das outras em postura, comportamento e originalidade.

Lembro um dia de Yom Kipur, cerimônia religiosa judaica de expiação e jejum. Enquanto os adultos rezavam na sinagoga, as crianças, que não jejuavam, ficavam no jardim do prédio em seus folguedos. A menina Clarice encontrava-se separada dos demais, pendurada em um galho de árvore, contemplativa. Um garoto aproxima-se e lhe pergunta por sua mãe. Ela responde simplesmente: "Ela está com o papai do céu" e aponta para o firmamento.

Moramos muito tempo próximos da família Lispector e éramos muito íntimos. O tio Pedro, pai da Clarice, era extremamente ligado à esposa, Marieta, e às filhas. Lembro-me da tia Marieta doente, paralítica, limitada em seus movimentos, quando era cuidada com todo desvelo pelo marido.

Tio Pedro carregava-a nos braços para sentá-la na cadeira de balanço, onde ela gostava de ficar durante o dia, e levava-a para a cama à noite. Mostrava-se sempre carinhoso, paciente e atento às suas necessidades. Recordo que naquela época estava em voga o uso de um processo de tratamento de paralisia por um método de "toque Assuero". O tio Pedro de imediato providenciou a aplicação do processo na esposa. Mas não deu resultado, e a família ficou muito frustrada. O tio sempre foi muito dedicado às três filhas, tomando parte em seus problemas e soluções.

As três primas mostravam-se muito talentosas, unidas e aplicadas nos estudos. A prima Elisa, mais madura, além de zelosa nos estudos e atividades intelectuais, ocupava-se com os problemas dos pais e da casa. A Tania, adolescente, bonita e vaidosa, tinha muitos sonhos próprios da idade. Clarice, ainda menina, já se revelava o que viria a ser, por suas originalidades.

Quanto à pergunta: "Quando vi pela primeira vez a Clarice", só posso dizer que se perdeu no tempo.

A foto dos 18 primos foi tirada na década de 1930. Dois dos primos moravam em Maceió; foram chamados para Recife a fim de participarem da foto. Foi tirada após o nascimento do menor dos primos, Nehemias, que completou os 18. A ideia da foto foi da minha mãe, que queria mandá-la para seu pai, nosso avô, que morava em Israel.

Por que o número 18? O número compõe-se em hebraico por duas letras: חי (10 + 8 = 18), o que quer dizer "*hai*" ou "*chai*" (vida), um número muito apreciado pela mística judaica.

Eram quatro as Saritas primas. O nome vem de Sara, a nossa avó, ex-esposa do avô Lei Rabin e mãe da minha mãe. Três faleceram, ficou a Sarita do tio Abram; a mais velha delas hoje vive em Israel, em uma casa de anciãos. Está com 96 anos e anda muito esquecida.

Não conheci e nem vi qualquer foto da Tania (Tcherna), avó da Clarice.

Lembro que o roubo das pitangas era feito através das grades da igreja anglicana, em Recife. Seria a atração da Clarice pelo fruto proibido? A atração da Eva bíblica, no jardim do Éden (paraíso).

O livro *Caminhada* foi escrito em 1999 e editado no ano seguinte.[105] Você pergunta sobre o conteúdo escrito no verso da foto de minha mãe. Ela escreve para os pais em hebraico bíblico, muito antigo. A data é 1909. Dá conta de seus estudos, refere-se às saudades de casa e dos pais e que deve voltar em breve para vê-los. Assinatura: Dvora (que depois virou Dora) Rabin. O sobrenome é do seu tempo de solteira.

---

[105] David Wainstok é autor de um livro de memórias: *Caminhada: reminiscências e Reflexões*. Rio de Janeiro: Lidador, [2000]. O sobrenome do autor aparece registrado com "k" na capa do seu livro e com "ck" na assinatura desta carta que me enviou.

Fico por aí e me ponho à sua disposição para qualquer outra informação que esteja ao meu alcance.
Com abraço e admiração de
David Wainstok

Ra'anana,[106] 01/02/2004

■ David Wainstok (à esq.) e seus quatro irmãos (da esq. para a dir.): Anatolio, Jonas, Cecília, Jacó – filhos de Dora (Rabin) e Israel Wainstok e netos de Leivi (Leiv, Leib) Rabin e sua primeira esposa, Sara. A segunda esposa chamava-se Feiga. Leivi Rabin era irmão de Tcharna (Rabin) Krimgold, avó de Clarice Lispector e casada com Isaac Krimgold. (Acervo pessoal de Cecília Wainstok.)

---

[106] Cidade localizada na região central de Israel, a 20 quilômetros de Tel Aviv.

■ Os 18 primos de Clarice Lispector, em segundo grau, pelo lado materno, em foto tirada em Recife para ser enviada ao seu tio-avô Leivi Rabin, que morava em Israel. As anotações manuscritas foram feitas por Cecília [Wainstok] Lipka, que, na foto, é a criança Cecília [Rabin] Wainstok, que se encontra no meio da foto, sentada, de vestido preto, com laço de fita na cabeça. Um dos primos, Júlio Rabin, aparece na foto sentado, o segundo da direita para a esquerda. (Ver, neste livro, a parte "Júlio Rabin".) (c. 1930) (Acervo pessoal de Cecília Wainstok.)

● Eliane Gurgel Valente e Marilu (Maria Lucy) Gurgel Valente (de Seixas Corrêa)

Eliane Gurgel Valente[107]

Eu conheci Clarice em 1944, em Argel. Clarice estava a caminho de Nápoles. E Argel estava na rota para se chegar até a Itália, já que era impossível passar pela França, que seria liberada dos nazistas apenas em 25 de agosto de 1944. Clarice já era casada com Maury Gurgel Valente. E já era naturalizada brasileira, pois, para ser casada com diplomata, precisava ter essa documentação de naturalização oficializada. Mas o meu primeiro contato com a família aconteceu antes da chegada de Clarice a Argel.

Meu nome de solteira é Eliane Weil. Nasci em Paris, em 10 de setembro de 1923, de família judia. E estava estudando em Paris quando começou a guerra. Meu pai, Léon Weil, tinha uma loja de móveis e decoração em Paris, na rue Lafayette, chamada Décor et Confort. Morreu de leucemia, em 1939. Eu tinha 16 anos. Meu irmão, Philippe Weil, alistou-se no exército e lutou sob o comando do general (depois marechal) Leclerc [Philippe Leclerc de Hauteclocque], na campanha

---

[107] Depoimento de Eliane Gurgel Valente concedido a Nádia Battella Gotlib em Brasília, na residência de Isabel Murtinho, filha do embaixador Wladimir do Amaral Murtinho, em 22 de abril de 2003. Além desse depoimento, que aqui registro, recebi também informações por ocasião de outros vários encontros que tive com Eliane Gurgel Valente, no Rio de Janeiro e em Paris, e por e-mails, a partir de 2005.

da África do Norte. Ele sobreviveu à guerra, mas faleceu de doença, em 2003.[108] Quando os alemães invadiram a França e ocuparam Paris, em 14 de junho de 1940, obrigaram os franceses a usar um pedaço de pano com uma estrela e com os dizeres *"Juif"*.[109] E metralhavam os judeus. Em 1942, fui para Argel para fugir dos alemães.

Em Argel, trabalhava no jornal *The Stars and Stripes* (estrelas e listras que representam a bandeira americana), ligado à Psychological Warfare Branch (PWB) das Forças Aliadas, encarregada de enviar notícias sobre a guerra, pelo rádio e pelo meio impresso, aos soldados americanos em combate. Na redação, além da divulgação de notícias e reportagens, o trabalho envolvia farta documentação fotográfica.[110]

Comecei esse trabalho em Argel quando tinha 19 anos, em 1942, em parte porque falava inglês. Fui duas vezes para a Inglaterra. E costumava ir ao aeroporto recepcionar autoridades. Os meus colegas de trabalho me chamavam afetuosamente de *"Blondie"*. Eu trabalhei com eles no Setor de Traduções para redigir explicações das fotos que chegavam da frente de guerra, do ar e do mar, e sobretudo das emissões pelo rádio, com a finalidade de explicar para as tropas que a guerra estava terminando e que Hitler tinha sido liquidado ou seria liquidado. O PWB era considerado um serviço de apoio psicológico.

Eu tinha direito aos tickets de alimentação dos oficiais, o que na época não era pouco, era comida à vontade. Antes tínhamos grandes privações de tudo, com direito a apenas um ovo por semana e 100 gramas de carne. Faltava tudo. A gente recorria ao mercado negro,

---

[108] Philippe Weil faleceu em novembro de 2003.

[109] Numa das vezes em que nos encontramos, no seu apartamento em Paris, em meio a uma conversa, pediu licença, foi para um outro cômodo e voltou com um pedaço de pano amarelo. Nele pude ver uma estrela e ler, em letras grandes, *"Juif"*. Confesso que foi uma das emoções mais fortes que tive em minha vida: o registro material de um dos mais calamitosos crimes da humanidade.

[110] Num dos encontros que tivemos em seu apartamento em Paris, ao comentar o trabalho de jornalista em Argel, me presenteou com um maço de fotografias sobre esse período. Selecionei algumas, que figuram em: GOTLIB, Nádia Battella. *Clarice fotobiografia*. São Paulo: Edusp; Imprensa Oficial do Estado de São Paulo, 2007. p. 179-180.

mesmo assim tinha de arriscar muito e fazer quilômetros de bicicleta para encontrar qualquer coisa.

Nesse PWB também havia um setor de Relações Públicas. Vinha gente importante dos Estados Unidos visitar o teatro das operações de guerra; e, como eu falava inglês, conheci muitos editores, cantores, enfim, muita gente.

Em Argel, saía muito como jornalista da *Vogue*. Certa vez, fui convidada para almoçar pelo dr. Vasco Leitão da Cunha, que tinha então uns 40 e poucos anos, na Legação do Brasil. Na Argélia tinha delegação mas não tinha consulado.[111] Lá, nesse almoço, conheci Mozart Gurgel Valente, irmão do Maury, marido de Clarice. E comecei a sair com Mozart.

Vasco e Mozart moravam em Argélia, na casa de um homem rico. E todos eles que moravam nessa casa foram convidados pelo meu padrasto a uma recepção no Clube dos Deputados. Mozart tinha mais ou menos uns 26 anos, era muito tímido.[112] Saía pela primeira vez em 1943, em missão secreta, com o ministro Vasco Leitão, para reconhecer o governo provisório da República Francesa na Argélia. Foi para Argel com o velho Castelo Branco Clark.[113] A Argélia foi liberada pelos Aliados em novembro de 1942.[114]

---

[111] Vasco Leitão da Cunha (1903-1984) estava em Argel como delegado brasileiro junto ao Comitê Francês de Libertação Nacional em Argel.

[112] Mozart Gurgel Valente (Rio de Janeiro, 1917-Washington, 1970) assumiu missão na África Francesa de 26 de janeiro a 9 de abril de 1943, onde atuou como encarregado do consulado de 11 de novembro de 1943 a março de 1944. Ficou à disposição da Delegação do Brasil junto ao Comitê Francês de Libertação Nacional de 6 de março de 1944 a 24 de agosto de 1944.

[113] Frederico de Castelo Branco Clark (1887-1971), depois de longa experiência na carreira diplomática, foi indicado, em julho de 1944, em plena Segunda Guerra Mundial, para substituir o embaixador Vasco Leitão da Cunha à frente da Delegação do Brasil junto ao Comitê Francês de Libertação Nacional em Argel, reconhecido pelo governo brasileiro, uma vez que a França se encontrava sob ocupação alemã. Com a libertação, tornou-se embaixador do Brasil em Paris até 1948. Removido para o Vaticano, aí permaneceu até 1952, quando se aposentou.

[114] Observe-se que a Argélia conseguirá libertar-se da França apenas em 1962 e depois de lutas violentas, com massacres de colonizados por parte das forças francesas.

Edmundo Barbosa da Silva deveria ir com o Vasco. Mas não pôde, porque estava chegando de outro lugar. O primeiro da turma do concurso prestado no Itamaraty era o Mozart, que ingressou na carreira diplomática em 1941. Em segundo lugar, Donatello Grieco. Em terceiro, João [Augusto de] Araújo Castro. E outros passaram no concurso na mesma ocasião, como Carlos Jacinto de Barros. E Milton Telles Ribeiro, que teve dois filhos na carreira: Edgard e Hermano. E Maury Gurgel Valente.[115]

Eu trabalhava com os americanos. Tinha ordem de missão: levar um carro até Nápoles. E levei o carro, em 1944, a bordo do navio *Rainha do Pacífico*, dos Aliados, que depois foi alvejado. Fui a Nápoles. E lá morei com todo mundo, no consulado, que funcionava na rua Gianbattista Pergolese, n.º 1. O cônsul-geral era Narbal da Costa; o secretário, Luiz Nogueira Porto.[116]

Tinha 19 anos quando Mozart me pediu em casamento. Naquela época, os diplomatas brasileiros não podiam se casar com estrangeiras... uma longa história que um dia eu conto... Quando eu tinha entre 20 e 21 anos, optei então pela nacionalidade brasileira para poder me casar com o Mozart. Em Argel não havia consulado, e só o consulado poderia me dar o documento de naturalização. Pude optar porque minha mãe, Lucy Israel (de solteira), havia nascido no Rio de Janeiro – para onde seu pai, francês, Charles Israel, havia emigrado e se casado com Charlotte Rosenfeld, filha do seu sócio numa joalheria fundada na Avenida Rio Branco.

Eu me casei em Nápoles, na igreja de Gianbattista Pergolese. E no Consulado Geral de Nápoles. Tive de me casar duas vezes. Não falava português. Falava francês e inglês.

Dr. Vasco Leitão da Cunha me disse: "Quando eu apertar o seu braço, diz que 'sim'". Ele foi testemunha.

O casamento aconteceu no dia 18 de dezembro de 1944.

---

[115] A lista de aprovados em concurso que aconteceu em 1940 incluiu também Mario Gibson Alves Barbosa, João Baptista Pinheiro, Octavio Augusto Dias Carneiro, Vladimir do Amaral Murtinho, Mario Tancredo Borges da Fonseca, entre outros (*O Jornal*, 25 jul. 1940).

[116] Luiz de Almeida Nogueira Porto assumiu o posto de cônsul de 3ª classe em Nápoles, onde permaneceu de agosto a dezembro de 1944.

Clarice e Maury, que nessa altura moravam em Nápoles, foram até Roma. Ficaram no Grande Hotel e passearam conosco.

Depois do casamento e da lua de mel, voltamos para a Argélia, para dizer que tínhamos nos casado. De lá fomos para Roma, para o Hotel Plaza, do Corso Umberto, onde moramos durante algum tempo. Depois alugamos um apartamento no primeiro andar de uma casa que tinha sido dividida em três apartamentos, um deles ocupado pelo proprietário, à margem do rio Tevere [Tibre], do lado oposto ao Ministério da Marinha. O nosso endereço em Roma era Lungotevere delle Armi, 13. Foi em Roma, em 1945, que nasceu nossa única filha, Marilu (Maria Lucy).

Creio que o bairro se chamava Prati. Ficamos lá de 1945 a 1949.

Em Roma, Mozart teve a missão de reabrir o Palazzo Pamphilj, na Piazza Navona, que passou a abrigar a Embaixada do Brasil na Itália.

Aprendi a falar português junto com italiano. Comecei o português com a Clarice e com um jovem estudante brasileiro em Roma.

Clarice e Maury, depois de morarem em Nápoles, foram para Berna. Fomos várias vezes a Berna, para o apartamento deles. Era num prédio com arcos, numa rua de comércio.[117]

Os brasileiros Joel Silveira e Barreto Leite, que também eram correspondentes de guerra na Itália,[118] foram à minha casa para conhecer minha mãe e minha avó.

Minha mãe, Lucy Israel, nasceu e viveu no Rio de Janeiro, e depois de viúva foi casada com Charles Valensi, um francês de Argel. Minha avó, Charlotte Rosenfeld, se casou com o sócio de seu pai, Charles Israel, e viveu no Rio de Janeiro. Tenho uma prima que vive em São Paulo, Ivete, filha de Maurice Israel, irmão da minha mãe. Mora em Santana do Parnaíba.

Minha avó era mais carioca do que francesa. A família voltou para a Europa, e minha mãe, nascida no Rio, se casou com um francês e virou francesa. Assim, as fichas ficaram trocadas: ela, minha mãe, nascida no Rio e francesa, e eu, nascida em Paris, brasileira.

---

[117] Refere-se à Rua da Justiça, no centro histórico (*vieille ville*) de Berna, na Suíça.

[118] Na Itália, durante a Segunda Guerra Mundial, Joel Silveira e [João Batista] Barreto Leite [Filho] trabalharam como correspondentes dos *Diários Associados*.

Ficamos na Itália até 1949. Em 1949, fui ao Brasil pela primeira vez. E com Clarice fui ver o Carnaval, em 1950. Nessa ocasião, conheci a família do meu marido, os meus sogros, Maria José [Ferreira de Souza] e dr. Mozart Gurgel Valente. Dona Zuza tinha sido educada na França e foi professora de inglês e francês no Colégio Pedro II até se aposentar. E dr. Mozart era dentista.

Os três filhos seguiram a carreira diplomática. Mozart nasceu no Rio de Janeiro, em 11 de novembro de 1919, mas declarou haver nascido em 1917. Maury, no dia 22 de março de 1921. E Murillo, o irmão caçula, em 1927. Murillo Gurgel Valente trabalhou nos Estados Unidos, em Chicago.

Em 1951, fomos para Nova York e lá ficamos até 1953. Mozart foi como *political adviser* junto à ONU. Acompanhei Clarice quando Paulo nasceu.

Foi nesse período, enquanto moravam perto de Washington, nos Estados Unidos, que Pedro, filho mais velho de Clarice, começou a se comportar mal. E foi lá que a situação conjugal de Clarice e Maury começou a ficar difícil. Clarice não devia ter saído do Brasil.

Depois de separados, Maury casou-se com Isabel, filha do embaixador Vasco Leitão da Cunha.

De volta ao Brasil, Mozart trabalhou com Augusto Frederico Schmidt, que colaborou com Juscelino Kubitschek, no Brasil, até o final de 1957. E com Sette Câmara.

Augusto Frederico Schmidt e Maury e Clarice viam-se muito.

Fui apresentada a vários amigos de Clarice no Rio de Janeiro, como Fernando Sabino.[119] Ela era amiga também de Millôr Fernandes,

---

[119] Fernando Sabino tornou-se um dos grandes amigos de Clarice Lispector. Num brevíssimo relato escrito cerca de dez anos após a morte da escritora, resume as linhas que sustentaram a sólida e duradoura amizade cultivada entre os dois. Relembra sua reação diante do primeiro romance de Clarice, *Perto do coração selvagem*, que o deixou "deslumbrado". Menciona a longa correspondência trocada entre os dois, publicada no livro *Cartas perto do coração* (Rio de Janeiro: Record, 2001). Esclarece que se tornou uma espécie de agente literário de Clarice, num momento em que era difícil encontrar editora para suas obras. E se refere às 204 sugestões de alteração na redação do romance *A maçã no escuro*, antes intitulado

Hélio Pellegrino, Paulo Mendes Campos. Um deles, o escultor Bruno Giorgi, morava numa vila com quatro casas, perto do apartamento da Clarice, no Leme.

Maury tinha muita depressão. E Mozart também. O pai deles morreu do coração quando tinha uns 64 anos.

Maury se cuidava. Mas teve derrames. Ficou cego. Sem consciência.

Murillo, o irmão mais moço de Mozart e Maury, casou-se com Roseny, mas nunca ouvi ninguém a chamar pelo nome, e sim por Nini. Nini também ficou viúva. Tiveram três filhas: Mara Lin, Mitzi da Costa (também diplomata) e Márcia. Mara e Márcia moram em Chicago, onde morreram Murillo e Nini.

Mozart teve carreira diplomática longa. Em 1953, em Antuérpia e depois em Bruxelas, na Bélgica, até 1958, quando foi para o Rio de Janeiro. Em 1959, estava no Brasil. Foi assessor de Juscelino Kubitschek com Afonso Frederico Schmidt. E atuou na Operação Pan-Americana no Brasil.

Mais tarde, depois da morte do Mozart, nossa filha, Marilu, casou-se com o embaixador [Luiz Felipe de] Seixas Corrêa e teve três filhas – Maria Eduarda (Duda), Maria Cecília (Ciça), Maria Celina – e um filho, Manuel de Seixas Corrêa, que mora em Los Angeles e é cineasta.

Mozart foi embaixador do Brasil em Washington, D.C., onde morreu de infarto, em 1970, depois de uma fase difícil, quando enfrentou, como secretário-geral do Itamaraty, o sequestro do embaixador americano Burke Elbrick no Rio de Janeiro.

No Brasil, trabalhei no Museu de Arte Moderna (MAM) com Carmem Portinho.

Nesse período, eu me encontrava muito com Clarice, no Rio de Janeiro, no Leme.

Clarice tinha tabus. Não gostava de pôr maiô.

Clarice era a emoção à flor da pele.

E ficava escrevendo o tempo todo. Não queria ser perturbada.

A veia no pulso, sugestões por ele enviadas e acatadas pela escritora (SABINO, Fernando; LISPECTOR, Clarice. *O tabuleiro de damas*. 4. ed. Rio de Janeiro: Record, 1989. p. 126-128).

■ Carteira profissional da jornalista Eliane Weil, futura Eliane Gurgel Valente, quando trabalhava para as Forças Aliadas em Alger, na Algéria. (Acervo pessoal de Eliane Gurgel Valente.)

Marilu (Maria Lucy)
Gurgel Valente (de Seixas Corrêa)[120]

Acabo de ler, com muita emoção, o depoimento da minha mãe, Eliane Gurgel Valente, sobre seu relacionamento com tia Clarice (Lispector). São histórias que ouvi mil vezes, mas que sempre me transportam a uma época muito feliz da minha vida, em que, filha única, formava um trio inseparável com mamãe e papai, Mozart Gurgel Valente. Esse trio só se desfez quando papai faleceu, cedo demais, em dezembro de 1970, aos 51 anos, no auge de sua carreira diplomática, quando era embaixador do Brasil em Washington, D.C. Ficamos, mamãe e eu, por razões diferentes, perdidas sem sua presença. Imagino que tenha sido por isso que segui seus passos e entrei, eu também, no Itamaraty.

Sei que logo que se conheceram, mamãe e tia Clarice se tornaram boas amigas. Elas tinham, além de ser concunhadas, muito em comum. Eram ambas judias, de origem europeia. Tinham ambas sofrido os

---

[120] Depoimento enviado a Nádia Battella Gotlib em 26 de setembro de 2022.

horrores da guerra: tia Clarice, recém-nascida, em 1920, teve que fugir dos *pogroms* da Ucrânia com seus pais e irmãs; e mamãe, em 1942, teve que fugir da Gestapo, em Paris, atravessando a França a pé com sua avó, Charlotte Israel, para pegar o último navio que saiu de Marseille para Argel. Cerca de cinco anos depois, as duas se conheceram em Argel: tia Clarice, já casada com meu tio Maury, e mamãe, namorando seu irmão, meu pai, Mozart.

Tio Maury estava a caminho de Nápoles, onde ia ser secretário no Consulado do Brasil. E nesse mesmo período meu pai foi removido de Argel para Roma.

De Roma meu pai foi para Nápoles, onde mamãe se encontrou com ele, e eles se casaram no consulado. Antes de se casar, mamãe assinou seu termo de opção pela nacionalidade brasileira. Isso foi em dezembro de 1944.

Anos e anos depois, em 2009, eu estava em posto no consulado em Roma e, fazendo uma pesquisa nos arquivos de Nápoles que tinham sido transferidos para Roma depois do fechamento do consulado lá, encontrei, por um incrível acaso, nos montes e montes de livros ainda manuscritos, o termo de opção dela! Não podendo, por razões óbvias, arrancar a página do livro, tirei uma fotocópia, que está nos meus arquivos, junto a diversos outros documentos e cartas antigas, inclusive a famosa estrela de David amarela que mamãe, como judia, fora obrigada a usar na Paris ocupada pelos alemães.

Eu só me lembro da tia Clarice a partir de sua estada em Washington, para onde íamos com alguma frequência, no período em que meu pai servia na delegação junto à ONU em Nova York.

Eu tinha uns 6 ou 7 anos quando meu primo Paulo lá nasceu. Seu irmão, Pedro, devia estar com 4 ou 5. Tenho vagas lembranças do Paulinho no colo da tia Clarice e das minhas brincadeiras com o Pedro no jardim da casa de Chevy Chase, perto de Washington. Contrariamente à imagem quase dramática que deixou, sobretudo depois do acidente (ela adormeceu com um cigarro aceso na mão e seu quarto pegou fogo), a imagem que tenho na mente é de uma pessoa divertida, com quem eu gostava de fazer brincadeiras, como cantar no ouvido dela uma canção idiota que ela fingia detestar. Lembro também de sua beleza e elegância.

E lembro algumas histórias que mamãe me contou. Uma delas é que tia Clarice, provavelmente para ganhar um dinheirinho, aceitara fazer num jornal uma coluna de consultoria sentimental. O problema era que ninguém escrevia para ela pedindo conselhos. Então ela se reunia com o tio Maury, meus pais e outros amigos para inventarem cartas para que ela pudesse responder. Outra história divertida é que, estando ambas num jantar em Washington, cada uma de um lado de um senhor não identificado, o ouviram dizer (lembrem-se de que era no começo dos anos 1950, ainda muito perto da guerra): "A presença de judeus eu sinto pelo cheiro!". Tia Clarice então se virou para mamãe e disse: "Eliane, vamos sair daqui, pois esse senhor deve estar muito resfriado e não queremos nos contaminar, não é?!".

Infelizmente, depois que tia Clarice se separou do meu tio, e por estarmos a maior parte do tempo no exterior, quase não a via. Fui algumas vezes ao apartamento do Leme quando estávamos no Rio e me lembro, já diplomata e morando em Brasília, deve ter sido em 1976, de que fui com mamãe buscá-la no aeroporto, pois ela vinha fazer uma palestra (não me lembro em que lugar). Isso foi depois do acidente, e ela estava muito marcada, física e mentalmente. Nós a deixamos no hotel (acho que era o Hotel Nacional, um dos poucos em Brasília naquela época) e ficamos de pegá-la para ir à palestra. Pois algumas horas antes da hora marcada, tia Clarice me telefonou pedindo que fosse buscá-la para levá-la ao aeroporto, porque ela ia voltar para o Rio e não ia mais fazer palestra alguma. Essa foi, se me lembro bem, a última vez que a vi.

■ As três amigas – Clarice Lispector, Maria Telles Ribeiro, com o filho Edgard, e Eliane Gurgel Valente, com a filha Marilu (Maria Lucy) – por ocasião da despedida de Eliane, que, em 14 de julho de 1951, embarca no Rio de Janeiro em direção aos Estados Unidos, para acompanhar o marido diplomata, Mozart Gurgel Valente, removido para trabalhar junto à ONU, em Nova York. (Arquivo Clarice Lispector, Arquivo Museu de Literatura Brasileira, Fundação Casa de Rui Barbosa.)

● Fauzi Arap[121]

André Luís Gomes: A pergunta inicial, o ponto de partida: como você conheceu Clarice Lispector?

Fauzi Arap: A primeira vez que vi Clarice Lispector foi no apartamento em que ela morava, no Leme. Eu fui até lá para ler o roteiro do espetáculo que pretendia fazer. Tinha me dito pelo telefone: "Você vem até aqui". Eu fui. E li o roteiro da peça com adaptação de textos escritos por ela. Ela adorou.[122] Quando eu acabei, ela me surpreendeu perguntando se podia publicar meu roteiro. Na verdade, o roteiro terminava com um trecho da crônica de Clarice intitulada "Mineirinho", que trazia uma crítica social de grande impacto, numa dimensão que, na época, era o que mexia com o público no teatro. Essa crônica "Mineirinho" tinha sido encomendada pelo Paulo Francis para a revista *Senhor*.[123] E saiu publicada também no volume chamado *A legião estrangeira*, no mesmo ano em que lançou o romance *A paixão segundo G.H.*, em 1964. Uma parte de *A legião estrangeira* chamava-se "Fundo de gaveta", título sugerido pelo Otto Lara Resende, e continha textos menores, tendo sido publicado mais tarde, separadamente dos contos, com o título de *Para não esquecer.*

---

[121] Entrevista concedida pelo autor, ator e diretor de teatro Fauzi Arap (1938-2013) a André Luís Gomes, em 2003, no apartamento de Fauzi Arap, na Avenida Paulista, em São Paulo.

[122] Trata-se da peça *Perto do coração selvagem*. Apesar do título do espetáculo, há apenas dois diálogos do romance homônimo. A adaptação inclui também trechos de *A paixão segundo G.H.* e de "Fundo de gaveta", ou seja, da segunda parte de *A legião estrangeira,* que figura com tal título apenas na primeira edição deste livro, datada de 1964.

[123] A crônica "Mineirinho" foi publicada na revista *Senhor*, em junho de 1962, p. 4; 16-19.

E ela afirmava que tinha certa mágoa, mesmo anos depois, porque esse livro, *A legião estrangeira*, na sua primeira edição, de 1964, com contos e textos menores, ninguém leu, pois os leitores privilegiavam *A paixão segundo G.H.*

ALG: Alguns consideram Clarice uma autora hermética, difícil.

FA: Na verdade, para mim, ela era a autora mais fácil de se ler na vida. Eu estudei Engenharia na Poli [Escola Politécnica da Universidade de São Paulo], sou engenheiro civil. Mas, apesar de ter formação universitária, naquela época não tinha uma formação cultural mais complexa. Era considerado um ótimo ator, embora não soubesse me expressar muito bem. Eu não sabia escrever. Então, na verdade, quando eu li *A paixão segundo G.H.*, reconheci no livro uma experiência vivida por mim. Eu digo isso porque mais ou menos vinte anos depois... Mas vamos nos fixar na década de 1960.

ALG: E o que aconteceu nesses anos 1960?

FA: Em 1963, eu tive uma experiência com LSD contando com a orientação de um médico do Rio de Janeiro.[124] O LSD não era uma droga, mas um remédio novo de laboratório ortodoxo e acessível em vários hospitais. Eu não sabia, só muito tempo depois eu vim a saber, por intermédio da Clarice, que ela também havia experimentado LSD. Para mim, *A paixão segundo G.H.* é uma verdadeira experiência lisérgica.

ALG: Então, para você, a escrita de Clarice tem mesmo relação com essa experiência lisérgica?

FA: Sim. Mas essa minha experiência começou em 1963, um ano antes do golpe de 1964. O ambiente em que eu vivia – minha vida profissional, social – era quase totalmente marxista. E em parte por causa do golpe, essa tendência virava uma bola de neve, todo mundo,

---

[124] Refere-se ao dr. Murilo Pereira Gomes, médico responsável pela condução da terapia que incluía experiências com doses de ácido lisérgico (LSD). Ver ARAP, Fauzi. *Mare nostrum: sonhos, viagens e outros caminhos.* São Paulo: Senac, 1998.

até quem não era comunista, estava começando a virar. E em 1962 houve no Rio uma temporada de uma peça com o pessoal do Teatro de Arena, *A mandrágora*,[125] dirigida pelo Augusto Boal. Foi quando eu conheci esse médico. Depois tive alguma experiência com ele, e aí a minha cabeça virou do avesso.

Quando eu li *A paixão segundo G.H.*, percebi o extremo cuidado que Clarice teve para relatar a experiência lisérgica do personagem… com quase o mesmo empenho com que eu tentava comunicar a minha própria experiência diante do LSD. O romance trazia toda a extensão alucinatória, toda a experiência religiosa! Então, quando li o romance, descobri ali um ótimo álibi para falar dessa experiência sem provocar escândalos e agressões. Foi por isso que escrevi o roteiro e encenei o espetáculo.

Até então eu não conhecia a Clarice pessoalmente. Eu descobri o romance e caí para trás, porque a obra chegou às minhas mãos num momento em que estava muito marginalizado dentro do meio teatral. Eu não conseguia representar, as pessoas falavam que eu estava louco, eu mesmo achava que eu era incompreensível – porque, na verdade, a experiência que havia vivenciado era análoga a uma frase de *A paixão*…, que é: "a condição humana é a Paixão de Cristo". E eu tinha vivenciado, graças ao LSD, essa descoberta, só que, na hora de expressar isso, expressava de uma forma mais ou menos persecutória. Então, contava como era a minha vida, que, para a época, era uma coisa terrível.

ALG: E quais os desdobramentos tanto do seu encontro com a Clarice quanto dessa experiência lisérgica na sua composição dramatúrgica?

FA: O roteiro foi um álibi, um artifício que encontrei para colocar a peça no centro do palco sem provocar escândalo. Então eu blefei, dizendo que era um espetáculo sobre literatura. Para mim, a identidade com ela era tamanha, que nem sequer achava a Clarice sofisticada, eu a achava simplesmente supertímida. Tanto é que a nossa identificação foi imediata. Em 1963, fiz o papel do bêbado Teteriev

---

[125] *A mandrágora*, comédia italiana escrita por Nicolau Maquiavel, teve direção de Augusto Boal. Fauzi Arap participou da montagem dessa peça encenada no Teatro de Arena, em 1962.

da peça *Pequenos burgueses*,[126] que fez muito sucesso. Então, a Clarice reconhecia esse sucesso, mais ou menos exagerado, que eu tinha tido de repente.

Mas, quando montei o espetáculo baseado em textos de Clarice, eu acabei sendo um pouco mitificado, foi minha primeira livre incursão na direção, era um espetáculo meio alternativo, e eu ainda não era diretor profissional. Fiz o espetáculo mais porque era apaixonado pela Clarice e muito menos por uma questão de técnica ou de amor à literatura. Na verdade, mais por uma questão de necessidade imediata de me expressar, quase para um resgate meu, no sentido de uma afirmação que gostaria que se manifestasse de uma forma elegante e sofisticada como eram as de Clarice. Nasceu aí uma grande identidade entre nós, porque a Clarice sempre foi fascinada, obcecada por captar essa coisa de jovens, de procurar um sentido nas coisas da vida.

ALG: Em que obra você diria que Clarice capta mais intensamente essa procura pelo sentido da vida?

FA: Eu acho que *A paixão segundo G.H.* é isso, essa procura, e é a sua obra-prima. Essa questão aparece em vários parágrafos, em diversos momentos e de uma forma esplêndida.

Mas foi assim que eu conheci a Clarice. Então, fui lá, conversei com ela, e quando cheguei lá embaixo – ela morava no sétimo andar –, lembrei-me de que tinha esquecido uma pasta lá em cima, aí voltei, e ela se preocupou comigo, até não queria incomodar, mas foi ela quem veio abrir a porta. Essa foi uma descoberta que eu fiz a duras penas. E, quando eu encontrei a Clarice, eu tive a impressão de ter encontrado uma companheira, de poder falar, enfim, sobre esses assuntos, que são difíceis de expressar, assuntos do silêncio... De qualquer forma, na vida real, eu não gostava de falar.

Eu acho que até não foi por acaso que aconteceu esse encontro nessa época, quando me sentia marginalizado. Eu encontrei

---

[126] Fauzi Arap se refere à montagem da peça *Pequenos burgueses*, de Máximo Gorki, em 1963, quando ele substituiu o ator Raul Cortez no papel de Teteriev, pelo qual foi, inclusive, muito elogiado pela crítica da época.

nela um referencial, até porque ela tinha medo da loucura. Mesmo n'*A paixão*, há páginas e mais páginas com gritos de alarde. E isso aparece várias vezes em diversos livros dela. N'*A paixão*..., afirma: "Não, eu não estava alucinada, eu não estava louca, é como se enxergasse tudo de uma lente de aumento..." (eu cito, mas com as minhas palavras).

ALG: E qual foi a reação dela em relação ao espetáculo? Vocês se aproximaram mais depois da peça? Firmou-se uma amizade?

FA: Ela adorou o espetáculo, e eu me aproximei bastante dela. Eu aparecia lá no apartamento do Leme, conversava com ela. Mas, numa certa altura, ela decidiu me afastar. O primeiro ciclo da nossa relação foi em 1965. Eu montei o espetáculo no ano 1965. Em 1966, eu a vi várias vezes, queria falar sobre essas coisas, e, a certa altura, ela sofreu um acidente e não apareceu mais. Aí a gente se afastou.

ALG: E quando vocês se reencontraram?

FA: Em 1971, mais ou menos. Antes disso, eu acho que uma vez apenas, quando fui a uma entrevista dela no programa *Cultura*, do Rio de Janeiro. Eu me lembro de que houve esse programa, mas naquele tempo eu não sei se tinha videoteipe, se foi ao vivo, se gravaram, se guardaram, se pegou fogo... Eu me lembro também de que esse programa aconteceu porque nesse dia voltei no mesmo carro que ela. Fazia muito tempo que não a via. Aí teve um início de reaproximação. Eu me lembro de que, na volta, a gente passou por um túnel. Eu era deslumbrado, tiete mesmo, apaixonado.

Em 1971, quando retomamos a amizade, a nossa relação já era mais equilibrada, e eu até me transformei num ponto de apoio para ela. Na ocasião, eu estava morando no Rio e já tinha feito o primeiríssimo show com a cantora Maria Bethânia, em 1967, no qual incluí um ou mais textos da Clarice.[127]

---

[127] O show "Rosa dos ventos", com Maria Bethânia, estreou no dia 15 de junho de 1971, com roteiro e direção de Fauzi Arap, iluminação e figurinos de Flávio Império e com os músicos do Terra Trio. O roteiro conjugava canções e textos de Clarice Lispector e Fernando Pessoa. O show foi gravado ao vivo.

ALG: Você se lembra de como foi esse reencontro em 1971?

FA: Não me lembro direito de como é que foi. Ela estava acabando de escrever *Água viva*, que viria a publicar somente em 1973. Acompanhei, de perto, esse livro. *Água viva* estava pronto em 1971, mas ela não deixava de aproveitar restos e restos de textos, e eu ficava indignado e falava: "Clarice, você parece dona de casa aproveitando resto de bolo…". Aquele livro foi modificado da versão original, porque eu ajudei a cortar. Eu falava: "Clarice, corta esse pedaço, então". E ela cortava. Porque ela ficava tão agoniada que pedia para ajudar a cortar, e, mais do que eu, a Olga Borelli, que na época começou a secretariar a Clarice. A Olga a ajudava muito, mesmo porque Clarice não tinha também paciência de passar a limpo.

ALG: Você nos contou sobre o processo conturbado de criação de *Água viva*. Como essa narrativa radical, "sem história nem trama", como ela mesmo dizia, foi parar em um show da Bethânia?

FA: O livro *Água viva* nessa época se chamava *Atrás do pensamento*. Recentemente eu doei para uma campanha do governo todos os livros que eu tinha com dedicatória da Clarice. Mas, de qualquer forma, *Água viva* foi um nome que eu inventei e disse para Clarice. Aí ela falou assim: "Ah, você dá para mim?". Eu falei: "Dou". Assim, ela colocou o *Água viva* no *Atrás do pensamento*. Foi desse modo que eu cedi o título para ela. O *Atrás do pensamento* ficou na gaveta e deu a ela uma grande agonia. Já *A paixão segundo G.H.* foi um livro sem sofrimento, pois escreveu de uma vez, capítulo por capítulo, sem retocar uma linha. Já *A maçã no escuro* foi reescrito por ela umas quarenta vezes. E o livro *Água viva* não saía nunca. Com *Atrás do pensamento*, ela ficava patinando… patinando… Então me deu o original em 1971. Eu peguei um trecho final desse original e aproveitei no show "Rosa dos ventos", da Maria Bethânia.

ALG: A Clarice foi ao show?

FA: A Clarice foi, adorou, ela estava linda, era julho de 1971. O trecho final dizia "depois de uma tarde de 'quem sou eu', e acordar às três da madrugada em desespero, eu acordei e me encontrei…", texto que está no disco da Bethânia, adaptado.

Em 1971, eu vim a saber da Clarice que o dinheiro que ela ganhava em direitos autorais em um show era muito mais do que obtinha em um livro, e, como naquela época eu era muito ignorante nessa coisa toda, fiquei muito espantado. Eu nunca tinha concebido que um autor de livro pudesse ganhar tão pouco! Bom, aí ela estava com o *Atrás do pensamento* escrito, ela passava a limpo, passava a limpo, a Olga passava a limpo... e o *Água viva* não ficava pronto.

Nesse tempo, eu me afastei da Bethânia, não fiz mais os shows. E a Clarice escreveu uma dedicatória para mim no livro – que eu cedi para a tal campanha do governo. Aí a gente ficou amigo de novo.

Mas a Clarice não escrevia como escritora. Nos últimos anos, até escrever era um sacrifício para ela. Ela tinha um tédio... Algumas vezes eu tentei sair com ela, levar a Clarice ao teatro.

ALG: Você saía sempre com Clarice?

FA: Às vezes. Mas chegava num lugar e já queria voltar. De 1971 a 1974, a gente se encontrou algumas vezes, conversou, ela até foi me visitar onde eu morava, ficamos mais amigos.

Da primeira vez, eu era um pouco mais distante, eu esperava dela uma coisa que ela não poderia me dar. Agora, essa agonia é bem difícil de eu explicar. Escrever é pescar aquela coisa do silêncio da entrelinha. Nos últimos anos, ela vivia meio à beira de uma evolução mesmo, não gostava mais de escrever, a gente tinha de ficar puxando um pouco o assunto: a Olga, eu e – esqueci o nome, no caso, uma pessoa mais humilde – uma enfermeira. Quando a Clarice se queimou, contratou essa enfermeira. A enfermeira ficou com ela até o fim. Essa enfermeira fazia uma dobradinha com a Olga Borelli para acompanhar Clarice.[128] E nessa época, de 1971 a 1974, eu era um amigo dela, ela contava comigo, ligava às vezes, a gente conversava.

ALG: Voltando ao roteiro da peça, o que você fez, então, foi uma colagem de textos de Clarice?

---

[128] Siléa Marchi, enfermeira, acompanhou Clarice depois do incêndio que destruiu parte do apartamento da escritora, na madrugada de 14 de setembro de 1966.

FA: Não era uma transcrição integral de textos de Clarice Lispector. Eram fragmentos de textos. Meu trabalho de autoria vinha da colagem. Eu me dediquei à colagem. E nem tenho mais os roteiros. Guardei apenas duas cenas, uma delas começava com a Joana. E usei outros textos de Clarice, como "A quinta história".

ALG: Você ia ao teatro com a Clarice? Você pedia para ela escrever para o teatro?

FA: Eu ia ao teatro com a Clarice, mas nunca pedi para ela escrever para o teatro.

Ela foi à estreia da primeira peça que eu escrevi, praticamente um esboço, que tem um personagem que é quase a G.H. – na verdade, é a G.H., na estrutura.[129] A Clarice foi assistir, e, quando saiu, ela assim iluminada, adorou... E ela não falaria sem gostar. A Clarice era uma pessoa direta, tudo transparecia no rosto dela: se ela ficava entediada, a aura caía, não dava mais nem para falar. E adorava Coca-Cola... Quando ela saiu de lá, parecia que tinha escrito a peça, identificou-se com a peça. E tenho uma certa "vaidadezinha", porque ela foi muito importante para mim, tanto que, nessa primeira peça, o jeito do meu personagem falar era o jeito de a G.H. falar. Então ela deve ter percebido isso, deve ter gostado. O nome original da minha peça era *Pirandello*, depois o nome mudou para *Pano de boca*, e havia uma relação entre o autor e o personagem.[130] Os livros seguintes dela passaram a ter esse duelo entre o autor e o personagem, como em *A hora da estrela*. Por isso eu reforço isso, porque tenho quase certeza de que foi como se a minha peça fosse da Clarice, e voltou para ela. Se havia na minha peça uma certa desintegração, o duelo entre o autor e o personagem ganhou uma forma mais organizada no texto dela.

E a Clarice gostava de teatro – inclusive me contou que, no ginásio, era a melhor atriz e que, além disso, tinha cara de ótima atriz. No primeiro dia do espetáculo que a Marilena Ansaldi lançou, aqui em

---

[129] Ele se refere à peça *Pano de boca, um conserto de theatro*, escrita no início da década de 1970, que estreou em 1975 no Rio de Janeiro.

[130] A montagem de *Pano de boca* estreou no Rio de Janeiro, em 1975, sob a direção de Antonio Pedro, e em São Paulo, sob a direção de Fauzi Arap, em 1976.

São Paulo, sobre a Clarice, eu escrevi no programa uma apresentação relatando isso.[131]

ALG: O espetáculo que você montou foi importante para o seu amadurecimento como diretor?

FA: Foi a minha primeira experiência de direção profissional. O Otto Lara Resende falou ter sido uma experiência única, pois foi a primeira vez que ele entrou num teatro e se sentiu numa igreja. A trilha sonora era uma pequena obra-prima. Eu morava no mesmo hotelzinho que ele, que trabalhava, na época, na rádio do Ministério da Educação do Rio de Janeiro. No mesmo hotel, morávamos Guilherme Araújo,[132] eu e ele. Era um hotelzinho barato em Ipanema, que tinha almoço, jantar, café da manhã. Conversava com ele na hora do almoço, combinava com ele de ir à rádio. Então eu o convidei, porque ele era ótimo.

Ele sugeriu a trilha sonora, e eu montei. Não era uma trilha original. A gente usava muita coisa diferente. Ele me sugeriu um montão de coisas. Eu me lembro da trilha sonora: por exemplo, o Antônio Abujamra tinha dirigido *Electra*, com a Glauce [Rocha]. Ele era um grande diretor. Essa coisa do Otto Lara Resende que eu te contei foi dois anos depois. Dois anos depois eu o encontrei num barzinho aonde as pessoas iam tomar o último café da madrugada, e ele falou assim: "Ah, você que fez o espetáculo da Clarice? Foi a primeira vez que eu entrei num teatro".

Eu fiquei supercontente. O espetáculo tinha mesmo uma coisa muito forte. A obra de Clarice tem essa dimensão de teatralidade. Basta observar o grande número de adaptações de sua obra para filme e teatro. Mas eu não fiz o espetáculo por uma razão de ambição artística, nem foi

---

[131] Fauzi Arap se refere ao espetáculo *Um sopro de vida*, que estreou em 1979, no Teatro Ruth Escobar, em São Paulo, sob direção de José Possi Neto, responsável também pela adaptação do romance para o teatro, junto à bailarina Marilena Ansaldi, única atriz em ação no espetáculo, ao lado de Ulis, no papel do cão Ulisses, o cão de estimação de Clarice Lispector.

[132] Guilherme Araújo, produtor musical brasileiro, destacou-se no meio artístico sobretudo após dirigir o show "Recital", de Maria Bethânia, realizado na boate Cangaceiro, no Rio de Janeiro, em 1966.

por uma pretensão intelectual, mas por uma identificação mais anímica. E porque Clarice, em vez de ela escrever, vivia à beira também – eu acho que veio daí um grande lance de identificação.

Penso que *A maçã no escuro* daria um filme deslumbrante, e isso ainda há de acontecer. Acho o romance interessante, porque é uma história policial, tem um crime, você não sabe quem o cometeu, e um homem vai lá para uma fazenda e tal. Sim, acho que daria um filme deslumbrante. E daria até para fazer uma adaptação para o teatro. Uma peça policial... Em *A paixão segundo G.H.*, eu fotografei de cara uma questão que está no centro do romance, um núcleo dramático: o querer falar de uma coisa importante e não querer ao mesmo tempo – até porque o que caracteriza o teatro é o "eu quero e não quero", "eu vou e não vou", enfim, o conflito é que gera o movimento que caracteriza uma obra teatral. Esse conflito na obra da Clarice é muito específico, muito delicado, muito singular, diferente, difícil de relatar, porque envolve uma questão material básica. E n'*A paixão...*, por exemplo, esse conflito está muito bem explicado.

ALG: E como se deu a escolha do elenco? Foram decisões acertadas?

FA: Eu escolhi os atores. E, naquele ano, fiz muito sucesso.

Por causa disso, eu dei *A paixão...* de presente para ela. A gente cogitou de um dia fazer a peça, mas nada aconteceu de uma forma premeditada. Quer dizer, eu ainda era muito supersticioso, diferente do tempo de hoje, já que agora corremos atrás com a cara e a coragem. Naquela época, o José Wilker era um rapaz baixinho, pobre, recém--chegado do Nordeste, onde ele tinha trabalhado no teatro com cultura popular. Eu tinha conhecido o Wilker, amigo do Nelson Xavier,[133] numa visita ao Consulado do Chile. Depois acabamos ficando amigos, e ele começou a estudar Odontologia, fez algum curso. Sei que um dia

---

[133] Nelson Agostini Xavier foi um ator, crítico de teatro e diretor brasileiro. Ao longo de cinco décadas de carreira, participou de trabalhos no teatro, na TV e no cinema. Xavier formou-se no curso de Artes Cênicas da Escola de Arte Dramática (EAD) da Universidade de São Paulo (USP). Foi um dos atores envolvidos no Teatro de Arena de São Paulo. Na década de 1960, participou do filme *Seara vermelha* e da adaptação fílmica de *A falecida*, de Nelson Rodrigues.

eu estava procurando um ator para o espetáculo e o Wilker era o tipo certo, gostava da Clarice.

ALG: E a Glauce Rocha?

FA: Bom, a Glauce Rocha veio, então. *A paixão...* era um projeto da gente. Mas o estopim, o que ajudou a deflagrar a coisa, foi o Carlos Kroeber.[134] Um dia, sentado numa mesa de bar, eu falei: "Estou escrevendo uma adaptação" (que eu não sabia para que era). Aí o Carlos Kroeber falou: "Vou fazer". E tivemos sucesso. A gente teve as duas primeiras páginas de cadernos na época, do *Correio da Manhã*, *Jornal do Brasil* e *O Globo*. Do *Correio da Manhã* e de *O Globo*, páginas inteirinhas, coisas que eles não davam nem para as grandes empresas da época. Era a força da Clarice, enfim. Durante o espetáculo, a plateia dava risada, como nos trechos do conto "O ovo e a galinha", até porque eu coloquei uns fragmentos leves também.

A Clarice era tabu na época. Uma coisa curiosa do espetáculo – tenho até uma certa vaidade – é que, no fim da segunda parte (a peça era em três partes, coisa comum nesse tempo), a Glauce dizia aquele trecho de *A paixão...* em que a G.H. fala assim: "Finalmente, meu amor, sucumbi. E tornou-se um agora. Era finalmente agora". Ela dizia esse texto sentada, mas, quando ela acabava, ela se levantava, encarava o público e afirmava: "Esta era a maior brutalidade que eu jamais recebera, pois a atualidade não tem esperança, e a atualidade não tem futuro: o futuro será exatamente de novo uma atualidade". E aí eu acendi a luz da plateia. A Glauce encarava a plateia e dizia assim: "Era assim, era já". Daí acabava o espetáculo.

ALG: Acender a luz da plateia era comum naquela época?

FA: Não. Desconfio que foi a primeira vez que alguém acendeu a luz da plateia. Alguém apontou: "Aquele erro da luz da plateia foi maravilhoso!". Eles achavam que era erro, porque era a primeira vez que acontecia. E o Abujamra: "Eu vou correndo para São Paulo acender a luz da plateia antes de você!". Já a Tônia Carrero: "Por que

---

[134] Carlos Kroeber foi um dos fundadores do Teatro Experimental, em Belo Horizonte.

vocês não me avisaram? Vocês me pegaram sem sapato!". Porque hoje em dia o pessoal de teatro tem hábito de usar esse recurso: o de que pode acontecer alguma coisa na plateia. Mas na época, não, palco era palco, e plateia era plateia. E eu tenho a impressão de que, em nível de encenação, essa foi a maior ousadia que já cometi, embora uma ousadia muito integrada ao roteiro – afora isso, o espetáculo era um pouco simples.

ALG: E como se sentia Glauce Rocha interpretando G.H.?

FA: A Glauce Rocha terminava o espetáculo com febre, queimando de febre. Na época, eu achava que era loucura dela. Um dia eu reclamei de alguma coisa do espetáculo e ela reagiu e falava queimando de febre. Ela ficava enlouquecida no espetáculo. Aquela coisa que Abujamra falou da deusa…

Então o Fausto Wolf, que, nesse tempo, era crítico de teatro, escreveu na imprensa que essa peça era o melhor espetáculo experimental do ano, e a Glauce, a melhor atriz.[135] Era um jornal mais alternativo, mas, de qualquer forma, a gente alcançou um reconhecimento imediato. Não buscávamos nem ousaríamos buscar um certo rendimento comercial com texto da Clarice.

ALG: O espetáculo estreou no dia do aniversário da Clarice.

FA: E houve essa coincidência: ela nasceu no dia 10 de dezembro, e eu estreei o espetáculo justamente na data de 10 de dezembro de 1965. Na estreia, ela contou para os presentes que era o aniversário dela. É

---

[135] Fausto Wolff, ator, jornalista e escritor brasileiro, na sua coluna sobre teatro, considera essa peça a mais importante do ano. E complementa: "Apesar das falhas e da controvérsia sobre a vantagem de utilizar textos literários sobre a cena, sou de opinião de que este espetáculo foi o único do ano a devolver ao teatro a sua dignidade; o único a trabalhar, realmente, sobre o ser humano, através do princípio de que a arte não é imitação, mas sim revelação de vida". Ele anuncia também os prêmios recebidos por Glauce Rocha por sua atuação nessa peça, *Perto do coração selvagem*, e em *Electra*, de Sófocles (WOLFF. Fausto. Os meus melhores do ano-II. *Tribuna da Imprensa*, Rio de Janeiro, 30 dez. 1965. Segundo Caderno). (Ver: ARAGÃO, Helena. A primeira vez de Clarice Lispector no teatro. *Brasil Memória das Artes*, [s.d.]. Disponível em: bit.ly/3YFFjMQ. Acesso em: 10 ago. 2023.)

uma coincidência "louquérrima", porque ela morreu perto do 10 de dezembro, nasceu em 10 de dezembro, a estreia foi em 10 de dezembro, tudo em 10 de dezembro.

E em dezembro do ano passado [2002], comecei a fazer uma adaptação de *A paixão segundo G.H.* inteirinha. Fiz sem saber para quem estava fazendo. No dia 10 de dezembro, pensei: "Que loucura a data 10 de dezembro". Pois bem, não achei que eu fosse fazer com a Fernanda [Montenegro], embora, em 1970, ela tivesse decidido fazer comigo, inclusive a gente chegou a entrar em contato. Houve depois uma série de coincidências que nos reaproximaram, e eu perguntei: "Fernanda, você quer fazer?". Ela disse: "Claro que eu quero". Então a gente combinou de fazer no ano seguinte. Mas não imaginei que fosse realizar esse espetáculo, que, afinal, não aconteceu.

ALG: Fale um pouco sobre a Dirce Migliaccio e o José Wilker.

FA: A Dirce Migliaccio também fez parte do espetáculo. Ela e o Wilker fizeram os papéis dos dois filhos da Clarice. Eu tinha a opção de colocar dois rapazes para fazer os meninos. Eles poderiam fazer outros também, porque as cenas de humor eram feitas por mim, pela Dirce Migliaccio, pelo Wilker, por todos.

ALG: E a sua opção em incorporar dados da vida da Clarice no espetáculo?

FA: São diálogos literais, como um em que o Paulinho, filho da Clarice, fala assim com ela: "O mundo parece chato, mas eu sei que não é. Sabe por que parece chato? Porque sempre que a gente olha, o céu está em cima, nunca está embaixo, nunca está de lado. E sei que o mundo é redondo, porque disseram, mas só ia parecer redondo se a gente olhasse e às vezes o céu estivesse lá embaixo. Eu sei que é redondo, mas para mim é chato. Porque eu estive em muitos países e eu sempre vi que o céu é em cima, nunca é embaixo".

Era o Wilker quem fazia essa fala. O menino falava todo esse negócio só porque ele não queria comer. É uma pequena cena de casa. Então tinha essa ceninha, além de outras envolvendo os meninos. Foi assim que realizei essa coisa triste e alegre. Era uma delícia, mais ou menos assim: "Vou fazer um conto imitando você. E vai ser na máquina também: menina mendiga. Quieta, bonita, sozinha. Encurralada naquele canto, sem mais nem menos. Pedia dinheiro com timidez. Só lhe restava isto: meio biscoito e um retrato de sua mãe, que havia morrido há três dias".

ALG: Mas a peça tinha trechos de outros textos?

FA: Além dessas ceninhas, incluí os trechos de *A paixão segundo G.H.* e, no final, de *Perto do coração selvagem*. A coisa fluía da seguinte maneira: peguei um trecho do *Perto do coração selvagem* no qual a menina levanta a mão e pergunta assim: "O que é que se consegue quando se fica feliz?". "Desculpe, eu não entendi a pergunta." "Ser feliz é para conseguir o quê? Quando se é feliz, o que acontece?" Aí ela a chama de volta e fala: "Olha, eu estou pensando no que você me perguntou e eu tive uma ideia: você escreve num papel e, quando você for grande, você mesma vai poder responder". Ela, então, vai saindo e pondera: "Espera, Joana, você não achou engraçado, curioso, eu mandar você escrever a pergunta?". Ela responde: "Não". Aí a G.H. diz as primeiras palavras do romance: "Eu estou procurando, eu estou procurando, eu estou procurando entender…".

Então pegava os primeiros trechos de *Perto do coração selvagem* e pulava para G.H., que era o mais incompreensível. "Eu estou tentando entender…". Nesse sentido, esse tipo de colagem amalgamava tudo, por isso a Clarice falou que esticava tudo, porque tem tudo. Eu fazia uma leitura de um lado dela mais social, e no final do espetáculo terminava com "Mineirinho", uma colagem de coisas, uma certa esperança no futuro. E desde o início eu voltava com trechos que já haviam aparecido antes no espetáculo, como se fosse num filme.

ALG: A peça então é toda fragmentada? Há trechos de *Perto do coração selvagem*, de *A paixão segundo G.H.* e de crônicas?

FA: Essa "misturada" funcionou. Tudo funcionou. Quer dizer, não havia grandes ousadias. A Glauce ficava mais no plano dela, sendo a espinha dorsal do espetáculo, e, de vez em quando, eu passava pelos filhos, mas sempre havia esse tipo de colagem de uma coisa remeter a outra, numa linha de associação de ideias.

O espetáculo foi muito elogiado. Os atores igualmente: o [José] Wilker, a Dirce [Migliaccio], a Glauce [Rocha]. E, claro, a Clarice.

ALG: E como foi atuar no próprio espetáculo que você dirige?

FA: Eu me lembro de que, como ator, estava meio chatinho no espetáculo. É aquela velha história de diretor que representa também. Até surgiu uma crítica, na época, que apontava para o fato de eu não dirigir de forma didática, porque não entrava no espetáculo. Eu nem entraria, apenas armaria. Na verdade, fui fazendo um pouco como amador, na prática.

Eu acho que a trilha sonora ficou incrível, a Glauce estava incrível, o Wilker estava excelente, a Dirce Migliaccio, excelente, eu estava de fora, dava para ver que eles estavam bem.

E o texto tinha muito monólogo. Mas o monólogo, apesar dos pesares, segurava o público direto. Era a Clarice, era a Glauce... Às vezes, as personagens ficavam em silêncio... Outras vezes, o espetáculo abria para o riso. O espetáculo tinha isso tudo. O Millôr adorou o espetáculo. Ele tem até uma peça chamada *É* que, na minha fantasia, tirou de uma frase de Clarice: "A palavra mais importante da língua portuguesa seria uma única letra, é: É". Está escrito isso em alguma obra da Clarice. Quando Millôr escreveu uma peça chamada *É...*, eu falei: "Ahhh!". Eu fantasiei, mas pode ser que não.

ALG: Na sala do teatro, onde Clarice se sentou? Ela chegou a conversar com o elenco?

FA: A Clarice assistiu à peça, se não me engano, do balcão. Ela foi e se deixou fotografar para o jornal no dia da estreia, além de ter dado ainda entrevista. Acho que, nesse dia da entrevista, ela me contou que era aniversário dela no dia seguinte. Tenho a impressão de que ela não foi à estreia. Digamos que a gente tenha estreado numa quarta-feira, penso que ela foi na quinta-feira, na vesperal, e ficou no balcão. Se não me engano, ela foi acompanhada da Inês Besouchet, amiga dela, psicanalista. Ela ficou toda protegida no balcão e falou que tinha gostado muito. Inclusive me disse que ia assistir antes para ver se podia deixar o filho dela ver a peça. Se não me engano, ela deixou.

Enfim, eu descobri que a obra de Clarice pode ser levada para o teatro.

ALG: E para outras linguagens também, não é?

FA: Sim. Depois do primeiro espetáculo de teatro, veio o espetáculo de dança da Marilena Ansaldi, *Um sopro de vida*.[136] A Olga Borelli agora está levando o infantil *Como nasceram as estrelas*.[137] E um pessoal de Campinas fez também um infantil.[138] E há ainda o cinema, com *A hora da estrela*.[139] Sua obra tem sido, pois, adaptada para o teatro e para o cinema, e com sucesso.

ALG: Você acha que as adaptações da obra de Clarice para o teatro e o cinema colaboraram para ela não ser considerada hermética, contrariando assim a opinião de parte da crítica?

FA: Não há razão para Clarice ser considerada hermética. Na verdade, Clarice não é autora difícil. Quando saiu *Água viva*, os jovens começaram a ler a Clarice direto. Ela tem essa coisa religiosa de descobrir o absoluto, uma questão universal, atemporal e muito presente nos jovens de hoje, voltados para uma nova era.

A hora da estrela já é um romance mais popular. Era um lado dela também. Eu me lembro de que, na época, a Clarice foi a uma cartomante. Um pouco antes de escrever *A hora da estrela*. Mas ela foi porque estava curiosa sobre o futuro dela, sobre uma coisa até romântica, talvez. Aí, de repente, ela passa [a ida a uma cartomante] para o romance – o que é normal, isso existe na vida de muitos autores.

---

[136] Marilena Ansaldi montou dois espetáculos baseados na obra de Clarice: *Um sopro de vida*, em 1979, sob direção de José Possi Neto, e, em 1989, *A paixão segundo G.H.*, com direção de Cibele Forjaz.

[137] Olga Borelli, que colaborou na produção dos espetáculos de Marilena Ansaldi, também atuou na produção do espetáculo infantil de dança *Como nasceram as estrelas*, dirigido pela bailarina Gilda Murray. O espetáculo, patrocinado pela Secretaria de Cultura do Estado de São Paulo, foi encenado no teatro do Centro Cultural São Paulo e em outros teatros e escolas de São Paulo; ficou em cartaz durante três anos.

[138] Fauzi Arap se refere ao espetáculo *A vida íntima de Laura*, adaptação do livro de título homônimo realizada por José Caldas, diretor brasileiro que passou a residir em Portugal e chegou a remontá-la na França, e, em 1986, adaptou e dirigiu *A mulher que matou os peixes*.

[139] Refere-se ao filme dirigido por Suzana Amaral, *A hora da estrela*, datado de 1985, que ganhou prêmios em vários festivais, entre eles, no Festival Internacional de Cinema de Berlim, em 1986, com o Urso de Prata de Melhor Atriz pelo desempenho de Marcelia Cartaxo no papel de Macabéa.

ALG: O que você destacaria ainda do seu convívio com a Clarice? Qual era a sua grande busca existencial?

FA: Certa vez, ela me convidou para ir a uma missa rosa-cruz lá na Tijuca, no Rio de Janeiro. Um rapaz, muito amigo dela, e bem mais jovem do que ela, fez o convite. A Clarice achou que ele estava um pouco apaixonado por ela, quer dizer, estava mesmo obcecado, e isso a incomodava. Ele era rosa-cruz e a convidou para assistir a uma missa rosa-cruz de Páscoa.

Eu saí com ela algumas vezes para essas "viagens", mas elas foram incompletas, sempre a gente saía no meio. Acontecia sempre alguma coisa. Clarice se queixava de dor nas costas e dizia ter de voltar para casa. Depois de duas, três, quatro vezes, eu também já nem ia mais, para falar a verdade. Mas essa missa foi um acontecimento muito curioso: fui junto com ela, na Tijuca, na sede muito discreta de uma associação rosa-cruz, um lugar muito pequeno, porém de elite. Porque os membros da Rosa-Cruz – não sei se você sabe – estudam. Fiquei sabendo disso anos depois. Antigamente, existia a alquimia, ou seja, o estudo da matéria misturado com o assunto espiritual. Quando nasceu a química, a química ficou com a parte material desse tipo de estudo, e os rosa-cruzes foram os herdeiros da parte simbólica. Em 1971, quando reencontrei a Clarice, eu tinha ido ao Rio de Janeiro trabalhar com a Nise da Silveira e estava estudando justamente alquimia e feito um tarado. Eu não sabia que a alquimia tinha a ver com a Rosa-Cruz. Aí aconteceu um monte de coisas estranhas...

A missa da Rosa-Cruz era numa casa bem espaçosa, um templo. Durante a missa, eu senti uma energia vindo do altar como eu nunca senti na minha vida. Como se existisse um ar condicionado vibratório de uma coisa imaterial vindo para o lado da gente, o que me causava um grande bem-estar. Eu estava extasiado, boquiaberto. Aquele ritual seria semelhante a uma missa católica, mas a energia que saía era de uma força incrível... E a Clarice sentia isso também. E começou a transpirar. Transpirava tanto que parecia que tinha saído de uma sauna. Ficou ensopada de suor. E disse: "Fauzi, vamos sair, vamos sair". E a gente saiu.

ALG: Essa experiência mudou seu modo de ver e entender Clarice?

FA: A partir desse episódio, eu passei a ter opiniões "fantasiosas" sobre a Clarice. São hipóteses. Eu acho que a Clarice enxergava coisas... Ali eu senti o bem-estar. Mas ela começou a enxergar uma coisa estranha e, como tinha mesmo uma loucura, começou a suar. E, ao mesmo tempo, porque nesse período estava mesmo angustiada, aquela transpiração era como se fosse uma sauna. Não posso estar enganado com relação àquele meu bem-estar, era uma coisa quase palpável, eu comparo com o ar condicionado, porque era uma energia que vinha. E provocou o suor. Ela ficou ensopada, encharcada de suor, como se tivesse mesmo saído de uma sauna. Depois que eu comecei a compreender essas coisas, eu acho que aquela energia estava até aliviando a Clarice da grande tensão que ela vivia naquele momento. Porque ela tinha se isolado. Ela se isolava até demais, na verdade, acho que era por isso. E tinha uma impaciência constante.

A Clarice tinha essa coisa da loucura, essa coisa da morte. A minha opinião é baseada em um monte de leituras que eu fiz, e não apenas sobre ela. A exemplo de Fernando Pessoa, a Clarice passa pela longa noite da alma e pede para os dias passarem. A Clarice vivia suplicando para o dia passar. Ela vivia numa contagem de espera.

Quando ela conheceu a Olga, disse: "Quando eu morrer, você vai segurar minha mão". Ela morreu e a Olga segurou a mão dela.

Realmente, ela achava a vida material insuportável. Eu compreendo isso. Também me identifico um pouco com isso, com ela e com o Fernando Pessoa. E isso é uma coisa de gente um pouco louca. Porque não é muito comum. De repente você não quer mais continuar... enfim, é meio difícil... E me parece que ela pedia para Deus mandar essa doença para poder morrer. Isso a Olga me contou. Eu acho interessante falar sobre isso por mostrar que, de repente, uma pessoa em parte fabrica também o seu destino, pois é o que ela queria, é um suicídio sem escândalos, ela queria morrer.

● Francisco de Assis Barbosa

A descoberta da vida ou do mundo[140]

Conheci Clarice por volta de 1940. Éramos colegas na redação de *A Noite*. Eu já era veterano no jornal. Ela apenas começava. Não teria completado 20 anos. Fizera um concurso para a Agência Nacional. Cursava a Faculdade de Direito. Colega de turma do futuro marido, Maury Gurgel Valente, que ingressaria depois no Itamaraty e faria carreira como diplomata, chegando a embaixador.

Clarice conheceu Lúcio Cardoso na Agência Nacional. Escritor em plena ascensão, exerceu sobre ela verdadeira fascinação. Claro que esse encontro foi muito importante. Marcou muito a vida dos dois. Em mais de uma oportunidade, no livro póstumo, *A descoberta da vida* ou *do mundo* (não me lembro bem), Clarice se reporta com entusiasmo a essa amizade.[141]

---

[140] Publicado anteriormente em: PERTO de Clarice: homenagem a Clarice Lispector. Rio de Janeiro: Casa de Cultura Laura Alvim, 1987. [s.p.]. Catálogo de exposição, 23-29 nov. 1987.

[141] LISPECTOR, Clarice. Lúcio Cardoso. *Jornal do Brasil*, 11 jan. 1969. Em: LISPECTOR, Clarice. *A descoberta do mundo*. Rio de Janeiro: Nova Fronteira, 1984. p. 243-245. Clarice foi apaixonada por Lúcio Cardoso. Se essa relação não se concretizou, tendo em vista a homossexualidade do Lúcio, por outro lado nasceu nesse período uma grande amizade que se estenderia pelas décadas seguintes e que pode ser comprovada também pela correspondência trocada entre ambos (JACINTHO, Valéria Franco. *Cartas a Clarice Lispector: correspondência passiva da escritora depositada na Fundação Casa de Rui Barbosa*. 1997. Dissertação (Mestrado) – Faculdade de Filosofia, Letras e Ciências Humanas, Universidade de São Paulo, São Paulo, 1997 [inclui transcrição da correspondência ativa de Lúcio Cardoso a Clarice Lispector.]; e LISPECTOR, Clarice. *Correspondências*. Organização de Teresa Montero. Rio de Janeiro: Rocco, 2002).

Acompanhei o dia a dia de Clarice. Ela me falava do seu deslumbramento por Lúcio, ao mesmo tempo que me punha ao corrente do namoro com o colega da faculdade. Conversávamos sobre nossas reportagens e lemos juntos os livros de poemas que iam aparecendo: Fernando Pessoa e Cecília Meireles, Bandeira e Drummond.

A minha amiga era um ser maravilhoso. Bonita, atraente, mas sem nenhuma sofisticação. Vestia-se sempre de branco. Uma blusa e uma saia. Um cinto de couro. Nada mais. Sapato baixo, talvez uma sandália. Cabelos castanhos. Ah, sim, longos cabelos sobre os ombros. Falava com suavidade. Um leve sotaque estrangeirado, denunciando a sua origem judia. Ria muito. Gostava da vida. Estava de bem com a vida. Estava pronta para viver.

Era uma mocinha simples, que morava no Catete, numa casa de avenida precisamente na rua Silveira Martins, com duas irmãs, a mais velha também escritora – Elisa, que também escrevia, era funcionária, se não me engano, de um IAPI.[142] Elisa escreveu efetivamente vários romances, que seriam mais tarde elogiados por Octavio de Faria.[143] Creio que bons romances, mas confesso que nunca os li.

O que sei é que Clarice estava escrevendo o seu primeiro romance: *Perto do coração selvagem*. Li os originais capítulo a capítulo.

---

[142] Elisa Lispector era funcionária do Ministério do Trabalho. Sua irmã, Tania Kaufmann, era funcionária do Instituto de Aposentadoria e Pensões dos Industriários (IAPI).

[143] Elisa Lispector, nove anos mais velha que sua irmã Clarice, publica seu primeiro romance em 1945, *Além da fronteira* (Rio de Janeiro: Leitura), e, ainda nos anos 1940, em 1948, publica *No exílio* (Rio de Janeiro: Pongetti), romance de teor autobiográfico que se detém na história da família Lispector. Os outros cinco romances e os três livros de contos serão lançados nas décadas seguintes, até sua última publicação em vida, os contos de *O tigre de bengala*, de 1985, quatro anos antes de sua morte, ocorrida em janeiro de 1989. Um texto de memória foi publicado postumamente: LISPECTOR, Elisa. *Retratos antigos*. Organização de Nádia Battella Gotlib. Belo Horizonte: Editora UFMG, 2012. A crítica voltou-se para a escritora Elisa sobretudo nos anos 1960, quando seu romance *O muro de pedras* é publicado, após lhe ser conferido o Prêmio José Lins do Rego de melhor romance de 1962. Nessa ocasião, ganha elogio, entre outros, de Octavio de Faria, que o considera um grande romance, ao lado de outro, *Verão no aquário*, de Lygia Fagundes Telles (FARIA, Octavio de. Lygia Fagundes Telles. *Correio da Manhã*, 4 set. 1963. Segundo Caderno, p. 1).

Eu, de início, observei-lhe que o título lembrava James Joyce. Mas, à proporção que ia devorando os capítulos que estavam sendo datilografados pela autora, fui me compenetrando de que estava diante de uma extraordinária revelação literária, onde havia muito de Clarice, onde a influência de Joyce era irrelevante, se é que efetivamente houvesse influência do grande escritor. O que havia, de fato, era o ímpeto Clarice, o furacão Clarice.

● Geraldo Holanda Cavalcanti

Dois jantares e uma foto[144]

Conheci Clarice na Embaixada do Brasil, quando assumi meu primeiro posto na carreira diplomática. O marido de Clarice, Maury Gurgel Valente, era segunda ou terceira pessoa no nível da chefia.[145] Eu era terceiro secretário, fichinha, entre os colegas de posto mais avançado.[146]

Guardo a recordação de quando, após um jantar que Maury e Clarice nos ofereceram, a minha mulher e a mim, para conviver na intimidade com os colegas diplomatas, Clarice nos convidou para ouvir a gravação que acabara de adquirir dos *Carmina Burana*, de um compositor alemão, Carl Orff, cujo nome ouvia pela primeira vez. O texto já era conhecido pelos demais diplomatas, e foi assim que fiquei sozinho com a Clarice e pude presenciar o espetáculo comovente de seus arroubos com o texto musical que a hipnotizava. Os demais colegas já o tinham ouvido e reuniram-se com suas esposas num salão anexo, deixando-nos, Clarice e eu, na pequena

---

[144] Depoimento concedido a Nádia Battella Gotlib em 7 de fevereiro de 2021.

[145] Maury Gurgel Valente assumiu o posto em Washington em 24 de setembro de 1953, ano em que passou de segundo para primeiro secretário.

[146] Geraldo Holanda Cavalcanti (1929) ingressou no Itamaraty em 1954 e, como terceiro secretário, foi removido para a Embaixada do Brasil em Washington em 1956, quando participou da comissão encarregada de redigir os estatutos do Banco Interamericano de Desenvolvimento (BID). Retornou ao Brasil em 1959.

sala de música. Nada mais excepcional do que ouvi-la apresentando cada entrada da magnífica cantata com o genuíno prazer com que ela as antecipava.

Eu era mais moço do que ela, creio, oito ou nove anos, e aquele contato me abalou profundamente.

Naquele período, conheci também Miguel Ozorio de Almeida, então ministro conselheiro, ou algo assim.[147] Logo afeiçoei-me a ele e viemos a nos tornar amigos. No resto de minha vida diplomática trabalhei com ele várias vezes e o sucedi em duas ocasiões. Como a Clarice, Miguel tinha uma personalidade forte, mas, ao contrário dela, nada cativante, por sua maneira aparentemente arrogante de falar.

Aos dois dediquei poemas no meu livro *Poesia reunida*.

A densa personalidade de Clarice me impressionou, e dediquei-lhe dois poemas. Na mesma obra figura, também, um poema para Miguel, que se tornou meu amigo dileto. Nos poemas, tento falar de cada um deles. Nunca mostrei esses textos – nem a Clarice nem a Miguel.

Um dos poemas sobre Clarice começa assim:

Clarice
Palavras não são fatos
diz-me Clarice, é grave
perigo usá-las como dardos
– sólido instrumento

Delas se usam fluidas
Ou incompletas no seu
próprio corpo ou na frase
amputadas a sintaxe [...]

Já num outro poema, me detenho no Miguel.

---

[147] Miguel Ozorio de Almeida (1916-1999), logo depois de, em 1957, tornar-se cônsul-adjunto em Nova York, passou a servir na Embaixada do Brasil em Washington, onde permaneceu em 1958 e 1959. Nesse último ano, participou das reuniões da Organização dos Estados Americanos (OEA), em Washington.

Para Miguel o verbo
tem o fio da pua
ou mais, do prego limpo
que a madeira perfura

e a palavra ouvida
cria em quem a escuta
escaninhos certos
onde se enclausura.

A foto de Clarice Lispector, aqui reproduzida, foi tirada em Washington, na ocasião de um jantar na casa do Miguel. Pode ter sido durante o Carnaval, pois Miguel estabelecera que teríamos todos que ir vestidos como na época dos *roaring twenties*.

Num dos meus poemas, "O sonho de Clarice", refiro-me a esse jantar:

À luz de vela no *basement*
num lugar que não era o meu nem o dela
Clarice me disse, contou
o sonho que era meu e dela

O sonho narrado não perde
A clara neblina em que envolto nasce
e se é Clarice quem narra
antes mais veste e reveste
[...]
E para Clarice aquele sonho no *basement*
ou o vinho no copo à luz da vela
ou as vinte pessoas na sala ou a noite
tinham todos a nítida fixação da névoa.[148]

---

[148] CAVALCANTI, Geraldo Holanda. *Poesia reunida*. 2, ed. Rio de Janeiro: Bertrand, 1998 ("Clarice", p. 132-135; "O sonho de Clarice", p. 151-152; "Ainda Miguel", p. 155-156).

Guardei a foto, depois que joguei fora outras inúmeras, num arrasa-quarteirões a que tenho me dedicado agora, nos meus 92 anos já concluídos.

São tempos antigos, e minha memória – ou a falta dela, depois da covid-19 – não me autoriza a ser mais preciso.

Clarice Lispector e demais convidadas para a festa realizada na residência do diplomata Miguel Ozorio de Almeida, que então servia junto à Embaixada do Brasil em Washington. C. 1958. (Acervo pessoal de Geraldo Holanda Cavalcanti.)

● Gilda Murray[149]

> *Em Gilda Murray o espírito dança.*
> *E é nela que o corpo é palavra.*
> Clarice Lispector

Se não fosse minha amizade com a Olga, eu não teria conhecido Clarice.

Como conheci Clarice

Vi Clarice pela primeira vez quando acompanhei Olga Borelli ao apartamento da escritora, que, naquela época, já era famosa. Fomos à rua Gustavo Sampaio para lhe fazer um pedido: autografar livros para darmos de presente de Natal às crianças da Associação do Bem Querer, que eu e Olga fundamos para desenvolver atividades junto à Fundação Romão de Mattos Duarte.

A Olga conseguiu o telefone da Clarice e marcou esse encontro.

Quando a Olga apertou a campainha do apartamento de Clarice, eu me escondi atrás dela, tímida que eu era, nos meus vinte e poucos anos. Sou cerimoniosa quando não conheço uma pessoa. Eu achava Olga ousada demais! Pois nem eu nem Olga conhecíamos Clarice! No momento em que Clarice abriu a porta do apartamento e ali nós duas entramos, começou uma grande amizade entre nós, que durou para sempre.

---

[149] Depoimento concedido a Nádia Battella Gotlib em São Paulo, em 5 de dezembro de 2019.

O percurso: da Olga a Clarice

Conheci a Olga quando ela era freira. Eu tinha 15 anos e ia fazer a minha primeira coreografia para a festa de formatura de seis alunos do quarto ano do ginásio Tomás de Aquino, no bairro de Santa Teresa. Mas precisava de um espaço para o espetáculo. Fui, então, até um convento do bairro pedir às freiras autorização para usar o palco.

O espetáculo, intitulado *O primeiro baile*, contava a história da personagem adolescente que ia ao baile pela primeira vez e ficava decepcionada, pois não era o que ela imaginava. Voltava, então, para os bonecos, que sentiram a sua falta e que falavam e dançavam com a protagonista, interpretada por minha irmã. Um dos bonecos era interpretado por meu irmão. E outros, por crianças coleguinhas dos meus irmãos menores. Essa história de passagem da infância para a adolescência tinha a ver um pouco com a história que eu vivia no momento.

No convento, as religiosas da Congregação das Filhas de Maria Imaculada para o Serviço Doméstico, fundada pela espanhola Vicenta María [López y Vicuña], cuidavam de crianças e jovens necessitadas, material ou espiritualmente. Na verdade, formavam moças para trabalharem como empregadas domésticas nas casas de família. O edifício localizava-se na rua Joaquim Murtinho 641, no bairro de Santa Teresa. Foi lá que conheci madre Maria Helena de São José, ou seja, a Olga.

Quando cheguei ao convento, a Olga, vestida com o hábito de freira, estava no alto de uma escada trocando uma lâmpada do palco. Filha de pais separados, imigrantes italianos da Calábria, foi criada num educandário em São Paulo administrado por freiras da congregação Maria Imaculada. Quando quis se tornar freira, ingressou nessa mesma congregação de que recebera cuidados na infância e adolescência. Anos mais tarde, foi transferida para o convento do Rio de Janeiro. E ficou responsável pela área educacional das crianças e jovens que viviam no internato sob o cuidado das freiras.

Como tinham um teatrinho no convento e Olga era responsável pelo palco, poderia me orientar sobre a iluminação, ou nos ceder um banco, uma cadeira ou qualquer outra coisa para o cenário.

Quando me viu, de lá de cima perguntou o que eu queria. E, quando lhe respondi que procurava ajuda para a coreografia do espetáculo de festa de formatura que eu organizava, Olga foi solícita. Dali nasceu uma convivência. E, como minha família era muito religiosa, acabei me ligando a esse grupo. Participava de orações e festas religiosas. E fazia coreografias para espetáculos de teatro encenados no convento. E até quis entrar para a congregação, projeto que não se concretizou.

Fiquei alguns anos trabalhando como voluntária no convento antes de a Olga decidir deixar a congregação. Ela não saiu de repente. E, quando Olga resolveu, foi morar na casa dos meus pais e lá ficou durante vários anos. Ajudou minha mãe com meus irmãos menores, ajudou muito a família.

No período em que a Olga passava por uma fase de reintegração na vida fora do convento, o cabelo ainda crescendo (as freiras quase raspavam a cabeça para usar o capuz ou véu), mais duas freiras saíram do convento: a madre que formava as noviças, uma espanhola já de certa idade; e uma irmã responsável pela lavanderia. Como não tinham parentes, passaram a morar atrás da Igreja da Glória, num pequeno apartamento que eu mantinha para dar aulas de dança, eu, por volta dos dezesseis anos, ligada à Associação Cristã de Moços. Minha mãe ia todo dia até lá e dava a maior assistência às freiras.

Certa vez, uma delas arrumou o serviço de colar alças. Todas nós sentadas no chão, envolvidas nesse serviço, enquanto minha mãe tocava piano. Todas colando as alças para as sacolas de papel pardo. Foi um alívio arrumar esse serviço, porque todas nós passávamos por dificuldades financeiras.

Foi nesse período e na pequena sala desse apartamento que comecei a dar aulas de dança. Ensinava balé clássico. Minha mãe tocava piano durante as aulas, porque, naquela época, não tinha gravação para aulas de dança. Depois trabalhei como professora de dança em vários lugares: entre eles, em Petrópolis, no Sacré Coeur de Marie, por indicação de uma catequista. Era uma bailarina; mas, do ponto de vista das freiras, para elas o mais importante era que, apesar de bailarina, era moça decente, religiosa, confiável.

Mais tarde, lá vai a bailarina catequista fazer sua via-sacra em mais uma instituição religiosa: fui dar aulas de dança no prédio da Igreja de S. Judas Tadeu, na rua do Cosme Velho, hoje Paróquia de S. Judas Tadeu. Contava com o apoio do monsenhor Francisco Bessa, que era o chefe, o padre principal da igreja, que tinha estudado piano durante muitos anos, não tinha sido pianista profissional porque decidiu ser padre, mas tocava maravilhosamente bem. Essa escola de dança recebia as alunas do Colégio Sion, que funcionava ao lado, e o número de alunas era bem grande. Dessa forma, minhas aulas ajudavam a trazer jovens para a paróquia.

O meu trabalho era bem reconhecido. Nada melhor do que uma bailarina que foi quase freira, que não era freira, mas era catequista, que cuidava das freiras que saíam do convento, para atrair os jovens através da arte para a igreja. Uma bailarina decente era ótima para isso.

Monsenhor Francisco Bessa foi um padrinho que eu tive, maravilhoso! Pude fazer tudo o que eu queria! E ele me entendia e aceitava, pois era um artista! Não tinha tabu de querer que eu fizesse só danças ligadas à religião. Mas acontece que eu tinha essa religiosidade e acabei fazendo danças religiosas, porque eu estava num ambiente que me propiciava isso também.

Nessa época, estavam construindo o Templo Nacional de S. Judas Tadeu. O palco funcionava na cripta que era o antigo altar, enquanto, no andar superior, as obras continuavam. O palquinho era muito lindo: tinha três degraus, era um altar, já pronto, uma cripta, com o fundo branco, neutro, o chão de madeira bom para você dançar... perfeito! Eu ficava, então, no andar de baixo com esse grupo, e esse foi meu primeiro grupo independente, uma pequena companhia de dança.

O grupo de dança cresceu, ganhou importância e divulgação, inclusive promovida pelo próprio monsenhor Bessa, com reportagens em *O Cruzeiro* e em outras revistas e muitos jornais. E tive participação individual em vários canais de televisão.

Foi tão importante o movimento desse grupo que bailarinos famosos iam lá ver o que eu estava fazendo, porque eu era muito jovem. E virava uma nova página na dança. Iam ver meu trabalho e me davam força. Eu mesma convidava pessoas as mais variadas para ir até lá. Levava pessoalmente convites para as pessoas do bairro, as mais simples, desde o jornaleiro que ficava ao lado da igreja, e para pessoas mais conhecidas.

Foi lá, na sala do S. Judas Tadeu, que a Clarice Lispector pela primeira vez me viu dançar.

Aos 8 anos e aos 30 anos

Mas, antes de Clarice Lispector, também esteve lá a Tatiana Leskova, diretora do corpo de baile do Teatro Municipal.

Aliás, tive dois encontros marcantes com a Tatiana Leskova. O primeiro aconteceu quando, aos 8 anos de idade, participei de prova para ingresso na escola de dança do teatro. Estava acostumada a assistir a espetáculos de dança nesse teatro levada pelo meu pai. Como o dinheiro era curto, entrávamos sempre com uma amiga que era chapeleira do teatro, pela porta dos fundos. Nesse dia da prova, Tatiana Leskova, diretora do corpo de baile do Teatro Municipal, presidia a banca do júri. Quando chegou a minha vez, no final da prova técnica, pediram para improvisar uma coreografia do *Lago dos cisnes*. Ao terminar, a Tatiana Leskova levantou-se, aplaudindo. Achei que os aplausos eram para algum bailarino que estava atrás de mim. Olhei para trás, não vi ninguém. Os aplausos eram para mim. Tirei a maior nota desse concurso. E estudei nessa escola de balé clássico do Teatro Municipal do Rio de Janeiro durante uns cinco ou seis anos.

Anos depois, parti, então, para a dança moderna, no Museu de Arte Moderna do Rio de Janeiro, fazendo parte do grupo proposto por Gilberto Mota, que inovava na pesquisa de uma dança marcadamente brasileira, inspirada em fundadores da dança moderna norte-americana, apoiados na técnica de José Limón. Recebi influência de Malucha Solari, com a técnica de [Rudolf] Laban. E de Mercedes Baptista, na dança afro-brasileira. Nesse período, integrando o grupo de Gilberto Mota, dancei em vários programas de televisão, entre eles, na TV Excelsior, inclusive no dia da sua inauguração, em São Paulo, e na TV Globo. Foi lindo. Inesquecível.

Quando eu tinha cerca de 30 anos, a Tatiana me chamou para dar aulas na sua academia de dança, em Copacabana. Apareceram tantos alunos de dança moderna que ela teve de abrir horário para várias outras turmas. Eu dava aula com o "maestro" Rybalowsky ao piano.

A Associação do Bem Querer

Finalmente aconteceu a Associação do Bem Querer, em 1º de setembro de 1967, que nos levou até Clarice.

Enquanto eu me dedicava a aulas e espetáculos de dança no altar da Igreja de São Judas Tadeu, no bairro Laranjeiras, e os programas de TV aconteciam, a Olga dedicava-se à Fase [Federação de Órgãos para Assistência Social e Educacional], uma fundação católica de assistência social e educacional empenhada no trabalho de desenvolvimento de comunidades, dirigida pelo padre Francisco Roger, que recebia voluntários jovens de vários países. A maioria vinha dos Estados Unidos, numa tentativa de escapar da convocação para lutar na Guerra no Vietnã. Olga, contratada pela Fase, promovia cursos de formação de pessoas para líderes de comunidades. E, quando necessário, carregava câmeras para projetar desenhos animados e filmes direcionados ao público infantil – tudo em preto e branco. Era uma profissional competente e dedicada.

Fundamos a Associação do Bem Querer quando a responsável pelo setor de assistência social do orfanato, mantido pela instituição Romão de Mattos Duarte, precisou se ausentar e nos pediu para assumir esse trabalho de voluntária. Antigamente a instituição mantinha a "roda", onde as mães solteiras abandonavam as crianças que ali eram entregues ao cuidado das freiras: punham os bebês numa roda de madeira, giravam a roda, as freiras pegavam os bebês do lado de dentro do prédio. A roda não era mais usada, mas continuava no museu local. E as crianças continuaram chegando.

Não queríamos arrecadar fundos, mas promover contato maior dessas crianças com outras pessoas, porque elas precisavam dessa companhia, de gente carinhosa perto delas. A gente publicava até anúncio no jornal dessa Associação do Bem Querer, com os dizeres: "Você tem uma hora livre na sua semana, ou mesmo uma hora livre no mês? Então você gostaria de conhecer a Fundação Romão de Mattos Duarte e passar lá essa horinha com as crianças do orfanato?". E apareceram mais de 50 voluntários… Comecei esse trabalho com as minhas alunas de dança, que eram todas jovens, adolescentes.

Eu não podia ensinar dança para essas crianças, porque as freiras não deixavam, acreditando que não daria certo, que elas não seriam professoras como eu.

Então, como eu não podia ensinar dança, a gente começou a se aproximar das crianças dando carinho, conversando, porque a gente não era especialista em criança. A maioria nem tinha filho, não tinha experiência. Mas fomos adiante nesse projeto. A Olga, sempre junto. Começou a aparecer gente de várias áreas: sociólogo, economista, psicólogo e outros mais, muitos deles colegas da Olga na Fase. Outros, até então não conhecidos, mas que haviam lido o anúncio de jornal.

E, numa dessas, no final de ano, a Olga teve a ideia de dar livros para as crianças no Natal. E veio a inspiração de procurar Clarice para que ela autografasse os livros infantis de sua autoria a serem dedicados às crianças na festa do orfanato.

Nós – Olga, os voluntários e eu – compramos os livros para darmos de presente. Cada um comprava um ou mais de um livro para que todas as crianças recebessem o presente, pois eram muitas. Fomos então bater na porta da casa da Clarice e pedir que ela autografasse os livros.

O interessante é que Clarice aceita o convite e volta à Fundação Romão de Mattos Duarte, que ela, curiosamente, havia visitado muitos anos atrás, para uma reportagem, nos seus primeiros anos de trabalho como jornalista.[150]

A minha vida nas crônicas de Clarice

A presença de Clarice foi muito forte na minha vida. E na vida do meu primeiro marido, Jaime Gerardo Vilaseca Calle. Na década de 1960, quando nos casamos no civil, ele participou ativamente das atividades da Associação do Bem Querer. Ajudava em tudo. Quando conheci a Clarice, eu estava casada com ele.

Jaime veio, menino ainda, com a família da Espanha para o Brasil. Clarice conta essa história numa de suas crônicas ["Bichos (conclusão)"].[151] Na Espanha daquela época, os meninos simples aprendiam

---

[150] LISPECTOR, Clarice. Uma visita à casa dos expostos. *In*: *Outros escritos*. Organização de Teresa Montero e Lícia Manzo. Rio de Janeiro: Rocco, 2005. p. 35-42.

[151] LISPECTOR, Clarice. Bichos (conclusão). *Jornal do Brasil*, 20 mar. 1971; LISPECTOR, Clarice. *A descoberta do mundo*. Rio de Janeiro: Nova Fronteira, 1984. p. 521-524. Nessa crônica, entre relatos de histórias de coelhos, cavalos e peixes, e uma parte final referente a rosas e ao seu cão Dilermando, a cronista se detém numa história que lhe foi contada por Jaime. Eis um trecho: "Sei de uma história muito bonita. Um espanhol amigo meu, Jaime Vilaseca, contou-me que morou

marcenaria, mas marcenaria altamente avançada, que no Brasil quase ninguém conhecia. Passou a trabalhar nisso. Mas era emprego precário. Então a Olga lhe pediu para fazer uma estante para uma amiga, Clarice Lispector. Ele fez a estante. Quando ficou pronta, Clarice convidou o Jaime a ir à casa de um amigo dela. Ele foi. Era a casa de Augusto Rodrigues, no Largo do Boticário.

Augusto Rodrigues, artista plástico, precisava sempre encomendar molduras, e as que recebia nem sempre eram do seu gosto. Jaime passou, então, a fazer molduras para o Augusto Rodrigues. E as encomendas chegaram e se multiplicaram. Esse episódio Clarice relatou em crônica ["Trechos"] publicada no *Jornal do Brasil*.[152]

Clarice adorava visitar Augusto Rodrigues, com quem ela se dava muito bem. E num final de semana nos convidou para irmos também. Assim eu fiquei conhecendo o Augusto Rodrigues, pessoa maravilhosa, uma das pessoas incríveis que, de repente, apareceram na minha vida.

Clarice arrumou trabalho não só para o Jaime, que até hoje se dedica a esse ofício, mas também para meu irmão menor, que passou a trabalhar com o Jaime.

Clarice tinha olhar especial. Era sensitiva. Sentia o que as pessoas sentiam. Percebeu o talento do Jaime. Ela não falava, mas agia. E se preocupava com a realidade do outro. Tinha muitos momentos de vida prática com os pés firmados no chão. Lindo isso. Muito lindo isso.

---

uns tempos com parte de sua família que vivia em pequena aldeia num vale dos altos e nevados Pireneus. No inverno os lobos esfaimados terminavam descendo das montanhas até a aldeia farejando presa, e todos os habitantes se trancavam atentos em casa, abrigando na sala ovelhas, cavalos, cães, cabras, calor humano e calor animal, todos alertas ouvindo o arranhar das garras dos lobos nas portas cerradas, escutando, escutando…" (p. 522).

[152] Num trecho ou fragmento, entre seis que compõem o conjunto dessa crônica de sábado do *Jornal do Brasil*, datada de 18 de setembro de 1971, intitulada "Trechos", a autora conta mais um episódio que lhe foi relatado pelo amigo Jaime: a encomenda que lhe fez de uma estante de madeira. "Há dias em que recebo até três livros. Então pedi a meu amigo Jaime Vilaseca, espanhol, artesão, para me fazer uma nova estante. Ficou linda. Fiquei vendo-o trabalhar. Ele estava achando tão bom trabalhar que começou a cantarolar vagamente uma canção espanhola. Dei coca-cola para ele e para sua mulher, Gilda" (LISPECTOR, Clarice. Trechos. *Jornal do Brasil*, 18 set. 1971; LISPECTOR. *A descoberta do mundo*, p. 591).

Quando lia certas crônicas de Clarice no *Jornal do Brasil*, eu me encontrava ali. Eram fatos da minha vida. Uma delas inclusive eu ganhei de presente de Clarice. Era sobre o Dia das Mães. Contei para Clarice um episódio triste e alegre de minha vida – a alegria de ser mãe e o aborto –, e ela escreveu essa crônica, publicada justamente no Dia das Mães. Quando li, tive forte emoção![153]

Uma segunda crônica é também sobre o Dia das Mães. É sobre o orfanato, o mesmo onde, anos depois, ela foi autografar livros a pedido da Olga! Na crônica, ela narra sua primeira visita ao orfanato, quando lá conheceu a madre Isabel.[154]

E registra em crônica até cena de meu namoro com o Jaime. Foi assim: perguntei ao Jaime, ciumenta, se havia beijado alguém antes de mim, ele me contou uma história. Aliás, essa história veio à tona quando viajávamos juntos pela serra até Petrópolis e passamos justo pelo local da cena em que essa história aconteceu. Ele me contou a história. Eu contei para a Olga. E então surgiu a ideia de Jaime contar o fato para Clarice. Ele contou. E ela escreveu a crônica "O primeiro beijo", sobre essa viagem que Jaime fez pela serra.[155]

---

[153] LISPECTOR, Clarice. Dia das Mães. *Jornal do Brasil*, 13 maio 1972; LISPECTOR. *A descoberta do mundo*, p. 659-661. A cronista relata a história da bailarina que fica alegre ao saber que está grávida e que fica triste ao perder o filho em aborto, que lida com a culpa por haver antes dançado e que não desiste de tentar novamente ser mãe. Essa "dançarina de Degas", que, "sentada no tapete escarlate, toda leve, com as pernas cruzadas à moda budista", conversa com a amiga Clarice, aparece como sendo Gisele em crônica que foi dada de presente a Gilda Murray, após ela passar por essa mesma experiência. Gisele ou Gilda, o fato narrado aconteceu mesmo com Gilda. De sua relação com o segundo marido, Samuel Santana de Vasconcellos, Gilda será mãe de Daniel, talentoso violonista, que se referia e se refere a Clarice como "tia Clarice".

[154] Trata-se da crônica "Dia da mãe inventada" (*Jornal do Brasil*, 8 maio 1971; LISPEC-TOR. *A descoberta do mundo*, p. 535-536). A cronista relata o modo como a irmã Isabel, nomeada para o cargo de irmã superiora da Casa de Menores Abandonados, encontra um meio de alegrar as crianças conferindo a cada uma um nome de mãe inventado, de modo a satisfazer a curiosidade das crianças com relação a sua origem. Talvez tenha escrito essa crônica inspirada na segunda visita que fez ao orfanato, em dezembro de 1970, já que a crônica foi publicada cinco meses depois dessa visita.

[155] LISPECTOR, Clarice. O primeiro beijo. *Jornal do Brasil*, 27 fev. 1971; LISPEC-TOR. *A descoberta do mundo*, p. 514-516; LISPECTOR, Clarice. *O primeiro beijo e outros contos*. São Paulo: Ática, 1989. Em depoimento, Jaime Gerardo Vilaseca

O ato solidário de Clarice em relação ao Jaime acabou me ajudando também. Augusto Rodrigues me ajudou por tabela. Passávamos finais de semana deliciosos no Largo do Boticário, na casa desse amigo, lugar maravilhoso, frequentado por pessoas incríveis. Clarice Lispector e Augusto Rodrigues ficaram como madrinha e padrinho meus. E daí surgiu o Espaço Dança.

O Espaço Dança

Ao longo da década de 1970, o estúdio de dança passou a funcionar na rua Álvaro Ramos, 408, no Botafogo. Tinha dança embaixo, no térreo da casa, e no andar de cima, galeria de arte.

Discutimos juntos o nome do espaço, e Augusto batizou o estúdio: Espaço Dança. Ele escreveu lindas frases para divulgar o projeto. As frases iam se completando a cada divulgação nos jornais. "O homem é o centro do espaço mutável, dançar é descobrir limites e sair deles na direção do infinito." Ele participava ativamente de ensaios e de exibições. Tenho vários esboços que ele me deu e que estão aqui na sala.

Ele, o Augusto, fomentou a convivência de vários artistas.

Ziembinski, a grande figura do teatro, era nosso vizinho, andava pela rua Dona Mariana, em Botafogo, e foi convidado a conhecer esse trabalho. Era um desafio maluco, eu era jovem, inquieta artisticamente... Ele foi lá, viu os ensaios, ajudou também, me incentivou a ter coragem de ousar caminhos novos.

E a divulgação era feita também pela imprensa, como nesta nota do *Jornal do Brasil* de 29 de maio de 1976: "Um trabalho novo de integração entre dança e pintura é a proposta do Grupo Espaço Dança da coreógrafa Gilda Murray. Os bailarinos vivem os personagens dos quadros numa ação contínua em que o público ocupa o espaço cênico. A Nossa Exposição, como é chamado este trabalho, utiliza música criada especialmente para cada movimento e quadros do artista plástico Garcia Rosa".

Calle relata com detalhes essa viagem que fez do Rio de Janeiro à serra de Petrópolis e a experiência de ter esse episódio de vida transformado em crônica por Clarice Lispector. (Ver, neste livro, a parte "Jaime Gerardo Vilaseca Calle", p. 207.)

Quando você propunha aos bailarinos fazer uma coreografia nova, o bailarino chegava e já ia correndo para o camarim vestir a malha. Eu não queria isso. Eu dizia: "Quero que vocês entrem e cada um escolha um quadro, seu predileto". Pensaram que eu estava meio esquisita, mas fizeram direitinho o que eu pedi. Cada um escolheu o seu quadro: "Agora me digam o que vocês percebem, o que vocês sentem vendo esses quadros, o que que vocês imaginam vendo esses quadros…". E cada aluno verbalizava o que sentia. E vinha a próxima etapa: "Agora vamos construir um ritmo poético para essas frases que vocês criaram. Um ritmo poético…". E por último: "Então, agora, vamos dançar essas palavras…". A gente criava da poesia um movimento.

Depois de entrar na galeria, escolher um quadro, verbalizar sua reação diante do quadro, a gente soltava as frases aos poucos e elas iam se completando. Parecia ser a mesma frase, mas não era, não, cada vez adquiria um sentido novo… E, depois de traduzir a frase em ritmo poético de movimentos, enfim, dançar com as palavras das bailarinas, um músico aguardava o momento para entrar em ação, e as palavras pouco a pouco desapareciam. A música traduzia e substituía a palavra.

Esse método criativo atraiu muitas pessoas. Os pintores trabalhavam com a gente, a gente trabalhava com os pintores, era uma coisa fantástica de integração entre as artes.

> Espaço Dança
> o homem é o centro do espaço mutável,
> dançar é descobrir limites e sair dele na direção do infinito.
> A conquista do espaço começa com o primeiro homem.
> A dança começa quando o homem em movimento
> Descobre o equilíbrio no espaço.
> Dança descoberta.

Foi com essas palavras que, numa manhã de ensolarado domingo, o poeta, pintor e educador Augusto Rodrigues batizou a ideia que acabara de nascer, Espaço Dança.

E os projetos culturais se multiplicaram. Chegaram a teatros, programas de TV, telas de cinema. E chegaram a lugares até então impensáveis: prisões, sanatórios, presídios.

Concertos para Clarice: João Carlos Assis Brasil

Aos sábados e domingos, havia outro programa que Clarice gostava de fazer, além das visitas à casa de Augusto Rodrigues: ir ao apartamento do pianista João Carlos Assis Brasil. Realmente ela se sentia bem perto dessas duas pessoas. E sugeria que a gente também fosse. Eu não conhecia o João Carlos, fiquei conhecendo por intermédio da Clarice, e justamente por ocasião dessas visitas ao apartamento onde ele morava. Não lembro bem em qual bairro, mas a sala era toda de vidro, ligada a uma varanda, e na sala ficava um piano lindo, de cauda!

A gente se acomodava num sofazinho de três lugares – Clarice, Olga, eu –, e ali ficávamos ouvindo o pianista tocar, em tardes ensolaradas do Rio de Janeiro.

Era um programa raro, maravilhoso!

Ele ficava horas tocando. E as três lá, ouvindo, e o Sol indo embora...

Quando a gente saía de lá, depois de ouvir tanta coisa tão boa, a alma quase pulava para fora! Nessa época, ele não dava concertos públicos, as oportunidades eram poucas, então ele adorava tocar para Clarice.

Um gênio, o pianista, tocando para outro gênio, Clarice.

E nós duas, Olga e eu, ali, as duas "gaiatas" ouvindo de quebra...

Ficava horas e horas tocando, como se estivesse estudando sozinho. Nem sei quantas horas ele tocava para nós.

Nós três lá, quietas, vendo o Sol ir embora; começava a escurecer, e ele não parava, e a gente também não queria que ele parasse. E de novo sentia aquele negócio que eu sentia lendo as crônicas de Clarice: "Ai, meu deus, vou passar mal de tão bom que é! Será que eu mereço isso?". Tocava tudo e mais alguma coisa durante horas e horas, todo mundo num silêncio de plateia europeia, ninguém falava nada. No final, silêncio, ninguém falava.[156]

Na sala tinha um carrinho de chá lindo, parecia com os da Confeitaria Colombo, que na época era a melhor confeitaria do Rio. Nele, um monte de coisinhas deliciosas que a gente via que ele tinha preparado para Clarice, com tudo que ele sabia que ela gostava. E preparava com

---

[156] O pianista João Carlos Assis Brasil faleceu aos 76 anos, em 6 de setembro de 2021.

o maior carinho, tudo chiquérrimo, porque ele era muito elegante e tinha uma sofisticação natural...

Quando a gente saía de lá, era então hora de sorrir, de conversar. E de brincar. De mãos dadas, uma virava para outra e começávamos a cantar baixinho: "Três mocinhas elegantes: cobra, jacaré e elefante". Uma brincadeira antiga de meninas que, de mãos dadas, irritavam uma delas, pois cobra é aquela menina bem magrinha; jacaré é mais cascudo; e o elefante, maior ainda.

Antes, ouvindo o piano, ficávamos em completo silêncio. Lá fora, virávamos crianças, para dizer a verdade. Caíamos na risada, e a tensão mantida na sessão erudita acabava ali. Quando alguém poderia imaginar Clarice Lispector brincando de "cobra, jacaré e elefante"?

Em seguida, pegávamos um táxi de volta para casa. Nunca sabíamos quando o concerto iria terminar e não tinha como telefonar para o Jaime, já que a gente fazia cerimônia e não gostava de usar o telefone do apartamento do pianista.

Depois dessas tardes, vi o João Carlos muitas vezes.

A morte

Clarice ficou doente e foi tudo muito de repente. Eu trabalhava bastante. Era final de ano. Quando perguntava se a Olga iria ao hospital, a Olga dizia que sim e que eu não precisava ir. Ela ia todo dia, toda hora. Apareceu de novo em mim aquela figura de tímida, o medo de ser invasiva. E a Olga insistia em ir sozinha.

Até que um dia a Olga me disse que era hora de eu ir também. Obedeci e fui. Clarice estava morrendo. Muito triste. A Olga segurava a mão dela e me disse para segurar os pés para ajudar Clarice a ir... Obedeci. Havia poucas pessoas no quarto. No momento da morte, eram a Olga, eu, o Paulo e outras pessoas. Não sei com certeza quem estava lá.

O corpo ia descer para o andar térreo. Então eu fui para lá. Quando cheguei, havia um espaço meio afastado, cercado de vidros, já fora do hospital. Nisso ouvi ruídos. Eram jornalistas chegando. Cheguei tão alucinada que falei brava com os jornalistas, pedindo que o último desejo dela era não ter nenhuma foto morta, por favor, que respeitassem como se fosse a mãe de cada um deles. Consegui que eles se afastassem e fossem embora. Consegui expulsar os jornalistas.

Lamentação

Quando eu lia as crônicas de Clarice publicadas no *Jornal do Brasil*, muitas vezes eu não aguentava de emoção. Ficava quase chorando, me levantava logo, com falta de ar.

Eu não li nenhum livro da Clarice sem logo interromper a leitura. Estão todos aí, as primeiras edições que ela deu para a Olga. E penso assim: "Não é possível, agora eu vou ler! Eu estou madura, enfim, a Olga não está aqui, a Clarice não está aqui, eu vou ler!". Eu adoro ler, eu leio desde menina. Então abro o livro, leio um pedaço, fecho e digo: "Daqui a pouco continuo... amanhã". Leio a conta-gotas. É muita emoção envolvida.

Por outro lado, ela também, de alguma forma, me deu impressão de que sentia isso ao me ver dançar. Pois também me viu por capítulos... Certa vez, durante um espetáculo de dança, ainda no salão da Igreja de S. Judas Tadeu, na metade da sessão pediu a Olga para ir embora... E depois voltou para ver a outra metade. Esse trabalho chamava-se *Lamentação*, sobre o círculo da vida: nascimento, mãe e filha.

Esse espetáculo, montado especialmente para jovens, foi levado, em junho de 1970, na cripta da Igreja de S. Judas Tadeu, perto da estação do bondinho, ao lado do Largo do Boticário. A dança encenava o diálogo de duas figuras femininas: na primeira parte, a figura forte, da mãe, enquanto se forma a figura fraca, da filha, que lentamente vai assumindo psicologicamente o papel da primeira figura. Ambas com roupas iguais, mas a mãe em tom escuro, e a filha, em tom claro. A mãe vai desaparecendo, e a filha assume aos poucos os mesmos movimentos da mãe, a partir da história do parto. Dancei com uma aluna muito boa, Silvia Cronemberger, que em seguida fez parte de corpo de balé de Guaíra e depois de outro grupo, em Belo Horizonte.

A Olga me disse: "Ela ficou muito angustiada, disse que não dava para ver tudo de uma vez!".

Achei impressionante nossas reações serem tão semelhantes! "Nossa, mãe! É o que me acontece ao ler o que a Clarice escreve!"

Uma grande

Quatro anos depois da morte de Clarice, montamos *Macabéa*, em homenagem a Clarice, espetáculo solo de dança-teatro, com base na personagem do livro *A hora da estrela*, e que foi apresentado várias vezes no Teatro Cacilda Becker.[157]

No final desse mesmo ano, viemos morar em São Paulo, eu, meu marido, Samuel, e nosso filho, Daniel, então com três meses de idade. Anos depois, passamos a morar com a Olga aqui, nesse mesmo apartamento em que moramos hoje. É o mesmo apartamento em que Olga morou com sua irmã Helena, viúva, e sua mãe.

Pois foi aqui que recebemos a visita do [Giovanni] Pontiero. Ele veio até nossa casa para falar com a Olga. Ele se acomodou na sala. Olga tinha muita coisa que conversar com ele. Quanto a mim, eu gostava mesmo era de não falar nada e ficar quietinha com minha espécie de segredo de ter gostado tanto da Clarice e ela, graças a Deus, ter gostado tanto de mim. Ficava feliz de ter tido essa amizade maravilhosa e única.

Saí da sala, deixando-os a sós. Ele preparava a tradução para o inglês do livro de crônicas de Clarice publicadas no *Jornal do Brasil*, *A descoberta do mundo*.[158] Quando o livro ficou pronto, mandou um exemplar para a Olga. O Pontiero não sabia que nesse livro que ele traduzia havia pedaços da minha vida. Mesmo porque eu nunca havia mencionado esse fato para ninguém. Estou falando agora e pela primeira vez para você. Ninguém mais sabe.

Com outras pessoas eu reagia fugindo um pouco do assunto. Porque as coisas, as minhas coisas, as que eu teria de falar sobre Clarice, eram poucas. Eu me sentia bem assim, quieta. Apenas depois que a Olga morreu é que eu comecei a falar sobre Clarice, porque eu sentia responsabilidade

---

[157] O espetáculo teve coreografia de Gilda Murray; música de Nivaldo Ornelas; roteiro e direção de Samuel Santana; dançarinas: Heloísa Helena e Eracy de Oliveira. Baseou-se em seis motivos inspirados em trechos do romance: "Faltava-lhe o jeito de se ajeitar"; "Tenta gritar mas seu grito é mudo"; "Minha força está na solidão"; "Respira de boca aberta pois tem o nariz entupido"; "Tinha o olhar de quem tem uma asa ferida"; "Então dançou num ato de absoluta coragem".

[158] LISPECTOR, Clarice. *Discovering the world*. Translated by Giovanni Pontiero. United Kingdom: Carcanet Press, 1992.

de falar um pouco, conforme me iam perguntando.[159] Não posso fingir que não estou aqui… Acho que não é legal nem com Clarice nem com a Olga. Senti a responsabilidade de falar, conforme perguntavam.

Mas o carinho que eu sentia por Clarice não tem como explicar, até mesmo por ser mesmo muito simples. A imagem que alguns tinham de Clarice era por vezes a de uma Clarice intelectual, hermética, fechada, problemática, não sei mais o quê… E, para mim, ela não era assim. Para mim, Clarice era a pessoa mais simples e natural do mundo.

Olga dizia que o olhar de Clarice parecia perscrutar todos os mistérios da vida. De fato, parecia nos atravessar… Eu adorava, porque era como se não existisse muro entre nós, ela era alguém em quem eu podia confiar. Uma coisa bonita de sentir. Um pouco assustador também. Mas com o olhar ela dizia tudo, nem precisava falar. Anotei num dos livros dela: "Tudo me atinge, vejo demais, ouço demais, tudo exige demais de mim…". Era como ela se sentia. E era muito igual ao que eu sentia nos meus vinte e tantos anos. Aliás, não só nessa idade, mas na vida inteira, vendo demais por causa de um temperamento excessivamente sensível. É essa a lembrança que sua cunhada Eliane [Gurgel Valente] tem de Clarice: sentia tudo que os outros sentiam, antes mesmo que eles sentissem. E, entre nós, uma adivinhava a outra. Havia magia naquele olhar.

E eu sempre tive a noção de que era um privilégio ter a sua amizade. E sempre soube que eu nunca teria outra amiga assim, fantástica, maravilhosa, com quem eu não precisava explicar nada… Ela me percebia, ela me adivinhava. E, depois, ela gostava das poucas coisas de que eu falava sem medir palavras, ela sempre elogiava, dizia que eu falava de maneira tão poética, de maneira literária até. Aí eu ficava toda vaidosa! Nisso de falar assim ou assado, a gente conversava sobre muitos assuntos. E eu contei muita coisa para a Clarice.

Nessas conversas, na maioria das vezes eu ficava sentada no chão. O chão era meu ambiente de dançarina. Nas cadeiras eu ficava com os pés balançando. Por isso gosto de cadeiras com banquinho para apoiar

---

[159] Olga Borelli nasceu em São Paulo, no dia 14 de outubro de 1930, e faleceu na mesma cidade, em 7 de outubro de 2002. Porém, o pai somente a registrou em 1931, com a data de 5 de fevereiro de 1931, data que consta nos documentos oficiais. Seu aniversário sempre foi comemorado por parentes e amigos na data de 14 de outubro.

os pés. Como não podia levar o banquinho, ficava no chão. Descalça. Era minha segurança. Clarice, sentada na cadeira. E eu, no chão. E conversar com ela, eu no chão, era maravilhoso. Eu me sentia ótima.

Mais um presente

Clarice me brindou com um presente valioso. Era uma página com esta dedicatória: "Em Gilda Murray o espírito dança. E é nela que o corpo é palavra. Clarice Lispector". Para mim, é a consagração máxima. Depois de escrever o que ela escreveu, não precisaria querer mais nada...

Ela me deu essa página na verdade em branco, com essa frase, para eu pregar uma foto e ir trocando as fotos.

Mas ficou essa foto mesmo que colei quando ganhei esse presente. Nunca troquei.

Só sei que foi uma maravilha o primeiro encontro com Clarice e os outros que vieram a seguir. Tenho de agradecer a Olga eternamente.

■ Gilda Murray em foto que ganhou dedicatória de Clarice Lispector: "Em Gilda Murray o espírito dança. E é nela que o corpo é palavra. Clarice Lispector". (Acervo pessoal de Gilda Murray.)

● Hélio Pellegrino[160]

Do primeiro ao último encontro

Hélio Pellegrino: Eu tive com a Clarice uma relação mais intensa do que extensa, quer dizer, nós fomos muito amigos, muito intensamente amigos, mas nós exercitamos essa amizade relativamente pouco. Nós nos tocávamos muito, isto é, nós éramos ambos capazes de um estimular o mistério do outro. Então nosso convívio era muito estimulante, muito vivo.

Conheci a Clarice pessoalmente no casamento do Otto Lara Rezende, no apartamento do sogro do Otto, Israel Pinheiro. Eu vim de Belo Horizonte para assistir ao casamento.[161] Nós já estávamos na festa, muito animados, eu tinha bebido um pouco, e de repente irrompeu festa adentro uma mulher extraordinariamente bonita, impressionantemente bonita, que era a Clarice. Eu virei pro Fernando [Sabino] e falei: "Oh, Fernando, quem é aquela mulher, mas que coisa inacreditável!".

---

[160] Entrevista concedida por Hélio Pellegrino durante preparação do curta-metragem de 12 minutos intitulado *Perto de Clarice*, dirigido por João Carlos Horta e produzido pela Embrafilme, em 1982. Como na gravação original da fita há duas versões referentes ao seu último encontro, optei pela versão mais detalhada. (Rolo de áudio. Acervo de Heloísa Buarque de Hollanda.)

[161] Otto Lara Resende (1922-1992), mineiro de São João del-Rey, após concluir o curso de Direito na Universidade Federal de Minas Gerais, muda-se, em 1945, para o Rio de Janeiro, onde continua a atuar como jornalista e passa a escrever ficção. Casa-se com Helena Pinheiro em 14 de abril de 1950 na igreja do mosteiro de São Bento, no Rio de Janeiro. Nesse ano, Clarice encontra-se no Rio de Janeiro para uma temporada que se iniciara em junho de 1949 e se prolonga por um ano e três meses, até se mudar para Torquay, no sul da Inglaterra, onde a família fixará residência durante seis meses.

Ele disse: "É a Clarice Lispector". Então o Fernando, que já a conhecia, me apresentou. Eu fiquei inclusive tímido, já a admirava assim caninamente e, inclusive, ela foi assim um impacto para mim, era uma mulher extraordinariamente bonita. E durante muitos anos ela conservou essa presença de mulher extraordinariamente bonita. Depois, com o passar do tempo, evidentemente a beleza dela foi mudando de qualidade. Ela tornou-se uma mulher madura e perdeu aquele esplendor da primeira mocidade, mas sempre foi uma mulher fisicamente muito particular. Tinha um rosto muito nobre, fora do comum. E, no último tempo da vida dela, o rosto ficou trabalhado, ficou atritado, rolado pelo tempo, mas... era uma figura impressionante.[162]

Entrevistador: O que havia nela de especial?

HP: Era uma pessoa fora do comum, era uma pessoa fora da norma, inclusive, até para pior, se você quiser... Ela era estranha, perturbadora, ela, enfim, não rodava nos trilhos comuns, e ultimamente e durante muito tempo teve problemas de conflitos sérios, e isso se refletia na sua maneira de ser. Como era uma personagem perturbadora, as pessoas não sabiam bem como levar a Clarice, compreende? E isso dividia um pouco as pessoas, quer dizer, ou as pessoas tinham por ela uma admiração exaltada e então estavam com ela de uma maneira assim incondicional, ou então as pessoas se retraíam. Quer dizer, ela era uma antidiplomata, e isso é engraçado, porque ela foi casada com um diplomata, mas ela não criou – e isso é uma prova da grandeza dela – nenhuma crosta diplomática, nenhum verniz diplomático, porque ela era uma pessoa perturbadora, muito original e incapaz de ser convencional. Ela não conseguia ser convencional. Até por defeito, não era por mérito, não. Isso, inclusive, a incomodava muito, eu tenho

---

[162] Ao longo do período de convivência, Clarice entrevistou Hélio Pellegrino em duas oportunidades: para a revista *Manchete*, n. 900, de 19 de julho de 1969; e para a revista *Fatos & Fotos*, n. 808, de 14 de fevereiro de 1977. (Ver LISPECTOR, Clarice. Um homem chamado Hélio Pellegrino. *In*: *De corpo inteiro: entrevistas*. Rio de Janeiro: Artenova, 1975. p. 54-59; LISPECTOR, Clarice. *Entrevistas*. Organização de Claire Williams. Preparação de originais e notas biográficas de Teresa Montero. Rio de Janeiro: Rocco, 2007. p. 61-66.)

certeza disso. Ela talvez gostasse de viver... ou ela teria gostado, se fosse possível, de "correr macio", compreende? De "correr frouxo", mas ela não conseguia. Talvez por insuficiência, não por excesso de virtude no convívio, compreende? Porque ela era realmente uma figura extraordinária.

E: Era uma pessoa dramática? E triste?

HP: Era uma pessoa dramática. Para ela, nada era banal, quer dizer, a Clarice era capaz de ficar em transe diante de um besouro na vidraça, diante de uma flor, diante de um passeio no Jardim Botânico. E isso não era atitude literária, não, ela era realmente assim... não era frescura, inclusive o texto dela mostra isso. Enquanto a gente funciona, suponhamos, com doze cilindros, ela funcionava com vinte e cinco. Tinha uma cilindrada, uma personalidade genial. E isso, naturalmente, era uma sobrecarga para ela.

E: E você acha que a literatura dela era uma continuação normal desse tipo de personalidade genial?

HP: A literatura foi a salvação dela, quer dizer, foi a luta da Clarice contra a loucura. Se a Clarice não tivesse pegado essa genialidade e se não tivesse domado esse touro, se não tivesse domado os fantasmas pela palavra, ela teria ficado louca. A criação literária da Clarice, a meu ver, é uma extraordinária, lindíssima vitória de um ser humano contra a loucura... contra a loucura, contra a perplexidade fundamental que é, no fundo, um problema de cada ser humano. Isso nela era muito agudo, porque ela era muito bem-dotada e, de duas uma, ou ela domava isso através da criação literária – e ela o fez genialmente, ela é uma escritora genial – ou então ela teria sucumbido, enfim, ela não teria aguentado o tranco.

E: E você acha que Clarice não tinha as compensações normais que a gente tem, como o amor?

HP: Tinha uma formidável vocação para amar... provavelmente tinha uma personalidade difícil, acredito que não fosse fácil para ela. Era muito possessiva, muito absorvente, muito apaixonada, e, por que não dizer, muito imatura em determinados aspectos da personalidade. É essa coisa desigual e descentrada e errática e exorbitante que é a grande personalidade humana. Todo ser humano grande é exorbitante, fora de órbita, fora de centro, ele tem vários centros... Isso aí é o que se poderia notar muito na sua personalidade.

E gostaria de relatar o último contato que tive com Clarice, um pouco antes da morte. Eu cheguei em casa e a Sará, minha mulher, estava comovida, um pouco agitada, e disse: "Olha, a Clarice Lispector telefonou e aconteceu uma coisa muito estranha", dizia a Sará. "O que houve?" Ela disse: "A Clarice começou a conversar comigo, uma conversa boa, genérica, e de repente começou a chorar... Fiquei perturbada e disse: 'Clarice, mas o que há?'. Ela disse: 'Estou chorando de gratidão, porque eu estava muito sozinha e resolvi telefonar para o Hélio para conversar um pouco e você me atendeu tão bem, com uma voz tão acolhedora, tão macia, que eu estou chorando de pura gratidão, inclusive já não preciso do Hélio, não'". A Sará disse: "Quando ele chegar, evidentemente eu vou falar com ele para telefonar para você". Cheguei em casa, a Sará me contou isso. Fiquei também tocado. É um caso tocante, não é? Telefonei imediatamente para a Clarice. E ela, rindo com aqueles erres dela... "Não preciso, Hélio, não preciso mais de você!". Então falei: "Oh, Clarice, mas o que há?". E a gente teve aquela velha conversa: "Precisamos nos encontrar, vamos jantar juntos...". Ela disse: "Não vem com esse negócio de jantar, porque a gente tem um jantar pendente entre nós sempre e esse jantar nunca sai, então você não me chame para jantar, não, já estamos entendidos...".

Depois disso, eu nunca mais falei com ela, e um mês e pouco ou dois meses depois ela adoeceu e logo morreu.

Perto do coração selvagem[163]

Clarice Lispector foi um ser assinalado. Ao lembrar-me dela, levo um susto: sua existência concreta, como um para-sol, cotidianizava a

---

[163] Publicado anteriormente em: PERTO de Clarice: homenagem a Clarice Lispector. Rio de Janeiro: Casa de Cultura Laura Alvim, 1987. [s.p.]. Catálogo de exposição, 23-29 nov. 1987.

grandeza que possuía, tornando-a menos ofuscante. Agora, através do tempo e do silêncio, percebo a chama de que era feita, e a fulguração desse fogo me queima a memória.

Volto a dizer: Clarice foi um ser assinalado, convocado a revelar o mistério que arde no coração das pessoas – e das coisas. À semelhança de Van Gogh, ela sabia, com a pele do corpo – e da alma –, que debaixo de tudo lavra um incêndio. E dedicou-se a dizê-lo, através da linguagem. Nessa medida, o campo gravitacional criado por Clarice transcende a dimensão literária, para tornar-se, também, testemunho filosófico místico – e visionário.

Clarice Lispector era uma personalidade *lisérgica*. Para ela se abriam as portas da percepção, de modo a transformar-se o mundo num espetáculo de vertiginosa complexidade, profundidade – e vigor. Clarice *via* demais, e o sofrimento lhe britava a crispação de suas retinas expostas às agulhas de luz que saltam do *coração selvagem da vida*.

Vidente e visionária, Clarice era fustigada – crucificada – pelo excesso de estímulos, conscientes e inconscientes, que tinha de domar. Nadadora exímia, manteve-se à tona através do seu gênio literário. É curioso verificar-se que uma das dificuldades de Clarice, enquanto romancista, é conformar-se com a diacronia do discurso, com o fluxo da narrativa que, para fluir, tem de deixar de lado tantas coisas, e tantas intuições.

Clarice era o contrário do espírito cartesiano, para o qual a linearidade das *naturezas simples* é o ideal do conhecimento. Ela se espantava, se admirava, perdia-se na inesgotável trama de estranhezas que compõe o real. Por essa razão, o conto terá sido o gênero literário que dominou com maior perfeição. O conto implica uma crise – e uma lise – a curto prazo, e tal limite ajudou-a a disciplinar a pletora de intimidade com a inumerável riqueza de tudo o que existe.

Em suma: Clarice Lispector deu a seus amigos um testemunho exemplar do que seja a grandeza humana, na errância, no sofrimento e na beleza. Hoje, por mercê da saudade purificada pelo cristal da morte, sabemos disso com transparência perfeita, e em torno de tal saber nos reunimos reverentes, como se fosse uma mesa.

Humberto Werneck

Meu traumatismo ucraniano[164]

Andava eu pelos 23 anos e estava recém-chegado à redação do Suplemento Literário do *Minas Gerais*, que Murilo Rubião tivera a audácia de criar como encarte semanal do insípido diário oficial mineiro. Fiado num conto que ajudara a premiar num concurso, Murilo me levou para trabalhar com ele, na mesma sala da vetusta Imprensa Oficial onde, quatro décadas antes, dava expediente o jovem Carlos Drummond de Andrade.

Sinto vergonha, já disse, ao recordar a petulância com que eu, muito à vontade, dava palpite nos contos que Murilo generosamente me submetia, tendo chegado a pedir, com veemência, que cortasse uma palavra – despautério – numa joia, "O ex-mágico", mais antiga do que eu, incapaz, ainda hoje, de algo além de uma bijuteria. Devo penitenciar-me pelas demasias do verdor da idade? Achava-me. Juventude, juventudo.

Ao dar poleiro ao frangote, Murilo deu também alternativa de ganha-pão a quem, engastalhado num curso de Direito escolhido por eliminação, jamais conseguiu imaginar-se num fórum, a inalar os ácaros de desmilinguidos processos. No Suplemento fui foca e, diria algum desafeto, nisso fiz carreira. Jornalista acidental antes de o ser apaixonadamente, não entrei, caí no jornalismo.

A primeira entrevista foi com uma jovem sueca (nada a ver com as beldades nórdicas das revistas de mulher pelada) que em seu país se dedicava a divulgar nossa literatura.

---

[164] Publicado anteriormente em: *O Estado de S. Paulo*, 7 jun. 2016.

A segunda, em agosto de 1968, foi com ninguém menos que Clarice Lispector, de passagem por Belo Horizonte. Murilo me encarregou de lhe pedir uma entrevista, além de um conto para o Suplemento. Principiou ali um episódio para mim traumático, de alguns já conhecido, mas que, até como purgação, deve ser contado agora na plenitude dos detalhes.

Lembro-me do misto de unilateral intimidade e embasbacada reverência com que abordei Clarice numa roda, na Livraria do Estudante. Estribado em meia dúzia de contos, considerava-me escritor também, e foi sem humildade de principiante que me dirigi a ela.

Não sabia ainda dos espinhos que Clarice costumava eriçar no trato com desconhecidos e gelei quando, ao ouvir o pedido de colaboração (que nunca veio), ela indagou, com rude incredulidade: "Mas vocês pagam?". E acrescentou, com a dicção rascante de sua língua presa, que estava "muito pobrrre". Entre outros safanões da sorte, tinha vivido, dois anos antes, o pesadelo daquele incêndio que por pouco não a matou e que apagou um tanto de sua legendária beleza.

Comecei a cair, a desabar em mim: o Suplemento pagava a seus colaboradores 10... já não sei qual era a moeda em circulação na época; 10 dinheiros. Eu ganhava 400, que mal davam para minhas moderadas farras de moço. E íamos pagar 1/40 disso a Clarice Lispector!

Acesa em mim a luz amarela do semancol, fiz no improviso meu dever de casa. Na minha espessa ignorância, também jornalística, eu não sabia da existência de algo chamado edição – achava que uma entrevista transcorreu tal e qual a lemos. Bastava um bom começo, que julguei ter encontrado na hiperbólica declaração de um crítico, de que "*A paixão segundo G.H.* não é um romance".

Seguríssimo, lasquei a primeira pergunta: "*A paixão segundo G.H.* não sendo um romance...".

Nem pude concluir a frase. "COMO não é um rrromance?", rugiu Clarice Lispector, petrificando o aprendiz de repórter a seu lado no sofá. Uma foto teve a crueldade de registrar o instante em que, fulminado por um olhar enviesado e hostil, olhar que nem a barata de *A paixão...* mereceria, baixei a cabeça, disposto a ir lá dentro me suicidar. Não sei como consegui terminar a entrevista, que, prudentemente resolvida em texto corrido, e não como perguntas/respostas, resultou até razoável, mas que nem assim ousei assinar.

Quando, no final, trêmulo, estendi meu exemplar de *A maçã no escuro*, Clarice reagiu com aspereza: "Não tenho caneta". Como num canhestro pedido de desculpas, saquei uma esferográfica que tinha comprado num quiosque em Buenos Aires, canetinha sem *pedigree*, porém carregada com tinta violeta, que por isso eu raramente usava, poupando-a, quem sabe, para escrever meu grande romance, ou garatujar minhas últimas palavras.

Dedicatória concedida, Clarice suspendeu a caneta e, sem desamarrar o rosto, mandou-me a pá de cal:

— Posso ficarrr parrra mim?.

— Po-o-de… — consegui tartamudear.

Fim da história? Ainda não. Décadas depois, folheando o catálogo de uma exposição comemorativa dos 60 anos de Chico Buarque, dei com a reprodução de um bilhete de Clarice para o compositor, por quem tinha declarada queda. O texto, datilografado, tem assinatura em tinta… você adivinhou a cor!

Pode ser, pensei, a minha chance de entrar na história da literatura brasileira.

Ignácio de Loyola Brandão[165]

Oito horas com Clarice

Em 1975, eu estava com 39 anos e editava a *Planeta*, que tinha sido um sucesso junto ao público que chamávamos de "descolado". A Editora Três tinha comprado os direitos da França, onde a revista nascera há muito anos, por ser absolutamente insólita quanto aos assuntos, como o poder da mente, a força da telepatia, a informática, civilizações desaparecidas, alquimia, universos paralelos, seres extraterrestres, a conquista de Vênus e Marte, esoterismo, a possibilidade de Adão ser negro, crise nas religiões, os santos e a medicina mágica. Revelamos Aurobindo, Castañeda, Lovecraft, Krishnamurti, Madame Blavatsky, Steiner, Smetak, Paracelso, Gurdjieff. Falávamos (já) da crise do catolicismo, espiritismo, umbanda, macumba, Buda, Chico Xavier, Allan Kardec, Confúcio, arte pré-histórica, feiticeiras, bruxas, fusão termonuclear, resíduos radiativos, arte na pré-história, existência das fadas, a câmera que fotografava o passado, Swasthya Yoga, o amor e o erotismo, a teosofia, vozes do além captadas por Hilda Hilst.

Abordava-se tudo. Não existia assunto "proibido", nenhum preconceito, o que havia era uma curiosidade impressionante a respeito de tudo e de todos. Foi um desafio. Quando Luis Carta e Domingo Alzugaray decidiram entrar na "aventura" *Planeta*, me chamaram. Eu a conhecia, era um dos duzentos ou trezentos leitores que todos os meses iam à Livraria Francesa, na Rua Barão de Itapetininga, buscar

---

[165] Depoimento inédito concedido e enviado a Nádia Battella Gotlib em 28 de agosto de 2021.

nosso exemplar. Éramos quase um clube privê, formados depois da leitura de *O despertar dos mágicos*, de Louis Pauwels e Jacques Bergier, livro que mudou a cabeça de uma geração. Pois foram esses dois, o primeiro, um rico intelectual de direita, e o segundo, um homem que lutou na Resistência francesa, que criaram a *Planète*, entre nós, *Planeta*.

A revista mergulhou no escuro. Havia público? No primeiro mês, vendeu 20 mil exemplares. Pouco, muito pouco. Os dois primeiros números foram feitos com material estrangeiro. Onde iríamos achar os colaboradores brasileiros? Eles nos acharam, vieram nos procurar. O segundo número dobrou, 40 mil. Subiu para 60 mil, 80 mil e estacionou em 120 mil exemplares, um êxito, para algo de leitura nada normal, assuntos novos. Era uma categoria de leitores esquisita, mas fascinante, que nos trazia os mais estranhos temas; e aceitávamos.

Planeta estava no auge quando chegou ao número 36 e soubemos do Festival das Bruxas de Bogotá, na Colômbia. Carta e Alzugaray nem pensaram: vamos lá ver o que é, montem uma equipe. Assim, o redator Luis Pellegrini, a fotógrafa Magdalena Schwartz, a jornalista Bia Braga e eu seguimos para a Colômbia.

Você é de leão

Na noite da chegada, desci para o *hall* do hotel, havia gente do mundo inteiro. Eram professores universitários, cientistas, físicos, médicos, neurologistas, psiquiatras, astrônomos, astrólogos, as mais diferentes especialidades, coisas de que eu jamais tinha ouvido falar. Como um iridólogo do Equador, que fazia o diagnóstico dos males físicos através das pupilas.

De repente ouvi me chamarem. Reconheci a voz, era Lygia Fagundes Telles. Fui ao seu encontro e ela me disse:

— Quero que conheça esta minha amiga.

Estendi a mão e Clarice Lispector segurou-a, ficou a me olhar e sem me soltar, disse:

— Você é de Leão.

— Sou, de 31 de julho.

— Cuidado.

Ficou me contemplando de maneira quase constrangedora e ao mesmo tempo terna. Sua voz era quase rouca, eu diria sensual. Diante de Clarice, já a "grande", da estranha Clarice, em torno da qual circulava todo tipo de histórias, casos, fatos (quantos eram *fake news*?) que montavam uma lenda, fiquei calado, sem saber o que dizer. Perguntei, vejam só:

– O que a senhora veio fazer? Palestra, conferência, veio por curiosidade, o quê?

– Senhora? Senhora? Pois bem, vim ler um conto.

Naquele momento, Clarice fazia exatamente 55 anos. Morreria dois anos depois.

– Ler um conto?

– Me convidaram para falar; respondi: vou ler um conto; concordaram.

Pensei: todo mundo aqui veio com uma tese científica sobre assuntos "nada científicos". Mas, ler um conto? Por aí se vê que estávamos em um acontecimento diversificado. Gente vinda da Inglaterra, França, Escócia, Alemanha, Rússia, Polônia, Estados Unidos, América Latina, todos especialistas em algum assunto "não normal", ali estava. Inclusive a "estrela" Uri Geller, ilusionista israelense, célebre por entortar talheres de metal com a força mental.

Durante duas horas ficamos naquele *lobby* de hotel a olhar cada convidado que entrava, a bebericar bebidas típicas. O festival era um rodamoinho, girava, girava. Havia leitores de cartas, de tarô, leitores de resíduo de café em xícaras, cartomantes, vendedores de poções manipuladas por indígenas, porém, acima de tudo, havia conferências memoráveis, com discussões sérias. Senti que aquele momento foi uma quebra de paradigmas, avançava-se para dentro de tabus.

Na manhã de Clarice, o auditório estava repleto, ouviam-se todas as línguas. Qual o conto? Em que língua ela vai ler? Soube na hora. Seria "O ovo e a galinha", que está no livro *A legião estrangeira*, de 1964. Não, eu não tinha lido. Ela começou, e o silêncio dominou a sala. Clarice lia em português, mas naquela plateia estavam pessoas dos mais diferentes países, sem fone de ouvido com tradução simultânea. Havia no festival um lado amadorístico, improvisado, latino-americano (sem preconceito), mais ou menos bagunçado. Mas aquela voz estranha, a presença dominadora da qual parecia emanar uma aura, permeava o ambiente, e a gente nem respirava. Aliás, um dos assuntos debatidos foi a existência da aura, por um grupo de Cambridge. Por sorte encontrei um caderno – sempre andei com um, para anotações, usava no jornalismo, uso na literatura.

Hoje, a uma distância de 46 anos, abri o livro *A legião estrangeira*, li o conto. Agora estou a pensar como repercutiam naquela cidade colombiana, naquela plateia eclética, dentro daquelas mentes universais, frases como:

"Ao ver o ovo é tarde demais: ovo visto, ovo perdido".

"Ao ovo dedico a nação chinesa".

"De ovo a ovo chega-se a Deus que é invisível a olho nu".

"O ovo é o sonho inatingível da galinha".

"A galinha olha o horizonte. Como se da linha do horizonte é que viesse vindo um ovo".

Hoje, 2021, li o conto cinco vezes e tenho dificuldades. Assim imagino como bateram no fundo daquela gente frases tão estranhas, herméticas, pensamentos e afirmações enigmáticas. Dez páginas lidas de modo lento, naquela voz gutural, e as pessoas quietas. Daquela plateia de umas 300, talvez 400 pessoas, quantos se lembram ainda daquela escritora a ler algo que parecia um túnel sem luz? Que frases ficaram? Porque o magnetismo de Clarice nos prendia na poltrona. Ninguém saiu. Por vergonha? Por não ter conseguido se levantar? Por que estávamos imobilizados por aquela voz, hipnotizados por aqueles olhos? Ao final, demoramos um pouco para levantar. Lembro-me de que saímos em silêncio e somente a uma distância razoável da sala passamos a trocar cochichos.

Bia e eu perguntamos a uma francesa o que tinha achado. E ela: "*Métaphysique*". Luis Pellegrini indagou de um professor de Oxford, e ele respondeu: "A compreensão virá com o tempo, mas a mulher é pura excitação". Deve realmente ser mágico algo que nos prende e você sabe que pode ser importante, ainda que não capte tudo na hora, mas deixa no fundo, adormecido, porque pode vir à luz a qualquer momento. Devemos ter passado duas horas ali, entre chegar, procurar lugar, ouvir, partir.

Depois do festival, de volta a São Paulo, o crítico e ensaísta Leo Gilson Ribeiro, falecido, um dos adoradores de Clarice, deu um pequeno jantar em homenagem a ela, em sua casa. Ali ficamos por cerca de três horas. Ali contei a ela que no festival tinha feito uma entrevista com o médico equatoriano que lia a íris. Clarice acendeu:

— E o que achou?

— Fiquei impressionado, porque ele olhou e me disse: Você teve três problemas no fígado, um seguido ao outro, mas foi curado, e não pela medicina normal.

— E foi mesmo? Como? Por qual medicina?

— O iridólogo acertou, eu tinha tido nos anos 1960 três hepatites seguidas, que desafiaram todos os especialistas em gastro. O que me curou foram os remédios fitoterápicos de dona Filhinha, médium famosa em São Paulo.

— Por que não me levou a esse iridólogo? Talvez esse homem pudesse me ajudar. O olho da gente não engana, registra tudo.

Nessa mesma noite, na casa de Leo Gilson, contei a Clarice uma experiência vivida em Bogotá que me impressiona até hoje. Oito jornalistas de países diferentes — eu, um deles — foram levados a uma montanha, onde nos esperavam vários professores e cientistas. Havia também oito indígenas, não sei se todos eram colombianos ou se havia alguns do Peru, Bolívia, Venezuela. Eram diferentes. O pesquisador colombiano nos colocou frente a frente com os indígenas. Um para cada um. E avisou:

— Agora, neste cartão, vocês escrevam uma frase, façam um desenho e depois mostrem ao índio à frente de vocês. Deixem que eles absorvam a imagem. Depois, eles vão transmitir mentalmente as palavras e os desenhos para oito indígenas norte-americanos que estão reunidos no Arizona, Estados Unidos. Amanhã receberemos dos cientistas americanos, por meio de telefoto, o que cada um aqui enviou pelo pensamento.

Era rudimentar o processo já usado em jornalismo, a telefoto. De algum modo, as imagens que chegaram, ainda que não tão bem definidas como os e-mails de hoje, nos deram de alguma maneira ciência de que a coisa tinha funcionado. Os índios no Arizona receberam e colocaram no papel exatamente o que cada um de nós tinha escrito e desenhado. O meu era algo meu, muito meu. Ninguém ali conhecia nem podia conhecer meu desenhozinho e o seu significado. Ele praticamente existe somente em Araraquara e região, onde nasci. É um contorno oval com três letras dentro: AFE. Ou seja, Associação Ferroviária de Esportes, o time de futebol da cidade. Hoje, com a televisão, bastante gente conhece. Mas, naquela época, AFE? O que é isso? Imagino, às vezes, quando lembro: o que aquele indígena que recebeu imaginou?

Quando terminei, Clarice ficou me olhando, demorou a dizer: "Por que não me levaram?".

Um ovo em meu romance

Nessa época, meados dos anos 1970, eu estava escrevendo meu romance *Não verás país nenhum*, lançado em 1981 e que completa agora 40 anos, com 14 traduções. Com a história do ovo na cabeça, voltei do festival de bruxaria, li o conto de Clarice.

E, de repente, no meio do romance surgiu uma cena intitulada: "Souza vai à cozinha e fica hipnotizado com o fascinante mistério de um ovo a ferver".

O personagem principal, Souza, volta para casa e a encontra ocupada pelo sobrinho e um grupo – seria algo como uma milícia. Os homens tomaram conta da casa. Nessa época do futuro não há mais árvores, animais, frutas, legumes, hortaliças, água, gado, carne, peixes, galinhas, nada. O Brasil é um deserto estéril. Daí a surpresa do personagem com o ovo.

Está na página 193:

> As bolachas trincadas pelos dentes fazem um ruído uniforme, regular. É a única coisa que se ouve além da água fervendo no fogo. Há um ovo na panela e fico assombrado. Um ovo. Mais fascinante que a descoberta.
>
> Ter um ovo boiando na panela fervente. Tais homens devem ser poderosos. Ou meu sobrinho tem mais poder do que eu penso, e não estou tirando proveito disso. Um magnífico ovo de casca branca, rolando dentro da panela. Não me contenho, o espetáculo me hipnotiza. Nada mais simples que um ovo.
>
> Nada mais impossível que ele. E, todavia, ali está à minha frente, posso tocá-lo, sentir a sua quentura. É um grande conforto, uma sensação de segurança. O ovo me dá uma certeza, alguma coisa acontece. O ovo é uma verdade. Sinto que me reconquisto. Ao mesmo tempo, o ovo é um mistério, me dá prazer.

Sei, é uma Clarice de segunda classe, mas, para mim, foi importante dentro do livro. De onde o ovo veio? Ajudou a criar a atmosfera.

Meu último encontro com Clarice aconteceu no mês de outubro de 2019, quando fui ao Rio de Janeiro para ser empossado na Academia Brasileira de Letras. Naquela manhã, início de um longo dia de espera, hospedado em um hotel do Leme, saí caminhando pela praia com minha mulher, Marcia. E então demos com a estátua de Clarice e seu cão, que sabíamos existir naquela ponta de Rio de Janeiro. O rosto e a cabeça da estátua de bronze brilham, tantas mãos os acariciaram, inclusive a minha. Fiquei olhando, pensei em Bogotá, naquela leitura. Fiquei absorto.

De repente, Marcia me cutucou:

"Não podemos ficar o dia inteiro aqui. Faz mais de uma hora que você quase não se move. Saí, dei uma volta, tomei água de coco, caminhei e voltei de novo, agora temos de ir embora. Clarice está aí, estará sempre. Volte depois".

Mais de uma hora. Não vi o tempo passar. Talvez não tenha passado. Clarice me prendeu.

Sabem o que fiquei pensando o tempo inteiro? Arrependido, infeliz por não ter tido a ideia. Talvez imaginando que ela jamais aceitaria. Que talvez me desse um preço muito alto para nossa margem de cachês. Olhando para aquela estátua de bronze, eu dizia a mim mesmo: quantas matérias, ou contos, ou crônicas ela poderia ter feito? Ou quem sabe um único pensamento. *Planeta* era ela. A que *status* a revista alçaria com a colaboração dela? Em seu texto "Sou uma pergunta", Clarice alinhavou 98 perguntas (ou serão cem? Contei errado?). A cada mês eu colocaria uma em uma página inteira em tipografia graúda. Nada mais que isso. Porque todas essas perguntas dariam textos e textos e novas perguntas e pensamentos na mente de cada um de nós. Isso era Clarice, provocadora de fluxos de consciência. Não a convidei. Falhei. Não há concerto.

Ignácio de Loyola Brandão:
Sou quem sou. Existo, e me basta. Fiz jornal,
escrevi livros, li livros, viajei, não uso WhatsApp.

Jaime Gerardo Vilaseca Calle

Como conheci Clarice?[166]

Para melhor compreender a transformação que Clarice ocasionou em minha vida, talvez fosse melhor inverter a pergunta para "quem eu era" e "como Clarice me descobriu".

Eu me chamo Jaime Gerardo Vilaseca Calle, nascido no coração da Mancha, em 22 de outubro de 1946, filho mais velho de três irmãos. Mãe basca e pai catalão. Fui batizado na mesma pia batismal que Miguel de Cervantes, e talvez isso explique meu lado quixotesco...

Todo um passado revive em minha memória até chegar a Clarice.

O embarque no porto de Barcelona ficou marcado pela coluna com a estátua de Colombo apontando para a América. Aos que emigravam, era traduzida como "ponham-se pra fora!".

Em 11 de novembro de 1955, avistamos o Brasil. Aportamos no Rio numa linda manhã de primavera, e a imagem do Cristo nos recebendo de braços abertos no alto do Corcovado é uma cena até hoje inesquecível para mim.

Comecei a trabalhar aos 13 anos na marcenaria de um espanhol que ajudara meu pai na chegada ao Brasil. Como não tínhamos geladeira, minha comida estragava, e eu não tinha o que almoçar. Descobri, então, no bar em frente à marcenaria, que, no fundo do corredor onde

---

[166] Depoimento escrito inédito, concedido e enviado a Nádia Battella Gotlib em 14 de outubro de 2021. Um depoimento em vídeo pode ser acessado em: VILASECA, Jaime. Uma moldura para Clarice. Entrevista concedida a Bruno Cosentino e Eucanaá Ferraz. Rio de Janeiro: Instituto Moreira Salles, set. 2021. Disponível em: https://bit.ly/3V3Y3FZ.

ficava o banheiro, guardavam os engradados de cerveja. Passei a levar um abridor de garrafa no bolso e, ao passar pelo corredor, pegava uma garrafa de Caracu e bebia escondido no banheiro. Por sorte, não me tornei alcoólatra.

Tudo o que aprendi na vida aprendi com as dificuldades. As facilidades me levaram a Paris, a Nova York, mas nada me ensinaram. As dificuldades foram madrinhas, enquanto as facilidades foram madrastas...

Aos 19 anos, ajudava meu pai nos fins de semana a vender biscoitos numa loja na Rodoviária Novo Rio. Foi lá que conheci Gilda e Olga.

A teia do destino começava a se armar, e seu fio me levaria até Clarice.

Gilda, porte elegante de bailarina e voz suave, me cativou e logo nos casamos. Olga, amiga inseparável, mais velha do que nós, veio morar em nossa companhia e ali ficou durante dez anos. Olga trabalhava numa empresa ligada a serviços sociais.

Essas duas amigas – Gilda e Olga – resolveram coreografar um texto de Clarice para ser apresentado às crianças órfãs da Fundação Romão Duarte, antiga "Roda", onde eram deixadas crianças abandonadas. Por essa razão, entraram em contato com Clarice. O texto escolhido foi a história de literatura infantil *O mistério do coelho pensante*, se bem me lembro.

A partir desse contato é que Clarice pediu indicação de um marceneiro para fazer uma estante para seu apartamento no Leme.

Nesse ponto da história, entro eu. Na época, minha situação financeira era deplorável, pois meus clientes haviam "quebrado" na Bolsa e não me pagavam. Agarrei então a oportunidade de trabalho com entusiasmo.

O porteiro do prédio no Leme sempre me mandava entrar pela entrada de serviço, enquanto a estranha senhora para quem eu trabalhava me mandava sair pela porta da frente. Aprendi que na vida não é importante a porta pela qual você entra, mas pela qual você sai.

Feliz da vida, eu trabalhava o tempo todo cantando, enquanto a senhora batia o teclado de sua máquina de escrever, que mantinha sobre os joelhos. Fumava sem parar.

Trabalho terminado, cheque no bolso, guardava minhas ferramentas quando, em tom súplice, pediu:

– Você me ajudaria a arrumar os meus livros?

Exultei, pois vislumbrei mais serviço. Começou aí uma relação de amizade, sem que eu suspeitasse de que estaria escrevendo a esse respeito 50 anos mais tarde.

Enquanto arrumávamos os livros, ela murmurou:

– Você vai ser moldureiro.

Eu lhe respondi:

– Não, senhora, eu sou marceneiro, não sei fazer molduras.

Nesse momento, ela me encarou e disse:

– Você não vai escapar ao seu destino. Vamos acabar de arrumar os livros e vou te levar a um lugar que vai ser importante para você.

Aquilo me deixou assustado, mas não mais do que quando, ao sair, já no *hall* do elevador, diante de um espelho, ela pegou na bolsa o batom para retocar os lábios e reparei que sua mão era queimada.

De táxi, rumamos para o Largo do Boticário. Lá subimos umas escadas e entramos numa sala onde quatro homens falavam alto em torno de uma mesa cheia de garrafas de cerveja vazias. Ao entrarmos, um silêncio assustador. E todos vieram beijar as mãos dela. Naquele momento me dei conta do quanto aquela senhora era importante. Eu tinha acabado de entrar para o universo da arte pelas mãos de Clarice Lispector.

Os senhores que lá se encontravam eram quatro artistas plásticos famosos e seriam os meus primeiros clientes.

Clarice tinha pedido ao táxi que a esperasse, saiu em seguida e eu fiquei com aqueles homens que voltaram a beber. Eles eram: Augusto Rodrigues, Mário Mendonça, Darel Valença e José Paulo Moreira da Fonseca.

Entre um gole e outro, o Augusto pegou dois desenhos e pediu para eu emoldurá-los, mas a moldura tinha que ser em madeira de pinho-de-riga. Eu sabia que uma das portas da minha casa era dessa madeira e não tive dúvida: arranquei a porta e fiz as minhas duas primeiras molduras.

Acabei ficando amigo de Clarice e passei a frequentar a sua casa nos fins de semana. Algumas vezes me incumbia de levar o seu filho

Pedro para passear. Dois desses passeios, para mim, ficaram mais marcados pela felicidade que nele provocaram: ao Planetário e ao Zoológico.

Clarice gostava de comer em casa, mas às vezes ia ao La Fiorentina. A sobremesa era numa loja de doces que ficava no Leme, chamada Chuvisco.

Em nossas conversas, ela me fazia perguntas a respeito da minha infância na Espanha. Dois desses episódios que lhe contei ela transcreveu em suas crônicas, citando-me nominalmente.[167]

Um deles acabou se transformando em conto. Foi assim: o meu pai, como não tinha muito dinheiro, nos fins de semana nos levava a programas gratuitos, como era o projeto Aquários, com a orquestra sinfônica, na Quinta da Boavista. Mas teve um fim de semana em que a minha mãe fez um arroz e resolvemos ir fazer um piquenique em Petrópolis. Na subida da serra, o carro ferveu, e tivemos que parar e esperar num acostamento o motor do carro esfriar. Enquanto eu e meus irmãos jogávamos bola, tive sede, e, como a poucos metros

---

[167] Numa das crônicas, Clarice refere-se a Jaime e a seu trabalho de marceneiro ao confeccionar a estante que lhe encomendara. Mais do que no trabalho, a escritora se detém no prazer da prática do seu ofício por parte do marceneiro: "Há dias em que recebo até três livros. Então pedi a meu amigo Jaime Vilaseca, espanhol, artesão, para me fazer uma nova estante. Ficou linda. Fiquei vendo-o trabalhar. Ele estava achando tão bom trabalhar que começou a cantarolar vagamente uma canção espanhola. Dei coca-cola para ele e para sua mulher, Gilda. Quanto aos livros, há uma inflação na literatura. Escreve-se demais […]" (LISPECTOR, Clarice. Trechos. *Jornal do Brasil*, 18 set. 1971; LISPECTOR, Clarice. *A descoberta do mundo*. Rio de Janeiro: Nova Fronteira, 1984. p. 591; LISPECTOR, Clarice. *Todas as crônicas*. Rio de Janeiro: Rocco, 2018. p. 447). Em outra crônica, Clarice trata de bichos: coelhos, cavalos, peixes. E lobos… "Sei de uma história muito bonita. Um espanhol amigo meu, Jaime Vilaseca, contou-me que morou uns tempos com parte de família que vivia em pequena aldeia num vale dos altos e nevados Pireneus. No inverno os lobos esfaimados terminavam descendo das montanhas até a aldeia, farejando presa, e todos os habitantes se trancavam atentos em casa, abrigando na sala ovelhas, cavalos, cães, cabras, calor humano e calor animal, todos alertas ouvindo o arranhar das garras dos lobos nas portas cerradas, escutando, escutando…" (LISPECTOR, Clarice. Bichos (conclusão). *Jornal do Brasil*, 20 mar. 1971; *A descoberta do mundo*, p. 522; *Todas as crônicas*, p. 377).

havia um chafariz, corri para beber água e colei os meus lábios nos lábios de uma estátua grega que vertia água pela boca. Tomado o primeiro gole, abri os olhos e vi aqueles olhos de mármore me olhando. Baseada na minha história foi que Clarice escreveu o conto "O primeiro beijo".[168]

Sou grato a Clarice não só por ter mudado a minha vida, mas por ter mudado também a minha maneira de ver a vida, pelas pessoas que através dela conheci.

---

[168] LISPECTOR, Clarice. O primeiro beijo. *Jornal do Brasil*, 27 fev. 1971; LISPECTOR. *A descoberta do mundo*, p. 514-516; LISPECTOR. *Todos os contos*, p. 434-436; LISPECTOR, Clarice. *O primeiro beijo e outros contos*. São Paulo, Ática, 1989.

Jiro Takahashi[169]

Ricardo Iannace: Jiro, gostaria que iniciasse seu depoimento nos contando sua história na condição de editor e como é que Clarice chegou à Editora Ática.

Jiro Takahashi: Em 1974, iniciamos um projeto dentro da Editora Ática que deslanchou em 1975: uma coleção de autores brasileiros contemporâneos de grande peso. Essa coleção, chamada Nosso Tempo, foi inaugurada com uma seleção de contos de Murilo Rubião, que chamamos de *O pirotécnico Zacarias*, e contava com três padrinhos de grande peso: Antonio Candido, o padrinho-mor, Davi Arrigucci Jr. e Jorge Schwartz, à época aluno do curso de pós-graduação. Os três foram não só grandes incentivadores, mas também pessoas que me ajudaram muito nesse trabalho de editar. Naquela ocasião, eu editava muito livro didático. Havia tido até uma pequena experiência numa editora independente enquanto estudava Direito, mas não tinha feito nada de peso na área de literatura. E fui começar justamente com Murilo Rubião!

Essa estreia era, para mim, em termos de edição, um trabalho pesado, de muita responsabilidade. Recebi apoio de todos os envolvidos no projeto, mas quem mais me ajudou realmente a editar foi o próprio Murilo Rubião, que era um grande editor, grande jornalista, chefe de redação.

---

[169] Entrevista com o editor Jiro Takahashi, realizada em 10 de junho de 2020, on-line, concedida a Aparecida Maria Nunes, Arnaldo Franco Junior e Ricardo Iannace. Desde fevereiro de 1966, quando ingressou na Editora Ática, Jiro Takahashi passou a desempenhar importante papel no campo da edição, em trabalho realizado também na editora Nova Fronteira, de novo na Ática, na editora Estação Liberdade, de que foi sócio, e na Editora do Brasil, na Ediouro, na Rocco e na Nova Aguilar.

Tive, pois, uma grande escola. E depois livros de outros autores foram publicados: Antônio Torres, Roberto Drummond, Moacyr Scliar.

Mas o meu sonho era editar a Clarice Lispector. E, em 1975, eu tive a coragem de procurá-la. Aliás, naquela oportunidade procurei duas autoras no Rio de Janeiro: Clarice Lispector e Nélida Piñon. A Nélida Piñon eu já conhecia, não lembro agora nem como é que eu conheci a Nélida, deve ter sido por conta de eventos e de amigos comuns, e a Nélida era mais acessível para um editor iniciante, um recém-formado, como eu era. E tive um bom contato com a Nélida. Eu queria muito publicar o livro dela, *Sala de armas*. E queria muito publicar também *A legião estrangeira*, da Clarice Lispector, porque havia uma edição de *A legião estrangeira* de que eu não gostava, porque eram dois livros em um.

RI: Textos, no conjunto, com estruturas nada uniformes.

JT: Pois é, havia ali contos magníficos junto a bilhetes que ela foi escrevendo e que foram incluídos numa segunda parte do livro chamada "Fundo de gaveta".[170] Algum leitor incauto poderia ter a impressão de que se tratava de um autor principiante ou de um editor iniciante que tivesse reunido tudo o que tinha disponível no momento somente para fazer um livro mais encorpado, com bom número de páginas.

Meu projeto consistia em fazer uma edição maior para o livro, a fim de que fosse trabalhado com os alunos nas universidades, já que naquela época o número de alunos estava aumentando, com a explosão das faculdades de Letras.

A gente já havia realizado uma pesquisa naquela ocasião, pois a Editora Ática tinha contato com pelo menos 47 faculdades de Letras. Se consideradas somente essas 47 faculdades de Letras, e com elas fosse desenvolvido um bom trabalho, dificilmente os coordenadores da editora rejeitariam algum desses autores que seriam sugeridos.

---

[170] A segunda parte, composta por crônicas, publicada na primeira edição do volume *A legião estrangeira*, em 1964, foi publicada pela Editora Ática com o título de *Para não esquecer*, em 1978, e a primeira parte, composta por contos, foi publicada com o título *A legião estrangeira* pela coleção Nosso Tempo, da Ática, em 1977.

Então disse para a Nélida Piñon que eu queria conversar com a Clarice, mas que eu não sabia direito como fazer para me encontrar com ela. E não é que ela pega o telefone, de um jeito bem generoso, próprio da Nélida, e me diz: "Vamos falar com ela. Quantos dias você fica aqui no Rio?"? Eu participava de uma semana de literatura que o Affonso Romano [de Sant'Anna] organizava na PUC-Rio.[171] Naquele tempo, os escritores também participavam desses encontros, inclusive eu tenho uma foto da Marina Colasanti, da Nélida Piñon e da Clarice, as três juntinhas, sentadas no auditório, parecendo umas aluninhas.[172] E iam muito em função de o Affonso ser marido da Marina, e a Nélida acompanhava também essas reuniões todas.

A Nélida sugeriu: "Você não quer convidá-la para um almoço aqui no Leblon?". Acho que era no La Mole, se não me engano. Então marcamos para um dia ou dois dias seguintes, almoçamos juntos, e assim eu acabei conhecendo a Clarice.

Confesso que me deu aquela tremedeira, não sabia nem o que falar com ela, a não ser falar da obra dela. Ela devia estar cansadíssima de ficar ouvindo todo mundo falar dos livros... mas foi uma relação muito boa. E as duas tinham àquela época acabado de contratar uma agente literária internacional de muito peso, a Carmen Balcells, que era agente do Gabriel García Márquez, Mario Vargas Llosa.[173] E essa agente estava se instalando no Brasil. Acabei conhecendo então a Carmen Balcells e, justamente, por conta das duas autoras que eu queria publicar. Conversei muito com ela, a Carmen Balcells, inclusive quando ela veio a São Paulo para analisar o meio editorial e se encontrar com escritores e jornalistas.

Aparecida Maria Nunes: Você teve então a oportunidade de conhecer Carmen Balcells em companhia de Clarice?

JT: Eu praticamente pude ciceronear Carmen Balcells, quer dizer, aproveitava esse tempo para aprender com ela, uma das maiores agentes

---

[171] Trata-se do II Encontro Nacional de Professores de Literatura, que aconteceu na PUC-Rio de 20 de julho a 3 de agosto de 1975.

[172] Essa foto está aqui reproduzida na parte "Marina Colasanti", p. 359.

[173] Conclui-se que o contrato de Clarice Lispector com a agência Carmen Balcells deve ter sido firmado, portanto, no primeiro semestre de 1975 ou no ano anterior.

literárias daqueles tempos, enquanto eu era apenas um editor ainda um pouco inexperiente... Já tinha, sim, uns nove anos de trabalho editorial, mas sobretudo com livros didáticos e com os clássicos, não com autores com quem eu tivesse de discutir diretamente. Então a Carmen Balcells e eu começamos a negociar.

Ela não queria uma tiragem grande nem edição que incluísse um trabalho junto a escolas, universidades, colégios. Talvez por influência da cultura de negócios do livro na Europa, não sei bem se ela achava que esse trabalho com escolas desvalorizava o livro ou se esse recurso poderia ser usado só em edição de livros de autores muito antigos, dos clássicos, não sei. Ela relutou e dificultou muito a negociação, que demorou muito, devido à nossa ansiedade. Mas ficamos amigos! Eu, pelo menos, fiquei muito amigo da Carmen, e sempre fomos muito gentis um com o outro.

Aí a gente começou a negociar a edição do livro da Nélida Piñon, mas não tivemos sucesso, porque a Carmen Balcells não aceitou o seguinte: o nosso plano de negócios previa uma tiragem de 30 mil exemplares e a doação de 5 mil a 8 mil livros para publicidade junto a professores, imprensa, formadores de opinião. E a Carmen Balcells só aceitaria a edição se a gente estabelecesse o máximo de 500 a mil exemplares, no máximo, para publicidade. Ela bateu o pé nessa exigência.

Nós decidimos então que, para editar a Nélida Piñon, a gente até aceitaria essa exigência, desde que a tiragem fosse razoavelmente baixa, isto é, de no máximo 6 a 7 mil exemplares. As duas acharam a ideia muito boa, mas a gente concluiu que o custo seria alto. Então não deu certo fechar o negócio com a Nélida.

Eu insisti então um pouco mais com a Clarice. E pensei: "Nessa altura, se uma não topou, a outra não vai topar". A Clarice e a Carmen Balcells conversaram, não sei o que conversaram, o fato é que a Carmen Balcells me disse que não queria tiragem grande do livro da Nélida para publicidade, porque reduziria substancialmente o número de leitores compradores do livro.

Mas, quanto a Clarice, depois de conversarem, aceitaram a proposta de doar 8 mil livros e fazer uma tiragem de 30 mil. Então fechamos o contrato exatamente nos termos que fizemos com o Murilo Rubião, que começou com tiragem de 30 mil exemplares e chegou a 100 mil exemplares. A Clarice topou. E deu certo.

AMN: Você foi à casa da Clarice?

JT: Depois que eu tive a oportunidade de conversar com ela, ia lá apenas para levar provas do livro e tirar dúvidas com ela. Não posso dizer que fui amigo da Clarice. Eu editei a Clarice, tive esse privilégio. E ia ao apartamento dela, na rua Gustavo Sampaio, no Leme, porque era lá que ela podia revisar as provas e discutir comigo, e para tirar fotografias dela também, com fotógrafo da editora. Eu ia lá porque era onde ela estava.

Não éramos amigos. Mas ela sempre foi muito gentil, sempre, enquanto conversávamos sobre as provas. Eu tive curiosidade de saber o que ela e a Carmen conversaram a respeito da edição do livro, mas ela não chegou a dizer exatamente o que disseram entre elas. Eu me lembro de dois fatos que ajudam a entender o que aconteceu. A Clarice me disse algo como: "Não sei, todo mundo comenta de mim e não me compra, eu faço tiragens muito pequenas, de 2 mil a 3 mil, e, quando eu exijo da José Olympio 3 mil, o pessoal até acha ruim, dizem que eu estou exigindo muito. E 3 mil é o máximo que eu tive até agora. Vocês estão topando fazer 30 mil, que é uma loucura, mas eu já vi que vocês fizeram isso com três autores antes de mim, então eu acho que não é a primeira experiência de vocês, vocês por alguma razão sabem como fazer isso, distribuir esses 30 mil. Então, é o que eu estou querendo agora".

E ainda complementou, mais ou menos nestes termos: "Eu estou precisando de leitores comuns, porque até agora eu acho que tive muitos leitores críticos, leitores de jornais, leitores professores. E estou querendo, agora, leitores de livraria, leitores médios. É isso que eu estou querendo. Então quero preço baixo, uma tiragem boa e muitos livros de divulgação destinados àqueles que naturalmente os comprariam, aqueles 3 mil e tal. Mas aí, se vender para 8 mil, meus livros estarão ao alcance de professores do Brasil inteiro, de modo que muito mais professores e também jornalistas vão ler meu livro. E é isso o que eu quero".

RI: Ela queria ser lida por segmentos diversos.

JT: Sim, eu percebi que houve certa interferência dela em relação a Carmen Balcells, e suponho que Clarice tenha querido dizer alguma coisa mais do que ter uma edição assim maravilhosa: "Eu estou precisando de leitores". Aí, a Carmen Balcells, para não perder uma autora como Clarice, deve ter então aceitado a nossa ideia.

O outro fato que eu queria mencionar é o seguinte. Foi uma pergunta rápida que eu fiz no meio das revisões, e registrei. Ela queria ter leitores comuns em grande quantidade, sim. Mas ela também não queria ficar com a imagem de autora complicada, difícil, complexa, sofisticada. Não era essa a imagem que ela queria ter.

Um outro fato ainda foi que, quando precisei da autorização, ela mesma foi pedir para o José Olympio, dizendo-lhe algo assim: "Esse livro eu quero tirar. Os outros podem ficar aí com vocês, mas esse livro eu quero tirar, quero experimentar outra editora". Então conseguiu a liberação de *A legião estrangeira*, que foi publicado com esse mesmo título, contendo os contos, e com o título de *Para não esquecer*, contendo as crônicas.

Arnaldo Franco Junior: Com essa cisão, *A legião estrangeira* perde seu "Fundo de gaveta".

JT: Sim. E demorou um pouco para finalizar a produção, porque a gente fazia teste de capa e usava sempre os serviços de um grande designer gráfico da época, que era o Elifas Andreato. E ele tinha muito trabalho, não era uma pessoa disponível, porque, como artista gráfico, fazia o jornal *Opinião*, tabloide de oposição à ditadura, e também era um dos editores do jornal *Movimento*. Mas ele fez questão de ilustrar o livro.

E a gente acabou publicando os contos apenas em 1977, praticamente um mês antes de ela falecer. Mas o começo de tudo aconteceu em 1975. Eu tenho aqui comigo uma carta da Nélida Piñon, dizendo que Clarice estava muito entusiasmada com a ideia. Eu não tinha essa liberdade de conversar, escrever cartas, bilhetes para a Clarice, mas para a Nélida, sim, até hoje; até agora, quando ela publicou *Uma furtiva lágrima*. Eu me comunico com ela, está no meu Facebook. Já com a Clarice sempre era mais difícil... O respeito exagerado que eu carregava, de leitor que achava o máximo a literatura dela, me deixava sempre um pouco intimidado perto dela.

AFJ: Como Clarice se comunicava com a Editora Ática?

JT: Às vezes ela acompanhava a leitura das provas comigo. Outras vezes ela falava algo como: "Oh, deixa aí, que eu tenho de fazer uma viagem, e depois que eu voltar eu te mando". E escrevia bilhetes depois de ler as provas maiores. Todos esses bilhetes eu não pude guardar, porque, embora fossem dirigidos a mim, eram bilhetes profissionais da Ática, e todos ficaram arquivados no depósito da editora. Infelizmente, até onde eu sei, todos desapareceram. Não só os dela, os do Murilo Rubião, os do Roberto Drummond, do Antônio Torres, do Moacyr Scliar, quer dizer, todos eles, infelizmente, sumiram. Eu guardava junto com as provas, então tinha as provas e a capa, e as cartas, tudo ficava na pasta juntinho. Tinha todo esse caminho registrado, autor por autor. Depois que o dono da Ática faleceu, começaram a chegar investidores que não viram sentido em guardar.

Nós tínhamos uma casa que funcionava quase como o que seria hoje um b&b [*bed and breakfast*, ou "cama e café da manhã"], um albergue para autores que vinham participar de algum evento na editora, autores ou julgadores, pessoas que trabalhavam para a editora.

Usamos também outra casa inteira da editora para fazer depósito de documentos: originais, provas, projetos de capa, testes com leitores, testes com alunos, respostas enviadas por leitores. O volume de documentos era enorme, e eu achava que era muito importante conservar. O Anderson [Fernandes Dias], dono da Ática, tinha o projeto de fazer desse espaço um Museu da Editora Ática. Depois ele faleceu, e os sócios não levaram adiante esse projeto. E, como eu também saí da editora, não tive mais controle algum, e infelizmente tudo isso se perdeu.

AMN: E a edição de Clarice ocorreu bem?

JT: Quando eu estava quase para publicar o livro, já soltando pequenas notas referentes ao lançamento, previsto para outubro ou novembro de 1977, recebo na minha casa um telefonema do irmão do José Olympio, o Daniel, que eu conhecia porque eu era muito amigo da filha dele, a Elisabete [Pereira]. Por conta da Elisabete, conhecia o pai dela, Daniel Pereira, irmão do José Olympio, e sabia de muita coisa que estava acontecendo com a Clarice. Daniel me liga e diz, mais ou menos com estas palavras: "Eu sei que você é muito amigo da minha filha, ela gosta muito de você. Soube que você está editando 30 mil livros da Clarice, e se eu não telefonasse para você eu não ia me sentir bem. Não faça isso! Isso é um absurdo! Você deve ser um rapaz muito empolgado com Clarice, mais um daqueles estudantes fanáticos pela Clarice, mas, olha, Clarice é para você ler, para curtir, mas não vai dar para você vender, não. Nós aqui já fizemos de tudo, divulgamos de todas as maneiras, nunca conseguimos soltar uma tiragem de 3 mil exemplares. Ela vende normalmente uns 1.500, 2.000, alguma coisa assim. Eu lhe digo isso porque você ainda tem chance de não jogar esse dinheiro todo fora". Eu agradeci imensamente a ele por esse cuidado que teve comigo, mas eu não disse "não vou fazer", "eu vou fazer", "não vou te ouvir". Apenas falei: "Vou levar para a editora sua ponderação, vamos rediscutir isso e agradeço muito". Comentei na editora que o Daniel tinha ligado, contei o que ele me disse, e o pessoal da editora reforçou: "Nós vamos editar o livro. Se Murilo Rubião, com *O pirotécnico Zacarias*, se Roberto Drummond, com *A morte de D.J. em Paris*, se *Essa Terra*, do Antônio Torres, vendiam, por que não Clarice?".

AFJ: E Clarice já era um nome conhecido.

JT: Os funcionários do setor de vendas falavam que o nome dela, por si, atrairia leitores. E, mesmo que o pessoal, no fim das contas, não lesse, valeria a pena, pelo preço com que nós lançávamos o livro, pois vendíamos pelo menos por um quarto do preço do livro de livraria. Nosso preço padrão do livro era o preço da revista *Veja* nas bancas, bem mais barato que o livro que você comprava na livraria. E era um livro bem-feito, não se podia dizer que fosse um livro feito de qualquer jeito.

E esses livros vendiam bem, tanto *O pirotécnico Zacarias*, do Murilo Rubião, quanto *A morte de D.J. em Paris*, de Roberto Drummond (1971), *Essa Terra*, do Antonio Torres (1972), e *A balada do falso Messias*, do Moacyr Scliar (1976).

Nessa época, a censura veio até a editora. A intenção era prender o ilustrador do livro do Moacyr Scliar por causa da cena da última ceia que figurava na capa.[174] As tiragens eram de 10 mil, às vezes 30 mil exemplares, mas havia sempre outras edições e atingiam 100 mil exemplares por semestre.

Em algumas edições, como no caso do volume *Para gostar de ler*, com textos de Fernando Sabino, Carlos Drummond de Andrade, Rubem Braga e Paulo Mendes Campos, o contrato firmava pagamento de direitos de 30 mil exemplares por ano, independentemente do número de vendas. Chegava-se a vender 280 mil exemplares. Os autores mal podiam acreditar! Aliás, depois dos cinco exemplares com esses quatro autores, lançamos um sexto com poesia de Henriqueta Lisboa e outros três com contos, incluindo, num deles, dois contos de Clarice Lispector: "Cem anos de perdão" e "Macacos".[175]

AFJ: E qual foi a impressão de Clarice ao ver o livro pronto?

JT: A gente acabou insistindo na proposta de edição do livro, até mandei um recado pela Elisabete [Pereira]: "Agradeça a seu pai, mas vamos correr esse risco". E assim fizemos. Quanto ao livro, foi tudo muito bem. Mas o terrível para nós foi que, quando a gente encaminhou para ela um exemplar do livro pronto, ela já estava no hospital.

Nós havíamos mandado um jornalista, Antonio Amaral Rocha, entrevistá-la no Rio de Janeiro. A editora contratou esse jornalista de São Paulo, que foi para o Rio depois de marcar entrevista com a Clarice Lispector para ser publicada no jornal, já estava tudo acertado, não me lembro bem de quem queria publicar, se *Jornal da Tarde*, *Estadão*, *Folha*, não sei, mas pegou o avião, foi para lá e chegou justamente no dia em que ela foi internada no hospital, quer dizer, ele não pôde fazer a matéria. Era um jornalista razoavelmente jovem, ele dizia que era a melhor preparação de matéria que ele tinha feito até então, ele foi muito bem preparado. Quando as redes sociais da

---

[174] Elifas Andreato foi o ilustrador ameaçado de prisão por causa da capa que criou para o livro *A balada do falso Messias*, de Moacyr Scliar.

[175] LISPECTOR, Clarice. Cem anos de perdão; Macacos. *In*: LISPECTOR, Clarice; ANTONIO, João; TELLES, Lygia Fagundes; ASSIS, Machado de; SCLIAR, Moacyr; RUBIÃO, Murilo; PIROLI, Wander. *Para gostar de ler*. São Paulo: Ática, 1986. v. 9.

internet surgiram, ele até escreveu um texto sobre a entrevista que não foi feita. Em suma, ele não conseguiu conhecer a Clarice. E me telefonou do Rio dizendo: "Ela foi internada no hospital". Aí eu liguei para a Nélida, perguntando o que tinha acontecido com a Clarice. Soubemos então que ela tinha passado muito mal e ela não mais saiu do hospital.[176]

AFJ: Tudo, praticamente, às vésperas do lançamento.

JT: Nós já estávamos com o convite de lançamento pronto, e fazia 10 anos que ela não lançava livro em São Paulo. Já tínhamos marcado para ela falar para estudantes da Faculdade Ibero-Americana. Conseguíamos à época lotar todo o auditório da faculdade, quase mil pessoas, para ouvir um escritor – como Ignácio de Loyola Brandão, Lygia Fagundes Telles. Todo ano um grande escritor era convidado a se apresentar, e contávamos justamente, em 1977, com Clarice Lispector, que viria fazer essa grande palestra, estilo aula inaugural dos velhos tempos. Ela faria a palestra num dia, lançamento e livraria no outro dia, na Livraria Cultura. E depois ela receberia uma homenagem que a gente bolou com o pessoal da imprensa e com os intelectuais, com a Academia Paulista de Letras, e que aconteceria na Biblioteca Mário de Andrade. Seriam três dias de evento, o convite já estava feito para esses três dias de evento. E ela, inclusive, chegou, na ocasião, até a telefonar, queria falar com alguma mulher da faculdade, ou da editora, e eu perguntei: "Mas por quê?". Ela, na verdade, queria saber que roupa devia levar para uns três, quatro dias. Queria conversar com a mulher do Anderson, ou com a secretária da editora, para ser orientada, e dizia algo assim: "Faz muito tempo que eu não vou a São Paulo, e São Paulo dá surpresas, porque a noite é fria, e a tarde, não". Ela queria uma orientação sobre que roupa levar. Estava assim tudo ajeitado, nós todos na maior empolgação, jornalistas já prontos para entrar no ritmo da entrevista com ela, e aí, infelizmente, ela foi para o hospital e dali não saiu mais.

---

[176] Sobre essa entrevista que não aconteceu, Antonio Amaral Rocha escreveu artigo na revista *Rolling Stone Brasil*, experiência que registrou também na sua página pessoal do Facebook.

AFJ: E como você analisa essa recepção confiada a Clarice e a demais autores da época?

JT: Durante determinado tempo (hoje mudou um pouco, mudou bastante, até), havia certa separação entre o meio universitário ou acadêmico e os escritores contemporâneos. O pessoal do Rio quebrou aos poucos essa distância, com Afrânio Coutinho, depois com Silviano Santiago, Affonso Romano de Sant'Anna. Em São Paulo, professores do estilo Alfredo Bosi, Décio de Almeida Prado, José Aderaldo Castello eram muito discretos e menos propensos a se relacionar com escritores contemporâneos. O Antonio Candido fazia esse contato por motivo pessoal. Havia esse fosso, antigamente. E, quando eu comentava com um ou outro, dizendo: "Voltei da casa da Clarice, tomei café com ela...", então os professores perguntavam: "Mas como é que é ela?".

RI: Em se tratando de Clarice, a curiosidade devia ser maior.

JT: Isso, porque naquele tempo ela não era uma pessoa tão pública. Chegou a participar da Passeata dos Cem Mil,[177] mas ela não era uma pessoa muito acessível. Era até um pouco ríspida com quem vinha falar com ela de alguma coisa que interessasse ao outro, não a ela, e com razão, porque às vezes chega uma hora em que você não tem controle sobre as pessoas que vêm ao seu encontro. Portanto, não tenho muito o que dizer sobre a pessoa Clarice, sei muito pouco a respeito disso, porque não a flagrei em grandes situações, assim, diferentes.

AFJ: Ela aceitava sugestões propostas por vocês, da editora?

JT: Era uma autora muito acessível a sugestões, e isso também surpreendeu a gente. E era muito tranquila. Confesso que a gente ficava às vezes com muito medo do que poderia acontecer nesses encontros com escritores famosos. Por exemplo, quando falava com Carlos Drummond de Andrade, com Rubem Braga, arriscava: "Será que o senhor teria se

---

[177] Refere-se às manifestações políticas contra a ditadura militar, como a Passeata dos Cem Mil, de que Clarice Lispector participou, em 26 de junho de 1968, no Rio de Janeiro.

enganado aqui? Seria um erro, um cochilo?". Eu ficava com muito receio de ouvir um xingamento deles, como algo assim: "Ponha-se no seu lugar"; mas não. Todos esses grandes autores sempre reagiram com uma grande delicadeza, uma grande gentileza. E, às vezes, tanto Clarice, quanto Carlos Drummond, quanto principalmente Murilo Rubião, chegavam a acrescentar outras mudanças. Aproveitando que eu estava sugerindo, eles próprios sugeriam outras: "Há uma coisa aqui que me incomoda um pouco, e, já que você vai mexer um pouquinho, então aproveite e mexa também nisso". Mostravam não ter aquela aura de autores do estilo "não mexa numa vírgula minha", presente em histórias que a gente costumava ouvir, em fofocas do meio literário.

Eu nunca, nunca tive algum tipo de problema assim com esses autores. E, como eu jamais lidei com acerto de direitos e pagamentos, se ali havia problemas, não ficava sabendo. Eles poderiam até reclamar, mas eu não acompanhava tais acertos. Eu só sabia se vendeu bem ou vendeu mal, porque em função da venda me chegava a informação de que eu teria de preparar uma segunda edição, ou uma terceira edição. Fora isso, ficava sabendo muito pouco sobre quanto eles ganhariam e quanto efetivamente ganharam.

AFJ: Jiro, uma curiosidade: a Clarice fazia algum tipo de observação sobre o número de contos a ser publicado no livro, ou o número de páginas do livro? Porque a gente sabe que ela tinha certas superstições. Pedia para a Olga Borelli, por exemplo, dar sete espaços para começar o parágrafo. E às vezes ela pedia que comprimisse o texto para que não passasse da página 13. Eu queria saber se ela fazia esse tipo de sugestão a vocês.

JT: Não. Na verdade, nós editamos um livro que já tinha sido editado, então, o que nós fizemos foi revisar a edição anterior e localizar os problemas que haviam passado e, identificados esses problemas, sugerir uma ou outra solução pontual. E não me lembro de ela ter recusado qualquer coisa. Ela sempre foi muito cordata nesse aspecto, então não houve nenhum problema.

Agora, a gente sabia que ela por vezes tinha algumas reações estranhas. Eu não sei lidar muito bem com isso. Uma das vezes em que eu fui visitá-la, ela estava preparando as malas para participar de um congresso de bruxaria na Colômbia,[178] então, quando eu cheguei, ela falou com aproximadamente estas palavras: "Não posso trabalhar com você agora, porque eu estou indo para um congresso, você imagina, de bruxaria!". Essa foi uma das vezes em que eu deixei matéria do livro para ela me mandar depois. Mas ela permitiu, pelo menos, uma conversa: "E aí, o que é que você vai apresentar nesse congresso?", perguntei. E teria assim me respondido: "Eu já tenho o texto pronto, eu quero evitar ao máximo discutir. O que eu quero é ler, e eu quero ver se ocupo quase todo o tempo na leitura, e eu não quero participar de debates". Depois eu não soube mais nada sobre essa história.

RI: O Jiro editor conserva de Clarice a imagem da escritora cordial?

JT: Ela sempre foi muito educada, gentil, sempre me servia um café com biscoito, um costume, aliás, muito típico de antigamente. Naqueles tempos, dificilmente você deixava de tomar um chá ou um café com uns biscoitinhos, sequilhos, coisas assim, isso era comum. Era assim com a Henriqueta Lisboa, com todo mundo era assim...

E a Clarice então me servia um café. E tinha aquele famoso cachorro dela, o Ulisses. Ela servia o café, Ulisses vinha e se sentava numa cadeira com a gente, do nosso lado, e aí ela servia café para ele no pires. Então nós três tomávamos café juntos. Isso, para mim, era uma coisa estranha... mas eu não podia fazer nenhuma cara de espanto, não é? Eu sempre tive cachorros, gatos, tinha tartaruga solta em casa, cágados. Até quase 40 anos de idade, eu sempre vivi em casa com quintal, coisa típica de quem morou no interior. Então, para mim, não tinha problema algum. Logo a gente se enturmou com o Ulisses.

---

[178] O I Congresso Mundial de Bruxaria aconteceu na cidade de Bogotá, na Colômbia, de 24 a 28 de agosto de 1975, e dele participou a convite de Simón Gonzalez e Pedro Gomez Valderrama. Selecionou o conto "O ovo e a galinha" para ser apresentado durante o congresso, no dia 26 de agosto, e redigiu textos – um mais longo, outro mais curto –, um deles com caráter de introdução à leitura do conto, versões que se encontram depositadas na Fundação Casa de Rui Barbosa. Uma das versões foi publicada com o título de "Literatura e magia" em: LISPECTOR, Clarice. *Outros escritos*. Organização de Teresa Montero e Lícia Manzo. Rio de Janeiro: Rocco, 2005. p. 122-124.

Numa das vezes – eu conto isso com certo cuidado (sabe-se lá até onde pode ser ou não verdade) –, ela disse algo assim: "Você deve estar pensando que eu dei esse nome de Ulisses por causa de *Ulisses*, não é? Todo mundo acha isso, e eu também falo isso, mas na verdade eu tive um namorado chamado Ulisses, e eu maltratei muito ele. Hoje eu fico arrependida do que eu fiz com ele, e então, quando eu peguei esse cachorro, dei o nome de Ulisses, porque assim eu trato bem o Ulisses e eu me redimo".

A história é muito boa. Clarice era muito dada com animais. Então, se ela não me contou o que houve "de fato", ela pelo menos me escreveu um miniconto na hora... Ela deve ter pensado: "Deixe-me fazer um miniconto para esse japonês...". Eu achei muito engraçado. Quem era eu para estar ouvindo esse tipo de relato dela, não é?

AMN: Clarice expressava curiosidade sobre o processo de edição da sua obra?

JT: Eu sempre esperava que ela tomasse a iniciativa de problematizar qualquer coisa referente às provas, ao livro, a tudo. Eu já estava preparado para isso, pois todos os autores sempre tinham algum problema a ser colocado referente, sobretudo, a ilustrações, porque ilustrar um livro de literatura não é tranquilo. Na verdade, é até discutível ilustrar um livro de contos! Nós assumimos isso porque queríamos ir contra uma ideia que durou até meados dos anos 1970 no Brasil: quando um editor lançava um autor brasileiro, fazia, de modo geral, a pior edição possível, com exceção, claro, de algumas editoras, como a José Olympio e outras editoras tradicionais.

Na Ática, contratamos artistas de primeira linha, como Ary Normanha, Elifas Andreato, Jaime Leão. E levávamos as capas e as ilustrações para o autor ver, porque a gente fazia a edição sempre com a aprovação deles. E sempre tinha um autor que falava: "Dessa ilustração eu não gostei". Ou então: "Essa foto aqui não está boa". Eu me lembro de que certa vez a gente tirou uma foto do Fernando Sabino fumando. E selecionamos essa foto para colocar no livro. Ele então falou: "Eu fumando? Eu não quero aparecer fumando". Isso na década de 1970, sem essa onda antitabagista forte de hoje. Ele não quis ter foto sua fumando num livro para jovens. Então, ele teve o cuidado que eu não tive, achei que a foto era normal. Os autores foram muito atentos. E foi muito bom eu ter tido essa experiência com autores de peso. Eu achava que eles cuidariam apenas de coisas miúdas...

AFJ: Clarice não fez objeção às ilustrações criadas para esse seu livro?

JT: Quase todos os autores tinham algum problema com uma ilustração ou outra. Algumas vezes porque a imagem "contava" muito do conto, e o autor não gostaria que contasse, queria que ficasse "um pouco menos dito". Pois com Clarice não aconteceu nada, nada. Ela aprovou integralmente o projeto visual, da capa à contracapa. E surpreendeu pessoas que não acreditavam nisso. E diziam: "Não, não é possível!". E diziam que Clarice tinha fama disto, fama daquilo. Todo mundo tinha muito medo de trabalhar com ela. Fiquei apreensivo quando eu lhe mostrei a ilustração de capa com a boneca de cabeça quebrada.[179] E pensei que ela não compraria a ideia. Pelo contrário, ela adorou. Isso para nós foi surpreendente, porque, de modo geral, os autores questionavam as soluções propostas, e a gente achava totalmente justo, pois era um trabalho de parceria. Mas nem Clarice nem Murilo Rubião questionavam a parte visual das edições. Clarice dizia: "Isso é interpretação de vocês e eu não me meto".

Alguns anos depois, tive o privilégio de publicar Clarice na Nova Fronteira, no início dos anos 1980,[180] por intermédio da Carmen Balcells e do filho de Clarice, Paulo Gurgel Valente. Foi na Nova Fronteira que eu conheci o Paulo Gurgel Valente. Mas nessa altura a Clarice já não estava mais entre nós. Já vendia bem, era uma autora mais conhecida. Tanto que eu às vezes chegava para os irmãos Lacerda, para o diretor comercial da Nova Fronteira, e falava: "Não é melhor espaçar mais um pouco um livro do outro?". Há um termo no meio editorial

---

[179] Refere-se à capa de *A legião estrangeira*, criada por Elifas Andreato para a edição da Ática, em 1977.

[180] A Nova Fronteira iniciou edições de textos de Clarice Lispector com os seguintes volumes: *Um sopro de vida (pulsações)*, em 1978; alguns dos seus primeiros e últimos contos, em *A bela e a fera*, em 1979; *A descoberta do mundo*, em 1984, com crônicas, não todas, e escritos de gênero indefinido, originalmente publicados na coluna de sábado do *Jornal do Brasil* de 1967 a 1973; e *Como nasceram as estrelas: doze lendas brasileiras*, em 1987.

que é "canibalizar". Mas ela suportou isso na Nova Fronteira, porque muita gente ainda não tinha lido Clarice. E muita gente não leu até hoje. Eu acompanhei o trabalho da minha grande amiga Vivian Wyler, então editora da Rocco.[181] É muito difícil alguém tirar a Clarice da Rocco. Ela vende muito.

AMN: Como você vê esse sucesso de vendas, Jiro?

JT: Hoje eu vejo com muita felicidade o que Clarice conseguiu tanto de prestígio quanto de volume de leituras, e de colocação de sua obra no mercado do livro. Não se pode falar no mercado de livro no Brasil hoje sem falar da Clarice. Eu, como editor, viajando por vários lugares e tendo de fazer contato com editoras, eu percebia que nenhum autor brasileiro era muito conhecido lá fora. Quem era conhecido, sempre, era o Jorge Amado. Em parte, por conta das questões políticas; pois, na primeira fase dele, os editores de esquerda – socialistas, comunistas, democratas – corriam atrás dos livros do Jorge Amado.

Mas eu fiquei surpreso nos anos 1990 e 2000. Nos anos 1990, principalmente, tive uma surpresa muito grande. Viajei muito nos anos 1990 para a Europa, passei até pelo Japão. E, por onde você passa, você sempre quer saber de livro, não é? E o que mais me impressionou foi ver muitas antologias de grandes autoras mulheres, de vários países, com contos da Clarice. E, quando eu falava: "Como é que vocês conheceram essa autora brasileira?", respondiam, surpresos: "Como? Brasileira?". Muitos editores não sabiam que ela era brasileira. Clarice tinha prestígio, sim; como se fosse uma Virginia Woolf. E um prestígio impressionante! Esse fato me impressionou muito: como ela estava esquecida aqui no Brasil e conhecida lá fora. A obra de Clarice ganhou mais leitura no Brasil depois da sua morte. Mas acho muito bom que a imagem dela sempre cresça, não é?

AMN: Quantas vezes você foi ao Rio de Janeiro para conversar com a Clarice?

---

[181] Vivian Wyler faleceu em 4 de abril de 2017, depois de quase 30 anos de trabalho na editora Rocco, inclusive como gerente editorial.

JT: É difícil dizer. Eu fui muitas vezes. Devo ter ido pelo menos umas oito vezes. Eu me lembro de que fui duas vezes com um fotógrafo da editora apenas para tirar fotos.

AMN: Você lembra o nome do fotógrafo?

JT: Ary Normanha. Ele era um jornalista, não fotógrafo. Mas fotografava muito bem, na Ática, onde "quebrava um galho", e nas revistas onde trabalhava. E dizia: "Não sou fotógrafo. Mas tiro fotos".

AMN: Era sempre ele quem ia fotografar Clarice?

JT: Não. Nós tínhamos o fotógrafo oficial, Delfim Fujiwara, um grande fotógrafo da época. Depois ele foi contratado pela televisão para fazer a arte para o jornalismo esportivo e de notícia, trabalho que fez durante uns 30 anos para a Globo. Numa primeira vez, o Ary [Normanha] foi ao Rio fotografar Clarice. O Delfim Fujiwara foi numa segunda vez. Os dois eram amigos, e, quando a gente falou que ia usar as fotos do Ary, o próprio Ary concordou: "Se o Delfim puder ir, é melhor que ele vá, porque ele realmente sabe fotografar". O Ary ficou meio intimidado de ter foto tirada por ele em livro tão importante como o que estávamos editando. Então, duas vezes tiraram fotos de Clarice: numa primeira vez, Ary Normanha; numa segunda vez, Delfim Fujiwara. Um outro autor acharia ruim: "De novo? Vocês já tiraram foto". Ela, tranquilamente, aceitou. E eu, como sou uma pessoa até hoje extremamente sem interesse por essa coisa de fotos, porque não gosto de tirar fotos e não trabalho com o visual, nem por motivo afetivo, para guardar de lembrança, não tive jeito de falar assim: "Clarice, a gente poderia tirar uma foto, você comigo?". Ela me deixava à vontade, mas eu não tive coragem. E hoje, então, eu não tenho foto com ela. E sinto muito por não ter tido essa coragem.

Nada tenho de muito sigiloso nem espetaculoso para contar, ela nunca fez confidências. O máximo foi aquela história do cachorro, e nem sei se ela contou isso de verdade. Eu não me achava no direito de ouvir aquela história.

Agora, editei dois livros com ela. Naquela época, na Ática, por conta de a gente achar que não entendia bem do assunto, fazia de quatro a cinco provas. E a gente discutiu com ela, no mínimo, umas três provas. Tinha vez que a gente discutia, por exemplo, sobre um primeiro projeto gráfico, questões referentes a tipo de letra a ser usada, diagramação, e tudo o mais referente ao projeto.

AFJ: Eram visitas breves?

JT: Às vezes eu ia e não ficava nem vinte minutos, meia hora. Outras vezes, quando eu sentia que ela estava querendo companhia, eu ficava um pouco mais. Então ela contava coisas do tipo: "Jiro, eu não estou podendo viajar para a Europa, e eu gosto tanto de viajar! Eu tenho uns casacos que eu gosto muito de usar e não posso usar esses casacos de lá. Sabe o que eu faço de vez em quando, quando eu quero mesmo sentir um frio?". Naquele tempo havia um ônibus chamado "frescão", que ia até o aeroporto e passava em frente ao hotel Le Méridien, que era quase vizinho de Clarice.[182] Ela falava mais ou menos com estas palavras: "Eu vou lá, fico na porta do Le Méridien, pego aquele ônibus e vou até o aeroporto, todo mundo pensa que eu estou viajando... Faço uma horinha no aeroporto, depois eu volto, só para poder usar um pouco o casaco". Ela contava coisas assim...

É muito legal ouvir esses casos, porque você fica conhecendo as pessoas como seres humanos que fazem exatamente as coisas que todo mundo faz. Ou não? Quando ela contava essas histórias, eu ficava mais tempo, porque eu sabia que ela queria conversar com alguém.

RI: Aí ela mais se parece com a Clarice das crônicas de *A descoberta do mundo*...

JT: Sim. E ouvia coisas que ela falava, como, por exemplo, quando atendeu certa vez o interfone. Depois de ouvir, falou com aquele sotaque, num tom de voz inconfundível: "Infelizmente Clarice não está". Depois, desligou o interfone e disse algo assim: "É mais um grupo de

---

[182] O hotel Le Méridien, que a partir de 2017 passou a se chamar Hilton Rio de Janeiro Copacabana, localiza-se no Leme, na esquina da avenida Atlântica com avenida Princesa Isabel, portanto, a poucas quadras do edifício em que morava a Clarice Lispector desde 1965: rua Gustavo Sampaio, n.º 88, apto. 701.

alunos que vem e eles falam assim: 'Eu queria falar com a Clarice, porque minha professora mandou fazer um trabalho'". Ela ficava irritada. "Não aguento alunos que não têm a sensibilidade de falar: Eu estou lendo seu livro, estou gostando muito, queria muito conversar, será que a senhora podia me receber? Não, o jovem estudante, colegial, fala assim: Eu podia falar com a Clarice? Porque minha professora mandou fazer um trabalho sobre o livro tal e a gente quer fazer entrevista para botar no trabalho. Se é a menina que quer falar comigo, ela que fale comigo, não porque a professora mandou". Ela realmente devia ser muito procurada por alunos. Para mim, essa era uma situação normal. A pessoa escritora Clarice era brilhante e era também uma pessoa como qualquer outra no dia a dia.

Eu me sinto privilegiado por ter tido esse contato no trabalho e não ter tido com ela nenhum problema, porque muita gente tem problemas com autores. Às vezes o autor não se harmoniza com a ideia que a pessoa leitora tem dos livros que ele, o autor, escreve. Outras vezes, quando a leitora conhece a pessoa do autor, não vê nela a imagem que tinha dele antes, apenas como autor. No caso da Clarice, a autora continua do mesmo jeito, e, como pessoa, ganhou vida para mim. Depois que a gente conhece as suas participações nas manifestações políticas, então a gente fica mais empolgado com ela, quer dizer, não é preciso escrever sobre isso para a gente perceber quando uma pessoa luta pela dignidade. É isso o que eu acho brilhante nela. E ela tinha tudo para não seguir esse caminho, porque, como esposa de embaixador, fez grandes viagens, então, na verdade, a tentação de acomodação foi muito grande. Mas, no caso dela, ela viu esse mundo de perto e se afastou. Isso faz com que a sua imagem cresça mais ainda, eu acho.

AMN: Então seu contato com ela foi sempre no Rio de Janeiro?

JT: Sempre, porque fazia muito tempo que ela não vinha a São Paulo, e ela só queria vir por ocasião do lançamento. Durante a preparação do livro, eu levava as provas para ela, nunca pedi para ela vir a São Paulo.

AMN: E sempre no apartamento dela que aconteciam as reuniões, os contatos?

JT: Eu acho que umas duas vezes a gente foi almoçar com a Nélida Piñon. A Nélida gostava muito de conversar em restaurante.

AMN: Consegue lembrar a qual restaurante vocês foram?

JT: Eu me lembro do La Mole. Eu sei que, numa das vezes, com certeza, foi na avenida Ataulfo de Paiva. Eu não lembro exatamente se nas duas vezes fomos ao mesmo restaurante, mas sempre foi com a Nélida, e provavelmente houve mais gente, pessoas com quem eu tive muito contato social na época. Com o Affonso Romano [de Sant'Anna], por exemplo. Eu também ia muito para a casa do Affonso Romano e da Marina Colasanti, e a gente acabava almoçando com eles, pois Clarice se dava bem com o casal. Às vezes outras pessoas se juntavam, formando um grupo, o que é fácil de acontecer no Rio. Gente que escrevia, que era muito sociável. Ary Quintella, por exemplo. Quer dizer, muitos escritores apareciam, eu não lembro quais agora. Uma ou duas vezes almoçamos em restaurante, tenho certeza. E umas duas vezes eu fui à casa dela para acompanhar os fotógrafos, que sempre saíam de lá muito impressionados com a beleza da Clarice, uma beleza muito diferente. Eles falavam: "Ela é muito diferente! Ela não se parece com nada, não dá para dizer com quem ela se parece".

AMN: Você saberia precisar que aspectos eram esses, com o que eles se encantavam?

JT: Eu não sei se deveria dizer isso, porque essa questão é muito complicada. Eu me lembro de que, quando o Ary Normanha foi, ele disse, não no sentido negativo: "Se você não estivesse aqui comigo, eu não ficava aqui com ela". Ele falou um pouco brincando, dada a intimidade que eu tinha com ele. "Ela tem um ar assim meio… assim meio…".

AMN: De mistério?

JT: É, de mistério. Tem um olhar de mistério. E ela pedia para tirar a foto mais de um lado. Ela não queria aparecer muito de frente e queria também não totalmente de perfil, mas de meio perfil. Ela sempre escolhia um lado.

AMN: Então ela direcionava o ângulo da foto?

JT: Direcionava, porque ela falava que tinha tido problema de pele no rosto. Ela teve mesmo problema de cicatrizes no rosto. Você pode dizer: "Não, não se percebe", mas a pessoa fica incomodada com as próprias cicatrizes, e outras pessoas podem sim perceber...[183] Esse cuidado de direcionar certa pose, não pose de artista, mas de mostrar certo ângulo, fez com que ela acabasse tendo fotos muito bonitas.

RI: A Ática publicou três títulos da Clarice; é isso mesmo? *Para não esquecer*, *A legião estrangeira* e *O primeiro beijo*.

JT: Eu editei dois livros: *A legião estrangeira* e *Para não esquecer*. A edição de *O primeiro beijo* eu não acompanhei. Esse livro foi editado pelo Fernando Paixão.

RI: No caso de *A legião estrangeira*, a separação entre uma primeira parte, com os contos, e uma segunda parte, com as crônicas, intitulada "Fundo de gaveta", foi uma proposta da Ática dividir em dois volumes. E a Clarice, na ocasião, não se opôs a isso?

JT: Não, não se opôs. Tenho a impressão de que muita coisa que falam da Clarice eu não sei até que ponto é verdade ou é um problema de falta de empatia de pessoas que com ela conversaram. Ela chegou a editar muitos livros com a editora Artenova. Com todo respeito ao trabalho editorial, não eram edições bem-cuidadas.[184] Depois nós reeditamos esses livros na editora Nova Fronteira, por isso observamos bem tais edições anteriores. Como é que ela deixou passar tudo aquilo que o pessoal da Artenova fez? Se ela fosse uma pessoa muito exigente, como muita gente dizia, eu tenho a impressão de que ela não aprovaria. Como sei que não era tão exigente, não me surpreendi quando vi que ela tinha muitos livros editados pela Artenova.

---

[183] Refere-se ao incêndio ocorrido no apartamento da escritora na madrugada do dia 14 de setembro de 1966, que lhe deixou em coma e hospitalizada durante dois meses, e lhe causou graves sequelas na mão direita.

[184] A Artenova editou *Água viva* (1973), também *A imitação da rosa* (1973) com seleção de contos anteriormente publicados, e os contos de *Onde estivestes de noite* e *A via crucis do corpo* (1974).

Talvez Clarice tenha tido algum tipo de problema na editora José Olympio, até porque o pessoal da José Olympio era muito bom, profissionais antigos da edição, da revisão, da preparação. E pode acontecer que profissionais muito experientes queiram extrapolar sua função e, ao falarem com o autor, queiram ser um coautor, ao fazerem sugestões que não competem a um preparador de texto ou a um revisor. Pode ter acontecido isso na José Olympio. Não saberia dizer, porque a José Olympio sempre teve grandes profissionais de supervisão e revisão, embora, quando muito bons, costumem dar muito palpite. E muitas vezes a sugestão de melhoria do texto é transitória e inadequada. Algum leitor pode sentir, por exemplo, certo estranhamento diante de uma expressão, mas essa expressão foi a que o autor escolheu. Às vezes, ouvimos de um revisor ou editor: "Hoje ninguém mais fala isso, porque hoje a gíria correspondente é essa...". Se assim fosse, todo ano teríamos de alterar o texto. Um exemplo: tenho que ler o Steinbeck como se eu estivesse lendo uma pessoa que foi repórter no período da Grande Depressão americana, senão eu não o entendo, e atualizá-lo não faria sentido. Muitos autores não aceitam, com razão, esse tipo de interferência e acabam brigando, acabam discutindo.

Quanto a Clarice, realmente não tive esse problema, porque, desde o início, propusemos a ela que a seção "Fundo de gaveta" saísse do volume, pois não concordávamos com esse formato de edição. Não achávamos viável o leitor ler toda a ficção da primeira parte, para somente depois chegar à seção "Fundo de gaveta". Inclusive, nossa edição do *Para não esquecer* é uma edição que, se tivéssemos mais tempo, ganharia um pouco mais de cuidado, a fim de contextualizar melhor o leitor, porque me lembro de que, durante conversa com Clarice, ela dizia mais ou menos isto: "Este é um bilhete que eu deixava para a moça que vinha fazer limpeza aqui em casa". Quem também escrevia bilhetes era o Rubem Braga, mas acho que ele nunca guardou.

RI: Quanto àquela entrevista que figura na abertura do volume, foi realizada pessoalmente? Você se lembra disso? Vocês entrevistaram Clarice naquele momento?

JT: Você está falando do *Para não esquecer*?

RI: Sim, porque a Ática costumava apresentar, nas páginas iniciais dessa série de livros, uma entrevista breve com cada escritor.

JT: Quem fazia todas as entrevistas era o José Adolfo de Granville Ponce. O Granville, já falecido, foi marido da Maria Aparecida Baccega, professora da ECA [Escola de Comunicação e Artes da Universidade de São Paulo], também falecida. O Granville foi um grande jornalista da primeira época da equipe da revista *Realidade*. Ele foi um jornalista voltado para o livro. Depois, devido à sua militância política, acabou sendo preso e, quando saiu do presídio, perdeu o emprego na Editora Abril e passou a trabalhar na Ática. Aproveitamos então a formação dele como jornalista. Antecipadamente, deixávamos pronta uma entrevista com todos os escritores. Assim, todo escritor da Ática tinha uma entrevista assinada pelo Granville. Saía, ou não, às vezes no livro.

Certa vez, fizemos uma brincadeira. Simulamos uma entrevista, quer dizer, fizemos uma entrevista falsa, com trechos de depoimentos de um autor e perguntas encaixadas. Uma entrevista menor. Fizemos como se fosse entrevista para destiná-la a um jovem leitor potencial, estudante de ensino médio que, ao ler, pudesse sentir aquele clima de conversa. O fato é que eu não lembro se para a edição do livro da Clarice foi usada alguma matéria da entrevista do Granville.

AFJ: No volume *Para gostar de ler*, que tenho aqui comigo, na parte referente a Clarice, está escrito assim, no rodapé: "Os diálogos com Clarice Lispector e Machado de Assis, já falecidos, foram criados a partir de uma colagem de depoimentos e crônicas".

JT: Então foi assim mesmo, porque era o que fazíamos às vezes. Certamente não foi usada a entrevista que ele fez, porque a gente guardava essa entrevista às vezes para um jornal de maior repercussão ou uma revista. Muitas entrevistas realizadas por Granville nunca foram publicadas.

AFJ: Eu tenho uma pergunta ainda para você, Jiro, como leitor. Quais são os textos ou qual é o texto da Clarice de que você mais gosta? Eu tenho essa curiosidade.

JT: Eu gosto muito de dois contos dela. Gosto de "Feliz aniversário", que eu não lembro nem onde está inserido. E gosto muito de "Os desastres de Sofia", que está em *A legião estrangeira*. Em se tratando das narrativas longas, minhas preferidas são *A paixão segundo G.H.* e *A hora da estrela*. Eu cheguei a falar com Clarice sobre *A hora da estrela*, eu lhe disse que nesse romance ela fez uma literatura que praticamente todo mundo podia ler. Avalio que Clarice conseguiu uma simplicidade enorme no final da carreira. Enfim, eu achei brilhante *A hora da estrela*. Aliás, hoje eu entendo melhor por qual razão – já estou mais velho, mas no começo eu achava estranho – uma pessoa ao envelhecer se torna mais direta, menos hermética. No caso de Clarice, me pareceu ter buscado um pouco mais de simplicidade. Então, de *A hora da estrela* eu gosto muito. *A paixão segundo G.H.* foi o primeiro que li. Levei aquele soco, aquela coisa que pega a gente. Depois, estudando com calma cada texto, buscando maior compreensão, me impressionaram "Os desastres de Sofia" e "Feliz aniversário". São dois contos dotados de muita profundidade, que desnudam o ser humano. "Feliz aniversário" também não perde de vista o aspecto social. Leitura pura, aquela a que você pode voltar; são narrativas que você tem vontade de deixar no celular para, de vez em quando, dar uma olhadinha, como uma foto que você gosta de ver.

AMN: Você derrubou vários mitos sobre Clarice, pelo que eu estou entendendo. O primeiro deles é que Clarice não vendia muito.

JT: Ela vendeu muito na Ática, porque a Ática tirou 30 mil exemplares de *A legião estrangeira* e vendeu tudo. O livro teve 4 edições. Em cada edição fazíamos 10 mil livros. Até 1983 foram vendidos, pois, 60 mil exemplares desse livro. Depois, não saberia precisar, porque eu me afastei da Ática.

AMN: Sim, mas aquela ideia de que ela vendia somente até 2 ou 3 mil volumes você derrubou.

JT: Isso aconteceu na editora José Olympio. Hoje, tendo estudado muito o mercado editorial, observando, comparando…

AMN: É isto o que eu queria saber: o que mudou?

JT: A José Olympio era a editora de todos os autores. E uma editora de todos os autores não pode vender todos os autores tão bem. Na

Ática, quando a gente começou a lançar autores brasileiros aos montes, a gente tomava cuidado. A gente gostava de saber se algum autor nosso publicava livro em outra editora. Ou seja, havia certa liberdade. A José Olympio poderia vender mais se, em vez de lançar tantos livros de tantos autores, lançasse mais seletivamente, ou se tivesse naquele tempo a ideia, quando ninguém tivera, nos primórdios da nossa edição, de ter feito selos para mais de um membro da família cuidar: o filho, Geraldo Jordão; e o irmão, Daniel.

O fato é que a José Olympio, sozinha, jamais conseguia vender Clarice. Eu não digo que foi falta de competência de marketing da José Olympio, eu acho que ela fazia o que era possível, pelo menos até onde o Daniel me contou. Ele chegou a me dizer algo assim: "Não vende 2 mil, vende 1.500, e olhe lá. E nós tiramos 3 mil por respeito a ela, porque é uma grande autora e vai vender sempre, em algum momento vai, mesmo que a venda esteja agora devagar". Depois me chegou a informação de que na Nova Fronteira, por volta dos anos 1984, 1985 e 1986, as tiragens continuavam sendo de 3 mil, mas com reedições frequentes. E não daria para tirar mais, porque a Nova Fronteira não fazia preços baratos. Era o que hoje compararíamos a uma Companhia das Letras ou Cosac Naify. Não é que fossem livros de luxo, mas era um catálogo respeitável. A Nova Fronteira já vendia bem a obra de Clarice, e, se ela estivesse naquele momento viva, não estaria procurando outras editoras. Quer dizer, se na época cada livro dela vendesse, por exemplo, 2 a 3 mil no ano, ela estaria ganhando 60 mil num preço bom de livro. Multiplique 60 mil por preço de livro normal hoje, quanto lhe daria de direitos, não é mesmo?

AMN: Você acha que foi essa coleção da Ática a responsável pela popularização de Clarice?

JT: Eu não me arrisco a dizer que tenha sido somente a Ática. No Brasil há a velha história de que apenas depois da morte se conquista a fama. Não é à toa que alguns escritores tendem a vender mais nos três ou quatro primeiros anos depois da morte. No caso de Clarice é diferente, já faz muito tempo que a venda está fantástica, só aumenta, e aí eu vejo que ela realmente conquistou o público. O grande público descobriu Clarice.

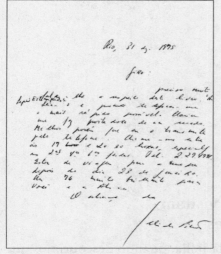 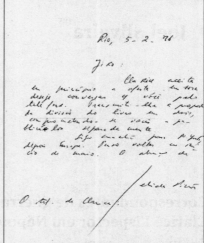

Rio, 31 dez. 1975

Jiro:
Preciso muito falar-lhe a respeito deste livro, *A legião estrangeira*.
Leia-o e procure telefonar-me o mais rápido possível. Clarice me fez portadora de seu recado. Melhor porém que eu o transmita pelo telefone. Chame-me entre as 19 e 20:30 horas especialmente às 2ª, 4ª e 6ª feiras. Tel. 2 274991.
Estou de viagem para a Europa depois do dia 23 de janeiro.
Um 76 muito brilhante para você e a Ática.

O abraço da
Nélida Piñon
(Acervo pessoal de Jiro Takahashi.)

Rio, 5 - 2 - 76

Jiro:
Clarice aceita em princípio a oferta embora deseje conversar com você pelo telefone. Transmiti-lhe a proposta da divisão do livro em dois, comprometendo-se vocês a publicá-los separadamente.
Sigo amanhã para N York, depois Europa. Penso voltar em início de maio.

Abraço,
Nélida Piñon

O telefone de Clarice:
(Acervo pessoal de Jiro Takahashi.)

Joel Silveira[185]

Correspondentes de guerra visitam Clarice Lispector em Nápoles

Partimos de Pistoia, norte da Itália, quando descobrimos que naqueles dias de folga poderíamos estar com Clarice por algumas horas.

Era janeiro de 1945, fazia muito frio. Rubem Braga e eu percorremos 902 km, por uma estrada esburacada, quase destruída. Viajamos 16 horas somente para ver Clarice.

Rubem Braga já era seu amigo e nutria uma paixão escondida pela escritora. Ela era linda, com seus olhos eslavos. Todos nós éramos um pouco apaixonados por ela. Todo mundo a amava, era linda! Beleza que um dia foi maculada pelo acidente que sofreu.

Ela era casada com o Maury, diplomata, um homem educadíssimo, caladão, não conversou muito com a gente, foi logo se retirando para o seu escritório.

Deixou-nos com Clarice e juntos conversamos sobre literatura. Uma visita de quatro horas.[186]

---

[185] Depoimento de Joel Silveira concedido a Maria de Lourdes Patrini, por telefone, do Rio de Janeiro, em 9 de agosto de 2006. (Ver: PATRINI, Maria de Lourdes. *Rubem Braga: um cronista de paz e guerra*. 1990. Dissertação (Mestrado) – Faculdade de Filosofia, Letras e Ciências Humanas, Universidade de São Paulo, São Paulo, 1990.)

[186] Os três jornalistas eram correspondentes de guerra sediados no norte da Itália durante a Segunda Guerra Mundial: Joel Silveira, dos *Diários Associados*; Rubem Braga, do *Diário Carioca*.

Voltamos rumo ao norte envolvidos pelas lembranças daquele encontro. Levando conosco a imagem de Clarice, "*la principessa di Napoli*".[187]

---

[187] Mais detalhes dessa viagem são relatados por Rubem Braga, segundo José Castello. "Não podem ficar mais do que uma noite. (…) A escritora vai para a cozinha e prepara um jantar italiano, com deliciosas pastas e berinjelas gratinadas. Gurgel Valente, homem muito reservado, quase não fala. Prefere ouvir. Parece não estar gostando, mas nem Clarice pode saber. Já de madrugada, Braga e Joel vão deitar. Na manhã seguinte, bem cedo, depois de um café reforçado, tomam o caminho de volta ao Norte." (CASTELLO, José, *Na cobertura de Rubem Braga*. Rio de Janeiro: José Olympio, 1996, p. 83-84.)

● José Castello

A senhora do vazio[188]

Rio de Janeiro, novembro de 1974. Aos 23 anos de idade, apenas começando minha carreira de jornalista, passo secretamente a rascunhar alguns textos de ficção. Exercícios penosos, em que avanço em ritmo vacilante, sem certeza do rumo que desejo seguir.

Há, nesse momento, um livro que não consigo parar de ler: *A paixão segundo G.H.*, de Clarice Lispector. Eu o descobri um dia, ao acaso, na estante de uma irmã. Comecei a leitura sem nenhuma convicção e logo esbarrei em seu espírito acidentado e aflitivo. Insisti. Não pude largá-lo mais.

Tentando unir as duas experiências, envio um dos pequenos textos que acabo de escrever, que não chega a ser mais que uma confissão, para o apartamento de Clarice Lispector, no Leme. Mando junto meu endereço e telefone, na esperança de que ela, um dia, venha a me responder. Os dias passaram e desisto de esperar. Volto a G.H.

Vésperas do Natal: o telefone toca, e uma voz arranhada, grave, se identifica: "Clarrice Lispectorrr", diz. Ela entra logo no assunto. "Estou ligando para falar de teu conto", continua. A voz, antes vacilante, agora se torna mais firme: "Só tenho uma coisa para dizer: você é um homem muito medrrroso", e os erres desse "medrrroso" até hoje arranham minha memória. O silêncio ensurdecedor que se segue me

---

[188] Publicado anteriormente em: CASTELLO, José. A senhora do vazio. *In*: *Inventário das sombras*. Rio de Janeiro: Record, 1999. p. 17-36. (O livro teve reedições físicas e digitais pela mesma editora, com versão revista e ampliada.)

faz acreditar que Clarice desligou o telefone sem ao menos se despedir. Mas logo sua voz ressurge: "Você é muito medrrroso. E com medo ninguém consegue escrever".

Depois, Clarice me deseja Feliz Natal, e sua voz soa distante, indiferente, como a de um comercial na TV. "Para a senhora também", digo, arrastando as palavras, que rangem em minha boca, sem coragem de sair. Há mais um silêncio, e volto a pensar que ela desligou. Entrego todo o meu medo ao dizer: "Alô?". Clarice é lacônica: "Por que diz 'alô'? Ainda estou aqui, e no meio de uma conversa não se diz 'alô'".

Nada mais temos a nos dizer, e ela se despede. O telefonema é rápido, mas deixa em mim sequelas íntimas que ainda hoje, mais de vinte anos depois, não digeri inteiramente. Posso dizer, se for para me lamentar, que ele me paralisou. Posso dizer o contrário: que ele me serviu de acesso a algo que desconhecia. Até hoje não posso escrever – reportagens, cartas pessoais, diários de viagem, ficções, biografias – sem pensar em Clarice Lispector. É como se ela vigiasse às minhas costas, repetindo o aviso: "Com medo ninguém consegue escrever...".

Maio de 1976. Na redação de *O Globo*, jornal para o qual colaboro, espalha-se a notícia de que Clarice Lispector decidiu nunca mais receber a imprensa. Um motivo suficiente para que me encomendem uma entrevista com a escritora. Jornalistas têm uma atração sem limites por obstáculos; vivemos tentando superar barreiras, abrir portas, vencer resistências, ultrapassar fronteiras. Não é esse o meu temperamento, mas é o que a profissão me obriga a exercitar.

Telefono, constrangido, para Clarice. Uma voz pede que eu espere um momento, mas sou obrigado a enfrentar, mais uma vez, um longo silêncio. Por fim, Clarice atende o telefone. Tendo certeza de que sou um intruso, digo o que quero e aguardo sua recusa. Para minha surpresa, Clarice aceita me receber.

Chego ao edifício em que Clarice Lispector mora, na Rua Gustavo Sampaio, no Leme, e me identifico. Ainda tenho a sensação de que sou um invasor. Sentado diante da mesa da portaria, um homem de cabeça branca, aspecto entediado, pergunta-me: "Aonde você vai?". Indico o apartamento que Clarice me deu por telefone. Ele vacila. Folheia um caderno de capa negra que tem diante de si, vigia-me com a beira dos olhos e nada mais diz.

"Tenho hora marcada", insisto. "Ela está me esperando". O porteiro volta a me olhar. Sinto, porém, que seu pensamento está em outro lugar, que ele age para esconder o que pensa. Pigarreia, fecha o caderno e diz: "D. Clarice não está". E, porque se assusta com meu susto, completa: "Ela acabou de sair. Um imprevisto".

Decido que não vou desistir. Como se o tempo se quebrasse, todo o caminho que percorri para chegar até ali é repassado em minha memória. Descobrira Clarice por acaso. Atravessara *G.H.* com dificuldade, sempre prestes a desistir, e acabara encontrando o que não procurava. Agora não seria esse porteiro quem iria me tomar o que já era meu.

Teimo: "Mas ela garantiu que estaria. O senhor não quer insistir?". O homem volta a me envolver com seu cansaço e, abaixando a voz, me diz: "D. Clarice está, mas me pediu para dizer que não está". Parece realmente aliviado por dizer a verdade.

Peço que ele tente pelo menos uma vez. O porteiro pega o interfone, aperta um botão e depois diz: "D. Clarice, é aquele rapaz. Ele insiste em subir". Novo contrassenso: Clarice, sem discutir com o empregado, autoriza minha subida. Penso que quis, talvez, testar minha obstinação.

Ao entrar no elevador, tenho a sensação de que a luz está fraca e imagino algum defeito nas luminárias. O elevador se move numa velocidade incomum, como se a qualquer momento pudesse, esgotado, movimentar-se para o lado e não mais para cima, repetindo um pesadelo que desde criança me assalta. Há um espelho em que me olho: minha imagem parece fluida, o que vejo não se parece com um reflexo, mas com uma sombra. Pronto: eu sinto medo.

Fantasias rápidas e desproporcionais me modificam. Clarice poderia chamar a polícia. Poderia se transtornar, me insultar, e aí a imagem da escritora brilhante estaria quebrada; e depois, constrangido, eu seria obrigado a escrever um texto cheio de decepção. Talvez fosse melhor voltar e preservá-la do que estava para acontecer. Mas eu sabia que não. Clarice me levara por um caminho que eu não esperava encontrar, mas agora eu estava ali e a estrada me arrastava; era a estrada que andava e me conduzia, e eu apenas me deixava ir. Ela sabia toda a verdade.

Ainda no elevador, trato de ensaiar as palavras que devo usar para agradecer, mas, quando ela abre a porta do apartamento, emudeço. Encontro outra vez um grande silêncio, que agora está dentro de mim. Vejo uma mulher de turbante, malvestida, quase negligente. O batom, escandaloso, não segue bem a linha dos lábios. A pele é branca e adoentada, leitosa, como se estivesse desbotada. É uma mulher alta, ou pelo menos que me olha de cima. Fica parada esperando que eu diga qualquer coisa.

Eu digo: "Temos hora marcada". Ela responde: "Eu dei ordem ao porteiro para não deixar ninguém subirrr", e lá estava a voz do telefone agora incorporada numa mulher, e arrastando sua cauda de erres, "Mas, já que você subiu…", ela se corrige, e há novo silêncio, completado assim: "Então entre". Não é, evidentemente, uma escolha. Ela não quer se aborrecer, não tem forças para brigar, e então me recebe. Entro.

Clarice parece habitar outra esfera, situada além do humano, e estar ali representada apenas por uma máscara. Conduz-me até uma sala abafada, com móveis de uma modernidade duvidosa e um conjunto desorganizado de telas nas paredes. Muitas delas, logo percebo, retratos da escritora assinados por pintores de prestígio. Eu me sinto em um museu e me pergunto se Clarice também é pintora. Ela aponta um sofá e diz: "Então você quer uma entrevista". Bem, essa é a desculpa.

"Sim, uma entrevista", eu respondo, certo de que ela começa a entender. Clarice me examina detidamente, tentando achar em mim, talvez, algum sinal de que pode confiar no que digo. Ao se dar por satisfeita, comenta: "Bem, você já está aqui". Mas logo em seguida me aplica um golpe delicado: "Então você é o autor daquele conto". O "autor" ali é ela, eu sou apenas um repórter – então essa observação me choca. Ainda assim, envaidecido, respondo que sim. "Sou eu mesmo." Estou tentando tomar a observação como uma gentileza, quando ela me fulmina: "Não gostei de seu conto. Você é muito medroso para ser escritor".

Sentamos. Tento me recuperar do golpe voltando simplesmente às minhas perguntas. Tiro, então, da pasta um pequeno gravador com que pretendo registrar a entrevista e, distraído, coloco-o sobre a mesa de centro. Assim que vê o gravador, Clarice começa a gritar. "Ah, ah, ah!" Emite vagidos longos, lamentos despidos de sentido, e só posso entender, entre eles, uma palavra: "Não". Meus olhos percorrem a sala em busca da ameaça que ela deseja afastar. Não a encontro.

Clarice se levanta e, andando pela sala, querendo fugir, mas sem poder encontrar a saída, aumenta o tom de seu lamento. "Ah, ah, ah!", ela continua, e eu a olho. Insisto em procurar a origem daquele grito: se a sala está sendo invadida por algum desconhecido, se há algum foco de incêndio, algum sinal de tragédia a que ele possa corresponder. Nada vejo. Clarice continua a rodopiar num balé sem sentido, os braços estirados, em hélice, arrastada por um vento invisível, o rosto aos pedaços. "O que está havendo?", grito. Ela não pode responder.

Uma mulher, vinda não sei de onde, aparece na sala e a abraça com energia. Um abraço ambíguo, que é ao mesmo tempo um golpe de força, como esses movimentos desonestos com que os boxeadores imobilizam seus adversários. Permanecem abraçadas um longo tempo. Então, mais controlada, Clarice passa a apontar para o gravador. "Tire isso daqui!", diz ela, finalmente. "Não quero isso aqui!" Estica os braços; suas mãos se torcem, querendo pegar e, ao mesmo tempo, tentando fugir. Seus olhos, mais lindos que nunca, estão mareados de desespero.

"Tire isso imediatamente." Olho para meu pobre gravador, uma máquina desgastada e precária, e ainda não posso entendê-la. "Isso o quê?", pergunto. A mulher que a abraça, com voz de enfermeira, responde: "Minha amiga se refere ao gravador. Guarde-o, por favor". Faço um movimento em direção a ele, mas Clarice se antecipa e dá uma ordem: "Me passe isso aqui". Sem pensar, entrego-lhe o gravador. Ela o pega com as pontas dos dedos, cheia de repulsa, e fica parada alguns segundos, controlando a respiração. Depois, vira-se e desaparece no corredor escuro, seguida pela mulher.

Fico sozinho na sala, diante daquelas paredes cheias de quadros, cheias de Clarices que me vigiam, e me pergunto o que é esperado que eu faça. Que vá embora sem me despedir? Que aguarde pacientemente por sua volta? Que as siga? Ainda estou dividido entre essas soluções, todas de aparência inútil, quando Clarice retorna com as mãos vazias. "Agora podemos conversar", diz ela, em tom mais brando. E completa: "No fim da entrevista, eu lhe dou aquilo de volta". E poucas vezes ouvi palavras tão monstruosas quanto esse "aquilo".

Mais tranquila, ela consegue perceber, por fim, que também eu estou chocado. "Tranquei-o em meu armário", diz, exibindo a chave e um ar vitorioso, que me faz lembrar dos caçadores fotografados ao lado de suas vítimas. E, com a voz burocrática dos porteiros e das recepcionistas, completa: "Não se preocupe. Na saída, eu devolvo". Mostra-se disposta a conversar. "E agora?", diz ela, indicando que espera minhas interrogações.

Senta-se. Inseguro, decido começar a conversa por generalidades. Perguntas clássicas, impessoais, que lhe abrissem caminho a qualquer tipo de resposta, meras gentilezas disfarçadas de interrogações.

A entrevista é tensa, cheia de suspeitas e mal-entendidos. Sem poder me esquecer de seus gritos, e sem conseguir pensar, eu lhe faço perguntas de iniciante. Clarice tenta demonstrar paciência, mas me responde com frases rápidas, de evidente mau humor. A conversa não avança. Sei que minha entrevista fracassou.

"Por que você escreve?", pergunto, em um de meus piores momentos. Clarice franze o rosto em desagrado. Levanta-se, ameaça ir em direção à cozinha, mas para e reage: "Vou lhe responder com outra pergunta: Por que você bebe água?". E me encara, com raiva, disposta a encerrar ali mesmo nossa conversa.

"Por que bebo água?", pergunto, para ganhar tempo. E eu mesmo respondo: "Porque tenho sede". Melhor seria ficar calado. Então, Clarice ri. Não um riso de alívio, mas de irritação contida. E me diz: "Quer dizer que você bebe água para não morrer". Agora parece falar apenas consigo mesma: "Pois eu também: escrevo para me manter viva". E, com um olhar debochado, me passa um copo de Coca-Cola.

Nunca imaginei que pudesse fracassar assim. A entrevista, que mal começara, estava quase no fim, pois o que mais eu poderia perguntar depois disso? Mas cumpro meu papel, pois há um salário a receber. Faço as perguntas adequadas, e ela responde, sempre com certo desdém. Clarice também sabe que a entrevista terminou naquela primeira pergunta desastrosa, o resto é só arremedo. E me suporta até o fim.

Depois, quando penso que está prestes a me enxotar, ela me convida para ir até a cozinha. "Vamos comer um pedaço de bolo", anuncia. Ela tira da geladeira um bolo confeitado, coberto de merengues e frutas vermelhas. Parte fatias fartas, que dispõe em pratos baratos. A mesa, de fórmica, não tem pés muito firmes e balança. Ela não toca no bolo, limita-se a beber. "Ultimamente, só consigo tomar Coca-Cola", diz. E toma dois, três copos duplos em goles longos.

Já não espero mais nada, quando Clarice diz: "Gosto de você". Vendo que aquela declaração me surpreende, ela se explica: "Você também sabe que isso tudo é uma tolice". Não tenho certeza se a palavra foi essa: tolice. Ela quis me dizer que, no fim, o que tínhamos tentado fazer juntos era insignificante. "Você gosta de viver?", me pergunta. Era uma fase bastante triste de minha vida, mas me sinto obrigado a mentir. Dando leves estocadas com o garfo, ela esfarela sua fatia de bolo.

Voltamos à sala. Clarice me faz esperar e, logo, volta com meu gravador. Carrega-o com os braços estendidos, como uma sonâmbula, pegando com as pontas dos dedos, como se ele lhe despertasse um grande nojo. Eu o guardo. "Agora sim", diz. "Não gosto de máquinas". E me leva até a porta. "Volte para me visitar", diz, "mas nunca mais traga isso".

Assim que piso a calçada da Rua Gustavo Sampaio, sinto a pele repuxada, como depois de um choque violento. "Clarice é uma compulsiva, que escreve sempre o mesmo livro", me disse alguns dias depois um amigo, psicanalista respeitado, com quem comentei minha aventura. "É uma obsessiva, não uma escritora. Aquilo me choca, e eu me afasto desse amigo, que nem era tão próximo assim. Clarice está mais perto de mim.

Primeiro, não posso separar a mulher – desequilibrada, hipersensível, agressiva, de um lado, e a obra – genial, de outro. Deve haver algum elo que mantém as duas coisas em estado de conexão. Aquela visita ao apartamento de Clarice me mostrara que os dois lados estavam ligados. Ela escreve para buscar algo. Uma vez, definiu esse algo assim: "O que há atrás de detrás do pensamento". Usa palavras para tentar chegar além das palavras, para ultrapassá-las. Escreve para destruir as palavras. Por isso não se interessa por sua imagem de escritora.

Recordo que me disse: "Escrevo porque preciso continuar a buscar". E, o que torna tudo mais complicado, não consegue definir o objeto que busca. É, possivelmente, a antevisão desse objeto sem nome o que a "enlouquece". Clarice escreve para chegar ao silêncio, maneja palavras para chegar além delas, usa a literatura como usamos um garfo. Assusto-me com o que penso. Jamais imaginei um projeto tão radical.

Tempos depois, por acaso, nos encontramos na rua. Clarice está parada diante de uma vitrine da Avenida Copacabana e parece observar um vestido. Envergonhado, me aproximo, "Como está?", digo. Ela custa a se voltar. Primeiro, permanece imóvel, como se nada tivesse ouvido, mas logo depois, antes que eu me atreva a repetir o cumprimento, move-se lentamente, como se procurasse a origem de um susto, e diz: "Então é você". Naquele momento, horrorizado, percebo que a vitrine tem apenas manequins despidos. Mas logo meu horror, tão tolo, converte-se numa conclusão: Clarice tem paixão pelo vazio.

Convido-a para um café no balcão de uma confeitaria. Diz que não vai tomar nada, que apenas me acompanhará. "Está muito quente", comenta. "Tenho dificuldades com o calor." Só então percebo que está pálida e que filetes de suor desenham estranhas figuras em sua testa. Pergunto se está se sentindo bem. Não me responde. "Voltou a escrever?", ela me pergunta. Admito que não, e tenho vontade de dizer que seus comentários, em vez de estimular, me paralisaram, mas não consigo. "Você continua com medo", diz, e não sei bem do que está falando. "Não o venceu ainda."

Já não posso recuar. "De que você acha que eu tenho medo?", pergunto. "Ora, das palavras é que não é", diz Clarice, para aumentar minha confusão. Seus olhos se detêm num velho que tomava café do outro lado do balcão. Eu me limito a ficar quieto. "Por que aquele velho é velho?", ela me pergunta de repente. "Ora, porque deve ter seus setenta anos", respondo, sempre preso à mania dos fatos, que caracteriza os jornalistas.

Ela ri pela primeira vez. E me corrige: "Você ainda se preocupa com números. Assim não pode mesmo escrever". Fico esperando a resposta à pergunta que ela me fez. Acho que não me dará, até que diz: "Aquele velho é velho porque tem medo do que é". Não sei se foi exatamente isso o que disse, mas era algo assim: o velho tinha medo de ser velho, e justamente por isso era velho. Pareceu-me um enigma.

Descemos a Avenida Copacabana. Clarice faz sinal para um táxi e se despede. Volto, intrigado, à vitrine vazia. Ali estão os manequins, com suas poses de elegância, mas sem qualquer elegância. Fios, caixas de papelão, uma vassoura, interruptores, um balde. Olhando o vazio, começo a entender que Clarice vê as coisas pelo avesso. Vê o que há atrás das coisas.

Volto a visitá-la três ou quatro vezes. São encontros difíceis, em que ela parece mais interessada em me ouvir do que em falar, e que produzem em mim uma mistura esquisita de vaidade e desespero. Na cozinha, me serve bolo e refrigerante. Faz muitas perguntas, que respondo com precaução. Faz comentários rápidos, com conclusões em suspenso e cheias de novas interrogações. Já não consigo ler Clarice sem que essa voz rascante, cheirando a bolo e Coca-Cola, interfira em minha leitura. Passarei muitos anos sem conseguir tocar em seus livros.

Tempos depois, Clarice adoece gravemente. É internada. As notícias dizem que o câncer se generalizou. Penso em visitá-la no Hospital da Lagoa, mas não sei se ela gostará de me receber. Nem sei se pode receber visitas. Ela está certa: tenho muito medo.

Clarice morre. Tomo um ônibus lotado, infestado de baratas, e atravesso o verão do Rio até o Cemitério Israelita, no Caju, para assistir a seu sepultamento. Vou agarrado a um encosto, olhando aqueles seres ovais, achatados como moedas, que se arrastam pelas paredes do ônibus, e penso em G.H., que, um dia, devorou uma barata para provar a vida. Ignorando a tradição judaica, surpreendo-me ao encontrar o caixão lacrado. Clarice não morreu, é o que isso me diz. Seu corpo não está ali, o caixão está vazio. Preparam-se para sepultar apenas uma casca. Com asco, penso que só as baratas têm casca.

Na volta, tentando evocar os momentos frágeis que passamos juntos, recordo-me de uma frase, uma frase terrível, que eu havia esquecido: "Entenda uma coisa: escrever nada tem que ver com literatura", acho que ela me disse. Mas terá mesmo dito, ou terá sido apenas o que me ficou do que não conseguiu dizer? E como seria isso? Se não era a escrita, o que seria a literatura? Que fenda era essa que Clarice, enchendo-me de coragem, abria sob meus pés?

Julho de 1991. Em um pequeno bar do Leblon, tomo um uísque com o escritor Otto Lara Resende, que me passa preciosas informações para minha biografia de Vinicius de Moraes. O poeta nos leva sempre às mulheres, e, entre tantas, chegamos a Clarice Lispector.

Quando pronuncio pela primeira vez o nome de Clarice, Otto respira fundo, como se algo o arrastasse para longe dali e devesse se concentrar muito para não se perder, e depois me diz: "Você deve tomar cuidado com Clarice. Não se trata de literatura, mas de bruxaria". E sugere que sempre que vier a ler seus livros, eu me encha de cautela.

A declaração, pronunciada pelo cético Otto, toma uma dimensão grave. Eu a guardo como mais um enigma, um entre tantos que a aproximação com Clarice Lispector já me ofereceu, e que algum dia, quem sabe, chegarei a decifrar. É verdade que, desde muito tempo, Clarice tem sua imagem associada à feitiçaria. No início dos anos 1970, como convidada de honra, chegara a participar de um Congresso Internacional de Bruxaria, realizado em Santa Fe de Bogotá.

Ciente de que o mistério não era seu, mas inerente à literatura, Clarice aceitou o convite, mas se recusara a discursar. Limitara-se a ler "O ovo e a galinha", um dos textos mais obscuros que já escrevera. Bruxas, magos, feiticeiros a ouviram em silêncio.

Otto foge da conversa sobre Clarice, que parece perturbá-lo. Eu insisto. "Vamos falar de Vinicius", ele me corrige. Mais à frente, um outro nome de mulher aparece: Claire Varin. Otto se refere a uma canadense de Montreal, professora de Literatura, que é autora de dois livros sobre Clarice Lispector. Misterioso, adverte: "Não se trata de uma atração intelectual, mas de uma possessão. Claire está possuída por Clarice", diz. Passa-me o endereço de Claire, mas enfatiza que devo tomar cuidado. "São bruxas", diz, "não se deixe enganar."

Só posso tomar o comentário de Otto como um exagero. Ele sorri e, ainda misterioso, toma um gole farto do seu uísque. "Pode ser o uísque", cogito, para me tranquilizar. Mas, depois que nos despedimos e tomo um táxi para casa, sinto que a inquietação não passou. Agora são as palavras de Otto que continuam a agir sobre mim. Talvez o bruxo fosse ele.

Curitiba, dezembro de 1995. Recebo pelo correio um exemplar de *Langues de feu* (*Línguas de fogo*), coletânea de ensaios sobre Clarice Lispector recém-lançada por Claire Varin. Otto, antecipando-se, tratou de lhe enviar meu endereço. Não quis deixar que tudo se perdesse numa mesa de bar. Agiu, mais uma vez, como bruxo. Doce bruxo. Nesse meio-tempo, em uma livraria do Hotel Rio Palace, em Copacabana, consigo comprar, por acaso, um exemplar de outro livro de Claire, *Clarice Lispector: encontros brasileiros*, editado pela editora Trois, de Quebec. As peças, sem que eu precise agir, se encaixam.

Claire é doutora em Letras. Seus livros, porém, não são obras de especialistas, mas de uma apaixonada. Ainda tenho em minha agenda o telefone de Claire Varin em Montreal, que Otto me dera, e que eu jamais chegara a usar. Agora é o momento.

Claire me atende efusivamente. Conversamos por mais de uma hora com a intimidade de duas pessoas estranhas, de hemisférios opostos, que, no entanto, compartem o mesmo segredo. Em certo ponto, querendo me advertir a respeito de nossa paixão em comum, ela pede licença para rememorar uma frase, nada confortável, que Otto lhe dissera: "Tome cuidado com Clarice. Não se trata de literatura, mas de bruxaria". Exatamente a mesma frase.

A partir dessa sentença, e disposta a decifrar a obra de Clarice, Claire desenvolveu o que chama de "método telepático". A base é tão simples quanto desnorteante: só é possível ler Clarice Lispector tomando seu lugar – sendo Clarice. "Não há outro caminho", ela me garante.

Pergunto se tal método pode de fato funcionar. Claire me responde lendo um trecho de uma crônica de Clarice, que está em *A descoberta do mundo*. Vale reproduzi-lo: "O personagem leitor é um personagem curioso, estranho. Ao mesmo tempo que inteiramente individual e com reações próprias, é tão terrivelmente ligado ao escritor que na verdade ele, o leitor, é o escritor". Clarice já se encarregara de avisar.

Claire Varin se bate ferozmente contra as interpretações racionais da obra de Clarice. Afirma que elas só podem conduzir ao que lhe é estranho, e logo ao fracasso. "O leitor deve se tornar um médium, através do qual Clarice se incorpora", afirma. "É o único método garantido." Eis a base do "método telepático" a que se referia antes: um procedimento em que a intuição é mais importante que o entendimento e, por isso, deve desalojá-lo e tomar seu posto.

Depois de desligar o telefone, ainda tento resistir às ideias de Claire Varin. "Parecem roubadas de um tratado de esoterismo", eu me digo. Tenho vontade de rir, mas é um riso dolorido que me vem. Luto para não aceitar uma explicação que me parece flácida e perigosa. Mas tudo me leva na direção contrária, tudo me faz acreditar em Clarice.

Entro em meu quarto e deparo com um exemplar de *Água viva* jogado sobre a cama. Uma cena do passado me volta. Alguns anos antes, em uma entrevista, o roqueiro Cazuza me dissera que *Água viva* era seu livro de cabeceira. Fazia muito tempo que não conseguia dormir sem ler pelo menos alguns parágrafos. Ao fim de cada leitura completa, marcava X na contracapa. Já tinha lido *Água viva*, ele me garantira, cento e onze vezes.

Quantas vezes terá lido ainda antes de morrer, dois ou três anos depois? Jamais saberei. Mas a imagem de Cazuza, belo e rebelde, com *Água viva* aberto, jamais me abandonou. Ela parece, agora, materializar as ideias imprecisas de Claire. Um livro não é só um livro. Um livro fechado não é nada, mas, se o abrimos e começamos a ler, passamos a ser parte dele. Livros só existem na cabeça do leitor. Melhor: no coração.

Em *Langues de feu*, Claire cita um trecho de uma carta que Otto enviou, certa vez, a Clarice. Ele confessa: "É engraçado como você me atinge e me enriquece ao mesmo tempo que me faz um certo mal, me faz sentir menos sólido e seguro". Otto descreve, com precisão, o estado ambíguo a que os leitores de Clarice são lançados. Aqueles que não sintonizam, apalermados, fecham o livro. Só os que entram em harmonia com a escrita de Clarice, os que conseguem oscilar, como ela, entre a palavra e o susto, podem seguir adiante.

Não são histórias que se leem e a respeito das quais depois se pode pensar: "Aconteceu isto e depois aquilo". Não temos nem mesmo a certeza de estar lendo um relato. Em *Água viva*, Clarice leva sua estética do fragmento ao paroxismo, ao escândalo. Difícil dizer o que lemos – e é impressionante pensar que uma outra pessoa, Olga Borelli, sozinha com sua tesoura, tenha "montado" o caos que Clarice anotou em guardanapos, lenços de papel, jornais, bulas de remédio. Quando Clarice não podia mais ordenar o que escrevia, Olga a escoltava. E, sem se intrometer no que lia, tratava de abrir um caminho, uma direção para aquela tempestade escoar.

Olga já relatou isto: Clarice lhe entregou uma pilha de fragmentos, que ela pacientemente dividiu em dezenas de envelopes, depois encaixando-os, como as peças de um *puzzle*. Sem consciência de que escrevia um livro, Clarice escreveu um livro. Aos leitores é exigida, agora, a mesma liberdade. Liberdade para avançar às cegas e só muito mais tarde descobrir.

Quando se trata de Clarice, os críticos repetem sempre uma palavra: epifania. Termo tomado das religiões, que se refere à aparição ou manifestação do divino. Clarice, porém, não fala em deus, mas no "*it*" – isto é, a coisa. Os críticos logo se apressaram a confrontá-la com a fenomenologia. Passaram a dizer que Clarice Lispector escrevera "romances filosóficos". Pode ser uma saída, mas não sei aonde leva. Certamente, a muito longe de Clarice.

Há uma mulher em Paris, Hélène Cixous, que não vacila em afirmar: "Clarice é uma autora filosófica. Ela pensa, e nós não temos o hábito de pensar". Confronto o comentário de Hélène com o de Claire e fico pensando quantas Clarices cabem numa só mulher. Porque cada um a lê de uma forma particular, cada um é Clarice de uma maneira. Clarice, então, obriga-me a encontrar a minha.

Porto Alegre, agosto de 1995. Enquanto passeamos pela Rua da Praia, o escritor Caio Fernando Abreu rememora alguns de seus encontros com Clarice Lispector, de quem foi grande amigo. Certo dia, Caio foi a uma noite de autógrafos de Clarice. Ela fez com que ele se sentasse a seu lado e, enquanto autografava os livros, repetia baixinho: "Você é o meu Quixote, você é o meu Quixote". Caio, sempre muito magro, usava na época um grande cavanhaque.

Outra vez, caminhando juntos na mesma Rua da Praia, os dois pararam para tomar um café. Clarice, com a agenda cheia de compromissos literários, já estava em Porto Alegre havia quase uma semana. Mexendo seu café, com ar casual, ela se voltou para Caio e perguntou: "Em que cidade estamos mesmo?".

Caio se acostumou logo com a intimidade que Clarice tinha com a imprecisão. Com as pulsações que cercam os fatos, e não com os fatos. Com os miasmas, e não com as razões. Leu-a, ininterruptamente, durante anos a fio. Um dia, sentiu-se obrigado a parar. "Se eu não parasse, não conseguia mais escrever", afirma. Também o cerrado Caio se sentiu, em dado momento, invadido por Clarice. Não pela mulher elegante e discreta que tanto admirava, mas por sua literatura.

A tese que Claire Varin roubou de Clarice parecia, assim, se confirmar: quando um leitor se apaixona por um escritor, o leitor se torna o escritor. A figura magra e sonhadora de Caio fez Clarice pensar no Quixote, de Cervantes. Mas Caio, durante muito tempo, tinha medo de se olhar no espelho e ver Clarice Lispector, o que só serve para atestar o perigo guardado nas imagens.

"Não sei se o que Clarice fez é só literatura", ele me diz. Não contém o riso ao dizer "literatura". A palavra parece não se adequar, parece não dizer tudo. "Alguma coisa fica de fora", me diz. Antes que eu lhe pergunte, completa: "E não sei o que é".

Teve que se afastar. Chega um momento irremediável em que não há escolha: ou o leitor se afasta do escritor e volta a ser ele mesmo, ou estará perdido. Caio soube perceber o momento e se afastar a tempo. Passou a escrever "contra" Clarice – em luta com a escritora que o invadia. Talvez Clarice estivesse certa: ler é, provavelmente, a maneira mais intensa de escrever.

Paris, setembro de 1996. Chego, como repórter do jornal *O Estado de S. Paulo*, ao apartamento da escritora Hélène Cixous, que é apontada como a mais importante especialista europeia na obra de Clarice Lispector. Tão longe do Brasil, minha esperança é encontrar alguém que a decifre.

A entrevista exigiu uma negociação difícil, pois Hélène é uma mulher secreta e desconfiada. Para chegar até ela, precisei passar primeiro pelo escritório da líder feminista Antoinette Fouque, que é também a proprietária das Éditions des Femmes, a editora francesa de Clarice.

Antoinette começou a editar Clarice Lispector em francês em 1978, com *G.H.*, seu livro mais conhecido pelos leitores parisienses. Oito anos antes, a Gallimard tinha lançado a edição francesa de *A maçã no escuro*. "Em 1975, Clarice veio a Paris, visitou as Editions des Femmes, mas eu estava de viagem", ela se lamenta. Soube que seus assessores se impressionaram muito com a escritora brasileira. Um laço misterioso, porém, que pode ser tomado mais como um impedimento, persistiu. Entre 1975 e o ano da morte de Clarice, Antoinette Fouque esteve pelo menos três vezes no Brasil. Tentou sempre se encontrar com ela, mas, por motivos diversos, jamais conseguiu.

Antoinette não gosta que chamem Clarice de bruxa. "Sinto-a em contato mais intenso com as forças do bem, com as divindades, que com a feitiçaria", avalia. Para ela, Clarice é genial porque consegue manejar os extremos do humano: o esplendor e a miséria, a grandeza e a perdição, sem deixar nada de fora. "Parece que ela não sentia medo", me diz. Logo a mim.

Chego, por fim, ao apartamento de Hélène Cixous. Ela, de fato, se mostra cheia de suspeitas. Tem a seu lado uma assessora anônima, que lhe passa documentos, pontua os comentários com informações objetivas e, discretamente, me vigia. Discípula de Jacques Lacan, confidente de Michel Foucault e amiga íntima de Jacques Derrida, Hélène é uma típica intelectual parisiense.

Ela também não conheceu Clarice pessoalmente. Mas, mesmo sem saber o que esperava, desde muito cedo aguardou esse encontro. "Eu me sentia realizada como escritora, mas achava sempre que me faltava uma outra", diz. Derrida era seu outro masculino. Faltava-lhe o feminino. "Imaginava, no entanto, que jamais iria encontrá-lo", diz.

Lendo a obra da escritora austríaca Ingeborg Bachman (1926-1973), chegou a ter a sensação de que a estava encontrando. Mas ainda não se sentia satisfeita. Até que, um dia, conheceu em Paris a cearense Violeta Arraes, irmã do governador Miguel Arraes. Num comentário casual, Violeta lhe disse que a maior escritora brasileira acabara de morrer, no Rio de Janeiro. Chamava-se Clarice Lispector.

Hélène não se interessa pelo feminismo. Interessa-se por filosofia, e é como filósofa, diz, que lê Clarice Lispector. Lendo-a, descobriu que a diferença sexual não existe apenas na anatomia, mas também na escrita. Lamenta que as escritoras, quando escrevem, não consigam fixar essa fronteira entre os dois sexos. "Só a encontrei em Clarice", me diz.

Hélène passou a fazer seminários em todo o mundo sobre a obra de Clarice Lispector. No Japão, estimulados por ela, cerca de dois mil estudantes se esforçam para aprender o português só para ler Clarice. "Não são mais que dois mil, também, os franceses que a leem com dedicação", lamenta. Entende que a obra de Clarice se dissemina em silêncio, pelas sombras, restrita a pequenos grupos, a círculos quase secretos, mas dedicados.

Mesmo sem jamais ter visitado o Brasil, Hélène já conheceu muitos brasileiros apaixonados pela obra de Clarice. Da cantora Maria Bethânia ganhou, certa vez, um retrato da escritora, que ela mesma lhe dera. Ele ocupa, hoje, um lugar de honra em seu apartamento.

Hélène propõe, então, uma tese sobre o poder de sedução da escrita de Clarice. "A rigor, cada escritor escreve em sua língua particular", diz. "Eu, por exemplo, escrevo em Cixous. Clarice escreve em Lispector". E destaca, primeiro, as particularidades do português falado no Brasil, que estudou a fundo. "Só em brasileiro se pode escrever uma frase assim: 'É'. Nenhuma outra língua tem esse poder de síntese." Clarice, nascida na Ucrânia, pôde fazer uma escuta distanciada do português. E levou essa síntese à beira do abismo.

"Alguns chegam a dizer que Clarice fez feitiçaria, e não literatura", eu me arrisco a lembrar. Hélène, primeiro, se recusa a pensar na hipótese que lhe ofereço. "O Brasil é um país muito arcaico", diz, e eu me sinto um pouco ofendido, mas procuro me controlar. "Mas se a feitiçaria é uma metáfora, posso aceitá-la", reflete depois. E conclui: "Não é feitiçaria, é conhecimento da língua".

É que, diz Hélène, falamos dia e noite, sem cessar – mas sempre em estado de inconsciência. Não temos noção da língua, de usar uma língua, nem do que se guarda nas palavras. Clarice, ao contrário, tinha a respeito da língua uma espécie de hiperconsciência. Sentia-a todo o tempo e sabia que em cada palavra toda a língua era posta em jogo.

Saio do apartamento de Hélène carregando uma declaração que me parece quase insuportável: ela afirma, sem vacilar, que Clarice é a maior escritora do Ocidente no século XX e que sua obra só é comparável à de Kafka.

Kafka, o sem pátria, pode ser uma referência. Nascida na Ucrânia, Clarice veio para o Brasil ainda pequena. Casou-se com um diplomata, pai de seus dois filhos. Terminou de escrever seu segundo livro, *O lustre*, em Nápoles. O terceiro, *A cidade sitiada*, foi escrito em Berna. Muitos contos de *Laços de família* foram escritos em Londres. *A maçã no escuro* foi escrito em Washington, entre 1953 e 1954. Clarice foi uma escritora sempre deslocada de seu centro, ou melhor, sem centro.

Uma escritora desterrada. Clarice, Hélène me convence, habitava a língua – habitava o Lispector. O Brasil, para onde sua família emigrou, vinda do Mar Negro, foi só um acidente em sua biografia. Quando tinha nove anos de idade, perdeu a mãe, e com isso a voz estrangeira, ucraniana, que a habitava. Dizia, mais tarde, que seus longos erres eram só um efeito da língua presa. Talvez não fosse apenas isso. Mas sua dificuldade com a língua era evidente – e sua grandeza como escritora é, em grande parte, um resultado dessa dificuldade. Só uma pessoa que não se adapta à língua, que a revira, que dela desconfia, pode escrever uma obra como a de Clarice Lispector.

Curitiba, dezembro de 1997. Tomo um ônibus e me sento por acaso ao lado de uma moça magra, de mãos compridas, nariz quebrado e testa pálida, que está imersa na leitura de *G.H.* Espreito suas reações, pequenos movimentos, muito sutis, mas que lhe conferem uma dignidade especial. As páginas abertas trazem anotações, garranchos, setas em vermelho. A lombada está torta, e a capa, amassada. O ritmo de leitura é curioso: a moça dá saltos de uma página à seguinte, e de volta à anterior, até avançar mais um pouco e logo voltar mais uma vez. Parece imobilizada pelo que lê. Eu a olho: jovem, os cabelos presos num laço azul, olhos amendoados, sardas salpicadas pelo rosto e uma expressão solene, que poderia ser tomada como afetação, mas que não passa de um susto. Clarice diria que aquela moça *é* o que lê. Ela *é* Clarice.

● José Mário Rodrigues

Quando Clarice voltou[189]

Uma mulher bonita, traços marcantes, óculos escuros, misteriosa. Ao descer do avião, foi logo me dizendo que sabia como eu era fisicamente. A cartomante, que ela procurava com frequência, antecipou como seria a sua volta à terra da infância. Disse que "um rapaz magro de cabelo grande iria recebê-la e que a breve permanência no Recife seria proveitosa, embora sem nenhum lucro monetário".[190]

Até parece que estou iniciando um conto. Mas foi assim mesmo o meu encontro com Clarice Lispector, aqui no Aeroporto Guararapes, hoje Aeroporto Gilberto Freyre. Ela veio acompanhada de Olga Borelli, uma descendente de italianos, que depois escreveu um livro: *Clarice Lispector: esboço para um possível retrato*.[191]

---

[189] Depoimento enviado a Nádia Battella Gotlib em março de 2020. Uma versão reduzida desse texto foi publicada em: RODRIGUES, José Mário. Lembranças de Clarice. *In: Outras brevidades: crônicas*. Recife: Comunigraf, 2006. p. 125-126. José Mário Rodrigues (1947), formado em Direito, escritor e jornalista, pertence ao grupo de escritores da Geração de 65 residentes em Recife. Trabalhou no *Jornal do Commercio* e no Suplemento Literário desse jornal. Autor de, entre outros, *A estação dos ventos* (1973), *O eterno de todo dia* (1987), *Os motivos* (1975), *Alicerces de ventania* (2003), *O voo da eterna brevidade* (2017) e, de crônicas, *Outras brevidades* (2006). É membro da Academia Pernambucana de Letras.

[190] Esse fato contado por Clarice levou José Mário Rodrigues a escrever uma crônica sobre cartomante e leitura da sorte, intitulada "Quero as cartas na mesa" (*Jornal do Commercio*, 31 dez. 2002).

[191] Olga Borelli publicou o livro *Clarice Lispector: esboço para um possível retrato* (Rio de Janeiro: Nova Fronteira) em 1981, quatro anos, portanto, após o falecimento da escritora Clarice, que se tornara uma grande amiga sua. Olga

Consegui, sem dificuldade, hospedá-la no Hotel São Domingos, na Praça Maciel Pinheiro, porque ficava mais perto do sobrado em que ela morou quando a família emigrou da Ucrânia e aqui permaneceu por dez anos. O hotel, na época, era o mais badalado da cidade. Intelectuais, jornalistas e políticos frequentavam o seu restaurante. Os poetas Carlos Moreira, o jornalista Esmaragdo Marroquim e a pintora Ladjane Bandeira sempre apareciam por lá. Eu e o poeta Tarcísio Meira César não tínhamos emprego nem dinheiro, mas Audálio e Moreira faziam questão de bancar nossos comes e bebes.[192]

Na primeira vez que saímos para uma volta pela cidade, Clarice ficou um tempo parada ante o sobrado do número 378, olhando silenciosa, pensativa. No sobrado estava a sua história da infância. Essa que a gente carrega pela vida toda e deixa marcas profundas que moldam a personalidade. O cenário dessa história não foi alegre nem havia fartura. Sua família era pobre, e sua mãe, doente. Pouca gente sabe, mas foi a penúltima viagem que ela fez antes de morrer. Suas

---

Borelli viveu próxima a Clarice Lispector desde final de 1970 até o dia da morte de Clarice, 9 de dezembro de 1977, período em que atuou como sua secretária, datilografando-lhe os textos e reunindo os fragmentos deixados por Clarice Lispector, como os que resultaram no livro *Um sopro de vida*, obra cuja data de publicação, 1978, é póstuma. (Ver, neste livro, a parte "Olga Borelli", p. 404.)

[192] Esmaragdo Marroquim (1912-1997), o mais velho do grupo citado por José Mário, foi jornalista e diretor do *Jornal do Commercio*; Ladjane Bandeira (1927-1999), poeta e artista plástica, estreou no *Jornal do Commercio* como cronista em 1947, quando Esmaragdo Marroquim era diretor do referido jornal; Carlos Martins Moreira (1918-1993), paraibano radicado em Recife, advogado e escritor, autor de sonetos, pertenceu à chamada Geração de 45, que teve ação significativa contra a ditadura do Estado Novo; Tarcísio Meira César (1941), também paraibano, que se mudou para Recife ainda jovem, foi o mais velho dos poetas da Geração de 65, cursou Filosofia e ingressou no jornalismo nos anos 1960 como repórter do *Jornal do Commercio* e, depois, foi redator do *Diário de Pernambuco*. Mudou-se para o Rio de Janeiro, onde trabalhou em vários jornais, como *O Globo*, *Última Hora*, *Diário de Notícias*, *Correio da Manhã*. Audálio Alves (1954-1999), autor de vários livros de poesia, foi também diretor de assuntos culturais da Fundação de Arte de Pernambuco (Fundarpe) e diretor do suplemento literário do *Jornal do Commercio*.

raízes e a infância foram a germinação de seus misteriosos textos, como *A maçã no escuro*, *A paixão segundo G.H.*, *Água viva*, *A hora da estrela* e outros. Não me lembro de qual livro é essa frase. Pode até ser de uma entrevista: "Eu não penso em escrever beleza, seria fácil. Eu escrevi espanto e o deixo inexplicado".[193]

Clarice tinha a excentricidade dos gênios, dos loucos. Fazia o que queria, quando queria. Tinha vontade de comer a todo momento nos lugares mais impróprios. Cancelava compromissos, deixava a conversa pela metade e ia satisfazer a sua voracidade. Possivelmente, acredito, não era fome mesmo. Eram ansiedade, inquietações, provocadas pelos remédios que tomava.

Ela passou no Recife três dias. Reviu a sua casa, o Ginásio Pernambucano, onde estudou, o Mercado de São José. Andou por toda a rua da Aurora, o Recife antigo. Visitou, na Avenida Boa Viagem, a sua tia Mina Lispector e suas primas e primos. Sugeri ao poeta Marcus Accioly, que era diretor do Departamento de Extensão Cultural da Universidade Federal de Pernambuco (DEC), providenciar um almoço com alguns intelectuais da cidade. Marcus escolheu o Restaurante Varanda, no Esporte Clube do Recife. No dia e no horário combinados, lá estavam César Leal, Audálio Alves, Tereza Tenório, Ângelo Monteiro e alguns professores da Universidade Federal de Pernambuco.[194] A recepção foi a melhor possível.[195]

---

[193] A frase sobre "beleza" e "espanto inexplicado" aparece na crônica de Clarice Lispector intitulada "Brasília: cinco dias", ao se referir a Lúcio Costa e Oscar Niemeyer: "Os dois arquitetos não pensaram em construir beleza, seria fácil; eles ergueram o espanto deles, e deixaram o espanto inexplicado". (A crônica, publicada primeiramente na revista *Senhor* de fevereiro de 1963, é republicada no volume *A legião estrangeira*. Rio de Janeiro: Editora do Autor, 1964. p. 162-167.)

[194] César Leal (1924-2013), poeta cearense que viveu em Recife, foi jornalista, professor e crítico literário. Já Ângelo Monteiro e Tereza Tenório pertencem à geração de escritores que nasceu nos anos 1940: respectivamente em 1942 e 1949.

[195] Raimundo Carrero (1947), escritor, jornalista e professor da Universidade Federal de Pernambuco, relata como foi esse almoço. (Ver, neste livro, a parte "Raimundo Carrero", p. 459.)

No dia seguinte, aconteceu a palestra programada no auditório do Banco do Estado de Pernambuco (Bandepe). Foi nesse dia o meu grande aperreio dessa visita, concretizada com a colaboração do escritor Augusto Ferraz, que mereceu de Clarice um comentário elogioso a um dos seus livros.[196] Tudo pronto, auditório lotado por pessoas que queriam ver de perto uma celebridade da literatura brasileira. Ao perceber a grande quantidade de gente, Clarice cismou de não entrar no auditório. Por um momento, me vi levando uma cambada de pau da plateia. E pensei: ela não pode desistir de falar, de ler o texto que havia preparado. Tive um rasgo de imaginação e resolvi agir como se lidasse com uma criança. "Não tenha medo, Clarice, agarre no meu braço, e quando chegar à mesa você nem precisa virar a página. Eu mesmo faço isso. Leia sem olhar para a plateia." Não deu outra, ao começar a leitura, ela foi se soltando e depois até respondeu às perguntas dos presentes. A sua tia Mina e suas primas[197] estavam nessa noite, que, por sorte, não deu errado.

No último dia da permanência de Clarice no Recife, fomos visitar a Oficina de Francisco Brennand. Enquanto aguardávamos a chegada do pintor, no belo escritório – um forno desativado – ela me surpreendeu, fazendo uma previsão, e disse-me: "Você vai conhecer o mundo". Na época, eu era estudante de Direito, pobre, morava numa pensão e nunca havia entrado num avião. O melhor é que a previsão deu certo: tenho viajado muito.

A autora de *Laços de família*, de quem fiquei amigo e que prometeu me levar para conhecer a sua cartomante, morreu um ano

---

[196] Trata-se de *O branco fatídico* (Livraria do Mundo Inteiro, 1974). O autor, Augusto Ferraz, então jovem de 20 anos, conheceu Clarice em 1974, época em que iniciou com a escritora uma relação de amizade. Augusto Ferraz também recebeu Clarice Lispector em Recife, em maio de 1976, e a acompanhou em passeios pela cidade e à Oficina Francisco Brennand, com José Mário Rodrigues e Olga Borelli. E relata, inclusive, que ela esteve em sua casa, onde jantou "um saboroso peixe que minha mãe lhe preparara" (Augusto Ferraz, em depoimento a Nádia Battella Gotlib, em 20 de agosto de 2008).

[197] Mina Lispector, sua tia por parte de pai, foi casada com Salomão Lispector (irmão de Pedro Lispector, pai de Clarice Lispector) e mãe das primas Berta, Pola e Vera, além do primo Samuel.

depois.[198] Não deu tempo de cumprir a promessa. Ela viajou para além das estrelas. "Por um momento / me senti parte da criação / e recitei o poema que ela esperava / para dormir em paz."[199]

---

[198] A viagem a Recife aconteceu no final de maio de 1976. A morte de Clarice Lispector aconteceria, portanto, um ano e sete meses depois dessa viagem.

[199] Versos do poema "Clarice", criado por José Mário Rodrigues, no dia da morte da escritora, seguem aqui, na íntegra: "Derramou palavras: / gotas de chuva sobre a relva. / Falou do vento que alisa / nossas lembranças. / Dos "Laços de Família", / Da "Cidade Sitiada" que se perdeu / em algum lugar da Ucrânia. / Por um momento / me senti parte da criação / e recitei o poema / que ela esperava / para dormir em paz".

■ Clarice Lispector, por ocasião de sua conferência no Bandepe, em Recife, em maio de 1976, sobre "Literatura de vanguarda no Brasil", na companhia de (da esq. para a dir.) José Mário Rodrigues, Augusto Ferraz e Olga Borelli. (Arquivo pessoal de José Mário Rodrigues.)

● Júlio Rabin[200]

Eu nasci na véspera da guerra, em 1914. Nasci em Maceió, Alagoas, em frente ao "gogó da ema", um coqueiro de forma estrambótica que existia na praia de Pajuçara.[201] Fiquei dois anos em Maceió. Quando tinha essa idade, meus pais se mudaram para Recife. Vieram da Rússia, da Ucrânia. Ele, separado dela. Não se conheciam na Rússia. Jorge, meu pai, morava numa herdade, do conde Paulo. Era um povoado onde moravam umas 20 ou 30 famílias. E Rosa, minha mãe, veio de uma cidade pequena. Ela teve a grande chance de fazer o ginásio, o que, para o judeu, era uma coisa muito séria, muito problemática. Havia o que se chama de *numerus clausus*, uma quota para o judeu entrar na escola. Então ela fez o ginásio numa grande cidade russa, Odessa, onde foi filmada aquela célebre cena do Eisenstein.[202] Fez o ginásio durante oito anos. Como não tinha futuro lá, ela procurou sair. Em geral saíam clandestinamente. Mas

---

[200] Depoimento concedido a Nádia Battella Gotlib em 13 de maio de 2003, na residência de Júlio Rabin, em São Paulo. (Gravação em fita de vídeo.)

[201] O coqueiro conhecido como "gogó da ema", localizado no bairro da Ponta Verde, na Praia de Pajuçara, em Maceió, firmou-se como um símbolo da cidade e da terra alagoana. Tombou em julho de 1955, portanto, 48 anos antes da data em que Júlio Rabin concedeu este depoimento.

[202] Refere-se à cena antológica do filme *O encouraçado Potemkin* (1925), de Serguei Eisenstein (1898-1948), locada numa imensa escadaria voltada para as margens do Mar Negro, na cidade de Odessa. Nos degraus da escadaria é filmada a cena de um violento massacre da população da cidade, que se mostrava favorável ao movimento dos marinheiros ancorados em frente à cidade, no navio *Potemkin*, rebelados contra os maus-tratos recebidos pelos superiores. A população da cidade concentrada na escadaria é violentamente encurralada pelo exército czarista, que ataca pela parte alta da escadaria, e por cossacos, na sua outra extremidade.

minha mãe arrumou um visto de saída. Veio legalmente. Meu pai saiu pela fronteira, clandestino.

Meu pai saiu da Rússia e não veio para o Brasil. Foi para Buenos Aires, onde experimentou os primeiros ares da liberdade. Porque na Rússia não se podia fazer nada, não se podia falar, inclusive ele nunca entrou num colégio russo. Ele era soldado e "roubou a divisa", ou seja, fugiu. Foi para a Argentina em 1909, onde já estava seu irmão Abraão. Foi com o irmão José, também soldado e solteiro. Então meu pai começou a trabalhar lá. Adorou a liberdade: podia ir para onde quisesse, fazer o que quisesse. Um grande prazer dele era, sábado à tarde, depois do trabalho, ir para um bar tomar um copo de vinho, comer um sanduíche. Era uma festa! Ele ficou alguns anos em Buenos Aires.

De Buenos Aires veio direto para São Paulo e aí se estabeleceu. Em 1911 já estava em São Paulo e assistiu à inauguração do Teatro Municipal, ouvindo o cantor Titta Ruffo interpretar a peça *Hamlet*, de Shakespeare. Comentava cenas do *Hamlet*, que ele lembrava. (Lembrança é apanágio da família, a família inteira tem boa memória.). Começou a vender imagens de santos, que as pessoas costumavam pregar nas paredes, o que era comum no Brasil naquele tempo. Em toda casa tinha a imagem dum santo, seja em escultura, seja em papel. E meu pai tinha uma lojinha na Rua Augusta, com um pé de escada, onde vendia essas imagens de santos.

Mas, como não estava ganhando dinheiro, resolveu ir para o Nordeste, onde acreditava que poderia vender mais imagens. Porque começaram a dizer: "Não, vai para o Norte! Lá que é bom, não sei o quê". Ele saiu daqui bestamente, talvez não devesse ter saído. Se arrependeu depois.

Foi para Maceió, em 1913 ou 1914, onde estava seu irmão Pedro, o mais velho dos sete filhos Rabin. Jorge, meu pai, casou-se com uma prima, Rosa Rabin, em Recife. Depois do casamento, voltaram para Maceió, que era uma cidade muito pequena. Em Maceió nasci eu, seu único filho. Depois foram para Recife. E lá ficaram.

Em Maceió, o nosso médico era o poeta Jorge de Lima. Eu cheguei a conhecer esse médico, eu tinha dois anos. Jorge de Lima era profissionalmente médico e era também poeta. Era nosso médico de família. Minha mãe descobriu que eu não dormia. Ficava lá no berço quietinho, não chorava, mas sempre aceso. Minha mãe chegava... e eu nunca estava dormindo. Então, quando eu tinha dois anos, ela me levou ao médico, ao Jorge de Lima. Ele era um homem inteligente. Não me deu remédio, mas deu um conselho à minha mãe: que eu evitasse estofados. Eu devia sempre sentar e deitar em superfícies duras. Eu sempre dormi muito pouco, como durmo, até hoje, muito pouco. Normalmente eu vou adormecer de manhã e por isso eu acordo às vezes até ao meio-dia. Tenho muita insônia, mas isso nunca me prejudicou, nem para o trabalho mental nem para a minha memória...

Recife sempre foi um porto seguro para eles.

Conheci as irmãs Lispector em Recife.

Em Pernambuco, meu pai começou a trabalhar. Foi mascate, como todo judeu que vinha para o Brasil. Ele adorava a terra. Deu-se muito bem com o povo. Não teve escola nenhuma, era autodidata.

Foi quando houve um problema comigo. Com quatro anos, em 1918, deu-se a grande epidemia de gripe espanhola. A espanhola apareceu na Europa em meados de 1918. Muito debilitante. O pessoal, mal alimentado, foi presa fácil. Berlim foi um dos principais locais a receber a gripe. A Primeira Guerra Mundial terminou em novembro de 1918. Em 12 de novembro houve o armistício e terminou a guerra.

A gripe espanhola se espalhou pelo mundo inteiro, veio para a América. Minha mãe contava que até havia uma controvérsia: será que a gripe atravessaria o oceano ou não? E os médicos diziam: "Vai atravessar o oceano". Veio e veio em cheio. Foi um morticínio.

Eu peguei a gripe. Mas não peguei em 1918. A gripe amorteceu em 1918 e 1919. Pensava-se que ia terminar. E houve um repique em fevereiro de 1919. Esse foi fatal mesmo. E eu peguei a gripe nessa ocasião. Passei mal. Nós tínhamos um médico, doutor Silva Ferreira, que tinha até uma farmácia, mas, quando eu tive a gripe espanhola, era impossível encontrá-lo. Havia poucos médicos disponíveis.

Lembro uma passagem jocosa dessa ocasião. No dia em que o médico me deu alta, eu disse: "Eu vou morrer, doutor?". "Não, você não vai morrer." Desci da cama, fui, correndo, abraçá-lo e caí feito um saco de batata. Estava fraco. Enfim, venci a gripe espanhola. Mas tudo era proibido. Você não podia fazer isto, não podia fazer aquilo, não podia sair, não podia tomar vento, não era como hoje, que mandam sair para o jardim. Ficava em casa, fechado.

E minha mãe, que não era de ficar à toa, me alfabetizou. Eu fui alfabetizado pela minha mãe, que não sabia falar português. Ela também *se* alfabetizou. Então me ensinou o alfabeto, me ensinou a ler, me ensinou a tabuada, me deu os primeiros elementos de como guardar na minha memória e me mostrou como eu devia ler. Esta foi a grande influência da minha mãe: o que é que eu devo fazer quando eu vou ler um texto? Ela me incentivava a ler jornal, a ler o livro principal, acessível à infância, e a ler revistas. Eu fui um dos primeiros assinantes da revista infantil chamada Tico-Tico, que assinei por muitos anos. Então, ela me ensinou a ler. Que cuidado eu devo tomar quando eu vou ler um livro? Estilo, construção gramatical, escolha de termos… Uma coisa maravilhosa! Eu devo isso a ela, me ajudou muito. Depois apliquei o que ela me ensinou durante minha vida, inclusive me lembro de que, quando li a Bíblia, eu me lembrei de tudo que minha mãe me disse. Eu li a Bíblia à luz do que a minha mãe me ensinou. E ocasionei muita polêmica… aliás, toda vida fui polêmico.

Essa foi minha infância, com quatro anos. Com seis anos entrei no jardim da infância. Com sete entrei no primário e fiz esse curso em dois anos. Com dez anos entrei no ginásio. Para entrar no ginásio, naquele tempo, era preciso fazer um tipo de vestibular. Chamava-se admissão. Eu fiz o exame de admissão, passei. Nunca cursei o primário em escola pública. Sempre em escola particular. Estudei no Colégio Aires Gama. Com nove anos eu estava pronto para entrar no ginásio, mas não podia. Então meu pai deu um jeito: aumentou a minha idade, a minha idade civil é mais alta do que minha idade biológica, tenho muito mais que noventa anos…

Quando entrei no ginásio, deu-se um fato muito marcante aqui no Brasil. O sistema secundário vigente no Brasil, antes de eu entrar no ginásio – que foi, se não me engano, em 1923 para 1924, por aí –, era um sistema que se chamava "parcelado". O ginásio era formado por 12 cadeiras, e o sujeito escolhia um certo número de cadeiras a fazer por ano. Em geral, faziam-se três cadeiras por ano, e em quatro anos terminava-se o ginásio. Quando eu entrei no ginásio e fiz o tal do exame de admissão, tinha acabado o regime "parcelado" e entrou em vigor o chamado "seriado". Decorreu de uma reforma proposta por um médico do Rio de Janeiro, que foi secretário da Educação, chamado Rocha Vaz. A Reforma Rocha Vaz recebeu um protesto geral, porque havia que se cursar oito cadeiras por ano, e as cadeiras se estendiam por 2, 3, e 4 anos. Tínhamos quatro anos de Português, três anos de Francês, três anos de Latim, uma língua saxônica opcional – Inglês ou Alemão, eu escolhi Inglês. Terminei o ginásio em 1927 para 1928.

Nessa altura a Clarice já estava em Recife.

Não me lembro exatamente do ano, mas ela já estava em Recife. E alguns dos meus seis tios também.

Eram sete irmãos: Pedro, Samuel, Abraão, Jorge, José, Dora e Jacó.[203]

E tinha um ramo que morava em Maceió: meu tio, José, que saiu da Rússia com papai e foi com ele para Buenos Aires. Jacó foi para Maceió, morou lá o tempo todo, morreu lá. José foi também para Maceió, se desenvolveu, ficou rico, fez uma fábrica de sabão, morou o tempo todo em Maceió, depois ele morreu aqui em São Paulo de doença, mas toda a vida morou em Maceió. Foi com ele que o pai da Clarice trabalhou... o que é um modo de dizer, digamos assim... porque o pai da Clarice, em Maceió, trabalhou com o rei da família, o mais velho, o José. Tem até, se não me engano, um livro da Elisa sobre a família dela, ela fala "muito bem" dele... [*Riso irônico.*] Não quero falar nada...[204]

Pedro [Rabin] tinha uma loja de fazendas. Tio Abraão era o pai da Sarita, que ainda está viva, em Israel, com 96 anos. E meus pais trouxeram outros irmãos, da Rússia. Entre eles, Samuel. E Dora, única mulher, mãe de David, Jacó, Jonas, Anatólio e Cecília. Israel era o seu marido e pai desses cinco filhos. Então eles vieram para o Recife, se instalaram e começaram a trabalhar, cada um por si, cada um trazendo

---

[203] Eram sete os filhos de Leivi Rabin (irmão de Tcharna Rabin, avó materna de Clarice Lispector) com sua primeira esposa, Sara.

[204] Elisa Lispector manifesta certa revolta quando se refere aos tios Zina (Krimgold) Rabin e José (Rabin), que, aliás, eram primos entre si. Segundo Elisa, a sua família – formada de pai, mãe e três filhas – não foi por eles bem acolhida quando chegaram a Maceió. E, ainda segundo Elisa, o trabalho do pai na fábrica de sabão do seu tio era por demais pesado, sem equivalente recompensa (ver LISPECTOR, Elisa. *No exílio*. Rio de Janeiro: Pongetti, 1948; LISPECTOR, Elisa. Exorcizando lembranças. *O tigre de bengal*a. Rio de Janeiro: José Olympio, 1985. p. 55-63).

seus problemas, que iam resolvendo. Adoravam viver aqui no Brasil, o pessoal se deu bem aqui.

Houve uma empatia muito grande de meu pai com a família Lispector. Meu pai, particularmente, gostava muito do Pedro. E o Pedro chegou numa condição muito desagradável. A mulher dele, Malka [Marieta], era doentíssima, tinha Parkinson em último grau, encefalite, era toda paralisada, trêmula, horrível. Quando teve a Clarice, ela já estava doente. A Malka sofreu. Lembro que um dia apareceu lá em Pernambuco um aventureiro que tinha habilidade de tratar portadores daquela doença de que a Malka sofria, que afetava o cérebro, afetava o conhecimento...

Ela teve três filhas, Elisa, Tania e Clarice. As meninas praticamente se criaram sozinhas. Pedro foi um pai maravilhoso, pai e mãe, como se diz. Elisa tinha um olhar de clã, por assim dizer, olhava a todos. A família vivia com muito amor – uma coisa rara de se ver. Vieram para Recife crescidinhas, Clarice era menina. Cada uma foi para a escola, alunas maravilhosas. A Tania estudou música, a Elisa fez o ginásio e Clarice, o ginásio. A única que fez curso superior foi a Clarice. Ela se formou em Advocacia, no Rio de Janeiro.[205]

A cidade era pequena. Morávamos muito perto deles, ali pela Rua da Imperatriz, ou Rua do Aragão. Ela morava, eu me lembro, num sobrado da Praça Maciel Pinheiro. O pessoal se visitava. Fazer visita: hoje em dia não se vê mais esse costume. Tomava-se chá. Comentávamos os acontecimentos locais. Eu me dava muito bem com as meninas. Mais do que com qualquer um dos meus primos. Eram muitos, os primos. A Dora tinha cinco filhos. Samuel tinha três filhos. O Pedro [Rabin] tinha dois filhos, um filho e uma filha. De modo que eu me dava muito mais com as filhas do Pedro Lispector, pois havia empatia muito maior com elas.

Pedro [Lispector] trouxe um irmão, o Salomão, que veio morar em Maceió. A mulher dele ainda era viva há algum tempo, a Mina. Se não me engano, ele teve três filhos. Me lembro de um filho, Samuel, me lembro de duas filhas, não sei se tinha mais.[206]

---

[205] Elisa Lispector fez curso universitário de Sociologia e recebeu certificado pela Universidade do Brasil, atual Universidade Federal do Rio de Janeiro, em 29 de agosto de 1946.

[206] Salomão e Mina Lispector tiveram quatro filhos: Berta, Samuel, Pola e Vera.

As festas religiosas eram as da liturgia judaica, a do Ano Novo Judaico – que agora vai ser em setembro –, Rosh Hashaná, e o Yom Kipur, Dia do Perdão. Meus pais não eram religiosos. Meus pais acreditavam profundamente em Deus. Profundamente. Mas não eram fundamentalistas. Todos acreditavam em Deus, mas ninguém seguia todos os preceitos religiosos, ninguém comia *kasher* em casa. Então as únicas festas judaicas guardadas mesmo eram – as que se chamam de fim de ano – o Ano Novo, o Dia da Expiação e a Páscoa, Pessach, que coincide mais ou menos com a Páscoa cristã. Jesus foi crucificado depois de uma ceia de Páscoa judaica. Se você olha para aquele quadro do Da Vinci, a *Santa ceia*, você vai ver que em cima da mesa estão ali todos os elementos da Páscoa judaica. Jesus era judeu. Era um bom judeu. Guardava os dias e ele celebrou a Páscoa judaica.

E havia muito teatro lá. A sociedade se organizou. Formou-se uma pequena sociedade, e eles levavam peças, de um âmbito mais recreativo do que religioso, em ídiche, evidente, abordando mais o folclore judaico. Entendíamos o ídiche, porque em casa se falava o ídiche. E na casa da Clarice também. Em casa se falava muito português também. Mas falava-se ídiche.

Recife era uma terra muito pequena, não dava para pegar atores de fora. Iam para o Rio, para São Paulo, para Buenos Aires. Buenos Aires era o centro do judaísmo na América do Sul, chegou a ter uma colônia de 300 mil judeus. Rio e São Paulo eram maiores, mas há até pouco tempo havia pouquíssima gente. Depois teve muito mais gente. Eu já não conheceria mais ninguém.

Para o teatro, a gente captava filho de um, filha de outro, mais filha de outro. Não havia companhia estabelecida. A companhia era para aquela peça. Havia o quê? Uma peça por semestre. Duas peças por ano, não mais do que isso. Eram essas as festas da colônia. E as festas de Roshaná e Páscoa eram celebrações íntimas. Cada um festejava a Páscoa na sua casa. Eram festas que tinham de ser guardadas. Lembrava-se a data do calendário judaico, quando o templo foi destruído.

Estudei hebraico, como todo judeu, quando eu tinha 12 para 13 anos, meus pais me prepararam. Não havia professor de Hebraico em Pernambuco. Meu pai, com mais um ou dois amigos, especialmente o Moysés Chvarts, e o Feldman, se reuniram, se cotizaram, e trouxeram um professor de Hebraico, e ele foi meu professor, Yoná (Jonas) Ileman. Ele era sabra.[207] Veio de Israel. Rapaz, aventureiro, muito inteligente, foi para o *kibutz* e tudo o mais. E ele me ensinou o que um rapaz devia saber quando fazia os 13 anos, mas não muito pelo prisma religioso, e sim pelo prisma literário, pelo prisma social.[208] Ele não era homem religioso, como eu também não era. Então, nós nos dávamos muito bem. E isso foi o núcleo da criação, em Recife, do Colégio Israelita Moysés Chvarts, que existe até hoje.

Moysés [Chvarts] era um grande incentivador, era amigo íntimo do meu pai.

Eu saí de Pernambuco em 1933. E não voltei mais, a não ser por duas vezes, profissionalmente, quando eu já era formado. Eu vim cursar o 3º ano de Engenharia em São Paulo. Estudei Engenharia em Recife em 1931-1932. Em 1932 eu fiz o tiro de guerra. Cuidei durante as férias da transferência. Vi se havia vagas e tudo mais.

Em 1933 eu cheguei a São Paulo. A minha turma em Recife, na escola de Engenharia, era composta por seis. O vestibular era muito difícil. Noventa e tantos candidatos, quase cem, e apenas seis passaram nos exames de acesso ao curso. Desses seis, em 1933, três colegas do mesmo ano de curso vieram para São Paulo. Eu, Guilherme Teixeira de Queirós e Mario Schenberg.

---

[207] O termo, derivado do nome do fruto de um cacto local, foi usado politicamente pelo movimento sionista para celebrar o "novo judeu", criado pelo movimento. Ao contrário do "velho judeu" nascido no exílio, estereótipo do burguês, o sabra era alguém nascido no novo país, ligado ao trabalho do solo no *kibutz* ou em outras colônias agrícolas (ROZENCHAN, Nancy. O que resta da vida e o contexto histórico: a respeito da identidade judaica e sua expressão na literatura hebraica. *Cadernos de Língua e Literatura Hebraica*, n. 10, p. 15, nota 4, 2021. Disponível em: https://doi.org/10.11606/issn.2317-8051.cllh.2012.53644. Acesso em: 10 ago. 2023).

[208] Júlio Rabin afirma ter tido uma experiência um tanto singular na adolescência em relação aos costumes judaicos. Tradicionalmente, essa passagem para a maioridade de adolescentes judeus do sexo masculino, chamada *Bar Mitzvá* ("filho da lei" ou "filho do mandamento"), pressupõe cursos de ensinamentos religiosos e culmina, por volta dos 13 anos de idade do adolescente, em cerimônia ritual com leitura de textos sagrados, uso de símbolos próprios para a ocasião e, por fim, uma festa compartilhada com familiares e amigos.

Eu vim antes deles, como ponta de lança, para resolver problemas burocráticos. Cheguei em fevereiro, eles chegaram em março. Eu nunca quis estudar Engenharia. Eu queria estudar Matemática. Mas não tinha curso de Matemática no Brasil. Diziam: "Quer ser matemático? Então vá estudar engenharia". O que é uma besteira. A escola de Engenharia foi muito fácil para mim. Dos seis que entraram, um colega ainda está vivo, Pelópidas Silveira. Ele se formou em Recife. Era mais da matemática. Foi, inclusive, prefeito de Recife e pré-candidato a governador quando a "salvadora" [*riso irônico*] de 1964 aposentou-o. Ele está vivo até hoje. Nós ainda conversamos de vez em quando.

Nós três, que fomos para São Paulo, nos formamos em 1935-1936, na Poli, Escola Politécnica de São Paulo (EPSP). Mas sempre havia aquele sonho de estudar Matemática. Ou Física. Schenberg era mais físico. Eu era mais matemático.

Em 1933 eu fui muito mal recebido pela minha turma, eu era nordestino, havia aquela rivalidade, mas depois passou.

Depois da Revolução de 1932, um grupo foi praticamente capitaneado pelo pessoal do jornal *O Estado de S. Paulo*, da família Mesquita, de Júlio de Mesquita Filho, para criar uma universidade em São Paulo. O Brasil não tinha uma universidade. As escolas superiores eram isoladas, não havia contato de uma com outra. E eles queriam criar uma. No dia 25 de janeiro de 1934, foi fundada a Universidade de São Paulo, por Armando Sales de Oliveira, então interventor no estado de São Paulo e cunhado de Júlio de Mesquita Filho. Eu me lembro da fundação. Foi na Universidade de Medicina, em Pinheiros. O primeiro diretor da Faculdade de Medicina foi o Arnaldo [Vieira de Carvalho]. Nomearam o reitor, que foi um figurão daqui chamado Reinaldo Porchat. Era um homem de arroubos, de muita retórica, mas era um homem de proa. E o governador nomeou, naquela ocasião, um professor da Politécnica para ir à Europa contratar professores.[209] Ele

---

[209] Refere-se ao professor brasileiro Teodoro Ramos, designado para viajar para a Europa a fim de contratar professores. Foi para a Itália e posteriormente para a França (ver ARBOUSSE-BASTIDE, Paul. Entrevista concedida a Antônio Marcos de Almeida. *Língua e Literatura*, v. 10-13, 1984. Número especial. Disponível em: https://doi.org/10.11606/issn.2594-5963.lilit.1984.114562. Acesso em: 10 ago. 2023).

foi à Europa e não havia assim tanta disponibilidade de professores. Ele pegou o que podia.

Na área de exatas, ele contratou professores da Itália, contratou quatro, mas um era de outra área. Entre eles, o [Gleb] Wataghin, professor de Física, e o [Giacomo] Albanese, de Geometria. E contratou um professor de História Natural, chamado Honorato [?], que teve uma passagem curta aqui no Brasil. E foi à França, onde o Júlio de Mesquita tinha muito boa penetração, muito boa relação graças a um sociólogo lá, e aí contratou muitos professores de humanas: [Paul Arbousse-] Bastide,[210] Deffontaines. E trouxe a turma para cá. Foi à Alemanha, onde ele contratou o professor de Química Heinrich Rheinboldt. Bom, os italianos e franceses logo começaram a lecionar, se bem que precariamente, com a própria língua deles. Estudaram logo o português, no segundo ano já estavam falando português, mas no primeiro ano deram o curso na sua língua. Eu tive o primeiro curso em italiano, o pessoal de humanas teve curso em francês e assim por diante. Então, eu estudei na USP em 1934, 1935 e 1936. Em 1935 me formei em Engenharia e, em 1936, me formei em Matemática.

Muito tempo depois, tive poucos encontros com a Clarice.

Vi a Clarice por duas vezes.

Numa primeira vez, ela estava com uma mulher que eu não conhecia e que me apresentou na hora como sendo "minha comadre": era Maria Bonomi, sua grande amiga. Esse foi o primeiro contato com a Clarice. Naquele tempo ela escrevia na *Manchete*, publicava seus livros... Eu tive uma conversa com ela muito rápida. Aqui em São Paulo.

Na segunda vez, a conversa foi um pouco mais profunda, digamos assim, num encontro no teatro. Encontrei a Clarice na fila da bilheteria. Eu estava no Rio de Janeiro profissionalmente, não tinha nada para fazer de noite, eu gostava "imenso" de teatro. Vi que estava passando uma peça chamada *A morte do caixeiro viajante*.[211] Eu

---

[210] Outro professor de sobrenome Bastide, Roger Bastide, veio da França para atuar como professor de Sociologia da USP, em 1938.

[211] A peça *A morte do caixeiro viajante* estreou no Teatro Glória em 1º de agosto de 1951 (*A Noite*, 1º ago. 1951, p. 4).

queria muito ver essa peça, escrita pelo Arthur Miller. É uma peça de uma profundidade humana tremenda, eu lia as críticas. Eu estava no Rio hospedado no [hotel] Itajubá, e a peça estava sendo exibida num teatro da Cinelândia. Fui. E nessa noite encontrei a Clarice e conheci o marido dela. Então, nos sentamos juntos, conversamos bastante, tanto que eu voltei a ver a peça depois, pois não tinha visto a peça muito bem porque fiquei conversando com a Clarice durante a peça. Falamos de tudo. Não da peça.

A peça – é engraçado – estava sendo levada pela companhia do Jaime Costa, e eu conheci o Jaime Costa em Pernambuco, quando eu entrei na escola de Engenharia. O centro acadêmico distribuía entradas para o teatro, eu pegava entradas de vez em quando, e ele aparecia por lá. As melhores companhias do Brasil, que levavam peças até aquela região, eram: a do Procópio [Ferreira], que era a primeira; e, em seguida, a do Jaime Costa. O Jaime Costa surgiu em Pernambuco com uma companhia, digamos, tipo *boulevardier*, com peças muito leves. Tinha um ator cômico muito bom, Aristóteles Penna. Havia um outro, Armando Rosas. E a Lígia Sarmento, lembro até agora. E eu gostava mesmo de teatro. As peças, em geral, eram francesas traduzidas para o português.

Eu me admirei muito de ver uma companhia como a do Jaime Costa, que levava peças tão leves, optar por um teatro tão profundo e difícil de representar como *A morte do caixeiro viajante*. Aí foi maravilhoso! Eu fiquei bobo de ver o que um ator pode fazer, em que ele pode se transformar! Aí eu vi o que era um ator mesmo![212]

Vi a Clarice, vi o marido dela… e parece que não houve grande empatia dele para comigo. Não conversamos *nada*. Mas com a Clarice eu conversei muito bem, e foi a última vez que eu vi a Clarice. Acompanhei a carreira dela, li livros dela, não todos, mas li. Peguei bem o foco da Clarice, completamente diferente do meu: eu era homem do cosmos, ela era homem do ser humano. Fez uma carreira brilhante, escreveu muito bem – eu percebi, eu era muito sensível ao nosso vernáculo. E é isso que eu posso dizer da Clarice, muito mais eu não posso dizer.

---

[212] Jaime Costa fez o papel do protagonista, o caixeiro viajante Willy Loman (*A Noite*, 1º ago. 1951, p. 4).

Depois do espetáculo, nós fomos a uma confeitaria célebre no Rio de Janeiro. Tomamos chá, continuamos a conversa, e foi essa a última vez que eu vi a Clarice. Quanto ao marido, é o que eu digo: o homem não teve empatia comigo, não houve empatia nenhuma. Ele não participou da conversa. E eu nunca comentei isso nem com Clarice nem com as irmãs.

Quando eu era já casado – casei muito tarde –, cheguei a ter um apartamento no Rio, de veraneio, em Ipanema. E eu procurei a Elisa. Minha mulher e Elisa, elas duas se davam maravilhosamente. Elisa era solteira.

E nunca mais vi ninguém da família. Um dia, eu viajava de algum lugar aí pela estrada, voltava de um trabalho profissional, com o rádio ligado, e ouvi a notícia do falecimento da Clarice. Calculei a idade dela.

A Clarice morreu muito moça… muito moça…

■ Jorge e Rosa Rabin com o filho Júlio. Segundo informação de Júlio Rabin, a foto é provavelmente obra do fotógrafo Benjamin Albert, tirada em Recife, por volta de 1935-1936, ocasião em que terminava o curso, respectivamente, de Engenharia (em 1936) e de Matemática (1937), na Escola Politécnica da Universidade de São Paulo. João Carlos Horta, diretor do filme *Perto de Clarice*, elogiava muito a qualidade técnica dessa foto. (Ver GOTLIB, Nádia Battella. *Clarice fotobiografia*. São Paulo: Edusp; Imprensa Oficial do Estado de São Paulo, 2008, p. 71.) (Acervo pessoal de Cecília Wainstok.)

● Lauro Moreira

Clarice em três tempos[213]

Clarice na Estrada das Hortênsias

Em vários momentos de minha vida tive oportunidade de falar e escrever um pouco sobre essa figura única com quem tive o privilégio de conviver por alguns anos. Na verdade, esses depoimentos verbais e/ou escritos nunca foram no sentido de buscar uma interpretação original ou mesmo pessoal de sua escrita aparentemente simples, mas desafiante e por vezes enigmática, limitando-se antes a um despretensioso exercício de memória, por meio do qual procurava resgatar momentos esparsos e episódios saudosos de uma vivência para mim inesquecível. Nada de importante, apenas *flashes* do quotidiano, troca de visitas informais, jantares em casa de amigos, viagens esporádicas pelos arredores do Rio etc.

E, justamente falando em viagens, lembro-me bem do dia em que Clarice nos convidou, a mim e a Marly (de Oliveira), minha mulher à época, já sua grande amiga e reconhecida exegeta de sua obra, para passarmos um fim de semana prolongado em casa de sua irmã Tania Lispector, fora do Rio. Em Petrópolis, segundo ela, Clarice.

---

[213] Os depoimentos me foram enviados pelo autor em 19 de dezembro de 2018. O primeiro deles é inédito. Os demais, com alterações, tiveram publicação digital anterior em blog do autor: https://quincasblog.wordpress.com. E em: Moreira, Lauro. *Quincasblog. Meus encontros.* São Carlos: Art Point, 2019. p. 49-54. O segundo fragmento, intitulado "Lembrando Clarice", teve versão publicada no *Jornal de Letras*, de Lisboa, em setembro de 2010.

Adoramos o convite, naturalmente, e, numa certa escura, fria e chuvosa manhã carioca de sábado, tomei a primeira providência logística, que consistia em levar Isabel – a nossa eficiente empregada doméstica (de cuja perícia culinária, aliás, o bardo Manuel, Bandeira do Brasil, *apud* Drummond, era um fruidor e admirador confesso), até a Estação Rodoviária do Rio, que, naqueles idos de 1964, ficava na Praça Mauá, a fim de tomar o ônibus para Petrópolis e nos aguardar no local da chegada. Uma vez cumprida a primeira etapa do roteiro previsto, seguimos direto para a Rua Gustavo Sampaio, no Leme, onde morava Clarice com seus filhos Pedro e Paulo, que contavam então 12 e 14 anos.

A partir daí, caberia ao meu poderoso Fusquinha 1200 a nobilíssima missão de nos conduzir a todos, ou seja, Clarice, os dois rebentos adolescentes, Marly e eu, ao destino serrano... Debaixo da chuvinha miúda e insistente e apertados em uma lata de sardinha, soltamos as amarras e iniciamos nossa jornada. Jornada que se tornou inesquecível, pelo que se verá...

Mal começamos a subir a serra, surgiu a inevitável pergunta de Clarice, que em matéria de paciência, sejamos justos, não chegava a espelhar-se em Jó como modelo:

– Lauro, quanto tempo para chegarmos a Teresópolis? Ainda falta muito?

– Você quer dizer Petrópolis, né?

– Não, claro que não, a casa da Tania é em Teresópolis!

Entre pasmo e caindo das nuvens, só pude emendar:

– Mas Clarice, você tinha dito Petrópolis!

A complicação gerada pelo mal-entendido não era, digamos, despicienda, para usar uma palavra que Clarice, escritora de bom gosto, imagino nunca ter usado... A chuva aumentava à medida que subíamos a serra para... Petrópolis, sim, Petrópolis, pois a pobre da Isabel já estaria, a essas alturas, mofando num banco da rodoviária petropolitana à nossa espera. Depois de uma viagem encharcada de noventa minutos que pareceram cento e vinte, chegamos ao destino, onde procurei imediatamente comprar a passagem da paciente Isabel para Teresópolis. Em vão, pois não havia ônibus senão para as dez da noite! Que fazer? Que não fazer? Por incrível que pareça, a opção restante foi a de acrescentar uma nova passageira, que estava longe de ser esbelta, à nossa lata de sardinha! E lá fomos nós, com

Marly e Paulinho no banco da frente, comigo, e, atrás, Pedro, Isabel e Clarice, que, por sua vez, não chegava a ser "a menor mulher do mundo", como aquela de seu conhecido conto de *Laços de família*...

Quem conheceu a rodovia Petrópolis-Teresópolis daqueles tempos, muito justamente apelidada de Estrada das Hortênsias, com belas paisagens ao fundo da serra, sabe da dificuldade para se vencer os seus 33 quilômetros, com altitudes de até 1.500 metros, pista simples (até hoje) e usada como rota alternativa por não ter cobrança de pedágio. Aliás, estudo recente da Confederação Nacional dos Transportes, pelo que acabo de ver na internet, aponta essa BR-495 como uma das piores rodovias do estado do Rio de Janeiro. Isso, hoje; imaginem cinquenta anos atrás, quando não havia sequer um posto de serviço em todo aquele trajeto ermo, isolado, deserto. Junte-se a isso, para melhor compor a cena, um Fusquinha não muito novo, já meio cansado, resfolegando ao peso de seis passageiros adultos e avançando debaixo da chuva incessante e uma neblina tão densa de que só aquelas serras dão notícia... Enquanto isso, a impaciência de Clarice aquecia-se como o motor do carrinho, que já vinha de língua de fora. Porém, o mais extraordinário e, diria eu, surrealista foi quando nossa dileta amiga resolveu que queria porque queria abrir uma garrafa de vinho que trazia consigo, pedindo-me com insistência para pararmos em um posto de gasolina.

No final, salvamo-nos todos, mas quase que com exceção do generoso e valente Fusquinha, que acabou baixando ao hospital para a troca das varetas do tucho (eu nem sabia o que era isso) de um motor já combalido pelas peripécias da extenuante aventura. Chegamos finalmente a Teresópolis, à casa de Tania, depois desse estranho circuito via Petrópolis, justo quando Clarice perdera a vontade de beber o vinho...

Mas, no dia seguinte, pela manhã, comecei a assistir pessoalmente a uma epifania, ao nascimento de uma nova obra. Ao me levantar e chegar à sala, encontro Clarice no sofá e Marly em frente, sentada no chão, formulando perguntas e anotando em folhas soltas de papel sobre uma mesinha de centro as respostas que Clarice lhe dava. Das anotações desse diálogo de duas amigas escritoras que se entendiam como ninguém e intensamente se admiravam nasceu a obra-prima que veio a se chamar *A paixão segundo G.H.*

Janeiro de 2020.

Lembrando Clarice

Em abril de 2009, enquanto embaixador do Brasil junto à Comunidade dos Países da Língua Portuguesa (CPLP), sediada em Lisboa, conseguimos levar adiante um projeto que acalentava desde que chegara a Portugal: a de promover um ambicioso Colóquio Clarice Lispector, à semelhança do que havíamos realizado com a Fundação Gulbenkian, em 2008, para celebrar o centenário da morte de Machado de Assis.

Contando, desta vez, com a parceria da Casa Fernando Pessoa e com o entusiasmo da escritora Inês Pedrosa, sua diretora, foi-nos possível organizar um encontro internacional de imensa relevância. Os dois dias dedicados a Clarice contaram com a intervenção de destacados estudiosos e admiradores de sua obra, como os professores Nádia Battella Gotlib, da Universidade de São Paulo, Carlos Mendes de Sousa, da Universidade do Minho e autor de um alentado estudo analítico sobre a obra da homenageada, Clara Rowland, da Universidade de Lisboa, e conhecidos escritores lusófonos, como Francisco José Viegas, Inês Pedrosa, Mário Máximo, Maria Antónia Fiadeiro, Ana Paula Tavares e Patrícia Lino, entre muitos outros. Além disso, o encontro foi ainda enriquecido por eventos em diferentes áreas, como uma rica exposição intitulada *Clandestina felicidade*, organizada por Cristina Elias, com imagens extraídas do livro *Clarice fotobiografia*, lançado na ocasião por sua autora, Nádia Battella Gotlib; a encenação do monólogo *Que mistérios tem Clarice*, pela atriz brasileira Rita Elmôr, em dois teatros de Lisboa, e, finalmente, a projeção do premiado filme de Suzana Amaral *A hora da estrela*, apresentado pelo não menos laureado cineasta português Lauro António. Tudo isso, contando com ampla cobertura por parte da imprensa local, constituiu um relevante contributo para a divulgação da obra clariciana junto aos leitores portugueses.

Confesso que fiquei extremamente feliz por haver conseguido realizar esse encontro em Lisboa. E não apenas como um embaixador do Brasil promovendo a cultura de seu país e da língua portuguesa, como de resto procurei fazer ao longo de meus quarenta e cinco anos de carreira, mas também como alguém que teve um dia a sorte de privar da amizade da homenageada.

Por vezes, no decorrer do encontro, a figura da amiga sobrepunha-se à da escritora, em uma evocação dominada pela emoção e pela saudade de um tempo recuado, povoado de imagens familiares, de momentos conviviais jocosos (Clarice tinha, sim, um humor surpreendente), de contatos com a família e até de eventos tristes e dramáticos, como o do incêndio em seu apartamento, que quase a levou à morte e que tanta dolorosa sequela deixou em seu corpo e sua alma. Imagens de seu apartamento no bairro do Leme, no Rio de Janeiro, de seus retratos na parede pintados por De Chirico e Carlos Scliar, da máquina de escrever ao colo, do cigarro sempre aceso, dos dois filhos ainda crianças e depois adolescentes, das irmãs Tania e Elisa (esta também uma excelente romancista, que acabou tendo sua obra ensombrecida pelo gênio da irmã mais nova), de certo fim de semana em Teresópolis, onde vi nascer literalmente as primeiras passagens de *A paixão segundo G.H.*, ditadas pela autora a sua amiga querida e grande poeta Marly de Oliveira, com quem me havia casado há pouco, tendo justamente Clarice e Manuel Bandeira por padrinhos. Imagens de um inesquecível jantar em Santa Teresa, ao lado dela e do poeta Murilo Mendes, em casa do amigo e colega de carreira, já então um dos mais brilhantes críticos literários do país, José Guilherme Merquior, além da lembrança de uma viagem a Brasília, muitos anos depois, quando lá residíamos, para participar de um Congresso de Escritores, e onde nossa amiga uma vez mais mostrou sua incrível timidez e sua aversão a encontros do gênero...[214] E a eventos sociais também. Eu tinha voltado de Genebra para o Brasil em 1974 e trabalhava, emprestado pelo Itamaraty, no Ministério de Indústria e Comércio. Clarice estava hospedada em hotel, mas esteve sempre conosco, inclusive lá em casa. Uma noite, Marly e eu a levamos a um coquetel oferecido aos participantes do congresso no Clube das Nações. Dez ou quinze minutos depois ela já pedia para ir embora, e eu tive naturalmente que levá-la de volta ao hotel...

---

[214] O Congresso de Escritores aconteceu em Brasília, em 1976, ocasião em que Clarice Lispector recebeu prêmio pelo conjunto da obra, oferecido pela Fundação Educacional do Distrito Federal, e que lhe foi entregue no dia 23 de abril por Vladimir Murtinho, então secretário de Educação do Governo do Distrito Federal. (Ver, neste livro, a parte "Antônio Carlos Villaça", p. 58.)

Toda essa sequência de quadros tão nítidos, resgatados de um passado de mais de 40 anos, teimavam em aflorar-me à lembrança saudosa a cada momento, ao longo desses dois dias em Lisboa dedicados à grande escritora brasileira, cuja obra está a ganhar um contingente cada vez maior de admiradores em todo o mundo. O que nos traz uma imensa alegria.

Setembro de 2010.

Sempre Clarice

Nos últimos anos, um dos fenômenos mais auspiciosos no campo literário brasileiro tem sido, sem dúvida, a crescente internacionalização da obra de Clarice Lispector, que conta hoje com mais de duzentas traduções para mais de dez línguas.[215] Em várias latitudes, edições de seus livros se multiplicam, bem como biografias, teses acadêmicas e análises interpretativas. Aos pioneiros desses estudos no Brasil, nos anos de 1960, como o ensaísta Benedito Nunes e a poeta Marly de Oliveira, soma-se agora um alentado grupo de estudiosos e pesquisadores no Brasil e no exterior.

Há poucas semanas voltei a ter um contato renovado com a memória de minha querida amiga e sua obra imperecível pelas mãos de um romancista, dramaturgo e ensaísta francês, o amigo Bruno Bayen, que fez para o teatro uma criativa adaptação de *A mulher que matou os peixes*, um livro aparentemente dedicado ao público infantil – mas apenas aparentemente, como tudo em Clarice. Livro que começa assim: "Essa mulher que matou os peixes infelizmente sou eu. Mas juro a vocês que foi sem querer. Logo eu! Que não tenho coragem de matar uma coisa viva! Até deixo de matar uma barata ou outra. Dou minha palavra de honra que sou pessoa de confiança e meu coração é doce: perto de mim nunca deixo criança nem bicho sofrer".

Parêntese: essa obra de Clarice está dedicada, entre outras crianças, a Mônica, minha filha, que na época tinha menos de 1 ano.

---

[215] Até 2012, Clarice teve 212 edições de livros seus traduzidos em 21 países (dados de pesquisa registrada em meu arquivo pessoal).

Fecho o parêntese e sigo: essa versão teatral de Bruno Bayen, depois de ser encenada em Paris, sob sua direção, e interpretada pela atriz Emmanuelle Lafon, foi reapresentada com sucesso em São Paulo, Brasília e Porto Alegre, em setembro [de 2013]. Ao mesmo tempo, fui por ele instado a rever a tradução e ler no Teatro Sesc São Paulo uma comovida conferência que ele havia escrito, envolvendo vida e obra de Clarice Lispector. Minha convivência com Clarice foi intensa e ao longo de vários anos.

Marly de Oliveira, então minha mulher, tinha por ela não apenas uma profunda admiração, mas também uma afinidade que me impressionou desde o primeiro momento em que se conheceram.[216] Lembro-me de um texto de Marly no *Jornal do Brasil*, em meados dos anos 1960, que impressionou vivamente não só a Clarice como também aos leitores e críticos da época, em que ela contestava com ferocidade e competência as duras restrições à obra clariciana publicadas na imprensa pelo crítico e ensaísta Wilson Martins. Segundo relato da própria Clarice, seu amigo e escritor Otto Lara Resende telefonou-lhe então para dizer que ela havia finalmente encontrado sua intérprete, sua perfeita exegeta...

Aliás, essa admiração era recíproca e explícita, como se pode ver pela crônica de Clarice publicada também no *Jornal do Brasil* alguns anos depois (6 de março de 1971), intitulada "Um poeta mulher", na qual começa por dizer que:

> Eu mesma não sei como consegui quebrar o pudor que Marly de Oliveira tem de aparecer em público. E nem todos talvez saibam quem ela é. Vou apresentá-la com grande alegria: trata-se de um dos maiores expoentes de nossa atual geração de poetas, que é rica em poesia. É muito jovem, mas quando ainda mais jovem,

---

[216] Lauro Moreira afirma: "Tenho quase certeza de que o primeiro encontro – e que encontro! – de Marly com a obra de Clarice se deu com a leitura, na revista *Senhor*, do conto "A legião estrangeira" (ou teria sido "O ovo e a galinha"?), creio que em 1961 ou 1962. Foi um abalo para Marly, que depois telefonou para Clarice, e elas iniciaram uma amizade para sempre" (Lauro Moreira, em depoimento a Nádia Battella Gotlib, em Madrid, em 9 de junho de 1997). (Ver, neste livro, a parte "Marly de Oliveira", p. 368.)

já era professora de língua e literatura italiana e de literatura hispano-americana na PUC, na Faculdade Católica de Petrópolis e na Faculdade de Letras de Friburgo, o que a obrigava a cansativas viagens semanais. Já escreveram sobre Marly, entre outros, Alceu de Amoroso Lima, Walmir Ayala, José Guilherme Merquior, Antônio Houaiss. E, em Roma, um dos grandes poetas italianos, Ungaretti.

Vinte e cinco anos passados da morte de Clarice, ocorrida em dezembro de 1977, Marly de Oliveira escreve um breve, belo e lúcido artigo em que evoca a personalidade e a obra da autora de *Perto do coração selvagem*. E, neste momento de saudosa evocação, deixo ainda, para concluir esta homenagem a Clarice, a voz de Marly de Oliveira no poema XVIII de seu livro *Aliança*, publicado em 1979, ou seja, dois anos após a morte de nossa amiga querida:

Clarice

> Revejo seu rosto nos vários retratos:
> cada um capta algo, nenhum a totalidade
> do que ela foi, do que é ainda,
> a cada instante outra/renovada.
> Eu sei que ela tocou no escuro o Proibido
> e conheceu a Paixão
> com todas as suas quedas.
> Quem esteve a seu lado sabe
> o que é fulguração de abismo
> e piscar de estrela na treva.

Outubro de 2013

■ Clarice Lispector e Manuel Bandeira, respectivamente madrinha e padrinho de casamento do casal Lauro Moreira e Marly de Oliveira, realizado na Igreja Outeiro da Glória, no Rio de Janeiro, em 20 de janeiro de 1964. (Acervo pessoal de Lauro Moreira.)

● Lêdo Ivo

Viva Clarice Viva[217]

Conheci Clarice Lispector no momento exato em que ela publicou *Perto do coração selvagem*. Com esse pequeno romance híbrido e ambíguo, escrito numa prosa translúcida, densa como um diamante e leve como uma flor, ela iniciava um novo período estético e estilístico na literatura brasileira. Escrevi sobre ele um artigo entusiástico.[218] E pouco depois nos conhecíamos pessoalmente.[219]

O encontro foi num restaurante na Cinelândia, almoçamos juntos e a nossa conversa não se limitou a matérias literárias. Falamos também do amor, das pequenas criaturas extravagantes, do mistério do mundo.

---

[217] Publicado anteriormente em: PERTO de Clarice: homenagem a Clarice Lispector. Rio de Janeiro: Casa de Cultura Laura Alvim, 1987. [s.p.]. Catálogo de exposição, 23-29 nov. 1987.

[218] IVO, Lêdo. O país de Lalande. *Jornal de Alagoas*, 25 fev. 1944.

[219] O romance foi lançado em dezembro de 1943. E Lêdo Ivo afirma que o primeiro encontro aconteceu em 1944. "Desde o nosso primeiro encontro, em 1944, quando ela surgiu diante de mim como uma aparição deslumbrante, eu entendia que, com a sua beleza, que tinha algo de aristocrático, em contraste com a extrema humildade de suas origens, ela deveria criar a sua obra longe do selvagem coração da vida, num lugar que lhe permitisse ser e respirar sem os contágios e colisões dos ajuntamentos ou promiscuidades borbulhantes. O caminho de sua felicidade reclamava o distanciamento e a viagem. A menina estrangeira, tornada mulher, precisava de outros chãos estrangeiros para afirmar a sua natividade espiritual" (IVO, Lêdo. Clarice Lispector ou a travessia da infelicidade. *In: O vento do mar*. Pesquisa, seleção e organização de Monique Cordeiro Figueiredo Mendes. Rio de Janeiro: Academia Brasileira de Letras, 2011. p. 123).

Esse encontro pessoal com Clarice Lispector foi para mim um acontecimento. O mínimo que posso dizer é que ela era deslumbrante. Como era outono, e as folhas da praça caíam, o dia cinzento contribuía para realçar a beleza e a luminosidade de Clarice Lispector; a esse clima estrangeiro se acresciam a sua própria voz, a dicção gutural que ainda hoje ressoa em meus ouvidos. Eu não tinha ainda vinte anos – e, sob o império das leituras, sentia-me como se estivesse diante de Virginia Woolf ou Rosamond Lehmann.

Clarice Lispector era uma estrangeira. Sempre foi uma estrangeira – um pássaro vindo de longe, um pássaro vindo das ilhas que estão além de todas as ilhas do mundo para nos intrigar a todos com o seu voo e o frêmito de suas asas. E a língua em que ela escreveu atesta belamente esse insulamento: um estilo incomparável, um emblema radioso, uma maneira intransferível de ser e viver, ver e amar e sofrer. Enfim, uma linguagem dentro e além da linguagem, capaz de captar os menores movimentos do coração humano e as mais imperceptíveis mutações das paisagens e dos objetos do mundo. A vida, que tem o terrível defeito de ser demasiadamente cotidiana, com o seu rito de servidões e repetições, não foi generosa em relação a Clarice Lispector. Magoou e humilhou aquela moça belíssima que, no dia cinzento, surgiu para mim como uma jovem rainha da vida, simultaneamente aquecida do frio outonal por um casaco elegante e pelo calor de sua espetacular glória nascente, que já a confrontava com os nomes mais prestigiosos de nossas letras.

Toda vez que eu a evoco, é essa Clarice viva e deslumbrante que surge diante de meus olhos. É outono. O vento sopra. Clarice ignora o que vai acontecer-lhe. E, de repente, ambos silenciamos, perto do coração selvagem da vida.

● Lúcio Cardoso[220]

Como tudo o que se forma, nós nos formamos como podemos, ao deus-dará ao não dará de Deus (não é trocadilho), não temos ainda a ciência certa de admirar. Admiramos o admirável, e isso é extraordinário, mas não respeitamos o que não se parece com o admirável que admiramos na hora. Isso me vem à margem do capítulo de Clarice Lispector – *A maçã no escuro* –, que é admirável como tudo o que Clarice constrói e incendeia. Em toda a obra dessa grande escritora alguma coisa íntima está sempre queimando: suas luzes nos chegam variadas e exatas, mas são luzes de um incêndio que está sendo continuamente elaborado por trás de sua contensão. Esse fogo é o segredo íntimo e derradeiro de Clarice: é o seu segredo de mulher e de escritora. Onde nos aproximamos mais de uma vigorosa personalidade, é no livro onde ela fala mais baixo e a luz arde com menos intensidade – é n'*A cidade sitiada*, talvez a sua única obra onde ela tenta romper a sua clausura, já não digo da sua impotência, mas da sua inapetência – e procura essa solidão primacial e total que é a do fabricador de romances. Toda a obra de Clarice Lispector até o momento – digo "até o momento" porque ela própria já sabe disso e sua obra futura ruma por um caminho onde ela se destruirá ou se fará tão precisa quanto a sua extraordinária ambição – toda a obra, repito, é um longo, exaustivo e minucioso arrolamento de sensações. Seria ocioso discutir aqui o grau de sua sensibilidade: estou falando para alguns que me entendem. Clarice devora-se a si mesma, procurando incorporar ao seu dom de descoberta

---

[220] Esse fragmento do diário, sem data, foi publicado em: CARDOSO, Lúcio. *Diário completo*. Rio de Janeiro: José Olympio, 1970. p. 287-288. E em: RODRIGUES, Ilse; MANZO, Lícia (org.). *A paixão segundo Clarice Lispector*. Rio de Janeiro: Centro Cultural Banco do Brasil, 1992. [s.p.]. Catálogo de exposição, 25 nov.-20 dez. 1992.

essa novidade na sensação. Não situa seres: arrola máquinas de sentir. Não há personagens: há maneiras de Clarice inventar. Suas sensações, todas de alto talento, repousam numa mecânica única – a da surpresa. Ela nos atinge por esse novo, que faísca à base de seu engenho. Clarice não delata, não conta, não narra nem desenha – ela esburaca um túnel onde de repente repõe o objeto perseguido em sua essência inesperada, "e passaram-se muitos anos", diz em "A galinha",[221] e a história toda foi escrita para nos envolver nessa sensação de projeção sobre o infinito, depois de termos lutado durante o conto inteiro com os mais prosaicos dos animais. O cotidiano de Clarice é cheio de formas assim prosaicas e humanas – mas todas elas, conscientemente ou não, estão envoltas num cetim incandescente. Disse no início que ainda não temos a ciência de admirar – admiramos destruindo logo o que não é limite daquilo que elegemos no momento. Não há uma inovação na linguagem de Clarice, e assim no seu modo de sentir, Clarice sente Clarice Lispector – e é muito. Não há, nunca houve Joyce em Clarice, há Virginia Woolf. O espectro do sentimento humano é dissociado nela não em função de sua permanente mutabilidade – o que faz o dia único de Ulisses –, mas em relação ao tempo, tema preponderante de *Mrs. Dalloway* e de *As ondas*. Ao descobrir a mecânica dissociada do tempo, ela não atingiu o dissociamento da mecânica de comunicação humana, que é a língua, como Joyce. Ela não se desespera do modo terrível como se desespera esse místico do nosso tempo que foi o autor de Dedalus.[222] Ela situa apenas a sua emoção. Não cria nem define: anota. Um Guimarães Rosa,

---

[221] O conto foi publicado com o título de "A galinha" na revista *Senhor* (ano 1, n. 10, p. 52, dez. 1959, com ilustrações por Jaguar). Mas, na anterior edição do primeiro volume de contos publicado por Clarice Lispector, *Alguns contos*, de 1952, no Rio de Janeiro (pelo Ministério da Educação e Saúde – Serviço de Documentação), figurava o título "Uma galinha", que passou a constar nas edições subsequentes.

[222] Ao se referir ao personagem Dedalus, de James Joyce, protagonista do romance de teor autobiográfico *Retrato do artista quando jovem* (1916), (Daedalus, na anterior versão desse romance, intitulada *Stephen Hero*), Lúcio Cardoso nega influência de James Joyce na obra de Clarice Lispector numa crítica implícita aos que defendem essa tese de influência, como Álvaro Lins, ao filiar o romance *Perto do coração selvagem* a Virginia Woolf e também a James Joyce em resenha intitulada "Romance lírico" (*Correio da Manhã*, 11 fev. 1944).

que tão erradamente admiramos, dissocia a língua, mas não inventa a sua emoção – em sua essência ela é clássica. Sob a sua roupagem inédita e barroca, *Grande sertão: veredas* é um romance válido porque levanta apenas os velhos problemas do homem. Ora, não há homem em Clarice Lispector. Por isso é que ela arde. Suas fábulas, e mesmo as mais extensas, delatam a presença única desse problema – a mulher sitiada. Depois de ter dedilhado a mecânica de todas as sensações, e delas talentosamente ter extraído o seu sumo de novidade, descobriu, por meio de inteligência, que a catalogação de sentimentos, mesmo as mais inesperadas, é atributo feminino. O que nela queima é nostalgia do que não é – o homem. Seus livros são muros que circundam perpetuamente uma cidade indefesa – de fora, assistimos ao resplendor da sua cólera. Mas nesse mundo, o romancista não penetra: a cidade de Clarice, como essa maçã que brilha melhor se for no escuro, arde sozinha: dentro dela não há ninguém.

Lygia Fagundes Telles

Onde estiveste de noite?[223]

Acordei em meio do grito, gritei? Com os olhos ainda flutuando na vaga zona do sono, levantei a cabeça do travesseiro e quis saber onde estava. E que asas eram aquelas, meu Deus?! Essas asas que se debateram assim tão próximas que o meu grito foi num tom de pergunta, Quem é?...

Abri a boca e respirei, tinha que me localizar, espera um pouco, espera: estava sentada na cama de um hotel e a cidade era Marília. Cheguei ontem, sim, Marília.

Tudo escuro. Mas não tinha um relógio ali na cabeceira? Pronto, olhei e os ponteiros fosforescentes me pareceram tranquilos, cinco horas da madrugada. E antes de me perguntar, o que estou fazendo aqui?, veio a resposta assim com naturalidade, você foi convidada para participar de um curso de literatura na Faculdade de Letras, dezembro de 1977, lembrou agora?

Voltei-me para a janela com as frestas das venezianas ligeiramente invadidas por uma tímida luminosidade. Por um vão menos estreito podia entrever o céu roxo. E as asas?, perguntei recuando um pouco, pois não acordei com essas asas? Pronto, elas já voltavam arfantes no voo circular em redor da minha cabeça. Protegi a cabeça com as mãos, calma, calma, não

---

[223] TELLES, Lygia Fagundes. Onde estivestes de noite? *In: Durante aquele estranho chá*. Rio de Janeiro: Rocco, 2002. p. 15-22. O título desse conto de Lygia Fagundes Telles inspira-se no título que Clarice deu ao seu livro de contos *Onde estivestes de noite*, de 1974 (Rio de Janeiro: Artenova), que ganhou erroneamente um ponto de interrogação na sua primeira edição, logo excluído nas impressões seguintes. Parte desse texto, escrito logo depois da morte de Clarice Lispector, teve versão publicada em: TELLES, Lygia Fagundes. O eterno retorno da bruxa genial da introspecção. *O Estado de S. Paulo*, 19 set. 1998. Cultura, p. 6.

podia ser um morcego que o voo dos morcegos era manso, aveludado e esse era um voo de asas assustadas, seria um pombo?

Ainda imóvel, entreabri os olhos e espiei. Foi quando o pequeno ser alado, assim do tamanho da mão de uma criança, como que escapou dos movimentos circulares e fugiu espavorido para o teto. Então acendi o abajur. A verdade é que eu estava tão assustada quanto o pássaro que entrara Deus sabe por onde e agora alcançara o teto abrindo o espaço em volteios mais largos. Levantei-me em silêncio e fui abrir as venezianas. O céu ia emergindo do roxo profundo para o azul. Olhei mais demoradamente a meia-lua transparente. As estrelas pálidas. Voltei para a cama.

Puxei o cobertor até o pescoço e ali fiquei sentada, quieta, olhando a andorinha, era uma andorinha e ainda voando. Voando. Meu medo agora era que nesse voo assim encegada não atinasse com a janela. Na infância eu tinha convivido tanto com os passarinhos, os da gaiola e esses transviados que entravam de repente dentro de casa e ficavam voando assim mesmo como que encegados até tombarem esbaforidos, o bico sangrando, as asas exaustas abertas feito braços, e a saída?!...

Vamos, pode descer, eu disse em voz baixa. Olha aí, a janela está aberta, você pode sair, repeti e me recostei no espaldar da cama. E a andorinha quase colada ao teto, voando. Voando. Esperei. O que mais podia fazer senão esperar? Qualquer intervenção seria fatal, disso eu sabia bem. Tinha apenas que ficar ali imóvel, respirando em silêncio porque até meu sopro podia assustá-la.

Voltei o olhar para o pequeno relógio. Mas o que significava isso? Uma andorinha assim solta na noite, voando despassarada no meio da noite, de onde tinha vindo e para onde ia? Ainda estava escuro quando ela entrou e começou a voar coroando a minha cabeça com seus voos obsessivos. Que continuavam agora no teto numa ronda tão angustiada. E com tantos quartos disponíveis nessa cidade, por que teria escolhido o quarto do hotel desta forasteira?

Inesperadamente ela conseguiu escapar da ronda em círculos e foi pousar no globo do lustre. E ali ficou descansando num descanso inseguro porque as patinhas trementes escorregavam no vidro leitoso do globo, teve que apoiar o bico arfante num dos elos da corrente de bronze por onde passava o fio elétrico.

Vamos, minha querida, desça daí, pedi em voz baixa. A janela está aberta, repeti e fiz um movimento com a cabeça na direção da janela. Para meu espanto, ela obedeceu, mas, em vez de sair, pousou na trave de madeira dos pés da minha cama. Pousou e ficou assim de frente, me encarando, as asas um pouco descoladas do corpo e o bico entreaberto, arfante. Ainda assim me pareceu mais tranquila. Os olhinhos redondos fixos em mim. A plumagem azul-noite tão luzidia e lisa, se eu me inclinasse e escorregasse um pouco poderia tocar na minha visitante. Andorinha, andorinha, eu disse baixinho, você é livre. Não quer sair?

Aos poucos foi ficando mais calma, as asas coladas ao corpo. Continuava equilibrada no espaldar de madeira roliça, mudando de posição num movimento de balanço ao passar de uma patinha para a outra. E os olhos fixos em mim. Mas esta é hora de andorinha ficar assim solta? Por onde você andou, hein?

Ela não respondeu mas inclinou a cabeça para o ombro e sorriu, aquele era o seu jeito de sorrir. Apaguei o abajur. Quem sabe na penumbra ela atinasse com a madrugada que ia se abrindo lá fora? Com a mão do pensamento consegui alcançá-la e delicadamente fiz com que se voltasse para a janela. Adeus!, eu disse. Então ela abriu as asas e saiu num voo alto. Firme. Antes de desaparecer na névoa ainda traçou alguns hieróglifos no azul do céu.

Véspera dessa viagem para Marília. E a voz tão comovida de Leo Gilson Ribeiro, a Clarice Lispector está mal, muito mal. Desliguei o telefone e fiquei me lembrando da viagem que fizemos juntas para a Colômbia, um congresso de escritores, tudo meio confuso, em que ano foi isso? Ah, não interessa a data, estávamos tão contentes, isso é o que importa, contentes e livres na universidade da cálida Cali. Combinamos ir no mesmo avião que decolou sereno mas na metade da viagem começou a subir e a descer, meio desgovernado. Comecei a tremer, na realidade, odeio avião mas por que será que estou sempre metida em algum deles? Para disfarçar, abri um jornal, afetando indiferença, oh! a literatura, o teatro. Clarice estava na cadeira ao lado, aquela cadeira que comparo à cadeira de dentista, cômoda, higiênica e detestável. Então ela apertou o meu braço e riu. Fique tranquila porque a minha cartomante já avisou, não vou morrer em nenhum desastre! E o "tranquila" e o "desastre" com aqueles rrr a mais na pronúncia que eu achava bastante charmosa, *desastrrre!*

Desatei a rir do argumento. A carrrtomante, Clarice?... E nesse justo instante as nuvens se abriram numa debandada e o avião pairou sereníssimo acima de todas as coisas, Eh! Colômbia.

La Nueva Narrativa Latinoamericana.[224] No hotel, os congressistas já tinham começado suas discussões na grande sala. Mas essa gente fala demais!, queixou-se a Clarice na tarde do dia seguinte, quando então combinamos fugir para fazer algumas compras. Na rua das lojas fomos perseguidas por moleques que com ar secreto nos ofereciam *aquelas coisas* que os brasileiros apreciam... Corri com um deles que insistiu demais. Já somos loucas pela própria natureza, eu disse. Não precisamos disso! Clarice riu e com o vozeirão nasalado perguntou onde ficavam as lojas de joias, queríamos ver as esmeraldas, *Esmerraldas*!

Quando chegamos ao hotel, lá estavam todos ainda reunidos naqueles encontros que não acabavam mais. Mas esses escrrritores deviam estar em suas casas escrrrevendo!, resmungou a Clarice enquanto disfarçadamente nos encaminhamos para o bar um pouco adiante da sala das *ponencias*; a nossa intervenção estava marcada para o dia seguinte. Quando eu devia começar dizendo que *literatura no tiene sexo, como los ángeles.* Alguma novidade nisso? Nenhuma novidade. Então a solução mesmo era comemorar com champanhe (ela pediu champanhe) e vinho tinto (pedi vinho) a ausência de novidades. Já tinham nos avisado que o salmão colombiano era ótimo, pedimos então salmão com pão preto, ah, era bom o encontro das escritoras e amigas que moravam longe, ela no Rio e eu em São Paulo. Tanto apetite e tanto assunto em comum, os amigos. A dificuldade do ofício que era melhor esquecer no momento, a conversa devia ser amena, que os problemas, dezenas de problemas!, estavam sendo discutidos na sala logo ali adiante. No refúgio do bar, apenas duas *guapas brasileñas* com pesetas na carteira e com muito assunto. Clarice queria a minha opinião, afinal, quem era mais indiscreto depois da traição, o homem ou a mulher?

Lembrei que *no antigamentes* (assim falava tia Laura) a mulher era um verdadeiro sepulcro, ninguém ficava sabendo de nada. Século XIX,

---

[224] Esse é o título e tema do IV Congreso de la Literatura Hispanoamericana realizado na Universidad del Valle, em Cali, na Colômbia, de 14 a 17 de agosto de 1974.

início do século XX, *silencio en la noche*, diz o tango argentino. Ainda o silêncio porque, segundo Machado de Assis, o encanto da trama era o mistério. Na minha primeira leitura (é claro, *Dom Casmurro*) confessei ter achado Capitu uma inocente e o marido, esse sim, um chato neurótico. Mas na segunda leitura mudou tudo, a dissimulada, a manipuladora era ela. Ele era a vítima. Clarice pediu cigarros, eram bons os cigarros colombianos? Franziu a boca e confessou que sempre duvidou da moça, Mulher é o diabo!, exclamou e desatei a rir, a coincidência: era exatamente essa a frase daquele engolidor de gilete do meu conto "O moço do saxofone".[225] Acho que agora elas já estão exagerando, não? Os homens verdes de medo e elas as primeiras a alardear, Pulei a cerca!... Mulher é o diabo!

Quando saímos, os congressistas já deixavam a sala de reuniões. "Olha só como eles estão fatigados e tristes!", ela cochichou. E pediu que eu ficasse séria, tínhamos que fazer de conta que também estávamos lá no fundo da sala. Ofereceu-me depressa uma pastilha de hortelã e enfiou outra na boca, o hálito. Entregamos os nossos pacotes de compras a uma camareira que passava e Clarice recomendou muito que a moça não trocasse os pacotes das *corbatas*, na caixa vermelha estavam as *corbatas* que ela comprara, a camareira entendeu bem?

As recomendações de Clarice. No último bilhete que me escreveu, naquela letra desgarrada, pediu: Desanuvie essa testa e compre um vestido branco!

Um momento, agora eu estava em Marília e tinha que me apressar, o depoimento seria dentro de uma hora, ah! essas demoradas lembranças.

Quando entrei no saguão da Faculdade, uma jovem veio ao meu encontro. O olhar estava assustado e a voz me pareceu trêmula, A senhora ouviu? Saiu agora mesmo no noticiário do rádio, a Clarice Lispector morreu esta noite!

Fiquei um momento muda. Abracei a mocinha. Eu já sabia, disse antes de entrar na sala. Eu já sabia.

---

[225] TELLES, Lygia Fagundes. O moço do saxofone. *In*: *Antes do baile verde*. Rio de Janeiro: Bloch, 1970. p. 27-35.

● Mafalda Verissimo e Luis Fernando Verissimo

Mafalda Verissimo[226]

Regina Morganti: Como a senhora conheceu a Clarice Lispector?

Mafalda Verissimo: Em Washington. Nós ficamos em Washington de 1953 a 1956. Em seguida, quando chegamos lá, Clarice e Maury, o marido dela na época, nos procuraram. Nós ainda estávamos em hotel. Nos encontramos e já começou uma amizade muito boa, muito bonita. O Erico ficou amigo do Maury, que era uma pessoa ótima, e nós quatro convivemos muito.

RM: Não se conheciam?

MV: Naturalmente que a gente conhecia muito a Clarice de nome.

RM: Mas pessoalmente nunca tinham se encontrado?

MV: Nunca tínhamos nos encontrado com ela. Eu tinha o primeiro livro dela, *Perto do coração selvagem*. Vou te contar como a Clarice tinha momentos de simplicidade, de pessoa comum. Ela tinha paixão por um ator francês, não me lembro se era o Alain Delon, e nós ficamos sabendo que ele ia estar numa peça no Teatro Nacional de Washington. Não tivemos dúvida, fomos as duas para lá. Estava havendo ensaio e nós perguntamos se podíamos entrar. Naturalmente barraram a nossa entrada. "Ah, então vamos fazer uma coisa, vamos sentar naquele café

---

[226] Entrevista concedida por Mafalda Verissimo (1913-2003) a Vera Regina Morganti e publicada com o título de "Tardes com Clarice Lispector" em: BORDINI, Maria da Glória; ZILBERMAN, Regina (org.). *Confissões do amor e da arte*. Porto Alegre: Mercado Aberto, 1994. p. 139-143.

ali perto e vamos esperar a saída dele". Ficamos nós duas sentadas num balcão, tomando café. Nunca que ele saiu. Fomos embora. Ela tinha essas coisas. A gente se divertia bastante, mas ela tinha horas muito amargas, era uma pessoa muito complicada.

RM: *A maçã no escuro* é um livro complicadíssimo.

MV: Eu adoro os contos dela. Como contista acho fantástica. Agora, *A paixão segundo G.H.* e *A maçã no escuro* são difíceis. Aliás, são duas amigas que são escritoras complicadas e pessoas maravilhosas. A outra é a Nélida Piñon, um amor de pessoa. A Clarice e eu passávamos juntas as tardes inteiras. Eu ficava sozinha em casa, os filhos estavam estudando – a Clarissa na universidade e o Luis Fernando no ginásio –, o Erico no trabalho, não vinha almoçar. A família só se reunia à noite. Eu passava quase que os dias inteiros com ela. Era uma pessoa muito estranha, a Clarice. Ela não podia ter várias amigas de uma vez, ela se agarrava a uma pessoa. Tenho fotografias com ela, *slides* muito bons, que dão bem uma ideia das nossas tardes. As duas atiradas no sofá, fumando. Eu fumava como uma desgraçada, e ela também. Meu Deus, passávamos a tarde de cigarro na boca, fumando e conversando.

RM: Como é que a senhora conseguiu deixar de fumar?

MV: Deixei por causa da minha irmã, que morreu com câncer de pulmão. Eu trouxe Lucinda para Porto Alegre e, quando ela morreu, pensei assim: "Em homenagem a ela, vou parar".[227] E parei. Cigarro tem que deixar assim, na hora, e não fumar mais. Negócio de pouquinho em pouquinho não funciona. Fumava de cretina, porque o Erico nunca fumou, não gostava que eu fumasse, e eu fumava na cara dele. Tu vês a maldade! Enfim…

RM: Dona Mafalda, o que conversavam?

MV: Clarice e eu? Ela tinha em mim uma pessoa que não estava à altura da inteligência dela. Eu não era uma intelectual, mas sabia ouvir. Isso

---

[227] Lucinda Martins, amiga de Clarice Lispector e esposa de Justino Martins (1917-1983), jornalista, comunista, nascido em Cruz Alta (RS), diretor, durante nove anos, da *Revista do Globo* de Porto Alegre, ligada às empresas Globo, em que atuava Erico Verissimo, seu concunhado. Justino Martins foi também diretor da revista *Manchete*.

é o que ela precisava. Ela confiava em mim, naturalmente. Então, nós passávamos momentos bons, momentos maus; mas tivemos muitos momentos bons. Eu dizia: "Tu sabes que às vezes dou graças a Deus por ser burra, porque não tenho os problemas que tu tens com essa tua inteligência toda!". E é verdade, porque ela era uma mulher inteligentíssima e cheia de problemas. Nunca vi uma pessoa sofrer tanto. Depois, o casamento começou a ficar meio mal, e a gente fez de tudo para eles continuarem, mas não deu certo. Os gurizinhos dela eram muito meus amigos, o Paulo e o Pedro. Eu dizia para ela, quando viemos embora: "Que saudade eu vou sentir dessas nossas tardes aqui".

RM: Conte uma dessas tardes.

MV: Nós saíamos muito, principalmente quando estávamos perto de vir embora. Eu queria fazer compras. Nós tínhamos o passaporte diplomático e podíamos trazer tudo o que se quisesse. Trouxemos geladeira, fogão, lençóis, cobertores e toalhas. O Maury deixava a Clarice lá em casa antes de ir para a embaixada e nós íamos para o centro da cidade fazer compras. Quem disse que a gente fazia compras? Nós entrávamos nas lojas, sentávamos naqueles balcões para café e comida. Agora nem tem mais isso. Nós sentávamos nos balcões das lojas, ficávamos conversando, tomando café, aquele café americano horrível, e comendo torrada. A gente combinava: "Não vamos contar para brasileiro nenhum que a gente toma esse café e gosta".

RM: Pior é dizer que gosta.

MV: Os brasileiros tinham o maior desprezo pelo café americano. Chegava em casa e o Erico perguntava: "Como é? Liquidaram as compras?". Não tínhamos comprado nada, e assim nós levamos muito tempo. A gente se divertia.

RM: Eu quero saber do belergal.

MV: Belergal era o tranquilizante daquela época. Acho que era um remédio suíço, se não me engano. Era um comprimido pequenininho, e nós andávamos sempre com um. Nós sentávamos para tomar café e tomar belergal. Não é loucura?

RM: Mas essa história do belergal lhe acompanhou a vida toda.

MV: Até desaparecer. O Erico, no *Solo de clarineta*, fala que no dia do casamento da Clarissa eu me enchi de belergal.

RM: E o dia em que foram ao cinema com Clarice?

MV: Clarice tinha umas coisas esquisitas. Uma vez, estavam passando de novo o *Cidadão Kane*. Eles já tinham visto, nós já tínhamos visto mais de uma vez. "Ah, mas eu tinha tanta vontade de ver", e insistiu naquilo. "Eu queria ver esse filme de novo." Estava passando num cineminha lá não sei onde de Washington. "Então vamos, Clarice." Fomos nós quatro ver o *Cidadão Kane*. Não era sacrifício nenhum, porque o filme era muito bom. A Clarice entrou no cinema, sentou e dormiu. Quase apanhou de nós, não viu nada do filme, dormiu o tempo todo, estava exausta. Com certeza tinha tomado mais de um belergal.

RM: Quanto tempo ficaram em Washington?

MV: Nós ficamos três anos e meio. Em 1953, quando o Erico estava na OEA [Organização dos Estados Americanos] e quando a Clarissa conheceu David.[228] Tinha de descobrir um americano, mas valeu a pena. Ah, se valeu. Ele é maravilhoso.

Clarice Lispector e a sua grande amiga Mafalda Verissimo, na residência de Clarice Lispector, em Chevy Chase, perto de Washington, nos Estados Unidos. (Acervo pessoal de Erico e Mafalda Verissimo.)

---

[228] Erico Verissimo dirigiu o Departamento de Assuntos Culturais da União Pan-Americana, ligado à Secretaria da Organização dos Estados Americanos (OEA),

Luis Fernando Verissimo[229]

Chegamos a Washington em 1953.

O pai iria dirigir o Departamento Cultural da União Pan-Americana, um braço da Organização dos Estados Americanos, cargo que ocuparia nos próximos quatro anos. A Clarice já estava lá com o marido, que servia na Embaixada Brasileira, e os dois filhos, um, o Paulo, recém-nascido. O pai e a Clarice nunca tinham se encontrado, mas, se não me engano, tinham trocado correspondência. A Clarice e o Maury procuraram meus pais na chegada destes, e a simpatia foi mútua e instantânea. Conviveram durante os quatro anos, e a Clarice aproveitou a amizade deles para fugir da vida diplomática que abominava. A Clarice e minha mãe tornaram-se amigas de infância apesar de personalidades completamente diferentes.

Clarice e os filhos moravam num lugar chamado Bethesda, nos arredores de Washington. Foi lá que certa vez, ao levar a Clarice e os filhos em casa, ouvimos surpresos o Paulinho me convidar para entrar e tomar um cafezinho. Foram, provavelmente, suas primeiras palavras. Apesar da sua fama de escritora complicada, Clarice era uma pessoa muito afetiva e divertida.

11 de outubro de 2019

---

em Washington, de 1953 a 1956. A filha, Clarissa (aliás, título de romance do pai), casa-se com o norte-americano David Jaffe em 15 de dezembro de 1956 e fixa residência nos Estados Unidos.

[229] Depoimento inédito de Luis Fernando Verissimo, enviado por e-mail a Nádia Battella Gotlib, em 11 de outubro de 2019.

Marcílio Marques Moreira[230]

João Camillo Penna: Gostaria que você falasse sobre as razões de a sua família estar morando em Berna, no mesmo período em que Clarice Lispector lá morou, e o que seu pai fazia na época.

Marcílio Marques Moreira: Em janeiro de 1946, nós – meu pai, minha mãe, com quatro filhos, o que não era fácil –, embarcamos para a Europa. Meu pai tinha sido diretor-geral do Conselho Federal do Comércio Exterior até o fim do ano de 1945 e foi nomeado ministro plenipotenciário em Berna. Naquela época, a Suíça só permitia uma embaixada, que era a embaixada da França, todas as outras representações diplomáticas eram legações. Ele era então ministro plenipotenciário e fomos para lá.[231] Mas, antes de partirmos, o sogro de Clarice, pai de Maury, procurou meu pai dizendo que sabia que nós íamos para a Europa, que passaríamos por Nápoles, e que gostaria de enviar alguns presentes. De fato, eram dois caixotes de basicamente comida. Interessante, uma coincidência: meu avô era do Ceará, do Aracati, e o pai do Maury era do Ceará, do Aracati... Meu avô era dentista do exército, e o pai dele era dentista também.

JCP: O pai do Maury conheceu seu avô?

MMM: Eles se conheceram talvez quando ele foi lá em casa levar aqueles dois engradados. Naquela época se viajava com engradados.

---

[230] Entrevista concedida a João Camillo Penna, no Rio de Janeiro, em 23 de setembro de 2020. Marcílio Marques Moreira (1931) foi ministro da Economia, Fazenda e Planejamento no governo do presidente Fernando Collor (1991-1992) e diplomata.

[231] Nessa época, Marcílio Marques Moreira exercia função diplomática de chefia imediatamente inferior à de embaixador extraordinário e plenipotenciário.

JCP: Então seus pais – o doutor Mário e dona Noêmia – com os quatro filhos chegaram a Berna em início de 1946?

MMM: Chegamos em Nápoles. Você se lembra, talvez, pela literatura, que Nápoles tinha sido libertada em 1943, portanto, apenas pouco mais de dois anos antes. E aparentemente era uma grande bagunça, descrita com muita vivacidade no livro que vendeu muito bem, que foi muito famoso, de Curzio Malaparte, chamado *A pele*, que fez muito sucesso há alguns anos no Brasil. Eu soube que tinha feito muito sucesso porque procurei na Estante Virtual e tinha um número enorme de exemplares! Curzio Malaparte foi um autor bem conhecido. Começou sendo fascista, mas depois se desentendeu com Mussolini e aparentemente era um informante dos americanos. Isso é o que se conta. Mas ele mostra realmente o lugar da prostituição, das drogas e de muitos assassinatos, roubos, que ocorriam naquela época no país.[232]

JCP: O itinerário, então, para uma pessoa que ia a Berna na época, previa necessariamente passar por Nápoles, ou era o fato de Nápoles ter sido libertada que fez com que vocês passassem por lá?

MMM: Passava-se pela Itália. Aliás, já havíamos feito antes uma viagem até a Itália, em novembro de 1939, logo depois de declarada a guerra, em primeiro de setembro de 1939. Minha mãe e os quatro filhos, ou seja, eu e meus três irmãos,[233] embarcamos da Áustria, então a Áustria depois da Anschluss,[234] já anexada à Alemanha, em direção a Trieste, que era do outro lado da perna, se considerado o desenho do mapa da Itália.[235] Trieste era o ponto de entrada na Europa.

---

[232] Publicado originalmente em 1949 (Roma; Milão: Aria d'Italia), o livro de Curzio Malaparte (1898-1957) narra as mazelas do país nos anos de sua ocupação pelos Aliados, de 1943 a 1945. Traduzido no Brasil pela Autêntica Editora (2018).

[233] Noêmia de Azevedo Marques Moreira da Silva viajava então com os quatro filhos: Marcelo, Márcio, Marcílio e Maria Nícia.

[234] *Anschluss* (al.): inclusão. Refere-se ao fato histórico de anexação político-militar da Áustria pela Alemanha, em 12 de março de 1938.

[235] Mário Moreira da Silva atuou como cônsul-geral do Brasil em Viena (Áustria) a partir de 1932, e em 1938 atuava como cônsul em Budapeste (Hungria) (MINIS-TÉRIO DAS RELAÇÕES EXTERIORES. *Relatório: Apresentado ao Presidente*

Eu lembro quando entramos no Mediterrâneo... O Mediterrâneo é muito traiçoeiro, isso já está lá registrado desde a *Odisseia* [de Homero], depois vem o famoso livro do Goethe [*Viagem à Itália*]. Todos eles falam dessa viagem, sobretudo a viagem entre Palermo e Nápoles.

E eu tinha tido uma doença muito grave, em criança, ainda na Áustria. O médico disse: "Para salvar o menino, é preciso ir para a Sicília". Aí passei por Nápoles, minha mãe me levou para visitar o Vesúvio, naquela época quem visitava o Vesúvio ia até a boca do vulcão. E o nosso guia disse: "Aqui um brasileiro se jogou dentro do vulcão". Silva Jardim, assim se chamava, eu acho, o brasileiro que se jogou dentro do Vesúvio.[236] De modo que eu conhecia um pouco Nápoles. Mas chegamos lá.

JCP: Quantos anos você tinha?

MMM: Tinha entre cinco e seis, e passamos um mês em Mondello, que é uma praia juntinha de Palermo. Foi a pior tempestade que eu já vi na vida, tínhamos uma cabine relativamente alta no navio, e minha mãe vomitava tanto que foi carregada até a popa do navio, onde balançava menos. Eu tinha assim uma lembrança um pouco curiosa de Nápoles e daquela região.

JCP: E quanto à segunda viagem, a de 1946?

MMM: Essa foi mesmo uma coisa assim fora do normal, porque era a primeira viagem de um navio brasileiro partindo do Brasil para a Itália.

Era fevereiro de 1946.[237] Nós sabíamos que Maury era casado com Clarice, e ele era o cônsul do Brasil em Nápoles, e o irmão dele,

---

dos Estados Unidos do Brasil pelo Ministro de Estado das Relações Exteriores: ano de 1940. Rio de Janeiro: Imprensa Nacional, 1944. p. 120).

[236] Antônio da Silva Jardim (Capivari, 1860-Nápoles, 1891) foi advogado, jornalista e político republicano e abolicionista.

[237] O navio *Duque de Caxias*, que partiu do Rio de Janeiro em 25 de janeiro de 1946, atracou em Nápoles no dia 11 de fevereiro (REVISTA MARÍTIMA BRASILEIRA: Serviço de Documentação da Marinha. Rio de Janeiro, Ministério da Marinha, v. 118, n. 1-3, jan./mar. 1998. v. 2, nota de rodapé n. 12, p. 96).

Mozart, era o secretário da Embaixada do Brasil em Roma. Descendo lá do navio, encontramos logo o Maury e a Clarice, que estavam nos esperando, e o Maury disse: "Olha, tomem cuidado, porque aqui tem muito ladrão, de modo que é importante ficar olhando quando o guindaste trouxer as malas, porque os carregadores costumam jogar as malas nuns buracos que eles fizeram justamente para esconder as malas". Fiquei olhando esse piso esburacado, fui retrocedendo um pouco, até eu cair. Em vez da mala, fui eu que caí dentro do buraco, que, graças a Deus, não era muito fundo, porque eles tinham depois que tirar as malas dali. Enfim, saímos, pegamos um táxi que o Maury tinha alugado. E o Maury disse: "Aqui vocês têm que ir de táxi; contratei um segurança armado para ficar no estribo do táxi". Porque os ladrões ficavam nas árvores pescando as malas que naquela época eram colocadas no teto. Eram seis pessoas. E as malas foram em cima...

JCP: E o segurança ficava onde?

MMM: No estribo. Naquela época, os carros tinham estribo. No meio do caminho, ocorreu um incidente com a minha irmã, que foi, inclusive, uma das únicas moças a viajar no navio da marinha. O navio de desembarque de carros de combate (NDCC) *Duque de Caxias* levava toda a escola naval, regimentos da escola militar e da aeronáutica. Não era só o primeiro navio brasileiro a viajar para a Itália, era o primeiro navio da América do Sul a viajar para a Itália. No navio viajaram seis bispos e arcebispos elevados a cardeais que iam a Roma. E também o ministro plenipotenciário na Grécia. Nós chegamos lá no porto, e o que era o porto? Por que tinha esses buracos? Porque o porto era, na realidade, um aglomerado de navios afundados cobertos por um madeirame. E com buracos para esconder malas a serem furtadas.

JCP: Que precário!

MMM: Muito precário. Fomos de táxi até Roma. A gente sempre parava um pouquinho. Numa dessas paradas, já sem o segurança, a Maria Nícia, minha irmã, viu crianças na estrada. Ela tinha ganhado uma caixa de bombons do Maury, ou ganhou no próprio navio, não sei, mas ela resolveu dar bombom para uma criança. E veio uma enxurrada de crianças, foi uma dificuldade sairmos dali. Eles estavam esfaimados...

JCP: Muita fome depois do final da guerra, não é?

MMM: Sim. Muita fome.

JCP: Então o Maury trabalhava em Berna nessa época, não é?

MMM: O Maury estava em Nápoles, mas já tinha sido nomeado secretário da delegação em Berna. Então ele não estava apenas recebendo um diplomata, ele recebia então o seu futuro chefe.

JCP: O doutor Mário [Moreira da Silva], seu pai, ia ser o chefe do Maury?

MMM: Exatamente.

JCP: Então ele veio a Nápoles receber o chefe dele, e aí vocês todos iriam para Berna?

MMM: Não, ele era cônsul em Nápoles e não tinha ainda deixado o posto. Então fomos a Roma. Eu tinha 14 anos. Sou de 1931. Tinha completado os 14 anos em novembro de 1945. Isso aconteceu no comecinho de 1946. Ficamos no hotel em Roma, almoçamos na embaixada do Brasil, e no outro dia partimos de Roma para Berna de trem. O trem levou 24 horas, porque todas as pontes tinham sido destruídas no caminho entre Roma e Berna. São lugares muito bonitos, como Lugano...

JCP: Essa viagem vocês fizeram junto com o casal Clarice e Maury?

MMM: Eles chegaram a Berna depois. Ele estava transferido, mas não era hora ainda da mudança. Acho que viajaram um ou dois meses depois.[238] E foi assim que conhecemos o Maury e a Clarice, eles foram muito amáveis.

JCP: Fale um pouco da sua vida em Berna. Você tinha 14 anos quando lá chegou. Como era sua rotina na escola, quais eram as leituras que

---

[238] Clarice Lispector viaja para o Brasil, onde permanece durante três meses: de fevereiro a abril de 1946. Em seguida, volta para Nápoles para preparar a mudança para Berna.

fazia no colégio e como foram essas aulas de redação que a Clarice lhe deu nessa época?

MMM: Eu tinha completado o 3º ano ginasial no final de 1945, de modo que fui para o ginasial, e o meu irmão, Márcio, que era um ano e pouco mais velho do que eu, foi para o Realgymnasium, ou Curso Real. Mas, quando cheguei, o nome era apenas Gymnasium. Depois de terminar o 4º ano de ginásio, passei para o que aqui se chamava preparatório.

Fiquei muito surpreendido quando cheguei, pela diferença entre os dois sistemas de ensino. Eu era um estudante muito aplicado. Nos três anos de ginásio, não deixei nenhum ano de ser o primeiro da turma, e, no último ano, o primeiro da turma em todas as matérias, tive 100 em todas as matérias. De modo que eu achava que o colégio ia ser difícil, mas estava muito animado.

E fiquei espantado com várias coisas. Primeiro, é preciso lembrar que eu fiz praticamente todo o ginásio no Brasil no tempo de Getúlio Vargas, num regime autoritário, num país autoritário. Então, em vez de a gente chegar e subir para a sala, como hoje se faz, nada disso. Ficávamos numa fila, cantávamos o hino nacional e subíamos em fila para a sala de aula. Todo mês tinha prova, um boletim mensal que tinha que levar para casa e mostrar aos pais, e tinha uma classificação. Eu precisava me esforçar. Meus irmãos mais velhos me diziam: "Você está bem porque aqui o ensino é muito fraco, mas você vai ver no ginásio como é que é!".

Lá não tinha nada disso, não tinha fila, não tinha que cantar o hino nacional. Aqui no Brasil, o uniforme era um paletó com botões dourados. Lá não tinha nada disso. Tinha que usar um quepe do colégio. E tinha que amassar o quepe no primeiro dia. Você chegava, estavam te esperando os livros, os cadernos, a caixa de lápis de cor, a caixa de pintura em aquarela. Tudo era dado pelo Colégio Municipal de Berna, Stadt Realgymnasium, quer dizer: Ginásio Municipal. Não tinha prova, às vezes tinha uma avaliação, mas não tinha aquela coisa de prova. E, sobretudo, não tinha classificação do primeiro da turma ou último. Então eu me senti extremamente livre, porque era exatamente o contrário daqui, mas tinha, evidentemente, os desafios. O primeiro era a língua, o alemão, que chamam de *Hochdeutsch*, o alemão alto.

Eu fui alfabetizado em alemão.[239] Meus pais tinham contratado uma professora de Alemão aqui no Brasil, mas no Brasil era proibido dar ou tomar lições de Alemão. Então a gente acabava estudando outra coisa.

JCP: Essa professora de alemão que foi contratada não pôde assumir? Foi impedida?

MMM: Ela assumiu durante um ou dois anos, mas depois teve que deixar de dar essas aulas. Era no tempo de Getúlio.

JCP: Então você estudou primeiro no Gymnasium.

MMM: Sim. Isso que relatei foi no Gymnasium. Depois passei para o Realgymnasium, que era o ginásio para quem queria ser engenheiro ou arquiteto. Minha ideia naquela época era estudar Arquitetura. O Marcelo estava estudando no ETH, que é a famosa escola de Zurique, em que Einstein estudou, e eu pensava em Arquitetura.

No segundo ano, eu passei para o Realgymnasium, que era ao lado da Biblioteca Nacional Suíça. Eu gostava muito de ir lá e ler sobre arquitetura, Corbusier em especial. Outra surpresa é que, além das sete aulas de Matemática por semana, você tinha que ler literatura mundial, começando com [Johann Heinrich] Voss, um escritor que se tornou muito conhecido na Alemanha pelas traduções da *Odisseia* e da *Ilíada*. Nós tínhamos que ler a *Odisseia*, Shakespeare, Kant, aquele livro dele sobre a paz eterna, *Zum Ewigen Frieden*, que é muito interessante. Essa era a escola especializada para pessoas que iam fazer Arquitetura. E tinha as cadeiras de Matemática, que não faziam parte da disciplina de Arquitetura, e o que até hoje me ajuda muito. E aula de Caligrafia, coisa extremamente importante, além de aulas de Pintura com Aquarela. Era um ambiente muito saudável e muito encorajador. Eu melhorei meu alemão, que eu tinha perdido, e me convenci logo de que tinha que estudar o dialeto deles, que chamam de *Berndeutsch*. Há outros dialetos. Havia literatura em *Berndeutsch*. Eu comprava esses livros para ler e passei a conviver muito bem com meus colegas.

---

[239] Marcílio Marques Moreira foi alfabetizado em alemão no período em que seu pai foi cônsul na Áustria, em posto que assumiu em maio de 1932.

JCP: Os seus colegas falavam *Berndeutsch*?

MMM: Entre si, só entre amigos, e eu percebi que os que nunca estudaram o *Berndeutsch* por causa disso tinham dificuldade de relacionamento. Inclusive, certo dia, vendo uns papéis aqui em casa, achei cartas que eles me mandaram durante vários anos. Era um convívio muito agradável. Eu tive que melhorar o alemão, o *Hochdeutsch*, o alemão alto, tive de aprender o dialeto, o *Berndeutsch*, e também melhorar o meu francês. Era um país "quadrilíngue", onde se falava alemão, francês e italiano, além de que cada lugar tinha seu dialeto. E havia uma quarta língua, que é o romanche, um latim envelhecido, digamos assim, que eles falam na área italiana, que é um dialeto, mas eles consideram uma língua.

JCP: E foi nesse período que Clarice lhe deu aulas de redação?

MMM: Eu estava nessa luta com as muitas línguas, o alemão, o francês, o dialeto alemão, realmente um esforço grande. Minha mãe, preocupada que eu acabasse esquecendo o português, pediu a Clarice para me dar umas aulas. E a Clarice, com bom senso, disse: "Não vou dar aula de gramática nem nada, você faz cada semana um texto em forma de carta, ou em forma de narrativa de um evento, e eu corrijo e comento". E assim foi. Essa situação foi bastante agradável, embora eu, agora, em retrospecto, veja que foi um encontro improvável, porque não podia haver duas pessoas mais diferentes, eu e Clarice. Ela estava extremamente aborrecida, como fica claro nas cartas escritas nesse período.[240]

JCP: Aborrecida com o quê? Com a vida diplomática?

---

[240] Refere-se à correspondência enviada de Berna para as irmãs, em que fica patente, em algumas cartas, um desconforto de Clarice em relação ao tipo de vida que levava em ambiente diplomático, por injunção da profissão do marido, funcionário do Ministério de Relações Exteriores do Brasil, então encarregado de Negócios e cônsul em Berna. Trechos das cartas foram publicados pela primeira vez em: BORELLI, Olga. *Clarice Lispector: esboço para um possível retrato*. Rio de Janeiro: Nova Fronteira, 1981. Algumas cartas foram incluídas no volume: LISPECTOR, Clarice. *Correspondência*. Organização de Teresa Montero. Rio de Janeiro: Rocco, 2002. Um total de 120 cartas foram publicadas em: LISPECTOR, Clarice. *Minhas queridas*. Organização de Teresa Montero. Rio de Janeiro: Rocco, 2007. E quase todas as cartas (há cartas inéditas às irmãs) em: LISPECTOR, Clarice. *Todas as cartas*. Rio de Janeiro: Rocco, 2020.

MMM: Com a vida diplomática, e na Suíça ela tinha poucos interlocutores. E aquela coisa muito arrumada demais... Eu me lembro, por exemplo, de que ela dizia ficar muito irritada com a história de receber de volta jornais. Como não falava alemão, ela lia jornais em francês, e tinha que ter uma assinatura do *Journal de Genève*. Mas ela ficava irritada, porque recebia o jornal, não sei se ele lhe chegava em casa ou se ela passava num lugar e apanhava, não me lembro bem. Sei que ela depois saía de bonde, lia o jornal e deixava o jornal no bonde, e no dia seguinte vinha o carteiro e dizia: "Olha, a senhora esqueceu o seu jornal". Devolvia aquele jornal! Ela ficava muito irritada.

JCP: E essas aulas eram semanais?

MMM: Eram semanais, eu acho. Eu escrevia um texto, uma narração, como dever de casa. Não sei se ela escolhia um tema, mas eu levava na próxima aula.

JCP: Aí ela lia na sua frente, corrigia e vocês discutiam depois?

MMM: Exato. E era muito agradável. Como eu disse, éramos pessoas muito diferentes, mas sempre nos demos muito bem, e depois também. Sempre fomos mais amigos dela do que do Maury, que era uma pessoa, aliás, também muito agradável. Tinha um antigo secretário, ou conselheiro, chamado Pires do Rio, que depois saiu.[241] No lugar dele veio outro, chamado Milton Telles Ribeiro.[242] O filho dele, não sei se você conhece, é o Edgard Telles Ribeiro, um escritor brasileiro, eu li alguns livros dele, é muito agradável de ler.[243]

JCP: Escritor de ficção?

---

[241] Oscar Pires do Rio foi encarregado de Negócios em Berna de 21 de janeiro a 21 de fevereiro de 1946.

[242] Milton Telles Ribeiro exerceu postos em vários países. Foi cônsul adjunto em Genebra, de 1947 a 1949, e segundo secretário da Embaixada em Berna, de 1947 a 1950.

[243] Edgard Telles Ribeiro: diplomata e escritor, autor de mais de 10 livros, entre romances, novelas e contos, em atividade literária inaugurada com o romance *O criado-mudo*, de 1991. Sua publicação mais recente é a novela intitulada *O impostor*, de 2020. (Ver, neste livro, a parte "Maria Telles Ribeiro e Edgard Telles Ribeiro", p. 344.)

MMM: Sim. Naquela época ele tinha três, quatro, ou cinco anos. Era bem pequeno, filho do Milton e da Maria.[244]

JCP: E chegou como secretário substituindo esse Pires do Rio?

MMM: A Clarice se dava bem com os pais desse menino, e o menino era muito inteligente, e é até hoje. Ele depois se tornou diplomata. Eu lembro que ele tinha assim umas tiradas... A mãe dele tinha olhos azuis, então ele dizia, menininho: "Gostaria de ter um barco para poder navegar nos seus olhos...". E gostava de abrir os perfumes da minha mãe e derramar.

Tinha também uma coisa que eu achei muito interessante, porque Berna – mal ou bem – era um centro, de modo que passavam muitos diplomatas letrados por lá. O embaixador ou ministro Ribeiro Couto era um deles.[245]

JCP: E Ribeiro Couto morava perto de Berna?

MMM: Morava na Iugoslávia, mas a mulher dele morava em Paris! De vez em quando, ele ia de trem; mas, para não pegar o trem muito longo, porque era longe de Iugoslávia a Paris, ele passava uns dias lá em Berna e era muito agradável, virou meu amigo depois, queria até que eu fosse trabalhar com ele e, quando eu fiz o Rio Branco, me escreveu uma carta. Ele escreveu no início dessa carta "Prezado João". Era uma carta dirigida a uma outra pessoa. Aí ele riscou e no meio da página começou a carta para mim, convidando, insistindo, para eu ir trabalhar lá na Iugoslávia, como secretário. Era uma pessoa muito agradável. E tinha o Raul Bopp[246] em Zurique, que confundiu o nome

---

[244] Ver, neste livro, a parte "Maria Telles Ribeiro e Edgard Telles Ribeiro", p. 344.

[245] Ribeiro Couto (1898-1963), jornalista, diplomata, autor de vários livros de poesia, crônicas, contos, romances, ensaios, assume postos pelo Ministério das Relações Exteriores na França, na Holanda e em Portugal, onde, enquanto cônsul-geral do Brasil, recepciona Clarice Lispector em passagem por Lisboa, antes de se dirigir à Argélia e dali à Itália. Em 1946, assume o posto de vice-cônsul geral em Genebra. E no ano seguinte torna-se ministro plenipotenciário em Belgrado, na Iugoslávia, onde, em 1952, atuou como embaixador do Brasil.

[246] Raul Bopp (1898-1984), depois de assumir posto em Lisboa, a partir de fevereiro de 1945, foi cônsul em Zurique, de dezembro de 1945 a fevereiro de 1948.

do meu irmão com o meu. Ele escreveu uma carta com essa dedicatória: "Ao Marcinho Sambista", mas não podia ser o Márcio, que era supercalado... Ao Marcinho sambista!". Eu é que tinha dançado com a mulher dele, a Lupe, eu era um dançarino razoável.

JCP: Mas eu me lembro de que você dançava muito bem samba, mesmo!

MMM: O Vasco Leitão da Cunha, que dançava muito bem tango, dançava com a minha mãe. Minha mãe foi pianista. E ela gostava de dançar.[247]

JCP: Então havia um ambiente de boa convivência entre brasileiros que residiam em Berna e esses que por lá passavam, e vocês se viam na casa de um ou outro...

MMM: De vez em quando meus pais faziam um almoço em casa, sobretudo para o Bopp, que vinha de Zurique, e até Berna a viagem durava uma hora e pouco. O [Antônio] Houaiss, de Genebra, também vinha bastante, e o João Cabral [de Melo Neto] estava na Espanha.[248]

JCP: Mas nem isso era suficiente para animar a Clarice...

MMM: Animava.

MMM: O Houaiss depois me recebeu no Pen Club e fez uma descrição muito interessante desse convívio. Era também uma dessas amizades improváveis, porque o meu pai tinha sido presidente da Comissão de

---

[247] Vasco Leitão da Cunha (1903-1984) estava em Argel quando Clarice Lispector por lá passou e a acompanhou na viagem de Argel até Taranto, de onde Clarice seguiu viagem até Nápoles. Vasco Leitão da Cunha foi embaixador do Brasil em Roma no período em que Clarice e Maury moravam em Nápoles.

[248] Antônio Houaiss (1915-1999) foi vice-cônsul do Consulado Geral do Brasil em Genebra de 1947 a 1949, e serviu também como secretário da delegação permanente do Brasil em Genebra junto à Organização das Nações Unidas. E João Cabral de Melo Neto (1920-1999), depois de fazer a prova para ingressar no Itamaraty, em 1945, iniciou sua carreira diplomática em 1946 e foi transferido para Barcelona em 24 de março de 1947, onde ficou por três anos no cargo de vice-cônsul (MINISTÉRIO DAS RELAÇÕES EXTERIORES. *Relatório apresentado ao Presidente dos Estados Unidos do Brasil.* Serviço de publicações, 1949. p. 209).

Inquérito que investigou o Houaiss e o João Cabral, e ambos ficaram muito amigos.

JCP: Essa Comissão de Inquérito investigava João Cabral e Antônio Houaiss por envolvimento político?

MMM: Exatamente, no tempo do Getúlio ainda, mas ambos ficaram muito amigos do meu pai. E o Houaiss conta isso nesse livro.[249] Ele me recebeu no Pen Club quando eu fui eleito, em 1984. E no Pen Club falou sobre essa amizade improvável.

JCP: E nem isso animava muito a Clarice...

MMM: Ela chega a falar nisso nas cartas como uma coisa meio esporádica.

JCP: Onde vocês moravam? Vocês moravam perto de Clarice?

MMM: Berna é uma cidade bem pequena, com bondes muito eficazes, e o deslocamento era fácil. A gente morava numa casa na rua chamada Seminário, Seminarstraße, e era perto do colégio Realgymnasium. E o meu transporte era a bicicleta, mas o convívio da bicicleta com o bonde não era bom, eu caí umas duas vezes, uma vez na ponte. Porque, se a roda da bicicleta entra no trilho, é impossível sair. Eu tive umas duas quedas. Tive de costurar o queixo de novo.

JCP: E a Clarice e o Maury moravam perto de vocês?

MMM: Não lembro exatamente, porque em Berna não tinha nada longe, é uma cidade realmente pequena. Tinha os famosos ursos de Berna. A Clarice gostava dos ursos. Um dos programas lá em Berna era ir ao Bärengraben, perto do rio. Não é um jardim zoológico, mas um fosso só com ursos. Berna tinha bons zoológicos. E museus. Afinal de contas, é a terra do Paul Klee.[250]

---

[249] Refere-se ao processo de acusação de atividade comunista no Itamaraty durante o governo de Getúlio Vargas, em 1952. Foram afastados do trabalho no Itamaraty em 1953 e absolvidos em 1954.

[250] O Museu Paul Klee, pintor de origem alemã que morou na Suíça, em Berna, funcionava na cidade histórica de Berna (*vieille ville*) em local bem perto de um dos

JCP: Em Berna, seu pai e sua mãe festejaram as bodas de prata, não é?

MMM: É possível, eu até procurei reconstituir e não consegui. Se não me engano, eles se casaram em 1923...

JCP: Então eles teriam feito as bodas de prata em 1948, não?

MMM: Pode ser. Minha mãe veio para o Rio por causa do meu tio-avô, José Manuel de Azevedo Marques, que foi ministro durante o governo do presidente Epitácio Pessoa, de quem era muito amigo. Ela veio com a irmã do meu tio-avô. Minha mãe era paulista, foi criada numa fazenda em São Paulo. Quando meu avô ganhou na loteria, mudou-se para São Paulo, capital, comprou lá uma casa muito boa e mandou construir duas casas para alugar.

O meu tio foi ministro durante todo o período de governo do Epitácio Pessoa.[251] Esse meu tio era amigo de um primo do Epitácio Pessoa que se chamava José Filadelfo Azevedo, que depois foi ministro do Supremo e juiz da Corte Internacional de Haia. Ele esteve em Berna também e morreu lá. Ele era juiz da Corte Internacional de Haia e relator do caso de [Victor Raúl Haya] de la Torre, que foi preso numa embaixada. Mas o Peru não dava a ele um salvo-conduto para sair.[252] Segundo o Direito Internacional Latino-americano, o país da embaixada onde o asilado se refugiava tinha que dar o direito de asilo. Ele foi como juiz, fez o voto, apesar de o médico dele lhe dizer que ele não deveria ir, porque estava com dor no coração e era muito frio em Haia. Ele foi, deu o voto para o De la Torre e morreu.

---

endereços de residência de Clarice, quando a escritora morava na rua da Justiça, n.º 48.

[251] Epitácio Pessoa (1865-1942) foi presidente da República de 1919 a 1922, período em que José Manuel de Azevedo Marques (1865-1943) foi ministro das Relações Exteriores.

[252] Victor Raúl Haya de la Torre (1895-1979), ativista político peruano, fundador, em 1924, da Aliança Popular Revolucionária Americana (Apra), de esquerda socialista, numa das perseguições políticas conseguiu refugiar-se em Lima na Embaixada da Colômbia, onde ficou durante cinco anos (1949-1954), gerando um caso de direito internacional que teve grande repercussão e que lhe valeu a soltura.

JCP: Morreu em Haia?

MMM: Morreu em Haia. E a filha dele não sei se foi contemporânea ou não da Clarice.

JCP: A impressão que a gente tem é de que Clarice não gostava de Berna. O que você acha?

MMM: Nas cartas ela claramente afirma que não gostava de Berna, não gostava da vida diplomática nem do convívio conosco, não sei... Mas comigo e com Maria Luiza[253] ela sempre foi muito amável. Até o fim. Minha mãe ajudou Clarice.

JCP: Fale um pouco dessa ajuda da dona Noêmia a Clarice.

MMM: Clarice gostava de ouvir videntes. Pediu então para minha mãe ir com ela até a vidente do Hitler. Minha mãe foi, inclusive para traduzir a fala da vidente.

JCP: E no período em que a Clarice estava envolvida com a maternidade? Ela teve o Pedro em Berna, não?

MMM: Clarice era claramente uma pessoa de cabeça moderna e já, digamos, com um feminismo precoce. E tinha um certo desconhecimento dos cuidados maternais. Já minha mãe teve cinco filhos. O primeiro morreu do que a gente chamaria hoje de burrice médica ou desconhecimento do médico. Ele teve uma diarreia muito forte, e o médico disse: "Ele está expelindo muito, então dê pouca água para ele". Ele morreu por causa disso.

JCP: Isso aconteceu aqui no Brasil?

MMM: No Brasil, em São Paulo. Esse fato marcou muito a minha mãe também.

JCP: Esse era o primogênito.

MMM: É, Maurício.

JCP: Faleceu bebê, então.

---

[253] Maria Luiza Penna Moreira, esposa do embaixador Marcílio Marques Moreira.

MMM: Com dois anos, eu acho, segundo as fotografias que eu tenho aqui. Foi tudo muito doloroso, e para mim ficou aquela figura de filho ideal. Por isso minha mãe ficou muito preocupada quando eu fiquei doente, porque os médicos achavam que eu tinha problema no coração. Levei 70 anos fazendo exames de coração, até que meu médico aqui no Brasil disse: "Você nunca teve problema de coração!". Era tudo imaginário, imaginário não...

JCP: Era um diagnóstico errado na época.

MMM: Com o primeiro filho tinha sido também um diagnóstico errado. Tirar água quando se está com diarreia? É o contrário, tem que dar água com açúcar. A minha mãe procurou ajudar a Clarice. Depois foi Clarice que assumiu esse mesmo papel com a Maria Luiza. O Paulo, filho de Clarice, nasceu em Washington. Então a Clarice indicou o médico para o nascimento da Teresa, nossa filha.

JCP: Ah, porque Maria Luiza chegou em Washington quando o casal Clarice e Maury já estava lá há alguns anos, não é isso?

MMM: Sim, há alguns anos.[254] E Maria Luiza chegou grávida. E lá a Clarice ajudou a Maria Luiza a encontrar o obstetra e o hospital. Tivemos filho no mesmo hospital que Clarice, com o mesmo médico, depois consultamos o mesmo pediatra... E foi aí que Maria Luiza conheceu a Clarice. E no Brasil a gente continuou essa amizade com ela e nos vimos em várias ocasiões.

Ainda ontem eu perguntei a Maria Luiza e ela confirmou que o [José Guilherme] Merquior dava umas aulas de Estética num apartamento, se não me engano, na Tijuca. Se não Tijuca, Laranjeiras. E a Clarice ia lá às vezes, a Clarice, o Cacaso[255]...

---

[254] "Chegamos em julho de 1957. O embaixador era Walter Moreira Salles, depois Amaral Peixoto, depois Walter Moreira Salles de novo. Maury era primeiro secretário. E responsável pela área política. Eu era responsável pela área econômica" (Depoimento de Marcílio Marques Moreira a Nádia Battella Gotlib, no Rio de Janeiro, em 15 de agosto de 2004).

[255] Antonio Carlos de Brito (1944-1987), poeta, letrista e professor de Letras da PUC-Rio.

JCP: Como foram esses últimos anos?

MMM: A gente foi algumas vezes ao apartamento dela, no Leme. Ela era muito engraçada. Ela contou que tinha recebido uma pessoa: chamaram lá da portaria dizendo que "o homem 'da televisão' tinha chegado". "Mas, o 'homem da televisão'? Não pedi nenhuma televisão, não tenho nada para conserto…". "Ele está aqui." "Então me passa ele aqui." Era o Trevisan![256]

JCP: Você se lembra de alguma coisa referente aos últimos anos que ela passou em Washington?

MMM: Parece que ela não estava muito bem.

JCP: E aqui no Rio de Janeiro, vocês então se viam nessas aulas de Estética do Merquior, e você se lembra de visitá-la algumas vezes em casa dela?

MMM: Quem muito nos convidava era a Nélida Piñon, da Academia Brasileira de Letras. Eram jantares muito bons. Ela convidava Clarice sempre e a nós.

JCP: E Clarice parecia bem nessas ocasiões? Ela parecia se divertir?

MMM: Ela parecia bem. O fim é que foi triste.

JCP: Você tem alguma lembrança do período da doença, no final?

MMM: Não, mas a Maria Luiza acho que a visitou no hospital, não sei se eu fui alguma vez.

JCP: Vocês ganharam de Clarice um presente, uma obra de arte, não é?

MMM: Ela deu para a minha mãe! E eu sempre disse à minha mãe: "Depois eu vou querer herdar esse quadro". É um Piranesi, a *Villa d'Este*.[257]

JCP: E você herdou?

---

[256] Armindo Trevisan (1933), amigo de Clarice, que a visitava quando chegava ao Rio de Janeiro, vindo de Porto Alegre, onde residia. (Ver, neste livro, a parte "Armindo Trevisan", p. 61.)

[257] Essa gravura, criada por Giovanni Battista Piranesi (1720-1778), da série Vistas de Roma, datada de 1773, registra sobretudo os jardins da vila localizada em Tivoli e construída para o cardeal Hipólito II d'Este (1502-1572).

MMM: Eu herdei. Eu quis herdar!

Gravura doada por Clarice Lispector a Noêmia de Azevedo Marques Moreira da Silva, mãe de Marcílio Marques Moreira, em comemoração às bodas de prata de seu casamento com o ministro Mário Moreira da Silva, festejadas em Berna em 8 de maio de 1948. (Acervo pessoal de Marcílio Marques Moreira e Maria Luiza Penna Moreira.)

JCP: E há alguma outra lembrança que você queira registrar?

MMM: Tenho aqui uma fotografia, acho que está até na *Fotobiografia* de Clarice feita pela Nádia Gotlib. Pessoas sentadas numa escadinha em frente à casa onde morávamos em Berna. Está no meu livro de memórias precoces também, que se chama *Diplomacia, política e finanças*.[258] Clarice Lispector é a segunda na foto.

---

[258] Marcílio Marques Moreira, em *Diplomacia, política e finanças* (Objetiva, 2001), registra depoimento concedido a pesquisadores da Fundação Getulio Vargas referente a sua longa e substanciosa carreira profissional; Nádia Battella Gotlib, *Clarice Fotobiografia*. São Paulo: Edusp; Imprensa Oficial do estado de São Paulo, 2008, p. 248.) A família morou em Berna durante cinco anos, até janeiro de 1951.

■ Clarice Lispector na escada da residência à Rua Seminarstraße, 30, por ocasião de almoço em comemoração ao 7 de setembro, em 1946, oferecido pelo ministro Mário Moreira da Silva a diplomatas que trabalhavam em Berna e nas cidades próximas. Ao lado de Clarice Lispector, Maria Carolina Lampreia (atrás, mulher não identificada). À direita, o ministro Mário Moreira da Silva, com os filhos: à frente, Márcio (à esq.) e Marcílio (à dir.); atrás do pai (à dir.), Maria Nícia; atrás, ao fundo, Marcelo. Em pé (à esq.), Düsen Schön, funcionário da Embaixada do Brasil. (Acervo pessoal de Marcílio Marques Moreira e Maria Nícia de Medeiros.)

● Maria Bethânia[259]

Júlio Diniz: Bethânia, quando e como a jovem Maria Bethânia entrou em contato com os textos de Clarice Lispector? Que lembranças e sensações você guarda desse momento?

Maria Bethânia: Eu era muito nova, muito menina, ainda na Bahia. Caetano ganhou, não me lembro agora se de meu irmão ou de meu pai, a assinatura da revista *Senhor*, da qual Clarice era contista. Então, Caetano me falou: "Bethânia, tem uma autora que eu acho que você vai adorar". E me mostrou um primeiro conto. Eu não me lembro exatamente qual foi agora, mas eu ficava, assim, aguardando chegar aquela revista para eu poder ter acesso exatamente aos textos de Clarice. Me lembro de alguns. Tinha um sobre Brasília que estava recém-inaugurada ou ia inaugurar.[260] Eu me lembro porque Caetano discordava de ela chamar o povo da terra de "brasiliários", e eu achava interessante como batia no meu ouvido e como batia no de Caetano, a diferença. Mas sempre entusiasmadíssima lendo, porque era um universo diferente, que eu nunca tinha encontrado em nenhum autor, a maneira de expressar, de tudo... Muito nova,

---

[259] Entrevista concedida a Júlio Diniz em 15 de janeiro de 2021 e publicada em: DINIZ, Júlio (org.). *Quanto ao futuro, Clarice*. Rio de Janeiro: Bazar do tempo; PUC-Rio, 2021, p. 412-423. Uma das mais importantes cantoras da nossa música popular, gravou inúmeros discos, apresentou-se em centenas de shows e leituras de textos no Brasil e no exterior, ganhou uma série de prêmios e homenagens ao longo de sua exitosa carreira artística. É considerada uma intérprete singular de textos literários, em particular de autores como Fernando Pessoa, João Guimarães Rosa e Clarice Lispector. [Nota por Júlio Diniz].

[260] Refere-se a: LISPECTOR, Clarice. Brasília: cinco dias. *Senhor,* fev. 1963; LISPECTOR, Clarice. *A legião estrangeira*. Rio de Janeiro: Editora do Autor, 1964. p. 162-167.

muito particular e muito profunda, muito das emoções e muito das sensações. E eu, naturalmente, fiquei muito envolvida. Daí, passei a ficar apaixonada por ela, queria ler tudo o que fosse possível, tudo o que ela escrevia. Fui conquistando, assim, aos poucos, a alegria e o prazer de ler Clarice Lispector.

Enquanto lia Clarice, as canções começaram a brotar em nosso grupo lá na Bahia. Capinan escreveu com Caetano "Que mistério tem Clarice", que não era uma referência diretamente a ela, mas, ao mesmo tempo, para mim, era. Era uma brincadeira de Capinan com Caetano, não sei.[261] Mas para mim tem a ver – "Que mistério tem Clarice". Porque, além de tudo, havia o fascínio pela qualidade do texto, pela intenção do texto, tinha a novidade e a ousadia de expressar sentimentos tão comuns numa pessoa, era algo tão natural, tão espontâneo. Nada era escuro, tudo era muito verdadeiro. É impressionante Clarice, impressionante.

JD: Você acabou reencontrando Clarice, anos mais tarde, pelas mãos delicadas, generosas e sábias de Fauzi Arap, não é verdade?

MB: Foi. Pessoalmente, eu a conheci assim: Fauzi, num dos ensaios do *Rosa dos ventos*,[262] não me disse nada do que estava ocorrendo. Era de tarde, o teatro escuro, fechado, só nós trabalhando. Eu via que tinha algumas pessoas. Era muito interessante lá no Teatro da Praia, porque o Fauzi convidava pessoas para ir aos ensaios. Eram visitas verdadeiramente extraordinárias, como o Ziembinski que por lá aparecia [*risos*].[263] Era muito engraçado: eu ensaiando lá no palco, o Fauzi no meio na plateia, andando, resolvendo com Teresa Aragão a luz; e, de repente, ele chegava perto da cena para me dar uma orientação ou

---

[261] "Clarice". Caetano Veloso e José Carlos Capinan. Álbum: *Caetano Veloso*. Produção: Manoel Barenbein. Universal Music Ltda, 1967.

[262] O espetáculo de Maria Bethânia, *Rosa dos ventos: o show encantado*, estreia em 15 de julho de 1971 no Teatro da Praia, no Rio de Janeiro, com roteiro e direção de Fauzi Arap, direção musical do Terra Trio, cenografia e figurino de Flávio Império.

[263] Entende-se o espanto e o respeito da jovem Bethânia diante da presença de Zbigniew Ziembinski (1908-1978), de nacionalidade polonesa, uma das mais importantes figuras do teatro brasileiro, respeitado pela sua competência e pela sua atuação na formação de uma cultura do teatro no Brasil.

coisa parecida e falava: "Quem está aí é o Zimba". Era o Ziembinski sentado, vendo o ensaio às quatro horas da tarde, no teatro.

Um dia ele chegou e disse: "Quem está aí é Clarice" [*risos*]. Eu quase morri. Era tudo muito bom. E Clarice foi nesse ensaio, nesse primeiro ensaio. Eu não sei se ela pediu ao Fauzi para não dizer que ela estava ou foi o próprio Fauzi que não quis antecipar a visita. Não me disseram que ela estava. Ele me contou depois. Ela voltou aos ensaios do *Rosa dos ventos* depois, e eu me lembro perfeitamente que Fauzi me chamou e disse: "Você está ensaiando, Clarice está lhe vendo e está escrevendo".

Eu ensaiava ou no Teatro da Praia ou na casa do Terra Trio, na casa da família, onde eles moravam. E um dia à tarde, nós estávamos ensaiando no apartamento dos meninos do Terra Trio, em cima do Veloso, do Bar Veloso, hoje Garota de Ipanema, quando tocou a campainha. Era Clarice [*risos*]. Imediatamente eu disse: "Fauzi, Clarice está aqui". Ele respondeu: "Ah, manda ela entrar. Ela veio conversar comigo". Ela entrou, eles foram para uma sala ao lado e ficaram lá conversando. Nós paralisados ali na outra sala, paralisados, Terra Trio e eu. E querendo pescar alguma palavra que se ouvisse daquela conversa, mas... nada! Logo depois Fauzi mandou o seguinte recado: "Vão ensaiando. Estou trabalhando aqui. Vão ensaiando". Eu acho que foi nesse dia que eles escolheram o texto final da Clarice para eu dizer no meio do show: "depois de uma tarde de quem sou eu, de acordar a uma da madrugada em desespero".[264] Porque eles estavam falando "não, porque o show", "porque o texto"... Percebi que era isso, acho que foi isso.

O reencontro com ela ocorreu novamente, também com o Terra Trio, mas no ensaio de um outro show. Eles já tinham mudado, estavam morando numa casa, em Ipanema também, mas em uma casa que tinha um jardinzinho na frente e tal. Nós estávamos ensaiando

---

[264] Refere-se ao trecho de *Água viva* a que Fauzi Arap teve acesso e incluiu no show, dois anos antes de sua publicação em livro: "E eis que depois de uma tarde de 'quem sou eu' e de acordar à uma hora da madrugada ainda em desespero – eis que às três horas da madrugada acordei e me encontrei" (LISPECTOR, Clarice. *Água viva*. Ficção. Rio de Janeiro: Artenova, 1973, p. 115).

de tarde e deu uma daquelas tempestades de verão, aquelas loucas de ventania. Igual a uma que marcou a minha chegada ao Rio, no primeiro dia que eu pousei aqui no Rio de Janeiro. Às três da tarde, fechou Copacabana de raio e trovão e noite e inundação. E foi nessa tarde. Nós estávamos ensaiando e paramos, porque os instrumentos eram ligados à eletricidade. Desligamos tudo, estávamos meio assustados com aquela situação, com aquela tempestade. Quem entra no meio daquele vendaval? Dona Clarice [risos]. Toda despenteada do vento [risos]. Ela entrou igualzinho ao vento. Entrou... Outro susto. Meu Deus, o que vai ser essa tarde? Aí eu tive a maior agonia da vida, porque ela entrou e falou: "Tem uma tempestade. Eu vou ficar aqui um pouco. Esperar". E eu respondi: "Lógico". O Fauzi falou: "Lógico, você fica, espera. Não vai sair nisso". E não sei mais o quê. Os meninos querendo oferecer uma água, um café, alguma coisa. E ela sentada, escrevendo, escrevendo na própria mão, o papel na mão e ia escrevendo. E, na hora que ela foi sair, ela me deu esse papel. Eu me lembro que eu li, eu me lembro que eu guardei demais, demais, a ponto de perder.

JD: Que loucura, que maluquice! E depois, mais encontros elétricos e intensos?

MB: Na estreia de *Rosa dos ventos*, ela foi. O teatro tinha uma abertura, uma passagem no meio. Eram duas áreas de cadeiras e as duas primeiras filas eram reservadas, todos os dias, para os alunos da Casa das Palmeiras. Os loucos, da doutora Nise. Os dez lugares, os vinte lugares da frente. Acho que eram dez e dez ou quinze, sei lá, não me lembro. Eu sei que eram deles e para eles. Mas o Fauzi não me disse que a Clarice iria, não me disse nada. Eu tinha uma marca muito colada com a plateia, falava o texto do Menino Jesus muito perto do público, era quase fora do palco.[265] E o espaço entre a boca de cena e a primeira cadeira era mínimo. Hoje seria proibido [risos] de tão próximo. E eu, quando eu me

---

[265] Trata-se do texto popularmente conhecido como "Poema do Menino Jesus", poema VIII de *O guardador de rebanhos*, que tem como primeiro verso "Num meio-dia de fim de primavera", de Fernando Pessoa/Alberto Caeiro (PESSOA, Fernando. *Obra poética*. Rio de Janeiro: Editora Nova Aguilar, 1983, p. 143).

encaminhei para a marca, eu vi Clarice sentada na frente. Primeira fila. Mas eu não me desconcentrei. Eu... Eu tenho isso em cena, é bonito isso meu em cena, não perco a concentração. Aconteceu quase a mesma coisa tempos depois, no Canecão, com a Fernanda Montenegro. Eu sentei para cantar e dizer... Como é?... "Mora comigo, na minha casa, um rapaz que eu amo...".[266] Eu acho que foi esse texto, porque era um texto tão pessoal. E o primeiro rosto que estava na minha frente, perto da minha mão, era o da Fernanda Montenegro. Eu quase morri [risos]. Mas eu consigo trazer de volta a concentração. No palco, eu consigo. Fora do palco, eu me perco toda, me atrapalho.

JD: E recentemente aconteceu a mesma coisa com o Chico, no show lá no Manouche?[267]

MB: Mas Chico é mais da minha praia, Buarque é mais, [risos] é mais camarada. Mas me deixe só acabar de contar da estreia. Foi lindo o comentário dela. É uma das coisas mais bonitas que eu já ouvi, coincidentemente, duas vezes. O camarim do Teatro da Praia era embaixo. Tinha uma escada. Você entrava por trás do palco e tinha uma escada da qual você, lá de cima, via tudo que estava embaixo. Terminado o show, eu troquei de roupa e saí para poder receber naquele vão as pessoas que iam descer e falar comigo. Eis que eu vi a primeira pessoa lá em cima, segurando os dois lados da escada... Era Clarice. Linda! Fortíssima! E me olhou. E eu olhei para ela, ela me olhou e disse: "Faíscas no palco. Faíscas. Faíscas no palco". Eu achei aquilo tão louco, tão mágico!

Muitos anos se passaram, e eu conheci Mãe Menininha do Gantois.[268] Quando eu cheguei, foi Vinicius [de Moraes] que me levou, às onze horas da manhã, na casa dela, no quarto dela, para pedir sua benção e conhecê-la. Ele me disse: "Quando você chegar..." e me mostrou

---

[266] Refere-se ao poema do cineasta Luiz Carlos Lacerda, intitulado "Mora comigo".

[267] Manouche, casa de shows no bairro do Jardim Botânico, no Rio de Janeiro.

[268] Mãe Menininha do Gantois (1894-1986) – bisneta da nigeriana Maria Júlia da Conceição Nazareth, fundadora do terreiro de candomblé do Gantois –, nasceu e viveu em Salvador e se tornou uma das mais conhecidas mães de santo da Bahia.

como eu deveria me comportar: arriar a cabeça no chão, aos pés dela, e pedir a benção. E eu fiz. Quando eu arriei, ela disse: "Nossa Senhora, quanta faísca!" [risos]. Eu acho isso a coisa mais linda que pode acontecer para uma pessoa, uma revelação desses dois lados, assim, tão fortes e abundantes e mágicos e extraordinários da vida. Eu fiquei muito impressionada, muito, até hoje. É lindo isso.

JD: Tempestades, raios, faíscas… Como as mãos de Iansã estão presentes nesse encontro, não é? Que força que tudo isso tem.

MB: Em todos os meus encontros. Essa é a dona do meu Ori, minha cabeça. Então, ela realmente seleciona com muita delicadeza, com muita força [risos]. Ela não vai por caminhos pequenos, não. Ela é muito forte. Me dá esses prazeres.

JD: O primeiro texto que você leu de Clarice, que o Fauzi pediu, foi "Mineirinho", no final de *Comigo me desavim*, não foi?[269]

MB: "Mineirinho", foi.

JD: Como é tristemente curioso, como é tragicamente incrível, como esse texto tem uma atualidade imensa, como diz tanto dos nossos nebulosos dias.

MB: É inacreditável. I-na-cre-di-tá-vel. Um texto muito forte. Na primeira vez, eu pedi ao Fauzi: "Deixa eu ler o texto". Era um espetáculo todo preto e branco. Inclusive, eu vestia preto e branco. Eu ainda vestia preto naquela época. Tudo era preto e branco: a luz era

---

[269] LISPECTOR, Clarice. Mineirinho. *Senhor*, jun. 1962; LISPECTOR, Clarice. *A legião estrangeira*. Rio de Janeiro: Editora do Autor, 1964, p. 252-257. O show *Comigo me desavim* teve estreia no Teatro Miguel Lemos, em Copacabana, no Rio de Janeiro, no segundo semestre de 1967, dirigido por Fauzi Arap e com acompanhamento musical do Terra Trio e Macalé (*Jornal do Brasil*, Caderno B, 11 out. 1967). Textos de Clarice Lispector foram selecionados em outros shows de Maria Bethânia, como *Drama: luz da noite*, de 1973, dirigido por Isabel Câmara e Antônio Bivar; "*Pássaro da manhã*, de 1977, dirigido por Fauzi Arap; e *A hora da estrela*, de 1984, dirigido por Naum Alves de Souza. (Ver AGUIAR, Sérgio Roberto Montero. No palco e na voz de Maria Bethânia. *CULT, Dossiê: Clarice Lispector hoje*, n. 264, 01 jan. 2020, p. 21-24).

metade do meu rosto, branca, iluminada, metade preta, sombra. Tudo era assim. Era muito bonito. E eu dizia: "Fauzi, é a cor do espetáculo. Papel branco com a tinta preta. Deixa. Vamos ler o 'Mineirinho'". Ele escolheu o texto. Ele escreveu o espetáculo. Muito emocionante esse texto, é atualíssimo.

JD: É, com certeza. Você sabe se Clarice escreveu algum texto, por sugestão do Fauzi, pensando na sua leitura?

MB: Ah, não creio, não.

JD: Nessas anotações que ela fazia durante os ensaios?

MB: Ela escrevia muito, muito, durante os ensaios. Eu, as vezes que vi Clarice, eu a via sempre com uma coisa na mão, escrevendo. Uns garranchos. Algumas coisas ficavam na mão do Fauzi, e depois, à noite, eu ia à casa dele pra gente continuar. Porque era um trabalho tão livre, tão apaixonado, tão lindo, e não tinha horário, não tinha nada disso que tem hoje. Era o prazer da vida. Era a vida aquilo, fazer aquilo, mexer com aquilo. A gente só pensava nisso. Era uma entrega geral, muito bonita. E, às vezes, eu via e dizia "Isso...." porque eu conhecia a letra dela. Na revista *Senhor*, eu tinha assinatura e tinha textos que vinham fotografados e tal. Muito elegante. E eu dizia assim: "Esse texto de Clarice tá escrito aqui", e ele dizia: "É, são os garranchos dela. Ela escreveu isso, me deu hoje". Ele era realmente muito amigo dela. Muito. Conversavam muitas horas. E às vezes eu estava na casa dele, no apartamento – era uma cobertura, em Copacabana –, tocava o telefone e ele dizia assim: "Ih, é Clarice. Espera um pouquinho". E eu ia lá para a varanda enquanto eles ficavam, assim, uma hora, uma hora e meia conversando. Conversavam muito, eram muito próximos. Fauzi tinha muita confiança nela e muito amor por ela. Que coisa linda, né?[270]

JD: Assim como foi com Fernando Pessoa, você levou Clarice para o grande público, aquele que lotava as casas de espetáculo que eram conhecidas pelas apresentações musicais. Em relação à questão do show e da música, eu lhe pergunto: que diferença existe, para você,

---

[270] Ver, neste livro, a parte "Fauzi Arap", p. 149.

entre ler Clarice e falar Clarice com o jeito de Maria Bethânia e Fauzi Arap? Porque, na verdade, você falava e você fala Clarice com esse jeito Bethânia, todo próprio, como uma marca, uma assinatura vocal.

MB: É porque mentir não presta. Eu não sou Clarice. Eu sou Bethânia. Eu tenho que falar como Bethânia fala. Mas com a influência do texto dela. Eu procuro fazer isso com qualquer um, com qualquer autor. Com Clarice particularmente. Ela tem uma coisa que eu... Como Fernando eu me identifico de imediato. Eu não demoro para penetrar entranhas, entendeu? Cérebro, nada. É logo. É imediato. Então, eu tenho... Leio com muita tranquilidade, com muita intimidade.

JD: E você sempre lê Clarice?

MB: Eu leio sempre. Eu leio sempre. Clarice, toda hora, e Fernando, sempre.

JD: São livros de cabeceira para a vida inteira, né?

MB: São, mas sem cabeceira, porque na cabeceira eu não leio, não. Se eu ler na cabeceira, eu não durmo. Se deixar o livro na cabeceira, eu não consigo dormir.

JD: Você não dorme com um livro na cabeceira da cama?

MB: Não.

JD: Pessoa e Lispector são seus parceiros na arte e na vida, não são?

MB: Para mim, são os meus grandes companheiros, Fernando e Clarice. Meus companheiros. Meus nobres e fiéis companheiros. Não me deixam na mão. A coisa aperta, eu corro pra um ou pra outro [*risos*].

JD: Você sente que os dois estão com você no palco quando você está lendo os textos?

MB: Não. Comigo eu não sinto eles, não. Mas eu sei que eles ficam contentes. Eu acho que eles ficam [*risos*]. Eles gostam. Tanto que me provocam. Nas outras coisas que eu vou fazer, eles ficam me mostrando uma porção de pistas, caminhos, segredos. Eu bato a mão num livro, cai numa página. Bato, cai o livro aberto. Ficam me mostrando. Eu vou me animando, pego... Eu acho que eles gostam, sim. Não tem por que não gostar, eu faço com um amor tão profundo e com tanta verdade.

JD: Uma pergunta que não se faz, mas eu vou fazer: você tem um texto predileto ou um livro predileto dela? É difícil, né? É a mesma coisa que perguntar sobre Fernando Pessoa.

MB: Olha, Julinho, eu... eu não posso dizer, assim, um livro, um texto. Teve um período em que eu era tão louca pelos "Desastres de Sofia", que eu quase que sabia de cor o conto todo, eu podia ler inteiro. "O ovo e a galinha", tudo aquilo era muito intenso e forte... Os contos me pegavam de maneira muito mais forte.[271] Aí, quando eu li o primeiro romance dela, que é *Perto do coração selvagem*, eu fiquei... "Ah, então é... Eu, quando leio Clarice, agora, tenho que saber que ela também escreve assim". Porque o modo como ela escrevia os contos, para mim, era muito diretamente para mim, para o meu... Entendeu? Era como se ela me traduzisse, escrevesse por mim. Os sentimentos, as ideias, o que chamava a atenção, o que interessava, qual era o assunto, entende? Mas aí os romances, não. Os romances têm personagens ali. E histórias inteiras. Então, eu fico louca pelos contos. Eu persigo ali muito contos de Clarice.

JD: E as crônicas são também incríveis. Eu me lembro de "Restos do Carnaval".

MB: As crônicas... "Restos do Carnaval" é uma graça. "Banhos de mar". Eu li recentemente "Banhos de mar".[272] Fiquei tão emocionada.

---

[271] O conto "Os desastres de Sofia" foi publicado na revista *Senhor*, n. 54, em agosto de 1963, p. 28-34. E, posteriormente, figurou em: LISPECTOR, Clarice. *A legião estrangeira*. Rio de Janeiro: Editora do Autor, 1964, p. 9-29 (segundo listagem da produção jornalística de Clarice Lispector em: NUNES, Aparecida Maria. *Clarice Lispector "jornalista"*. 2 v. Dissertação (Mestrado) – Universidade de São Paulo, São Paulo, 1991). O conto "O ovo e a galinha" foi publicado em: *A legião estrangeira*, p. 55-66.

[272] "Restos do Carnaval" foi publicado no volume de contos intitulado *Felicidade clandestina*, no Rio de Janeiro, pela editora Sabiá, em 1971. E "Banhos de mar" ganhou as páginas do *Jornal do Brasil* em 25 de janeiro de 1969 e foi publicado no livro *A descoberta do mundo*: Rio de Janeiro: Nova Fronteira, 1984, p. 249-251.

Eu estava gravando o meu disco e me pediram para fazer – nem sei para o que foi, foi alguma coisa para o centenário dela, que me pediram –, e eu li "Banhos de mar". Ah, foi para Portugal.

JD: Há na literatura da Clarice e no seu trabalho como intérprete de canções essa vontade de falar do pequeno, do sensível, dos afetos, da beleza, enfim, dos mistérios da vida. Você não acha?

MB: É, também dos desarrumados, dos incompreendidos, dos que não são perfeitos, da imperfeição nossa, tudo isso. Essa coisa do humano. É tão bonito. Clarice é mágica nisso. Como nela tudo é profundo, ela com ela e ela com os outros, ela vê muito o outro, ela penetra muito. Então ela se entrega... Entendeu? Você é coautor o tempo todo. Eu, pelo menos, me sinto assim, sou bem ousada.

JD: Além disso existe o Nordeste, sempre presente em vocês duas.

MB: É, ela é pernambucana. Ela pode ter nascido onde nasceu, mas ela é pernambucana.

JD: Ela e o Recife, você e Santo Amaro. Bethânia, que Brasil, para você, é o da Clarice? Que Brasil, para você, é o da Bethânia? Esse Brasil profundo? Esse Brasil simples?

MB: Para mim é o Brasil de todo dia, de toda hora. O Brasil que tira o sono pela beleza e que tira o sono pela incompreensão dele, da indelicadeza com ele, entendeu? É um país, é uma terra tão bonita, tão... tão possível, tão única. É diferente de tudo no mundo, entendeu? E fica tropeçando, tropeçando, tropeçando com gente que não lhe vê, que não lhe percebe, não lhe sente, sobrevoa, entendeu, tem medo de botar o pé no chão, tem medo de sentir o calor de sua terra, medo de molhar o pé na água do riacho, sua água limpa. Eu fico... fico nervosa. Não quero falar do Brasil, não, porque eu começo a chorar.

JD: E, terminando o seu depoimento, que eu agradeço profundamente, eu vou retomar o que você falou lá no início. E eu queria terminar exatamente com esse verso lindo, título da belíssima canção de Caetano e Capinan, mesmo que a música não tenha sido composta pensando nela. Para você, que mistérios, Bethânia, tem Clarice?

MB: [*Risos*] Eu não sei, não. [*Risos*] Deus me livre de saber. [*Risos*] É muito fundo, é muito grande. Mas o mistério que podia aparecer, através de sua obra, é um mistério cativante, atraente, belíssimo, encantador, único, com a assinatura digital maravilhosa, uma raridade, um rubi raríssimo, calorosa, afetiva, amorosa, tudo lindo, tudo mágico, as cartas dela, como ela se dedica/se dedicou às pessoas, as suas pequenas entranhas, suas pequenas nuances, tudo lindo. Aaai, dona Clarice, meu amor.

● Maria Bonomi[273]

Depois de ter ido ver por duas vezes *Constelação Clarice*,[274] devo reiterar: se não conseguir ser bem sincera neste depoimento, nada mais se acrescentará. Impõe-se dizer como me é difícil falar da comadre e doloroso visitar uma iniciativa que expõe sua pessoa na intimidade, seus processos e escritos, enviados ou recebidos. E a gente sabendo que não era tudo bem assim...

O que ela fez com o tempo e o que ele fez com ela. E com todos nós. Viver tudo isso já era complicado, pois há também faltas por esquecimento e culpas, e agora ter que expor mais fatos é pior ainda. Existe também a sensação de estar devassando nossa maravilhosa sintonia. Onde tudo era possível e necessário. Clarice sabia fortemente que me ajudava a ser, e de minha parte eu sabia que lhe liberava meus avanços e recuos e meu testemunho do que acontecia "no mundo". O que ela quisesse saber, numa narrativa confessional. Obrigada a falar a verdade. Senão não valeria a pena, senão para quê?

A reciprocidade de experiências existia pela simples razão de que a gente não fazia e nunca fez o que se esperava de nós. Não nascemos para fazer o que o mundo possa querer que façamos – foi o tema final da primeira conversa que tivemos em Washington (1958), tomando um café, encerrando nosso segundo encontro. Lembro que ali me apeguei, ali estabelecemos um pacto, me senti agraciada por ter encontrado uma pessoa tão livre e delirante que comunicou me entender perfeitamente... E que isso lhe era importante. Quando falou que

---

[273] Depoimento inédito concedido a Nádia Battella Gotlib em 19 de abril de 2022. Maria Bonomi é autora das subsequentes notas de rodapé desta parte.

[274] Exposição em homenagem a Clarice Lispector realizada pelo Instituto Moreira Salles, em São Paulo, entre 23 de outubro de 2021 e 27 de fevereiro de 2022.

escrevia, e falou sem ênfase, fiquei encantada. Estava tudo explicado na "perguntação" e na curiosidade. Nossa amizade foi estruturada em milhares de conversas repentinas – estranhas e impagáveis. Do ano 1958 até 1977, quando ela partiu, num último telefonema muito formal "se despedindo", dizendo que os médicos não sabiam tratá-la, mas que agora haviam descoberto a cura, então eu que fosse vê-la em breve... Eu nunca me despedia dela, sempre lhe dizia "até amanhã"! Ela mesma escreveu desse encontro: "foi tão encontro mesmo que, na hora da despedida, Maria disse 'até amanhã'".[275]

Afirmo que me foi difícil no final, pois não tive coragem de visitá-la fisicamente enquanto estava hospitalizada. E ela sabia disso e me perdoou... Eu morava em São Paulo, mas ia muito ao Rio de Janeiro, terra da minha mãe. Remexer em tudo isso me angustia. Porque Clarice morreu cedo, a primeira vez que me telefonou para falar da doença disse estar com problemas no fígado de tanto comer chocolate. Fingi acreditar. Mas outros já me haviam avisado. Olga, Nélida...[276]

Também quando se queimou, não se lamentava. Nunca fez isso, por motivo algum. Queria demais que o outro (quando amava protegia ao infinito) nunca se preocupasse por ela. Ainda no hospital, sendo recuperada das lesões cáusticas com a mão sob o soro gotejante, fui visitá-la; me dilacerou o momento, mas consegui fazê-la rir quando me perguntou o que eu havia relatado ao afilhado, que estava esperando lá embaixo. Disse-lhe que contei tudo e que ele condoído lhe enviava muitos beijos e que daí em diante a chamaria de "madrinha churrasco"!!! Gargalhou mesmo! Chegou às lágrimas, e não podia fazê-lo.

Hoje digo simplesmente que quando era jovem me tornei amiga de Clarice Lispector, depois também minha comadre e muito mais. No batizado na igreja da diocese paulistana de Santo Amaro, o Padre Garrett (genovês salesiano, creio) a acolheu com carinho especial, sabendo que como judia tinha outras orações, e a abraçou, como também

---

[275] LISPECTOR, Clarice. Um encontro perfeito. *In: Todas as crônicas*. Rio de Janeiro: Rocco, 2018. p. 42.

[276] Referências a Olga Borelli, colaboradora e biógrafa de Clarice Lispector, e à escritora Nélida Piñon, ambas amigas próximas de Clarice.

o padrinho Jorge Andrade, dramaturgo muito amigo de Antunes.[277] Cássio estava vestido de pequeno marinheiro, porque havia crescido esperando a vinda da madrinha a São Paulo. Depois da cerimônia, fomos almoçar todos juntos num restaurante daquele bairro. O menino viria a se orgulhar muito de seus padrinhos nas escolas que frequentou. Dizia sempre que, ao saberem, ganhava atenções especiais dos mestres nas aulas de Português. Clarice o incluiu na dedicatória de *A mulher que matou os peixes*, um dos livros para crianças que publicou. Ele se sentia valorizado...

Tento explicar: o acaso do Universo que tudo constrói da maneira mais certa, mesmo se dolorosa, fez com que eu precisasse, em 1958, ir a uma festa em Washington. Assim nossa amizade surgiu, muitos já sabem, bem fortuitamente... Eu era estudante na Columbia University, em Nova York, e o ex-reitor ocupava então a presidência dos Estados Unidos (Dwight Eisenhower, "Ike"). Havia grande entusiasmo pela América Latina e pelos estudantes que se encontravam nos Estados Unidos. Entre eles, fui assim convidada para um jantar na Casa Branca em homenagem a essa *"togetherness"*... Chegando a Washington na data programada, me apresentei na Embaixada, pois percebi que não tinha um vestido apropriado para tal evento: pedi que me socorressem, afinal, era por uma noite só. Alzira Vargas (mulher do embaixador Amaral Peixoto, governo JK) então me recebeu e me aconselhou que fosse à casa da esposa de um secretário da representação diplomática, Maury Gurgel Valente, argumentando que tinha uma silhueta parecida com a minha: alta e esguia com pé grande... Assim fiz, e ao chegar fui recebida muito gentilmente e em seguida totalmente adornada.

No dia seguinte, ao voltar para devolver as peças emprestadas (vestido, sapato, bolsa, luvas e estola, que antes levei para serem devidamente "refrescados" num tintureiro), Clarice Lispector me abriu a porta e me convidou para um cafezinho. Mostrou-se ávida por ouvir um retrospecto do jantar. Foi assim que tudo começou... Segurando a xícara que me ofereceu prontamente, fiquei sabendo que ela era uma

---

[277] Referência ao diretor teatral Antunes Filho, na época meu marido e pai de nosso filho Cássio, afilhado de Clarice.

artista, que escrevia livros e sonhava muito e sabia da vida demais! Dois garotões sadios, encantadores, mas endiabrados, a mantinham bastante ocupada no dia a dia de esposa de diplomata no exterior. Começou ali a nossa amizade muito "bem lubrificada", como "se fôssemos gêmeas de vida", ela diria na crônica "Carta sobre Maria Bonomi".[278] Aquele encontro aconteceu para "nos salvar", porque fizemos troca de boias salva-vidas até o ano 1977, quando ela morreu. Daí a parte dolorosa que o Universo pratica.

Ainda nos Estados Unidos, era sobre o viver corriqueiro do dia a dia que ela mais me indagava. Minha vida de mulher jovem, estudante no exterior, as oportunidades, os encontros, os namoros, as descobertas e, sobretudo, como e por que fazer arte, a família puxando para outro lado, outros papos convencionais ou não, não ceder, em quem acreditar... Meu Deus, poder falar e ser ouvida sobre o que eu fazia, e como e por quê! Ela também me contava suas agruras diárias, como era ser escritora e estar sempre se deslocando. A vida convencional no meio diplomático, o que detestava. Desde então Clarice me estimulou a lutar para fazer minhas xilografias como eu pretendia e não como me ensinavam, e suas perguntas eram sempre cirúrgicas.

Às vésperas da individual que fiz em Nova York, em novembro de 1958, Clarice, como uma eterna conselheira, já havia começado a existir "para tudo" e me animou a fazer a mostra, quando entrei em pânico, porque precisava dar nome em inglês àquelas xilografias (que depois entraram num catalogozinho com a apresentação de Seong Moy[279]). Ela então me telefonou e disse que eu procurasse Dora Vasconcellos, nossa cônsul-geral em Nova York, que lhe levasse as gravuras numa pasta para ela ver e nomear, visto que era poeta, além de amiga dela. Que já a havia informado por telefone. Dito e feito. *Dream*, que depois ofereci a Clarice, é dessa série (1958) e esteve na mostra Constelação,

---

[278] Segundo Clarice Lispector, "há entre mim e Maria Bonomi um tipo de relação extremamente confortador e bem lubrificado. Ela é eu e eu é ela e de novo ela é eu. Como se fôssemos gêmeas de vida" (LISPECTOR, Clarice. Carta sobre Maria Bonomi. *In*: *Todas as crônicas*, p. 453).

[279] Mestre gravador de origem chinesa, foi meu professor no Pratt Institute de Nova York.

numa sala especial com obras e objetos que ela privilegiava. Confesso que tenho ainda alguns papéis guardados, cartas e/ou mensagens de Dora e dela e de outros daquele período... Culpa por não ter localizado.

Aloisio Magalhães, designer, foi um grande companheiro na época. Clarice elogiava a pessoa, mas desaconselhava o namorico com ele. Sabia que fomos juntos a Filadélfia, onde ele estava produzindo *Doorway to Brasilia*, publicação institucional, e de quebra fez o catálogo/folheto para minha mostra na Roland de Aenlle Gallery,[280] impresso na Eugene Feldman Graphics. Posteriormente ele conseguiu me enviar via Recife minha prensa de metal norte-americana, que passou pela alfândega como "moedor de cana"... Clarice soube disso, e se divertiu também quando num outro momento lhe contei a história de uma noitada nossa no Belgravia vendo um *pocket show* de Billie Holiday, já alienada de seus direitos autorais. Indagava como eu teria feito tudo escondido do meu pretendente norte-americano, Norris Parker Smith, e este Clarice sabia que a amiga Dora me desaconselhara, por ser "espião do State Department". Fantasias ruidosas. Mas, como lhe reportava todas as minhas "aventuras" de jovem bem articulada e vistosa, o caldo para vários telefonemas e uma visita sua a Nova York estavam garantidos.

Claramente muito me escapa, mas viabilizei a Clarice uma visão periscópica da contemporaneidade dos meus 22 anos e todo o resto. Desde então trocamos informações do dia a dia, sobretudo em longas conversas telefônicas ou nos bem cheios encontros espaçados. Nunca fui muito amiga de cartas e escritos e ela sabia disso, só quando questões pontuais se impunham ou comunicados importantes, mas pouquíssimos. Tudo praticamente era dito ao vivo. Mesmo com intervalos de meses. Haja vista as três páginas datilografadas (expostas na Constelação), que são uma entrevista e também o seu contrário. A entrevista,[281] creio que lhe encomendaram e ela me escolheu. Olga me transmitiu que havia certa urgência. Antes de escrever as respostas, contei-lhe pela última vez (mais uma vez confessionalmente) o que estava vivendo naqueles dias. Ela querendo saber, cada vez

---

[280] Galeria de Nova York onde realizei minha primeira exposição individual no exterior.

[281] LISPECTOR, Clarice. Maria Bonomi, uma de nossas maiores gravadoras, revela a Clarice Lispector os segredos de sua arte. E de sua alma. *Fatos & Fotos*, jun. 1977.

mais… A sexta pergunta era vitalíssima, quando já faltavam poucos meses para a partida dela. Sim, a gente se falava em continuidade. Acho que isso a aliviava da seriedade da vida. Não que eu fosse alienada ou frívola, mas intuía que havia muita tensão a ser dissipada. A política foi muito pesada naqueles anos, Clarice, assim como eu, era ativista com discrição. E sofria pelo que não lhe era comunicado para poupá-la.

Eu a visitava sempre, porque ia frequentemente ao Rio, pois minha mãe, que era carioca, tinha passado a morar num apartamento em Copacabana a maior parte do ano. Eu podia usar seu carro e circular calmamente e dar "uma mão a essa amiga desquitada com dois filhos que retornara do exterior e tem de se adaptar por aqui". Foi com Marcia Algranti,[282] creio, que visitamos vários apartamentos no dia em que ela resolveu alugar um deles, na Rua General Ribeiro da Costa. Ela ia se reintegrando pacificamente, havia muitos amigos que a aguardavam, e novos também, frequentemente a gente se reencontrava na casa de Vladimir Murtinho, que reunia no Rio artistas e diplomatas de infinitos lugares. Lá me aproximei muito de Mozart Gurgel Valente (ex-cunhado de Clarice, depois incluído na dedicatória *in memoriam* no meu álbum de litografias *Balada do terror e 8 variações…* 1971) e de sua esposa, Eliane, com quem privei vida afora em estreita amizade, mesmo depois da morte de Clarice, quando em Paris tínhamos o hábito da *happy hour* no Deux Magots,[283] brindando e sempre lamentando nossa querida que havia partido tão cedo… Às vezes chorávamos juntas. Marilu, filha de Eliane e Mozart, talentosa *cellista*, casou com Felipe Seixas Corrêa, tornou-se uma importante personalidade ao lado do marido embaixador, e relembrávamos que eu a havia pego no colo.

Com Eliane eu podia relembrar coisas jocosas ou compartilhar alguns segredos que tinha trocado com Clarice, ela sempre me jurando que guardaria silêncio… Um deles, que revelo agora, é que certa vez, quando perguntei a Clarice por que afinal tinha se casado com Maury, ela singelamente respondeu: "para ficar livre dele". "Era um pretendente por demais assíduo, por demais carinhoso e galante, por

---

[282] Sobrinha de Clarice Lispector, filha de sua irmã Tania Kaufmann.

[283] Café parisiense no bairro de Saint-Germain des Près.

demais sufocante de atenções e piropos"… De outra feita, ela me ligou insistindo para que eu fosse ao Rio a fim de acompanhá-la à celebração do casamento de Paulo, seu filho mais novo. Era uma convocação, já em 1976, e a princípio não entendi muito bem por que queria minha companhia em uma solenidade tão íntima. É verdade que estava profundamente sensibilizada com o evento, que selaria o afastamento, embora relativo, do filho – que, no entanto, morava no mesmo bairro e sempre almoçava com ela. Seu ex-marido viria do exterior com Isabel [Leitão da Cunha], a segunda esposa. Eu não poderia lhe negar. Fui. Depois compreendi que ela tinha suas razões pessoais para insistir na minha presença. Percebi também que certos convidados mantinham distância dela, tratando-a como "monstro sagrado". Isso sempre a entristecia e a desconcertava, quando não a irritava.[284]

Comigo, ela já sabia de minha "perguntação". Se oferecia às respostas. Afinal, era grande perguntadeira também. No intervalo de poucos dias, podia relatar espetáculos detalhadamente, como na crônica "Tentativa de descrever sutilezas", em que se detém no gestual de dançarinos hindus a ponto de captar como "ressonância do salto anterior" o "ar parado de sua imobilidade súbita". E uma semana depois publicar o texto super-hermético "A geleia viva como placenta", em que, ao descrever minuciosamente um sonho, destaca, por fim, o movimento encapsulado pelo estático: "Por fora a morte conseguida, limpa, definitiva – mas por dentro a geleia elementarmente viva".[285] Trata-se do hexagrama Verdade Interior? (Foi o que me destacou e sugeriu a pesquisadora Marília Malavolta, com quem há alguns anos converso sobre Clarice, revisitando em memória algumas passagens que me são tão caras, como a leitura do *I Ching*.[286])

---

[284] Lembrança incluída também por Benjamin Moser em sua biografia *Clarice* (São Paulo: Cosac Naify, 2009. p. 527-528).

[285] Tomando um pouco a esmo textos de Clarice em *Todas as crônicas*, publicados originalmente no *Jornal do Brasil*, o primeiro em 22 de janeiro de 1972, o segundo em 29 de janeiro do mesmo ano (LISPECTOR, Clarice. *Todas as crônicas*, respectivamente p. 477-479 e 479-481).

[286] Estabeleci trocas sólidas e reveladoras com Marília Gabriela Malavolta sobre o interesse de Clarice pelo *I Ching* e pelos ideogramas chineses, assunto que ela descortinou com maestria, ao tratar como processo criativo, ancorado em

Ela analisava muito o que via e me ensinava a fazer isso… Olhar de todos os lados e esgotar o assunto. Era uma garimpeira de mão cheia, fabricava questionamentos sobre ela e os outros. Eu ficava exausta, às vezes me sentia torturada, incapaz de corresponder a tudo com clareza. Uma indagadora enlouquecida que me causava imensa inquietação. Como se nela estivessem duas ou mais pessoas para saciar… (eu sou uma pergunta?). Clarice amava os sortilégios. Lembro que me contava em detalhes quando ia ver alguma coisa, um espetáculo musical ou teatral. Mas fugia das estreias e dos encontros "com celebridades". Era mesmo de uma discrição profunda. Os amigos artistas eram numerosos, mas evitava festas e multidão. Perguntei de fulano, ela respondeu: "Ele não quis se salvar"… Sabíamos de quem estávamos falando, um jovem poeta que me usou pela assiduidade para chegar a Clarice (que o evitava). Enfim, ele se "mediocrizou".

As pessoas tinham fascinação por ela. A beleza e o mistério andavam juntos. Foi assim quando veio a São Paulo, em 1962, para receber o Prêmio Carmen Dolores Barbosa de melhor livro do ano pelo romance *A maçã no escuro*. Ela me convocou a acompanhá-la à cerimônia, na casa da titular da premiação. Logo vimos que ela precisaria mesmo de uma presença amiga naquela noite. Depois do discurso de saudação, feito pelo escritor Mário Donato, não se sabe por que o ex-presidente Jânio Quadros, que tinha renunciado um ano antes, pôs-se a falar até entregar o envelope do prêmio a Clarice. Ele então a chamou dizendo que precisava conversar por um instante em particular com ela e a levou até um aposento ao lado. Ela me olhou, pedindo que eu ficasse por perto. Logo ouvi os seus gritos: "Maria! Maria!". Corri ao seu encontro, e Clarice me contou que Jânio tinha começado a apalpá-la com tanto ímpeto que rasgara a parte de cima de seu vestido.[287] Foi então

---

comprometido trabalho com a língua nacional, aquilo que poderia ficar relegado a simples idiossincrasia de misticismo. Foi o que vi em sua tese de doutorado, de cuja banca avaliadora honrosamente participei como membro: PINHO, Marília Gabriela Malavolta. *Do dorso à cauda do tigre: trilhando a linguagem de Clarice Lispector*. 2016. Tese (Doutorado em Estudos Literários) – Universidade Estadual Paulista, Araraquara, 2016.

[287] Diziam alguns que esse mau político tinha uma queda irresistível por escritoras bonitas.

a minha vez de vestir a amiga, cobrindo-a com um xale que encontrei sobre um piano. Ela quis se retirar imediatamente, e eu a acompanhei de táxi até o acanhado e decadente hotel que sua editora lhe tinha reservado. Como se não bastasse, mostrou grande desapontamento ao abrir o envelope e constatar o valor do "prêmio": vinte cruzeiros! "Fiquei boba", diria Clarice mais tarde.

Desde o início, tinha realmente se estabelecido entre nós uma grande troca. Um verdadeiro intercâmbio. Ou aquilo que ela veio a resumir, naquela sua crônica no *Jornal do Brasil*, como *ela-eu-eu-ela-ela-eu*, o que muito me enrubesceu! Que livro comprar, que música ouvir, que amigo visitar... muitas decisões vitais que tomei devo a ela. E também com observações e escolhas que me conduziam de modo até subliminal, referentes ao meu trabalho. Ainda no período americano, quando fiz a exposição na União Pan-Americana, em Washington, ela assistiu à minha palestra. Fez perguntas e me provocou ao extremo. Viu coisas que viriam a acontecer muito tempo depois. Aprendi com ela a importância da matriz de madeira como local de retenção do gesto de gravar, como sede da ideia original, única e primeira autoria. Quando em 1971 lhe ofereci uma gravura, ela me solicitou a matriz da obra (*A águia*) e a pendurou "bem na entrada" da sua sala, "e com luz especial para serem notadas as saliências e reentrâncias" da madeira.[288] Conviveu por anos com ela, e eu sabendo disso.

O paralelo com as palavras incluía as anotações de um sentimento, um primeiro registro. Porque para mim (nós) tudo o que era vivenciado fazia parte da nossa normalidade e de como estar no mundo. Trocas do banal, do corriqueiro e também do sublime (tumulto criativo) eram por vezes diárias, mas nem sempre tão pontuais. Clarice me abria trilhas, afora os segredos. Quando eu a sentia vulnerável, eu a protegia. Havia no ar como um dever (de minha parte uma pretensão) de sabermos de tudo e nos abastecermos reciprocamente de "descobertas", mas de não deixá-la se entristecer... Momentos sérios, ter essa atitude, querer se salvar... Obrigação de *se salvar*. Obter o melhor resultado, até ao absurdo. Paroxismo. Mas não se dobrar. Me passou uma carga gigantesca... Uma responsabilidade ilimitada.

---

[288] LISPECTOR, Clarice. Carta sobre Maria Bonomi. *In: Todas as crônicas*, p. 452-455.

Muitas conversas pouco jocosas sobre infinitos delírios… a claríssima coincidência de a arte pública ser como a palavra que corporifica uma ideia. Seja ela escrita ou não.[289] No caso do molde em concreto destinado a uma leitura "geral", semelhanças com as frases enfileiradas, empilhadas num livro ou num texto manual. A palavra tinha uma figura, era uma imagem-signo, como no alfabeto oriental, mas também vendia (propunha) o seu significado literal.[290] Quando cheguei da China, fiz várias exposições, uma no Rio (Galeria Bonino), onde Clarice papeou longamente comigo. Visitou-a mais de uma vez… *Pedra Robat* (há pouco transportada à Constelação Clarice) já lá estava, ainda quente. Igualmente toda a série de xilos aleatórias Como se Fossem Palavras. Que gerou uma longa sequência de debates entre nós.

Clarice é muito próxima do leitor (literatura sempre autobiográfica?). Autobiográfica – e ela me aconselhou mais de uma vez a fazer o mesmo com o meu trabalho. Após conversas de falta de inspiração, de dias mornos desassuntados, por ela eu contaria a respeito do que havia à minha volta, relataria sentimentos, paisagens, notícias. Tudo era matéria-prima pedindo para ser revelada "ao mundo". Ritmo e contundência entre o falar e o escrever. A clareza de suas propostas para meu uso era assustadora. O que não se sustentava mais tinha que ser reformulado. Era o que ela exigia. O processo de criação de uma imagem (seus porquês) e o viver prático de um artista, suas escolhas a renovar. *Água viva* (1973) e *Um sopro de vida* (1978) – relação entre as palavras escritas e "pintadas"… Talvez isso. Por isso as pinturas de Clarice são pouco explicadas… inexplicáveis.

Veio me ver à tardinha, depois saímos juntas, ela tinha se chocado muito com minha prisão política em 1974. Tinha ficado alarmada mesmo. Me prestigiou publicamente e me colocou questões muito

---

[289] Vertente artística em que passei a transitar desde pouco antes da morte de Clarice Lispector e sobre a qual Marília Gabriela escreveu trabalho substancioso. Ver p. 325, nota 270.

[290] MALAVOLTA, Marília Gabriela. Palavra e(m) madeira. *In*: MÉNDEZ, Mariela; DARRIGRANDI, Claudia; MALLEA, Macarena (org.). *El arte de pensar sin riesgos: 100 años de Clarice Lispector*. Buenos Aires: Editorial Corregidor, 2021. p. 209-226.

sérias de comportamento público, recomendações de segurança etc. Ainda mais com a agravante de homossexualidade assumida, mas na verdade eu vivia a liberdade total da coerência plena. Falamos muito dessa conquista. Ela me apoiava. Mas queria saber de tudo. Todos os detalhes. A intimidade.

Nossas experiências cotidianas eram relatadas, e a gente intercambiava também dúvidas e indecisões, senão, por que teria sido madrinha? Houve casamentos, gestações, tudo a ver com o que sucedia, resultado de nossas respostas e contínuas indagações, ou vice-versa. Assuntos do dia a dia compartilhados ao longo de quase vinte anos. Quantas tardes, chegando de São Paulo, eu a avisava e era convidada a ir encontrá-la na Praia do Leme? Sentávamos na areia para saborear uma pizza da Fiorentina, servida no colo, fatia por fatia. E dávamos muitas risadas. Sempre um bom vinho também. Atenta e provocadíssima por minha renovação sexual, que se tornou pública em 1971, ela conhecia uma primeira parceira e opinava sobre o relacionamento e as consequências. Estávamos em plena ditadura, e toda inovação ou contestação era superquestionada. Ficou atiçada e curiosa. E ligadíssima com o entorno e as transformações que aconteciam. Clarice era vanguarda, e com sede de vanguarda ela se movia.

Tenho comigo carta desse período em que ela manifesta desejo de estar com o arte-educador Tom Hudson, um professor britânico de ponta, visitante justamente na Escola Superior de Guerra (ESG) para cursos experimentais, mesmo em plena ditadura. Consegui marcar o encontro (mas não sua participação no curso, que antes eu fiz) em casa do artista Augusto Rodrigues, no Cosme Velho. Ela estava afiadíssima e interessada nos temas propostos e comentou por escrito até sobre a necessidade de se inteirar sobre eles. "Se você puder me transmita por carta o tema: a) as implicações da arte e do meio; b) um plano para aprender e criar; c) um projeto para a vida e o lazer; d) nova visão psicológica; e) integração social e criadora; f) organização curricular e atividade. Também me interessa a [aula] do dia 12 de agosto: a) imagens e objetos; b) resposta física e meio ambiente; c) como responder a ideias?; d) tomada de consciência do meio social; e) meios e métodos; f) o problema da informação complexa; g) seleção (escolha) e solução de problemas." Na verdade, se interessava por praticamente todos os itens, incluindo "novas estruturas mentais

– novos métodos", "construção e destruição nas ideias criadoras", "pensamento conceitual e atitudes criadoras"...[291]

Relendo suas cartas, me dou conta de que acabei não vendo o "vestido espetacular" sobre o qual ela me escreveu dizendo pretender mandar fazer com o corte de fazenda com que eu a tinha presenteado. Era um hábito da época, e ela, muito faceira, tinha apreciado o gesto. Bem que minha mãe tinha razão... Não lembro se tinha sido por um aniversário. Confesso que muita coisa escapa à minha memória, mas deparo com momentos e notícias às vezes desordenados, mas sempre com o sabor de quando vivenciei tais tesouros.

Por exemplo, aparece-me nos guardados um recibo de Cr$ 15.000,00 que ela me mandou por eu ter vendido um quadro de sua propriedade do qual queria se desfazer. Me escreveu se eu podia fazer isso... Não queria intermediários, nem lembro qual era esse quadro, mas sei que ela ganhava coisas que nem sempre queria manter e das quais provavelmente não gostava muito. Não queria, contudo, ofender quem a presenteara.

Foi por essa época que a contrataram como advogada no *Jornal do Brasil*. Ela chegou a comentar comigo que a condessa Pereira Carneiro[292] era uma grande dama, muito gentil, e queria lhe dar uma força. Eram tempos bicudos. Poderia assinar petições, porque tinha qualificação para isso, não precisava nem lê-las, eram elaboradas por estagiários do jornal. Ela só devia sacramentar, e ganharia bem por isso. Mas aguentou pouco tempo. Reclamou (uma vez pessoalmente comigo) argumentando que não suportaria tal incumbência, podia muito bem ela mesma escrever as petições, elaborar as defesas, estudar a matéria, porque era formada em Direito, conhecia o assunto e não precisava ser resguardada como uma dondoca burra que só assinava e assinava... Deu o maior rebu e ela largou esse emprego que não lhe agradava. Nélida lamentou.

Da obra de Clarice, li apenas uma pequena parte a fim de complementar nossas conversas. Tínhamos um plano de confidenciar e

---

[291] LISPECTOR, Clarice. Carta a Maria Bonomi. Rio de Janeiro, 16 ago. 1971. Acervo pessoal do Atelier Maria Bonomi.

[292] Diretora-presidente do *Jornal do Brasil* no período 1953-1983.

conversar acerca do nosso "fazer", do jeito como a obra aparecia para se degustar e falarmos a respeito, mas sem comentários sobre a própria enquanto literatura ou gravura, mas apenas sobre os porquês e as razões de elas existirem. Mas Clarice me motivou. Sei exatamente a obra, a frase, o minuto... Achei que queria se aliviar comigo do ofício, quando obra publicada.

Água viva, a mais essencial, é minha favorita, mas já com *Laços de família* fiquei abalada... *A maçã no escuro* parei no meio, e Nélida brigou comigo. Muito hermética. *A paixão segundo G.H.*, envolvente e corajosa, me lançou em aventuras pessoais. Suas obras me influenciavam na vida. Eu lhe contava isso e ela se matava de rir. De *A hora da estrela* lhe falei certa vez que tinha achado comercial, panfletária, e ela ficou uma onça!

Era também uma competente tradutora. Alguns dos livros que ela mesma escolheu tiveram sucesso. O último do qual me falou foi *Entrevista com o vampiro*, de Anne Rice (1976). Brinquei com ela que era para justificar a ida ao Congresso das Bruxas, creio que na Colômbia. O *I Ching*, Clarice o consultava, mas falava pouco disso. Quando voltei da China, me falou desse interesse. Antes, nunca. Fazia muitos questionamentos. Falamos ainda de Brasília. Das duas visitas que ela fez e das duas publicações... Clarice falava só a verdade e não o que convinha falar. Por isso tinha fama de esquisitona, de intolerante... mas não era nada disso. Lutava e queria que todos lutassem pela própria coerência igualmente. Custasse o que custasse. Não perdoava o sistema e a vida de quem tinha duas caras. Condenava sem piedade.

A integridade fundamental de Clarice. O fazer artístico, o quotidiano, a linguagem, a técnica, os meios... Tudo devia ter a postura da "integridade explicável". A pergunta que pairava sempre e me era exigido responder: por que este ou aquele material, o porquê da madeira ser a escolhida sempre (*tendre et dure comme le bois*) e os instrumentos, os talhos, poderiam gerar palavras? Comparava o escavar com o burilamento da escrita.

O que me tornei, se algo descobri e compartilhei, devo a ela. Se servi para ampliar algum mistério, melhor ainda. Não foi fácil. Como não é fácil viver sua ausência. Ainda nos Estados Unidos, em uma de nossas primeiras despedidas, me deu um livro: *Miracles de l'Enfance*, do suíço Etienne Chevalley, e a dedicatória perfeita desenhou minha vida:

> Maria, este é o meu "muito obrigada" pelas gravuras lindas, pela carta ótima – e pelas conversas.
>
> Faz parte de conversa ser inacabada. O resto é imaginação (mas que não se use muita, a receita aconselha apenas uma pitada, porque senão a conversa submerge).
>
> Foi ótimo conhecer você. Felicidades.
>
> Clarice
> Washington, março 1959

Clarice, até amanhã!

Maria Bonomi, 2022.

■ Clarice Lispector na Galeria Bonino, no Rio de Janeiro, em 1975, em visita à exposição *Xilografias: Transamazônica-China*, de Maria Bonomi (à esq.). (Acervo pessoal de Paulo Gurgel Valente.)

● Maria Telles Ribeiro e Edgard Telles Ribeiro

Maria Telles Ribeiro[293]

Primavera em Berna

Clarice pressentia a primavera
Antes de chegar.
– Vamos passear? convidava,
A voz de uma pessoa enamorada.
Partíamos, sem muita convicção.
Caminhava na frente, a passos largos,

---

[293] A obra de Maria Telles Ribeiro me foi apresentada pela própria autora, em longa conversa que tivemos durante encontro promovido pela concunhada e amicíssima de Clarice Lispector, Eliane Gurgel Valente, em restaurante à beira-mar, no Rio de Janeiro, no início dos anos 2000. Os vários fatos que me relatou encontram eco nos poemas que escreveu, alguns dos quais selecionei para esta publicação.
Maria Telles Ribeiro (1916-2017) e Milton Telles Ribeiro (1914-1993) tiveram três filhos: Edgard, Branca Maria, Hermano, todos Telles Ribeiro no sobrenome. Viveu longos períodos fora do Brasil, acompanhando o marido diplomata. Publicou *Louvor dos agraciados* (Rio de Janeiro: Lidador, 1997), contos em *De mulheres e sombras* (2001), poemas em *Água da fonte* (2002), *Tempos* (2003), *Quarteto de cristal* (2009). Conto seu foi incluído na coletânea *Boa companhia* (São Paulo: Companhia das Letras, 2002), entre doze escritores e escritoras importantes da literatura brasileira contemporânea, como Moacyr Scliar, Sérgio Sant'Anna, Bernardo Carvalho, Luiz Alfredo Garcia-Roza, Heloísa Seixas, Ana Miranda. Milton Telles Ribeiro (1914-1993) assumiu o posto de cônsul adjunto em Genebra (1947-1949) e, a partir de 1947, o de segundo secretário da embaixada em Berna, onde permaneceu até 1950 (Funcionários do MRE-RJ: 1916-1977. BNDigital).

O casaco vermelho aberto,
Adiantando a boa nova.
Nas árvores ressequidas
Apontava o primeiro sinal do verde,
Colhendo no chão, a cada instante,
Minúsculas florinhas cor de ouro.

Naquelas manhãs
Regressávamos às nossas casas
Com promessas de tesouros.

A cesta de mangas

Numa tarde de rude inverno,
Fui fazer uma visita de cortesia
À ministra da Índia,
Que gentilmente me presenteou
Com uma pequena cesta de mangas
Recebida, via aérea, de seu país.

Clarice estava grávida
E cheia de desejos do Brasil.

Rumei para o apartamento da *Vieille Ville*
Chegando sem avisar.
Dispondo a pequena cesta na mesa de jantar.

Ela desceu as escadas, um tanto surpresa,
E ofereceu chá.
Nossa conversa descosida.
De repente viu as mangas.
– Que é isso?
Mas o que é isso, repetia,
Lágrimas nos olhos,
Pegando as frutas, provando seu perfume.
O menino em festa.

Saudades do Brasil

As saudades do Brasil eram tantas...

O casal mudara-se da *Vieille Ville*
Por causa do menino.
Não havia sol.

Depressa arrumaram a nova casa.
Os livros. Os quadros.
O quarto quente do menino.

Acontecia muito
Jantarmos na pequena saleta,
E, certa noite, reparei
Na maleta encostada na parede.
Era esverdeada.

Passaram-se dias.
A casa primorosa.
A maleta esverdeada no canto da parede.
Até que um dia perguntei.
Clarice suspirou, deixou escapar o segredo:
– É para ficar aí mesmo,
Assim a gente pensa na Viagem.

Reportagem

Uma vez a revista *Manchete*
Abriu duas páginas inteiras
Às escritoras representativas do país,
Perguntando-lhes do que mais carecia
A criança brasileira.

A matéria figurava em colunas verticais,
Precedida pelo retrato e o nome de nossas escritoras.

Na verdade, todas escreveram
Palavras candentes, relevantes,
Que emocionaram os generosos corações.

A coluna de Clarice em branco.
No centro, uma só palavra:
C O M I D A

A vida diplomática

Era sempre a mais bela,
O que não pesava em nós, mulheres,
Pois ela não ofuscava
Com seus poderes de beleza.
E também a mais sensível, a mais inteligente,
O que não perturbava
Pois escondia, delicada,
Seus poderes criadores.
Mas que possuía poderes,
Ah, lá isso possuía,
E enumerá-los seria tarefa frívola, vã.
Jamais falava de literatura.
Quero dizer – da sua.
Depois de um jantar, com toda a simplicidade,
Silenciava, dando às outras a palavra.
Era como o fermento.
Vi mulheres, aparentemente insignificantes,
Desabrocharem a um aceno seu, a um aparte,
E ali mesmo diante de todos,
Crescerem em seus talos, lindas flores.
Noites assim,
Aquelas mulheres enlevariam seus homens
Com novos encantos,
Propícia a hora de gerar a criança
Que seria tão diferente,
Tão capaz de altos voos.

Se as conversas esfuziavam de brilho,
Fogos cruzados,
Levantava-se, febril, acendia o cigarro
Luminosa e bela.
Também podia acontecer o pior.
Se alguém externasse o torpe desejo de matar,
Revidava a seu modo.
Emudecia. Endurecia.
Onde, agora, a vaidade de um batom mais escarlate?
Os lábios lacrados, os olhos turvos,
O lodo do mundo.
Adivinhávamos a grande cólera de dentes cerrados.
Apagava o cigarro.
Era uma sentença.
Ah, não. Para aquele condenado
Não haveria um último desejo.

Vida social é coisa morta.
Por isso aparecemos, o ar contrafeito
De quem chega atrasado.
Levantamos a taça bem alto,
Precisamos de saúde, muita saúde.
Quebrar a taça, à moda russa.
— Espero o prazer de revê-la.
— Da mesma forma. Nunca mais.

Nos momentos mais perigosos
Era salva pelo companheiro
De longe acenando o chaveiro de luz.
Ah, sim, aquela era a boa hora.
Andiamo?
Renascia, então.
Irradiava um último esplendor.
Iria para sua casa, uma menina.
O chaveiro faiscando,
A vontade de tirar os sapatos,

Sonolenta, obediente,
No rosto a esperança
Uma noite como aquela
Nunca mais.

Incêndio

Quando a casa pegou fogo,
Ardemos, também nós,
Em labaredas e temores.

Meu Deus, na Sua misericórdia,
Designou Seu Grande Arcanjo,
O Doutor Fabrini.
Com mãos de homem
E asas de anjo
Não deixou um só instante
A cabeceira de nossa amiga.

Infelizes, nós os amigos
Vagávamos pelos infindáveis corredores.
(O que nos salva nessas horas são os infindáveis corredores).
Dor é intransferível.
Às lágrimas de Clarice
Não respondíamos com o milagre.

Natal

Na hora em que a ceia de Natal foi para a mesa,
O telefonema:
– Vem depressa!
Olhei a mesa.
A família desolada.
E parti desabalada,
Encontrando a Clarice na cama
(Era mais um catre),

Coberta com um lençol fino,
O rosto muito branco.
– Que foi? Perguntei, agoniada,
Já querendo tomar uma providência.
E a voz apagada:
– Não é nada. Só que estou com medo.
Senta aí.
E assim passamos
A vigília de Natal.
Ela deitada, os olhos no teto.
Eu, a seu lado, de mãos dadas.

Um jantar

Certa vez,
Decidimos jantar fora.
– Bem cedo, não se importa?
Claro que não me importava.
Um tanto sem graça
Chegamos ao restaurante vazio,
Olhando a casa, a decoração.
– É bonito, disse Clarice.
– É... disfarcei, lendo o cardápio.
O *maître* se aproximou, ajeitando a gravata.
E as pessoas foram chegando devagar.
Deus sabe que a gula não é o meu pecado,
Não sei por que fui pedir
Aquela galinha russa que espirra manteiga
Mal se toca o garfo.
Afinal o restaurante era caro.
Clarice pediu um prato bem simples
E perguntou as horas.
– Durmo muito cedo, suspirou.
O bife veio depressa.
Pela primeira vez estávamos uma diante da outra
Duas estranhas.
Clarice cortava a carne em grandes pedaços.

350

Para animar um pouco pedimos vinho.
– Pelo meu relógio já são oito horas,
Anunciou gravemente.
Os garçons se afanavam
O que só fazia piorar as coisas.
Ela bebeu um gole de vinho
E olhou meu prato vazio.
Juro que me senti muito culpada.
Finalmente a galinha fez sua entrada triunfal.
E mal eu levava o primeiro bocado à boca,
– Se importa de ir embora? Implorou.
– Mas já? Falei sem graça, o garfo no ar.
– Já, sim, agitou-se.
Apanhando o casaco, abrindo a bolsa.
Olhei a galinha intacta, o *maître* perplexo,
As pessoas curiosas.
– Agora, sim, disse de pé, quase colérica.
Não aguento mais.
E assim regressamos às nossas casas,
Distanciadas de nós mesmas.

Teresópolis

> *E como a uma borboleta Ana prendeu*
> *o instante entre os dedos antes que*
> *ele nunca mais fosse seu.*
> Clarice Lispector, "Amor".

A casa era pequena como uma casa de pobre,
Bonita, porém, como casa de rico.
E nós tão felizes.
Clarice. O menino.
Edgard. Flavio.[294]

---

[294] Trata-se de amigo da família, conforme depoimento de Edgar Telles Ribeiro,
que aqui reproduzo: "Flávio Eduardo Macedo Soares Regis do Nascimento
nasceu em 1942 e faleceu precocemente em 1970; foi jornalista e diplomata,

Passeávamos. Ríamos muito.
Provávamos o bolo na minúscula cozinha.
À sombra da grande árvore,
"Os desastres de Sofia".
Os meninos iam e vinham
Já tão por dentro do coração selvagem da vida.
E, numa noite de luar,
Otavio convidou para um jantar.
Havia os meninos, lembramos.
"Pois que viéssemos todos".

Aquele jantar.
A irmã de Otávio apontou aos meninos
O lugar de honra.
Quem diria, meu Deus,
Que Flavio morreria tão cedo?
Das conversas não lembro.
Lembro das vozes,
Os belos rostos de Clarice,
Otavio e sua irmã.
Lembro os risos.
O tilintar dos cristais,
O perfume do jardim enluarado.
Lembro da noite perfeita de amizade.
O amor era tão real e tangível
Como o gesto de levar a taça de vinho aos lábios.

---

além de brilhante ensaísta, com artigos publicados no *Correio da Manhã* e
em diversas revistas editadas pela Civilização Brasileira. Acrescento, a título
pessoal, que, de meus quinze anos, quando o conheci, até a data de seu falecimento, foi meu melhor amigo; era, além disso, sobrinho, pelo lado materno,
de Lota Macedo Soares e, por seu intermédio, muito chegado à conhecida
poetisa norte-americana Elizabeth Bishop; frequentou também Clarice, em
decorrência dos laços que nos uniam. Sua presença nos textos de minha mãe
reflete o amor que ela sentia por ele, como grande figura que era" (Edgard
Telles Ribeiro, em depoimento concedido a Nádia Battella Gotlib, em 3 de
agosto de 2022).

E, como Ana,
Prendemos aquele instante entre os dedos
Antes que nunca mais fosse nosso.[295]

Edgard Telles Ribeiro

Sentimentos preservados[296]

Minha mãe e Clarice construíram, ao longo da vida, uma amizade intensa e singular, que teve seu início ao sabor dos anos passados juntas em meio à vida diplomática, na qual se viram envolvidas por consequência da profissão de seus maridos.

Para tanto muito contribuiu o fato de que, em 1946, ambas as famílias foram transferidas para Berna, cidade que, no imediato pós-guerra, era voltada para si mesma. Sem ser propriamente provinciana, a capital suíça contava com pouquíssimas atrações mundanas ou culturais. E longos invernos, com nevadas intermináveis...

O que levou as amigas a também se voltarem para si mesmas, aproximando, quase que por osmose, dois seres introspectivos que tinham na literatura seu principal foco de interesse.

Clarice dava início a sua obra, minha mãe dava sequência às leituras. E, sensíveis como eram, souberam tecer teias mútuas, e férteis, diante de suas lareiras. Como igualmente terão aprendido a respeitar o silêncio alheio.

---

[295] RIBEIRO, Maria Telles. *Água da fonte*. Rio de Janeiro: 7Letras, 2002. Selecionei 9 entre os 15 poemas da série "Clarice", datada de 1980, a saber: "Primavera em Berna", p. 53; "A cesta de mangas", p. 54; "Saudades do Brasil", p. 55; "Reportagem", p. 58; "A vida diplomática", p. 59; "Incêndio", p. 63; "Natal", p. 64; "Um jantar", p. 66; "Teresópolis, p. 57.

[296] Depoimento de Edgard Telles Ribeiro (1944), escritor e diplomata, concedido a Nádia Battella Gotlib em 23 de agosto de 2021. Edgard Telles Ribeiro atuou como diplomata em vários países, como Estados Unidos, Equador, Guatemala, Nova Zelândia, Malásia, Tailândia. Iniciou sua atividade de escritor com o livro *O criado-mudo* (1991) e em seguida publicou romances, novelas e contos, alguns deles premiados pela Academia Brasileira de Letras e pelo Pen Club. Seu último livro, o romance intitulado *O impostor*, foi publicado pela editora Todavia em 2020.

Se evoco um silêncio que costuraria a relação das duas pela vida afora, é porque, de todas as amizades de Clarice, a de minha mãe terá sido uma das mais secretas. Tive a confirmação do que precede várias décadas depois, em Nova York, quando participei de um programa de rádio sobre Clarice com Benjamin Moser, conhecido biógrafo (e festejado tradutor) da escritora.

Ao tomar conhecimento de meu sobrenome, Moser indagou "o que eu era de Maria Telles Ribeiro". Informado sobre minha condição de filho, ele produziu um sorriso irônico e duas frases sucintas: "Quando fui ao Brasil entrevistar pessoas sobre Clarice, sua mãe se recusou a me receber. Todas as portas se abriram, menos a dela". Respondi, de bate-pronto, que mamãe teria tido suas razões. E nisso ficamos.

No início de 1950, meu pai foi transferido de volta para o Brasil. Fomos morar no Leme, em uma rua chamada General Ribeiro da Costa. Se menciono o pormenor é porque, uns anos depois, Clarice veio morar nessa mesma rua.

Essa proximidade assegurou que, agora em cenários totalmente distintos e ensolarados, a amizade delas florescesse. Viam-se com frequência, ora em nossa casa, ora na dela. Iam à praia juntas, saíam para tomar um café...

Lembro bem dessa época, porque correspondeu ao momento penoso da separação de Clarice e Maury, amigo de meu pai – quando eu, adolescente, era instado a deixar a sala, ou parar de tocar piano e ir ler no quarto. Nunca soube de pormenores, nem perguntei.

Por vezes Clarice ligava para mamãe e propunha: "Maria, vamos dar um passeio?". Era sinal para que se encontrassem na Atlântica e pegassem um ônibus ao acaso. Uma vez embarcaram no Triagem-Leme. Sentadas em um banco bem atrás, iam animadas com a perspectiva de "conhecer Triagem". Na altura da Praia do Flamengo, contudo, Clarice desistiu da expedição, e, pouco adiante, as duas desceram e regressaram de táxi.

Eram pequenas vinhetas que, para elas, faziam sentido. Como se, ao final da viagem abortada, o Leme ressurgisse transfigurado aos olhos de ambas. Ou a própria vida conquistasse um fôlego novo.

Em certa ocasião, um colega de meu pai que tinha uma pequena casa no Alto de Teresópolis, quase uma cabana, viajou para o exterior por alguns meses e deixou a propriedade em nossas mãos. Uma tarde, em meio a uma conversa telefônica, minha mãe convidou Clarice para subir e passar o fim de semana conosco. Por meu lado, convoquei um amigo de colégio.

Otávio de Faria, autor do monumental *A tragédia burguesa*, residia nas vizinhanças e era muito amigo de Clarice. Na casa em frente à nossa morava a pintora Ione Saldanha, uma artista de fina sensibilidade chegada a nós. Uma noite, Otávio, que vivia com uma irmã, nos convidou a todos para um memorável jantar, que mamãe deixou registrado em um poema intitulado "Teresópolis". Ao saber que nosso grupo incluía dois adolescentes, Otavio e a irmã não fizeram por menos: colocaram meu amigo e eu nos lugares de honra da mesa.

Como mamãe, nunca me esqueci da magia daquela noite. A conversa dos adultos que, por gentileza, fazia inúmeras escalas junto aos mais jovens – para logo zarpar rumo a outros mundos – foi se fundindo aos excelentes vinhos da adega de nosso anfitrião. (Vinhos que meu amigo e eu bebíamos como se água fossem...) E, à medida que a noite avançava, as palavras davam origem a melodias.

Já não me recordo de nada do que foi dito. Mas sei que, em momento algum, Clarice pontificou, pois não era de seu estilo. (Um poema de minha mãe – "A vida diplomática" – bem dá conta de como ela era discreta nesse gênero de cenários, recolhendo-se aos bastidores e abrindo espaços para que outros brilhassem.) Mesmo entre amigos íntimos, como era o caso ali, Clarice ouvia mais do que falava. No caminho de volta, lembro que levitamos pela estradinha abaixo sob uma noite estrelada.

Mas nem mesmo cenas como essas, ou tantas outras a que tive acesso na infância e adolescência, fizeram com que minha aceitação da literatura de Clarice se processasse suavemente. Tenho, ao contrário, bastante presente que penetrei com certa desconfiança no universo literário da enigmática e, por vezes, estranha figura.

De início, descartei os romances, que achei herméticos. Mas, graças aos contos, que iam saindo na saudosa revista *Senhor*, fui me aproximando da grande escritora que ela era. Por meio deles, cheguei a *A hora da estrela* – e, bem devagarinho, a *A paixão segundo G.H.* Sempre escutando sua voz enquanto lia.

Essa voz, que ouvia desde criança, permanece gravada em minha memória. Inconfundível, tinha uma sonoridade única, entre grave (no limiar do gutural) e intensa. Ninguém que a tenha ouvido a terá esquecido.

Depois da morte de Clarice, em dezembro de 1977, minha mãe enclausurou-se em sua tristeza. Mas dela saiu enriquecida. E a mulher que a vida inteira se cercara de livros por fim passou de leitora a escritora.

Levaria vinte anos escrevendo sem pensar em publicar. Quando o fez, no entanto, os contos e poemas se sucederam, um pouco como se já tivessem nascido prontos: foram cinco livros em uma década. Tinha 80 anos quando publicou seu primeiro e passava de 90 quando saiu o último. Ficamos, meus irmãos e eu, de queixo caído ao vê-la bem animada discutindo capas, mininoites de autógrafos e distribuição da obra, tudo a caminho de um centenário em boa hora alcançado e ultrapassado.

Fico então imaginando, daqui, como minha mãe se sentiria ao ver alguns de seus poemas integrados a esse pequeno mosaico produzido por companheiros reunidos ao redor de uma grande amiga comum. Pergunto-me, também, no caso de certas poesias, como a própria Clarice se sentiria, ao se ver retratada pela paleta ora figurativa, ora impressionista (mas sempre atenta) de sua amiga. Mais do que simples poemas, são flagrantes pessoais que, com uma suave precisão, dão a medida exata da intimidade das duas. Imagens capturadas, por assim dizer. Mas reveladas com delicadeza.

Uma vez, já saído da adolescência, estive a sós com Clarice no apartamento dela, na Ribeiro da Costa. Lá me encontrava para levar ou trazer um livro a pedido de minha mãe. Quando cheguei, Clarice estava escrevendo à máquina, de costas para o *hall* de entrada, em uma mesa próxima à janela aberta. Soube depois que se tratava de uma crônica, das muitas que publicaria nos jornais na época.

Notando minha presença, Clarice se levantou e veio fumar um cigarro comigo no sofá. Fez-me algumas perguntas sobre a vida, os estudos, os filmes que eu tinha visto... A *nouvelle vague*, que começava, a intrigava. Do cinema chegamos à literatura, e ela me perguntou o que eu vinha lendo. Até que, aproveitando uma pausa na conversa, esbocei um movimento para me levantar – preocupado em deixá-la trabalhar em paz –, e ela me segurou pelo braço.

Foi um gesto quase imperceptível, uma leve pressão dos dedos, se tanto. Mas por meio do qual ela me reteve uns instantes mais. Sem que nada fosse dito entre nós dois. O tempo, talvez, de ela completar um pensamento. Um pouco como se tivéssemos embarcado juntos em algum Triagem-Leme.

O mesmo no qual, para mim, Clarice e minha mãe continuam hoje a circular entre as noites nevadas de Berna e as manhãs ensolaradas do Leme. Às voltas com uma amizade preciosa, feita de sentimentos preservados.

■ Por ocasião das bodas de prata do casal Noêmia de Azevedo Marques Moreira da Silva e ministro Mário Moreira da Silva, em 8 de maio de 1948, em frente à sua residência, na Seminarstraße, 30, em Berna. Embaixo, a criança Edgard Telles Ribeiro. Atrás, de óculos, o jovem Marcílio Marques Moreira (um dos quatro filhos do casal Moreira da Silva, todos presentes na foto). A senhora de casaco preto, Maria Telles Ribeiro, e, atrás dela, o diplomata Hygas Chagas Pereira. À direita, Clarice Lispector, Maria Nícia Marques Moreira da Silva (irmã de Marcílio) e Maury Gurgel Valente (marido de Clarice Lispector). Bem atrás, o rapaz Marcelo Marques Moreira. À sua frente, seus pais, Noêmia de Azevedo Marques da Silva e o ministro Mário Moreira da Silva. Na extrema direita, Ena Chagas Pereira, esposa de Hygas Chagas Pereira, Márcio Marques Moreira e Milton Telles Ribeiro (marido de Maria Telles Ribeiro). (Acervo pessoal de Marcílio Marques Moreira e Maria Nícia de Medeiros.)

● Marina Colasanti

Rosas, sempre, para Clarice[297]

O dia em que conheci Clarice não foi o mesmo em que ela me conheceu. Eu, toda adoração, observando-a, ela, sem motivo algum para pousar o olhar em mim.

Saindo juntos da redação do *Jornal do Brasil*, o jornalista Yllen Kerr, grande amigo meu, disse que estava indo visitar Clarice e perguntou se eu queria ir. Queria muito, muitíssimo! Desde o primeiro número da revista *Senhor*, lia vorazmente seus contos, havia lido *Laços de família* em puro encantamento, e naquele mesmo ano tinha ido a uma noite de autógrafos dela. Sim, eu queria. E lá fomos, rumo ao Leme.

Ela não veio nos receber à porta. Ou estava acabando de se aprontar ou conservava hábitos de Itamaraty. A sala em penumbra, aceso somente um abajur ao lado do sofá. Foi nessa penumbra que ela fez sua entrada.

Achei-a deslumbrante, pareceu-me até mais alta do que realmente era. O rosto exótico e maquilado – nos anos a seguir nunca a veria sem maquilagem –, as maçãs altas conduzindo o olhar para o corte eslavo dos olhos. Estava vestida de escuro, em tom quente, usava um vestido ou uma malha de mangas compridas. Lembro-me das mangas compridas porque faziam sobressair as mãos elásticas, tão claras na semiescuridão, e as pulseiras gêmeas, escravas, de cobre martelado que usava nos dois pulsos.

---

[297] Depoimento enviado a Nádia Battella Gotlib em 11 de agosto de 2020.

Eu em silêncio respeitoso, a conversa entre Clarice e Yllen começou. Não parecia confortável, meio que emperrava, havia ocos, como se os dois dançassem coreografia não ensaiada. Clarice interrompia as frases deixando-as terminar em reticências, e seu interlocutor ficava em suspenso, sem saber se devia dar-lhe tempo para continuar ou se cabia-lhe engrenar a próxima fala.

Não demoramos muito. O tempo de uma visita convencional, não o tempo de dois amigos que se entregam despreocupados à conversa. Tomamos alguma coisa ou não tomamos nada, e saímos. Mas o encontro marcou-se em mim fundamente. Guardei a imagem dela naquela tarde como quem guarda um retrato, sem saber que essa imagem estava próxima, tão próxima a mudar.

Em setembro de 1966, aconteceu o incêndio no apartamento, ateado por Clarice ao adormecer fumando na cama. Incêndio que, sem querer pôr em risco os filhos, tentou apagar com as mãos e que teria efeitos desastrosos em sua saúde.

Assim que soube, mandei duas dúzias de rosas para o hospital, consciente de que, mesmo se as recebesse, não saberia quem as mandava. Sofri por ela enquanto nos chegava a ameaça de que lhe amputassem a mão direita. Revia as mãos pálidas sobre a roupa escura, emolduradas pelas pulseiras de cobre, não me parecia possível que isso acontecesse. Felizmente, não aconteceu.

Passado um ano, quando já havia feito várias operações na mão e na perna, de onde era retirado tecido para os enxertos, Clarice foi convidada por Alberto Dines, então editor-chefe do *Jornal do Brasil*, para escrever crônicas semanais para o Caderno B. Dines já havia convidado Clarice anteriormente, quando diretor do *Diário da Noite*, para escrever a coluna que Ilka Soares assinaria.[298] Dessa vez,

---

[298] A coluna "Só para mulheres" assinada por Ilka Soares e escrita, na verdade, por Clarice Lispector, no jornal *Diário da Noite*, durou exatamente 11 meses, pois foi publicada de 19 de abril de 1960 a 29 de março de 1961, num total de 287 colaborações semanais. (Ver NUNES, Aparecida Maria. Listagem da produção jornalística de Clarice Lispector na imprensa brasileira. *In*: *Clarice Lispector jornalista*. 1991. Dissertação (Mestrado) – Faculdade de Filosofia, Letras e Ciências Humanas, Universidade de São Paulo, São Paulo, 1991. v. 1. p. 256-285; NUNES,

entretanto, assinaria com o próprio nome e administraria o espaço como melhor lhe aprouvesse, da mesma forma que havia feito em Children's Corner, na revista *Senhor*. Uma mudança que, ao longo de sete anos, daria grande impulso ao reconhecimento da sua escrita e do seu nome.

Quando ela finalmente veio à redação do *JB*, onde eu era subeditora, surpreendeu-me ver que havia aproveitado tantas intervenções para fazer um *lifting*, forma de manter intacta sua beleza e combater a deformação da mão. Seja pelo respeito que inspirava, seja por seu ar inegavelmente estrangeiro, embora ela se quisesse tão brasileira, seja por sua feminilidade, ficou subentendido que, a partir daquele dia, eu a atenderia, eu faria as comunicações necessárias, eu cuidaria dos seus textos. Começou aí a tessitura da nossa relação.

Infinitas vezes Clarice me recomendaria para não perder seus textos. Dizia não ter cópia porque "o carbono frrrranze", e puxava o erre devido à língua presa – fenômeno desmentido pelo foniatra e escritor Pedro Bloch, que o atribuía à imitação infantil da fala dos pais. Muito certa, Clarice, na sua dificuldade com o carbono. A mão direita queimada não lhe permitia encaixá-lo a contento entre as duas folhas, única forma de obter cópias na era pré-computador. Mas a frase acabou virando seu apelido. Quando ela ligava para a redação, quem atendesse chamava: "Marina, pra você, é o carbono frrranze!", e eu ia, encantada por cuidar dela.

Eram telefonemas meramente profissionais, ou não. Várias vezes me pediu para instruir os revisores a não mudar sua pontuação: "Minha pontuação é minha respiração", dizia. E uma vez ligou para perguntar se eu sabia onde se compravam mocassins bonitos.

Cedo, passou a mandar as crônicas por uma funcionária, encarregada de fazer, a cada vez, a mesma recomendação, que eu não perdesse os textos, porque Clarice não tinha cópia. Para que se convencesse da total segurança, tive de conduzi-la atrás da mesa do editor e mostrar-lhe a caixa onde eram recebidos os textos já revisados – embora houvesse tão pouco a revisar –, prontos para descerem à oficina.

Aparecida Maria. Ilka Soares: o mito do eterno retorno. *In: Clarice Lispector jornalista*. São Paulo: Editora SENAC-SP, 2006. p. 243-272).

Eram, de fato, preciosos. Também nisso Clarice tinha razão. Lendo seus próximos livros, quantas vezes reconheci textos que conhecia tão bem, de que me sentia íntima. Tudo o que escrevia, fosse no papel pautado do jornal, fosse anotado em guardanapo ou em entrada de cinema, era água da mesma fonte e em algum momento encontraria seu lugar.

Nunca nos encontramos fora da redação.

Até que um novo fator veio estreitar nossos laços e imprimiu outro cunho à relação.

Em 1971, Affonso e eu nos casamos. Affonso conhecia Clarice desde 1963, quando, em função de um ensaio sobre *A maçã no escuro* escrito quando ainda estudante, fora convidado a apresentá-la em sua noite de autógrafos em Belo Horizonte.

Passamos a frequentar a casa dela, a mesma sala aonde eu havia ido para nosso primeiro encontro, agora bem iluminada. Nossas conversas fluíam fáceis, em plena intimidade, ao contrário daquela que eu guardava na memória. Falávamos de tudo e de nada, do que ela estava fazendo, dos amigos, da vida da cidade, até de comida. Conversas despreocupadas, nada intelectuais, que nos levavam a rir com frequência. Lembro que havia sempre um ou outro livro esquecido em cima de poltrona ou mesa, embora nas entrevistas ela se esquivasse de dar opiniões literárias dizendo que não estava lendo nada.

Outra presença havia-se agregado, Ulisses, o cão. Em várias ocasiões Clarice declarou que seu nome não era referente nem a Homero nem a Joyce, e no depoimento do MIS [Museu da Imagem e do Som] disse que o havia nomeado a partir de um estudante de Filosofia apaixonado por ela quando ainda casada, na Suíça. Embora tenha virado estátua,[299] Ulisses não era nem simpático nem bonito. Tinha atitudes antissociais, não admitia carícias de visitantes, rosnava. Mas há que reconhecer sua fidelidade à dona.

Em 1973, logo após Alberto Dines ser demitido do *Jornal do Brasil*, Clarice também o foi. Nascimento Brito nunca havia gostado

---

[299] Refere-se à escultura em bronze com réplica de Clarice Lispector e seu cão Ulisses instalada na ponta da praia do Leme, no Rio de Janeiro, criada por Edgar Duvivier e inaugurada em 15 de maio de 2016.

de suas crônicas. Talvez por isso, não houve encontro marcado, nenhum telefonema, nenhum ademane. Foi dispensada por um bilhete, forma extremamente grosseira, sobretudo considerando seu prestígio como escritora.

Fiel a Alberto Dines, eu também fui demitida.

E, no mesmo ano, ao publicar *A vida íntima de Laura*, Clarice o dedicou, entre outras crianças, a nossa filha Fabiana.

Deve ter sido por essa época que aconteceu o episódio do jantar. Affonso e eu gostávamos de receber os amigos e o fazíamos com frequência. Um dia, para minha grande surpresa, Nélida me traz um recado, Clarice estava magoada porque nunca a havíamos convidado. Respondi que o convite só não havia sido feito porque imaginávamos que Clarice, refratária a esse tipo de acontecimento, não o desejasse. Imediatamente prontifiquei-me para oferecer-lhe um jantar.

— Ela janta muito cedo... acrescentou Nélida, como se fosse um impedimento.

— Problema nenhum, faço o jantar à hora que ela quiser.

A hora, ficou estabelecido para os amigos comuns que convidei, seria 18h30. Realmente, cedo demais para cariocas. Ninguém se atrase, por favor, recomendei. Ninguém se atrasou. Clarice foi a última a chegar. E que bonita estava! Devia ser inverno, porque por cima da roupa vestia uma espécie de capote preto e branco, zebrado, que lembro ter elogiado. E que sorridente! Exalava felicidade, por sentir-se bonita, por ter-se permitido estar ali.

Eu, ocupada, porque nesses jantares era a cozinheira-mor, subindo e descendo escada, não flagrei o momento em que o sorriso se apagou. Subi entre os aperitivos disposta a também tomar um gole de vinho, e ela veio ao meu encontro já sem a luz com que havia chegado, para dizer que estava com muita dor de cabeça, queria ir embora.

O jantar seria logo servido, mas percebi num estalo que algum encanto havia se partido e ela não esperaria. Discretamente chamei Affonso e pedi que levasse Clarice para casa, estava com dor de cabeça. Sem entender, ele ofereceu aspirina, disse que a dor logo passaria. Fiz um sinal significativo, e os dois saíram. Clarice não se despediu de ninguém. Os amigos, todos íntimos, ficaram esperando a volta de Affonso e o jantar.

Ela havia vindo em busca de leveza, tomar um drinque e rir como os outros, ser despreocupada por algumas horas. Mas, em algum momento, produzira-se um desencaixe, ela não era como os outros, e, pelo menos naquela noite, a leveza lhe era vetada. Melhor, então, voltar para casa, onde não precisava ser como ninguém, onde podia ser ela mesma.

Um pouco antes ou um pouco depois disso, contamos a Clarice que havíamos ido a uma cartomante e estávamos encantados com suas previsões – que mais adiante se concretizariam. Foi como ligá-la na tomada! De imediato pôs-se toda elétrica, queria porque queria que a levássemos. Quanto mais cedo, melhor.

O segredo mais denso, aquilo que não se pode provar e de que os mais sensatos desconfiam, era seu pleno território.

A cartomante, de nome Nadir, morava no Méier. Dias depois, consulta marcada, lá fomos os três no Fusca de Affonso, costeando a via férrea e vendo o trem passar. Conversamos muito na ida, uma certa excitação pelo mergulho no inesperado ia conosco.

A casa tinha um avarandado com vasos de antúrios, o piso, daqueles azulejos estampados de antigamente. Houve um hiato de apresentações, mínima conversa, o cafezinho já estava pronto na garrafa térmica. E as duas entraram. Demoraram o tempo necessário para vasculhar o futuro ditado pelas cartas. Afinal a porta se abriu. Clarice trazia semblante pensativo.

E assim se manteve na viagem de volta. O clima no Fusca havia-se tornado diferente, agora o mistério tomava carona conosco. Clarice não nos contou nem vírgula do que Nadir havia previsto. Mas é certo que gostou, porque continuou a interrogar suas cartas até o fim da vida, e fez de Nadir sua personagem em *A hora da estrela*.

Em 1973, Affonso tornou-se diretor do Departamento de Letras da PUC. E em 1975 convidou Clarice para o II Encontro Nacional de Professores de Literatura na PUC-Rio. Há fotos do auditório nesse encontro, Clarice ao centro, Nélida [Piñon] e eu de cada lado, as três compenetradas. O que não está na foto é a reação dela, relatada mais tarde por Nélida, e por ela mesma num telefonema de Affonso.

As discussões da mesa eram eminentemente teóricas, um duelo de conhecimentos e citações estava em curso entre dois doutos em literatura. No intervalo que se seguiu ao cruzar de espadas, Clarice se levanta e se vai. Segundo o que Nélida me contou, e que Clarice repetiu quase com as mesmas palavras a Affonso, as apresentações da mesa resultavam incompreensíveis para ela e haviam-lhe dado uma fome tremenda. Iria para casa comer galinha assada. Foi o que fez. [300]

Dois anos se passaram, e em abril estávamos juntos novamente, dessa vez em Brasília. Ela havia ido receber o prêmio da Fundação Cultural do Distrito Federal pelo conjunto da obra, e Affonso receberia outro prêmio.[301] Lembro que me pareceu muito diferente da mulher ainda sólida que havia matado a incompreensão teórica comendo galinha. Sentada a meu lado na área ajardinada do hotel estava uma senhora frágil, necessitando de amparo e solicitando à acompanhante o xale branco para proteger-se do frio inexistente. Impressionou-me sua delicadeza física, como se qualquer sopro a pudesse derrubar ou ferir.

Na hora de receber o prêmio, disse a célebre frase: "Eu não mereço este prêmio. Este é um prêmio para profissionais e eu não sou uma profissional. Profissional escreve todos os dias, porque precisa. Eu escrevo quando quero, porque me dá prazer". Modesta e altiva a um só tempo, a frase não correspondia à verdade. Clarice precisava mais da escrita do que muitos profissionais, precisava dela para se encontrar,

---

[300] Clarice Lispector compareceu ao II Encontro Nacional de Professores de Literatura, que aconteceu de 30 de julho a 3 de agosto de 1975, no auditório do Rio Data Centro (RDC), evento coordenado por Affonso Romano de Sant'Anna, então diretor do Departamento de Letras e Artes, hoje Departamento de Letras da PUC-RJ. Clarice Lispector, sentada entre Nélida Piñon e Marina Colasanti, saiu abruptamente do auditório por não suportar mais ouvir os palestrantes Luiz Costa Lima e José Guilherme Merquior discutirem questões de teoria literária (ver SANT'ANNA, Affonso Romano de. Sete anos sem Clarice. *In*: SANT'ANNA, Affonso Romano de; COLASANTI, Marina. *Com Clarice*. São Paulo: Editora Unesp, 2013. P. 169).

[301] Clarice Lispector recebeu o Prêmio Vladimir Murtinho em 23 de abril de 1976, por ocasião do Décimo Encontro de Escritores, realizado na Escola Parque de Brasília, localizada nas quadras 307/308 Sul.

precisava dela como do ar que respirava, precisava dela para viver. E, quando achava que a tinha perdido, ligava em desespero para os amigos.

Em outubro de 1976, convidada por João Salgueiro, então diretor do MIS, a dar um depoimento, concordou. Mas pediu que Affonso e eu fôssemos, junto com João, seus entrevistadores. Tinha pavor a situações pomposas, a perguntas pretensamente inteligentes, e sabia que conosco estaria livre de ambas.

Por alguma razão que agora não lembro, não fomos buscá-la em casa, marcamos encontro na Praça XV, diante do MIS. Vi-a chegar alegre, recuperada. E elegante, vestia um casaco de camurça ou que parecia camurça. Trocamos dois minutos de conversa sem que ela nos fizesse qualquer recomendação sobre o que perguntar ou não perguntar, e fomos caminhando até o Museu.

O depoimento durou cerca de duas horas.[302] Começamos com a biografia, ela lembrando de Recife e falando da pobreza familiar, da doença da mãe, da infância. Depois fomos pulando, um tema puxando o outro. Clarice, muito à vontade, falou de seus romances, do seu processo de escrita, de solidão, se disse "uma tímida arrojada", falou de sua intimidade com galinhas, concordou quando a comparei a felinos, contou outra vez a história que havia vivido das pombas brancas, pediu cigarro e Coca-Cola, perdeu o fio do pensamento mais de uma vez, não por esquecimento, mas por estar solta, confiante.

Quando saímos do MIS, levávamos os três alma lavada, havia sido uma tarde memorável.

---

[302] A entrevista concedida por Clarice Lispector ao MIS em 20 de outubro de 1976 teve uma primeira publicação em 1991: FUNDAÇÃO MUSEU DA IMAGEM E DO SOM. *Clarice Lispector*. Rio de Janeiro: Fundação Museu da Imagem e do Som (MIS-RJ), 1991. Coleção Depoimentos 7 (entrevista concedida a Affonso Romano de Sant'Anna, Marina Colasanti e João Salgueiro); foi publicada também em: LISPECTOR, Clarice. *Outros escritos*. Organização de Teresa Montero e Lícia Manzo. Rio de Janeiro: Rocco, 2005. p. 135-171; e em: SANT'ANNA; COLASANTI. *Com Clarice*, p. 201-250. Em *Com Clarice*, os autores relatam, com detalhes, não só alguns dos episódios escritos especialmente para serem aqui publicados, mas também outros, relacionados com as lembranças dos tempos de convivência com Clarice Lispector, além de uma crônica de Marina Colasanti e três artigos de Affonso Romano de Sant'Anna sobre a escritora.

Um ano depois, fomos ao nosso último encontro. Como havia sido no primeiro, só eu a olhei. Dessa vez, porque ela estava de olhos fechados, sedada, morrendo lentamente no Hospital da Lagoa. Pareceu-me uma passarinha, debaixo do lençol, embora o inchaço. Ficamos só alguns minutos, o tempo de algumas perguntas aos enfermeiros. E de fazer uma despedida da qual ela já não podia participar.

Rio de Janeiro, agosto de 2020.

■ Clarice Lispector, entre Marina Colasanti (à esq.) e Nélida Piñon (à dir.), por ocasião do II Encontro Nacional de Professores de Literatura, que aconteceu na PUC-Rio de 20 de julho a 3 de agosto de 1975. (Acervo do Núcleo de Memória da PUC-Rio. Fotógrafo: Antônio José Albuquerque Filho.)

Marly de Oliveira

Perto de Clarice[303]

...nada nela parecia aspirar a um absoluto, mas toda ela fazia pensar no absoluto.

Diante dela o vazio surgia como o absurdo, mas ao lado do vazio, a sensação momentânea de plenitude que compensava o deserto da espera. Mal aguentava suportar a sucessão dos dias, menos ainda a sucessão das estações, das transformações, da cólera, do amor, da desesperança, do engano. Com Clarice não se caía no óbvio, por isso desconcertava, e a sensação que transmitia parecia assentar na estranheza do verde olhar oblíquo, da pergunta feita com inocência seguida da sofreguidão de obter uma resposta. Incrédula diante da força prodigiosa que rege o universo, ela se entregava, absorta como quem reza, perplexa como quem quer entender, humilde como quem sabe que o não saber é o fundo das coisas. Nesse sentido restrito havia entre ela e seus personagens uma enorme afinidade. O questionamento da linguagem como forma

---

[303] Texto datiloscrito, 2002. Acervo pessoal de Lauro Moreira. Publicado com o título de "Perto de Clarice 25 anos depois" em: MOREIRA, Lauro. *Quincasblog: meus encontros*. São Carlos: Art Point, 2019. p. 51-55. Marly de Oliveira (1938-2007), poeta, inicia sua produção com *Cerco da primavera*, de 1957, e publica regularmente até 2000, quando é lançado seu livro *Uma vez, sempre*. Professora de Literatura Italiana e Hispano-Americana, convidou Clarice Lispector para uma conferência no período em que trabalhava nas Faculdades Doroteias, em Friburgo (RJ). Grande amiga de Clarice Lispector, tal como Nélida Piñon e Olga Borelli, manteve essa convivência durante e depois de seu casamento com Lauro Moreira. Em 1986, teve início sua relação conjugal com João Cabral de Melo Neto, que se prolongou até a morte do poeta, em 1999. (Ver, neste livro, a parte "Lauro Moreira", p. 276.)

de dizer o real não era um processo de investigação, mas a declaração viva e sofrida de quem sabe que, uma vez enunciado, o que quer dizer já está modificado pela palavra que o enuncia.

Foi com a leitura de Clarice que compreendi a distinção feita por Vico entre prosa e poesia. No cotidiano como no sem tempo da criação, Clarice pensava de forma concreta. Uma coisa era sempre como outra, jamais uma abstração.

A singularidade de sua expressão corresponde, a meu ver, à singularidade de sua visão do mundo, que persegue uma obscura forma de conhecimento, que a liga mais às coisas que aos demais homens. Como numa grande sinfonia, os temas fundamentais se anunciam desde o primeiro livro: a solidão, condição do homem, que podemos considerar sob dois aspectos, a condição pela dificuldade de comunicação com o outro e a solidão pelo fato de se saber um e uno na essência. Assim, pois, caracteriza-os também uma violência vital, que está na raiz de sua aspiração à liberdade e no desejo constante de criar, sobretudo numa aspiração à inconsciência: essa a marca do artista, qualquer homem pode raciocinar com segurança segundo a verdade, mas exatamente aquelas coisas escapam à luz acesa, na escuridão tornam-se fosforescentes.

Vê-se que, para Clarice Lispector, compreender não é caminho. Assim em *O lustre*, *A cidade sitiada*. Já em *A maçã no escuro*, Martim comete um crime para romper com a ordem de tudo e sentir-se livre, para sentir-se enfim uma pessoa. O crime é pois um ato de criação que ele reivindica levando o possível a seu extremo. No entanto, começa a sentir-se menor que os acontecimentos que tal gesto desencadeara. Como uma pessoa é limitada, o limpo resultado fora descobrir a experiência de não poder. Só poderia criar o que já existia. De certo modo, o livro seguinte, *A paixão segundo G.H.*, elucida o sentido maior de *A maçã no escuro*. Em ambos há um estudo da condição humana, com a diferença de que neste não se atinge o sentido da queda, ao passo que naquele a mesma queda lhe dá o sentido de toda a sua vida.

Assim como Martim no curral experimenta algum mal-estar ao intuir que estava certo aquele cheiro de matéria, que ali estava a raiz da vida, a porta de entrada de G.H. para o conhecimento se faz através do asco: uma barata. No quarto em que entra, um estranho processo se daria de desindividualização, e do qual caminha para uma verdade ou uma loucura. Caminhar para a verdade era caminhar para a barata e caminhar para a barata era caminhar para o reconhecimento da mais primária vida divina, votar-se à própria queda para aceitar que a dor não é alguma coisa que nos acontece, mas o que somos.

Muitos livros completam a obra de Clarice, todos estão ao alcance do leitor, falta Clarice que há vinte e cinco anos partiu. Deixou-nos uma imagem pura, selvagem, onírica, esquiva, inteira, fragmentada, inalcançável.

Vejo-a ainda no apartamento do Leme: ela se move inquieta, nós a ouvimos comovidas, ela sentindo-se aceita: leva-lhe o vento a voz que ao vento deita.

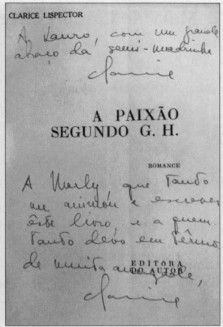
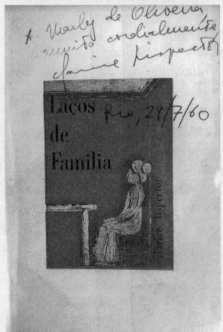

■ Clarice dedica o livro no dia do seu lançamento, no Rio de Janeiro. (Acervo pessoal de Lauro Moreira.)

Mary de Camargo Neves Lafer

À tarde com Clarice[304]

Salvo engano, em Clarice nada havia de raso e tudo parecia genuinamente natural. Quando a encontrei, há tanto tempo, eu teria escrito a frase acima sem qualquer ressalva. Era julho, e eu tinha acabado de completar 24 anos. Viajara de São Paulo para o Rio e estava na casa de um amigo de uma amiga, chamado Paixão. Fazia um pouco de frio e eu estava com gripe, possivelmente provocada por um namoro mal terminado. Trazia na mala a carta de um amigo, ex-professor de Latim no curso clássico, chamado João, dirigida a ela. No envelope, grafado a mão, o nome dela e seu endereço no Leme.

Um pouco febril, fui a pé de Copacabana até a Rua Gustavo Sampaio, sempre vendo o mar. Ao passar por uma floricultura pequena, na rua perpendicular à dela, escolhi e comprei um buquê de tulipas, sem dúvida, um buquê completamente inesperado para aquelas circunstâncias. De qualquer modo, tudo já começava a me parecer metafórico... Apertei a campainha e uma senhora me atendeu com discrição e gentileza e eu disse a que vinha. Chamou Clarice e ela surgiu menos discreta e mais receptiva que a primeira: uma presença impressionante,

---

[304] Depoimento concedido a Nádia Battella Gotlib em novembro de 2021. Mary Macedo de Camargo Neves Lafer (1950), doutora em Letras Clássicas, é professora de Língua e Literatura Grega na Universidade de São Paulo. Publicou pela Editora Iluminuras a tradução e comentários a *Os trabalhos e os dias*, de Hesíodo, em 1989, e pela Ateliê Editorial, *Engenhos da sedução: o hino homérico a Afrodite em quatro ensaios e uma tradução*, em 2022. É autora de diversas traduções, artigos e textos ficcionais, em revistas especializadas e em periódicos da mídia tradicional.

de beleza mais elegante e mais singular do que eu imaginara. Foi logo comentando em voz alta, com a senhora, sobre a coincidência de receber justamente tulipas, pois havia falado sobre essas flores na véspera.

Convidou-me a entrar e rapidamente me senti sequestrada pela estranheza da situação, porém, de algum modo, tudo me parecia conhecido. Nessa época eu me sentia totalmente traduzida por aquilo que ela escrevia e a colocava no céu distante dos que atingiam a excelência nas letras. Entretanto, naquele momento, tão próxima dela, estava espantosamente à vontade. Inadvertida, como em seus textos, perguntou meu nome, o que eu fazia e como chegara ali. Dei a razão e ela quis saber como era o homem que havia lhe escrito a carta. Disse que era sensível, inteligente, e, antes que eu continuasse, ela pediu que lhe contasse como era a aparência dele. Comecei dizendo que há poucos meses ele deixara a barba crescer, o que o deixava muito charmoso, e prossegui descrevendo-o. Ela observou que era frequente que o rosto se desse à barba, e não a barba, ao rosto, e falou de um amigo de Campinas cujo rosto igualmente se dava à barba. Era conhecido só por fotografia e com ele se correspondia há mais de ano; a ela, ele prometera uma visita no Rio de Janeiro.

Em meio a esses assuntos, levantou-se, desapareceu e voltou com um saquinho de veludo roxo arrematado com bordados azuis e prateados de onde tirou uma garrafa de Glenfiddich, presente de um amigo. Tomamos quase a metade dela durante as quase três horas que passamos juntas. Depois dos primeiros copos, sondou-me sobre frequentar terreiro de candomblé e eu fiquei muito surpresa; tratava-se de hábito incomum naquela época, no meio em que vivia em São Paulo. Pelo menos era o que eu achava. Ela, então, me apontou um vaso com rosas amarelas, no aparador à entrada, e contou que o homem que ela amava as enviava a cada semana, há quase sete anos.

Perguntou se eu era casada ou tinha namorado, pois me achava bonita, e, em seguida, sem qualquer aviso, puxou o cabelo para me mostrar as cicatrizes no rosto (ou seriam no pescoço?), perguntando se as achava constrangedoras. Disse que não se notava e ela mostrou a mão também queimada. O episódio do fogo nos lençóis era recente. O diálogo se dirigiu então para cremes, maquiagem e perfumes. Não me lembro mais dos detalhes, mas tudo foi igualmente interessante.

A maquiagem, evidentemente, não era só maquiagem, nem o perfume, só perfume.

Ao fazer este relato, atropelada pela minha faltosa memória, ia descuidando de contar o único acontecido que se poderia classificar como remotamente literário nesse encontro. Em um canto da sala, talvez em cima de uma marquesa, estavam muitos cadernos (ou eram folhas soltas?) com anotações de que ela se servia para escrever, segundo me disse. Quando estava me levantando para ir embora, ela pediu que lhe escrevesse "eu te amo" em grego antigo (objeto dos meus estudos), explicando que já tinha essa frase escrita em mais de vinte línguas. Escrevi *"Erô Se"*, traduzindo literalmente o que foi pedido. Hoje talvez escrevesse *"Éramai"*, "Sou tomada por Éros", mais comum na lírica. Mas na época foi o que me ocorreu.

Estou me esquecendo de muita coisa ali conversada e também das pontes entre um e outro trecho do nosso agradável colóquio.

Saí da casa de Clarice em bem-aventurança, experiência rara que até então desconhecia. Durante a visita o tempo pareceu adiado. Era como se estivéssemos esse período todo em uma amena claridade, em delicada euforia. Até hoje não sei se foi por conta de ela ser como era, se foi por meu estado febril, se foi pelo uísque, ou até mesmo por um pouco de memória construída. O fato é que nunca consegui relatar integralmente esse fascinante encontro com Clarice a quem quer que fosse. Por pudor e respeito a esse acontecimento extravagante surgido, ao acaso, em minha limitada existência? Por deferência à com-cordância experimentada com figura tão ímpar do meu panteão?

Até hoje, à distância de mais de quarenta anos, tenho nas mãos um relato muito difícil de restaurar. Difícil juntar todos esses preciosos caquinhos.

Em todo caso, percebo agora que, naquela tarde de julho, Clarice queria conversar e, coincidentemente, eu cheguei com uma carta e um buquê de tulipas. Ou teria sido um presente do Acaso, o *Kairós* grego?

Novembro de 2021.

Nélida Piñon

O rosto da escrita[305]

À tarde, fomos ao auditório da Pontifícia Universidade Católica do Rio de Janeiro. Após intenso debate estético entre dois proeminentes teóricos, Clarice Lispector ergueu-se irada de sua cadeira, instando-me a segui-la. Lá fora, entre o arvoredo do parque, tomamos café na cantina. Transmitiu-me, então, o seguinte recado, com sabor de café e indignação:

– Diga a eles que se eu tivesse entendido uma só palavra de tudo que disseram, eu não teria escrito uma única linha de todos os meus livros.

Clarice era assim. Ia direto ao coração das palavras e dos sentimentos. Conhecia a linha reta para ser sincera. Por isso, quando o arpão do destino, enviado naquela sexta-feira de 1977, atingiu-lhe o coração às 10h20 da manhã, paralisando sua mão dentro da minha, compreendi que Clarice havia afinal esgotado o denso mistério que lhe frequentara a vida e a obra. E que, embora a morte com sua inapelável autoridade nos tivesse liberado para a tarefa de decifrar seu enigma – marca singular do seu luminoso gênio –, tudo nela prometia resistir ao assédio da mais persistente exegese.

No entanto, a história da amizade se tece com enredos simples. Algumas cenas singelas, emoções fugazes e pratos de sopa fumegante. Tudo predisposto a dormir na memória e pousar no esquecimento. Até

---

[305] Publicado em: *Revista da 5ª Bienal Nestlé de Literatura Brasileira*, São Paulo: Fundação Nestlé de Cultura, 1991. E em: RODRIGUES, Ilse; MANZO, Lícia (org.). *A paixão segundo Clarice Lispector*. Rio de Janeiro: Centro Cultural Banco do Brasil, 1992. [s.p.]. Catálogo de exposição, 25 nov.-20 dez. 1992; PIÑON, Nélida. O rosto da escrita. *In*: *O pão de cada dia*. Rio de Janeiro: Record, 1997. p. 92-94.

que uma única palavra dá vida de novo a quem partiu de repente. Recordo, assim, com rara insistência, as vezes em que vi Clarice encostada no parapeito de mármore da jardineira, à porta do seu edifício no Leme – precisamente na Rua Gustavo Sampaio, 88 –, enquanto os transeuntes passavam indiferentes à sua sorte.

Do carro, por breves instantes, eu lhe seguia comovida os secretos movimentos. Seus olhos, abstraídos, como que venciam uma geografia exótica, de terra áspera e revestida de espinhos. Imaginava eu então que espécie de mundo verbal tais viagens lhe poderiam suscitar.

Acaso a humilhação da dor e a consciência da sua solidão constituíam uma vertigem insuportável e impossível de ser partilhada? Daí porque parecia fundir inúmeras realidades em uma única, a que quisesse dar um nome doméstico, familiar e de uso comum a todos os homens?

Para dissolver o sentimento de ternura e compaixão que me assaltava, quantas vezes corri até ela dizendo-lhe simplesmente: Cheguei, Clarice!

Ela sofria ligeiro sobressalto, talvez nos lábios retocados de rubro carmim, ou nas mãos, de gestos quantas vezes impacientes. Mas logo demonstrava estar pronta para partir. Por momentos confiava na salvação humana. Talvez a vida lhe chegasse pela fresta da janela do carro semiaberta, para não lhe despentear os cabelos louros. Fazia-me crer, enfim, que também ela, agora com o carro em movimento, acomodava-se à paisagem, às ruas, às criaturas, às palavras que eu ia lhe derramando como um leite espumante e fresco, nascido das vacas que ambas amavam. Até o momento apenas em que, havendo esgotado a novidade que podia a existência oferecer-lhe naquela brevidade crepuscular, de novo imergia ela na mais espessa e silenciosa angústia.

E, embora o teatro humano lhe trouxesse um drama composto de cenas exauridas e de final previsto, ainda assim deixava Clarice à mostra – para eu jamais esquecer, pois seria um dos meus preciosos legados – um rosto russo e melancólico, desafiante e misericordioso. Nesse rosto de Clarice convergiam aquelas peregrinas etnias que venceram séculos, cruzaram Oriente e Europa, até que encontrassem no litoral brasileiro, onde veio ela afinal tecer ao mesmo tempo o ninho de sua pátria e o império da sua linguagem.

Estava nela, sim, estampada a difícil trajetória da nossa humanidade, enquanto outra vez seu olhar pousava resignado na areia da praia de Copacabana que o carro, devagar, ia deixando para trás.

Entrevista[306]

Nélida Piñon: Gosto de conversar sobre Clarice Lispector, mas tenho grande escrúpulo em falar da pessoa Clarice. Se me sinto confortável em falar sobre a sua obra, não é o que acontece quando se trata de sua vida, talvez porque tenha sido eu uma das pessoas que estiveram bastante próximas de Clarice.

Ricardo Iannace: Clarice sempre tentou esconder sua intimidade?

NP: Exatamente. Mas comigo isso não existiu, tanto que me disse o seguinte, fingindo que estava distraída: "Nélida, sabe de uma coisa? Eu acho que a pessoa mais próxima e mais preparada para um dia, no futuro, escrever uma biografia sobre mim é você". Aí eu fiz uma pausa, olhei para ela e disse: "Você é muito engraçada, não é, Clarice? Você preza muito a sua intimidade, então eu sou a pessoa menos capaz de escrever a sua biografia".

RI: E como era essa convivência?

NP: Eu lembro que nós saíamos muito principalmente à noite, mas era muito comum ela me telefonar e dizer assim: "Nélida [*voz triste, desanimada*], vamos sair?". Eu nunca, nunca, em toda a história da nossa amizade, disse "não" para Clarice. Eu sempre transferia os meus compromissos pessoais, a minha vida, os meus amores, porque, para Clarice, era fundamental sair, passear, era uma tentativa de ir ao encontro da vida.

Ela sempre perguntava: "Quanto tempo você leva?". Sua angústia era terrível! Ela sabia que eu estava no Leblon. Eu lhe dizia: "E se eu

---

[306] Entrevista concedida a Ricardo Iannace e Valéria Franco Jacintho, na Universidade de São Paulo, em maio de 1995. Susana Souto, à época estudante de pós-graduação na Universidade de São Paulo, realizou a transcrição da entrevista.

disse que vou sair, eu vou sair, são palavras empenhadas, sou mulher de palavra, honra para mim é matéria substantiva". E ela: "Está bem, mas quanto tempo você leva?". Naquele tempo, ir do Leblon para o Leme era mais rápido, havia menos carros no Rio de Janeiro, eu chegava em 15 minutos. Lá ia eu. E me emocionava infinitamente quando me aproximava, com meu carrinho.

Ela morava, naquela época, na Gustavo Sampaio, esse foi o último endereço dela. Talvez seja a visão mais dolorida, mais difícil que eu tenho de Clarice ou sobre Clarice. Há alguns anos eu não conseguia falar sobre esses encontros. Hoje eu posso. Eu me aproximava, ela sempre se encontrava sentadinha, apoiada no patamar de mármore que separava um pequeno jardim, ela encostada, com o olhar perdido, um olhar remoto, antigo, desligado, desvinculado. Eu sempre parava o carro, ficava um segundo, ou não sei quantas frações de segundo ali, então eu olhava para ela e dizia: "Meu Deus, que pessoa excepcional, os que passam não sabem quem é Clarice Lispector!". O mundo é tão distraído da sua própria história, não é? Essa é a noção que eu tenho da arte, que narra aquilo que as pessoas produzem e ainda não sabem. Aí eu parava o carro. Nunca buzinei para ela me olhar e vir, eu sou um ser de celebrações, de ritos. Então eu saía do carro e me dirigia até onde ela estava. "Clarice." E Clarice respondia: "Aqui estou". E me olhava com uma espécie de sobressalto.

Ela dizia que eu era muito alegre, Clarice me queria muito, tinha uma amizade imensa por mim. O que eu vou contar eu soube recentemente por Marly de Oliveira, a poeta e atualmente mulher de João Cabral de Melo Neto. Marly, numa determinada época, foi muito ligada a Clarice, depois foi para o exterior, ficou afastada por uns tempos. Mas nos revíamos muito as três: Clarice Lispector, Marly de Oliveira e eu. Marly me contou recentemente que Clarice lhe disse assim: "Nélida parece ouro". Fiquei muito comovida e muito agradecida. O mundo das imagens de Clarice é a do mundo antigo, de espaços pequenos como aldeias de judeus e de árabes. Ela dissera: "Nélida parece ouro, mas você não quer acreditar que é ouro, porque não pode ser ouro, então você pega aquele ouro e põe entre os dentes". É uma prática árabe. "Você põe entre os dentes para saber se é ouro, porque você acredita que é, e é ouro." Bonito esse mundo imaginário de Clarice.

Então Clarice dizia: "Nélida!". Eu abria a porta do carro para poupar Clarice, pois depois do incêndio sua mão direita ficou muito queimada e parecia, de fato, uma garra. Ela sentava, então nós íamos conversando. Nos momentos que lhe eram mais difíceis, ela quase não dizia nada, era eu quem falava, quem tinha de supri-la com informações. Lá estava eu para isso, era a minha tarefa, a tarefa que a amizade me impunha, era eu a falar, e eu falava, eu falava, não parava de falar, porque eu tinha de falar, ela não falaria, e ela precisava de alento, ela precisava, ah!, de um sopro de vida, aí eu falava, eu falava, e passeávamos de carro, isso nos fazia bem.

RI: E era ela quem escolhia os lugares?

NP: Não. Ela se deixava ser totalmente conduzida por mim. De repente, se ela estivesse triste, eu sabia animá-la e dar-lhe esperança. E sabe qual era a esperança? Comer. Íamos a um restaurantezinho. Ela já tinha jantado às seis horas, pois seus horários eram completamente diferentes dos meus. "Claricinha, vamos jantar?". Aí surgia um brilho no olhar dela. Não era tanto porque a Clarice era uma mulher como eu sou, uma grande apreciadora da mesa: discuto horas sobre esse assunto, compro vídeos sobre os grandes *chefs*, tenho livros de culinária, viajo cinco horas por um prato delicioso, o que é que eu vou fazer? Eu sou assim. A Clarice tinha essa ganância, esse arrebate pela comida, a meu ver – pode ser um equívoco meu –, porque era como se a comida lhe trouxesse energia, lhe provocasse a esperança, e a esperança poderia concretizar-se em realidade, e, de repente, a vida poderia ser melhor. Como a mãe empurra comida para o filho e às vezes é até impaciente – "Come, come" –, pois quer que esse filho, parido por ela, sobreviva, tenha vida. Então, o que fazer para que um filho viva? Dar-lhe comida. A comida é prova de amor. Então Clarice ficava alegrinha, corríamos para o restaurante, ela comia, aí ela contava histórias. E era muito engraçada, se abria, nessas viagens nossas. Quando terminávamos nossa refeição, ela estava ainda acesa, mas os seus efeitos cessavam aos poucos, e a comida não mais se traduzia em sonhos, em encontros originais. Ela então ia arrefecendo, como um balão. Sabe o que acontece quando você fura um balão com um alfinete e, em vez de arrebentar, ele murcha devagarinho e retorna à forma original de uma borrachinha? Assim ficava ela. Íamos para o carro, dávamos outra voltinha, e eu a deixava. Essa era a trajetória que seguíamos quando saíamos juntas.

Ela me chamava muito à tarde também. Então era sempre a mesma coisa. Ela ficava sentada no sofá. De repente, dizia: "Estou tão cansada!". Já era a doença, mas ela não sabia. Muitas pessoas dizem que ela sabia, mas não é verdade. Ela teria desconfiado nos últimos dias de vida, já no hospital. Antes, não. Isso eu sei.

Então, ela deitava e eu ficava do outro lado. Conversávamos horas, ela fumando. Era muito agradável, porque ela ficava muito distensa. Você se lembra daqueles homens de antigamente que fumavam aquele cigarrinho de palha? O dela não apagava, mas era como se apagasse. O cigarro parecia desdobrar-se em cinco cigarros, devagarinho. Eu não fumo, eu não sou tabagista, não vejo a menor graça, mas sei que existe um enorme prazer em fumar. Aí nós confidenciávamos, dizíamos coisas muito sérias, muito profundas, de muita confiança. Ela me contava a vida dela, as histórias, as suas angústias. Uma delas era referente à mãe: ela sempre pensou que o seu nascimento teria provocado a doença da mãe, a invalidez da mãe, e isso foi um grande tormento na vida de Clarice. Muitos anos depois ela descobre que não foi o nascimento dela, mas aí a dor já estava ancorada nela.

Valéria Franco Jacyntho: Nélida, com você ela falava então das angústias.

NP: Sou uma das pessoas com quem ela mais confidenciou nos últimos anos, fora o psicanalista, porque ela tinha sempre psicanalista, dizia que não, mas na verdade foi analisada. Ela fazia confidências com a Olga Borelli e comigo: é por aí que passa a afetividade de Clarice. A Olga tem a sua versão e eu tenho a minha. Cada ser humano tem sempre uma sua versão de qualquer história. Mas ela se abria muitíssimo comigo. Muito, muito. Ela falava muito do Brasil. Talvez o assunto mais difícil de todos os assuntos da sua vida, que ela podia tocar, mas evitava, era o filho dela.[307] Eu não provocava o assunto, perguntava ligeiramente

---

[307] Refere-se a Pedro Gurgel Valente (1948-2019), o filho mais velho, que padecia de esquizofrenia e faleceu no dia 9 de maio, por complicações pulmonares provenientes de forte gripe.

só para demonstrar meu carinho, porque eu sabia que era penoso para ela. Agora, de assuntos relativos ao amor, à vida, à intimidade, à política brasileira, desses todos eu participei muito bem. Meu Deus, foram dezessete anos de amizade, nos falávamos diariamente! E ela confiava muito em mim. Aliás, numa ocasião em que me entrevistou, afirmou que eu era profissional. Aí eu disse: "Clarice, meu bem, eu não sou profissional no sentido que você quer dizer, eu sou profissional, mas sou amadora, no sentido etimológico, de quem ama o texto. E você é muito mais profissional do que eu, pois você inclusive já vive de literatura, e eu ainda não".[308]

VFJ: Ela vivia apenas de direitos autorais?

NP: Não, não vivia só disso, mas já ganhava algum dinheiro, não demais. E vou lhes contar algo que ninguém sabe. Algumas coisas eu não vou poder contar, mas essa eu posso. Lembro perfeitamente bem que esse assunto veio à tona quando nós passeávamos de carro na avenida Atlântica, no Posto 6, quase ali perto do Forte. E ela disse: "Quero te pedir uma coisa". "Pois não, Clarice." "Quero que você seja a minha testamentária, que você dê destino à minha obra." Ela falou não como se fosse morrer naquele momento, mas sabia que um dia morreria.

VFJ: E quando foi isso?

NP: É fácil saber. Foi quando ela fez o primeiro contato com Carmen Balcells, a agente literária. Fui eu que levei Clarice para Carmen. E então Clarice passa a ser mais divulgada no exterior. Mas vou lhe contar por que chegamos a isso, é muito importante. Clarice diz: "Quero que você cuide da minha obra depois da minha morte, disponha dos meus livros, disponha dos direitos autorais para os meus filhos, você é quem

---

[308] Trata-se de: LISPECTOR, Clarice. *De corpo inteiro: entrevistas*. Rio de Janeiro: Artenova, 1975. p. 187-193. Na entrevista aí publicada, Nélida Piñon atribui o profissionalismo de Clarice Lispector não ao fato de escrever por encomenda, mas por sua obra ser "produto sério e regular, diariamente enriquecido por uma sonda introduzida em sua consciência e pela qual se realiza permanentemente a comunicação entre o mundo e sua matriz de criação" (p. 190).

vai mandar na minha obra". Eu disse: "Primeiro: o que você está me dizendo não é legal, essas coisas a gente faz no papel, por isso que existem os testamentos. E segundo: eu acho cedo, mas mesmo que não seja cedo, porque a gente pode morrer de repente, você esquece que tem dois filhos. (Pedro não poderia, e o Paulinho era muito jovem, naquela época ele tinha 17 ou 18 anos.) Mas os seus filhos saberão cuidar. Então, eu não posso e nem gostaria, porque isso é função dos herdeiros.[309]

Ela não ia me dar nada em troca, ela queria só que eu administrasse sua obra, porque tinha medo de que os filhos inexperientes não pudessem executar esse trabalho. Ela confiava muito em mim, no meu caráter, e confiava no meu julgamento, ela sabia que eu conhecia muito bem o mundo literário nacional e internacional. Aí eu disse: "Não, Clarice, isso é coisa dos seus filhos, e qualquer intenção sua dessa natureza tem de ser por escrito. Mas eu tenho outra ideia. Posso lhe apresentar uma agente literária. Qualquer hora eu chamo Carmen Balcells ao Brasil, vocês se conhecem e ela passa a representá-la, ela é uma grande agente e é muito mais capacitada que eu – sou uma amadora, ela é uma grande agente". Clarice, no início, não queria. Era muito desconfiada. Mas eu insisti, já que ela queria resolver aquele assunto e estava muito preocupada. Quando Carmen veio ao Brasil, eu as apresentei, e a partir daquele dia Carmen Balcells passa a representar Clarice no Brasil e no mundo. Essa é a história da representação e da divulgação sistemática de Clarice no exterior.

VFJ: Mas a divulgação não acontece apenas a partir dessa data.

NP: Não. Ela tinha livros traduzidos no exterior.[310] Antes de Carmen, ela foi publicada nos Estados Unidos, mas lá apareceu sem qualquer

---

[309] O contato de Clarice Lispector com Carmen Balcells, segundo Nélida Piñon, teria ocorrido, então, no início da década de 1970, já que Paulo Gurgel Valente completou 18 anos em 1971. O editor Jiro Takahashi afirma que, por ocasião do encontro de literatura ocorrido na PUC-Rio, em 1975, Clarice já havia contratado a Agência Carmen Balcells, com sede em Barcelona. Portanto, o contrato firmado entre Clarice Lispector e a Agência Carmen Balcells deve ter acontecido no primeiro semestre de 1975 ou talvez no ano anterior. (Ver, neste livro, a parte "Jiro Takahashi", p. 212.)

[310] Em 1988, a obra de Clarice, que ganhou primeiras traduções nos anos 1950 (dois contos para o inglês, nos Estados Unidos, e uma tradução do seu primeiro

sucesso. O livro *A maçã no escuro* foi traduzido por Gregory Rabassa, que fez um prefácio em que ele até me cita. O Rabassa tem uma estima especial por mim como escritora. É um prefácio ao qual vocês podem ter acesso. A editora é a Knopf.[311]

VFJ: E com relação ao amor, Clarice se abria com você?

NP: Muito.

VFJ: Você não pode falar nada?

NP: O que vocês sabem? Ou o que gostariam de saber?

VFJ: A relação dela com o marido depois da separação. As pretensões futuras de uma união conjugal.

NP: Quando eu conheci Clarice, ela tinha voltado para o Brasil recentemente, já com o intuito de se separar do marido.[312] Depois é que

---

romance para o francês, em 1954), receberia outras traduções nas décadas seguintes. De 1954 até 1995, data desta entrevista com Nélida Piñon, a obra de Clarice, considerando apenas volumes na íntegra e não textos avulsos, já contava com um total de 103 traduções, em 11 idiomas, em 18 países: Alemanha, Argentina, Canadá, Chile, Dinamarca, Espanha, Estados Unidos, França, Holanda, Itália, Japão, México, Noruega, Polônia, Reino Unido, Suécia, Tchecoslováquia e Venezuela. (Pesquisa realizada por Nádia Battella Gotlib e Amanda Caralp.)

[311] Gregory Rabassa, tradutor para o inglês do romance de Clarice Lispector intitulado *A maçã no escuro*, após desenhar um percurso da literatura brasileira desde o modernismo dos anos 1920, passando pela literatura regionalista dos anos 1930 e pela produção posterior de parte da poesia, detém-se em três escritores: Guimarães Rosa, Nélida Piñon e Clarice Lispector, por ele considerados a "base estilística" da alta literatura brasileira contemporânea. Do primeiro, ressalta o uso das fontes primitivas da linguagem para criar novas palavras; da segunda, reconhece a capacidade de extrair riqueza do léxico sem cair em arcaísmos; e da terceira, observa o fato de haver elevado a sintaxe a um padrão de pensamento nunca antes alcançado, e num ritmo que, por vezes, tornava a tradução ainda mais difícil que a de certos trechos de Guimarães Rosa (RABASSA, Gregory. Introduction. *In*: LISPECTOR, Clarice. *The Apple in the dark*. Translated by Gregory Rabassa. New York: Alfred A. Knopf, 1967. p. IX-XVI).

[312] Nélida Piñon conheceu Clarice em 1960. Conforme afirmação da própria Nélida, nesta entrevista, a amizade foi cultivada até a morte da amiga, em 1977.

eles formalizam a separação, mas Clarice já estava nesse momento livre para poder ter sentimentos e tinha sentimentos relativos a outra pessoa. Enfim, ela era muito moça, uma mulher bonita. Mas, para mim, é muito delicado esse assunto. Nos últimos anos, tenho a impressão de que Clarice viveu uma fase muito nostálgica, pois teria desejado não digo um casamento, mas uma união estável. Ela tinha uma grande nostalgia do amor, de um amor que a fizesse feliz. A questão é muito difícil. Se pudesse dizer alguma coisa a respeito, eu diria que a Clarice se tornou um mito muito cedo, isso foi muito ruim para si, e eu não sei até que ponto a sua angústia e os seus sofrimentos impediram que ela dissolvesse o impacto social do mito. Ela era uma vítima do seu próprio mito, porque os homens tinham medo desse mito. O mito tem um peso dramático que dificulta criar intimidades, porque o mito julga quem se habilita à lide amorosa. Então, quem ia se habilitar a Clarice? Um jovenzinho podia ser, mas não era da mentalidade de Clarice o exercício amoroso com jovens. Os jovens seriam muito audaciosos, mais naturais, mas aqueles homens esgotados da geração dela ("esgotados todos nós somos, não estou envelhecendo ninguém"), olhavam Clarice vendo o gênio de Clarice. Difícil viver uma relação amorosa com o mito, com o gênio, não é todo mundo que tem essa audácia, esse desprendimento.

E acho também que Clarice vivia uma memória amorosa muito intensa e isso também lhe dificultou quebrar esse distanciamento. Clarice era muito triste nessa matéria de amor, ela não era feliz. Merecia ter um coração mais leve, uma cabeça mais leve, porque o talento é maravilhoso, acho extraordinário o talento, mas você tem de saber lidar com o seu próprio talento, quebrar as arestas, as armas do talento. Faz-se necessário esquecer o que você produz para desfrutar os prazeres da vida, de modo a impedir o mergulho no seu próprio ostracismo, na sua angústia. O talento, às vezes, dependendo de como você o administra, pode isolar você do mundo.

VFJ: E como a Clarice foi mudando?

NP: Quando conheci Clarice, ela se prestou a uma brincadeira, coisa que depois ficou mais difícil. Tinha uma amiga, querida colega, companheira de colégio, Helena [Nélida Helena de Meira Gama]. O pai de Helena gostava muito de mim, ele achava que eu tinha talento literário. Até queria que eu me casasse com o irmão de Helena. Helena sabia da minha admiração por Clarice. Então, um dia, sabe o que ela fez sem o meu conhecimento? Ela telefonou para Clarice Lispector e disse: "Eu gostaria que você conhecesse uma jovem escritora, mas eu gostaria que fosse uma surpresa. A senhora aceitaria que eu a levasse até seu apartamento sem ela saber que irá conhecê-la?". Aí começou a brincadeira. Então eu fui levada para jantar. E ela parou diante do edifício onde Clarice morava. Não era na Gustavo Sampaio, era no edifício anterior, Marechal Qualquer Coisa, não me lembro do nome da rua, no Leme.[313] Quando ela parou o carro ali na frente do prédio, dizendo que nós íamos subir ("Vamos comigo!"), eu pensei: aí mora Clarice Lispector! Eu sabia, sabe por quê? Porque três anos antes eu estava em Copacabana, passei na Kopenhagen, era semana de Páscoa, eu pensei: Eu vou mandar uma cestinha de ovinhos para Clarice Lispector por causa do conto dela "A galinha". Como não tinha nenhum cartão, peguei um lá mesmo da Kopenhagen e, simplesmente, escrevi assim: "E foi aí que aconteceu, por pura afobação, a galinha pôs um ovo". Fechei com aspas, não assinei de propósito e deixei na portaria. Porque eu pensei: um dia vou ser amiga de Clarice, mas eu quero uma amizade em condições iguais, eu não quero uma amizade de fanzoca, quero uma amizade de pessoas que têm destinos em comum, que podem se querer bem e se admirar, em condições decentes. O tempo passou.

Eu sabia que ali morava Clarice, mas eu não tive a menor suspeita. Quando a amiga tocou a campainha, quem abre a porta? Clarice Lispector. Aí começou a nossa amizade. Nesse momento a Clarice era quem? Quando ela abriu a porta, era uma mulher lindíssima, ou pelo menos de uma beleza muito pouco canônica, meio selvagem, parecia uma filha de Ártemis, mas sem ter sido castigada por Ártemis... Parecia uma tigresa, os cabelos lindos, imensos, caudalosos, como se fossem as águas de um rio, alta, umas maçãs muito salientes. Ela estava naquele momento como ela aparece de certo modo no quadro (não

---

[313] Clarice morava então na rua General Ribeiro da Costa, n.º 2, apto. 301, no bairro do Leme.

sei se vocês conhecem) do De Chirico, que hoje está na casa do Paulo Gurgel Valente, filho dela.[314] Era um momento muito especial da vida de Clarice, de descoberta do outro, ela vivia uma relação tumultuada e de grande intensidade sentimental. Nós entramos, conversamos muito. E eu acho que ela gostou muito de mim – desculpe dizer isso, mas é necessário para explicar nossa amizade.

Quando essa minha amiga quis que eu conhecesse a Clarice, eu tinha já uns originaizinhos do meu primeiro livro, então a Helena achou que seria bom a Clarice ler o meu livro.[315] E a Clarice disse: "Posso ler seu livro?". Eu fiquei muito contente: "Claro, eu vou deixá-lo aqui". Ela disse: "Por que você não vem e vamos tomar um chá?". Na semana seguinte, lá eu estive e, desde aquele momento, eu passei a sair muitíssimo com Clarice. Íamos muito ao cinema. Clarice adorava cinema.

VFJ: Prestava atenção aos filmes?

NP: Às vezes até tomava notas.

VFJ: Quais filmes?

NP: Filmes americanos e franceses. Ela gostava de filmes que distraíssem, e eu também. Filmes que, de algum modo, tivessem aventuras, que nos animassem, que nos arrancassem de um cotidiano. Numa certa época nós íamos muito com os meninos ao cinema, Pedro e Paulo, então víamos filmes de aventura por causa deles, nós quatro. Ao sairmos dali, íamos tomar sorvete com as crianças. Pedro era um menino que

---

[314] Giorgio De Chirico fez o retrato de Clarice no seu ateliê localizado em Roma, na Piazza Navona. E terminou esse óleo sobre tela justamente no dia 8 de maio de 1945, quando Clarice, do ateliê, ouviu o jornaleiro gritando que a Segunda Grande Guerra havia terminado. Clarice conta esse episódio em carta enviada de Roma às irmãs Elisa Lispector e Tania Kaufmann, datada de 9 de maio de 1945. Trechos dessa carta foram publicados pioneiramente em: BORELLI, Olga. *Clarice Lispector: esboço para um possível retrato.* Rio de Janeiro: Nova Fronteira, 1981. p. 107-108. A carta, na íntegra, foi inserida nos seguintes volumes de Clarice Lispector, editados no Rio de Janeiro, pela Rocco: *Correspondências*, 2002, p. 72-73; *Todas as cartas*, 2018, p. 167-170.

[315] Trata-se do primeiro romance de Nélida Piñon, *Guia-mapa de Gabriel Arcanjo*, publicado pela editora GDA em 1961.

me impressionou muito. As coisas que ele dizia de repente, as frases de Pedro... Ele falava do Cristo penitente.

VFJ: Clarice anotava as frases do filho?

NP: Não. Ela anotava as frases dela mesma, de criação dela, do filho, não. Mas Pedro era a cara de Clarice, era da linhagem espiritual da Clarice, da genética da Clarice. O grande encantamento de Clarice não era o Pedro, era o Paulo. Ela não amava Paulo mais do que Pedro, é que o Pedro era ela, e ela tinha medo de ter produzido alguém que era ela, que ali voltava, que a repetia, que era a sua réplica. E Paulo era o Brasil, era moreno, saiu ao pai; o outro, Pedro, era claro, era muito judeu, muito eslavo, muito mais selvagem. Clarice era selvagem, selvagem no sentido primordial, não de quem era bruto, mas no sentido de quem está inaugurando o mundo, no sentido grego. E Paulinho era o Brasil, era o pai. Ela devia pensar que o filho Paulinho estava protegido das idiossincrasias, do legado dela, das suas dificuldades. Esse legado pousara no filho Pedro. Mas hoje eu tenho outras versões. Clarice deve ter pensado que o que aconteceu com o filho Pedro veio dela.

RI: Ela pensava que havia herdado da mãe?

NP: Exatamente. Uma sucessão dramática. Mas é muito impressionante como Clarice queria ser brasileira.

RI: O que ela falava?

NP: Ela tinha horror, ela ficava indignada, irada, quando diziam que ela não era brasileira. Tinha então uma explosão de temperamento repentina e poderosa, depois voltava à tranquilidade. Uma vez, inclusive, não sei se está na gravação da reportagem que o *Pasquim* fez com ela, mas há um momento em que dizem "você não é brasileira", e ela fica chateada.[316] Ela exigiu que eu estivesse presente na entrevista. E eu digo assim: "Clarice é brasileira, não podemos levantar essa questão, porque língua é nacionalidade, e Clarice deu uma dimensão extraordi-

---

[316] Refere-se à entrevista publicada no *Pasquim* datado de 3 a 9 de junho de 1974.

nária à língua portuguesa, portanto, ela é mais brasileira do que todo mundo. Ela é brasileira". Ela sabia da minha opinião. Mas você estava perguntando o que há pouco?

VFJ: Eu queria saber se ela falava sobre a origem judia.

NP: Não. É engraçado. Clarice tinha, nos últimos anos, uma grande divisão dentro dela. Eu tenho um quadro que ela me deu de presente que é prova disso. Ela me deu um quadro que é altamente revelador. Como vocês podem falar de Clarice sem entender um quadro que eu tenho lá em casa?

VFJ: Feito por ela?

NP: Pintado por ela. Ela me deu de presente. Uma pintura meio de criança, meio infantil.

VFJ: Abstrata?

NP: Não, não era abstrata. É uma cruz, duas ou três cruzes.[317] Era a figura do Cristo. Ela tinha uma atração profunda pelo cristianismo. Era a figura de um Cristo desvinculado de uma igreja de Roma. Um Cristo que habitou, de certo modo, a igreja primitiva, não uma igreja depois mais consolidada, mas a primeira igreja num momento em que lutava para se firmar. É o momento em que a igreja primitiva tem o Cristo, mas ainda tem a sombra dos deuses, em momento extraordinário da humanidade, penso eu. Nós fomos muitas vezes ao Mosteiro de São Bento.

VFJ: E como ela se comportava lá?

---

[317] Em dezembro de 2017, por ocasião dos 40 anos de falecimento da amiga, Nélida Piñon reporta-se mais uma vez à pintura: "[Clarice Lispector] surpreendeu-me um dia com um quadro pintado por ela, em minha homenagem, que tinha como tema e título Madeira Feita Cruz, nome do meu segundo romance publicado em 1963" (RODRIGUES, Maria Fernanda. Clarice Lispector é lembrada por suas célebres leitoras nos 40 anos de sua morte. *O Estado de S. Paulo*, 9 dez. 2017. Edição digital). Clarice também presenteara o escritor e amigo Autran Dourado com um quadro de sua autoria ([Sem título], óleo sobre madeira, 39,5 cm x 30,4 cm, 7 maio 1976), que foi a leilão na noite de 11 de julho de 2019, no Rio de Janeiro, e Nélida Piñon arrematou-o.

NP: Muito bem, muito contrita, meditativa. Tanto que, quando ela morreu, a Olga [Borelli] disse assim: "Mas a Clarice é uma cristã". Se ela quisesse se tornar cristã, devia ter tornado público à família, mas ela nunca se manifestou. Ela morreu como judia, mas ela levou no coração essa imagem do Cristo. Eu diria que a Clarice tinha um coração também cristão, a nostalgia cristã. Ela se deixou seduzir pela figura do Cristo, esse Cristo da palavra, da parábola, esse Cristo de algum modo justiceiro.

VFJ: Acho que também devido às amizades dela com escritores católicos.[318]

NP: Ela conheceu muitos, claro. Ela também teve essa dimensão do catolicismo e, talvez, para não trair as origens dela, ficou com o Cristo judeu, e não com o Cristo de Roma. Esse Cristo não a incompatibilizava com as suas origens, e ela jamais trairia as suas origens, porque tinha uma grande fidelidade à família.

Então, Olga e eu organizamos a missa de sétimo dia, pedimos licença à família. É muito boa a família de Clarice, as irmãs, o Paulinho. Então, mandamos rezar a missa, no Leme. Foi muita gente. Missa da Ressurreição, bonita, ecumênica.

RI: No final da vida eram poucos os amigos que a visitavam?

NP: Clarice morre consagrada, ela já era um grande nome. Mas se sentia muito solitária, a própria Olga Borelli comenta isso também. Tanto que Olga me cita. Poucos iam visitá-la. Eu fui fiel a Clarice até o fim. As pessoas queriam muito bem a ela, mas era difícil, porque ou ela não aceitava os convites, ou aceitava ir a certos lugares com o coração sobressaltado: "Quem sabe não venha a acontecer alguma coisa que mude minha vida?". Ela ia com esperança. Então lá íamos nós. Entrávamos e eu pensava: "Meu Deus, tomara que ela não invente de ir embora logo". Eu já sabia o percurso, eu já o conhecia. Aí, dali a pouco, ela olhava, olhava – era quando ela cismava que alguém estava olhando para a mão dela. Tinha uma capacidade que se voltava contra

---

[318] Clarice era amiga de escritores católicos, como, entre outros, Lúcio Cardoso e Octavio de Faria.

ela, era a capacidade de resgatar, picar, triturar a realidade, empilhar e jogar fora, e dizer: "Não aguento mais, já sei o que vai acontecer, não aguento!". E era impaciente. Depois de dez minutos, dizia: "Vamos embora". Tanto que às vezes eu dizia: "Clarice, alguém vai te levar e eu vou ficar, vou aproveitar a festa".

VFJ: Ela sentia que estava tirando o prazer dos amigos?

NP: Não. Ela não era desse tipo, ela era discreta.

VFJ: Muitas vezes, até ligar de madrugada para os amigos ela ligava, a própria Olga conta. Ela percebia que estava sendo incômoda?

NP: Para mim ela não telefonou de madrugada, não, ela me ligava pela manhã e à noite. Eu imagino que ela não se sentisse bem, era como um movimento de incontinência que ela não podia controlar. Ela deve ter feito esses telefonemas na madrugada para as poucas pessoas com quem tinha intimidade. Agora, todo mundo se autointitula amigo de Clarice... Mas nos quarenta dias praticamente que ela passou no hospital, nós éramos pouquíssimas pessoas: Olga, eu e Clarice, e aquela senhora que morava na casa dela, como é o nome?

VFJ: Geni.

NP: Não. Geni era a empregada. Essa era uma enfermeira que depois ficou morando com ela. Essa senhora foi uma pessoa muito importante, morava com ela há quase dois anos.[319]

VFJ: Nélida, ela conversava com você sobre as produções, ou não?

NP: Não. Ela me dava para ler. Era um pouco misteriosa quando estava escrevendo. É como se ela soubesse que era uma alquimia, que por dentro da janela do texto cabiam poções de mágica. Toda a produção de Clarice era cercada de um mistério imenso. Se toda criação é misteriosa, a dela era muito mais, porque ela não escrevia um romance assim: "Hoje eu comecei. Capítulo 1...". Ela escrevia bilhetes, fragmentos, colocava numa gaveta, numa caixa de sapatos. E fazia uma colagem.

---

[319] Refere-se a Siléa Marchi.

De repente, tinha um texto. Marly de Oliveira viu de perto a criação de um certo texto de Clarice: *A paixão segundo G.H.*

VFJ: Que era o preferido da Clarice.

NP: Porque nasceu de uma grande tentativa de salvação.

VFJ: Que momento era esse?

NP: Foi antes ou depois do incêndio?

VFJ: Foi antes.

NP: Antes do incêndio. Ah, o incêndio! Não posso esquecer esse dia, porque tive um grande sofrimento, não só pelo incêndio.[320] Não era um sentimento de culpa. Eu fiquei com raiva pelo meu temperamento, por eu ser cordata, eu deveria ser mais temperamental. Um livro meu, *Tempo das frutas*, seria lançado na Galeria Goeldi, em Ipanema. Claro, Clarice ia ao lançamento do meu livro, meu terceiro livro, eu era uma jovem escritora e tínhamos programado que depois iríamos lá para casa. Eu morava no Leblon, íamos fazer uma macarronada, improvisar umas coisinhas, um vinho. E, no final da tarde, seis e tanto, ela liga para mim com uma voz assim abalada, imaginei que ela tivesse tomado um remedinho.

Ela tomava muitos tranquilizantes. Ela me disse: "Ah, Nélida, você não vai ficar zangada se eu não for ao seu lançamento? Não estou me sentindo bem". Fiquei triste, mas entendi. Depois os amigos foram lá para casa, ficamos rindo, conversando, tomando vinho, comendo queijo, celebrando o lançamento do livro. Eu celebrando, os amigos celebrando, e ela em chamas, o que me causou um sofrimento muito grande.

RI: E ela comentava o incêndio?

NP: Comentava. Mas depois ela não quis mais comentar, ela sofreu muito, esteve três dias entre a vida e a morte. E depois aconteceram coisas muito sérias na vida dela pessoal, tudo arrebentou aí. Depois ela nunca

---

[320] O lançamento do livro *Tempo das frutas*, de Nélida Piñon, ocorreu na noite do dia 13 de setembro de 1966, portanto, na noite anterior ao incêndio, que aconteceu na madrugada do dia 14.

mais foi a mesma. Ela já vinha numa grande tristeza, mas depois disso a Clarice mudou fisicamente, o cabelo de Clarice mudou, o rosto dela mudou, tudo mudou. Ela processou uma mudança, porque a Clarice era muito engraçada. Quando estava de bom humor, ela contava casos muito engraçados, piadinhas do Nordeste. Ela tinha um lado muito provinciano, no melhor sentido da província, não era paroquial, era provinciana. Aquele negócio da esquina, da pracinha, da cidade pequena, não no sentido restritivo, mas do mundo judaico, do mundo do Nordeste. Ela usava expressões nordestinas e ficava chateada quando alguém atribuía aquele modo de falar dela a um sotaque estrangeiro. "Eu não tenho sotaque. Eu só tenho a língua presa. Devia ter operado. Eu tenho a língua presa."

VFJ: Nunca quis operar.

NP: Ela era mesmo muito engraçada. Olhe, vou contar uma das conversas mais deliciosas que nós tivemos. Vocês conhecem o poeta [Bruno] Tolentino? Publicou um livro no Rio de Janeiro e voltou depois de vinte e tantos anos passados no exterior. O Tolentino era um jovem naquela época, ele tinha uma granja de galinhas lá no alto de Jacarepaguá. De repente ele nos convidou: "Vamos passar um dia na minha granja, a gente faz um frango (claro, se era granja de galinhas), faz um almoço". Era um sítio. Resolvemos passar um dia lá. Clarice, Marly de Oliveira, eu, não sei quem mais. Clarice estava esplêndida, um dos dias mais bonitos de Clarice, muito alegre, muito contente, uma Clarice assim sem angústias. Eu vivia dizendo que ela parecia uma personagem do filme *E o vento levou* ou do século XIX.

Depois do almoço, os homens iam para outra sala. E as mulheres se recolhiam também. Era verão, calor em Jacarepaguá, nós tínhamos almoçado, estava todo mundo com aquele soninho. O Bruno Tolentino disse: "Vocês vão descansar no quarto". Era um quarto muito grande, com não sei quantas camas. Então, fomos as três para lá. Olhe, o que nós nos dissemos! Nós ríamos tanto! Foi um dos encontros mais felizes que nós tivemos, Clarice, Marly e eu. E Marly tem uma personalidade muito interessante, eu tenho admiração demais por Marly, tenho enorme respeito por ela. Então, ficamos as três. Vamos ser realistas, eram mulheres com talento, cada uma com a sua expressão literária, tínhamos uma coisa muito rara, uma mútua admiração, um mútuo bem-querer, não havia mesquinharia da inveja, nada disso, isso nunca existiu. Marly me admirava muito, eu admirava Marly. Em nenhum momento nós duas disputamos quem era mais amiga de Clarice. Era um jogo muito bonito de amizade. Clarice é madrinha do primeiro casamento de Marly, quando Manuel Bandeira foi padrinho. Fomos à cerimônia.

RI: Como era o relacionamento dela com Manuel Bandeira?

NP: Conhecia, mas não eram íntimos. Ela conversava muito com Drummond. De quem ela gostava muito era do Erico Verissimo e de Mafalda, mulher dele. Foram amigos íntimos em Washington. Sabe de quem ela falava muito? Com muito carinho? Da filha de Getúlio Vargas, Alzira, a pequena, ela gostava demais da Alzira Vargas.

RI: E politicamente, como é que era a Clarice?

NP: O sentimento de justiça acima do tudo. Eu diria que Clarice era uma mulher de esquerda, progressista, com vínculos, eu diria, populares. Ela se solidarizava com o povo, com as pessoas sofridas. Era uma mulher sensível à miséria, à carência do homem. Tinha adesão a um ideário de esquerda. Ela foi, nós fomos, àquela manifestação dos Cem Mil.[321] Combinamos de nos encontrar lá. Mas não nos encontramos. Clarice ficou indignada com o que acontecia em Brasília. Tinha posições firmes contra a ditadura. Sua indignação era a de uma justiceira, não aceitava injustiças. E gostava muito de pessoas simples, como os motoristas de táxi e empregadas. Tinha uma ligação com os humildes, humildes no sentido propagado por Cristo: os humilhados.

VFJ: E a Macabéa?

NP: É um resgate da sua própria origem. Ao mesmo tempo, Clarice tinha uma grande mágoa da crítica, que não compreendeu sua obra e a considerou hermética e difícil, o que aconteceu também comigo. No fundo, a obra de Clarice trazia uma nova chave na literatura brasileira.

---

[321] A passeata dos Cem Mil ocorreu no dia 26 de junho de 1968, quando cerca de cem mil pessoas se manifestaram contra a ditadura, no centro da cidade do Rio de Janeiro. A ela compareceram, além de estudantes que promoveram a manifestação, muitos professores, artistas e intelectuais.

Se teve uma estreia de muito sucesso e se recebeu aplausos de vários grupos, ficava triste quando diziam que ela escrevia um texto alienado, um texto que não servia ao país daquela época. Penso que ela queria mostrar que podia, como outros escritores, registrar circunstâncias da história brasileira. E, com o romance *A hora da estrela*, dá uma guinada também na história da literatura brasileira.

A Macabéa está presente, de certo modo, em certos contos de Clarice, naqueles personagens miúdos, pobrinhos de espírito, não de dinheiro. Não que sejam burros, é que a vida não lhes permitiu conhecer o mundo para poderem crescer, e então vivem uma vida modesta. A Macabéa está embutida em vários contos. E Macabéa não é surpreendente, o que é surpreendente é o cenário social que ela confere a Macabéa, que é de uma originalidade! Ela precisou escrever esse romance! Uma vez ela disse: "Eu vou dar uma resposta". Macabéa é uma resposta àquilo que ela considerou como uma discriminação contra ela, estrangeira e mulher. Clarice nunca aceitou ser considerada alienada.

RI: E as traduções da Clarice, como é que eram?

NP: A história das traduções de Clarice é meio complicada, não é? O que você sabe?

RI: Sabemos que ela traduziu muitos escritores.

NP: É.

RI: Clarice lia Agatha Christie.

NP: A Clarice não lia muito, não.

RI: Ela não lia?

NP: Literatura, não. A Clarice não tinha muita paciência para a leitura. Eu sempre disse o seguinte: Clarice tinha a mão de Deus, assim encantada. E aí Ele falava: "Vá, minha filha, escreva". Aí ela escrevia. Era um gênio. Nada dessa coisa que você elabora, faz não sei quantas versões, não. Clarice fazia quase o texto pronto, quase.

VFJ: Mas tinha muita preocupação, depois do texto pronto, com, por exemplo, a pontuação.

NP: Tinha, mas era pouco. Era quase um dom de Deus, uma graça extraordinária. Eu, para escrever uma frase, reescrevo dez vezes. Quando Clarice criava uma frase, ela já saía pronta, era só pegar um pedacinho de papel e anotar. Era uma coisa extraordinária, um fenômeno, Clarice foi um grande fenômeno literário.

VFJ: Então, ela não reescrevia?

NP: Não muito. Vocês podem observar pelos originais dela. E como eles são colados uns aos outros! Ela fazia uma extraordinária colagem! Ela sabia que a qualquer momento viriam naturalmente os encaixes, então, desde que ela tivesse as anotações em dia... Ela não podia deixar de anotar, ela anotava até em cinemas.

VFJ: Você acha que Clarice tinha controle total sobre o processo de criação?

NP: No conto tinha mais confiança e consegue acabamento mais primoroso, principalmente nas suas primeiras histórias.

VFJ: *Alguns contos?*

NP: Sim. *Alguns contos*, que depois vão aparecer em *Laços de família*.

RI: Algumas considerações finais?

NP: Certa vez ela chegou tão bonita! Eu fiquei tão comovida! Me honra muito a amizade que eu tive com Clarice e acho que retribuí até o fim. Cresci muito com ela e espero ter contribuído para o bem dela. Sempre que posso, falo de Clarice... Bem, agora finalmente tenho condições de falar.

■ Clarice Lispector entre Nélida Piñon (à esq.) e Marly de Oliveira (à dir.).(*A PAIXÃO segundo Clarice Lispector*. Idealização e coordenação geral: Ilse Rodrigues e Lícia Manzo. Rio de Janeiro, Centro Cultural Banco do Brasil, 1992, s. p. [Catálogo do evento]. Reprodução.)

■ Clarice Lispector, *Madeira feita cruz*, [s.d.]. Óleo sobre tela. 48,5 cm x 35 cm. (Acervo pessoal de Nélida Piñon [foto tirada pela Piñon Produções Culturais].) Fonte: IANNACE, Ricardo, *Retratos em Clarice Lispector: literatura, pintura e fotografia*. Belo Horizonte: Editora UFMG, 2009, p. 21.

● Nicole Algranti[322]

Tudo começou em 28 ou 29 de setembro de 1966. Minha mãe foi visitar tia Clarice no hospital. Fui junto, bem guardada na barriga de minha mãe. Estaria eu talvez querendo entender o mundo e sair logo para respirar o ar puro da vida fora do útero? Talvez.[323]

Mas ainda não era a hora. Eu só deveria nascer um tempo depois. No entanto, o choque que minha mãe teve ao ver Clarice na cama de um hospital com muitas dores provocadas por queimaduras, e justamente quando as anestesias não faziam mais efeito, foi o *start* para eu querer sair correndo dali e chegar a este nosso mundo.

Faltavam ainda algumas semanas para eu nascer, mas reações vieram. No dia seguinte, minha mãe saiu à rua e passou mal, desmaiou. O tintureiro que a conhecia passou de bicicleta e foi buscar ajuda na casa da minha avó. Meu tio Roberto Algranti saiu aflito para prestar socorro.

Minha mãe seguiu para o hospital onde recebeu a notícia: o médico disse que eu deveria nascer naquele dia, 30 de setembro de 1966. E assim nasci, de uma cesariana, às 22 horas e 6 minutos desse mesmo dia. Talvez por causa da forte e nefasta impressão que o estado grave de Clarice causou na minha mãe.

---

[322] Depoimento inédito concedido a Nádia Battella Gotlib em 11 de outubro de 2020.

[323] Nicole Algranti (1966), sobrinha-neta de Clarice Lispector, é filha de William Kaufmann e Marcia Algranti, que, por sua vez, é filha de Tania Kaufman (em solteira, Tania Lispector), irmã do meio de Clarice Lispector. Nicole Algranti especializou-se em teatro e cinema, bem como em estudos relacionados com a cultura indígena, desenvolvidos em constantes viagens a várias tribos do Norte do Brasil.

Nasci, cresci, era menina e já ouvia as histórias e os livros que Clarice escrevia para crianças. Alguns deles foram dedicados a mim, como *A mulher que matou os peixes*. Recebi o livro com a dedicatória: "Para a querida Nicole ler mais tarde".[324]

Ela acertou ao dedicar esse livro a mim, pois, tal como Clarice, adoro os animais.

Já tia Elisa não era chegada aos bichos. Ela morava na esquina da rua onde ficava o prédio do apartamento onde eu morava, em Copacabana. Porque morávamos perto uma da outra, eu, menina, tinha permissão de ir visitá-la.

Numa dessas vezes, ela me mostrou um álbum de fotografias da família, álbum muito antigo, que atiçou minha curiosidade sobre aquelas pessoas que me levavam a uma outra época. Mais tarde essa história viraria livro.

De fato, tia Elisa escreveria uma história desses nossos ancestrais chamada *Retratos antigos*.[325] O livro foi dedicado a minha mãe, aos meus irmãos e especialmente a mim, que tanto a incentivei a colocar no papel suas memórias, algumas tão duras.

---

[324] Além da dedicatória manuscrita oferecida a Nicole, o livro registra dedicatória impressa a Nicole e a outras nove crianças, filhas de parentes e amigos seus, e "sobretudo para a Campanha Nacional da Criança". Esse foi o segundo livro dirigido ao público infantil (LISPECTOR, Clarice. *A mulher que matou os peixes*. Capa e ilustrações de Carlos Scliar. Rio de Janeiro: Sabiá, 1968). Nicole Algranti ganhou dedicatória da autora também na edição do terceiro livro infantil (LISPECTOR, Clarice. *A vida íntima de Laura*. Rio de Janeiro: José Olympio, 1974). O primeiro livro dedicado às crianças ganhou o título de *O mistério do coelho pensante: uma estória policial para crianças*; foi escrito em inglês para os filhos, quando moravam nos Estados Unidos, e posteriormente traduzido para o português, depois de, em 1959, se mudarem para o Brasil, ela, já separada do marido (LISPECTOR, Clarice. *O mistério do coelho pensante: uma estória policial para crianças*. Capa e ilustrações de Eurydice. Rio de Janeiro: José Álvaro Editor, 1967).

[325] A história da família, dos bons e dos maus tempos na Ucrânia, escrita graças ao incentivo da Nicole, que fazia perguntas à tia Elisa sobre os ancestrais, foi publicada com inclusão de fotos que figuravam no álbum de família guardado por Elisa Lispector (LISPECTOR, Elisa. *Retratos antigos*. Seleção, introdução e notas de Nádia Battella Gotlib. Belo Horizonte: Editora UFMG, 2012).

Às vezes íamos visitar a tia Clarice. Eu, que já adorava cachorros – hoje tenho 11 –, não podia fazer carinho em Ulisses, porque ele tinha muito ciúme da sua dona e ficava desconfiado quando a gente se aproximava.

Eu tinha uma grande curiosidade sobre tudo que com ela se relacionasse, porque, para mim, ela era uma "bruxa boa". Eu percebia isso e por isso gostava de ir visitá-la. Algumas vezes Clarice ia também a nossa casa.

E assim passei a infância, convivendo com minha avó, Tania, e suas duas irmãs, Elisa e Clarice.

Certo dia, muito quente, meus irmãos viam desenho animado no quarto da minha mãe antes de irem para a escola. Era o único quarto que tinha ar-condicionado, e gostávamos de almoçar vendo TV. Minha mãe então chega da rua esbaforida e encontra sua cama cheia dos filhos. Ela foi tomar um banho e nisso toca a campainha. Eu vou abrir e é tia Clarice.

Ao chegar ao quarto e ver os filhos da sua sobrinha Márcia deitados e a Márcia, minha mãe, em pé, nos deu um carão, e assim saímos do quarto para a mamãe poder deitar em sua cama e descansar. Clarice sabia cuidar das pessoas.

Alguns anos mais tarde, ela estava doente no hospital, eu tinha 11 anos de idade. Não tivemos permissão de ir visitá-la.

E, na véspera do seu aniversário, no dia 9 de dezembro, ela morreu. Fui avisada quando acordei de manhã. Telefonei para a TV Globo e comuniquei a sua morte. Mesmo com 11 anos já tinha entendido a importância de tia Clarice e percebi que, se eu não avisasse a imprensa, ninguém mais da família se lembraria de fazer isso.

O enterro de Clarice foi muito triste, e estávamos lá, chorando. Eu, que amava o cinema e a TV, fiquei observando as tantas equipes de televisão e de cinema que registravam o enterro.

Anos mais tarde, comecei a ler algumas obras da tia Clarice e as de que mais gostei foram *A hora da estrela* e os contos de *Laços de família* e de *A legião estrangeira*.

Ainda quando era criança, lembro-me de um dia chorar muito perto da minha mãe, que, aflita, perguntou o que eu estava sentindo, e eu falei: "Eu quero ser artista".

Diante disso, minha avó Tania me pagou o curso de Teatro do Tablado. Eu era muito tímida e ficava na minha, fazendo poucos amigos. No entanto, ali descobri que eu preferia ficar atrás nos bastidores, seja do teatro, seja, principalmente, do cinema.

Quando li *A pecadora queimada e os anjos harmoniosos*, fiquei bem entusiasmada com esse único texto teatral de Clarice. Nessa época ia muito a Brasília, onde aprendi com os índios ashaninka que era naquela cidade que tudo se resolvia e se concretizava.[326] Nos gabinetes de José Sarney e de Eduardo Suplicy, fiz as articulações necessárias para levantar os recursos para a produção, com 12 atores e direção de José Antônio Garcia. Infelizmente o diretor veio a falecer na última apresentação da peça no Rio de Janeiro. Juliana Carneiro da Cunha assumiu a direção da peça nas apresentações que fizemos no Teatro Sergio Cardoso, em São Paulo.[327]

Eu quase fui à loucura, porque teatro é uma coisa muito difícil de produzir. Envolve muita gente, muitos gastos e muita conversa. Os atores, que tanto se dedicaram aos ensaios, não queriam parar o projeto, então tive que chamar meu amigo Leopardo Kaxinawá, filho do então legendário Siã Huni Kuin, para vir até o nosso hotel em São Paulo, a fim de rezar diante dos atores e minimizar o estresse de todos nós. Após a reza, todos ficaram bem, e eu pude findar as apresentações.

Também fui estudar cinema com o professor Luiz Carlos Lacerda, que implicou comigo nas primeiras aulas, porque eu falava muito e era muito perguntadora.[328] Mas isso logo passou, e ficamos amigos quando ele descobriu que eu era sobrinha-neta de sua amiga Clarice, pois o Luiz Carlos Lacerda, o Bigode, era muito amigo do Lúcio Cardoso e conviveu algum tempo com minha tia.

---

[326] Povo indígena que habita o estado do Acre e regiões da Bolívia e do Peru.

[327] A peça estreou em 10 de dezembro de 2005 (quando Clarice completaria 85 anos) no Espaço Mangabeiras, no Jardim Botânico, no Rio de Janeiro. E, em 2006, em São Paulo. O diretor José Antonio Garcia faleceu em 22 de dezembro de 2005, três dias após completar 50 anos de idade.

[328] Luiz Carlos Lacerda (1945) é cineasta de obra extensa, iniciada com *Mãos vazias*, de 1971, baseada em obra de Lúcio Cardoso. Além de vários longas-metragens, como sobre Leila Diniz, figura-símbolo de emancipação feminina no Brasil, fez muitos documentários acerca de 30 figuras da cultura brasileira.

Quando soube que a RIO Filme havia aberto um edital e comentei com o Bigode que queria desenvolver algum projeto com obra da minha tia, fui presenteada com o roteiro que ele havia escrito com a Clarice a partir do conto "O ovo e a galinha". Ganhamos o edital e com 50 mil reais realizei um filme em 35 mm contando com grandes atrizes e atores como Louise Cardoso, Lucélia Santos, Carla Camurati, Chico Diaz e com narração da Maria Bethânia. Foi um dos filmes mais impactantes e lindos que eu fiz.

Também me apaixonei pelas entrevistas do livro *De corpo inteiro*, que havia lido na infância.[329] Adorava principalmente a parte da entrevista com Tarcísio Meira, ator que atuava em novelas da Globo a que eu costumava assistir. Em 2008, fiz um lindo projeto de filme pela Lei Rouanet chamado *De corpo inteiro: entrevistas*, misto de documentário e ficção.[330]

Mas quem faria a Clarice? Como não acharia ninguém que iria me convencer de ser a minha tia Clarice, resolvi chamar várias atrizes. E hoje me arrependo de não ter colocado nenhuma atriz negra, como a Zezé Motta, causando assim um excesso de branquitude no filme.

Até resolvi chamar um homem para fazer parte do filme, movida talvez pela ligação que a Clarice teve com a *Manchete*, de Adolpho Bloch: convidei o Arnaldo Bloch, que fez no filme as entrevistas com o Ferreira Gullar e o Oscar Niemeyer. Nesse filme atuaram como Clarice as atrizes, entre outras, Rita Elmôr, minha adorada Dora Pellegrino – filha do amigo de Clarice e psicanalista Hélio Pellegrino –, Silvia Buarque, Letícia Spiller, Louise Cardoso – contracenando com Fernando Eiras na belíssima entrevista com o Fernando Sabino –, Beth Goulart, Claudiana Cotrim e a grande Aracy Balabanian.[331]

---

[329] Esse volume reúne entrevistas feitas por Clarice Lispector com personalidades e publicadas anteriormente na revista *Manchete*, na seção "Diálogos possíveis com Clarice Lispector", de 11 de maio de 1968 a 25 de outubro de 1969 (LISPECTOR, Clarice. *De corpo inteiro: entrevistas*. Rio de Janeiro, Artenova, 1975).

[330] LISPECTOR. *De corpo inteiro: entrevistas*.

[331] O filme, lançado em 2010, traz elenco de atrizes atuando como Clarice Lispector e atores atuando como os entrevistados e entrevistada: Beth Goulart/Joffre Rodrigues-Nelson Rodrigues; Louise Cardoso/Fernando Eiras-Fernando Sabino;

A música "Que o Deus venha", do Cazuza [Agenor de Miranda Araújo Neto] e do [Roberto] Frejat,[332] foi selecionada como música-tema do filme. Frejat fez a trilha incidental do filme e emprestou o estúdio para a gravação dessa música, na voz de Adriana Calcanhotto, cantora que conheci no hotel em Salvador quando fui filmar com a Letícia Spiller as entrevistas com Jorge Amado e Carybé.

Adriana juntou um time incrível, com Jards Macalé, Dé Palmeira e o próprio Frejat. Essa música estava totalmente esquecida na voz de Cássia Eller e também havia sido gravada pelo Barão Vermelho num dos antigos discos do grupo. Quem me mostrou essa música pela primeira vez foi minha querida e falecida amiga Silvia Droge, que entendia muito de música.

Uma das entrevistas mais fortes foi feita pela jornalista Tania Bernucci com a Maria Bonomi, comadre de Clarice. Todos nós nos emocionamos muito no estúdio da artista em São Paulo.

Questões espirituais se desenvolveram antes e durante esse filme. Antes de começar a filmar, tive um sonho muito forte com Clarice,

---

Claudiana Cotrim/Franco Almada-Rubem Braga; Letícia Spiller/Paulo Vespúcio-Carybé; Letícia Spiller/Jayme Cunha-Jorge Amado; Letícia Spiller/Lucy Kalil-Zélia Gattai; Dora Pellegrino/Giovanna De Toni-Djanira; Silvia Buarque/Chico Diaz-Hélio Pellegrino; Dora Pellegrino/Paulo Tiefenthaler-Carlinhos de Oliveira; Rita Elmôr/Karan Machado-João Saldanha). Aracy Balabanian, também como Clarice Lispector. O filme incluiu algumas entrevistas sem encenação. Além das mencionadas no texto por Nicole Albranti, são elas: Tônia Carrero e Elke Maravilha entrevistadas por Deolinda Vilhena; Maria Bonomi, por Tania Bernucci; Nélida Piñon, por Nicole Algranti.

[332] "Sou inquieta, ciumenta, áspera, desesperançosa. Embora amor dentro de mim eu tenha. Só que não sei usar amor: às vezes parecem farpas. Se tanto amor dentro de mim recebi e continuo inquieta e infeliz, é porque preciso que Deus venha. Venha antes que seja tarde demais" (LISPECTOR, Clarice. Deus. *Jornal do Brasil*, 10 fev. 1968; LISPECTOR, Clarice. *A descoberta do mundo*, p. 90-91). A letra da música, baseada no trecho acima, ganha alterações. Eis o trecho: "Sou inquieto, áspero e desesperançado/Embora amor dentro de mim eu tenha/Só que eu não sei usar amor/Às vezes arranha feito farpa./Se tanto amor dentro de mim eu tenho/E no entanto eu continuo inquieto/É que eu preciso que o Deus venha/Antes que seja tarde demais" (CAZUZA; FREJAT, Roberto; LISPECTOR, Clarice. Que o Deus venha. *In*: BARÃO VERMELHO. *Declare guerra*. Opus Columbia, 1986; ELLER, Cássia. *Cássia Eller*. PolyGram, Universal Music, 1990).

que me disse: "Eu estou aqui". A voz era dela e foi muito forte esse encontro astral através do sonho.

Também quando fomos filmar no estúdio de Carybé, o espírito dele estava ali e se manifestou com sons, sei lá vindos de onde, sons que toda a equipe ouviu e se arrepiou.

Sempre que vou fazer um trabalho sobre Clarice, eu sinto a presença do santo que a acompanhava – que é o Ogum Beira-Mar. E isso só acontece quando remexo nas coisas dela.

Para os 100 anos de nascimento de Clarice, eu queria fazer um novo filme, elaborei um lindo projeto, convidei várias diretoras mulheres e fiz o roteiro baseado em alguns dos seus principais contos escritos sobre a cidade do Rio de Janeiro. Mas infelizmente os direitos para cinema de toda a obra ficcional de Clarice não pertencem mais aos brasileiros, e fui impedida de executar o projeto, o que me deu muita dor e tristeza. Não me perguntem quem comprou esses direitos, porque eu não sei. Mas desconfio de quem seja.[333] Quem sabe um dia eu realize esse meu sonho.

---

[333] Nicole Algranti tem, prontos, roteiros de adaptação para o cinema dos seguintes contos de Clarice Lispector, que aguardam viabilização de sua execução: "A bela e a fera ou a ferida grande demais", "Feliz aniversário", "Preciosidade", "Mal-estar de um anjo", "Amor".

Olga Borelli[334]

Arnaldo Franco Junior: Em primeiro lugar, gostaria que você falasse sobre si: o que você faz, com o que trabalha, do que gosta…[335]

Olga Borelli: É difícil se classificar. Eu fiz Ciências Sociais. Trabalhei e trabalho ainda com metodologia de cibernética social. Criei essa metodologia, sou coautora. O que mais? Trabalhei como treinadora em cibernética social durante vinte anos, em todo o Brasil, em vários estados do Brasil. O que mais eu vou te dizer de mim?

Fiz produção teatral. Fiz *Geni*, do Chico Buarque.[336] Fiz as montagens de *Escuta, Zé,* de *Picasso e eu* e de *Jogo de cintura* – todas com

---

[334] Entrevista concedida a Arnaldo Franco Junior em encontros realizados nos dias 28, 29 e 30 de janeiro de 1987. As notas de rodapé, a seguir, são de autoria de Arnaldo Franco Junior.

[335] A entrevista foi feita nas dependências da Escola de Arte Dramática (EAD) da Universidade de São Paulo (USP), onde a entrevistada desenvolvia suas atividades profissionais. As perguntas giram em torno de *Água viva*, mas isso não impediu a entrevistada de fazer um panorama da obra de Clarice Lispector, acrescentando, muitas vezes, dados importantes para uma melhor compreensão da escritora e de seus textos. Uma primeira versão desta entrevista saiu em "Lembrando Clarice", uma edição especial do *Suplemento Literário Minas Gerais* (ano XXII, n. 1091, p. 8-9), organizada por Nádia Battella Gotlib e publicada em 19 de dezembro de 1987.

[336] *Geni*: a partir da música de igual título de Chico Buarque de Hollanda, o espetáculo teve interpretação, roteiro musical e adaptação por Marilena Ansaldi, direção e iluminação por José Possi Neto, e foi exibido de 16 de outubro a 28 de dezembro de 1980 no Teatro Franco Zampari, em São Paulo. (Os dados sobre essa peça e as demais mencionadas nas notas seguintes encontram-se em: MATE, Alexandre Luiz. *A produção teatral paulistana dos anos 1980: r(ab)iscando com faca o chão da história: tempo de contar os (pré)juízos em percursos de Andança*. 2008. Tese (Doutorado em História) – Faculdade de Filosofia, Letras e Ciências Humanas, Universidade de São Paulo, São Paulo, 2008).

Marilena Ansaldi.[337] Coisas significativas... Porque no meio disso tudo não dá para fazer estatística de vida. Tenho alguns livros didáticos; estruturei dois livros da Clarice: *A hora da estrela*, *Um sopro de vida*; e de *A bela e a fera* estruturei dois contos: "A bela e a fera ou a ferida grande demais" e "Um dia a menos".[338]

E fiz o livro *Clarice Lispector: esboço para um possível retrato*, utilizando-me também de manuscritos inéditos da Clarice.[339] Atualmente sou diretora de produção do Departamento de Artes Cênicas (CAC) da ECA/EAD. Vou lecionar no Departamento de Artes Cênicas a disciplina "Produção, ética e legislação". Fui produtora também de *Encontro Clara, 100 anos depois*. É sobre Clara Schumann, Robert Schumann e Brahms.[340] Quer dizer que são cinco produções.

AFJ: E como foi o encontro com Clarice, a amizade?

OB: A Clarice está no meu livro. Você pode extrair de lá, que é exatamente aquilo ali. Procure, só para eu não repetir.[341]

---

[337] *Escuta, Zé*: com roteiro e adaptação de texto de Wilhelm Reich por Marilena Ansaldi e direção de Celso Nunes, o espetáculo foi exibido de 7 de janeiro de 1980 a 22 de março de 1981 no Teatro Franco Zampari. *Jogo de cintura*: com texto, direção, cenografia, coreografia, trilha musical, interpretação e produção por Marilena Ansaldi, o espetáculo foi exibido de 24 de setembro a 17 de novembro de 1982 no Teatro Ruth Escobar e no Centro Cultural São Paulo, em São Paulo. *Picasso e eu*: com roteiro, figurino e roteiro musical por Marilena Ansaldi, direção e direção iluminação por José Possi Neto, o espetáculo foi exibido de 13 de maio a 15 de setembro de 1982 no Teatro Anchieta, em São Paulo.

[338] Esses dois contos foram publicados postumamente no volume: LISPECTOR, Clarice. *A bela e a fera*. Rio de Janeiro: Nova Fronteira, 1979.

[339] BORELLI, Olga. *Clarice Lispector: esboço para um possível retrato*. Rio de Janeiro: Nova Fronteira, 1981. Trata-se de um livro escrito a duas vozes (Olga/Clarice), constituindo-se num híbrido de depoimento, biografia e ensaio sobre vida e obra de Lispector decorrente de sete anos de convívio, amizade e trabalho. Esse livro foi traduzido para o francês: BORELLI, Olga. *D'une vie à l'autre*. Traduit par Maryvonne Pettorelli et Véronique Basset. Paris: Éditions Eulina Carvalho, 2003. Infelizmente não foi reeditado no Brasil.

[340] *Encontro Clara, 100 anos depois*: Espetáculo realizado pelo Espaço Dança, com direção de Gilda Murray, exibido em maio de 1987 no Teatro João Caetano e no Teatro Arthur Azevedo (*Folha de S.Paulo*, 6 e 25 maio 1987. Ilustrada).

[341] Em *Clarice Lispector – Esboço para um possível retrato*, Olga Borelli narra que trabalhava como voluntária numa instituição para menores abandonados, e

AFJ: Uma coisa que eu notei no seu livro, assim como nas entrevistas publicadas por ocasião do seu lançamento, foi o cuidado em não aparecer demais. Isso me pareceu deliberado. Por que essa atitude de se preservar?

OB: De preservar? De não me expor, pelo menos. Desde o primeiro momento em que eu me propus a fazer a estruturação dos manuscritos – eram manuscritos – de Clarice, eu tive uma preocupação. A preocupação seria evidenciar o já evidenciado – que é a genialidade da Clarice, a genialidade dela como escritora. E tentar aproximar o leitor da figura humana da Clarice. Por quê? Porque na época em que eu conheci a Clarice, eu percebi a grande solidão em que ela vivia como pessoa e também como escritora na literatura brasileira. Havia a margem, não é? Então foi como se eu dissesse para o mundo: "Olhem a pessoa maravilhosa que vocês não conheceram", como se evidenciasse isso. Porque nessa época ela vivia numa disfunção social

---

agendou um encontro com a escritora para pedir-lhe que autografasse seus livros infantis para as crianças da instituição. No dia combinado, foi ao apartamento de Lispector e, num primeiro momento, entreviu apenas o recorte de seu vulto porque ficou "ofuscada pela luz que vinha do terraço" (BORELLI, 1981, p. 92). Seguiu-se um cumprimento formal, uma longa conversa na qual Clarice nada falou sobre o seu trabalho, e depois de dois dias, um novo encontro, marcado por uma recepção calorosa e um pedido de amizade por escrito: "Aproximamo-nos ao mesmo tempo e trocamos um aperto de mão. Ela sorriu, talvez com ar levemente cansado, talvez um pouco triste. [...] A conversa foi longa, interrompida por silêncios em que ela se mantinha quase imóvel, [...] os olhos verdes voltados para o céu luminoso que invadia a sala pelo janelão aberto. // Em dado momento, atrevi-me a perguntar sobre seus livros e seus personagens; ela inquietou-se e [...] perguntou se eu queria tomar um café. Passou a falar de sua vida, seus filhos, seu passado. Fez-me, é claro, contar um pouco de mim. [...] não consegui arrancar-lhe a menor palavra sobre seu trabalho. // Ela veio à fundação, autografou os livros, mostrou-se incansável. Ao sair, pediu-me que a acompanhasse de volta para casa. Conversamos mais um pouco e nos despedimos. Dois dias depois, recebo um telefonema seu: pedia-me que fosse vê-la após o meu expediente. // Recebeu-me de forma calorosa. Fez-me sentar e entregou-me uma folha de papel datilografada. // Vi e fiquei atônita. Levantei os olhos e ela sorriu. Pedia-me, *por escrito*, para ser sua amiga. [...] A partir desse dia nos tornamos inseparáveis (BORELLI, Olga, *Clarice Lispector – Esboço para um possível retrato*. Rio de Janeiro: Nova Fronteira, 1981, p. 92-93).

absoluta, absoluta. Ninguém procurava a Clarice, falava-se pouco da sua obra. Apesar de ela ser traduzida em quase todos os idiomas. Acho que é isso, não sei se eu estou respondendo, porque a minha intenção era essa, evidenciar esse lado humano da Clarice, que poucas pessoas conheciam ou a que poucas tinham acesso. Não sei se você conhece a dor, a grande dor. Porque existem a grande dor e a grande alegria, mas são raros esses momentos. Não sei se você conhece a grande dor de perder uma grande amiga. É difícil colocar isso. Então era uma loucura. Eu levei seis meses para estruturar *Um sopro de vida*. Quando eu terminei esse livro, fiquei num vazio muito grande.

AFJ: No nosso primeiro encontro, em dezembro de 1986, numa conversa rápida, você falou que a estruturação final de *Água viva* foi sua, e que coube a você a organização do livro. Eu gostaria que você falasse um pouco mais sobre isso.

OB: De como foi feito?

AFJ: É. Primeiro porque o fato de ele ter sido estruturado por você é uma coisa inédita.

OB: Certo. Acontece o seguinte: Clarice, algum tempo após eu conhecê-la,[342] ela começou a se queixar de uma "preguiça" que ela sentia nesse trabalho que era o mais penoso da escrita dela, que seria o da estruturação. A Clarice, ela escrevia por fragmentos. Então, só depois de muito tempo, quer dizer, de meses ou anos até, é que ela se dispunha a estruturar seus livros. Ela não era uma mulher que se sentava e se dispunha a escrever. Ela até dizia que há dois tipos de escritores, uns que escrevem por inspiração e uns por transpiração. E ela era das que escrevia por inspiração, e inspiração nem sempre vinha. Então ela tinha dificuldade em se dispor a escrever o texto, e depois [a inspiração] descia a qualquer momento. Então depois de algum tempo é que ela reunia esses fragmentos todos, e aí é que ela escrevia um livro.

Na época que eu conheci Clarice, ela já estava nesse trabalho de inspiração, fazendo *Água viva*. Só que ela não tinha coragem de

---

[342] Segundo Olga Borelli (1981), ela e Clarice Lispector se conheceram no final do ano de 1970. (Ver, neste livro, a parte "Gilda Murray", p. 174.)

estruturar esses manuscritos, esses fragmentos todos. E daí, um dia, vendo todo aquele material, eu disse: "Clarice, por que você não escreve? O livro está pronto!". Ela disse: "Não, eu tenho muita preguiça, deixa pra lá". Eu disse: "Não, eu te ajudo". E aí comecei a estruturar. Foi aí que eu peguei o pique de estruturação, e que eu tive a coragem de, depois, me atrever a fazer os outros. Quer dizer, começou com *Água viva*.

AFJ: Você fez a estruturação de *Água viva* no início dos anos 1970, antes de *A hora da estrela* e de *Um sopro de vida*.

OB: Sim, antes de *Um sopro de vida*, que saiu depois de *A hora da estrela*.[343] *A hora da estrela* eu também estruturei e foi editado quando a Clarice já estava no hospital.

AFJ: Você disse que *Água viva* foi estruturado por você, mas revisado pela Clarice.

OB: Exato. E *A hora da estrela* também. *A hora da estrela*, [quando] Clarice já não escrevia à máquina. Uma coisa de doido, os textos eram todos *manuscritos*, e ela conseguiu fazer algumas páginas com sequência, porque é um livro de fatos. Ela mesma dizia [que,] dentro da obra dela, *Onde estivestes de noite*, *A via crucis do corpo* e *A hora da estrela* eram livros menores, mais fáceis. Então, *A hora da estrela* tinha começo, meio e fim, os manuscritos estavam todos dispersos, mas tinha a coerência de uma linha. Ele já preexistia, estruturado, foi fácil.

AFJ: Eu queria que você me contasse qual a origem de *Água viva*.

OB: *Água viva* foi, vamos dizer, *urgida* – para não dizer pressionada – pelo editor. Eu não me lembro bem se pela Artenova é que foi editado. Acho que é [Álvaro] Pacheco, é este o nome dele? Eu não me lembro agora do nome dele. Ele pedia para Clarice livros, porque ele queria editar quase toda a obra da Clarice. Só que não conseguiu. Felizmente, porque ele pagava muito mal a Clarice. Então ele pressionou a Clarice:

---

[343] Quando o livro *Água viva* foi publicado, em 1973, Clarice já conhecia Olga Borelli havia cerca de três anos. O romance *Um sopro de vida* foi publicado postumamente, pela editora Nova Fronteira, em 1978.

"Clarice, escreva um livro aí". Então, logo depois de *Água viva*, ela fez *A via crucis do corpo* e *Onde estivestes de noite*. Porque a Clarice tinha horror de ser cobrada, pressionada para escrever. Para ela, o ato de escrever era o ato de viver. Então, uma pessoa que se sinta pressionada a viver é terrível. Para ela era terrível escrever sob encomenda. *Água viva* foi encomendado.[344]

AFJ: Em *Água viva* é bem evidente essa fusão entre escrever e viver, quer dizer, é quase como se a escritura procurasse *ser*, ou seja, como se...

OB: Não fluísse naturalmente. Agora você disse "procurasse". Uma coisa é procurar viver, a outra é viver. Então *Água viva* seria procurar fazer, procurar criar, sem diminuir a qualidade.

AFJ: É, mas, ao mesmo tempo, o projeto parece ser o de uma escritura que não seja estranha àquela que escreve, isto é, não seja uma coisa daquele que escreve, uma coisa como um conto, um romance. É uma escritura que *quer ser* aquele que escreve, eu não sei se é um projeto ambicioso, porque, paradoxalmente...

OB: É, você aí disse, ele *quer* – olhe bem a tua expressão, que já define a linha da *Água viva* –, ele *quer*, ele *não é*. Ele *quer ser*... Para Clarice, não existe o querer ser, ela É! Ela mesma diz, não sei em que conto, que existe diferença entre o ser e o querer ser. Por exemplo, ela diz: "A Coca-Cola é, a Pepsi quer ser... mas não será. Nunca!". Percebe? Então, essa originalidade de ser acontece uma vez, agora, o querer ser já é uma pretensão, não é? Eu também estou divagando sobre *Água viva*. Eu tenho a impressão de que *Água viva* foi fruto de uma necessidade imposta exteriormente. Ela sentiu uma necessidade de fazer [o livro] a partir de uma proposta, de uma solicitação, que é diferente de outras obras da Clarice em que o texto acontece espontaneamente, sabe? Não sei se eu estou respondendo. Acho que você mesmo consegue definir *Água viva*.

---

[344] Segundo Olga Borelli, Clarice foi pressionada por Álvaro Pacheco, dono da editora Artenova, para produzir livros. Fez *Água viva*, publicado em 1973. Depois, foi novamente pressionada para escrever um livro de contos eróticos, daí fez *A via crucis do corpo*, e também escreveu os contos de *Onde estivestes de noite*, esses dois publicados em 1974.

AFJ: Quando eu mencionei o *querer ser*, acho que na minha fala já se marca uma dificuldade que a gente tem ao lidar com esse livro, porque ao mesmo tempo ele revela que o que está na gênese desse projeto é algo paradoxal, contraditório. Quer dizer, é um querer ser *através* da escrita, ou *via* escrita ou *na* escrita, escrita que, no entanto, não é simultânea, é linear e exige uma sequência cronológica muito rígida tanto de feitura como de leitura. Entretanto, no livro, a Clarice se aproxima demais dessa estrutura simultânea, multifacetada...

OB: É, eu acho que é isso o que você sentiu... porque a Clarice sempre dizia que ela exigia do leitor uma empatia muito grande, muito forte, para ser entendida. Não é raciocínio lógico, mas é um mergulho empático na obra. Eu acho que você entrou em sintonia com ela quando você conseguiu não só descrever o que você sentiu, mas também pressentir o que ela sentiu ou como ela se dispôs a fazer o livro.

AFJ: Hélène Cixous, uma crítica francesa que é apaixonada pela Clarice, disse o seguinte: "*Água viva* pede uma leitura inteiramente outra, que é preciso inventar. Uma leitura que seja uma aventura, como o próprio texto, em que é preciso mergulhar".[345] Como você vê essa exigência de uma nova leitura?

OB: Eu não sei se eu vou responder por aí, mas o [Hélio] Pellegrino certa vez entrevistou a Clarice.[346] Ele disse que a Clarice era o verso e o anverso, noite e dia, o certo e o errado. Então, havia a contradição na personalidade da Clarice, que se reflete também na obra, em como ela escreve. Então, há momentos em que se evidenciam esses contrários, esses opostos ou essa divergência. E ela se permitia ser diferente, não só como personalidade, mas também na escrita. Ela queria sempre inovar, sempre inventar.

---

[345] Hélène Cixous fez essa declaração por ocasião de uma entrevista dada à escritora e psicanalista Betty Milan, e publicada no jornal *Folha de S.Paulo*, com o título de "Presença de Clarice Lispector", em 28 de novembro de 1982.

[346] Na realidade, a escritora é que entrevistou o psicanalista Hélio Pellegrino, mas, como costumava acontecer nas entrevistas feitas por Clarice, em certo momento o assunto se volta para a própria entrevistadora: de entrevistadora passa a ser entrevistada. (Ver, neste livro, a parte "Hélio Pellegrino", p. 192.)

Acho que ela se utilizou muito em *Água viva* de fragmentos que havia escrito sem saber para quê. Ela não tinha uma ideia de livro, de feitura de livro. E, de repente, *Água viva* foi essa fragmentação do pensamento dela, que se concretizou num livro. Há momentos em que você escreve dependendo do seu estado interior. Se é um dia chuvoso como agora, então você tem toda uma interioridade talvez introvertida. Mais introspectiva, mais meditativa. Então você coloca uma música também de acordo com o dia. Você cria todo um clima interior a partir do exterior. Há vários momentos em *Água viva* em que eu sinto isso: dias de luz, dias sombrios, dias de descobertas, dias de grande felicidade, de clímax... Ela adorava viver em clímax, no clímax das coisas.

Como ela escrevia de maneira fragmentada, ao unir [os fragmentos de *Água viva*], *Água viva* já era uma obra. E era a partir do momento em que ela começou a escrever dessa forma, que difere das suas outras obras. *A paixão segundo G.H.* tem uma espinha dorsal. É uma música de Bach. Bachiana. De Bach! Não bachiana de Villa Lobos. *A hora da estrela* também tem começo, meio e fim. Eu acho que a Clarice, antes de se dispor, ou no momento em que ela se dispunha a começar a anotar pensamentos, sensações, emoções, o livro já estava feito dentro dela. E *Água viva*, eu acho que foi [criado] num momento crítico da vida da Clarice, que eu acompanhei de perto. Foi o prenúncio, o prenúncio do fim. E que se concretiza quase que em *A hora da estrela*, em que ela, "moribunda já", em vida, ela, próxima do fim, ela reevoca toda a herança, o passado dela, nordestino. Ela se coloca na figura da Macabéa, que morre. Esse livro, *A hora da estrela*, saiu ou foi editado acho que na véspera da morte da Clarice. Então, a Clarice era uma grande profeta de si mesma. Ela dizia que o futuro é um passado que ainda não aconteceu no tempo. *Água viva* já prenuncia esse desenlace.

AFJ: Por isso que no livro há um tempo que não é o tempo linear, que é o tempo do eterno retorno.

OB: Exatamente.

AFJ: Como na música de Bach, esse movimento de estar indo, estar voltando...

OB: Se preparando para o salto.

AFJ: Que é sentido com uma felicidade imensa, mas também com um terror imenso. É absolutamente fascinante como vida e morte estão ali dentro do livro, mescladas o tempo todo, a ponto de você não poder distinguir a que está se referindo, se a uma ou a outra.

OB: Eu fico te devendo mais de *Água viva* porque eu preciso pegar o pulso do livro. Eu estou meio distante dele, estou tentando me lembrar de *Água viva*. *Água viva* tem uma relação com a vida orgânica. Marinha...

AFJ: É. *Água viva* é o que queima. É vida primária também. É curioso que esse texto...

OB: É retorno ao seio materno, não é? Da vida, da terra, da mãe. Tem todo um simbolismo dela, ao reevocar a figura da *Água viva*.

AFJ: É. Eu acho curioso que o texto não tem ordem de leitura. O professor José Miguel Wisnik, certa vez, afirmou numa aula que o texto da Clarice parecia um *I Ching*. Você abria e, de repente, aquilo que estava escrito lá tinha algum sentido profundo.

OB: Dava respostas, não te deixava também sem respostas...

AFJ: Ou te inquietava...

OB: Inquietava, dava uma grande ansiedade...

AFJ: Existe, nesse tipo de concepção, quase que uma proposta de leitura. Como você vê isso? Essa proposta de não linearidade de leitura, quer dizer, de não começar com a primeira página, que é a página nove e terminar na página 97?

OB: Como é que começa *Água viva* mesmo?

AFJ: "É com uma alegria tão profunda. É uma tal aleluia." Eu tenho aqui o livro.

OB: Nós estávamos comentando que ela queria descobrir uma nova maneira de escrever. Quando ela estava trabalhando em *Água viva*, nós falamos na tridimensionalidade. Ela queria captar a quarta dimensão. Nós falamos da terceira e ela já foi para a quarta. Então foi... por aqui.

[*Olga lê, sussurradamente, algumas linhas do livro.*] Ela escreve numa linguagem toda fragmentada.

Está aqui! Foi dificílimo estruturar esse livro, porque ela – você percebeu, não é? –, aqui ela termina com "aleluia". Quando eu comecei a fazer a estruturação… [*Olga lê sussurrando*] "É uma tal aleluia." Ela termina com "aleluia". Então eu achei que aqui terminava o fragmento. Isso aqui, esse texto todo, ele não estava assim, não. É todo fragmentado. Ela escrevia: "É com uma profunda alegria, tão profunda, é uma tal alegria". [*Continua a ler sussurrando e rápido.*] Isso aí terminava, ponto. Depois vinha: "Tenho um pouco de medo, o medo ainda de me entregar, pois o próximo instante é o desconhecido. O próximo instante é feito por mim?". Quer dizer: cada tempo disso aqui estava fragmentado.

AFJ: Fale um pouco sobre a estruturação. Como foi estruturar *Água viva*?

OB: Ah, para descobrir… É respirar junto, é respirar junto. Aqui ela diz também, quando ela fala… [*Olga procura o fragmento.*] Bom, é difícil eu te dizer como, mas é uma questão também de… Não é bem de lógica, mas é uma lógica sensível, não é uma lógica operacional. Porque existe uma lógica na vida, nos acontecimentos, como existe num livro. Eles se sucedem. É tão fatal que seja assim! Porque, se eu pegasse esse fragmento e quisesse colocar mais adiante, eu não encontraria onde colocar. É como um quebra-cabeça. Ele já foi feito para ser inserido aqui. Então, quando ela termina isso: "continuo com capacidade de raciocínio, já estudei matemática que é a loucura do raciocínio. Agora quero o plasma, quero me alimentar diretamente da placenta" – esse "Tenho um pouco de medo…" tinha que entrar aqui, infalivelmente. [*Olga ri.*] Percebe? Porque eu pegava os fragmentos todos e ia juntando, guardava tudo num envelope. Era um pedaço de cheque, era um papel, um guardanapo… Eu ainda tenho algumas coisas dela em casa e até o cheiro do batom dela. Ela limpava o lábio e depois punha na bolsa… De repente, ela escrevia uma anotação.

Então, depois de coletar todos esses fragmentos, eu comecei a perceber, comecei a numerar. Pus 1: começo. Isso aqui só pode ser no começo. Isso aqui também só pode ser no começo: "quero me apossar do *é* da coisa". Só pode ser no começo, porque tem toda uma respiração, é uma procura. "Ninguém me prende mais. Cada coisa tem um instante em que ela é." Você percebe a urgência do texto? Então, não é difícil você estruturar Clarice, ou é infinitamente difícil, a não ser que você comungue com ela e já tenha o hábito da leitura, que te possibilite adivinhar. [*Pausa.*] "Quero cantar o meu é"... Você volta aqui, e ela está falando no "é". Então é infalível, é fatal que tinha que ser inserido lá. Essa urgência... Aqui! Isto aqui é um fragmento: "tanto quanto possa ser implícita a palavra muda no som musical". Esse texto aqui, separado, se você encontrar esse texto, ela está falando de música, ele tinha que vir aqui. É fatal inserir esse texto aqui: "Vejo que nunca te disse como escuto música"...

AFJ: Parece que, então, o que te possibilitou estruturar foi uma certa...

OB: Lógica sensível.

AFJ: Lógica sensível. Quer dizer, não é uma lógica finalista?

OB: Não.

AFJ: Em termos de marcar um começo, um meio e um fim...

OB: Não, não.

AFJ: Mas é uma lógica que acaba percebendo traços ou de assunto, ou de forma...

OB: Ou de sensação...

AFJ: De um fragmento. E acaba interligando um no outro...

OB: Depois esse aqui: "Eis que percebo que quero para mim o substrato vibrante da palavra repetida em canto gregoriano". Isso aqui está noutro fragmento, não tinha nada com o texto. Isso é o que se chama estruturar. De repente, está falando de música, ela se volta para você: "Vejo que nunca te disse como escuto música" – ela dialoga com o leitor.

AFJ: Curioso que esse outro...

414

OB: E ela volta para ela mesma: "Eis que percebo...". Mas isso aqui foi feito dois ou três meses depois, não tem nada a ver, não há uma sequência lógica na escritura dela.

AFJ: Quando você fala que ela se volta para o leitor, é curioso, porque esse leitor, ao mesmo tempo, é íntimo e distante, quer dizer, esse outro a quem ela se dirige o tempo todo no texto acaba configurando o texto, talvez, como uma carta também. Eu li certa vez como se fosse uma carta.

OB: Exatamente. Parece.

AFJ: Parece uma carta.

OB: Parece, parece. Então, que mais que eu posso te dizer? [*Olga folheia o livro, lê algumas páginas.*] Aqui, não tem sequência lógica: "e se muitas vezes pinto grutas"... Não tem nada a ver com isso aqui, mas tem... tem muito a ver, muito.

AFJ: O fio condutor da narrativa parece ser o contar-se, não é? O escrever-se.

OB: Uma urgência – uma urgência nesse contar-se. Urgência de precisar ser rápido, porque ela está na iminência de. Você pressente desde o começo. Existe uma urgência de dizer logo o que deve ser dito, porque o grande, o grande silêncio me espera... "O que te escrevo continua, e estou enfeitiçada." "Não vai parar: continua." Isso aqui é lindo, não é? "Olha para mim e me ama. Não: tu olhas para ti e te amas, é o que está certo." O Fauzi [Arap][347] selecionou para pôr no show da Maria

---

[347] O diretor de teatro Fauzi Arap incluiu um fragmento do datiloscrito original de *Água viva* no espetáculo de Maria Bethânia intitulado *Rosa dos ventos: show encantado,* em 1971. O trecho do livro (que ele inseriu no espetáculo com algumas alterações) é o seguinte: "E eis que depois de uma tarde de 'quem sou eu' e de acordar à uma hora da madrugada ainda em desespero – eis que às três horas da madrugada acordei e me encontrei. Fui ao encontro de mim. Calma, alegre, plenitude sem fulminação. Simplesmente eu sou eu. E você é você. É vasto, vai durar. [...] Olha para mim e me ama. Não: tu olhas para ti e te amas. É o que está certo" (LISPECTOR, Clarice. *Água viva*. Rio de Janeiro: Artenova, 1973. p. 115).

Bethânia. E a Bethânia, quando via a Clarice, ela se ajoelhava e dizia: "Minha Deusa!". Ficava louca…[348]

AFJ: Me parece também que *Água viva* expressa um momento de radicalização de uma posição da Clarice como escritora. Isto é: uma posição de radicalização no sentido de se recusar a profanar a palavra, de fazer dela um uso vicioso, um uso que afinal acabasse cabendo muito bem na estrutura cultural, que, na verdade, neutraliza a potência da palavra, do texto. Clarice se recusa a fazer isso. Não lhe parece?

OB: Troca em miúdos.

AFJ: Ela se recusa a vender a palavra, ou seja, a "prostituir" a palavra. Ela diz isso num trecho de *Água viva*, mas parece que esse texto, como um todo, assim como *A paixão segundo G.H.*, é quase um momento de tomada de posição.

OB: Como eu te disse, este livro aqui [*Água viva*] foi encomendado praticamente a Clarice. Não como se encomenda hoje, que seria muito bom para ela se acontecesse isso, ou seja: "Eu vou te pagar tanto, então você faça um livro prá mim". Não! Foi: "Clarice, você precisa escrever, eu preciso editar um livro seu". "Não, mas eu quero um agora! Faça um agora." Essa rebeldia que você pressente é fruto de uma pressão do editor para que ela fizesse um livro.

---

[348] Esta cena que relata o fato de Maria Bethânia ajoelhar-se diante de Clarice Lispector é mais um mito que se criou em torno dessas duas mulheres. Antes de gravação do programa de TV *Poesia e Prosa* com Maria Bethânia. Em conversa que tive (eu, a organizadora deste livro) com Maria Bethânia e Caetano Veloso, a cantora relatou o que lhe aconteceu logo após terminar o seu show intitulado *Rosa dos ventos: show encantado*, dirigido por Fauzi Arap, que incluía um trecho do livro *Água viva*, de Clarice Lispector, obra então inédita em livro. Clarice assistiu ao espetáculo e surpreendeu a cantora, dirigindo-lhe palavras ao mesmo tempo estranhas, originais, encantadoras e memoráveis. A cantora relatou também como, tempos depois, ao visitar a Menininha do Gantois, em Salvador, foi de novo surpreendida pelo que lhe disse a mãe Menininha. Os dois acontecimentos mostram entre si uma mágica conexão que ficou marcada na lembrança de Maria Bethânia. (Depoimento de Maria Bethânia concedido a Nádia Battella Gotlib. Rio de Janeiro, 9 de maio de 2016) Poesia e Prosa com Maria Bethânia. Clarice Lispector. Canal Arte 1. Disponível em: https://www.youtube.com/watch?v=BBoYEJ-o8Wc. Detalhes dessas duas cenas são descritas por Maria Bethânia aqui neste livro, em entrevista feita por Júlio Diniz. (Ver, neste livro, a parte "Maria Bethânia", p. 318.)

AFJ: O curioso é que ela acaba escrevendo um livro que nem é livro, ou seja, é o livro mais antilivro que ela já escreveu.

OB: Antilivro, exatamente, é exatamente isso. Mas porque ele foi exigido. Eu precisava ler um pouco mais. [*Olga lê trechos.*] Você vê que não tem nada a ver...

AFJ: Mas tem uma coerência.

OB: Tem horas que... tem, tem uma coerência.

AFJ: É isso que eu ia perguntar. Você, quando estava estruturando, ou vocês, você e a Clarice, tinham consciência de estar empregando um recurso comum aos textos religiosos, ou seja, o recurso de utilizar um tempo que não é o tempo cronológico, e que é o tempo do eterno retorno, com esse constante ir e vir de frases, de palavras que vão e voltam, e são retomadas e são disseminadas e são recolhidas? Isso foi consciente? Isso fazia parte...

OB: Não. A Clarice, ela não escrevia com "consciência", com a consciência de estar fazendo ou de estar escrevendo. Tanto que, quando ela lia posteriormente o que ela havia escrito, era sempre com surpresa. Ela ainda perguntava: "Fui eu que escrevi isso?". Não é que ela escrevesse em transe. Muita gente dizia isso, que ela escrevia em transe, ou então com LSD – umas asneiras assim. Não é bem assim. É que, como era tudo inspiração, não chegava ao nível do consciente a ponto de ela ter a percepção exata do que ela estava escrevendo. Como você, de repente, fala uma palavra. Você faz um discurso, e você até se surpreende com o que você está dizendo. Você diz: "De onde vem essa sabedoria?" [*risos*]. De você mesmo. Eu não sei se é a habilidade que te torna assim, a constância do ato de escrever que te torna tão habilidoso como escrever à máquina, em que os dedos escrevem o que o teu pensamento dita, mas se você for pensar com os dedos – não escreve nada. Precisa haver uma inconsciência dessa parte motora do teu corpo em relação ao raciocínio para a coisa se automatizar, talvez seja por aí. O raciocínio era tão instantâneo, tão rápido, tão lógico, que supunha uma... automação? Automação do inconsciente, que se tornava não consciente, mas texto. Sem que ela tomasse consciência.

AFJ: É quase como permitir um fluxo…

OB: Exato.

AFJ: Destravar um pouco a consciência para deixar que fluísse…

OB: Deixar acontecer, deixar ser. Clarice muitas vezes dizia: "Eu escrevo como quem sonha". No sonho não há censura e nem a participação efetiva, real, sua. Ele acontece. É uma energia do inconsciente que aflora.

AFJ: Mas você não percebeu essa estruturação circular quando estava montando o texto?

OB: Ah, sim.

AFJ: A minha pergunta caminha exatamente nesse sentido. Quando você respondeu sobre o processo de criação de Clarice, respondeu uma parte da pergunta. Eu queria saber se havia consciência sua, ao estruturar o livro, de que havia aquela circularidade, um texto que acaba indo e voltando, quase como uma mandala.

OB: É a cobra mordendo o próprio rabo.

AFJ: É. Ou a figura do Uroboro, que está presente. Digamos que é o grande símbolo do livro. Isso era um recurso consciente de estruturação do texto?

OB: Não. Inconsciente também. Da minha parte?

AFJ: É.

OB: Inconsciente. Eu nunca fiz conscientemente o texto, por isso que eu estou te dizendo: existe uma fatalidade que não te permite essa consciência. "Não, isso tem que ser aqui, porque logicamente seria aqui." Aparentemente, sim, mas vinha tão naturalmente que eu não tive uma participação consciente. Eu pegava os fragmentos. "Ela está falando de música, só pode ser aqui", sabe? Nem precisava ler o resto, eu só lia a palavra "música" e sabia que tinha uma… uma conotação com o texto ali. Por essa vivência que eu tive de Clarice. Ela era coerente, de uma incoerência incrível. Dá para entender?

AFJ: Dá, dá para entender.

OB: Não é no nível do consciente.

AFJ: Como se você estivesse mergulhada dentro desse universo.

OB: É por isso que eu digo. É uma lógica sensível, porque não é matemática.

AFJ: Não, nem racional.

OB: Nem racional. Então, depois, quando estrutura, você percebe que existe uma lógica.

AFJ: Ou seja: não é questão de que não haja uma lógica, de que não seja racional, é que há outra racionalidade, talvez.

OB: Exato. É difícil definir isso.

AFJ: Esse recurso à circularidade que confere ao discurso de *Água viva* certa religiosidade, assim como a música de Bach, marca, ao mesmo tempo, um discurso que é inacabado e um discurso que é também angustiado. Como é que você vê isso no livro?

OB: Inacabado... Mas ele é inacabado?

AFJ: Eu penso que é a captura de um fluxo. Não inacabado no sentido de malfeito ou no sentido de...

OB: De faltarem coisas, é isso?

AFJ: Não, não. No sentido de um discurso que se recusa a ser uma coisa com começo, meio e fim.

OB: Ah, sim.

AFJ: Um discurso que continua.

OB: Mas ela é assim, ela só fez um livro que tem começo, meio e fim, que é *A hora da estrela*. Nenhum texto dela tem começo, meio e fim.[349]

---

[349] Vários romances de Clarice Lispector têm sequência temporal quebrada, por vezes, com trechos em *flashbacks*. É o caso dos romances dos anos 1940, como o primeiro deles, *Perto do coração selvagem*, de 1943, que narra a história de Joana desde a infância até a maturidade.

AFJ: Então esse recurso à circularidade, acho, acentua esse caráter de coisa que se recusa a acabar. Que se recusa a apresentar, digamos assim...

OB: Um trabalho feito, não é?

AFJ: Uma conclusão.

OB: Ou ele foi exaurido, foi esgotado. Eu acho que na obra da Clarice você pressente o inesgotável. Ela, quando criança, começou a escrever um livro que não acabava nunca mais, ela contava uma história que não acabava mais. Ela não conseguia acabar! E rasgou. Era uma história e não tinha fim. Ela ficou tão angustiada! Eu acho que o inacabado é uma característica da Clarice. Você não acha?

AFJ: É, mas no sentido de que, no caso de *Água viva*, há uma escritura que não quer ser acabada, de maneira alguma.

OB: Você veja o caso de *Uma aprendizagem ou O livro dos prazeres*, ela começa com uma vírgula e acaba com dois pontos.

AFJ: Ou mesmo o começo d'*A paixão segundo G.H.*

OB: Ela sempre sugere o infinito, não é? O religioso, o místico, a crença numa continuidade.

AFJ: Você vê, então, essa característica [de pontuação] como tendo a função de sugerir o inacabado, o infinito, o contínuo?

OB: Não é só na escritura, na vida também. Ela sempre dizia: "E agora?". "Agora." Você imagine ser amiga de uma pessoa que a todo instante, depois de você terminar de realizar [algo] com ela, ou seja, ir a um cinema, na volta, ela: "E agora?". "Agora... lanchar, tomar um chá num tal restaurante." Nós íamos muito ao [hotel] Méridien. Terminava de tomar o chá, pagava. "E agora?". "E agora nós vamos pra casa ver televisão." "E agora?" "Agora, eu vou dormir." E ela: "E agora? E agora? E depois, e depois?". Depois do depois vem o depois.

AFJ: Minha última leitura de *Água viva* me deu a sensação de uma grande felicidade. Acho que devido a uma atitude frente ao mundo que eu percebo ali no livro. Essa atitude é de aceitação, eu acho. Eu queria que você falasse dessa aceitação presente no livro.

OB: Você está querendo me colocar como uma pessoa entendida em literatura, eu não sou. Eu vou te falar da Clarice e por aí você que descubra. Eu não sou crítica, não sou escritora, eu não me classifico. Então, é difícil te falar da escritura. Eu posso te citar coisas; por exemplo, retoma a frase que disse, que ela...

AFJ: Eu falei que parece existir uma atitude de aceitação no livro.

OB: Clarice sempre me dizia: "É porque é! Não tem explicação". Então a gente aceita tudo, porque um dia já beijou a parede [*risos*]. É porque... aí entra um pouco aquele raciocínio, o que o pessoal aqui da escola também está perseguindo – encontrar o filão do existencialismo sartriano...[350] O absurdo das coisas, o absurdo da vida, o absurdo de tudo. Isso existia na Clarice – eu acho que isso vem das raízes dela, raízes de judia. Implicitamente ela carregava com ela toda uma carga de religiosidade judaica, de aceitação de tudo. Russa, ela nasceu na Ucrânia. Então ela tem toda uma carga de superstições, de crenças também, o lado místico-religioso-russo, e, eu acho, por vivência mesmo, por vivência dos fatos da vida. Então existe... não é fatalismo, mas uma certa resignação. E que se manifesta na obra.

AFJ: Queria que você falasse um pouco da questão do erotismo, que também está presente nesse livro de uma maneira assim...

OB: Implícita.

AFJ: Implícita e impossível de localizar. Onde é que está? E, também, onde é que não está? [*Risos.*]

OB: Eu vou sempre pelo lado humano da Clarice. É uma pessoa extremamente feminina, de uma feminilidade e de uma sensualidade... Não chega a ser erótico, não chega a ser erotismo, é sensualismo. Quando eu falo dela, eu falo da obra, porque ela é a obra dela. Então Clarice tinha uma sensualidade de vida no comer, no vestir. Ela mesma se considerava uma "tímida ousada". Existe um pudor nessa manifestação de erotismo.

---

[350] Um grupo de alunos da Escola de Arte Dramática pretendia, à época, montar um texto de Clarice Lispector.

É como a poesia no texto da Clarice, ela é implícita. Se você pega *Uma aprendizagem*... "Faz de conta...". Você lembra? "Faz de conta que hoje...". É poesia pura! Se você conseguir extrair do texto a poesia, vira poesia. Ele é poesia, e assim como é sensualidade. Tem palavras no texto da Clarice que são sensuais. Ela mesma, algumas vezes, me dizia: "Eu gostaria de usar adjetivos suculentos, palavras redondas, cheias de vida, de erotismo".

Então eu acho que a Clarice se deu, principalmente em *Água viva*, uma liberdade maior de colocar no texto toda essa sensualidade que era imanente na personalidade dela. Não sei, eu acho que o livro havia sido encomendado, e o [editor Álvaro] Pacheco depois pediu o *De corpo inteiro* e *Onde estivestes de noite*. Em *Onde estivestes de noite* ela aborda o tema erótico, não sei se você leu. É de uma ingenuidade tão infantil a maneira de ela abordar, quando ela aborda diretamente, como em *Onde estivestes de noite*. Em *Água viva* tem uma sutileza, uma delicadeza...

AFJ: Não é apenas em *Onde estivestes de noite*, é sobretudo em *A via crucis do corpo*.

OB: É, em *A via crucis do corpo*. Ele pediu para ela escrever um livro erótico, estava na moda na época [*risos*]: "Clarice, escreve alguma coisa erótica, um livro erótico". Tinham sido publicadas umas gravuras do Picasso – *As gravuras eróticas de Picasso* –, tanto que ela ganhou um álbum, e eu, outro. Aí foi que ele encomendou: "Clarice, faça um livro erótico". Então, eu sei lá, eu acho que... já não me lembro mais do que eu estava falando, perdi.

AFJ: É sobre *A via crucis do corpo*.

OB: *A via crucis*..., pois é. Então, escrever sobre erotismo... A Clarice não era uma escritora dessas, era de entrelinhas. Então o erotismo, a sensualidade, tudo isso está implícito no texto, sutilmente, ele está na entrelinha, que era a maneira de ela colocar a sensualidade e o erotismo. Não sei se eu respondi.

AFJ: Como você vê a representação da feminilidade, da condição e do universo erótico feminino... em *Água viva*.

OB: Eu estou meio distante do *Água viva*.

AFJ: Então você pode falar dela...

OB: Clarice não se considerava uma feminista, apesar de alguns escritores e alguns críticos quererem considerar Clarice como feminista. Ela tinha horror a tudo o que era "-ista": comunista, feminista, integralista... Então, tudo o que era "-ista" ela detestava. Eu acho que ninguém como Clarice escreveu sobre a condição [feminina], porque é uma voz feminina o tempo todo. A feminilidade da Clarice está em toda a obra, apesar de ela falar como autor. É um lado dela, feminino. Ela tem uma linguagem feminina o tempo todo. Agora, em *Água viva* tenho a impressão de que ficou mais exacerbado esse colocar-se. É uma escritora, é uma mulher escrevendo – você sente isso o tempo todo.

AFJ: No meu trabalho para uma disciplina de pós-graduação, eu fiz uma relação de *Água viva* com a pintura, porque, inclusive, o texto dá dicas...

OB: Mas a Clarice era pintora, você sabia?

AFJ: É, sabia que a Clarice era pintora.

OB: Ela pintou alguns quadros.

AFJ: Você podia falar um pouco mais do trabalho de costurar os fragmentos?

OB: Porque é dificílimo. Agora, lendo, é que eu percebo que aventura, que ousadia, porque ele não foi costurado, porque não existia a costura. É dificílimo te falar [sobre isso]. Foi assim, como eu te disse, pegando ao acaso os fragmentos, tentando ordenar, tentando... Tudo é uma tentativa quando se fala em Clarice, a gente nunca chega lá. Por isso que eu fiz o livro *Esboço para um possível retrato*, porque é muito difícil você concluir. Tem livros que você lê e eles são completos. E esse aqui... Estava lendo aqui algumas frases ("Sou um coração batendo no mundo, você que me lê que me ajude a nascer"; "Espere está ficando escuro, mais escuro. O instante é de um escuro total"; "Espere") – como ordenar isso aqui? Eu acho que foi ousado. De minha parte, eu acho que essa preguiça dela já era para mim... Clarice dizia que sentia uma preguiça horrível. Já era a descrença de que ela pudesse ordenar esses fragmentos. Ela se recusava a ordenar esse livro. Eu acho que mais por causa disso, porque ele é dificílimo e ele exige de você, também, uma leitura quase que caótica.

AFJ: Uma leitura *desordenada*.

OB: Desordenada. Eu acho que você também está sendo ousado ao querer fazer todo um trabalho em cima desse livro. É um desafio, não é? Este aqui, olhe: "Agora, te escreverei tudo o que me vier à mente com o menor policiamento possível". Acho que é um livro catártico da Clarice. Ela se permitiu uma catarse maior.

AFJ: Para ela? No processo de construção? Porque eu acho que o livro não permite, pelo menos de chofre, no contato com o leitor, uma catarse. Como é que você vê isso?

OB: Não. Catarse dela. Sem policiamento. Como ela diz aqui. Ela mesma diz isso. E ela diz porque ela quer fazer tudo o que vier à mente. Uma catarse, quando você se deixa levar e divaga e fala o que vier à mente. É uma leitura: "é que me sinto atraída pelo desconhecido". Por isso é que eu digo que *Água viva* é um pré-anúncio do fim, eu sinto que é quase como uma... Dizem que quando você está pra morrer, você tem um vislumbre de toda a sua vida. Eu diria... da vida mental da Clarice, não é a vida dela, pessoal. Seria uma reevocação, uma catarse, deixar acontecer tudo o que vier à mente. Ela vai anotando: "Mas enquanto eu tiver a mim não estarei só. Vai começar. Vou pegar o presente em cada frase que morre". Agora, então, ela começa: "Ah, se eu sei que era assim eu não nascia. Ah, se eu sei eu não nascia. A loucura é vizinha da mais cruel sensatez. Isto é uma tempestade de cérebro". Uma frase. E uma frase mal tem a ver com a outra: "engulo a loucura que não é loucura, é outra coisa". Você me entende? "Vou ter que parar porque estou tão e tão cansada que só morrer me tiraria deste cansaço. Vou embora." Então é uma leitura difícil também.

AFJ: Uma das dimensões do morrer na obra dela, aí como significante, é deixar de escrever.

OB: Também.

AFJ: Porque, pelo menos em *Água viva*, ela diz assim: "Vou morrer", e, de repente, "Voltei". Quer dizer, quando volta, volta porque está escrevendo. O morrer caracteriza o silêncio, o deixar de escrever.

OB: "Voltei. Agora tentarei me atualizar de novo com o que no momento me ocorre e assim criarei a mim mesma. É assim: o anel que tu me deste era vidro e se quebrou e o amor acabou." Você percebe a loucura? E como eu te disse, ela tinha que fazer esse livro, ela se aproveitou de coisas que já estavam escritas. É como um fundo de gaveta. Uma despedida de adeus. Ela pegou esses fragmentos porque eles cabiam dentro desse livro. Como é um livro ao acaso... era deixar essa loucura acontecer ao sabor do pensamento, ter uma liberdade maior e, de repente, inventar uma coisa de criança. Era como ela fazia. Você pensa que vem a maior frase... ela te prepara para um momento... então ela reevoca uma coisa da infância. Para mim, ela se realiza em reminiscências, coisas guardadas no inconsciente e escritas, já que estavam predestinadas a ser esse livro. Eu sinto isso. Foi muito difícil. E ela queria atingir não sei quantas páginas, porque a Clarice nesse ponto era muito pragmática. Quando mandava bater à máquina, ela dizia: "Conta sete. Dá sete espaços para o teu parágrafo, sete". Depois: "Tente não passar da página 13". Olha a superstição! Quando era um conto: "Aperta. Dê pouco espaço para não passar da página 13". Eu não me lembro bem desse livro, mas ela queria que ele tivesse talvez... 97, 997... Quando ela morreu?

AFJ: 1977. E neste ano faz uma década.

OB: Faz. E ela era muito... ela gostava do número 9, do 7, do 5. Tem muito disso também. É uma coisa meio estranha da Clarice, mas ela determinava ou pedia ao editor que não ultrapassasse o número X, que terminasse o livro naquele ponto.

AFJ: Você não acha que isso tem a ver com a origem? Origem judaica?

OB: É meio cabalístico. Ela tinha muito disso. Então, esse 9, 7 aí... Tem um simbolismo para terminar no 9 e no 7. Tem muito disso. Ela queria que tivesse sempre sete espaços no parágrafo. Por isso, também, quando eu começava a escrever ou bater o texto final, ela pedia que tivesse tantos espaços para começar. Pergunta mais.

AFJ: Quanto à questão do projeto que envolve esse livro: a técnica que está presente no livro *Água viva* é uma técnica que está também presente n'*A paixão segundo G.H.* Parece que é uma técnica comum à escrita dela: não vai direto à "coisa", mas vai cercando a "coisa" de que fala, de tal maneira que acaba conseguindo a própria "coisa" nesse acercamento.

OB: Fala mais. Acho que você está definindo melhor do que eu [*risos*].

AFJ: É bem paradoxal esse projeto, você não acha?

OB: Mas a Clarice era paradoxal. Ela é paradoxal. A Clarice é, como pessoa, eu digo, e é porque as pessoas como ela não morrem. Às vezes ela dizia para mim que a gente é um pouquinho melhor que Deus, porque Deus mata as pessoas e a gente não consegue matar dentro da gente. Elas vivem sempre. Então, ela questionava e aqui [em *Água viva*] também ela manifesta toda uma religiosidade. Tem um momento aqui em que ela fala de Deus.

AFJ: Entretanto, não é uma religiosidade severa em relação à manifestação do erotismo. É uma religiosidade que eu acho que está no próprio erotismo.

OB: É. Ela fala assim: "Luto para não transpor o portal sombrio de um Cristo que está ausente, mas os muros estão aí e são tocáveis". Ela tinha medo de Cristo.

AFJ: Medo?

OB: Medo. Ele era muito exigente, ela achava exigentíssimo através da ética, das normas que ele estabeleceu para se conseguir o reino dos Céus, para se ter uma vida pura. Porque ele veio, segundo ela, para reformar ou para autenticar ou para dar uma nova dimensão à religião judaica. A Bíblia. Depois veio o Cristo para reformular. Se bem que ele não destruiu, ele acrescentou. E ela dizia que a única inovação do cristianismo era a proposta que ele veio fazer, que é a de nos amarmos uns aos outros como ele nos amou. Ela dizia que a única novidade das religiões todas desde a Antiguidade até hoje era essa proposta. Porque todas as religiões são semelhantes, mas, de repente, o Cristo... Por isso ela tinha medo dele, porque ele fazia uma proposta incrível: amar o outro como eu te amo, como eu vos amei, a ponto de dar a vida pelo outro, quer dizer, é a proposta mais abrangente e que extrapola todas as religiões. É o amor ao outro. Todas as religiões propõem o amor a Deus, que é uma coisa abstrata.

AFJ: Entretanto, parece que em *Água viva*, no final principalmente, parece que de certa forma isso é questionado: "Olha para mim e me ama. Não, tu olhas para ti e te amas, é o que está certo". Acho que isso marca, também, certa dificuldade de atingir esse amor integral pelo outro, certa impossibilidade.

OB: Exatamente. E daí o medo dela, quer dizer, seria uma rejeição. Porque é uma proposta quase impossível de se atingir. Como é que você pode amar o outro... só na loucura, a ponto de dar a vida desse jeito. Você se expõe para salvar o outro. Às vezes, a gente lê notícias de jornal... a pessoa deu a vida, salvou o outro ou morreu junto. Não conseguiu salvar, mas o ato já valeu. Tentar salvar o outro é uma coisa quase que heroica, inatingível. É muito difícil. É a coisa mais difícil você amar o outro como você ama a si mesmo. E quando você ambiciona isso, é, realmente, paradoxal de novo. "Olha para mim e me ama." De repente, ela retoma de novo e diz: "Não. Tu olhas...", mas aqui ela constata. Não é uma proposta.

AFJ: Mas aceita também.

OB: "É o que está certo."

AFJ: Quando ela diz que "é o que está certo".

OB: Mas é porque... é o fatal, não é? Aí você, ontem, me colocou essa coisa da...

AFJ: Aceitação.

OB: Ela diz: "É assim porque é assim. Não tem explicação". Então, você também, quando você fala desse livro, entende que é assim porque é assim, não tem muita explicação. Por quê? Não adianta você querer me cercar, porque eu também não tenho resposta! É difícil.

AFJ: Você disse que a Clarice escrevia simples. Eu queria que você desenvolvesse isso.

OB: Vou usar sempre as palavras dela. É como uma Bíblia, um *I Ching*, que você resolve... Ela disse em uma entrevista que, quando escreveu *A paixão segundo G.H.*, um professor de Literatura leu. (Não sei se você leu isso.)

AFJ: Eu li.

OB: O professor leu *A paixão*... e ele não entendia. E, de repente, uma moça de 17 anos[351] – ela acreditava muito nos jovens, ela dizia que eram uma esperança, os jovens – leu e tornou aquela obra o livro de cabeceira dela. Eu acho que te falei ontem. É como Ulisses e Lóri.

AFJ: Em *Uma aprendizagem ou O livro dos prazeres.*

OB: E, de repente, o Ulisses aparece na forma de um cachorro. Então todo mundo dizia: "Ah, é o Ulisses do Joyce!". E não tem nada a ver! Ulisses foi um rapaz que ela conheceu na Suíça e que se apaixonou por ela. E ela estava esperando o Pedro, o primeiro filho dela. E ele era estudante, não sei se de pintura. E esse Ulisses tinha uma paixão tão violenta que ele precisou se mudar de cidade. Ele foi embora. Porque a Clarice era belíssima, apaixonava as pessoas. E ele foi embora e ela guardou sempre uma recordação. Era um rapaz louro, de olhos claros, que se chamava Ulisses. Então, em homenagem a ele, ela pôs o nome de Ulisses, no *Uma aprendizagem ou O livro dos prazeres*, e depois, mais tarde, ela põe [esse nome] num ser que ela adora, que é o cachorrinho dela, Ulisses, que também era manso e humilde, e, de vez em quando, ela chamava o cão de "efeméride" [*risos*]. Então Ulisses era apenas... Entende?

Então as pessoas ficam complicando, querendo procurar... *A paixão segundo G.H.*: "G.H. será gênero humano?" Não! É porque soou

---

[351] Em entrevista para o jornalista Júlio Lerner, da TV Cultura, em 1977, ao responder sobre qual obra sua mais atingiria o público jovem, Clarice afirmou: "Depende, depende inteiramente. Por exemplo, o meu livro *A paixão segundo G. H.*, um professor de português do Pedro II veio lá em casa e disse que leu quatro vezes o livro e não sabe do que se trata. No dia seguinte uma jovem de dezessete anos, universitária, disse que este é o livro de cabeceira dela. Quer dizer, não dá para entender..." (LERNER, Júlio. A última entrevista de Clarice Lispector. *Shalom*, São Paulo, v. 27, n. 296, p. 62-69, 1992).

bem. Mas, como ela é muito profunda, quando ela descreve as coisas, de repente você fica esperando dela uma profundidade que não existia.

É duro desmistificar uma pessoa, mas é a verdade. Eu não quero mentir para você. Foi o que eu fiz no meu livro e eles cercearam e cortaram. Meu livro não é isso que está aí. Meu livro tinha o dobro de páginas. Eu coloquei as cartas que Clarice me escreveu, eu coloquei mil coisas que eles alegaram... motivo de economia. Não é bem isso. É que ela se revelava tanto, ela se colocava tanto como pessoa, que não interessava aos editores e à família, inclusive. Então, era melhor que ela continuasse um mito. Ela dizia que escrevia simples. Ela não entendia por que as pessoas não a compreendiam. Ela escrevia simples, as pessoas é que são complicadas. As pessoas perderam a habilidade ou o uso da sensibilidade, da emoção, e, como ela trabalha com esses elementos... E também as pessoas estão numa época de automação, numa época de mensagens rápidas e rasteiras, percebe? Numa época assim, de repente, a entrelinha incomoda porque te faz sentir, te marca e você não quer. Quer dizer, não interessa. As pessoas não têm tempo. Elas querem as coisas assim: frases de efeito. "Coca-Cola é isso aí!" Não tem entrelinha. E, então, na realidade, é simples. Mas você precisa abordar uma Simplicidade Maior, perdida. Esse paraíso perdido da simplicidade, do sentir, do embarcar nas sensações.

AFJ: Mas, ao mesmo tempo, às vezes, até o que você considera, e que talvez a própria Clarice considerasse um acaso, uma explicação extremamente banal, atinge, na obra, uma significação bem maior. O próprio caso do Ulisses, apesar de você saber a história, ter contado e tal, e ser uma história...

OB: Não é simples tudo?!

AFJ: É simplíssimo, mas...

OB: Não adianta querer me pegar...

AFJ: Quando ele está junto da Lóri, a Lóri é a Lorelei, a sereia, espécie de "mulher-todas-as-mulheres". Ulisses – é natural isso – para quem lê, se mostra, em alguma medida, como o herói da *Odisseia*, de Homero, como uma síntese de todos os homens.

OB: Mas não foi proposital. É isso o que eu quero dizer.

AFJ: Ah, sim.

OB: Talvez tenha uma profundidade que nem ela alcançou. Ela tinha uma maneira de escrever... Como a gente aqui está, ela estaria conversando e parecia tão espontâneo, e dava uma inveja! Porque Clarice era periférica, era terrível para escrever. A gente precisa se concentrar para fazer alguma coisa. Ela vivia desconcentrada, vê se é possível? E vinha a empregada: "Dona Clarice, ah, hoje eu não vou fazer frango, não, porque eu não achei bom o frango". Ela dizia: "Ah, então não faça. Eu vou comer fora, eu vou aí na cantina", que era um restaurante próximo. Aí vinha assim: "Clarice, precisa pagar essas contas aqui". "Ah, depois eu vou ao banco." Isso tudo, e ela trabalhando, escrevendo coisas de uma profundidade...

Quando eu li *A paixão*... e fui procurar a Clarice lá no Leme, eu sabia que a janela dela dava para o mar. Então, eu imaginava a Clarice sentada numa cadeira de vime – olha só a imagem que eu fazia! –, olhando para as ondas do mar, concentrada, com passarinhos dentro de casa, na gaiola... [*Risos.*] Flores, não é? Flores... Criei todo um... era uma coisa assim... em torno da figura da Clarice, incrível! E não, foi o contrário.

Clarice não precisava olhar as coisas. Aliás, ela nunca olhava, o mundo dela era todo interior. Acho que era a Virginia Woolf que falava isso: "Olhar as coisas, olhar uma rosa e, depois, voltar as costas para a rosa e descrevê-la". É um negócio por aí... Só que ela mergulhava, inaugurava e exauria tudo aquilo que ela estava vendo quando ela via, com os olhos. Por exemplo: se ela te conhecesse agora, ela daria um mergulho e voltaria já, e já. Te exauria, te inaugurava e exauria na hora. Depois, então, isso ficava e sofria uma alquimia. De repente, uma coisa sua – como eu disse ontem –, uma inflexão de voz, uma maneira de olhar, uma maneira de sentar... ela colocaria... E aí ela esgotava e ia até o final dentro dessa descrição.

Você veja o Olímpico da Macabéa. Ele nasceu numa ida... Nós fomos num domingo à feira de São Cristóvão, que é a feira nordestina, e passeamos muito daquela vez. E ela comendo beiju e comendo rapadura e ouvindo as canções nordestinas... De repente, ela falou:

"Vamos sentar ali no banco". Ela sentou e escreveu acho que umas quatro ou cinco páginas sobre o Olímpico, descreveu o Olímpico todo. E ela mesma diz no livro: "Eu peguei no olhar de um nordestino". Ela pegou a história dele toda. Distraidamente ela captou tudo o que estava em volta dela naquela feira. E comendo sofregamente beiju e falando disto e daquilo, e rindo do cantador. Você nunca podia imaginar que a Clarice já estava trabalhando a personagem. É uma surpresa, ela é uma surpresa também.

Você estava falando da simplicidade dela, do texto? Ela comentava isso: "As pessoas é que complicam as coisas". Se elas conseguirem ser mais simples, elas vão entrar em empatia com ela. Não é com raciocínio, não é com a mente. Por isso que eu acho difícil chegar até onde você quer agora nessa pesquisa que você está fazendo, ao te dar respostas. Porque, para mim, que vivi com ela, é difícil te dar uma imagem menos realista, menos simples, é muito difícil. Talvez um erudito, uma pessoa estudiosa, possa te dar todas essas respostas, porque também olharia o livro ou veria o livro sob outro enfoque. Como você está fazendo, não é? É como um estudioso de cinema que vai assistir a um filme, ou [a uma peça] de teatro. Eu, de teatro, às vezes, eu fico vendo vazamento de luz ali… Olha, aqui a música não sincroniza bem… Então você fica preocupado com os problemas técnicos. Então, fala mais.

AFJ: Perguntar, eu acho que eu já perguntei tudo.

OB: Mas [*Água viva*] é um livro que eu acho definitivo. Eu acho que *Água viva* foi definitivo. É um livro que não é muito volumoso. Um livro simples, mas muito sofrido. Esse livro a Clarice levou muito tempo para se decidir a publicar. Ele foi parar, conforme disse, na mão do Fauzi [Arap]. Se não me engano, ela também deu para Nélida Piñon. Ela estava muito em dúvida sobre o livro. Se publicava ou não. Ela estava insegura, por isso ela pediu a opinião dessas pessoas. Queria saber do Fauzi se daria para publicar, perguntou para Nélida também. Nos outros livros a Clarice não tinha essa insegurança, essa preocupação. Com *Água viva* ela teve. Foi a única vez que eu vi a Clarice titubear antes de entregar um livro para o editor. Ela mesma dizia isso.

AFJ: Ele é tão curtinho, mas isso não implica que a leitura seja fácil, nem contínua, nem rápida...

OB: Não, pelo contrário. Eu acho muito mais difícil por ser assim tão fragmentário. Isso supõe, também, não sei, aí é uma ideia, uma fragmentação do eu.

AFJ: E do próprio leitor. Da primeira vez que eu li, eu levei meses para ler. Havia trechos em que eu tinha de parar, precisava parar para ficar pensando naquelas coisas.

OB: Ela vê as coisas com uma profundidade e te solicita tanto que não dá para o leitor sair impune. Mas é porque ele foi escrito assim, difícil, sofrido. Ela sofria muito nessa época. Eu não sei, mas eu acho que foi aqui que ela percebeu que já estava indo. Eu acredito que há uma censura inconsciente que não te permite admitir a proximidade da morte. É uma censura que também te protege de uma despedida. De um ir para onde você não sabe. E esse medo também, que seria quase insuportável. Ela mesma dizia que as pessoas se suicidavam por medo de morrer. Então é um ato, uma coisa de louco, matar por medo de morrer – coisa incrível! E eu acho que *Água viva* sintetiza esse sentimento da Clarice, essa percepção – censurada, sim –, mas de certa forma eu acho que ela já tinha consciência do fim. Então, ela foi juntando o que restava dela, e eu, depois, n'*Um sopro de vida* – porque simultaneamente ela estava fazendo *Um sopro de vida*, e simultaneamente ela estava fazendo a Macabéa, simultaneamente ela estava fazendo "Um dia a menos", "A bela e a fera ou a ferida grande demais". Ela descansava de um construindo outros.

E eu acho que n'*Um sopro de vida* ela faz um testamento da criação, do ato de criar. Eu vejo assim. *Um sopro de vida* e *Água viva* seriam a antessala da desagregação absoluta, que depois... acontece. E ela não sabia também como terminar esse livro, também foi uma angústia para ela. Não só na feitura, mas também... e como acabar uma coisa que não tem começo, meio e fim? Que está sempre por se fazer, que está sendo feito, na própria feitura ele não se esgota. Eu acho que ela terminou de uma maneira muito digna. Apesar da dificuldade toda, felizmente. "Eu sou eu, você é você." Você percebe a simplicidade? E continua a fala: "continua sábado" – ela tinha mania de sábado. "Vou parar porque é sábado." Uma combinação, aqui, com o judaísmo, não é?

AFJ: Um dia sagrado.

OB: Dia sagrado. Tanto que ela morreu numa sexta-feira e, às seis horas, ela foi para o espaço do velório no cemitério, e ela ficou até domingo para ser enterrada, porque no sábado não dava. Eles respeitam o sábado. Não se enterram mortos, não se faz nada. E eu tenho a impressão de que, aqui, também tem toda uma conotação com a religiosidade dela: "Vou parar porque é sábado, hoje é sábado [...] Tudo acaba, mas o que te escrevo continua...". Eu acho que você vai dizer muito sobre *Água viva*, ele é muito difícil [*risos*]. Se você me perguntar sobre a Macabéa, *Um sopro de vida*, os contos... eu poderia falar com mais liberdade, mas esse livro aqui, realmente... É o que eu te digo, é um livro difícil. Para ela mesma foi difícil. Só você mesmo talvez consiga extrair dele o sumo [*risos*]. Da vida [*risos*]. E foi feito assim como eu te disse. Quer dizer: ela foi pegando tudo que ela tinha armazenado no decorrer, talvez, da vida. Ela tinha coisas muito antigas já escritas, e foi estruturando – eu estruturei, mas ela foi tentando dar forma. Quando eu fiz, e talvez por isso mesmo, porque foi o primeiro livro que eu fiz dela, ela ficou insegura, porque foi o primeiro livro do qual ela não fez a...

AFJ: A montagem, a arte final...

OB: É.

AFJ: Finalizando, se você tiver mais alguma coisa que você queira dizer...

OB: Não sei. Eu acho que você vai responder. Você vai falar sobre o livro. Eu acho que por mais que você procure... Eu cheguei a uma conclusão – o que também veio da Clarice, e que talvez te sirva –, que cada pessoa é fonte. A novidade não está fora, as respostas não estão fora. Até outro dia eu vi um anúncio do [John] Lennon, na televisão, falando sobre drogas. Ele falou que conheceu muitas pessoas, mas ele, ele só entendeu quando ele se encontrou com ele mesmo. Eu acho que é deixar fluir. Você tem as respostas. Você que sabe, não é? Amém.

AFJ: Obrigado.

Olga Borelli e Clarice Lispector nos anos 1970. (Acervo pessoal de Olga Borelli/Gilda Murray.)

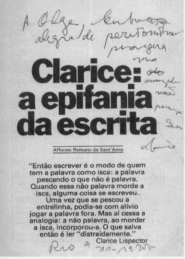

■ "A Olga, lembrança alegre de peritonite passageira para amizade não passageira.
Sua Clarice.
Rio, 9-11-1977."

(A dedicatória foi escrita exatamente um mês antes de sua morte.)

(Acervo pessoal de Olga Borelli/Gilda Murray.)

Otto Lara Resende

O fulgurante legado de uma vertigem[352]

Clarice Lispector costumava dizer que não era uma intelectual. Algumas vezes em conversa chegou a exclamar que era burra. E punha na voz uma força de convicção que conscientemente pretendia exprimir o máximo de sinceridade.

Nem por isso se deverá entender que Clarice se acreditava sinceramente burra. Personalidade assinalada, que nasceu com a marca da singularidade que pedia expressão, Clarice tinha de si mesma um conhecimento que talvez lhe desse uma espécie de vertigem.

No sentido sistemático, de saber racional, que se apreende e se acumula com método e esforço, de Clarice Lispector se pode dizer sem injúria que não era propriamente uma intelectual. Talvez nem fosse uma escritora, se definirmos escritor como alguém que se profissionaliza, que se impõe uma rotina de escrever a partir de uma necessidade que é também obrigação pragmática. Ou prática obrigatória.

Há tempos, um especialista em Lispector me perguntou se eu podia definir o que era o projeto literário que a jovem escritora se propôs realizar a partir do aparecimento de *Perto do coração selvagem*. Nunca tinha pensado nisso. É provável que eu nunca tenha falado disso com

---

[352] Publicado anteriormente em: PERTO de Clarice: homenagem a Clarice Lispector. Rio de Janeiro: Casa de Cultura Laura Alvim, 1987. [s.p.]. Catálogo de exposição, 23-29 nov. 1987. E em: RESENDE, Otto Lara. *O príncipe e o sabiá*. Poços de Caldas: Instituto Moreira Salles; Casa da Cultura; São Paulo: Companhia das Letras, 1994. p. 266-268.

a própria Clarice. E é quase certo que ela não tivesse conscientemente esse tal projeto.

Ela trabalhava com a sensibilidade. Ou melhor: trabalhava a própria sensibilidade. A emoção era o seu alimento e o seu motor. Pouco importa que se diga que todo escritor só escreve a partir desse motor e desse alimento. Cada escritor é um caso. Clarice é um caso especial. Especialíssimo. Por isso mesmo é difícil classificá-la no quadro das letras contemporâneas – e em particular da ficção brasileira.

Tendo sido criada numa sociedade ainda fortemente patriarcal, o fato de ser mulher – mulher-escritora – é um dado importante. Como é importante a circunstância de Clarice ter nascido na Ucrânia. Por mais cedo que tenha chegado ao Brasil, tendo residido primeiro no Nordeste, em Pernambuco, e depois longamente no Rio, sua cidade, será preciso considerar que há no seu berço e na sua primeira infância algo insólito. Um choque. Um encontro e um confronto de culturas.

É possível que Clarice Lispector nunca tenha analisado – no sentido freudiano ou não – o episódio de seu nascimento e de sua criação. O fato de ter vindo de tão longe não fazia dela aqui uma estranha. Quero crer que todos os seus amigos sempre a vimos e tratamos com a carinhosa fraternidade que ela despertava e merecia. Mas é possível que todos soubéssemos que Clarice era uma pessoa diferente. Seu exílio era de outra natureza.

Atuando sem um plano consciente, ela vivia e escrevia motivada por forças que se situam mais na pauta da emoção do que da razão. Não foi à toa que, já nacionalmente reconhecida, consagrada, Clarice compareceu a um congresso que estudava bruxos e feiticeiros. Esse lado de lá exercia sobre ela forte atração. Desde sempre. Era a sua fascinante terceira margem do rio.

Depois que se vulgarizou o conhecimento da paranormalidade, nossos poderes desconhecidos, houve quem acreditasse que Clarice tinha uma dimensão mediúnica. Ela de fato detinha qualquer coisa a mais do que é preciso para ser um escritor. Uma imantação, que várias vezes se tornou visível e até objetiva. Escrevendo ou conversando, vivendo como dona de casa ou como expoente de nossas letras, ela se deixava conduzir por uma espécie de compulsiva intuição. Era o seu tanto adivinha.

Nos seus textos, longos ou curtos, mesmo os de circunstância, escritos jornalisticamente para conseguir remuneração, há sempre a evidência de uma luz. Uma fulguração. Escrever, para ela, era mais do que associar palavras. Ou dizer o que as palavras dizem. Escrever era fulgurar. Era queimar-se. Era imolar-se, na prosa cerrada, em busca de uma iluminação poética – o transconhecimento que desvenda o selado silêncio das coisas e das pessoas. Clarice estava muito perto desse impenetrável silêncio.

Fala na sua obra esse silêncio de tudo e de todos – do ser humano, de nossa apressada e superficial abordagem de um mundo que nos desafia. Clarice aceitou o desafio. Olhos abertos, estava próxima do sono e do sonho. Sensibilidade refinada, tinha a graça de ser vizinha de um mundo não intelectualizado – o mundo das plantas e dos animais. E também de criaturas humanas nada sofisticadas – domésticas, motoristas de táxi, gente que ela transfigurava. Ou adivinhava. Sua permanente infância, cujo dom ela nunca perdeu.

Clarice tinha essa inocência que é feita de saber-não-sabendo. Seu olhar via além do que o olhar humano banaliza e vê. Era essa alma secreta que ela queria surpreender – e tantas vezes surpreendeu. A hora da estrela, que existe no fundo da noite mais escura e mais vulgar. Pouco importa que seja sonho. Ninguém sabe onde está a fronteira entre o sonho e a realidade. Talvez para apagar essa fronteira, ou para atravessá-la, é que Clarice Lispector tenha aceitado o risco de escrever.

De escrever-se.

Dez anos depois de sua morte, sua obra é um sinal cada vez mais vivo de sua passagem. Fulgurante, universal. Não é preciso ter conhecido Clarice para ter a certeza de que ela escreveu o que lhe ditou o coração obscuro da vida. Esteve próxima sempre dessa fonte e desse enigma, para tentar entender e entender-se. No seu texto, pulsa algo mais do que um conhecimento intelectual. Clarice é uma aventura espiritual. Ninguém passa por ela impune. Ela liga e religa o mistério da vida. E o religioso silêncio da morte. Feminina e maternalmente, Clarice deu perfeita notícia da vertigem que a consumia e que nos legou como arte. Essa graça ilumina o seu nome e a sua obra para sempre.

Paulo Francis

Clarice: impressões de uma mulher que lutou sozinha[353]

O editor da *Folha* me disse ao telefone que saíram vários, longos e generosos obituários de Clarice Lispector na nossa imprensa. Não li nenhum, porque recebo jornais com quase 10 dias de atraso, e notícias brasileiras aqui são escassas. Mas me pergunto se esses obituários notaram que em 1959 Clarice não encontrava um editor no Brasil. Tinha fama, sim, mas entre intelectuais e escritores. Os editores a evitavam como a praga. Os motivos me parecem óbvios: ela não é discípula do "realismo socialista", ou preocupada com os pequenos dramas da pequena burguesia brasileira. Na literatura de Clarice, não há estrutura social definida. Sensibilidade e sensações predominam, a "realidade" é vista em relances, indireta e indutivamente. Ela é uma escritora moderna, em suma, um moderno já quase merecendo o título de acadêmico, [que] começou com Joyce, que morreu em 1940. No Brasil, porém, continuamos no século XIX, não somente em literatura. Nossos críticos ou querem a história, ou a abominável "estória", ou escondem sua ignorância sob a última moda basbaque (a palavra que tenho em mente é outra) de Paris. Há exceções, claro, mas não dominam a cena. Ficam nos bastidores, ou, como dizem alguns dos nossos jornais, "por trás dos bastidores", o que vem a ser o olho da rua.

---

[353] Artigo publicado na *Folha de S.Paulo*, caderno Ilustrada, na quinta-feira, 15 de dezembro de 1977 (Paulo Francis/Folhapress); portanto, seis dias após o falecimento de Clarice Lispector, que aconteceu num sábado, dia 9 de dezembro de 1977.

Nahum Sirotsky, Carlos Scliar, Luiz Lobo e eu, em 1959, resolvemos "abrigar" Clarice na revista *Senhor*. Os proprietários da revista, Simão e Sérgio Waissman, confiavam em nós. Ela publicou praticamente todos os seus contos em *Senhor*.[354] Fizeram grande sucesso, dentro dos limites de circulação da revista, que nunca passou dos 25 mil, mas que atingia muito mais gente do que isso, e cuja influência na imprensa brasileira dispensa comentários.

Sendo eu o editor de ficção, tive mais contatos com ela do que os outros editores e pude observar de perto que nenhum dos mitos sobre Clarice resistia à realidade. Primeiro, discutia com ela passagens inteiras dos contos, pedindo ocasionalmente clarificação. Clarice reagia com a maior naturalidade e às vezes reescrevia passagens que terminava reconhecendo obscuras. No Brasil, em literatura (ao contrário da imprensa, que é a casa da mãe Joana), isso é tabu. Não se toca nos tetos de medalhões. Em *Senhor* não era assim. Recusamos um texto de Erico Verissimo, pagando-o. Ele não quis receber, porque era uma pessoa extremamente digna. Demais, a ver, deveria ter embolsado o dinheiro, o que eu lhe disse ao telefone.

Não há, em suma, editores no Brasil. Há *"publishers"*, os caras que publicam literatura. É um lamentável equívoco. O escritor verdadeiro gosta que um editor, que não seja cretino, discuta linha por linha o que o escritor produz. Se aceita ou não sugestões, varia de caso em caso. Mas o simples fato de ser lido a sério, cuidadosamente, por alguém que o respeite é, como dizem os nossos cretinos *made in* Paris, "gratificante" para o escritor. Clarice jamais botou banca.

Foi assim que nos tornamos amigos, e, durante um tempo, rara foi a semana em que eu não a visitava, uma ou duas vezes, no apartamento

---

[354] Clarice Lispector publicou na revista *Senhor* não somente contos que seriam reunidos em *Laços de família* (desde "A menor mulher do mundo", publicado na revista em março de 1962), como também os que seriam incluídos em volumes posteriores, como *A legião estrangeira*, de 1964, e *Felicidade clandestina*, de 1971. Sua última colaboração na revista *Senhor*, "Um caderno de notas", ocorreu em janeiro de 1964. (Ver listagem de publicações de Clarice Lispector na imprensa brasileira em: NUNES, Aparecida Maria. *Clarice Lispector jornalista*. 1991. Dissertação (Mestrado) – Faculdade de Filosofia, Letras e Ciências Humanas, Universidade de São Paulo, São Paulo, 1991. v. 2: Apêndices.)

que tinha no Leme, onde, separada do marido, tentava criar dois filhos (um dos quais [apresentava] um problema de difícil solução), escrever e aguentar o Brasil. Nesses tempos, eu ainda era capaz de beber uns 12 uísques sem virar personagem de Harold Pinter, e discutíamos tudo sobre a face da Terra. Uma surpresa, talvez, para os cultores do "realismo socialista": Clarice era de esquerda e, na medida do possível, acompanhava nossa vidinha política subdesenvolvida. Eu falava demais, sempre faço isso, e minha impressão é que ela gostava de mim porque eu a tratava como uma pessoa comum, sem deferência pessoal, sem me apaixonar por ela, sem me prostrar a seus pés (eu poderia contar cenas desse tipo a que assisti, mas chega de machucar outros). Até gênios, presumivelmente, gostam um pouco de "oba-oba" de vez em quando.

Ela tinha uma vida pessoal complicada, sobre a qual não entrarei nos detalhes que conheço. Se sentia só, obviamente, a educação co-rujérrima que dava aos filhos devia lhe custar caro, emocionalmente, pois não existe nada mais chato do que criança, ainda que amemos a criança, e, no caso de Clarice, com o que ela tinha de expressar lite-rariamente, [tinha também de] ser mãe, dona de casa e solitária (não que lhe faltassem candidatos. Mas o preço que ela teria que pagar por companhia, em termos de sensibilidade, seria tão oneroso quanto as inevitáveis crianças). Clarice era uma mulher insolúvel. Sabia disso. O acidente que a queimou e temporariamente desfigurou não a deve ter surpreendido. Não quero ser mórbido. Acho que a conheci bem.

Morte de câncer, particularmente horrível, também a caráter, por-que a ficção de Clarice é toda de decomposição, ainda que revestida de lirismo. Não há mais nada a dizer, realmente. *Senhor* em 1962 trocou de mãos e virou *Ilustração Brasileira*, ou porcaria semelhante, cujo nome, misericordiosamente, esqueci. 1964 foi um terremoto em minha vida. Perdemos contato. Eu a encontrava aqui e ali, mas na época estava disposto a viver como Oscar Wilde, acima de meus recursos, em álcool e outras modalidades de hedonismo barato. Ela de repente precisou sobreviver como jornalista. Suas crônicas eram um desastre, ilegíveis. Claro, ela não era jornalista. Continuou fazendo literatura, fazendo é o termo correto para o que praticamente inexiste no Brasil. Me mandava recados escritos e alguns telefônicos extremamente ternos, a que reagi com encabulamento tal que a encabulei profundamente. Eu era outro, ela era a mesma. Fica o que escreveu, sem par entre os nossos escribas e quebrando a cara de vários imitadores fracassados. Se vivesse em outro clima cultural, talvez um editor do tipo Farrar, Straus & Giroux, que só se interessa por literatura de alta qualidade, pequenas tiragens, e que ajuda seus escritores a sobreviverem financeiramente, contra o mercado, a amparasse evitando sacrifícios de seu talento como o jornalismo e o filistinismo do meio ambiente. Não sei. Suponho.

Ela me disse diversas vezes que terminaria tragicamente. Converteu-se na própria ficção. É o melhor epitáfio possível para Clarice. Adeus, e não vou dizer que sinto remorsos, porque se os sentisse os ignoraria, o que ela entenderia perfeitamente. Neste ano de cão, perdemos Paulo Emílio Salles Gomes e Clarice, dois raros que nos têm ou tinham algo precioso a dar. Deus não é brasileiro. Em absoluto.

Paulo Francis, Nova York.

● Paulo Gurgel Valente

Com preocupação recebi o convite para escrever um depoimento sobre Clarice Lispector, minha mãe.[355] A liberdade de escrever o que eu quisesse e o papel em branco são, em princípio, inibidores; mais ainda a questão de expor uma intimidade delicada, quando o assunto é maternal, não aí importando a sua notoriedade de escritora. Assim, pensei em propor uma entrevista comigo mesmo, a respeito de Clarice.[356]

Ei-la:

Qual a sua primeira lembrança de Clarice?

Talvez uma das primeiras imagens de que me recordo, eu com minha mãe, seja a do percurso para a escola em Washington, no inverno. Eu devia ter uns três ou quatro anos, portanto isso teria acontecido durante o ano de 1956 ou 1957. A escola ficava no alto de uma colina, o caminho estava todo nevado, minha mãe dirigindo, o carro dando voltas e voltas até chegar lá em cima. Alguém me disse que essa primeira imagem, "gelada", dava uma sensação de clima de pouco afeto.

---

[355] Paulo Gurgel Valente, filho de Clarice Lispector, cria uma "entrevista imaginária" em torno de sua mãe: ele elabora as perguntas e ele mesmo responde.

[356] Essa versão da "entrevista imaginária" segue aqui com ligeiras alterações em relação a sua versão anterior, publicada na apresentação da edição especial do volume *Dez contos selecionados de Clarice Lispector*, com ilustração de Marcello Grassmann, editado pela Confraria dos Bibliófilos do Brasil, no Distrito Federal, Brasília, no verão de 2004. Os 10 contos aí selecionados são: "A legião estrangeira", "Felicidade clandestina", "A bela e a fera ou a ferida grande demais", "O búfalo", "O corpo", "Uma galinha", "Seco estudo de cavalos", "Miss Algrave", "Mais dois bêbedos", "Os laços de família". Versão original dessa entrevista, a que não consegui acesso, foi publicada na revista espanhola bimensal *El Urogallo*, fundada em 1969, extinta em 1975 e dirigida por Elena Soriano.

Discordo de que houvesse pouco afeto na relação comigo. Minha mãe, é possível, talvez passasse uma impressão de estar "sonhando acordada", de estar ligada em outra realidade que não a presente.

Como era sua mãe para você?

Minha mãe morreu quando eu tinha 24 anos; quando eu nasci, ela deveria ter 32. Ela, nesse período de convivência, não "foi" de uma maneira só: foram 24 anos de transformações dela e de mudanças de pontos de vista meus. As imagens iniciais são as de uma mulher muito bonita, de uma beleza intrigante, suave e sensível. Já no retorno definitivo para o Brasil, com a separação do meu pai, houve períodos de muita angústia, de permanente carência "material" (afetiva?) causada por dificuldades financeiras, pelo peso, imagino, de ter de educar duas crianças praticamente sozinha, longe de meu pai – meu pai morava no exterior. O quanto dessa carência era "material"?

E depois?

Um terceiro período me parece ter sido o da dificuldade de "encaminhamento da velhice". O que era isso? Um desencanto, não admitido, pela perda da beleza da juventude, a constatação de que os sonhos não se realizam, uma indignação quanto às injustiças sociais não resolvidas e sem esperança. (A personagem Macabéa, de *A hora da estrela*, me parece um reflexo disso. Possivelmente também alguma coisa da personagem Lóri em *Uma aprendizagem ou O livro dos prazeres*.) Eu me lembro de uma entrevista que ela concedeu na televisão, em fevereiro de 1977, alguns meses antes de falecer (o que ocorreria em dezembro), em que o entrevistador perguntava se, ao escrever, tinha alguma esperança de mudar as coisas. Sua resposta foi qualquer coisa assim como "... não muda nada...", apesar de ter falado logo depois sobre o ato possível de "tocar o leitor, de fazer contato".

Não são lembranças amargas?

Curioso é que, ao começar esta nossa entrevista, minha expectativa era outra: era a de fazer comentários saudosos, carinhosos, elogiosos. Na verdade, eu gostava muito dela, tenho enormes saudades e grande admiração. Apesar disso, nos últimos anos, o convívio não foi fácil, muito talvez pela fase que descrevi, a do "encaminhamento da velhice". Mas fica em mim um sentimento muito amoroso, de muita pena de não ter convivido mais com ela – convívio interrompido por seu falecimento –, pena de ela não ter conhecido meus filhos e acompanhado meu desenvolvimento posterior na vida. Essa "amargura" que está aparecendo é muito mais uma tristeza, mas sem reclamações.

Você sempre guardou muito silêncio sobre sua mãe?

Não. Durante 10 anos após sua morte, dei inúmeras entrevistas, ajudei professores e estudantes em suas teses. Quando se completaram 10 anos, resolvi interromper esse processo, na prática dizendo que o que importava era a obra que aí estava, e não a pessoa, se é que é possível a dissociação. Na verdade, acho que eu quis me poupar. Hoje é uma exceção, pois o entrevistador é alguém muito especial...

Como foi sua relação com a literatura de Clarice?

Minha mãe sempre disse que eu a leria mais tarde. É verdade. Comecei a ler a maior parte dos seus livros depois do seu falecimento, já adulto.

E a organização da obra?

É um dos meus orgulhos. Minha mãe sempre revelou preocupação sobre como sua obra seria cuidada no futuro. Sempre tive a maior atenção com a escolha dos editores, com a administração das redes e com as adaptações para o cinema e o teatro. É uma homenagem constante a ela, uma forma de manter contato. Tive uma grande satisfação ao editar o livro *A descoberta do mundo*, com a coleção de contribuições que minha mãe fez ao *Jornal do Brasil*, todos os sábados, de 1967 a 1973. Esse livro foi considerado na época, pela crítica, um dos melhores do ano em que foi publicado, é de uma sensibilidade e uma importância enormes. A edição em inglês ficou uma beleza.[357] Estão faltando ainda

---

[357] Refere-se à edição em inglês, *Discovering the world*, em tradução de Giovanni Pontiero, pela editora Carcanet, do Reino Unido, em 1992, com 652 páginas.

edições em algumas outras línguas, talvez um pouco dificultadas pela extensão da obra.

Você falou de adaptações para o cinema e o teatro. Como você avalia essas adaptações, no sentido de autorizar ou não?

Minha avaliação é de que a obra literária está aí, pronta. E não posso julgar *a priori* as adaptações e inspirações. *A hora da estrela* virou um filme belíssimo, com uma interpretação muito boa, ganhou prêmios em diversos festivais, inclusive o de Berlim. Entendo que uma mesma obra literária possa gerar diferentes adaptações, em meios diferentes, e não me cabe julgar por antecipação. No caso de *A hora da estrela*, a cineasta Suzana Amaral era estreante e por isso desconhecida, e acabou se projetando a partir do filme.

Qual o livro de sua mãe que mais lhe interessou?

Vários. De formas diferentes. *A descoberta do mundo* é uma fonte inesgotável de contato com ela. *A paixão segundo G.H.* é impressionante. Na verdade, comecei a poder "ler" os livros de minha mãe a partir de poder "sentir" e não querer "entender" o que ali está. Acho que é uma forma mais recomendada e que sugiro aos iniciantes. O processo de leitura de *A paixão segundo G.H.* pode ser esse mesmo: ir lendo sem precisar entender, até ser absolutamente envolvido na leitura. Senti alguma coisa parecida com a leitura de *Crime e castigo*, de Dostoiévski, uma espécie de febre. Acho que minha mãe falou desse sentimento em certas leituras dela, talvez de *O lobo da estepe*, de Hermann Hesse, que também me impressionou muito. Por falar em semelhanças, lembro que li um conto de Katherine Mansfield que achei muito parecido com a maneira de minha mãe escrever. Mansfield, ao descrever uma certa personagem, notava nela um "fremir nos lábios", o que achei de muita delicadeza. Lembro que comentei isso com minha mãe. A reação dela foi sorrir, como se concordasse.

Por falar em contos, o que você tem a dizer sobre os livros de contos de sua mãe, que são vários?

São relatos que descrevem em princípio situações simples e cotidianas, porém surpreendem em algum momento da leitura pela carga de energia, de profundidade e pelo descobrimento de novos sentimentos das personagens. É o que muitos críticos comentam e chamam de "epifania" ou revelação.

Se fosse para você escolher dois contos dentre todos, quais você escolheria? E por quê?

Tenho gostado ultimamente de "Felicidade clandestina", pelo aspecto biográfico, e sempre releio o clássico "Os laços de família", pela caracterização de uma situação tipicamente carioca da classe média.

Sua mãe já teve algum livro publicado em edição de arte? O que você achou da iniciativa da Confraria dos Bibliófilos do Brasil?

Sim. Teve texto publicado em edição especial, caprichada, mas não um livro que fosse totalmente dedicado a ela. Fiquei feliz com a iniciativa da Confraria, porque também gosto muito do livro como objeto físico, que pode ser manuseado e também pode transmitir a emoção pelo cuidado com que é preparado.

● Paulo Mendes Campos

Conversa com Clarice

Em 1950, publiquei no suplemento do *Diário Carioca* uma entrevista com Clarice Lispector com o título "Itinerário de romancista".[358] Não assinei o modesto e convencional trabalho, que se tornou importante por ser o depoimento de quem era. A própria romancista, de quem me tornara amigo há algum tempo, pediu-me depois que a matéria fosse incluída como introdução na edição francesa de *Perto do coração selvagem*.[359] Com esse gesto, Clarice Lispector passou um atestado de validade às informações que prestei sobre ela há 37 anos. Por esse motivo estou a transcrevê-las aqui.[360]

---

[358] Essa matéria, não assinada, é publicada no *Diário Carioca* em 25 de junho de 1950, p. 5-6. Clarice chegou ao Rio de Janeiro em junho de 1949 e permaneceu na cidade até setembro de 1950. A temporada no Rio de Janeiro aconteceu entre o período em que morou na Suíça, em Berna, e o período em que morou na Inglaterra, em Torquay. Três meses depois da publicação dessa matéria, Clarice partiu, de novo, para a Europa, com seu marido diplomata. Clarice aproveita esse período de 15 meses para conviver com os amigos Lúcio Cardoso – que conhecera no início dos anos 1940 – e Fernando Sabino, Otto Lara Resende e Paulo Mendes Campos, que conhecera três anos antes, no início de 1946, quando passara temporada no Brasil, antes de embarcar, em março de 1946, para a Suíça.

[359] CAMPOS, Paulo Mendes. Préambule. *In*: LISPECTOR, Clarice. *Près du Coeur Sauvage*. Traduit par Denise-Teresa Moutonnier. Paris: Plon, 1954. p. 4-7.

[360] O texto que aqui se publica é versão reduzida de matéria publicada no *Diário Carioca* de 25 de junho de 1987 e foi inserido em: PERTO de Clarice: homenagem a Clarice Lispector. Rio de Janeiro: Casa de Cultura Laura Alvim, 1987. [s.p.]. Catálogo de exposição, 23-29 nov. 1987. Nessa versão, de 1987, publicada 10 anos após a morte de Clarice, o autor recorre ao artigo publicado no *Diário*

Uma noite na Ucrânia, uma família que se dirigia a Odessa deteve-se numa aldeia...

Não é o início de uma novela russa. Naquela aldeia nasceu uma escritora brasileira, cujos pais, demandando um porto de mar, já se destinavam ao Brasil. Com meses de idade, Clarice Lispector estava em Recife. Aí vive até os 13 anos; tendo mais tarde voltado à cidade pernambucana, foi ao cais do Capibaribe para rever o "abismo" à beira do qual brincava.[361] A sugestão de abismo é familiar à linguagem dessa romancista: nem o abismo noturno dos românticos nem o abismo sofisticado de alguns modernos. Apenas uma sensibilidade permanentemente solicitada traz à conversa de Clarice Lispector a sensação de que os acontecimentos cotidianos se revelam ou se mascaram a uma luz diferente.

Mora em um apartamento de Botafogo.[362] Quando chegamos para a entrevista, Pedrinho, gordo e feliz, era transportado da banheira para a cama. Clarice, diz, também está se educando com o crescimento do filho.[363]

Descobriu através do garoto ser mais áspera de voz e mais brusca de gestos do que poderia imaginar.

Perguntamos de saída o que ela, no seu tempo de repórter, perguntaria *de saída* a uma escritora: "Seria uma pergunta a que eu mesma nunca saberia responder".

Carioca, de 1950, a que acrescenta curta introdução. E mantém a objetividade no relato dos dados, sem nenhuma menção de caráter mais pessoal na sua relação com Clarice Lispector, que teve por ele uma grande paixão, segundo depoimentos de amigos da própria escritora, como Autran Dourado, entre outros. (Ver, neste livro, a parte "Autran Dourado e Maria Lúcia Autran Dourado", p. 64.)

[361] Tais dados, fornecidos por Clarice Lispector, serão posteriormente questionados, tendo por base descoberta de documentação que permite afirmar que: Clarice chegou a Maceió em março de 1922, com um ano e 3 meses; e viveu no nordeste durante 13 anos: de um a quatro anos de idade (de 1922 a 1925), em Maceió; de quatro a quatorze anos de idade, em Recife (de 1925 a janeiro de 1935). Pedro, o pai; Tania, a irmã do meio; e Clarice, a caçula, chegam ao Rio de Janeiro pelo navio Highland Monarch em 7 de janeiro de 1935. O nome de Elisa, a irmã mais velha, não consta na lista de passageiros do navio. Ela chegaria ao Rio de Janeiro algum tempo depois.

[362] Não há informação precisa referente a endereço residencial de Clarice Lispector nesse período.

[363] Pedro Gurgel Valente completaria dois anos em 10 de setembro desse ano de 1950.

Em Pernambuco, Clarice Lispector fez o curso primário e iniciou o secundário no Ginásio Pernambucano. O crítico Olívio Montenegro foi seu professor de História da Civilização. Agamenon Magalhães, seu professor de Geografia. Um dia Gilberto Freyre assistiu a uma aula de Olívio.

Coube a uma companhia teatral despertar na menina o primeiro impulso literário. Depois de ver Lígia Sarmento e Alma Flora representarem uma peça romântica, no teatro Santa Isabel, foi para casa e escreveu sua primeira "obra": uma peça em três atos e duas páginas arrancadas ao caderno escolar. Escondido atrás de uma estante, o trabalho foi rasgado mais tarde.

No terceiro ano ginasial, transferiu-se para o Colégio Sílvio Leite, no Rio, Rua Mariz e Barros. Estudiosa, mas não era a primeira da classe. No complementar de Direito, Clovis Monteiro foi seu professor de Literatura. É, no entanto, o Direito Penal que entusiasma Clarice, talvez porque no tecido de artigos e leis punitivas uma romancista encontre não a letra, mas o espírito, as situações fundamentais que movimentam o homem.

Na revista *A Época* publica seu primeiro artigo (que lhe vale até hoje brincadeiras dos amigos): "Observações sobre o fundamento do direito de punir".

Lê bastante nesse tempo, mas não participava, nem as conhecia, de rodas literárias. Fala de um poema de Augusto Frederico Schmidt, "Canto para os adolescentes", em que sofreu os sobressaltos de uma mensagem *dirigida particularmente* a ela (aconteceu a mesma coisa com o repórter). Entrou para a Agência Nacional como tradutora, mas, estando completo o quadro, foi enviada para a reportagem. A surpresa tornou-lhe mais agradável o ofício. Logo em seguida entrava também como repórter do jornal *A Noite*, trabalhando com Lúcio Cardoso, Octávio Thyrso, Antônio Callado e José Condé. Conheceu o poeta Schmidt, entrevistando-o a respeito de fibras.

Muitas leituras desordenadas, diz. *O lobo da estepe*, de Hermann Hesse, causa-lhe grande impressão. Vivendo na atmosfera desse livro, pôs-se a escrever um conto infindável. Ainda aluna da Faculdade de Direito, casou-se com o cônsul Maury Gurgel Valente.

Tomando mais consciência da vocação literária, começou a escrever muito: "Não tinha ainda descoberto meu modo de trabalhar.

Sentava-me à máquina diariamente, mas não conseguia fazer nada. Aos poucos descobri que eu só podia escrever quando as ideias me vinham junto com a forma. Passei então a usar cadernos de notas ou pedaços de papel que tivesse à mão".

Organizou um livro de contos e enviou para um concurso da editora José Olympio, mas os originais foram perdidos e não concorreram ao prêmio. "Tenho ainda uma cópia comigo, mas o livro não vale nada."

Em 1942, durante dez sofridos meses, escreveu o romance que deveria lançá-la em nossa melhor literatura de ficção. O romance não tinha título e foi dado a Lúcio Cardoso para a primeira leitura. Clarice dissera ao autor de *Inácio* que respiraria melhor se escrevesse uma frase do *Portrait of the artist as a young man*, de James Joyce. A conselho de Lúcio Cardoso, colocou a frase como epígrafe do romance e aproveitou-a no título: *Perto do coração selvagem*.

A editora A Noite publicou o livro que a José Olympio recusara. A autora não esperava que lhe dessem a menor atenção. Surpreendeu-se com o sucesso, sucesso que, ao mesmo tempo, veio decepcioná-la um pouco: "Ao publicar o livro, eu já programara para mim uma dura vida de escritora, obscura e difícil; a circunstância de falarem no meu livro me roubou o prazer desse sofrimento profissional". E acrescenta que é um traço obscuro de seu temperamento uma constante sensação de estar ludibriando as pessoas: "Tinha a impressão de que os leitores que gostaram de *Perto do coração selvagem* haviam sido enganados por mim. Fico sempre deprimida depois de uma conversa longa e me senti exatamente como se tivesse falado demais".

Acompanhando o marido, viajou, tendo morado seis meses em Belém e quase dois anos em Nápoles durante a guerra. Ajudou num hospital de soldados brasileiros. Em Roma conheceu Ungaretti, e o pintor De Chirico fez-lhe o retrato. Viveu também três anos em Berna, de onde guarda a lembrança de Rosa, sua empregada, leitora de romances e dona de fabulosa personalidade.[364] Rosa dizia que seu noivo

---

[364] Clarice faz referências a Rosa em crônicas: "Suíte da primavera suíça" (*Jornal do Brasil*, 28 out. 1967); "Quase" (*Jornal do Brasil*, 18 jan. 1969). E Rosa é a protagonista da crônica "A italiana" (*Jornal do Brasil*, 4 abr. 1970). Tais crônicas foram reunidas no volume *A descoberta do mundo* (Rio de Janeiro: Nova

era igualzinho a um personagem de Daniel-Rops, "roído por um mal desconhecido".[365] Também a ama de Pedro era dada às artes, mas só admitia Rilke em poesia, Bach em música, e achava imperdoável futilidade perder tempo com cinema.

O lustre, seu segundo romance, foi escrito em vinte e um meses. "Foi o livro em que tive maior prazer escrevendo. *A cidade sitiada* foi o que me deu mais trabalho, levei três anos e fiz mais de vinte cópias. Rosa ficava escandalizada com o monte de originais; um dia me disse que achava melhor ser cozinheira, porque, se pusesse sal demais na comida, não havia mais remédio."

— E agora?

— Agora só tenho feito colaborações para jornais e revistas. Não tenho ideia de nenhum romance.

— Não está ouvindo uma musicazinha ao longe?

— Não. Absoluto silêncio.[366]

Fronteira, 1984. Respectivamente p. 37, 247, 429-432). E em: LISPECTOR, Clarice. *Todas as crônicas*. Rio de Janeiro: Rocco, 2018. Respectivamente p. 34-35, 190-193, 291-293.

[365] Daniel-Rops (1901-1965), pseudônimo de Henri Petiot, historiador francês e com vasta obra, com ampla divulgação, tanto de história sagrada quanto de literatura infantil, romances históricos e ensaios.

[366] A edição original dessa matéria foi publicada no *Diário Carioca* de 25 de junho de 1950, p. 5- 6, com o título "Itinerário de romancista" e com o subtítulo: "Conversa com Clarice Lispector. Direito Penal e a vida". A parte final do texto, a partir de "– E agora? – perguntamos", é publicada na página 6 do jornal, como uma "Conclusão" e com o subtítulo "Leituras e admirações".

Itinerário de...

(Conclusão)

— Não está ouvindo uma musicazinha ao longe?
— Não. Absoluto silêncio.

LEITURAS E ADMIRAÇÕES

— Desde que me perguntam de que livros eu gosto me esqueço completamente das coisas que li. Falou-nos contudo de um livro que a empolgara recentemente (*Passage to India*, de Foster); sobretudo referiu-se à extraordinária admiração por D. H. Lawrence, em que vê "uma espécie de regeneração da raça humana".

Fala também em poetas e romancistas brasileiros. E diz, ao fim da conversa, que se perturbou muito com a morte de Mário de Andrade, embora não o conhecesse.

■ Nota final da matéria "Itinerário de Romancista", publicada no *Diário Carioca* de 25 de junho de 1950, p. 6.
Fonte: Biblioteca Nacional, Hemeroteca Digital Brasileira: https://bit.ly/49hoVGs.

● Pedro Paulo de Sena Madureira

Entrevista[367]

Roberto Ventura: Quem lê Clarice Lispector hoje no Brasil?

Pedro Paulo de Sena Madureira: Você tem de saída um público obrigatório, que é o público escolar. Trata-se de uma autora que hoje é leitura considerada básica nos colégios, pelo menos a partir da adolescência. Há também pessoas que partem para ler Clarice atrás de uma mensagem mística. Houve uma fase logo depois da morte dela, no começo dos anos 1980, em que o texto de Clarice foi muito visto nessa perspectiva. Isso tirou um pouco da sua riqueza literária. As pessoas passaram a ler Clarice como se fosse uma guru. Porque o texto de Clarice tem o dom de falar muito diretamente, tem esse caráter de epifania. Cada frase de Clarice, sobretudo em *A paixão segundo G.H.*, é uma surpresa, uma iluminação.

Mas, para mim, a melhor maneira de ler Clarice não é tanto essa forma que a fez ficar famosa, pelo menos no Brasil, e a tornou

---

[367] Essa entrevista, feita por Roberto Ventura (1957-2002), em março de 1992, que me foi gentilmente enviada nessa mesma época, incluía nota inicial redigida pelo entrevistador, Roberto Ventura, e que aqui mantenho: "O editor Pedro Paulo de Sena Madureira, da Siciliano, foi amigo de Clarice Lispector nos anos 1970. Pedro Paulo levou a obra de Clarice para a editora Nova Fronteira em 1978. Agora, na Siciliano, está publicando cinco de seus livros. Os demais estão saindo pela Francisco Alves". De fato, a editora Francisco Alves publica uma série de livros de Clarice Lispector com prefácios escritos por estudiosos, e a editora Siciliano publica, entre outros, *A legião estrangeira* e *De corpo inteiro: entrevistas* (1992), *Quase de verdade* e *O mistério do coelho pensante* (1993).

uma escritora comercialmente bem-sucedida. E aí você entra num público um pouco mais restrito. O que é verdadeiramente epifânico no texto da Clarice é o próprio texto. É uma escritora absolutamente inusitada, completamente nova. Eu posso imaginar nos anos 1940, quando apareceu *Perto do coração selvagem*, o susto que foi a leitura desse livro.

RV: Qual a importância de Clarice como autora mulher que privilegia personagens femininos? Até que ponto a aceitação de sua obra no Brasil e no exterior aumentou com o *boom* da literatura feminina?

PPSM: O assunto da Clarice é o ser humano. O fato de os personagens femininos serem absolutamente preponderantes se deve à fatalidade biológica de ela ser mulher. Eu não diria que a literatura dela seja uma literatura sobre a mulher. Aliás, toda grande literatura extrapola a sua definição sexual. Jamais poderia dizer que a literatura de Virginia Woolf ou de Marguerite Yourcenar, por exemplo, é sobre a mulher.

Houve, do ponto de vista de marketing, um aproveitamento das editoras – não diria do *boom*, mas da relevância do feminismo nos anos 1980. Mas eu tenho certeza de que, mais cedo ou mais tarde, ela seria descoberta mesmo sem isso, pela alta qualidade do texto. Isso foi uma estratégia que os bons editores souberam aproveitar. Começou com a Editions des Femmes, na França, seguida pela Suhrkamp, na Alemanha. E agora até o livro de crônicas está saindo na Inglaterra, *A descoberta do mundo*, um livro enorme, traduzido na íntegra.[368]

RV: Como amigo de Clarice, você pode falar da escritora na intimidade?

PPSM: Clarice era uma pessoa de poucos amigos. Foi muito amiga de Nélida Piñon, Francisco de Assis Barbosa, Eduardo Portella e Olga Borelli. Convivi com ela nos últimos sete anos de sua vida, pois éramos vizinhos no Leme. Ela tinha muita liberdade com os amigos. Às vezes saía de casa às 6 horas da manhã e vinha tomar café comigo. Gostava

---

[368] Refere-se ao então recentemente editado livro de Clarice Lispector que ganhou em inglês o título de *Discovering the world*, com tradução e introdução de Giovanni Pontiero e editado em Manchester pela editora Carcanet, em 1992.

muito de tomar chá no fim de tarde, ou de passear na Avenida Atlântica. De vez em quando íamos em grupo à feira.

Havia momentos em que Clarice era a figura física da angústia, mas nunca amarga. Era uma mulher misteriosa, com um sorriso levemente irônico e um olhar profundo, muito penetrante. Era extraordinária e sempre surpreendente, com um senso de humor formidável.

Março de 1992.

Um jantar[369]

Fui com Clarice Lispector a um jantar em casa de Rubem Fonseca e sua esposa, Théa [Maud], na Rua General Urquiza, no Leblon. Ofereceram jantar a Osman Lins e sua esposa, Julieta de Godoy Ladeira, quando o casal foi ao Rio. Osman era falsamente antipático, pois era pessoa de deliciosa conversa.

Lá estavam Antonio Callado, Nélida Piñon, Autran Dourado e esposa. Eu morava na Rua Ribeiro da Costa, e Clarice, que já morara nessa mesma rua, residia então na rua paralela, Rua Gustavo Sampaio.

Peguei um taxista que sempre nos servia, o Nelsinho, e passei no edifício de Clarice para pegá-la, no final da rua Gustavo Sampaio, perto da praça do Forte. E fomos. Clarice morava perto do Hotel Leme, na esquina da avenida Atlântica com rua Anchieta, e hoje é um hotel da rede Othon. De vez em quando, ela costumava trazer uma maleta, sair do apartamento dela e ficar hospedada nesse hotel dois ou três dias.

Ela, muito maquiada. Quanto à mão direita, Pitanguy deu um jeito, mas ficou muito lesada. Tinha só os tocos de unhas e ela pintava assim mesmo e dizia: "Senão não conjumina".

Ela, linda, pintada.

Clarice gostava de fazer feira. Ia com dona Amaru, que chamávamos de Maru. E costumava vir de madrugada tomar sorvete na minha

---

[369] Depoimento inédito concedido a Nádia Battella Gotlib em setembro de 2020.

casa. Às vezes vinha com a Olga Borelli. Gostava daquele sorvete 3 em 1, da Kibon, em lata grande. E gostava de tomar Coca-Cola. Tanto que, quando apareceu a Coca-Cola tamanho família, ela comentou: "É a minha ressurreição! Estou salva!".

Fomos então para a casa do Rubem Fonseca.

A esposa dele, Théa Fonseca, mulher maravilhosa, grande companheira do Rubem, fazia traduções para a editora Nova Fronteira.

Clarice vestia um camisão que ia até abaixo da cintura, de alcinha, com um colar de pérolas enormes junto ao pescoço e dois brincos combinando.

Caminhamos até uma sala onde estava Osman Lins, para cumprimentá-lo. E lá estava um crítico bem baixinho, de 1,60 m de altura, bem feio.

E Clarice, muito alta, olhava para o crítico de cima para baixo.

O crítico havia publicado artigo sobre o romance *A paixão segundo G.H.* no jornal *O Globo*, em que afirmava que Clarice escrevia "lindamente", mas afirmava também que o fazia "como quem dá pérolas aos porcos".

Quando Clarice entrou, esse crítico estava no canto do salão onde estavam sentados Marcílio Marques Moreira e a esposa, Antonio Callado e Osman Lins.

Clarice estava já com um copo de uísque.

Fomos para o canto onde estavam essas pessoas. Ela beijou todos. E não cumprimentou o crítico quando ele lhe estendeu a mão. Clarice virou-se para mim e disse:

– Oh, Paulo, tem um fantasma aqui, um ectoplasma!

O crítico ficou branco.

Todo mundo ficou espantado.

O Osman, perplexo.

E eu também, porque não sabia da história, pois não acompanhava a vida literária.

E Clarice ainda disse em seguida:

– Pensei que ele tivesse morrido! Essa criatura escreveu no jornal *O Globo* que eu escrevo lindamente, mas que eu atiro pérolas aos porcos!

Ela então apontou para o colar e disse:

– Eu quero dizer aos meus amigos que estas pérolas são falsas! Eu só uso pérolas falsas! Comprei na feira. E nem tenho coragem de atirá-las aos porcos.

O jantar foi delicioso.

Setembro de 2020.[370]

---

[370] A pedido de Paulo Francis, Cristina [?] entrevista Clarice Lispector para compor matéria a ser publicada pela Civilização Brasileira na série Livro de Cabeceira da Mulher. Esse encontro é relatado por Clarice em crônica do *Jornal do Brasil* com o título de "A entrevista alegre". Durante a conversa, o assunto volta-se para um crítico – seria o mesmo a que Clarice Lispector se refere no texto acima? A Clarice cronista afirma: "A entrevista começou com bom humor. Rimos várias vezes. Uma das vezes foi quando ela perguntou o que eu achava do que o crítico Fausto Cunha escrevera. Escrevera – e eu não sabia – que Guimarães Rosa e eu não passávamos de dois embustes. Dei uma gargalhada até feliz. Respondi: não li isso, mas uma coisa é certa: embustes é que não somos. Podiam nos chamar de qualquer coisa, mas de embustes não". E arremata: "Ora essa, Fausto Cunha. Você, que conheci no casamento de Marly de Oliveira, é até simpático, mas que ideia. Veja se pensa um pouco mais no assunto. Acho que Guimarães Rosa também riria" (LISPECTOR, Clarice. A entrevista alegre. *Jornal do Brasil*, 30 dez. 1972; LISPECTOR, Clarice. *A descoberta do mundo*, Rio de Janeiro: Artenova, 1984. p. 68-72).

Também o escritor mineiro Roberto Drummond deu sua versão sobre esse episódio, que contém variações: "Ouvi de Pedro Paulo de Sena Madureira, um de seus grandes amigos, o relato de um fato que vale contar: tinha saído *A maçã no escuro*, e o crítico Fausto Cunha, com aquele rancor que os críticos e os guardas penitenciários sabem ter, fulminou o livro. Clarice ficou doente. Ficou de cama. Mas ao saber de uma festa onde Fausto Cunha estaria e para a qual estava convidada, telefonou para Pedro Paulo de Sena Madureira e disse: 'Quero que você vá à festa comigo!'. Pedro Paulo foi. Clarice Lispector compareceu com a elegância de sempre e um sapato de salto estranhamente alto (que aumentava bastante sua estatura). É preciso dizer que Fausto Cunha é um senhor baixinho. Mede pouco mais de um metro e meio de altura. Quando Clarice Lispector entrou no salão de convidados, todos os olhares se voltaram para ela. E a autora de *A maçã no escuro*, fazendo com as mãos um gesto de quem olha numa lupa, pôs-se a dizer aos gritos: 'Cadê o anão? Disseram que o anão está aqui! Cadê o anão?'. Fausto Cunha desapareceu da festa ou se tornou um homem invisível (DRUMMOND, Roberto. Clarice segundo Nádia. *Hoje em dia*, 15 maio 1995).

● Raimundo Carrero

Meu encontro com Clarice[371]

Seria um dia normal. No entanto, como tudo o que seria, não foi. A partir das 10 horas começou a mudar. E mudaria completamente. Cheguei à Universidade Federal de Pernambuco no horário habitual. Tomei um cafezinho e comecei a trabalhar. Daí a pouco chegou o poeta José Mário Rodrigues convidando-me para almoçar com Clarice Lispector. Normal, normalíssimo, se a escritora não fosse a criadora literária mais polêmica da época, acusada de silenciar-se diante das atrocidades da ditadura militar que oprimia o Brasil naquela época, escrevendo uma obra intimista, sem denunciar as agressões sociais, sobretudo contra negros, mulheres e pobres.[372] Quis recusar, mas disse apenas que talvez

---

[371] Texto publicado em: CARRERO, Raimundo. *O que eu escrevo continua: dez ensaios no centenário de Clarice Lispector.* Organização de José Mário Rodrigues. Recife: CEPE, 2020. p. 13-16.

[372] Raimundo Carrero refere-se à divulgação, na época, de uma "Clarice Lispector escritora alienada", construída, penso eu, com base no desconhecimento de sua obra, já que seus textos eram pautados, ao longo de sua carreira, no compromisso humanístico com os "humilhados e ofendidos" e contra discriminações e preconceitos. E, se não teve militância regular ligada a partidos políticos, participou de eventos públicos contra a censura e a ditadura militar em 1968. A divulgação dessa "imagem" equivocada de Clarice Lispector penso que se deva também a uma infeliz e mal informada matéria jornalística do conhecido jornalista, escritor e humorista Henfil, que, nos anos 1970, publicou uma série de cartuns em que situava Clarice Lispector no "Cemitério dos mortos vivos" (*O Pasquim*, n. 138, 22-28 fev. 1972), ao lado de outras personalidades por ele consideradas alienadas, como, entre tantos, Elis Regina, com quem, no entanto, Henfil se reconciliou posteriormente. Clarice Lispector faleceu sem que houvesse um gesto de retratação por parte de Henfil.

fosse, se me desse na telha, mesmo na última hora. Então vá se arrumar, disse-me Zé Mário com aquele sorriso de quem tem pressa, mas não pressiona, mesmo pressionando. Logo em seguida saiu...

Naquele tempo Clarice já era uma escritora em plena afirmação, amada e aplaudida, senão, idolatrada, por centenas de leitores. Qualquer um estaria deslumbrado. Você está triste, Carrero? Então eu lhe convido para almoçar com Clarice Lispector e você fica triste? Não, não estou triste, estou inquieto. Vá ao almoço comigo, será ótimo. Na verdade, até aquela hora, lera muito pouco, muito pouco da escritora recifense com raízes na Ucrânia. Um conto ou outro, nada muito sério. Sempre fui apaixonadíssimo pela literatura nordestina, dedicando-me à leitura de Jorge Amado, Graciliano Ramos e Rachel de Queiroz. Ligara-me ao Movimento Armorial, acabara de lançar *A história da Bernarda Soledade* e me preparava para construir uma carreira literária. Perguntava-me como teria uma conversa com a grande escritora, com fama de inatingível. Impenetrável.

Apesar de tudo, eu estava nervoso, muito nervoso. Peguei um táxi na UFPE [Universidade Federal de Pernambuco] ainda sem saber mesmo aonde ir. Mas como, aonde o táxi me levaria? Fui à Avenida Caxangá, onde havia uma venda cujo atrativo principal era cachaça com piaba assada e caldinho de feijão. Quase numa rodada única bebi meiota – nome dado à meia garrafa – com a tal piaba e avancei em duas garrafas de cerveja com a ajuda do caldinho de feijão servido numa garrafa de café, para conservar a temperatura. Deliciado, continuei

---

Segundo Aparecida Maria Nunes, Henfil afirma ao jornalista Tárik de Souza, muitos anos depois, que não percebeu o peso da mão e que ficou machucado por cada uma das pessoas que feriu: "Então, eu depois fiquei chateado de ter agredido o Carlos Drummond de Andrade. Eu fiquei feridíssimo porque eu agredi Clarice Lispector e Elis Regina!" (ver NUNES, Aparecida Maria. A execração de Clarice Lispector e de seu projeto literário na mídia brasileira. *Cerrados*, Brasília, v. 54, n. 31, p. 45-55, nov. 2020. Disponível em: bit.ly/47MRsUn. Acesso em: 15 ago. 2023). O biógrafo de Henfil, Dênis de Moraes, reconhece o mérito das atitudes críticas de Henfil: "Aqui e ali, Henfil cometia excessos e erros de avaliação – mas é indiscutível que muitas de suas estocadas aclaravam a consciência crítica, expunham mazelas das elites dominantes e destilavam indignação cívica" (MORAES, Dênis de. Humor de combate: Henfil e os 30 anos do *Pasquim*. Disponível em: http://bit.ly/3tNGm1C. Acesso em: 10 out. 2023).

bebendo – até porque sempre bebi muito –, quase esquecendo o almoço. Tanto tempo depois, segui para o local indicado – se é que me lembrava mesmo –, sempre de táxi, até porque nunca aprendi a dirigir automóvel. Não demorou, estava no restaurante Varanda, na sede do Sport Club do Recife. Alguns convidados já estavam à mesa, mas Clarice chegou logo depois em companhia do poeta César Leal.[373] Ela usava vestido amarelo com um xale branco bordado, muito elegante e, como se percebe, discreta. Ficamos juntos ali. Clarice na cabeceira, o que aceitou, relutante e depois de muita resistência. Na verdade, quase não falava. E, a princípio, parecia antipática. A feminilidade foi se revelando e, embora silenciosa, dava atenção aos comentários, ainda que não respondesse a perguntas. Sorria, levemente movia os lábios. Se não fosse provocada, nada diria, e, quando dizia, dizia baixinho, com um ar brejeiro, tímido.

Senti que estava embriagado, a cachaça e a cerveja fazendo efeito. Não tinha nada o que perguntar e invejava a disponibilidade de César para o diálogo. Não diria que conversavam animadamente. Mesmo assim eram descontraídos, sem eloquência. Quando ela demonstrou interesse em ausentar-se das conversas, que já avançava para outros convidados, o poeta afastou discretamente a cadeira e estendeu os braços... Em seguida, a escritora começou a dobrar e desdobrar o guardanapo, afundando num silêncio absoluto. Silêncio, aliás, que nos acompanhou durante a refeição. Ninguém intervinha, conversava, perguntava. Talheres cruzados sobre o prato, a autora de *Perto do coração selvagem* raramente se servia e tocava, de quando em quando, na comida. Bebia água, apenas. Não ria, nunca ria. E não era mal-humorada. Existia.

Na volta à casa, fui ler Clarice, sobretudo *Água viva*, parece-me numa edição recente ou lançamento. O almoço ou o não almoço atiçou minha curiosidade. Uma pessoa leve, muito leve e bonita, com dificuldade de comunicação – alimentada ou espontânea? Um texto profundamente intrigante, em que o ser humano era tocado com pluma, sem deixar de ser forte. Pena que não tenha memória suficiente

---

[373] Ver, neste livro, a parte "José Mário Rodrigues", p. 257.

para repetir as palavras agora, recorrendo, no entanto, a uma frase definitiva de Macabéa, em *A hora da estrela*: "A vida dói".

O resto do dia foi de uma brutal ressaca, com tontura e a cabeça oca. Muitas vezes tentei relaxar. Inútil. Seguiu-se uma enorme dor de cabeça com a lembrança permanente de Clarice Lispector, cuja presença me fora inquietante e profunda. Foi ficando essa certeza de uma escritora que estava longe do coração selvagem da vida e que fora ali, bem ali, que ela despejara seu sangue e sua agonia. De uma forma ou de outra, carrego nos ombros a pluma dessa escritora com toda a carga de estranheza e mistério que uma verdadeira criadora pode revelar.

Um encontro, sim, um encontro para nunca mais me livrar dele, mesmo quando passei a estudar sistematicamente a criação literária, descobrindo em *A hora da estrela* a estratégia de uma escritora que não tem, em aparência, estratégia alguma. Em outros textos, Clarice revela que escreve a partir de anotações que vai fazendo ao longo do dia em cadernos. E papéis improvisados. Sim, improvisados. Nunca preparados e programados.

Sem esquecer, no entanto, que *A hora da estrela* é a planta baixa de um romance. Mesmo assim, e contraditoriamente, o livro começa com o narrador sugerindo que o texto nasce do acaso, como parece ter acontecido com a criação do mundo. Adiante, o narrador se identifica – Rodrigo S. M. – e o texto didático se choca com a espontaneidade do princípio. Talvez ela própria tivesse dúvidas. Aqui surge uma didática, estranha e lógica Clarice, a usar no nome da personagem a metáfora dos Macabeus, e o incrível Olímpico, outra metáfora para o homem errático e lutador do retirante.

De forma que agora tenho diante de mim duas Clarices: 1) a misteriosa, silenciosa e bela; 2) a humana, sólida e reveladora. Nessa imensa contradição de que é feita, enfim, a matéria humana.

● Rubem Braga

O poeta e os olhos da moça[374]

Conversa vai, conversa vem, eu disse um nome de mulher. O poeta me confessou que há muitos, muitos anos, tem vontade de fazer um poema sobre uma história que ele teve com essa mulher – a que chamaremos Maria. Espanto-me: não sabia que o poeta tinha tido alguma história com Maria.

Ele ri:

"Não pense que eu tive um caso com ela. Foi apenas uma impressão minha, foi uma coisa toda subjetiva – mas inesquecível. Tanto assim que vivo perseguido pela vontade de escrever um poema sobre aquele momento. Isso aconteceu há uns dez anos, e até hoje não me senti capaz de transformar aquele instante em um poema. Pode ser que esse poema venha de repente, pronto do começo ao fim; isso já tem me acontecido. Mas vou contar a história. Eu estava no Praia Bar, ali no Flamengo, sozinho, com uma tristeza danada, por causa de outra mulher. Estava desesperado, mas principalmente triste, com uma tristeza sem fundo nem remédio.

"Em certo momento paguei a conta e saí. Quando vou pisando na calçada me encontro com Maria, que vem de braço dado com o noivo.

---

[374] A crônica aqui registrada (com atualização ortográfica) foi publicada na revista *Ele Ela* (ano XI, n. 132, p. 130), em abril de 1980, portanto, três anos depois da morte de Clarice Lispector. Trata-se de uma das 14 versões dessa crônica escritas por Rubem Braga, que mostram alterações sucessivas, ora leves, ora acentuadas, conforme pesquisa que reúne no meu acervo pessoal cerca de 18 mil itens digitalizados de textos escritos por Rubem Braga – crônicas, reportagens e alguns poemas –, além de reportagens e entrevistas de outros autores sobre Rubem Braga. (Maria de Lourdes Patrini Charlon assina esta nota, bem como as demais desta parte.)

Meus olhos entraram diretamente nos seus. Meus olhos, com toda a minha tristeza, toda a minha alma desgraçada, entraram de repente nos seus, mergulharam completamente neles. Ela se deteve um instante – eu só via aqueles olhos verdes – e me recebeu como se fosse uma piscina. Tenho a certeza de que ela recebeu minha alma ferida, de homem desprezado, dentro de sua alma distraída e feliz de moça que passeia com o noivo. Cumprimentei os dois vagamente, segui pela rua tonto, mas apaziguado."

Contei essa história do poeta a Maria, muitos anos depois. Ela beliscou o beiço, tentando se lembrar: "No Praia Bar? Quando foi? Não me lembro".

E ficou me olhando admirada, com seus olhos de piscina.[375]

. . .

Foi há muito tempo que escrevi esta crônica, há quase trinta anos. Na ocasião eu não quis dizer o nome dos personagens. Hoje ambos estão mortos. O poeta era Manuel Bandeira; a moça Maria, noiva, chamava-se Clarice Lispector.[376]

---

[375] Na última versão da crônica, publicada em 1987, na *Revista Nacional*, n. 471, o cronista, entre outras alterações, ao suprimir os asteriscos, suprime também o último parágrafo: "E ficou me olhando admirada, com seus olhos de piscina" (ver CHARLON, Maria de Lourdes Patrini. O poeta e os olhos da moça: a história de uma crônica de Rubem Braga. 2020. Texto digitado).

[376] Dentre as várias versões dessa crônica, destaco três. Numa primeira, intitulada "Poeta", publicada no *Correio da Manhã* de 10 de abril de 1952, Rubem Braga se detém na história da consulta feita pelo "poeta" ao cardiologista e, em seguida, conta as reações do poeta ao se encontrar com a "moça" e seu "namorado". Numa segunda versão, a história da consulta ao médico é excluída, e o autor se detém no segundo episódio. E, numa terceira, o autor acrescenta um trecho final, após os asteriscos. É essa a versão que ora se publica, em que o cronista revela o nome do "poeta" e da "moça" – e quando já haviam falecido: Manuel Bandeira, em 1968; e Clarice Lispector, em 1977. Dessa forma, Rubem Braga encerra a sua crônica com uma espécie de epílogo esclarecedor, ao romper com um silêncio de quase 30 anos referente à identidade dessas duas pessoas envolvidas na história (ver CHARLON. O poeta e os olhos da moça: a história de uma crônica de Rubem Braga).
Manuel Bandeira, em crônica intitulada "Braga", publicada no *Jornal do Brasil*, em 7 de março de 1956, faz referência a essa crônica do amigo. Trago aqui um trecho: "Agora estou como quero: compro de manhã *O Diário de Notícias* e vou logo à segunda página, ao puxa-puxa de Braga. Braga é sempre bom, e quando não tem assunto então é ótimo. Disseram um dia do português Latino Coelho que era um estilo à procura de um assunto. Braga é o contrário: o estilista cuja melhor

■ Recortes da primeira versão da crônica "Poeta", publicada primeiramente no *Correio da Manhã* de 10 de abril de 1952. À direita, o título "O poeta e os olhos da moça", a ser adotado a partir da versão publicada na revista *Ele Ela*, n. 132, de abril de 1980. No canto direito, indicações de outros títulos que adotou: "Poeta", "Corações" e "Poeta, corações e mulher", e de periódicos em que foi publicada a crônica: M [*Manchete*], n. 83; FLU [*Fluminense*], fev. 1978.

Na página aparecem, ainda, siglas com outras indicações de publicações da crônica: RN e R Nacional [*Revista Nacional*], n. 68; *Ele Ela*, "O poeta e os olhos da moça"; M [*Manchete*], n. 83; "Poeta", "Corações" (trechos) e "Poeta, corações e mulher" [anotações feitas provavelmente pela secretária de Rubem Braga]; FLU [*Fluminense*], fev. 78; M [*Manchete*], n. 704; *Ele Ela*, n. 132; G. [*O Globo*], 3 fev. 1960; DN [*Diário de Notícias*], 30 mar. 1966. Embaixo, trecho manuscrito que foi acrescentado à versão da crônica aqui publicada.
Fonte: Fundação Casa de Rui Barbosa, Arquivo-Museu de Literatura Brasileira, Arquivo Rubem Braga.

performance ocorre sempre por escassez de assunto. Aí começa ele com o puxa-puxa, em que espreme na crônica as gotas de certa inefável poesia que é só dele. Será esse o segredo de Braga: pôr nas suas crônicas o melhor da poesia que Deus lhe deu? [...] "Com aquele seu ar contrafeito, hipocondríaco e de última hora (salvo seja), parecendo não prestar atenção a nada, não perde nada, anota os escaninhos do seu subconsciente os mil detalhes da vida enorme, os quais, muito mais tarde, a propósito disto ou daquilo, compareçem numa crônica a tempo e a hora, no minuto exato em que são requisitados pela memória de Braga para nos surpreender a sensibilidade incauta.
"Nem sempre, porém, Braga é *va comme je te pousse*. Frequentemente compõe. Uma vez contei a ele como, saindo à noite de um bar na Praia do Flamengo, caí literalmente dentro dos olhos de Clarice Lispector, que ia passando por ali. Braga juntou isso com outra coisa, que não sei se era experiência própria ou alheia, e fabricou uma de suas obras-primas.
"Saúdo a volta de Rubem Braga às colunas do *Diário de Notícias* com a última dose de laranjinha que tenho em casa. Laranjinha confeccionada por meu amigo Raul Maranhão com Sapucaia velha do Vilarinho, Cointreau e casca de laranja, que não sei se é seleta ou da terra, vou indagar".

● Rubens Ricupero e Marisa P. Ricupero[377]

Rubens Ricupero

Já contei, há algum tempo, como foi o meu encontro com João Guimarães Rosa, meu examinador no exame de ingresso ao Instituto Rio Branco, em 1958. Também em certa ocasião já falei de João Cabral [de Melo Neto]. Em algum momento, se não desanimar no meio do caminho, hei de evocar Vinicius e nossa colaboração truncada. Falta agora dizer alguma coisa sobre Clarice Lispector, a quarta grande escritora ligada ao Itamaraty que conheci nessa época.

Diversamente dos três primeiros, Clarice não era diplomata, mas foi muitos anos casada com um, Maury Gurgel Valente, acompanhando-o pelo mundo: Nápoles nos dias finais da guerra, Berna, Washington. Maury, homem estoico, íntegro, sem duplicidade ou malícia, encarnava as virtudes que um chefe formador de jovens deve ter, sempre pronto a empurrar para frente os colegas iniciantes, colocá-los em evidência, valorizá-los junto a terceiros.

---

[377] Depoimento inédito enviado a Nádia Battella Gotlib em 19 de outubro de 2022. Em mensagem enviada nesse mesmo dia, Rubens Ricupero esclarece: "Foi Marisa quem esteve mais tempo com Clarice e a acompanhou nos passeios ao Catetinho e a outros locais. Escrevemos juntos umas três páginas para registrar o que lembramos da visita". O diplomata chegou a Brasília em 10 de março de 1961, quarenta dias depois da posse de Jânio Quadros. E morou na mesma casa em que residia Maury Gurgel Valente, na W3 Sul, antes de ocupar, com Marisa, apartamento funcional na SQS 304. (Rubens Ricupero, em depoimento a Nádia Battella Gotlib. Ribeirão Preto (SP), 2008.)

Rubens Ricupero e Marisa P. Ricupero

Clarice vivia ainda as sequências penosas da dissolução de seu casamento, nada deixando transparecer no convívio diário. Nas festas do fim do ano de 1962, Clarice passou alguns dias em Brasília. Ficou na casa de Maury, na Avenida W3, uma das casas construídas pela Caixa Econômica Federal em Brasília. Apesar da separação, eles se davam muito bem. Maury foi o seu anfitrião durante todo o período da visita.

Eu, Marisa, acompanhei-a nos passeios pelos arredores, como na visita ao Catetinho, por ocasião de uma tentativa fracassada de conhecer Luziânia. Sinalização era coisa que não existia nas estradas precárias em torno da capital. Perdido em meio do caminho, o motorista parou para pedir ajuda à única pessoa que avistou naquele descampado.

Era um desses capiaus de Guimarães Rosa, que se limitou a apontar com o queixo uma direção indefinida. O matuto carregava um tatu debaixo do braço. À vista do bicho pré-histórico, Clarice disparou um monólogo surrealista, encadeando associações de ideias tão extraordinárias como seus textos de romances. Algo parecido lhe inspirou a descoberta daquela cidade estranha, Brasília, "uma praia sem mar", "uma prisão ao ar livre", onde a alma "não faz sombra no chão", "paisagem da insônia. Nunca adormece".

Recolheu depois na crônica que publicou na revista *Senhor*, em 1963, muito do que nos disse como primeiras impressões.[378] Comentou que, ao descer do avião, teve a sensação de que estava ainda em pleno voo, ao passear o olhar por aquele horizonte de 360 graus livre de

---

[378] A crônica intitulada "Brasília: cinco dias", publicada na revista *Senhor* em fevereiro de 1963 (ano V, n. 2, p. 90-91), é republicada em *A legião estrangeira* (1964, p. 162-168); uma reedição ampliada, com mais três curtos parágrafos e uma parte extensa intitulada "Brasília: esplendor", foi publicada com o título "Brasília" nos volumes *Visão do esplendor* (1974) e *Para não esquecer* (1978, p. 34-52); a versão reduzida, com o título de "Nos primeiros começos de Brasília", é republicada no *Jornal do Brasil* (20 jun. 1970) e em *A descoberta do mundo* (1984, p. 452-456). Essa crônica, nem na versão reduzida nem na ampliada, estranhamente não foi incluída em *Todas as crônicas* (2018). E a versão ampliada, com o título de "Brasília", desviando do critério seguido pela própria Clarice, foi incluída em *Todos os contos* (2016).

qualquer entrave. Brasília havia sido construída "na linha do horizonte [...] artificial. Tão artificial como devia ter sido o mundo quando foi criado". Também nos disse que "nos primeiros dois dias fiquei sem fome. Tudo me parecia que ia ser comida de avião".

No jantar para o qual Maury nos convidou no recém-inaugurado Hotel Nacional, aconteceu um incidente estranho que reemerge disfarçado da crônica. Inesperadamente, naquele hotel novo em folha, irrompe um rato de bom tamanho, que fez Clarice subir apavorada numa mesa. Vejam como ela reflete o episódio na crônica: "Foi construída sem lugar para ratos. Toda uma parte nossa, a pior, exatamente a que tem horror de ratos, essa parte não tem lugar em Brasília". E, já em tom crescentemente inquietante: "os ratos, todos muito grandes, estão invadindo [...] Aqui eu tenho medo". Antes, havia escrito: "Esperei pela noite, como quem espera pelas sombras para poder se esgueirar. Quando a noite veio, percebi com horror que era inútil: onde eu estivesse, eu seria vista. O que me apavora é: vista por quem?". Mais adiante, quase no final, volta ao tema do medo: "Há alguma coisa aqui que me dá medo. Quando eu descobrir o que assusta, saberei também o que amo aqui. O medo sempre me guiou para o que eu quero; e, porque eu quero, temo. Muitas vezes foi o medo que me tomou pela mão e me levou. O medo me leva ao perigo. E tudo o que eu amo é arriscado". Termina de forma magistral: "Em Brasília estão as crateras da Lua. A beleza de Brasília são suas estátuas invisíveis".

A crônica inteira é, para tomar emprestada uma palavra dela, faiscante como ouro branco, fluxo do inconsciente com um fio subjacente percorrendo a trama. Merece que lhe sejam aplicadas as palavras que dedicou a Brasília: "Os dois arquitetos não pensaram em construir beleza, seria fácil; eles ergueram o espanto deles, e *deixaram o espanto inexplicado*".

Dedicatória de Clarice Lispector a Rubens e Marisa P. Ricupero. Observação: Na parte final da dedicatória Clarice refere-se à "Nota da Editora", que ela considera "grandemente encabulante". Talvez porque ali apareçam elogios ao romance, ou talvez porque ali se afirme que o romance era "completamente desconhecido dos leitores de hoje". (Arquivo pessoal de Rubens Ricupero e Marisa P. Ricupero.)

● Samuel Lispector, Rosa Lispector e Vera Choze

Samuel Lispector[379]

Pedro Lispector, pai de Clarice Lispector, e Salomão Lispector, meu pai, eram dois dos nove filhos de Samuel e Echeved Lispector. E nasceram numa aldeia da Ucrânia chamada Teplik.

Samuel e Echeved viveram sempre em Teplik, onde nasceram os filhos Pedro, pai de Clarice, e Salomão, meu pai. Salomão, quando conheceu a futura esposa, Mina, mudou-se para Kitaigorod, onde ela morava com uns tios-avós.

Salomão nasceu em 2 de fevereiro de 1891 e faleceu em 18 de janeiro de 1959. Casou-se com Mina Svilichowsky, nascida a 15 de abril de 1895 e falecida em 13 de julho de 1988.

Mina era de uma aldeia chamada Kitaigorod (*Kitai* = chinês, *Gorod* = cidade), situada a meio caminho entre Odessa e Kiev. Os pais de Mina tinham loja de ferragens em Kitaigorod.

Quanto aos outros sete irmãos de Pedro e Salomão, sabe-se que um deles mudou de nome e foi para a Polônia, mas não deve ter sobrevivido à perseguição de Hitler. O mesmo destino devem ter tido os outros seis irmãos, de quem não se recebeu mais notícia alguma.

Quanto aos irmãos de Mina, sabe-se que um deles saiu em viagem ainda quando era rapaz, no início do século. Atravessou o Mar Negro e continuou a viagem, a pé, até Israel.

---

[379] Depoimentos concedidos a Nádia Battella Gotlib em Recife. Os de Samuel e Rosa Lispector foram realizados em 12 de julho de 1992, e o de Vera Choze, em 14 de julho de 1992.

Convivi com Clarice quando eu era muito criança, eu tinha uns seis anos.

A mãe de Clarice, Marieta, era paralítica, ficava numa cadeira de rodas. Era da família Rabin, parente do que ganhou recentemente as eleições, em Israel, pelo Partido Trabalhista. Há parentes dessa família Rabin no Rio, em Niterói e em São Paulo.

Quem conviveu mais com Clarice foi minha irmã Berta, que hoje está em Israel. Berta tem hoje 72 anos. Ela nasceu no dia 2 de fevereiro de 1920.

Mas a idade pode não estar certa. Naquele tempo mexiam muito nos documentos. E mudavam muito a idade. Às vezes era para poder entrar mais cedo para o ginásio. Aumentavam a idade para ter 12 anos. Meu tio Pedro pode ter aumentado a idade da Clarice, de 1921 para 1920, para ela poder entrar no ginásio mais cedo.

Estudamos também no Colégio Israelita de Pernambuco. Hoje o colégio se chama Colégio Israelita Moisés Chvarts e fica no bairro da Torre.

Clarice era mais velha que eu. Quando ela era menina, eu era bem pequeno. Mas me lembro de uma cena. Foi quando Clarice estava no 3º ano primário, no Colégio Israelita. Tinha de estudar num *Atlas geográfico* que era um livro enorme. Era um livro grande demais. E o meu tio disse: "O livro é grande demais para você. Você não vai para o 4º ano, não". E fez Clarice repetir o 3º ano.

Depois vi Clarice no Rio de Janeiro. Foi em 1942. Fui para o Rio com o meu pai de navio. Eu tive de fazer uma consulta por causa de um problema que tinha na perna. Clarice nos recebeu. Ela era estudante de Direito. Quando andávamos os três, na rua, ela, meu pai e eu, ela ficava segurando na ponta da minha orelha e dizia: "- Samuel, você tem a pontinha da orelha tão macia!".

Ela era muito bonita, linda, de olhos puxados e muito meiga.

A Tania era excelente aluna. A Elisa era mais velha. Quando viam "Lispector" no nosso nome, as portas da escola abriam-se. Mas era uma responsabilidade muito grande.

Tania, depois, casou-se com William Kaufmann, que fazia negócios. Ele era da Bessarábia. Depois teve casa de móveis. Tania era muito inteligente.

Elisa noivou-se com o Ulak. Queriam que ela se casasse com ele, que era também judeu, um comerciante sem instrução. Mas ela era estudada, tinha o Curso Normal. E não quis. Ela esteve aqui em Recife em 1950.

Eu e Rosa nos casamos em 1950.

Marieta, mãe de Clarice, tinha um irmão, Joel Krimgold, casado com Berta Krimgold, que teve uma filha, Sonia. O marido de Sonia morreu.

Os judeus moravam no bairro da Boa Vista. Era um bairro habitado por muitos judeus, que moravam perto um do outro. Aqui havia umas 350 famílias judias.

Na época da guerra, [Maury e Clarice] passaram por aqui. Jantaram na casa dos meus pais: Rua do Príncipe, 220.

Eles que receberam a FEB com os expedicionários lá na Itália, onde moravam. Foram eles que receberam os expedicionários, porque o marido dela era diplomata. E estava lá na época da guerra, quando os expedicionários chegaram do Brasil.[380]

Eles moravam no 2º andar da Rua da Imperatriz. A casa fica perto do rio. De lá dá para ver o rio. E fica no mesmo lado que a Livraria Imperatriz, antiga Berenstein. Essa rua termina na Praça Maciel Pinheiro, onde a família de Clarice morou também. Essa casa, hoje, está bem cuidada, restaurada.

Um dia tínhamos vindo para essa casa da Rua da Imperatriz, eu com minhas três irmãs. Foi quando o João Pessoa foi morto. E vimos, da sacada da casa, todo mundo correndo para lá, para a casa onde o João Pessoa foi morto.

Naquele tempo tinha a Livraria Colombo, perto da Matriz da Boa Vista.

---

[380] Clarice e Maury Gurgel Valente partiram do Brasil em direção à Itália no final do mês de julho. Quando o primeiro batalhão de soldados brasileiros ligados à FEB desembarcou na Itália, em 16 de julho, o casal Clarice Lispector e Maury Gurgel Valente ainda não havia lá chegado. Restaria saber se receberam outros soldados que chegaram posteriormente à Itália. No entanto, esse encontro relatado por Samuel Lispector pertence ao repertório de lembranças da família.

Eu tinha uns 5 ou 6 anos quando chegamos da Europa. Passamos um mês ou dois na Rua da Imperatriz, 2º andar, residência do meu tio Pedro, pai de Clarice. Tinha lá também uma prima que veio de Maceió. E Marieta, na cadeira de rodas. Marieta era muito nervosa.

Rosa Lispector

Amanhã faz quatro anos que a minha sogra [Mina Lispector] morreu. Ela morreu em 13 de julho de 1988. Viveu até seus 93 anos.

Samuel Lispector

Eu morava em Kitaigorod com os meus pais. Mas estava uma anarquia. E os judeus começaram a cair fora. E como iam deixar a casa e tudo o mais? Começaram a vender as coisas. Eu tinha um trenozinho. Quando vi que estavam vendendo tudo, fiquei segurando o meu trenozinho para eles não venderem. Mas venderam.

Na casa do meu avô, havia uma cristaleira muito grande na sala. Esse que eu chamo de avô não é propriamente meu avô, é tio da minha mãe. O meu avô tinha uns oito filhos. A minha mãe foi passar uns dias lá. E ficou por lá. Criaram minha mãe, Mina, como filha.

O meu pai comprava e vendia coisas em Odessa. Terminou se casando com mamãe e ficou morando na casa dos tios de minha mãe. O meu pai, Salomão, tinha um armazém que vendia por atacado. Ele ia sempre de carruagem negociar em Odessa. A cidade onde morávamos, Kitaigorod, ficava a meio caminho entre Kiev e Odessa. Até Odessa devia ter mais ou menos uns 200 quilômetros. Ele comprava mercadoria para vender em Odessa. Kitaigorod era um povoado, com uma rua só, como Fazenda Nova [bairro de Recife], antigamente.

Aqui em Recife eu levava sempre meus pais para Fazenda Nova.

Nós viemos num navio francês chamado *Kergulen*. Saímos de Kitaigorod e fomos até Kiev. De Kiev até Havre nós fomos de trem. O navio levou três semanas do Havre até Recife. Todas as camas eram em cabine enorme, as camas eram de ferro. O navio jogava muito. E a Pola até caiu do beliche. E o médico de Pola disse: "Esta não vai sobreviver. Não vai chegar a Recife". Mas chegou. Viemos em 1928, em fins de 1928.

Não se dizia "Recife". Dizia-se "Pernambuco". Dizia-se: "Moro em Pernambuco". E não: "Moro em Recife".

Levávamos pena de ganso para travesseiro. Aqui temos até hoje travesseiro com pena de ganso. Todos traziam penas de ganso para travesseiro [*Rosa mostrou um travesseiro, bem macio, com as penas de ganso trazidas pelos sogros dela.*]

E sai do trem, entra no trem, sai de novo do trem. Até que minha irmã caçula disse: "Quero fazer xixi!". E minha mãe respondeu: "Faça aqui mesmo!".

Esse navio, *Kergulen*, voltou aqui há uns 30 anos.

Uma das minhas irmãs, a Berta, é médica psiquiatra. Estudou com Clarice no Colégio Israelita. Depois que se formou, tinha de se casar. A mãe foi com ela para o Rio. Ficaram numa pensão. Viajaram por uma companhia que se chamava Real Transportes Aéreos. Foram de Recife para Petrolina. E depois para o Rio. No Rio ficaram numa pensão de judeus na Rua Paissandu. Aí Berta foi trabalhar num hospital em Engenho de Dentro. Ela já era médica. A mãe voltou, ela ficou trabalhando lá.

Daí foi a vez da Pola, outra irmã, que foi para o Rio. Ela pegou emprego no Banco Lloyd Real Holandês. Um empregado ganhava 100, 200 – e ela ganhava 4 contos. Sabia taquigrafia, inglês e datilografia.

Berta estava trabalhando no hospital de Engenho de Dentro, daí Pola precisou de um dentista. Levaram a Pola até um dentista. E este acabou sendo o marido dela. O nome dele é Moisés Cohen. Ele era mais novo que ela.

Um dia bateram à porta do apartamento. Berta foi abrir. Ela tinha 23 ou 24 anos. E ele tinha uns 20 anos. Quando ela abriu a porta, ele chegou, Berta falou: "Um minutinho! Eu vou chamar a Pola". Mas ele se casou mesmo foi com Berta. Ele é judeu também. Separaram-se há dois anos. Ele quer que ela volte. Ela estava no Rio até o mês passado. Agora está em Israel.

Pola casou-se em Recife, numa das vezes que esteve aqui. Separou-se também do marido, Moisés.

Vera, a irmã caçula, casou-se com Maurício [Choze]. Moram juntos aqui em Recife.

Todos os irmãos de minha mãe foram para os Estados Unidos da América. Eram solteiros. A minha mãe já era casada, não tinha esse direito.

O nome do tio dela [de Mina, mãe de Samuel Lispector] era Pedro Olchinietsky. O nome dela... não me lembro. Não quiseram vir para o Brasil. Morreram, os dois, em campo de concentração nazista. Um parente nosso, que sobreviveu, contou. Na cidade deles, Kitaigorod, mandaram entrar os judeus em fila. Alguém quis ajudar, porque ele já era bem idoso. Ele não quis. E disse: "Eu vou sozinho!".

A mãe da Mina chamava-se Nehama [Noêmia]. E o pai, Jonathan.

A Rua Conde da Boa Vista era Rua Formosa. Depois, naquela época mesmo, alargaram a rua. Ficou bem larga. O grupo [escolar] era na Rua Formosa. Não derrubaram o grupo. Diminuíram o quintal, que antes era grande. Hoje no prédio funciona uma repartição pública.

Todos nasceram em Teplik. Samuel nasceu em 30 de outubro de 1922. Berta é de 2 de fevereiro de 1921. Pola é de 5 de novembro de 1924. E Vera é de 14 de outubro de 1926.

Rosa Lispector

Quando Clarice veio a Recife, ia fazer palestra no Bandepe [Banco do Estado de Pernambuco]. Clarice vivia apertada de dinheiro. Ela ganhou a passagem. Samuel mandou a passagem da Olga Borelli. Foi à casa de Vera. Lá, estava com os sapatos apertados. Daí lhe emprestaram uma sandália. O filho da Vera tirou retrato meu, agachada, de joelhos, na frente de Clarice, experimentando nela as sandálias.

Clarice quis ver as escadarias da Faculdade de Direito. Mas chegando lá ficou decepcionada. As escadarias não eram tão grandes quanto pensava que eram na infância.

Samuel Lispector

Quando construímos o edifício Clarice Lispector, o terreno era nosso. E quem deu o nome foi o Fábio, nosso filho. O nome seria Lispector. O Fábio sugeriu: Clarice. O construtor foi Luís Prior.

Meus pais moravam na rua do Príncipe, 220, de 1938 até eu me casar, em 1950. Daí derrubamos tudo. Fizemos um projeto de edifício que se chamaria Salomão. Rei Salomão. Depois não construímos. Agora são lojas, na rua Gervásio Pires, 212.

Pedro [Lispector] teve cálculo no rim, foi operado e morreu.

Foram no navio *Highland Monarch*, da Mala Real Inglesa. Foram mais ou menos em 1934.

Rosa Lispector

Perguntaram para Clarice, quando ela veio a Recife: "Se tivesse de colecionar coisas, o que gostaria de colecionar?". "Eu gostaria de colecionar gente."

No Bandepe, aqui em Recife, quando veio aqui, disse que não gostava de falar, porque tinha problemas com érres e éles.

Nehama é o nome da mãe legítima de Samuel. E Nathan, o nome do pai legítimo. Eu a conheci em Nova York. Depois ela faleceu, em New York. Toda a família foi para Nova York. Moravam no Brooklyn. Fui lá quando era recém-casada.

Mina veio para cá porque tinha aqui o Pedro [Lispector], seu cunhado. Acho que o pai de Pedro, o avô deles, se chamava Pedro. Clarice ia aos casamentos dos filhos de Berta.

Berta era amicíssima de Elisa.

Vera Choze

Clarice veio para Recife, pela segunda vez, de navio, ao retornar da Europa. Vieram Clarice, o marido, Maury, e o filho pequeno, de colo, que não andava ainda. Foram almoçar na tia Mina. Ficaram poucas horas. Enquanto o navio estava atracado no porto, almoçaram na casa do meu pai.

Fomos buscá-los. Éramos recém-casados. O Maurício, meu marido, tinha uma camioneta, com um banco só, comprido. Ele tinha sítio e usava essa camioneta. Tivemos de entrar, todos, nesse banco: o Maurício, guiando; eu, do lado; Clarice, com a criança; e o diplomata.

A única coisa que quis ver foi a Avenida Conde da Boa Vista, onde moraram. E ficou decepcionada, porque achou a avenida estreita. E já haviam alargado a avenida...

Em 1976, Clarice voltou a Recife. Ela ficou hospedada no Hotel São Domingos, na Praça Maciel Pinheiro. Disse que não queria incomodar os parentes.

Veio fazer uma conferência. Disse que gostava muito da "tia Mina". Perguntaram por que e ela disse: "Ela me faz comidas boas, gostosas. E cuida de mim".

Pediram à tia, que estava na plateia, que se levantasse. Ela se levantou e agradeceu os aplausos.

● **Sergio Fonta**

Rio de Janeiro, 28 de setembro, 1996.

Nádia

[…] Nos anos 1970, conheci Clarice – levado por seu filho Paulo, meu amigo – no apartamento do Leme, onde fui jantar e acabei virando, semanas depois e para minha surpresa, tópico de uma das crônicas lispectorianas, na coluna que ela assinava no *Jornal do Brasil*.

Esse primeiro jantar, muito simples e gostoso (lembro que tinha purê de abóbora), foi recheado de silêncios, pequenas falas e sorrisos pré-nascentes. E o ruído dos talheres. Pensei: "Meu Deus, acho que ela não está indo com a minha cara!". Na verdade, ela me observava sem que eu percebesse, arguta que era.

Quando terminou o jantar, fomos para uma saleta cuja vista, se não me engano, dava para a Rua Gustavo Sampaio. Clarice retirou-se por alguns instantes, logo voltando com uma pedra nas mãos, segurando-a como se carregasse um santuário. Com os olhos reluzentes, comunicou: "É de antes do Homem. Eu só mostro esta pedra às pessoas que quero muito bem". Eu era pura felicidade no pensamento: "Meu Deus, ela foi com a minha cara".

Segurei a pedra e, claro, já me deu uma coisa por dentro. Devo ter sentido o que Clarice sentia quando a tocava. Devolvi a pedra e a conversa deslanchou. Éramos três tímidos agora partilhando uma jovem intimidade. Fui para casa impregnado da sensação que a pedra me causara, de todo aquele quase ritual. E nasceu um poema. No dia seguinte, liguei para Clarice:

– Fiz um poema sobre a pedra.

— Então, traga para eu ver! — disse ela, radiante, por mais surpreendente que isso possa parecer.

Naquela tarde mesmo levei o poema. Estávamos de novo na saleta, dessa vez frente a frente, sozinhos, com Clarice sentada, rodeada por páginas datilografadas e manuscritos. Ela leu o poema e me olhou não sei por quanto tempo. Lógico que deve ter sido por segundos, porém, parecia uma eternidade... sem angústia. Seus olhos formaram uma suave ponte sobre os meus. Clarice parecia tão feliz. Era um silêncio regado de palavras. Depois dessa mudez tão viva, ela afirmou:

— É lindo! Vou publicar na minha coluna do *Jornal do Brasil*. Posso?

Ora, se podia! Imagine o som que isso tinha para um poeta de apenas 20 anos. E publicou mesmo. Foi certamente uma das minhas maiores alegrias. Hoje essa crônica — sem os detalhes que acabo de revelar, é claro — faz parte do volume *A descoberta do mundo*.[381]

Seu livro, Nádia, me fez recordar esse e outros pequenos e delicados episódios com Clarice.[382] Me deu uma saudade enorme. Ao mesmo tempo, uma pontinha de frustração por não termos podido conviver mais, muito mais. Ela foi embora muito cedo.

[...]

Um abraço amigo do
Sergio Fonta

PS: Estou enviando uma entrevista que fiz com Clarice em 1972 (*Jornal de Letras*).[383] Quem sabe passa a fazer parte do seu arquivo. A

---

[381] LISPECTOR, Clarice. Antes de o homem aparecer na terra. *Jornal do Brasil*, 22 maio 1971; LISPECTOR, Clarice. *A descoberta do mundo*. Rio de Janeiro: Nova Fronteira, 1984. p. 537-539; LISPECTOR, Clarice. *Todas as crônicas*. Rio de Janeiro: Rocco, 2018. p. 400-402. (O poema, inserido na crônica, tem a data de 16 de maio de 1971.)

[382] Refere-se a: GOTLIB, Nádia Battella. *Clarice, uma vida que se conta*. São Paulo: Ática, 1995.

[383] FONTA, Sergio. Clarice Lispector. *Jornal de Letras*, Rio de Janeiro, abr. 1972, p. 5. Nessa entrevista, Clarice fala de tópicos importantes referentes a sua vida e obra: a infância em Recife; a angústia (que surge a partir do absurdo que é a vida); a

seção tinha o nome horroroso de "O papo". Deve ter sido um deslize do novato jornalista que eu era.

Envio também meu quarto e mais recente livro, *O peixe que virou artista*.[384] É para crianças, mas, como somos todos crianças, espero que goste.

---

mudança para o Rio de Janeiro, aos 12 anos (na realidade, quando tinha acabado de completar 14 anos); o livro *Objeto gritante* (título que foi substituído por *Água viva*), que seria lançado no ano seguinte; o caráter não autobiográfico de sua obra; o episódio Henfil (que a colocou no "cemitério dos mortos" com outros por ele considerados "alienados" politicamente em meio à ditadura); religião (não pratica nenhuma religião, mas tem Deus dentro de si "a meu modo"); a vida no exterior como esposa de diplomata (gostou apenas por causa das viagens); o estilo (natural, apenas flui); noites de autógrafos (não gosta muito delas, porque é tímida); seus hábitos e passeios pelo Rio de Janeiro; o prazer por filmes de terror; suas colunas no *Jornal do Brasil* (que considera não propriamente como "crônicas", mas como "textos").

[384] Sergio Fonta (1950), poeta, ator e dramaturgo, também autor de literatura infantil, publicou *O peixe que virou artista* ([1994]. 2. ed. Ilustrações de Ana Paula. Rio de Janeiro: José Olympio, 1996). Nessa altura, havia publicado os seguintes livros: *Sangue central* (José Olympio, 1980); *Passageiros da estrela* (José Olympio, 1984); *Conto que contar um conto ganha um ponto* (Globo, 1987).

Tônia Carrero[385]

Tônia Carrero: Conheci Clarice quando ela estava se separando do Amaury. E nós íamos ao Leme com um grupo grande, a Tati de Moraes, que é a primeira mulher de Vinicius, Rubem Braga, o [Carlos] Thiré, que naquela época era meu marido (pai do Cécil[386]), que morreu muito cedo, e talvez mais uma ou duas pessoas.[387] Amaury, não é?

Valéria Franco Jacintho: Maury.

Ricardo Iannace: Maury Gurgel Valente.

VFJ: E eles já estavam se separando, então, quando você os conheceu?

TC: Estavam. A situação estava desagradável, de modo que houve um encontro ou dois e logo depois eles se separaram, nos anos 1950.[388]

---

[385] Entrevista concedida a Ricardo Iannace e Valéria Franco Jacintho em 15 de março de 1996, em São Paulo. Susana Souto, à época estudante de pós-graduação na USP, realizou a transcrição da entrevista.

[386] Cecil Thiré (1943-2020), ator, diretor e professor de interpretação, era o filho único da relação entre Tônia Carrero, renomada atriz (1922-2018), e o artista plástico e cineasta Carlos Arthur Thiré (1917-1963).

[387] A brasileira Beatriz Azevedo de Mello de Moraes (1911-1995), conhecida como Tati de Moraes, esposa do poeta e diplomata Vinicius de Moraes, foi, além de tradutora, também jornalista e crítica de cinema. Fez traduções de peças de teatro em parceria com Clarice Lispector: é o caso de *A casa de Bernarda Alba*, de Federico García Lorca, e *Os corruptos* [*The Little Foxes*], de Lillian Hellman.

[388] A separação conjugal, ainda não oficial, ocorreu em junho de 1959, quando Clarice Lispector e os dois filhos, Pedro e Paulo, voltaram de Chevy Chase, perto de Washington, Estados Unidos, onde moravam desde setembro de 1952, para o Rio de Janeiro.

VFJ: Você a conheceu aqui no Rio ou fora do Brasil?

TC: Ela viajava para o exterior e voltava para cá, e em uma dessas voltas para o Brasil ela se separou. Depois ela chorava muito, isso eu lembro. Ela era linda, linda, linda. Nós ainda usávamos chapeuzinho quando a conheci. Ela vinha da Europa e botava um chapeuzinho de palha assim de lado, muito linda, de cara e de corpo, uns olhos extraordinários. E foi assim que eu a conheci, ela ficando sozinha pela primeira vez. E depois estive mais em contato com ela nos anos 1960, época da revolução, naqueles encontros de classe para decidir coisas contra a censura, contra a política, no Rio, sobre o que nós estávamos passando.

E sempre valeu a pena viver, como disse Eneida. Eneida era uma pessoa fantástica, tinha uma voz grossa assim [*engrossa a voz*]: "Valeu a pena viver para ver a Tônia Carrero conspirar" [*risos*]. Porque ela já era velha, e eu era muito mocinha naquela época, quase todos os meus amigos eram mais velhos do que eu.[389]

VFJ: Clarice era engajada nos movimentos ou participava apenas ocasionalmente?

TC: Clarice participava assim como eu. A gente não tinha partido, não tinha nada, a gente se insurgia contra as arbitrariedades terríveis.

Tem uma história de Clarice muito engraçada. Não sei em que ano surgiu o Chico. Mas nos anos 1960, evidentemente. Vocês sabem que Clarice mandou chamar o Chico Buarque, que tinha dezenove anos, e ficou muito impressionada e o achou lindo? Aí passava a mão na cabeça dele e dizia: "Ele é muito bonito, muito bom demais para ser verdade" [*risos*]. Isso é tão engraçado! E dizia: "Tadinho, eu tenho medo de que ele não se crie, ele é lindo, olhe os olhos dele".[390]

---

[389] Eneida de Morais (1904-1971), jornalista, escritora e militante política, era 18 anos mais velha que a atriz Tônia Carrero.

[390] Clarice Lispector entrevistou Chico Buarque para a seção "Diálogos possíveis com Clarice Lispector", da revista *Manchete*, em matéria publicada em 14 de setembro de 1968. Essa entrevista com Chico Buarque ganha publicação, sob o título "Chico Buarque ou Xico Buark", em LISPECTOR, Clarice. *De corpo inteiro: entrevistas*. São Paulo: Artenova, 1975. p. 65-70. O compositor carioca tanto figura como assunto principal quanto tem seu nome completo no título de dois

Mas eu conheci gente muito apaixonada por Clarice. Alguns eram muito mais moços, como era o Fauzi Arap naquela época, ele ficou fascinado, apaixonado por ela. Paulo [Mendes Campos] era da geração dela, Fauzi, não.[391] Tinha moça também, mocinhas que a incomodavam, batiam na porta quando ela estava escrevendo. Mas ela reagia com uma paciência! Doce Clarice! Parece que não era lá muito doce quando se enfezava. Lembro-me de que fomos a uma reunião no Teatro Gláucio Gil, na Praça Arcoverde, um teatro que agora demoliram, e nós chegamos depois da reunião começada, portas fechadas. Ela: toc, toc, toc na porta. "Já está esgotado, não pode entrar". E ela cá de fora: "Sabe com quem está falando?". Eu bem quieta do lado dela. "Com Clarice Lispector, meu filho, abra esta porta." Ela era brava, se impunha.

Em casos extremos, dizia assim: "E eu, Clarice Lispector, vou me prestar a uma coisa dessas, Maricota? Eu, não". Ela me chamava de Maricota [*risos*]. Todos eles me chamavam de Maricota. Ela tinha consciência de quem ela era, mas não era pretensiosa, era normal uma pessoa dizer assim: "Mas eu, Tônia Carrero, não faço esse papel". Eu não sou nada pretensiosa, ela também não era.

RI: E o seu relacionamento com ela passou a ser frequente?

TC: Muito, não. Mas nos encontrávamos o máximo de vezes que se costumava estar com os amigos naquela época. Aníbal Machado, Paulo Mendes Campos, Rubem Braga, Vinicius de Moraes, Tati. O Vinicius acabou se separando da Tati, mas a gente continuava se encontrando com o Vinicius. Dorival Caymmi. De vez em quando, havia reuniões. Antônio Maria, Sérgio Porto. Faziam todos parte de um grupo carioca,

---

textos de Clarice Lispector publicados nas colunas de sábado do *Jornal do Brasil*, para o qual ela escreveu entre os anos 1967 e 1973. Os escritos "Chico Buarque de Hollanda" vêm a público, respectivamente, nos dias 4 e 10 de fevereiro de 1968. (Ver LISPECTOR, Clarice. *A descoberta do mundo*. Rio de Janeiro: Nova Fronteira, 1984. p. 88-89 e 92; e LISPECTOR, Clarice. *Todas as crônicas*. Rio de Janeiro: Rocco, 2018. p. 73-74 e 76).

[391] Menciona Paulo Mendes Campos (1922-1991). O escritor conheceu Clarice em meados dos anos 1940, entrevistou-a em 1950, e por ele Clarice Lispector teria experimentado uma paixão.

mesmo que não fossem cariocas, era um grupo que estava no Rio, que se encontrava de vez em quando. Fernando Sabino, Otto Lara Resende. Então a gente telefonava: "Olha, na casa de fulano", e as pessoas iam.

VFJ: Ela costumava frequentar a sua casa?

TC: Ela não vinha a minha casa. Eu me lembro de ir à casa dela. Ela era meio preguiçosa. Ela se encontrava em bares. No Leme, eu não sei como é que se chamava, La Fiorentina?; e não sei o quê do Leme, alguma coisa com peixe; e como é o nome daquele bar que até hoje está lá, em Copacabana, meu Deus? Peguei uma esclerose de repente. Aquele bar de Copacabana que a gente frequentava muito. Que se a gente ia lá pintavam pessoas, Augusto Frederico Schmidt morava ao lado...[392]

VFJ: Quer dizer que esse era o lugar onde encontraria...

TC: Se passasse, encontraria alguém, isso durante anos.

RI: Nessas reuniões, como Clarice costumava se comportar? Ficava isolada?

TC: Isolada? Clarice, nunca.

RI: Introspectiva?

---

[392] Refere-se ao restaurante La Fiorentina, localizado na avenida Atlântica, n.º 458, no Leme. Quanto ao especializado em peixes e frutos do mar, refere-se provavelmente ao restaurante Shirley, instalado na Rua Gustavo Sampaio, no bairro do Leme, perto do número 88, onde Clarice Lispector fixou residência a partir de 1965. Anteriormente morou nesse mesmo bairro, desde sua volta dos Estados Unidos, em 1959, quando ocupou apartamento no 3º andar da rua General Ribeiro da Costa, n.º 2. Quanto ao bar de Copacabana, trata-se do Alcazar, na rua Almirante Gonçalves, n.º 4. Augusto Frederico Schmidt morava no mesmo prédio do bar e restaurante, que funcionava no térreo do Edifício Alcazar. Eram frequentes nesse bar nomes como Carlos Lacerda e os mineiros Otto Lara Resende, Fernando Sabino, Hélio Pellegrino e Paulo Mendes Campos; e ainda Vinicius de Moraes, Rubem Braga, Di Cavalcanti, Moacir Werneck de Castro, Otávio Dias Leite, Rachel de Queiroz, Pedro Nava, Rodrigo M. F. de Andrade. Fernando Sabino descreve a vida carioca e os lugares frequentados por ele e seus amigos em: SABINO, Fernando; LISPECTOR, Clarice. *O tabuleiro de damas*. 4. ed. Rio de Janeiro: Record, 1989. p. 109.

TC: Não, não. Ela, às vezes, falava muito pouco, sobretudo quando estava remoendo alguma coisa. Mas achava graça. E geralmente os homens a cortejavam muito, ela era muito linda, e ela gostava, virava aqueles olhinhos assim [*risos*]. E gostava muito. Eu pouca coisa posso contar. Há uma coisa que eu conto no meu espetáculo, até posso dizer para vocês.

Só falo de homens, ai, meu Deus do céu, como se só tivesse tido amigos maravilhosos homens. Sem querer eu presto mais atenção em homem, mas que coisa! [*Tônia simula agora uma encenação:*] "Eu vou falar agora então de uma grande amiga, uma grande escritora, uma grande mulher – Clarice Lispector –, não vou falar das qualidades literárias de Clarice, porque isso seria chover no molhado, vou falar dela como mulher e como mãe…"

Clarice era vaidosa, um dia ela me pediu para maquiá-la, então ficava me olhando e dizia assim: "Ai, Maricota, você se pinta tão bem!". Não era nada bem, porque era para o teatro, [a maquiagem] era muito forte naquela época, Gina Lollobrigida, olhinhos de peixe, sombras…

VFJ: Delineador.

TC: Ela ficava fascinada. Certa vez ela tinha de ir a uma festa. Deu-me dinheiro e eu comprei produtos: base, pó, lápis, sombra para pintar os olhos (ela tinha uns olhos lindos, puxados, de cigana), rímel, blush, batom, e fiz uma maquiagem nela impecável. No dia seguinte, ela me ligou: "Olha, eu estava tão bonita, tão bonita, que até arranjei um namorado". E eu sabendo bem quem era. "Graças a você." E de fato ela encontrou um novo amor, não vou cometer a indiscrição de dizer quem era, só digo que era um nome muito importante das nossas letras e foi um dos últimos grandes amores da vida dela: ela teve pouquíssimos, sempre foi uma mulher sóbria e muito discreta. Então, qualquer hora que a coisa não fosse bem para o lado dela, ela me chamava: "Venha me maquiar" [*risos*]. E lá ia eu.

Numa dessas vezes, ela disse assim: "Os meus produtos de beleza estão acabando". Eu comprei, então, os produtos de beleza. E ela disse: "Depois eu lhe pago". Mas esqueceu e nunca me pagou, de modo que eu tenho a honra de ter recebido um calote de Clarice Lispector, isso não é para qualquer um [*risos*].

Ela gostava de dizer que antes de ser escritora era mãe. Ela sempre deu muita importância a isso. Vou dizer para vocês o que eu penso e o que eu selecionei. A respeito de ser mãe, ela dizia:

"Eu quis ser mãe, se eu não fosse mãe, eu seria sozinha no mundo, e, a cada dia que passa, eu me surpreendo mais com esses meus meninos. Um dia, quando eu acordei, um deles me disse assim: 'Mãe, eu ia fazer barulho no seu quarto, de propósito, para ver se você acordava, mas você estava dormindo com tanta boa vontade, mãe, que parecia uma Nossa Senhora, aí eu fiquei sem coragem'".

Ou sobre o aniversário de um deles. Ela me contou: "Eu estava na cozinha enrolando uns docinhos e, de repente, ele me aparece sorrindo e diz:

"– Amanhã eu faço dez anos, vou aproveitar bem esse meu último dia de nove anos.

– É, meu querido, faça isso.

– Ah, mãe, minha alma não tem dez anos.

– Ah, não? Quantos anos ela tem?

– Eu não sei. Só uns oito.

– Não faz mal, é assim mesmo.

– Mas eu acho que não devia ser, acho que a gente devia contar os anos pela alma, aí a gente dizia: aquele homem morreu com vinte anos, mesmo que o homem tivesse morrido com 70 anos de corpo".

É fantástico. E ela continuou:

"Fiquei pasma com a sabedoria do meu filho, mas ainda mais pasma eu fiquei no dia seguinte, quando, no meio dessa sua festinha de 10 anos, ele me disse:

– Ah, mãe, eu não aproveitei bem os meus dez anos de vida.

– Como não, meu filho? Você aproveitou muito bem.

– Não, não, a senhora não entendeu, eu não quero dizer aproveitar fazendo coisas, querendo isto, aquilo.

– Ah, não?

– Não, sua boba, eu quero dizer que não fui contente o suficiente."

Ele estava alegríssimo, estava até cantando, quando olhou para ela e se lembrou de dizer: "Eu me esqueci de ficar contente. Eu não fui contente o suficiente". Aí ela diz: "Senti uma espécie de arrepio por ver minha cria falando assim tão dono de si, falando coisas profundamente sábias, sabe-se lá de onde ele tirou. E muitos anos depois veio o dia em que ele saiu com a primeira namorada, olhei para ele, olhei para ela com raiva, claro, ela sem querer me ameaçava, eu teria que dividir meu filho com ela. Olhei para ela de cima a baixo, silenciosamente eu disse que meu filho era o meu bem mais precioso, ai dela se fizesse alguma coisa errada com ele, ela entendeu, tenho certeza. Era um dia de Natal, eu me lembro muito bem. Era o primeiro Natal em que ele me abandonava e saía com outra mulher, ou seja, eu não era mais a mulher de sua vida. Aí ele, com todo o seu jeito esperto, me disse sorrindo: 'Você compreende, não é, mãe? Eu não posso gostar de você a vida inteira'" [*risos*].

É fantástico. Eu escolhi essas coisas.

RI: Você extraiu esses fatos de onde, de *A descoberta do mundo*?

TC: Eu acho que sim. Ou não. Esse livro, *A descoberta do mundo*, eu conheço.

RI: Nas suas idas à casa de Clarice, você se lembra de algum episódio particular, alguma coisa que lhe tenha marcado e ficado na lembrança?

TC: Lembro que havia pessoas, o telefone tocava desesperadamente. Ela dizia assim: "Eu não quero que essas pessoas venham aqui, elas me interrompem a qualquer hora, eu estou escrevendo". Parece que tinha um gato, não é?

VFJ: Um cachorro.

TC: É, um cachorro. Tinha um animal doméstico, ela gostava muito. Botava os filhos na cama e sentava para escrever. De vez em quando vinha um doidinho deles e a interrompia, ela adorava.

VFJ: Você percebia bem esse movimento, dava para perceber?

TC: Dava para perceber que os filhos eram a coisa mais importante da vida, onde ela bebia como a vida era. Através dos olhos da infância revivida dos filhos, ela amadureceu como mãe, ela se tornou poderosa para a vida, para o mundo. Com os filhos e com a separação do Maury, ela mergulhou fundo.

VFJ: Então ela quis a separação.

TC: Ela sofreu muito. Eu acho que ela, como todo artista, precisa ser sozinho mesmo, sem querer intuiu que tinha que se desembaraçar. E ele, eu acho, se comportou mal.

RI: Por quê?

TC: Eu acho que houve alguma coisa que ela soube.

RI: Ela nunca comentou nada?

TC: Se comentou, eu esqueci, eu esqueço muita coisa [*risos*]. Esqueço mesmo, noto que a pessoa não quer que eu saiba, bloqueio, não se fala nisso. Não sei, não, mas eu desconfio de que foi uma coisa assim. Ele se casou com a filha do Vasco Leitão.[393]

RI: Você sabe que há uma crônica da Clarice, que está em *A descoberta do mundo*, em que você aparece também? A crônica relata o momento em que você faz uma visita a Clarice. E ela começa a falar das empregadas que tinha. De repente, aparece uma empregada que era argentina e diz, na língua dela, que você era muito bonita; essa empregada era argentina e havia dito a Clarice que, em outros tempos, ela havia atuado no teatro. E Clarice diz assim: "Olha, Tônia, ela foi coleguinha sua". Você se lembra dessa ocasião? [394]

TC: Não me lembro, eu esqueço muita coisa.

RI: Você se lembra do cotidiano de Clarice com as empregadas?

---

[393] Maury Gurgel Valente casou-se com Isabel, filha do embaixador Vasco Leitão da Cunha, que, aliás, servia na Itália na época em que o vice-cônsul Maury e Clarice moraram em Nápoles.

[394] Trata-se da crônica "Por detrás da devoção", publicada originalmente no *Jornal do Brasil*, em 2 de dezembro de 1967. Nesse texto, Clarice Lispector faz menção a várias empregadas domésticas que trabalharam em sua casa, expondo, em tom informal, as idiossincrasias de algumas delas. Refere-se ao impacto que lhe causou a peça teatral *As criadas*, de Jean Genet, sob a direção de Martim Gonçalves. (Ver: LISPECTOR, Clarice. *A descoberta do mundo*. Rio de Janeiro: Artenova, 1984. p. 53-56, e LISPECTOR, Clarice. *Todas as crônicas*. Rio de Janeiro: Rocco, 2018. p. 46-50.)

TC: Eu me lembro da casa, da salinha onde ela recebia, do lugar onde ela escrevia, do quarto que pegou fogo. Nós acompanhamos, foi terrível aquilo.

RI: Você acha que houve uma Clarice anterior ao acidente e uma Clarice posterior?

TC: Eu tenho a impressão, pode ser falsa, de que Clarice gostou de ser queimada, de poder exibir aos outros uma imperfeição tão grave: perdeu unhas. Ela fazia questão de fumar com aqueles dedos sem unhas. Ela gostava de inspirar uma piedade humana.

RI: É curioso, diante de tanta vaidade, querer mostrar uma mão defeituosa.

TC: Tanta vaidade eu não via, não.

RI: Não?

TC: Não. Havia insegurança, havia muita insegurança, uma vontade do mostrar o quanto ela sofria no mundo, aí veio essa oportunidade de mostrar o sofrimento: queimaduras na mão. Ela tinha uma mão linda, longa, seca, sensível, depois perdeu falanges e unhas, e era uma coisa torturada, unhas tortinhas, pretas, viradas. Uma coisa horrível, não tinha uma falange inteira. E ela fazia questão de mostrar. Imaginem vocês que foi assim: Clarice tomava pílulas para dormir; como custava para dormir, ela acendia a luz e ficava lendo, com camisola de nylon e o cigarro aceso. Parece que ela queria se destruir, se queimar, exibir chagas. Sabe? Como uma pessoa na porta da igreja, ofendida, pedindo esmolas.

VFJ: Quando você começou a falar de Clarice mais nova, você passou a ideia de uma Clarice muito bonita, muito meiga, muito suave. Você acha que já dava para perceber essa outra pessoa? A que sofria muito?

TC: Mas é uma coisa só. Clarice queria que a gente fosse escrava. Eu me lembro de que a Tati de Moraes se dedicou a ela, e, quanto mais se dedicava, mais ela pedia, para ver até onde ela valia. Um dia, Tati disse: "Eu não aguentei mais Clarice, não vou mais lá e não atendo o telefone dela". Ela sofreu pra burro. Depois ela se conformava, mas triste, como se conformou com o Maury. Fauzi também se afastou dela, porque ela fazia das pessoas escravas, mesmo. Eles viviam em escravidão. Deve ter sido esse o problema dela com o Maury. Ela queria um escravo.

RI: E o filho mais velho, Pedro, com "problemas de doença", a quem você se referia há pouco, acha que havia uma identidade dele com a Clarice? Você falou que ele tinha umas visões.

TC: Está numa casa de saúde, não é isso?

VFJ: Esse filho, Pedro, ficou com o pai.

TC: Sei que esses meninos sofreram tanto quanto ela o impacto.
    Vocês querem um pouco de vinho? Eu peguei essa garrafa para vocês. Sirvam-se.

TC: As nossas reuniões eram regadas a muito vinho. Dificilmente a gente bebia pesado. Tinha o lado da vaidade muito grande, de carência afetiva, de carência amorosa. Ela queria encontrar um grande caso de amor ainda.

VFJ: E o Paulo Mendes Campos, foi ou não foi?

TC: Ele ficou louco por ela, ela, por ele. De repente, ele dizia: "Você está me dizendo que ela vai? Então eu não vou". Fugindo.

RI: E o Lúcio Cardoso?

TC: Lúcio Cardoso, eu não sabia disso. Ele era gay, não era?

RI: Sim, mas parece que foi um dos grandes amores frustrados de Clarice.

TC: É aquela coisa que, como não pode ser...

RI: Amor platônico.

TC: Ela era muito atraente. Tinha também umas moças que ficavam loucas por ela, mas...

RI: Mas chegava a haver alguma coisa?

TC: Acho que não, nunca ela iria aceitar.

RI: Mas ela alimentava essa esperança nas moças?

TC: Todos nós fazemos isso, não é? Quem tem um nome destacado alimenta muita coisa que sabe que não vai dar em nada. Mas alimenta só para ser amado, ser respeitado.

RI: É um tipo de vaidade.

TC: É verdade. É mais para se saber capaz de despertar amor.

VFJ: Mas isso todo mundo faz, aí vai variar o grau de cada pessoa.

RI: Mas, Tônia, ela comentava com você sobre a produção dela, sobre literatura, as dificuldades enfrentadas como escritora, dificuldades financeiras, por exemplo?

TC: Nem comigo nem com ninguém. A gente comentava: "Vamos ajudar Clarice, não sei quem vai publicar o livro dela". Isso sempre se fez. José Olympio a adorava. A editora Sabiá também, que era do Rubem Braga e do Paulo [Mendes Campos].

RI: E quanto à Clarice jornalista, ela comentava alguma coisa sobre os trabalhos que fazia nos jornais?

TC: Com certeza comentava, pois era do dia a dia das pessoas, mas nada posso te adiantar. Eu sempre disse, eu tenho muito pouco para contar sobre Clarice, a minha vida é tão agitada!

VFJ: Você já falou bastante!

TC: Vocês falam de uma época… os meus amigos eram esses.

VFJ: Era uma turma legal?

TC: Essas pessoas… cada uma era mais interessante do que a outra. Nós nos víamos constantemente. Clarice saía muito pouco, mas com essa outra turma, que eu citei, em volta de Clarice, havia conversas, era muita gente. Hélio Pellegrino! Eu me lembro de que na revolução, ou no Ato Institucional n.º 5, nós nos enfezamos tanto! Quem dava o rumo de aonde nós devíamos ir, conversar, nos entender, era ele, o Hélio, e a gente se telefonava. Foi aí que eu vi mais Clarice, por causa das reuniões clandestinas.

RI: E da morte de Clarice, você se lembra? Chegou a ir ao enterro?

TC: Não. Acho que eu não estava no Rio. Eu me lembro de saber que Clarice... Epa, ela não foi velada no Ministério da Educação?

VFJ: Ela foi enterrada no Cemitério do Caju.

TC: Velada.

VFJ: Velada? Acho que não.

TC: Ah, não, foi a Cecília Meireles. Foi Cecília. Eu fui com o [Augusto Frederico] Schmidt, ele fez um discurso muito grande para a Cecília, e eu estava ao lado dele, ele que me levou. Do de Clarice não me lembro de nada.

RI: Alguém falava alguma coisa das origens?

VFJ: De ser judia?

TC: Não. Isso nunca nos interessou. Ela era uma russa para a gente. A gente brincava: "Ó russa de mau pelo" [*risos*]. Mas isso de ser judia nunca nos interessou. Era mesmo o espírito de liberdade, sem fronteiras. Não tínhamos mesmo nenhum outro interesse. Até hoje eu vejo como fomos tão avançados para a época. Como é a mocidade hoje a gente já era lá. E sempre vai ter gente assim. E Clarice é acima do bem e do mal.

Ela não estava acabada ainda, ela se acabava todo dia. É essa a impressão que eu tenho, de que ela era alguém como foi a Terra, uma nebulosa que foi se formando. Clarice se formava todos os dias, e cada dia ela mergulhava mais.

● Vilma Arêas

Pensando em Clarice[395]

> *Sua permanente infância, cujo dom ela nunca perdeu.*
> Otto Lara Resende

Escrevi há tempos um texto sobre Clarice Lispector intitulado "Sobre os espelhos", porque é todo cortado por frases dela.[396] Escrita disfarçada, um pouco obscura, mas com pretensão realista e calcada em fatos concretos. O que fiz foi seguir o ritmo, o balanço da memória. Ela havia morrido e eu tinha saudades.

No texto falo de minha descoberta fulminante de sua literatura, aos vinte anos ("Ela passou e – tarde demais! – meu coração rolou."). Só anos depois pude vê-la de perto, no consultório do dr. Jacob David Azulay, numa psicanálise de grupo que frequentávamos ao lado de mais nove companheiros. No término da primeira sessão, em que ambas estivéramos caladas (ela, novata no grupo, emburrada, eu, emocionada), o grupo seguiu pelo corredor e ela veio correndo. Correndo em termos, pois era muito vagarosa, lenta. E chamou:

– Vilma, Vilma.

– O que é? – perguntei, perturbada.

---

[395] Depoimento enviado a Nádia Battella Gotlib em 1º de novembro de 2018.

[396] ARÊAS, Vilma. Sobre os espelhos. *A terceira perna*. São Paulo: Brasiliense, 1992. p. 17-20. Em espanhol: *La terceira pata*. Traducción de Amalia Sato. Buenos Aires: Leviatán, 2011. p. 15-18.

– Ele gosta mais é de você – afirmou decidida, me olhando nos olhos.

Foi uma surpresa e uma grande emoção. Ficamos amigas.

Esse primeiro diálogo é muito revelador. Ela costumava dizer que era burra, pois não se sentia uma intelectual e detestava papo-cabeça. Mas sua conversa usual era cheia de observações diretas, como vemos no exemplo acima, revelador do que estava sentindo e percebendo, longe de qualquer pedantismo ou banalidade. E em geral acertava em cheio, paralisando o interlocutor. Podemos concluir que não era só na literatura; também na conversa comum era uma intuitiva afiada.

Outro trecho de "Sobre os espelhos": "[...] ela pode ser uma flor quando quer, mas também uma mulher bruta, com rodelas de suor debaixo do braço, mastigando a coxa gorda de uma galinha aos golinhos de Coca-Cola" (eu havia escrito "golinhos de chope", mas agora me lembro de que ela só tomava Coca-Cola). O trecho se refere a uma mesa-redonda organizada na PUC do Rio, a respeito de sua obra. Ela fora convidada para assistir à sessão e aceitara o convite. Mas as coisas ganharam uma cena inesperada. A discussão, regada pela teorização cerrada dos anos 1970, foi interrompida de repente por Clarice, que se levantou, muito alta, pintadíssima, porque era muito tímida e precisava se esconder, com um vestido justo de oncinha (estampado que imita o desenho do pelo de onça). Estava bravíssima e declarou alto e bom som:

– Não estou entendendo nada. Vou para casa comer a coxa de uma galinha bem gorrrrda.

Os erres rascantes de sua fala estremeceram bocas e corações. Saiu batendo com a porta. PAM!

Quando Francisco, meu caçula, nasceu, ela me visitou com uma braçada de flores brancas e uns minúsculos sapatinhos de tricô, vermelhos e brancos. Eu estava sentada na cama, amamentando o bebê. Ela passou do enlevo à aflição. Seguiu-se o diálogo abaixo:

– Cuidado pro teu peito não cair.

Eu chateada, mas disfarçando.

– O que é que tem?

E já completamente desiludida.

– Destino de peito é cair.

Ela se esforçou para se lembrar de alguns cremes, segundo suas palavras, eficientíssimos para segurar os peitos, mantê-los firmes e jovens.

Comecei a rir, porque sua seriedade era muito engraçada, a respeito de um assunto imaginário.

Sempre que nos encontrávamos, ela me sondava sobre um amigo em comum, que admirava com alguma fantasia. A conversa sempre terminava mais ou menos assim:

— Você acha que ele?

— E o que tem se?

— Ora, não tem nada.

Clarice já estava hospitalizada, vindo a morrer pouco depois, quando saiu *A hora da estrela* (1977), livro que achei extraordinário, pela sofisticação de falar de si falando de outros, possuidores de alguns de seus traços e condição, conseguindo o prodígio de misturar comicidade e dor num cenário claramente circense.

— Clarice, seu livro é uma obra-prima, em que os defeitos têm uma função e um lugar ativo. Portanto, não são defeitos, forçam a nota realista tratando do universo da pobreza.

Ela ouviu com atenção. Depois deu um suspiro.

— Você diz isso. Mas tanta gente está gostando, que não pode prestar.

Fiquei admirada, mas tive tempo de pensar que, como admiradora entusiasta de Nelson Rodrigues, ela devia estar pensando, quem sabe?, em uma das frases famosas do dramaturgo sobre a unanimidade.

Aproximando-se do final, meu texto diz o seguinte:

"A última vez que vi Clarice ela pousava a cabeça no travesseiro e pro lado da montanha chovia fininho.

Eu estava distraída com a palidez da boca riscada de sombra: água escorrendo na vidraça.

Mas foi ela que disse.

— Está lindo esse reflexo no seu rosto. Parece um Rembrandt.

E como eu risse.

— Não se mexa.

Pediu a alguém um espelho.

Olhei. Mas em vez do meu vi seu rosto amarrado de fios sobre o travesseiro".

Essas são algumas lembranças salteadas que tenho de Clarice.

Mas aproveito a ocasião para recomendar um notável texto escrito por Otto Lara Resende, grande escritor e grande amigo de nossa autora. Intitula-se "O fulgurante legado de uma vertigem" e suas três páginas estão em *O príncipe e o sabiá*.[397] Posso estar enganada, mas não o vejo muito citado.

O texto é de 1987 e o indiquei a Michel Riaudel, que o traduziu para a *Europe, Revue Littéraire Mensuelle*. A publicação inclui ainda mais cinco ensaios: um meu e outros de Benedito Nunes, Michel Riaudel, Yudith Rosenbaum e Nádia Battella Gotlib.[398]

Vim para São Paulo em 1979. O dr. Azulay me visitou algumas vezes de passagem por aqui. Um dia perguntei-lhe como tivera a ideia de colocar Clarice no grupo, decisão que eu sempre havia achado equivocada. Ele me respondeu que eu tinha razão, mas que era uma tentativa de sacudi-la; antes ela fazia análise individual com ele, mas nunca compreendera qualquer interpretação.

– A dona do símbolo – concluiu – e não entendia nenhuma interpretação. É extraordinário!

Me lembrei de Otto, quando escreveu que Clarice era movida por forças mais na pauta da emoção que na da razão. "Era sua fascinante terceira margem do rio".

Não há como discordar dessas palavras.

---

[397] RESENDE, Otto Lara. O fulgurante legado de uma vertigem. *In*: *O príncipe e o sabiá*. Poços de Caldas: Instituto Moreira Salles; Casa da Cultura; São Paulo: Companhia das Letras, 1994. p. 266-268. (O texto em questão encontra-se publicado neste livro, na parte "Otto Lara Resende", p. 436.)

[398] RESENDE, Otto Lara. La Fulgurance d'un vertige laissée en héritage. *Europe, Revue Littéraire Mensuelle*, n. 1003-1004, nov.-déc. 2012, p. 123-125.

● Walmir Ayala[399]

Clarice Lispector, o puro espírito

Não fui amigo de Clarice Lispector, desses que falam com ela pelo telefone diariamente há dezessete anos. Estive com ela algumas vezes, com cautela e parcimônia, pois sempre me constrangem essas pessoas que parecem não ser deste mundo. A primeira vez que a vi foi na casa de Lúcio Cardoso, numa festa de vinho e romance, na qual se misturavam as pessoas mais diversas. Havia um padre, um marinheiro, pintores, jornalistas, Lúcio e Clarice. Lúcio de pés descalços, ausente, rondando uma mesa sem iguarias, mas coberta com as mais belas rendas e ostentando os mais cintilantes cristais. À luz de velas, naturalmente. Clarice também ausente, não tanto quanto mais tarde, quando a vida começou a desferir os mais fundos golpes.

Li Clarice naquele tempo. Achei difícil, como acho hoje. Mau leitor que sou, jamais consegui ler um livro de Clarice até o fim. E nem precisava, pois sua prosa é dessas que num parágrafo tem um romance inteiro, sem necessidade de enredos e elucubrações que dão corpo à estória. O problema de Clarice estava sempre mais próximo da poesia, daí nossa afinidade. Um dia Clarice me contou que Lúcio

---

[399] Depoimento de Walmir Ayala (1933-1991), escritor, teatrólogo, ensaísta e crítico de arte, enviado por André Seffrin, curador da obra de Walmir Ayala, que doou o acervo de Walmir Ayala ao Arquivo Museu de Literatura Brasileira da Fundação Casa de Rui Barbosa. Uma nota manuscrita aparece registrada na margem esquerda da primeira das três páginas do documento datiloscrito: "Artigo enviado para o Correio do Povo". De fato, o artigo foi aí publicado em 25 de fevereiro de 1978, portanto, dois meses e meio após a morte de Clarice Lispector.

batizara seu primeiro romance. Dera-lhe o título perfeito de "Perto do Coração Selvagem". Acho que o que mais nos uniu em nossos breves encontros foi sempre a memória de Lúcio Cardoso. Este feiticeiro vingou-se da morte permanecendo no sangue e nos nervos de todos que o conheceram.

Lembro-me de um jantar com Clarice, que ela mal suportou porque dormia cedo em virtude de calmantes fortes. Foi depois do incêndio provocado pelo cigarro aceso, do qual saiu marcada pelo fogo para sempre. Marcada pelo fogo era também sua literatura, uma espécie de raspagem permanente da ferida da alma, um labirinto fosforescente e obsessivo para dentro de si mesma. Clarice não acabou aquele jantar, retirou-se antes sem ter dito praticamente nada, apesar de sermos poucas pessoas e de não se estar mantendo atitudes artificiosamente literárias que com certeza tanto a aborreciam, como me aborrecem.

Estivemos juntos, desta vez por mais tempo, num congresso de literatura hispano-americana, na Colômbia. Não sabíamos por que tínhamos sido convidados, pois se tratava de literatura hispano-americana e o Brasil está fora disso. Uma gafe dos organizadores, na denominação ou no convite. Assim mesmo suportando mesas redondas intermináveis com os eternos assuntos das mesas redondas. Clarice chegava tarde e saía cedo. Às vezes sumia e ia para as igrejas distantes, olhar os espaços. Ela foi, na verdade, a grande vedete deste festival. Ofuscou até mesmo o charmoso Mario Vargas Llosa e outras estrelas. Impressionou o povo com seu porte, e aquele ar de pessoa que não é deste mundo, a que me referi antes. Conversamos muito e ela me fez confidências nesse encontro. Falamos até de amor, do amor humano terrestre e transitório. Do amor da carne e da alma.

Fizemos uma viagem de avião que parecia mais um de seus contos. Entre nós dois uma jornalista brasileira, apavorada, contando, entre um susto e outro, coisas íntimas, revelações de nervosismo e da neurose. Clarice e eu tranquilos, pois andar de avião é estar de mãos dadas com a morte, sem aflição. É conformar-se com o acaso. Saímos ilesos.

Depois não vi mais Clarice. Soube que ela estava hospitalizada e não pensei que fosse grave. Afinal, Vinícius de Moraes se hospitaliza todo o ano para restaurar as forças e recomeçar a luta. Mas com Clarice, como outrora com Cecília, foi uma entrada definitiva no túnel.

Cecília eu acho que demorou mais a apagar, ela era mais forte. Clarice foi em pouco tempo, tão pouco que nem tive tempo de informar a um amigo muito querido dela (em cuja casa aconteceu o jantar antes citado) a respeito de sua saúde. Disseram-me que ela está doente, eu disse. Poucos dias depois ela morria. A última pessoa a me falar nela foi Maria Helena Cardoso, que me disse: "Parece que ela está muito mal. Eu gostaria de visitá-la, em memória do Lúcio que gostava tanto dela. Mas tenho medo que ela, ao receber a visita de uma pessoa que nunca a procurou, perceba que está em estado grave". Maria Helena não queria que ela sofresse esta consciência que com certeza já povoava sua mente. Clarice tinha medo da morte (como eu entendo isso!). No entanto em seu último livro, registrara a chegada da morte com aquela sabedoria do dizer que a fazia carne das palavras, verbo feito carne. Se pensar nos cinquenta e dois anos de sua passagem, eu diria que morreu cedo.[400] Mas terá existido esta mulher? Terá sido uma orquídea, uma galáxia, uma raposa, uma anêmona? Ou mais um produto de nosso sonho... Hoje eu penso em Clarice diferente dos outros mortos da minha vida. Sem saudade. Curiosamente. Exercitando a mente e voltando a seus livros, abrindo páginas incertas, lendo frases, apenas palavras às vezes. Um de meus livros levou uma epígrafe tirada de uma de suas obras: "E foi tão corpo que foi puro espírito". Não me lembro do corpo de Clarice, nunca olhei diretamente para ela. Respirei, quando juntos, este cheiro de espiritualidade que na minha memória é um misto de incenso e violeta. Hoje ela é puro espírito, e nós choramos e gememos neste vale de lágrimas.

---

[400] Clarice Lispector faleceu em 1977, no dia 9 de dezembro. E nasceu, segundo documentos pessoais seus, em 1920, no dia 10 de dezembro. No entanto, declarou em entrevistas haver nascido em 1925, informação a que Walmir Ayala teve acesso e aqui aparece registrada.

Clarice Lispector, Walmir Ayala, mulher desconhecida e Adolfo Casais Monteiro. (c. 1960) (Acervo pessoal de André Seffrin.)

Este livro foi composto com tipografia Adobe Garamond Pro
e impresso em papel Off-White 80g/m² na Formato Artes Gráficas.